IAN RANKIN
Wolfsmale
Ehrensache

Wolfsmale

Als Experte mit »Profiler«-Qualitäten wird Chief Inspector John Rebus zur Aufklärung einer Mordserie in London hinzugezogen. Nur allzu verständlich, dass seine Londoner Kollegen nicht so begeistert sind, jemanden vor die Nase gesetzt zu bekommen, der anscheinend alles besser weiß und der diesen starken Akzent aus dem Norden mitbringt. Aber den Polizisten bleibt kaum Zeit, diese Konflike auszutragen, denn in London geht der »Wolfman« um. Seinen Spitznamen verdankt er der grausamen Tatsache, dass alle seine Opfer tiefe – menschliche – Bisswunden tragen. Rebus gräbt sich in das kranke Wesen des Täters ein, und nicht zuletzt die Tipps einer attraktiven Psychologin setzen ihn auf die Fährte des Mörders ...

Ehrensache

Gregor Jack steht vor einer großen politischen Karriere. Doch bei einer Razzia in einem Bordell in Edinburgh findet die Polizei Jack unter den Gästen und bereits am nächsten Morgen prangt sein Foto auf allen Titelseiten. Wie konnten die Medien so schnell von dem Einsatz erfahren haben? Detective Inspector John Rebus bekommt langsam Interesse an Gregor Jacks Fall. Doch an Jacks Lebenslauf scheint nichts Auffälliges zu sein – außer der Ehe mit der glamourösen Elizabeth Ferrie. Von Neugierde getrieben stattet Rebus Jack einen Besuch ab, der seine Frau seit dem Vorfall im Bordell nicht mehr gesehen hat. Kurze Zeit später wird die Leiche von Elizabeth in den schottischen Highlands gefunden ...

Autor

Ian Rankin gilt als Großbritanniens führender Krimiautor, und seine Romane sind mittlerweile aus den internationalen Bestsellerlisten nicht mehr wegzudenken. Rankin wurde bereits mit dem Golden Dagger, dem Chandler-Fulbright-Award, dem Edgar-Allan-Poe-Award, mit dem Deutschen Krimipreis 2005 und dem Diamond Dagger für sein Lebenswerk ausgezeichnet. Der Autor lebt mit seiner Frau und seinen beiden Söhnen in Edinburgh.

Die Rebus-Romane in chronologischer Reihenfolge:

Verborgene Muster (44607) · Das zweite Zeichen (44608) · Wolfsmale (44609) · Ehrensache (45014) · Verschlüsselte Wahrheit (45015) · Blutschuld (45016) · Ein eisiger Tod (45428) · Das Souvenir des Mörders (44604) · Die Sünden der Väter (45429) · Die Seelen der Toten (44610) · Der kalte Hauch der Nacht (45387) · Puppenspiel (45636) · Die Tore der Finsternis (45833) · Die Kinder des Todes (46314) · So soll er sterben (46440) · Im Namen der Toten (46941) · Ein Rest von Schuld (gebundene Ausgabe, 54639)

Von Ian Rankin außerdem lieferbar:

Die Kassandra Verschwörung. Thriller (46375) · Bis aufs Blut. Thriller (46376) Der diskrete Mr. Flint. Roman (46147) · Eindeutig Mord. Zwölf Fälle für Inspector Rebus (45604)

Ian Rankin

Wolfsmale
Ehrensache

Zwei Romane
in einem Band

Aus dem Englischen von
Ellen Schlootz

GOLDMANN

Die Originalausgabe von »Wolfsmale« erschien 1992
unter dem Titel »Wolfman« bei Century, London, und 1998
als Orion Paperback unter dem Titel »Tooth and Nail«.

Die Originalausgabe von »Ehrensache« erschien 1992
unter dem Titel »Strip Jack«
bei Orion, London.

Einmalige Sonderausgabe Juni 2009

Umschlaggestaltung: UNO Werbeagentur, München
Umschlagfoto: buchcover.com / Visum
Druck und Einband: GGP Media GmbH, Pößneck
Printed in Germany
ISBN: 978-3-442-13453-3

www.goldmann-verlag.de

Wolfsmale

Noch einmal für Miranda,
aber diesmal auch für Mugwump …

»So viele Wölfe spüren wir auf unseren Fersen,
wo doch unsere wahren Feinde einen Schafspelz tragen.«

Malcolm Lowry, *Unter dem Vulkan*

Prolog

Sie stößt mit dem Messer zu.

Dieser Moment, das weiß sie aus früheren Erfahrungen, ist sehr intim. Ihre Hand hält den kühlen Griff des Messers umklammert, und die Wucht lässt die Klinge bis zum Heft in die Kehle eindringen, bis ihre Hand die Kehle berührt. Fleisch auf Fleisch. Erst Jacke oder Wollpullover, Baumwollbluse oder T-Shirt, dann Fleisch. Jetzt dehne. Das Messer bewegt sich hektisch hin und her wie ein schnupperndes Tier. Warmes Blut fließt über Heft und Hand. (Die andere Hand hält den Mund zu, um Schreie zu ersticken.) Das ist der große Augenblick. Eine Begegnung. Eine Berührung. Der Körper ist heiß, klafft auf, ist warm vom Blut. Siedet innerlich, während sich das Innere nach außen ergießt. Brodelt. Viel zu schnell ist der Augenblick vorbei.

Und sie verspürt immer noch Hunger. Das ist nicht richtig, ist ungewöhnlich, doch sie verspürt ihn. Sie entfernt einen Teil der Kleidung, sogar eine ganze Menge Kleidung, vielleicht mehr, als nötig ist. Und sie tut, was sie tun muss. Wieder gleitet das Messer hin und her. Sie hat die Augen fest zugekniffen. Diesen Teil mag sie nicht. Sie hat ihn noch nie gemocht, nicht damals, nicht jetzt. Aber besonders nicht *damals*.

Schließlich nimmt sie die Zähne aus dem Mund und drückt sie tief in den weißen Bauch, bis sie einen ansehnlichen Bissen gepackt haben, und flüstert, wie sie es immer tut, dieselben fünf Wörter.

»Es ist nur ein Spiel.«

Es ist bereits Abend, als George Flight den Anruf erhält. Sonntagabend. Der Sonntag sollte doch eigentlich der Entspannung dienen – Rinderbraten mit Yorkshire Pudding, die Füße vor dem Fernseher hoch gelegt, dass einem die Zeitung vom Schoß rutscht. Aber er hatte schon den ganzen Tag ein merkwürdiges Gefühl gehabt. Am Mittag im Pub hatte er es gespürt, ein Kribbeln in den Eingeweiden, als ob dort Würmer wären, kleine blinde weiße Würmer, hungrige Würmer, Würmer, die keine Ruhe geben würden. Er wusste, woher sie kamen, und sie wussten, woher sie kamen. Und dann hatte er auch noch bei der Pub-Tombola den dritten Preis gewonnen: einen ein Meter großen, orange-weißen Teddybär. Selbst die Würmer hatten ihn in dem Moment ausgelacht, und er hatte gewusst, dass der Tag übel enden würde.

Wie er es nun auch tat, wo das Telefon so penetrant klingelte wie die Glocke zur letzten Runde. Es würde eine schlechte Nachricht bringen, die nicht bis zum nächsten Morgen warten konnte. Er wusste natürlich, was das bedeutete. Hatte er nicht während der letzten Wochen die ganze Zeit darauf gewartet? Trotzdem hatte er keine Lust, den Hörer abzunehmen. Schließlich tat er es doch.

»Flight am Apparat.«

»Es hat einen weiteren gegeben, Sir. Der Wolfsmann. Er hat einen weiteren Mord begangen.«

Flight starrte auf den stummen Fernseher. Highlights aus dem Rugbyspiel vom vergangenen Tag. Erwachsene Männer, die hinter einem eigenartig geformten Ball herliefen, als ginge es um ihr Leben. Und gegen eine Seite des Fernsehers gelehnt saß dieser süffisant grinsende Preis, der Teddybär. Was, zum Teufel, sollte er mit einem Teddybären anfangen?

»Okay«, sagte er, »sagen Sie mir einfach, wo ...«

»Schließlich *ist* es doch nur ein Spiel.«

Rebus nickte dem Engländer ihm gegenüber am Tisch lächelnd zu. Dann starrte er wieder aus dem Fenster und tat so, als würde ihn die vorbeifliegende dunkle Landschaft interessieren. Der Engländer hatte es nicht nur einmal, er hatte es ein Dutzend Mal gesagt. Und er hatte kaum etwas anderes während der Fahrt gesagt. Außerdem nahm er Rebus immer mehr kostbare Beinfreiheit, während seine Sammlung leerer Bierdosen sich immer weiter auf dem Tischchen ausbreitete, in Rebus' Hälfte eindrang und gegen den ordentlich gefalteten Stapel von Zeitungen und Zeitschriften stieß.

»Fahrkarten, bitte!«, brüllte der Schaffner vom anderen Ende des Wagens.

Also suchte Rebus seufzend zum dritten Mal, seit er in Edinburgh abgefahren war, nach seiner Fahrkarte. Sie war nie dort gewesen, wo sie seiner Meinung nach hätte sein müssen. In Berwick hatte er geglaubt, sie wäre in seiner Hemdtasche. Da war sie in der Brusttasche seiner Harris-Tweedjacke gewesen. In Durham hatte er dann in der Jacke nach ihr gesucht und sie schließlich unter einer der Zeitschriften auf dem Tisch gefunden. Nun, zehn Minuten vor Peterborough, war sie in die Gesäßtasche seiner Hose gewandert. Er nahm sie heraus und hielt sie in der Hand, bis der Schaffner bei ihm war.

Die Fahrkarte des Engländers war da, wo sie immer gewesen war, halb versteckt unter einer Bierdose. Obwohl Rebus beinah jedes Wort auswendig kannte, warf er erneut einen Blick auf die Rückseite einer seiner Sonntagszeitungen. Er hatte sie aus reinem Übermut oben auf den Stapel gelegt, weil er sich an den großen schwarzen Buchstaben der Schlagzeile erfreute: Scots Wha Hae! – dem Anfang der inoffiziellen schottischen Nationalhymne: Schotten, die ihr habt ... Darunter wurde über den dramatischen Calcutta Cup am gestrigen Tag in Murrayfield berichtet. Und es war wirklich ein Drama gewesen, kein Tag für Leute mit schwachen Nerven, sondern für solche mit tapferen Herzen und voller Entschlossenheit. Die Schotten hatten schließlich mit dreizehn zu zehn Punkten triumphiert, und hier saß Rebus nun am Sonntagabend in einem Zug voller enttäuschter englischer Rugbyfans, die zurück nach London fuhren.

London. Das war noch nie eine von Rebus' Lieblingsstädten gewesen. Nicht dass er häufig dort war. Aber diesmal war es sowieso nicht zum Vergnügen. Es war rein dienstlich, und als Vertreter der Polizei von Lothian und Borders war er gehalten, sich gut zu benehmen. Oder, wie sein Boss es kurz und bündig gesagt hatte: »Keinen Scheiß, John.«

Nun ja, er würde sein Bestes geben. Nicht dass er glaubte, überhaupt viel tun zu können, egal, ob richtig oder falsch. Aber er würde tun, was er konnte. Und wenn das bedeutete, ein sauberes Hemd mit Krawatte zu tragen, blank geputzte Schuhe und ein anständiges Jackett, dann würde er sich eben fügen.

»Alle Fahrkarten, bitte.«

Rebus reichte dem Schaffner seine Fahrkarte. Irgendwo weiter vorn im Gang, in dem Niemandsland des Speisewagens zwischen erster und zweiter Klasse, rezitierten einige Stimmen laut einen Vers aus Blakes *Jerusalem*. Der Engländer gegenüber von Rebus lächelte.

»Nur ein Spiel«, sagte er zu den Dosen vor sich. »Nur ein Spiel.«

Der Zug fuhr mit fünf Minuten Verspätung in den Bahnhof King's Cross ein. Es war Viertel nach elf. Rebus hatte keine Eile. Die Metropolitan Police hatte ihm freundlicherweise ein Hotelzimmer mitten in London reserviert. In der Jackentasche hatte er eine getippte Liste mit Hinweisen und einer Wegbeschreibung, die ihm ebenfalls von London geschickt worden war. Er hatte nicht viel Gepäck mitgebracht, da er glaubte, dass sich die Freundlichkeit der Metropolitan Police damit wohl mehr oder weniger erschöpft hätte. Er rechnete damit, dass er höchstens zwei bis drei Tage hier sein würde, dann wäre gewiss selbst denen klar, dass er ihnen nicht sonderlich bei ihren Ermittlungen helfen konnte. Also: ein kleiner Koffer, eine Reisetasche, eine Aktentasche. Der Koffer enthielt zwei Anzüge, ein zweites Paar Schuhe, mehrere Paar Socken, Unterhosen und zwei Hemden (mit passenden Krawatten). In der Reisetasche waren ein kleiner Kulturbeutel, ein Handtuch, zwei Taschenbuchromane (einer teilweise gelesen), ein Reisewecker, eine Fünfunddreißig-Millimeter-Kamera mit Elektroblitz und Film, ein T-Shirt, ein Taschenschirm, Sonnenbrille, Transistorradio, Terminkalender, Bibel, ein Fläschchen mit siebenundneunzig Paracetamol-Tabletten und eine weitere Flasche (in das T-Shirt gewickelt) mit dem besten Islay-Maltwhisky.

Mit anderen Worten, nur das Allernotwendigste. In der Aktentasche befanden sich Notizblock, Stifte, ein Kassettenrecorder, mehrere leere und einige bespielte Bänder sowie ein dicker Ordner. Dieser enthielt Kopien von Papieren der Metropolitan Police, fünfundzwanzig mal dreißig Zentimeter große Farbfotos, die von einer Ringbindung zusammengehalten wurden, und Zeitungsausschnitte. Auf dem Ordner klebte ein weißes Etikett, auf das ein einziges Wort getippt war. WOLFSMANN.

Rebus hatte keine Eile. Die Nacht – oder was davon noch übrig war – gehörte ihm. Am Montagmorgen musste er um zehn bei einer Besprechung sein, doch seine erste Nacht in der Hauptstadt konnte er verbringen, wie er wollte. Er nahm an, dass er sie voraussichtlich in seinem Hotelzimmer verbringen würde. Bis die anderen Fahrgäste den Zug verlassen hatten, blieb er sitzen, dann nahm er seine Reisetasche und die Aktentasche von der Gepäckablage und ging zu der Schiebetür an einem Ende des Wagens, neben der im Gepäckabteil sein Koffer stand. Nachdem er die Sachen durch die Zugtür und auf den Bahnsteig bugsiert hatte, blieb er einen Augenblick stehen und atmete ein. Es roch irgendwie anders als auf anderen Bahnhöfen. Ganz gewiss nicht wie in der Waverley Station in Edinburgh. Die Luft stank nicht gerade, aber irgendwie kam sie Rebus völlig verbraucht und schal vor. Plötzlich war er sehr müde. Und noch etwas anderes drang in seine Nase, etwas, das süß und widerlich zugleich war. Ihm fiel nicht ein, woran es ihn erinnerte.

In der Bahnhofshalle steuerte er nicht gleich auf die U-Bahn zu, sondern ging erst in einen Buchladen. Dort kaufte er ein A-Z von London und schob es in seine Aktentasche. Die Zeitungen vom nächsten Morgen kamen gerade an, doch er ignorierte sie. Heute war Sonntag, nicht Montag. Sonntag war der Tag des Herrn, aus diesem Grund hatte er vielleicht auch eine Bibel eingepackt. Er war schon seit Wochen nicht mehr in der Kirche gewesen ... vielleicht sogar seit Monaten. Nicht mehr, seit er versuchsweise in der Kathedrale auf dem Palmerson Place gewesen war. Das war eine schöne Kirche, hell und freundlich, aber zu weit von seiner Wohnung entfernt, um praktikabel zu sein. Und im Übrigen war das immer noch organisierte Religion, und er hatte sein Misstrauen gegen organisierte Religion nicht abgelegt. Wenn überhaupt, dann war er heute misstrauischer denn je. Außerdem hatte er Hunger. Vielleicht sollte er auf dem Weg zum Hotel ein Häppchen essen ...

Er kam an zwei Frauen vorbei, die sich lebhaft unterhielten.

»Ich hab es erst vor zwanzig Minuten im Radio gehört.«

»Schon wieder eine umgebracht?«

»Das haben sie gesagt.«

Die Frau schauderte. »Ich mag gar nicht darüber nachdenken. Haben sie gesagt, dass es eindeutig er war?«

»Nicht eindeutig, aber das weiß man einfach, oder?«

Da war was Wahres dran. Also war Rebus gerade rechtzeitig gekommen, um zu erleben, wie ein weiterer Teil des Dramas ablief. Ein weiterer Mord; damit waren es insgesamt vier. Vier im Zeitraum von drei Monaten. Er war ein eifriger kleiner Mann, dieser Mörder, den sie Wolfsmann getauft hatten. Sie hatten ihn Wolfsmann getauft, und dann hatten sie an Rebus' Boss geschrieben. Leih uns deinen Mann, hatten sie gesagt. Mal sehen, was er tun kann. Rebus' Boss, Chief Superintendent Watson, hatte ihm den Brief gezeigt.

»Sie sollten ein paar silberne Kugeln mitnehmen, John«, hatte er gesagt. »Sieht so aus, als wären Sie deren letzte Hoffnung.« Und dann hatte er laut gelacht, weil er genauso gut wie Rebus selbst wusste, dass er bei dem Fall wenig würde helfen können.

Doch Rebus hatte nur auf seiner Unterlippe herumgekaut und schweigend vor seinem Vorgesetzten gestanden, einem typischen Schreibtischhengst. Er würde tun, was er konnte. Er würde *alles* tun, was er konnte. Bis sie ihn durchschauten und wieder nach Hause schickten.

Außerdem brauchte er vielleicht mal eine Abwechslung. Watson schien ebenfalls froh, ihn los zu sein.

»Auch wenn's nichts bringt, zumindest gehen wir beide uns für eine Weile mal nicht auf die Nerven.«

Der Chief Superintendent, der aus Aberdeen stammte, hatte den Spitznamen »Farmer Watson«, ein Spitzname, der jedem Polizeibeamten unter seinem Rang in Edinburgh geläufig war. Aber dann war Rebus eines Tages, als er ein Schlückchen Malt zu viel intus hatte, der Spitzname vor Watson persönlich herausgerutscht. Seitdem musste er feststellen, dass ihm mehr als das übliche Pensum an lästigem Kleinkram, an Schreibtischtätigkeiten, Observierungen und Fortbildungskursen aufs Auge gedrückt wurde.

Fortbildungskurse! Zumindest hatte Watson Sinn für Humor. Der letzte Kurs hatte »Management für höhere Beamte« geheißen und war ein kleineres Desaster gewesen – nur Psychologie und wie man nett zu untergeordneten Beamten war. Wie man sie *involvierte*, wie man sie *motivierte*, wie man eine *Beziehung* zu ihnen herstellte. Rebus war in seine Dienststelle zurückgekehrt und hatte es einen Tag lang probiert, einen ganzen Tag involviert, motiviert und Beziehungen hergestellt. Am Ende des Tages hatte ein Detective Constable Rebus lächelnd auf den Rücken geklopft.

»Verdammt harte Arbeit heute, John. Aber mir hat's Spaß gemacht.«

»Nehmen Sie gefälligst Ihre Hand von meinem Rücken«, hatte Rebus ihn angefaucht. »Und nennen Sie mich nicht John.«

Dem DC war der Unterkiefer heruntergeklappt. »Aber Sie haben doch gesagt ...«, begann er, machte sich aber nicht die Mühe, den Satz zu beenden. Der Spaß war vorbei. Rebus hatte versucht, ein »Manager« zu sein. Hatte es versucht und gehasst.

Mitten auf der Treppe zur U-Bahn blieb er plötzlich stehen, stellte seinen Koffer und die Aktentasche ab, zog den Reißverschluss an seiner Reisetasche auf und nahm das Transistorradio heraus. Er schaltete es ein und hielt es mit einer Hand ans Ohr, während er mit der anderen am Senderknopf drehte. Schließlich fand er irgendwo Kurznachrichten und hörte zu, während die anderen Fahrgäste an ihm vorbeiströmten. Einige starrten ihn an, aber die meisten ignorierten ihn. Endlich hörte er, worauf er gewartet hatte, schaltete das Radio aus und warf es wieder in die Reisetasche. Nun öffnete er die beiden Verschlüsse an seiner Aktentasche und zog das A–Z heraus. Als er hinten in den Seiten mit den Straßennamen blätterte, wurde ihm wieder bewusst, wie groß London tatsächlich war. Groß und dicht bevölkert. Um die zehn Millionen Einwohner oder so? War das nicht doppelt so viel wie die gesamte Bevölkerung von Schottland? Da mochte man gar nicht drüber nachdenken. Zehn Millionen Seelen.

»Zehn Millionen und eine«, flüsterte Rebus vor sich hin, als er den Namen fand, nach dem er gesucht hatte.

Die Schreckenskammer

»Kein schöner Anblick.«

Detective Inspector George Flight sah sich um und fragte sich, ob der Sergeant wohl die Leiche oder die Umgebung gemeint hatte. Man konnte über den Wolfsmann sagen, was man wollte, auf jeden Fall war er nicht wählerisch, was die Örtlichkeiten anging. Diesmal war es ein Pfad an einem Flussufer. Nicht dass Flight den Lea je als richtigen »Fluss« betrachtet hätte. Es war ein Ort, an den Einkaufswagen kamen, um zu sterben, ein Streifen Wasser, der auf einer Seite von Marschland gesäumt wurde und auf der anderen von Industriegelände und Flachbauten. Anscheinend konnte man am Lea entlang von der Themse bis rauf nach Edmonton gehen. Der schmale Fluss lief wie eine gesprenkelte schwarze Ader vom Osten Zentrallondons bis in die nördlichsten Regionen der Hauptstadt und noch weiter. Ein großer Teil der Londoner wusste nicht mal, dass er existierte.

George Flight kannte ihn jedoch genau. Er war in Tottenham Hale aufgewachsen, nicht weit vom Lea entfernt. Sein Vater hatte auf dem befahrbaren Teil des Flusses geangelt, zwischen den Schleusen Stonebridge und Tottenham. Er selbst hatte als Kind auf dem Marschland Fußball gespielt, mit seiner Clique im hohen Gras heimlich Zigaretten geraucht und auf dem Ödland auf der anderen Seite des Flusses, gleich gegenüber der Stelle, an der er gerade stand, an der ein oder anderen Bluse oder dem ein oder anderen BH herumgefummelt.

Er war häufig diesen Pfad entlangspaziert. Es war ein beliebter Ort an warmen Sonntagnachmittagen. Es gab Pubs direkt am Fluss, wo man draußen stehen, ein Pint trinken und dabei die Sonntagssegler in ihren Booten beobachten konnte. Aber in der Nacht benutzten nur Betrunkene, Leichtsinnige und Mutige diesen einsamen und schlecht beleuchteten Pfad. Betrunkene, Leichtsinnige, Mutige … und die Anwohner. Jean Cooper war eine Anwohnerin. Seit der Trennung von ihrem Mann hatte sie mit ihrer Schwester in einer kleinen, erst kürzlich erbauten Siedlung in der Nähe des Treidelpfads gewohnt. Sie arbeitete in einem Wein- und Spirituosenladen auf der Lea Bridge Road und hatte um sieben Uhr frei. Der Uferpfad war der kürzeste Weg nach Hause.

Ihre Leiche war um Viertel vor zehn von zwei jungen Männern gefunden worden, die auf dem Weg zu einem der Pubs waren. Sie waren zur Lea Bridge Road zurückgelaufen und hatten einen vorbeifahrenden Polizeiwagen angehalten. Danach lief alles rein routinemäßig wie von selbst. Der Polizeiarzt kam und wurde von Detectives der Polizeiwache Stoke Newington in Empfang genommen, die, als sie den *Modus operandi* erkannten, Flight verständigten.

Als er eintraf, herrschte am Tatort kontrollierte Betriebsamkeit. Man hatte die Leiche identifiziert, die unmittelbaren Anwohner befragt und die Schwester gefunden. Beamte von der Spurensicherung diskutierten mit einigen Leuten von der Rechtsmedizin. Der Bereich um die Leiche war abgesperrt worden, und niemand durfte das Band überschreiten, ohne vorher einen Plastikschutz über Schuhe und Haare zu ziehen. Zwei Fotografen machten eifrig Aufnahmen im Licht tragbarer Lampen, die von einem Generator ganz in der Nähe gespeist wurden. Neben dem Generator stand ein Einsatzwagen, wo ein weiterer Fotograf versuchte, seine blockierte Videokamera zu reparieren.

»Das liegt an diesen billigen Bändern«, klagte er. »Man meint, man hätte ein Schnäppchen gemacht, und dann stellt man fest, dass sie irgendwo eine Macke haben oder verdreht sind.«

»Dann kauf doch keine billigen Bänder«, hatte Flight ihm geraten.

»Danke, Sherlock«, hatte der Kameramann giftig geantwortet, bevor er wieder anfing, die Bänder zu verfluchen, den Verkäufer der Bänder und den Marktstand des Verkäufers auf der Brick Lane. Er hatte die Bänder erst heute gekauft.

Inzwischen hatten sich die Kriminaltechniker über ihre Vorgehensweise geeinigt und näherten sich mit Klebeband, Schere und einem Stapel großer Plastikbeutel bewaffnet der Leiche. Dann begannen sie ganz vorsichtig, die Leiche »abzukleben«, in der Hoffnung, Haare und Fasern von der Kleidung abheben zu können. Flight sah ihnen aus einem gewissen Abstand zu. Die tragbaren Lampen tauchten den Tatort in ein gleißendes Licht, sodass sich Flight, der ein Stück weiter weg im Dunkeln stand, ein bisschen wie ein Theaterbesucher vorkam, der ein Schauspiel betrachtet. Man musste, weiß Gott, Geduld für diesen Job haben. Alles musste streng nach Vorschrift und mit äußerster Genauigkeit erledigt werden. Er selbst war noch nicht an die Leiche herangekommen. Dazu würde er später Gelegenheit haben. Vielleicht erst viel später.

Die Heulerei ging schon wieder los. Sie kam aus einem Ford Sierra der Polizei, der auf der Lea Bridge Road parkte. Die Schwester von Jean Cooper wurde auf der Rückbank des Wagens von einer Polizistin getröstet. Man flößte ihr heißen süßen Tee ein, während sie genau wusste, dass sie ihre Schwester nie mehr lebend wiedersehen würde. Aber das war noch nicht das Schlimmste. Flight wusste, dass das Schlimmste erst noch kommen würde, wenn die Schwester Jean offiziell im Leichenschauhaus identifizieren musste.

Dabei war Jean Cooper ganz einfach zu identifizieren gewesen. Ihre Handtasche hatte offenkundig unberührt neben ihr auf dem Pfad gelegen. Darin waren Briefe und ihre Hausschlüssel mit einem Adressanhänger. Flight musste immer wieder an diese Hausschlüssel denken. Eigentlich nicht besonders schlau, eine Adresse an die Schlüssel zu hängen. Aber dafür war es jetzt eh zu spät. Zu spät, um an Verbrechensverhütung zu denken. Das Weinen ging von neuem los, ein lang gezogenes, klagendes Heulen, das sich in den orangefarben glühenden Himmel über dem Lea und seinem Marschland erhob.

Flight sah zu der Leiche, dann verfolgte er den Weg zurück, den Jean von der Lea Bridge Road genommen hatte. Sie war noch keine fünfzig Meter gegangen, als sie überfallen wurde. Knapp fünfzig Meter von einer gut beleuchteten und belebten Hauptverkehrsstraße entfernt, weniger als zwanzig Meter von der Rückseite einer Reihe von Wohnungen. Doch die Straßenlampe, die diesen Abschnitt des Pfades beleuchten sollte, war kaputt (wahrscheinlich würde die Stadt es jetzt endlich schaffen, sie zu reparieren); so drang nur wenig Licht aus den jeweils erleuchteten Wohnungen herüber. Also durchaus dunkel genug für den Zweck. Dunkel genug für einen heimtückischen Mord.

In diesem frühen Stadium konnte er nicht sicher sein, dass es der Wolfsmann gewesen war, nicht absolut und ohne jeden Zweifel sicher. Aber er konnte es spüren, wie die betäubende Wirkung einer Spritze in seinen Knochen. Das Terrain passte. Die Stichwunden, von denen ihm berichtet worden war, schienen zu passen. Und der Wolfsmann hatte sich knapp weniger als drei Wochen ruhig verhalten. Drei Wochen, während derer die Spur kalt wie Stein geworden war, so kalt wie ein Kanalpfad. Der Wolfsmann war dieses Mal allerdings ein Risiko eingegangen, indem er am späteren Abend zuschlug anstatt mitten in der Nacht. Es könnte ihn jemand gesehen haben. Gezwungen, rasch zu fliehen, hatte er möglicherweise eine Spur hinterlassen. Bitte, Gott, lass ihn eine Spur hinterlassen haben. Flight rieb sich den Magen. Die Würmer waren fort, von Säure zersetzt. Zum ersten Mal seit Tagen fühlte er sich gelassen, absolut gelassen.

»Entschuldigung.« Die Stimme klang gedämpft, und

Flight trat beiseite, um den Taucher durchzulassen. Es folgte ein weiterer Taucher. Beide hielten starke Taschenlampen in der Hand. Flight beneidete die Polizeifroschmänner nicht um ihren Job. Der Fluss war dunkel, giftig und kalt und hatte höchstwahrscheinlich die Konsistenz dicker Suppe. Aber er musste jetzt abgesucht werden. Wenn dem Mörder aus Versehen etwas in den Lea gefallen war oder wenn er sein Messer in den Fluss geworfen hatte, musste das so schnell wie möglich gefunden werden. Bei Tagesanbruch könnte es bereits im Schlick oder im umhertreibenden Müll verschwunden sein. Sie konnten sich einfach nicht erlauben, zu warten. Also hatte er die Suche angeordnet, sobald er die Nachricht erhalten hatte, noch bevor er sein warmes, gemütliches Zuhause verließ, um an den Tatort zu eilen. Seine Frau hatte ihm den Arm getätschelt. »Versuch, nicht zu spät zurück zu sein.« Beide wussten, dass die Worte nichts zu bedeuten hatten.

Er beobachtete, wie der erste Froschmann ins Wasser glitt, und starrte fasziniert hin, als das Wasser durch die Taschenlampe zu leuchten anfing. Der zweite Taucher folgte dem ersten ins Wasser und war gleich darauf ebenfalls verschwunden. Flight sah prüfend in den Himmel. Eine dicke Wolkendecke hing reglos über ihm. Laut Wetterbericht sollte es am frühen Morgen regnen. Dann würden Fußabdrücke und Wäschefasern, Blutflecken und Haare in dem aufgeweichten Boden versinken. Mit etwas Glück könnten sie die erste Spurensuche am Tatort ohne den Einsatz von Plastikzelten beenden.

»George!«

Flight drehte sich um, um den Neuankömmling zu begrüßen. Es war ein Mann Mitte fünfzig, groß, mit ausgemergelten Gesichtszügen, die von einem breiten Grinsen gemildert wurden, zumindest so breit, wie es das lange, schmale Gesicht erlaubte. Er trug eine große schwarze Tasche in der linken Hand und streckte die rechte Flight entgegen. Neben ihm ging eine gut aussehende Frau in Flights Alter. Das heißt, wenn er sich recht erinnerte, war sie genau einen Monat und einen Tag jünger als er. Sie hieß Isobel Penny und war, euphemistisch ausgedrückt, die »Assistentin« und »Sekretärin« des ausgemergelten Mannes. Dass sie außerdem seit acht oder neun Jahren miteinander schliefen, war etwas, worüber niemand so recht redete, doch Isobel hatte es Flight erzählt, einzig und allein aus dem Grund, weil sie in der Schule in derselben Klasse gewesen und seitdem immer in Kontakt geblieben waren.

»Hallo, Philip«, sagte Flight und schüttelte dem Pathologen die Hand.

Philip Cousins war nicht irgendein staatlicher Pathologe, er war der *beste* staatliche Pathologe. Sein Ruf basierte auf fünfundzwanzig Jahren Arbeit, fündundzwanzig Jahren, in denen – soweit Flight wusste – der Mann sich »kein einziges Mal geirrt hatte«. Cousins' Auge fürs Detail und seine unglaubliche Hartnäckigkeit hatten dafür gesorgt, dass er mehrere Dutzend Mordfälle geknackt oder zumindest bei der Lösung geholfen hatte – von Würgemorden in Streatham bis zur Vergiftung eines Regierungsbeamten auf den Westindischen Inseln. Leute, die ihn nicht kannten, fanden, er sähe wie ein typischer Pathologe aus, mit seinen dunkelblauen Anzügen und kalten bleichen Gesichtszügen. Sie konnten nichts von seiner Schlagfertigkeit, seinem Humor und seiner Güte wissen, nicht ahnen, wie er angehende Mediziner in seinen überfüllten Vorlesungen begeisterte. Flight war mal in einer dieser Vorlesungen gewesen. Es ging um Arteriosklerose, und er hatte gelacht, wie schon seit Jahren nicht mehr.

»Ich dachte, ihr beide wärt in Afrika«, sagte Flight jetzt und küsste Isobel zur Begrüßung flüchtig auf die Wange.

Cousins seufzte. »Das waren wir auch, aber Penny hat Heimweh gekriegt.« Er redete sie immer mit ihrem Nachnamen an. Sie versetzte ihm einen spielerischen Schlag auf den Unterarm.

»Du Lügner!« Dann sah sie Flight mit ihren hellblauen Augen an. »Es war Philip«, sagte sie. »Er konnte es ohne seine Leichen nicht aushalten. Der erste anständige Urlaub, den wir seit Jahren hatten, und er sagt, er *langweilt* sich. Kannst du dir das vorstellen, George?«

Flight schüttelte lächelnd den Kopf. »Ich bin jedenfalls froh, dass ihr hier seid. Sieht aus wie ein weiteres Opfer des Wolfsmanns.«

Cousins blickte über Flights Schulter zu der Stelle, wo die Fotografen immer noch eifrig fotografierten, und die Kriminaltechniker, die immer noch mit ihren Klebestreifen hantierten, hockten herum wie Fliegen, die sich gern auf der Leiche niederlassen würden. Er hatte die ersten drei Opfer des Wolfsmanns untersucht, und eine solche Kontinuität war hilfreich für einen Fall. Nicht nur, weil er wusste, wonach er suchen musste, was charakteristisch für den Wolfsmann war, sondern weil ihm auch alles auffallen würde, was nicht mit den anderen Mordfällen übereinstimmte, alles, was auf eine Abweichung vom *Modus Operandi* hindeuten könnte – beispielsweise eine andere Waffe oder ein neuer Einstichwinkel. In Flights Kopf setzte sich das Bild des Wolfsmanns Stück für Stück zusammen, aber Cousins war der Mann, der ihm zeigen konnte, wo welches Stück hinpasste.

»Inspector Flight?«

»Ja?« Ein Mann in einer Tweedjacke kam näher. Er hatte mehrere Taschen bei sich, und ein uniformierter Constable trottete hinter ihm her. Er setzte das Gepäck ab und stellte sich vor.

»John Rebus.« Flights Gesicht blieb ausdruckslos. »Inspector John Rebus.« Eine Hand schoss auf ihn zu, Flight nahm sie und spürte, wie sein Griff kräftig erwidert wurde.

»Ach ja«, sagte er. »Sie sind wohl gerade angekommen?« Er sah bedeutungsvoll auf das Gepäck. »Wir haben Sie erst morgen erwartet, Inspector.«

»Als ich in King's Cross ankam, hab ich davon gehört …« Rebus wies mit dem Kopf zu dem beleuchteten Treidelpfad. »Also hab ich gedacht, ich komm gleich hierher.«

Flight nickte und tat so, als sei er mit den Gedanken woanders. In Wirklichkeit versuchte er, Zeit zu gewinnen, um mit dem starken Akzent des Schotten klarzukommen. Einer der Kriminaltechniker war aus der Hocke aufgestanden und kam auf sie zu.

»Hallo, Dr. Cousins«, sagte er, bevor er sich Flight zuwandte. »Wir sind so gut wie fertig, falls Dr. Cousins einen Blick darauf werfen will.« Flight sah zu Philip Cousins, der ernst nickte.

»Komm mit, Penny.«

Flight wollte ihnen folgen, doch dann fiel ihm der Neuankömmling wieder ein. Er wandte sich erneut John Rebus zu, wobei sein Blick sofort von Rebus' Gesicht zu dessen auffallend rustikalem Jackett schweifte. Der Mann sah aus wie der schottischen Fernsehserie »Dr. Finlay's Casebook« entsprungen. Jedenfalls wirkte er auf diesem städtischen Treidelpfad mitten in der Nacht völlig fehl am Platz.

»Möchten Sie einen Blick darauf werfen?«, bot Flight großzügig an. Er bemerkte, dass Rebus ohne jede Begeisterung nickte. »Okay, dann lassen Sie Ihr Gepäck einfach hier stehen.«

Die beiden Männer folgten Cousins und Isobel in ein paar Metern Abstand. Flight deutete auf die beiden. »Dr. Philip Cousins«, sagte er. »Sie haben vermutlich schon von ihm gehört.« Rebus schüttelte bedächtig den Kopf. Flight starrte ihn an, als sei Rebus gerade daran gescheitert, aus einer Reihe von Briefmarken die mit der Queen herauszufinden. »Oh«, sagte er kühl. Dann zeigte er erneut mit dem Finger. »Und das ist Isobel Penny, Dr. Cousins' Assistentin.«

Als sie ihren Namen hörte, wandte sich Isobel ihnen zu und lächelte. Sie hatte ein hübsches Gesicht, mädchenhaft rund und mit glänzenden Wangen. Äußerlich war sie das genaue Gegenteil ihres Begleiters. Obwohl sie groß war, war sie recht kräftig – Rebus' Vater hätte sie vermutlich als stattlich bezeichnet –, und sie hatte im Gegensatz zu Cousins' kränklichem Teint eine gesunde Gesichtsfarbe. Rebus konnte sich nicht erinnern, je einem wirklich gesund aussehenden Pathologen begegnet zu sein. Er nahm an, das kam daher, dass sie so viel Zeit bei künstlichem Licht verbrachten.

Inzwischen waren sie bei der Leiche angekommen. Als Erstes bemerkte Rebus, dass jemand eine Videokamera auf ihn richtete. Doch die Kamera schwenkte rasch wieder zu der Leiche zurück. Flight unterhielt sich mit einem der Kriminaltechniker. Keiner sah den anderen an, sondern beide blickten konzentriert auf die Klebebandstreifen, die vorsichtig von der Leiche abgehoben worden waren und die der Techniker nun in der Hand hielt.

»Ja«, sagte Flight, »die brauchen noch nicht ins Labor geschickt zu werden. In der Pathologie werden noch mal Klebestreifen benutzt.« Der Mann nickte und ging weiter. Vom Fluss kam ein Geräusch. Rebus drehte sich um und beobachtete, wie ein Froschmann aus dem Wasser auftauchte, sich umsah und wieder verschwand. Er kannte eine ähnliche Gegend in Edinburgh, einen Kanal, der im Westen der Stadt zwischen Parks, Brauereien und Flächen von Ödland verlief. Dort hatte er einmal in einem Mordfall ermitteln müssen. Die zerschundene Leiche eines Landstreichers war unter einer Straßenbrücke gefunden worden, mit einem Fuß im Kanal. Der Mörder war leicht zu finden gewesen, ein anderer Landstreicher, ein Streit um eine Dose Cider. Das Gericht hatte auf Totschlag entschieden, aber es war kein Totschlag gewesen. Es war Mord. Rebus würde das niemals vergessen.

»Ich glaube, wir sollten die Hände jetzt sofort einpacken«, sagte Dr. Cousins gerade im satten Tonfall der Grafschaften um London. »Ich sehe sie mir in der Pathologie genauer an.«

»Da hast du recht«, sagte Flight und ging los, um noch weitere Plastikbeutel zu holen. Rebus beobachtete den Pathologen bei der Arbeit. In einer Hand hielt er einen kleinen Kassettenrecorder, in den er von Zeit zu Zeit sprach. Isobel Penny hatte mittlerweile einen Block hervorgeholt und zeichnete ein Bild von der Leiche.

»Die arme Frau war vermutlich bereits tot, bevor sie am Boden auftraf«, sagte Cousins. »Kaum Anzeichen für Prellungen. Und die Hypostase scheint dem Gelände zu entsprechen. Ich würde sagen, sie ist ganz bestimmt an dieser Stelle hier gestorben.«

Bis Flight mit den Plastikbeuteln zurückkam, hatte Cousins, wie Rebus mit kurzen Blicken feststellen konnte, die Außen- und die Körpertemperatur gemessen. Der Pfad, auf dem sie alle standen, war lang und ziemlich gerade. Der Mörder hätte sehr frühzeitig gesehen, wenn jemand gekommen wäre. Andererseits waren ganz in der Nähe Häuser und eine Hauptstraße, sodass irgendjemand sicher mögliche Hilferufe gehört hätte. Morgen würde eine Von-Haus-zu-Haus-Befragung durchgeführt werden. Um die Leiche herum war der Pfad mit Müll übersät: rostige Getränkedosen, leere Chipstüten, Papier von Süßigkeiten, zerrissene und verblasste Zeitungsseiten. Im Fluss selbst schwamm noch mehr Müll. In diesem Moment tauchte der rote Griff eines Einkaufswagens aus dem Wasser auf. Erneut erschien ein Taucher. Sein Kopf und seine Schultern bewegten sich im Wasser auf und ab. Auf der Brücke, wo die Hauptstraße den Fluss überquerte, hatte sich eine Gruppe von Menschen versammelt und blickte zum Tatort herüber. Uniformierte Beamte forderten die Schaulustigen zum Weitergehen auf und sperrten so viel an Gelände ab, wie sie nur konnten.

»Aufgrund der Spuren an den Beinen, Schmutz sowie einiger Aufschürfungen und Prellungen«, fuhr die Stimme fort, »würde ich sagen, dass das Opfer mit dem Vorderleib auf den Boden gefallen ist beziehungsweise auf den Boden gestoßen oder hingelegt wurde. Erst später wurde sie umgedreht.« Dr. Cousins' Stimme klang ruhig und desinteressiert. Rebus atmete ein paarmal tief durch und beschloss, er hätte das Unvermeidliche nun lange genug hinausgezögert. Eigentlich war er nur hierher gekommen, um guten Willen zu beweisen, um zu zeigen, dass er nicht zum Vergnügen in London war. Aber wo er nun schon hier war, sollte er sich die Leiche wohl mal aus der Nähe anschauen. Er kehrte dem Kanal den Rücken, den Froschmännern, den Schaulustigen und den zahlreichen Polizeibeamten, die hinter der Absperrung standen. Er kehrte seinem Gepäck den Rücken, das ganz allein am Ende des Pfades stand, und starrte auf die Leiche hinab.

Sie lag auf dem Rücken, die Arme an der Seite, die Beine parallel. Strumpfhose und Schlüpfer waren bis zu den Knien heruntergezogen, doch ihre Blöße wurde von ihrem Rock bedeckt, obwohl Rebus sehen konnte, dass er sich hinten hochgeschoben hatte. Der Reißverschluss an ihrem bunten Anorak war offen, die Bluse aufgerissen. Der BH war allerdings unbeschädigt. Sie hatte lange, glatte schwarze Haare und trug große Ringe in den Ohren. Ihr Gesicht mochte vor ein paar Jahren noch ganz hübsch gewesen sein, doch das Leben hatte es schwer gezeichnet, hatte seine Spuren hinterlassen. Der Mörder hatte ebenfalls Spuren hinterlassen. Ihr Gesicht war blutverschmiert, und auch in den Haaren klebte Blut. Es stammte aus einem klaffenden Loch im Hals der Frau. Aber auch unter dem Körper war Blut, das unter ihrem Rock hervorgeflossen war.

»Wir drehen sie jetzt um«, sagte Dr. Cousins zu seinem Kassettenrecorder. Das tat er auch mit Flights Hilfe, dann hob er das Haar der Frau im Nacken hoch. »Stichwunde«, sagte er in den Kassettenrecorder, »passt zu der größeren Wunde vorn am Hals. Eine Austrittswunde, würde ich sagen.«

Doch Rebus hörte dem Arzt nicht mehr richtig zu. Er starrte entsetzt auf die Stelle, an der der Rock der Frau hochgeschoben war. Da war Blut, sehr viel Blut, es klebte ihr am Rücken, am Gesäß und oben an den Beinen. Aus den Berichten in seiner Aktentasche wusste er, woher dieses Blut stammte, doch das machte den Anblick nicht erträglicher, den kalten blanken Horror. Er fing wieder an, tief durchzuatmen. Er hatte sich noch nie an einem Mordschauplatz übergeben und wollte nicht ausgerechnet jetzt damit anfangen.

»Keinen Scheiß«, hatte sein Boss ihm erklärt. Es war eine Frage des Stolzes. Jedenfalls wusste Rebus jetzt, dass er aus einem sehr ernsten Grund in London war. Hier ging es nicht um »Stolz« oder darum, »eine gute Schau abzuziehen« oder »sein Bestes zu geben«. Hier ging es darum, einen Perversen zu schnappen, einen entsetzlich brutalen Sadisten, und das, bevor er wieder zuschlagen konnte. Und wenn man dazu silberne Kugeln brauchte, dann sollten es in Gottes Namen silberne Kugeln sein.

Rebus zitterte noch, als ihm am Einsatzwagen jemand einen Plastikbecher mit Tee reichte.

»Danke.«

Seine Gänsehaut konnte er immer noch auf die Kälte schieben. Nicht dass es sonderlich kalt gewesen wäre. Dafür sorgte schon die dicke Wolkendecke, und außerdem wehte kein Wind. Natürlich war es in London meistens ein paar Grad wärmer als in Edinburgh, und zwar zu jeder Jahreszeit, und es wehte nicht der gleiche Wind, jener bitterkalte, schneidende Wind, der Sommer wie Winter durch die Straßen von Edinburgh fegte. Wenn Rebus das Wetter in dieser Nacht hätte beschreiben sollen, hätte er es sogar als mild bezeichnet.

Er schloss für einen Moment die Augen, nicht aus Müdigkeit, sondern weil er versuchte, den Anblick von Jean Coopers erkaltendem Leichnam zu verdrängen. Doch der schien sich mit all seinem Grauen in seine Netzhaut eingebrannt zu haben. Rebus hatte erleichtert bemerkt, dass das Ganze selbst Inspector George Flight nicht ungerührt ließ. Seine Handlungen und Bewegungen waren jetzt irgendwie gedämpfter, seine Stimme leiser, als würde er bewusst ein Gefühl unterdrücken, den Drang, zu schreien oder um sich zu treten. Die Taucher stiegen aus dem Fluss und kamen auf sie zu. Sie hatten nichts gefunden. Am Morgen würden sie weitersuchen, doch ihre Stimmen verrieten, dass sie wenig Hoffnung hatten. Flight hörte sich ihren Bericht an und nickte ab und zu. Rebus beobachtete ihn die ganze Zeit unauffällig hinter seinem Teebecher.

George Flight war Ende vierzig, also ein paar Jahre älter als Rebus. Er war nicht gerade klein; man hätte ihn am besten als stämmig beschreiben können. Er hatte zwar einen Bauchansatz, wirkte aber ansonsten recht muskulös. Rebus schätzte seine Chancen bei einer körperlichen Auseinandersetzung mit ihm nicht hoch ein. Flights borstiges braunes Haar war oben auf dem Kopf dünn, doch ansonsten noch ziemlich dicht. Er trug eine Bomberjacke aus Leder und Jeans. Die meisten Männer über vierzig sehen in Jeans albern aus, Flight jedoch nicht. Sie passten zu seinem Auftreten und seinem forschen, geschäftigen Schritt.

Vor langer Zeit hatte Rebus Kriminalbeamte nach ihrer Kleidung in drei Gruppen eingeteilt: die Jeans-und-Leder-Brigade, deren Angehörige so taff aussehen wollten, wie sie sich fühlten; die gepflegten Anzug-und-Krawatte-Typen, denen es um Karriere und Respekt ging (nicht unbedingt in der Reihenfolge); und die Unscheinbaren, die einfach das trugen, was ihnen am Morgen in die Finger fiel, und deren jeweilige Kleidung normalerweise das Ergebnis eines einstündigen Einkaufs in einem großen Kaufhaus war.

Die meisten Kriminalbeamten gehörten zu den Unscheinbaren. Rebus nahm an, dass er selbst in diese Gruppe fiel. Doch als er sich zufällig in einem Seitenspiegel des Wagens erblickte, stellte er fest, dass er gepflegt aussah. Anzug-und-Krawatte-Typen kamen nie gut mit denen von der Jeans-und-Leder-Brigade klar.

Flight schüttelte gerade einem wichtig aussehenden Mann die Hand, der nach dem Händeschütteln die Hände sofort wieder in die Tasche steckte, Flight mit leicht gesenktem Kopf zuhörte und ab und zu nickte, als ob er tief in Gedanken versunken wäre. Er trug einen Anzug und einen schwarzen Wollmantel. Er hätte selbst mitten am Tag nicht adretter angezogen sein können. Die meisten Leute wirkten allmählich erschöpft, ihre Kleidung und ihre Gesichter waren verknittert. Es gab nur zwei Ausnahmen: diesen Mann und Philip Cousins.

Der Mann schüttelte jetzt Dr. Cousins die Hand und begrüßte sogar Dr. Cousins' Assistentin. Dann deutete Flight auf den Wagen ... nein, auf *Rebus*! Sie kamen auf ihn zu. Rebus nahm den Becher aus dem Gesicht und nahm ihn von der rechten in die linke Hand, falls Händeschütteln angesagt sein sollte.

»Das ist Inspector Rebus«, sagte Flight.

»Ah, unser Mann von nördlich der Grenze«, sagte der wichtig aussehende Mann mit einem ironischen und ziemlich überheblichen Lächeln. Rebus erwiderte das Lächeln, sah aber Flight an.

»Inspector Rebus, das ist Chief Inspector Howard Laine.«

»Angenehm.« Händeschütteln. Howard Laine – klang wie ein Straßenname.

»Sie sind also hier«, sagte Chief Inspector Laine, »um uns bei unserem kleinen Problem zu helfen?«

»Nun ja«, erwiderte Rebus. »Ich bin mir nicht sicher, was ich tun kann, seien Sie aber versichert, ich werde tun, was ich kann.«

Einen Augenblick passierte gar nichts, dann lächelte Laine, sagte aber nichts. Die Erkenntnis traf Rebus wie ein Blitz und haute ihn fast um. *Sie konnten ihn nicht verstehen!* Sie standen da und lächelten ihn an, aber sie verstanden seinen Akzent nicht. Rebus räusperte sich und versuchte es noch einmal.

»Was auch immer ich tun kann, um Ihnen zu helfen, Sir.«

Laine lächelte wieder. »Ausgezeichnet, Inspector, ausgezeichnet. Inspector Flight wird Sie sicherlich in alles einweihen. Haben Sie sich gut eingelebt?«

»Eigentlich ...«

Flight fiel ihm ins Wort. »Inspector Rebus ist sofort hierher gekommen, als er von dem Mord gehört hat. Er ist gerade erst in London angekommen.«

»Tatsächlich?« Laine klang beeindruckt, aber Rebus merkte, dass der Mann allmählich unruhig wurde. Das hier war Small Talk, und ihm gefiel offenbar die Vorstellung nicht, er könnte Zeit für Small Talk haben. »Also, Inspector«, sagte er, »wir sehen uns sicher noch.« Und zu Flight gewandt: »Ich sollte jetzt besser los, George. Alles unter Kontrolle?« Flight nickte nur. »Gut, fein, also ...« Und damit ging der Chief Inspector, begleitet von Flight, zu seinem Auto zurück. Rebus atmete geräuschvoll aus. Er fühlte sich völlig fehl am Platz. Er wusste, wann er nicht erwünscht war, und fragte sich, wessen Idee es nur gewesen sein mochte, ihn zu dem Wolfsmann-Fall abzustellen. Jemand mit einem abartigen Sinn für Humor, so viel war sicher. Schließlich hatte sein Boss ihm den Brief gezeigt.

»Sieht so aus«, hatte er gesagt, »als wären Sie zum Experten für Serienkiller geworden, John, und davon haben die bei der Met im Augenblick zu wenige. Die möchten, dass Sie für ein paar Tage nach London kommen und schauen, ob Ihnen was dazu einfällt. Vielleicht können Sie die auf ein paar neue Ideen bringen.«

Rebus hatte den Brief mit wachsender Fassungslosigkeit gelesen. Er bezog sich auf einen Fall von vor ein paar Jahren, den Fall eines Kindermörders, den Rebus geknackt hatte. Doch dabei war es um eine persönliche Angelegenheit gegangen, nicht um einen richtigen Serienkiller.

»Ich weiß überhaupt nichts über Serienkiller«, hatte Rebus seinem Boss erwidert.

»Nun ja, sieht so aus, als werden Sie sich in guter Gesellschaft befinden.«

Und da stand er nun auf einem öden Flecken Erde im Nordosten von London mit einem Becher unsagbar schlechtem Tee, den er mit beiden Händen umklammert hielt. Sein Magen rebellierte, seine Nerven lagen blank, und sein Gepäck sah genauso einsam und fehl am Platz aus, wie er sich fühlte. Er sollte helfen, das Unlösbare zu lösen, *unser Mann von nördlich der Grenze*. Wessen Idee war das nur gewesen, ihn hierher zu holen? Keine Polizeitruppe gab gerne zu, versagt zu haben; doch indem sie Rebus nach London zitierte, tat die Met genau das.

Nachdem Laine fort war, wirkte Flight ein wenig entspannter. Er nahm sich sogar die Zeit, Rebus ermutigend zuzulächeln, bevor er zwei Männern Anweisungen gab, die, wie Rebus wusste, von einem Bestattungsinstitut kamen. Die Männer gingen zurück zu ihrem Fahrzeug und kamen mit einer großen gefalteten Plastikplane wieder. Sie passierten die Absperrung, gingen zu der Leiche und breiteten die Plane neben ihr aus. Es war ein durchsichtiger Sack, über drei Meter lang und mit einem Reißverschluss von oben bis unten. Während die beiden Männer den Sack öffneten, die Leiche hineinhoben und den Reißverschluss zuzogen, stand Dr. Cousins dicht daneben. Ein Fotograf machte noch ein paar Blitzlichtaufnahmen von der Stelle, an der die Tote gelegen hatte, während die beiden Männer die Leiche durch die Absperrung zu ihrem Wagen trugen.

Rebus bemerkte, dass die meisten Schaulustigen verschwunden waren, nur ein paar neugierige Seelen waren noch geblieben. Einer von ihnen, ein junger Mann, hielt einen Sturzhelm in der Hand und trug eine glänzende schwarze Lederjacke mit noch stärker glänzenden silbernen Reißverschlüssen. Ein sehr müde aussehender Polizist versuchte, ihn zum Weitergehen zu bewegen.

Rebus kam sich selbst wie ein Zuschauer vor und musste an die vielen Fernsehserien und Filme denken, die er gesehen hatte, in denen Detectives sich in der ersten Minute auf dem Tatort tummeln (und dabei jegliches Beweismaterial zerstören) und in der neunundfünfzigsten oder neunundachtzigsten Minute den Mord lösen. Wirklich lächerlich. Polizeiarbeit war genau das, was das Wort besagte: Arbeit. Erbarmungslos, routinemäßig, langweilig, frustrierend und vor allem zeitaufwändig. Er sah auf seine Uhr. Es war genau zwei Uhr. Sein Hotel lag im Zentrum von London, irgendwo hinter Piccadilly Circus. Es würde dreißig bis vierzig Minuten dauern, dorthin zu kommen, immer unter der Voraussetzung, dass ein Streifenwagen zur Verfügung stand.

»Kommen Sie mit?«

Es war Flight, der jetzt ein paar Meter vor ihm stand.

»Warum nicht?«, sagte Rebus, der genau wusste, wovon Flight redete, oder genauer gesagt, *wohin* er meinte.

Flight lächelte. »Eines muss ich Ihnen ja lassen, Inspector Rebus, Sie geben nicht auf.«

»Die berühmte Verbissenheit der Schotten«, sagte Rebus, aus einem der Berichte über das Rugbyspiel in einer der Sonntagszeitungen zitierend. Flight lachte tatsächlich. Zwar nur kurz, doch nun war Rebus froh, dass er gleich nach seiner Ankunft hierher gekommen war. Das Eis war zwar noch nicht ganz gebrochen, doch ein gewaltiger Brocken war von einer Ecke des Eisbergs abgeplatzt.

»Dann kommen Sie. Ich bin mit dem Auto da. Ich bitte einen der Fahrer, ihr Gepäck in seinen Kofferraum zu tun. An meinem klemmt das Schloss. Vor ein paar Wochen hat jemand versucht, ihn mit einem Brecheisen aufzustemmen.« Er sah Rebus zum ersten Mal direkt in die Augen. »Heutzutage ist es nirgends sicher«, sagte er. »Nirgends.«

Oben an der Straße ging es bereits ziemlich laut zu. Stimmen und das Zuknallen von Autotüren. Ein paar Beamte würden natürlich dableiben und den Tatort bewachen. Und einige wenige könnten vielleicht in die warmen Räume der Wache oder – ein kaum vorstellbarer Luxus – in ihre eigenen Betten zurückkehren. Doch einige der Autos würden dem Leichenwagen folgen, den ganzen Weg bis zum Leichenschauhaus.

Rebus saß vorn in Flights Wagen. Während der Fahrt suchten beide Männer verzweifelt nach einem Gesprächsthema und sagten infolgedessen sehr wenig, bis sie am Ziel waren.

»Wissen wir, wer sie ist?«, fragte Rebus.

»Eine gewisse Jean Cooper«, sagte Flight. »Wir haben einen Ausweis in ihrer Handtasche gefunden.«

»Gibt's einen besonderen Grund, weshalb sie den Pfad benutzte?«

»Sie ging von der Arbeit nach Hause. Sie arbeitete in einem Schnapsladen ganz in der Nähe. Ihre Schwester hat gesagt, sie hätte um sieben Uhr frei.«

»Wann wurde die Leiche gefunden?«

»Viertel vor zehn.«

»Ganz schöne Lücke.«

»Wir haben Zeugen, die sie im Dog and Duck gesehen haben. Das ist ein Pub in der Nähe, wo sie arbeitet. Sie ging dort manchmal abends einen trinken. Die Frau hinter der Theke meint, sie wär so gegen neun Uhr gegangen.«

Rebus starrte durch die Windschutzscheibe. Für die Uhrzeit herrschte immer noch reichlich Verkehr; außerdem fuhren sie an Gruppen von Jugendlichen vorbei, die lärmend über den Bürgersteig zogen.

»In Stokie gibt's einen Club«, erklärte Flight. »Sehr beliebt, aber wenn der zumacht, fahren keine Busse mehr, also gehen alle zu Fuß nach Hause.«

Rebus nickte, dann fragte er: »Stokie?«

Flight lächelte. »Stoke Newington. Da sind Sie vermutlich auf dem Weg von King's Cross durchgekommen.«

»Weiß der liebe Himmel«, sagte Rebus. »Für mich sah das alles gleich aus. Ich glaub, mein Taxifahrer hat mich für einen Touristen gehalten. Wir haben so lange von King's Cross gebraucht, dass ich fast glaube, wir sind über die M25 gefahren.« Rebus wartete, dass Flight lachte, aber er verzog nur den Mund zu einem schwachen Lächeln. Erneut herrschte Schweigen. »War diese Jean Cooper ledig?«, fragte Rebus schließlich.

»Verheiratet.«

»Sie trug aber keinen Ehering.«

Flight nickte. »Sie lebte von ihrem Mann getrennt. Wohnte mit ihrer Schwester zusammen. Keine Kinder.«

»Und sie ist allein einen trinken gegangen.«

Flight sah kurz zu Rebus hinüber. »Was wollen Sie damit sagen?«

Rebus zuckte die Achseln. »Nichts. Wenn sie sich gern amüsiert hat, dann ist sie vielleicht auf diese Weise an ihren Mörder geraten.«

»Das ist möglich.«

»Aber ob sie ihn nun gekannt hat oder nicht, der Mörder könnte ihr jedenfalls von dem Pub aus gefolgt sein.«

»Wir werden mit allen reden, die dort waren, keine Sorge.«

»Entweder das«, sagte Rebus laut denkend, »oder der Mörder hat einfach am Fluss gewartet, wer zufällig gerade vorbeikam. Irgendjemand könnte ihn gesehen haben.«

»Wir werden uns umhören«, sagte Flight. Seine Stimme hatte einen schärferen Ton angenommen.

»Tut mir leid«, sagte Rebus. »Mal wieder ein typischer Fall, wo das Ei klüger sein will als die Henne.«

Flight blickte erneut zu Rebus. Sie bogen gerade nach links in das Tor eines Krankenhauses. »Ich bin keine Henne«, sagte er. »Und alles, was Sie zu sagen haben, möchte ich gern hören. Vielleicht kommen Sie ja auf irgendwas, woran ich noch nicht gedacht habe.«

»In Schottland hätte das natürlich nicht passieren können«, sagte Rebus.

»Ach?«, sagte Flight mit leicht spöttischer Miene. »Und wieso nicht? Ist man oben im eiskalten Norden zu zivilisiert dazu? Ich kann mich erinnern, dass ihr die schlimmsten Fußball-Hooligans der Welt hattet. Habt ihr vielleicht immer noch, bloß dass die heutzutage aussehen, als könnten sie kein Wässerchen trüben.«

Doch Rebus schüttelte den Kopf. »Nein, ich wollte nur sagen, dass das Jean Cooper nicht hätte passieren können. Bei uns sind die Schnapsläden nämlich sonntags geschlossen.«

Rebus verfiel in Schweigen und starrte wie gebannt durch die Windschutzscheibe. Er behielt seine Gedanken für sich, Gedanken, die sich auf einem sehr primitiven Niveau bewegten: Leck mich am Arsch. Mit den Jahren waren diese vier Worte zu seinem Mantra geworden. Leck mich am Arsch. LMAA. Es hatte nur einer zwanzigminütigen Autofahrt bedurft, bis der Londoner verriet, wie er tatsächlich über die Schotten dachte.

Als Rebus aus dem Auto stieg, warf er einen Blick durch die Heckscheibe und sah zum ersten Mal, was sich auf dem Rücksitz befand. Er öffnete den Mund, um zu sprechen, doch Flight hob abwehrend die Hand.

»Fragen Sie bloß nicht«, knurrte er und knallte die Fahrertür zu. »Und tut mir übrigens leid, was ich eben gesagt hab ...«

Rebus zuckte nur die Achseln; gleichzeitig verzog er nachdenklich die Augenbrauen. Schließlich musste es *irgendeine* logische Erklärung geben, weshalb ein Detective Inspector am Schauplatz eines Mordes einen großen Teddybär hinten im Wagen sitzen hatte. Doch spontan fiel Rebus beim besten Willen keine ein ...

Ein Leichenschauhaus ist ein Ort, wo Tote aufhören, Menschen zu sein, und zu Plastiktüten voller Fleisch, Innereien, Blut und Knochen werden. Rebus war es noch nie an einem Mordschauplatz schlecht geworden, doch bei seinen ersten Besuchen in der Pathologie war sein Mageninhalt im Handumdrehen zu einem potenziellen Untersuchungsobjekt geworden.

Der Autopsieassistent war ein kleiner fröhlicher Mann mit einem kräftigen Muttermal, das ein Viertel seines Gesichts bedeckte. Er schien Dr. Cousins recht gut zu kennen und hatte alles für die Ankunft der Toten und des üblichen Polizeigefolges vorbereitet. Cousins kontrollierte den Autopsieraum, während die Schwester von Jean Cooper behutsam in ein Vorzimmer geführt wurde, um dort die offizielle Identifikation vorzunehmen. Es dauerte nur wenige tränenreiche Sekunden, dann wurde sie mit tröstenden Worten von einigen Beamtinnen hinausbegleitet. Man würde sie nach Hause fahren, aber Rebus bezweifelte, dass sie in dieser Nacht Schlaf finden würde. Und da er wusste, wie lange ein gründlicher Pathologe brauchte, zweifelte er allmählich, dass irgendjemand von ihnen noch vor dem Morgen ins Bett kommen würde.

Endlich wurde der Leichensack in den Autopsieraum gebracht und der Leichnam von Jean Cooper auf einen Tisch gelegt, beleuchtet vom grellen Licht summender Neonröhren. Der Raum war antiseptisch, aber alt. Die Fliesen an den Wänden waren rissig, und es roch penetrant nach Chemikalien. Alle sprachen mit gedämpfter Stimme, nicht so sehr aus Pietät, sondern wegen einer merkwürdigen Furcht. Schließlich war das Leichenschauhaus ein riesiges memento mori, und was jetzt mit Jean Coopers Körper geschehen würde, würde jeden Einzelnen von ihnen daran erinnern, dass der Körper zwar ein Tempel sein mochte, es aber möglich war, diesen Tempel zu plündern, seine Schätze zu verstreuen und seine kostbaren Geheimnisse offen zu legen.

Eine Hand legte sich sanft auf Rebus' Schulter, und er drehte sich erschrocken zu dem Mann um, der hinter ihm stand. »Mann« war nicht ganz der richtige Ausdruck. Dieses große, unfreundlich aussehende Individuum hatte kurz geschorene Haare und das von Akne gezeichnete Gesicht eines Jugendlichen in der Pubertät. Er sah wie ungefähr vierzehn Jahre aus, doch Rebus schätzte ihn auf Mitte zwanzig.

»Sind Sie der Schotte, der Jock?« Die Stimme klang interessiert, aber ansonsten ziemlich gefühllos. Rebus schwieg. LMAA. »Yeah, dacht ich mir. Haben den Fall wohl schon gelöst, was?« Das Grinsen, das diese Frage begleitete, bestand zu drei Vierteln aus Spott und zu einem Viertel aus Groll. »Wir *brauchen* keine Hilfe.«

»Ah«, sagte George Flight, »wie ich sehe, haben Sie DC Lamb bereits kennen gelernt. Ich wollte Sie gerade vorstellen.«

»Sehr erfreut«, sagte Rebus und starrte mit steinerner Miene auf die gepunkteten Linien, die die Pickel auf Lambs Stirn bildeten. Lamb! Kein Nachname in der Geschichte der Menschheit, so kam es Rebus vor, war je weniger verdient, weniger zutreffend gewesen. Am Obduktionstisch räusperte Dr. Cousins sich geräuschvoll.

»Meine Herren«, sagte er in den Raum hinein. Das sollte eigentlich nur heißen, dass er mit der Arbeit beginnen wollte. Im Raum breitete sich wieder Schweigen aus. Ein an der Decke befestigtes Mikrofon hing knapp einen Meter über dem Tisch. Cousins wandte sich an den Assistenten. »Ist das Ding eingeschaltet?« Der Mann nickte diensteifrig, während er mit lautem Klappern eine Reihe metallischer Instrumente auf einem Tablett anordnete.

Rebus kannte die Instrumente, hatte sie alle schon in Aktion erlebt. Die Messer, Sägen und Bohrer. Einige von ihnen waren elektrisch, andere werden mit menschlicher Kraft bewegt. Die Geräusche, die die elektrischen Geräte machten, waren fürchterlich, aber zumindest war die Sache schnell vorbei; die manuellen Werkzeuge machten ebenso scheußliche Geräusche, die außerdem kein Ende zu nehmen schienen. Es würde jedoch noch ein bisschen dauern, bis der Horror losging. Als Erstes kam die langsame und sorgfältige Prozedur, mit der die Kleidung entfernt und für das Labor in Plastiktüten verpackt wurde.

Während Rebus und die anderen zusahen, knipsten die beiden Fotografen munter drauflos, der eine in Schwarzweiß und der andere in Farbe, um jeden einzelnen Schritt für die Nachwelt festzuhalten. Der Videomann hatte allerdings aufgegeben, weil seine Kamera mittlerweile durch eines der billigen Bänder hoffnungslos blockiert war. Oder zumindest war das die Geschichte, die ihm die Anwesenheit in der Pathologie ersparte.

Schließlich war die Leiche nackt, und Cousins zeigte auf ein paar Stellen, von denen Nahaufnahmen gemacht werden sollten. Dann rückten die Kriminaltechniker wieder an, mit noch mehr Klebeband bewaffnet. Nun, wo die Leiche unbekleidet war, musste noch einmal die gleiche Prozedur durchgeführt werden wie auf dem Treidelpfad. Nicht umsonst nannte man diese Leute auch die Tesa-Männer.

Cousins schlenderte zu der Stelle hinüber, wo Rebus, Flight und Lamb zusammenstanden.

»Für eine Tasse Tee könnte ich einen Mord begehen, George.«

»Ich seh mal, was ich tun kann. Was ist mit Isobel?«

Cousins drehte sich zu Isobel Penny um, die dort stand und trotz der unzähligen Fotoaufnahmen eine weitere Zeichnung von der Leiche anfertigte. »Penny«, rief er, »magst du ein Tässchen?« Ihre Augen öffneten sich ein wenig, und sie nickte begeistert.

»In Ordnung«, sagte Flight und steuerte auf die Tür zu. Rebus hatte den Eindruck, dass der Mann erleichtert war, rauszukommen, und sei's auch nur vorübergehend.

»Unangenehmer kleiner Kerl«, bemerkte Cousins. Rebus fragte sich einen Augenblick lang, ob er George Flight meinte, doch dann wies Cousins mit einer lockeren Handbewegung Richtung Leiche. »So etwas immer mal wieder zu machen, ohne Motiv, bloß aus einem Bedürfnis nach ... nun ja, Spaß, nehme ich an.«

»Es gibt immer ein Motiv«, sagte Rebus. »Sie haben es gerade selber genannt. Spaß, das ist sein Motiv. Aber die Art und Weise, wie er tötet, was er tut. Da muss noch ein anderes Motiv dahinterstecken. Wir können es bloß noch nicht erkennen.«

Cousins starrte ihn an. Rebus konnte ein wohlwollendes

Aufleuchten in seinen tiefgründigen Augen erkennen. »Na schön, Inspector, hoffen wir bloß, dass *irgendwer* bald herausfindet, was es ist. Vier Morde in drei Monaten. Der Mann funktioniert so regelmäßig wie der Mond.«

Rebus lächelte. »Aber wir wissen doch alle, dass Werwölfe vom Mond beeinflusst werden, oder etwa nicht?«

Cousins lachte. Es war ein tiefes und volles Lachen, das in dieser Umgebung merkwürdig fehl am Platz klang. Lamb lachte nicht, er verzog nicht mal eine Miene. Er schien dem Gespräch kaum zu folgen, und das gefiel Rebus. Doch man musste vor Lamb auf der Hut sein.

»Wahrscheinlich heult er wie verrückt. Huuuh, na, Sie wissen schon.«

»Nun ja«, sagte Cousins, als wäre dieser Scherz zu abgedroschen, um überhaupt registriert zu werden, »ich muss jetzt weitermachen.« Er ging zum Obduktionstisch zurück. »Sind Sie fertig, meine Herren?« Die Kriminaltechniker nickten. »Schmuck entfernt?« Sie nickten wieder. »Gut. Also, wenn Sie fertig sind, würde ich vorschlagen, wir fangen an.«

Der Anfang war nie allzu schrecklich. Messungen, eine Beschreibung der äußerlichen Merkmale – einsachtundsechzig groß, braune Haare – solche Dinge. Abgeschnittene Fingernägel und das, was man unter den Nägeln herausgekratzt hatte, wurden in weitere Plastikbeutel verpackt. Rebus nahm sich vor, Aktien von der Firma zu kaufen, welche auch immer das war, die diese Beutel herstellte. Er hatte schon Morduntersuchungen erlebt, bei denen Hunderte von diesen Dingern verbraucht worden waren.

Langsam, aber sicher wurde es immer schlimmer. Mehrere Abstriche wurden von Jean Coopers Vagina entnommen. Dann machte sich Cousins an den ernsteren Teil der Arbeit.

»Große Einstichwunde am Hals. Aufgrund der Größe der Verletzung würde ich sagen, dass das Messer in der Wunde gedreht wurde. Ein nicht sehr großes Messer. Aufgrund der Beschaffenheit der Austrittswunde würde ich sagen, dass die

Klinge etwa zwölf Zentimeter lang war, vielleicht ein bisschen kürzer, zwei bis drei Zentimeter breit und sehr spitz. Die Haut um den Einstich weist einige blutunterlaufene Stellen auf, vielleicht durch den Griffschutz oder den Griff selbst verursacht. Das könnte darauf hinweisen, dass das Messer mit einiger Gewalt hineingestoßen wurde.

Hände und Arme weisen keinerlei Anzeichen auf, dass das Opfer versucht hat, sich zu wehren, also hatte es wohl keine Zeit dazu. Es ist denkbar, dass sie von hinten angegriffen wurde. Es gibt leichte Verfärbungen um den Mund, und der Lippenstift des Opfers ist ein wenig über die rechte Wange verschmiert. Wenn sie von hinten angegriffen wurde, wäre ein mögliches Szenario, dass der Täter ihr mit der linken Hand den Mund zugehalten hat, um sie am Schreien zu hindern, und dabei den Lippenstift verschmiert hat, während er mit der rechten Hand zustach. Die Verletzung am Hals verläuft leicht nach unten, was auf jemanden hinweist, der größer ist als das Opfer.«

Cousins räusperte sich erneut. Nun ja, dachte Rebus, damit könnten sie den Autopsieassistenten und einen der Fotografen von der Liste der Verdächtigen streichen; alle anderen im Raum waren über einssiebzig.

Eine Unterbrechung der Untersuchung gab den Zuschauern die Gelegenheit, von einem Fuß auf den anderen zu treten, sich ebenfalls zu räuspern und einander zu betrachten, um festzustellen, wie bleich dieses oder jenes Gesicht war. Rebus war überrascht über die »Szenarien«, die der Pathologe entwickelte. Das war doch eigentlich *ihre* Aufgabe, nicht seine. Alle Pathologen, mit denen Rebus bisher zusammengearbeitet hatte, hatten sich auf die reinen Fakten beschränkt und die Schlussfolgerungen Rebus überlassen. Doch Cousins arbeitete offenbar nicht so. Vielleicht war er ein verhinderter Detective. Rebus fiel nämlich die Vorstellung immer noch schwer, dass sich jemand freiwillig für die Pathologie entschied.

Inspector Flight kam mit einem Plastiktablett herein, auf dem drei Becher Tee standen. Cousins und Isobel Penny nahmen sich jeweils einen, und Flight nahm den dritten. Von einigen Beamten mit trockenen Kehlen gab es neidische Blicke. Rebus war auch darunter.

»Nun«, sagte Cousins zwischen zwei Schlucken, »werde ich die anale Verletzung untersuchen.«

Es wurde immer schlimmer. Rebus versuchte, sich auf das zu konzentrieren, was Cousins sagte, aber es war nicht einfach. Mit dem gleichen Messer hatte der Täter mehrfach in den After gestochen. An den Oberschenkeln zeigten sich Hautreizungen, wo die Strumpfhose gewaltsam heruntergezogen worden war. Rebus sah zu Isobel Penny, doch abgesehen von ihren leicht geröteten Wangen wirkte sie ganz cool. Die haute so schnell nichts um, das war gewiss. Aber andererseits hatte sie in ihrem Leben vermutlich schon Schlimmeres gesehen. Nein, nein, sie konnte unmöglich schon Schlimmeres gesehen haben als *das* hier. Oder vielleicht doch?

»Der Bauch ist interessant«, sagte Cousins gerade. »Die Bluse wurde aufgerissen, um an den Bauch heranzukommen, und hier sind zwei halbkreisförmige Einkerbungen in der Haut, eigentlich tief genug, um Quetschungen zu verursachen und die Haut zu verletzen, aber an der Haut ist kaum etwas zu sehen, und es gibt keinerlei Blut. Daraus würde ich schließen, dass diese Male erst *nach* den Stichwunden beigebracht wurden. Das heißt, nachdem das Opfer bereits tot war. Neben diesen Bissabdrücken sind einige getrocknete Flecken auf dem Bauch. Ohne ein vorschnelles Urteil fällen zu wollen, möchte ich doch darauf hinweisen, dass sich diese Flecken bei Untersuchungen in den drei sehr ähnlichen Fällen als salzhaltig erwiesen haben – Tränen oder vielleicht Schweißtropfen. Ich messe jetzt die Innentemperatur des Körpers.«

Rebus fühlte sich völlig ausgetrocknet. Ihm war warm, und er hätte vor Müdigkeit umfallen können. Der Schlafmangel gab dem Ganzen etwas Halluzinatorisches. Der Pathologe, seine Assistentin und der Techniker waren von Heiligenscheinen umgeben. Die Wände schienen sich zu bewegen. Rebus wagte nicht, hinzusehen, aus Angst, er könnte das Gleichgewicht verlieren. Zufällig begegnete er Lambs Blick, und der Detective Constable bedachte ihn mit einem gemeinen Grinsen und einem noch gemeineren Zwinkern.

Jetzt wurde die Leiche gewaschen, zum ersten Mal richtig gewaschen. Das hellbraun und schwarz getrocknete Blut wurde entfernt, und die helleren matten Stellen, an denen das Blut verschmiert war, wurden weggewischt. Cousins untersuchte die Leiche noch einmal, stellte aber nichts Neues fest, woraufhin ein weiterer Satz Fingerabdrücke abgenommen wurde. Dann begann die eigentliche Obduktion.

Auf der Vorderseite der Leiche wurde ein tiefer senkrechter Einschnitt gemacht. Blutproben wurden entnommen und den Kriminaltechnikern übergeben, ebenso Urinproben, Teile des Mageninhalts und der Leber, Körperhaare (einschließlich Augenbrauen) und Gewebe. Dieser Prozess war für Rebus in den ersten Jahren immer eine Geduldsprobe gewesen. Wenn doch offenkundig war, wie das Opfer gestorben war, warum musste man sich dann mit diesem ganzen Kram abgeben? Aber mit der Zeit hatte er gelernt, dass das, was man *sehen* konnte, also die äußeren Verletzungen, oft nicht so wichtig war wie das, was man nicht sehen konnte, die winzigen Geheimnisse, die nur ein Mikroskop oder ein chemischer Test enthüllen konnte. Also hatte er gelernt, sich in Geduld zu üben, und wandte das jetzt an, musste allerdings etwa alle halbe Minute ein Gähnen unterdrücken.

»Ich langweile Sie doch nicht etwa?« Cousins' Stimme war leise und durchaus freundlich. Er blickte von seiner Arbeit auf, sah Rebus an und lächelte.

»Ganz und gar nicht«, sagte Rebus.

»Dann ist es ja gut. Wir würden sicher alle lieber zu Hause im warmen Bett liegen, als hier rumzustehen.« Nur der

Techniker mit dem Muttermal ließ Zweifel am Wahrheitsgehalt dieser Aussage erkennen. Cousins griff in den Brustkorb der Leiche. »Ich bin jedenfalls hier raus, so bald ich kann.«

Es war nicht der Anblick einer obduzierten Leiche, beschloss Rebus, der Männer blass werden ließ. Es waren die Geräusche. Das Zerreißen von Fleisch, als ob ein Metzger Stücke von einer Keule abreißen würde. Das Blubbern von Flüssigkeiten und das leise Knarzen der Schneidewerkzeuge. Wenn er irgendwie die Ohren verschließen könnte, wäre alles vielleicht ganz erträglich. Doch stattdessen schienen seine Ohren in diesem Raum ganz besonders empfindlich zu sein. Nächstes Mal würde er Ohrstöpsel mitbringen. Nächstes Mal ...

Die Organe im Brust- und Bauchbereich wurden entfernt und auf einen sauberen Tisch gelegt, wo sie mit einem Schlauch abgespült wurden, bevor Cousins sie sezierte. In der Zwischenzeit trat der Assistent in Aktion und entfernte das Gehirn mit Hilfe einer kleinen elektrischen Kreissäge. Rebus hatte jetzt die Augen geschlossen, doch der Raum schien sich trotzdem um ihn zu drehen. Immerhin würde es jetzt nicht mehr lange dauern. Nicht mehr lange, Gott sei Dank. Aber jetzt waren es nicht nur die Geräusche. Jetzt war es auch der Geruch, dieser unverkennbare Geruch von rohem Fleisch. Er drang einem wie Parfüm in die Nase, setzte sich in die Lungen und blieb hinten im Rachen kleben, sodass er schließlich in den Mund geriet und Rebus das Gefühl hatte, ihn tatsächlich zu schmecken. Sein Magen hob sich kurz, doch er massierte ihn sanft und verstohlen mit einer Hand. Allerdings nicht verstohlen genug.

»Wenn Sie sich übergeben müssen, gehen Sie raus.« Es war wieder Lamb; wie ein Sukkubus fauchte er Rebus die Worte über die Schulter. Dann folgte ein leises Gackern, rau und stockend wie ein absterbender Motor. Rebus drehte den Kopf und lächelte gefährlich.

Nun würde die ganze Schweinerei bald wieder zusammengesetzt werden, und Rebus wusste, wenn die trauernden Verwandten von Jean Cooper sich ihre sterblichen Überreste ansehen kamen, würde die Leiche ganz natürlich aussehen.

Wie immer herrschte am Ende der Autopsie nachdenkliches Schweigen im Raum. Jeder anwesende Mann und jede anwesende Frau waren aus dem gleichen Stoff gemacht wie Jean Cooper, und nun standen sie da, für einige Augenblicke ihrer individuellen Persönlichkeit beraubt. Sie alle waren Körper, animalische Wesen, Ansammlungen von Organen. Der einzige Unterschied zwischen ihnen und Jean Cooper war, dass ihre Herzen noch Blut pumpten. Aber jedes Herz hört eines Tages auf zu schlagen, und das war dann das Ende, bis auf die Möglichkeit, in diesem Fleischerladen zu landen, diesem Schlachthof.

Cousins zog seine Gummihandschuhe aus, wusch sich gründlich die Hände und nahm von dem Assistenten einen kleinen Stapel Papierhandtücher entgegen. »Das war's dann wohl, meine Herren, Penny muss nur noch den Bericht tippen. Der Mord fand zwischen neun und halb zehn statt, würde ich vermuten. Der gleiche *Modus Operandi* wie bei unserem so genannten Wolfsmann. Ich nehme an, ich habe gerade sein viertes Opfer untersucht. Morgen werde ich Anthony Morrison hinzuziehen, damit er einen Blick auf die Zahnabdrücke werfen kann. Mal sehen, was er sagt.«

Da alle außer Rebus zu wissen schienen, wer gemeint war, fragte Rebus: »Wer ist Anthony Morrison?«

Flight antwortete als Erster. »Ein Zahnarzt.«

»Ein Dentalpathologe«, korrigierte ihn Cousins. »Und dazu ein ziemlich guter. Er hat die Daten von den anderen drei Morden. Seine Analysen der Bissabdrücke haben sich als sehr hilfreich erwiesen.« Cousins sah Flight Bestätigung heischend an, doch Flight senkte den Blick auf seine Schuhe, als wollte er sagen: *So weit würde ich nicht gehen.*

»Nun ja«, sagte Cousins, der anscheinend den wortlosen Hinweis verstanden hatte, »jedenfalls kennen Sie jetzt meinen Befund. Nun sind die Jungs vom Labor dran. Hier gibt es nur noch herzlich wenig« – Cousins deutete mit dem Kopf nach hinten auf den ausgehöhlten Leichnam –, »was Ihnen bei Ihren Ermittlungen helfen könnte. Angesichts dieser Tatsache werde ich wohl jetzt nach Hause ins Bett gehen.«

Flight schien zu merken, dass er Cousins verstimmt hatte. »Danke, Philip.« Der Detective legte dem Pathologen eine Hand auf den Arm. Cousins sah auf die Hand, dann zu Flight und lächelte.

Die Vorstellung war zu Ende, das Publikum ging mit schlurfenden Schritten hinaus in die kalte, stille Dunkelheit des anbrechenden Tages. Auf Rebus' Uhr war es halb fünf. Er war völlig erschöpft und hätte sich am liebsten auf den Rasen vor dem Hauptgebäude gelegt und geschlafen. Doch Flight kam mit seinem Gepäck auf ihn zu.

»Kommen Sie«, sagte er. »Ich fahr Sie ins Hotel.«

Hundemüde, wie er war, empfand Rebus das als das Netteste und Freundlichste, was irgendjemand seit Wochen zu ihm gesagt hatte. »Haben Sie denn auch genug Platz?«, fragte er. »Ich meine, mit dem Teddybär und so.«

Flight stutzte. »Wenn Sie lieber zu Fuß gehen möchten, Inspector?«

Rebus hob kapitulierend die Hände und ließ sich, nachdem die Tür entriegelt worden war, auf den Beifahrersitz von Flights rotem Sierra sinken. Nie schien ein Sitz behaglicher gewesen zu sein.

»Hier«, sagte Flight und reichte Rebus einen Flachmann. Rebus drehte den Verschluss auf und schnupperte. »Es wird Sie nicht umbringen«, rief Flight. Das war vermutlich wahr. Es roch nach Whisky. Kein großartiger Whisky, kein rauchiger Malt von den Inseln, aber ein ganz anständiger Tropfen. Der würde ihn vielleicht wach halten, bis sie am Hotel waren. Rebus prostete der Windschutzscheibe zu und ließ sich die Flüssigkeit in den Mund laufen.

Flight setzte sich hinters Lenkrad und startete den Wagen.

Während der Motor im Leerlauf lief, nahm er den Flachmann von Rebus entgegen und trank gierig.

»Wie weit ist es von hier bis zum Hotel?«, fragte Rebus.

»Um diese Uhrzeit etwa zwanzig Minuten«, sagte Flight, drehte den Verschluss zu und steckte den Flachmann wieder in die Tasche. »Das heißt, wenn wir immer bei Rot anhalten.«

»Sie haben meine Erlaubnis, jede rote Ampel zu überfahren, die Ihnen in die Quere kommt.«

Flight lachte matt. Beide Männer überlegten, wie sie das Gespräch auf die Autopsie lenken könnten.

»Am besten lassen wir das bis morgen, was?«, sagte Rebus und sprach für sie beide. Flight nickte nur, fuhr los und winkte Cousins und Isobel Penny zu, die gerade in ihr Auto steigen wollten. Rebus starrte aus seinem Seitenfenster und sah DC Lamb neben seinem Auto stehen, einem schicken kleinen Sportwagen. Typisch, dachte Rebus. Einfach typisch. Lamb starrte zu ihm zurück und sandte ihm grinsend seine Dreiviertelladung Spott herüber.

LMAA, intonierte Rebus im Kopf. LMAA. Dann drehte er sich um, um nach dem Teddybären hinter sich zu sehen. Flight weigerte sich entschieden, auf den Hinweis einzugehen, und Rebus wollte sich trotz seiner Neugier nicht von vornherein die Chance verderben, ein halbwegs gutes Verhältnis zu diesem Mann zu entwickeln, indem er die offenkundige Frage stellte. Mit manchen Dingen wartete man immer am besten bis zum nächsten Morgen.

Der Whisky hatte ihm Nase, Hals und Lunge frei gemacht. Er atmete tief durch und sah den kleinen Autopsieassistenten mit dem kräftigen Muttermal vor sich sowie Isobel Penny, die wie eine Hobbykünstlerin zeichnete. Sie hätte genauso gut vor einem Museumsbild sitzen können, so wenig Emotionen hatte sie gezeigt. Er fragte sich, was wohl ihr Geheimnis war, das Geheimnis ihrer absoluten Gelassenheit, glaubte es aber letztlich zu kennen. Ihr Job war für sie genau das geworden, was das Wort besagte: ein Job. Vielleicht würde Rebus eines Tages genauso empfinden, was er allerdings nicht hoffte.

Wenn das überhaupt möglich war, dann redeten Flight und Rebus während der Fahrt zum Hotel noch weniger, als sie es auf dem Weg zum Leichenschauhaus getan hatten. Der Whisky machte sich in Rebus' leerem Magen bemerkbar, und im Wagen war es drückend warm. Er versuchte, das Fenster einen Spalt zu öffnen, doch der kühle Luftzug machte alles nur noch schlimmer.

Die Autopsie lief noch einmal vor ihm ab. Die Schneidewerkzeuge, wie die Organe dem Körper entnommen wurden, die Einschnitte und Untersuchungen, Cousins' Gesicht, das irgendein schwammiges Gewebe aus nur wenigen Zentimetern Entfernung betrachtete. Ein Zucken, und sein Gesicht wäre voller … Isobel Penny, die das alles beobachtete, alles aufzeichnete, den Schnitt vom Hals bis zum Schambein … London raste an ihm vorbei. Getreu seinen Worten fuhr Flight bei einigen roten Ampeln durch, und bei anderen bremste er nur ein wenig ab. Es waren immer noch Autos unterwegs. Die Stadt schlief nie. Nachtclubs, Partys, sich ziellos Herumtreibende und Obdachlose. Schlaflose Hundebesitzer, Bäckereien, die vierundzwanzig Stunden geöffnet hatten, und Beigel-Shops. Manche schrieben es »Beigel« und manche »Bagel«. Was, zum Teufel, war überhaupt ein Beigel? Waren das nicht diese Dinger, die sie immer in den Woody-Allen-Filmen aßen?

Proben von ihren Augenbrauen, Herrgott noch mal. Wozu sollten Proben von ihren Augenbrauen gut sein? Sie sollten sich auf den Mörder konzentrieren, nicht auf das Opfer. Diese Zahnabdrücke. Wie war noch mal der Name von dem Zahnarzt? Kein Zahnarzt, ein Dental*pathologe*. Morrison, ja, das war's. Morrison, wie die Straße in Edinburgh, Morrison Street, nicht weit von dem Brauereikanal, wo die Schwäne lebten, ein einzelnes Paar Schwäne. Was passierte eigentlich, wenn sie starben? Würde die Brauerei sie durch ein neues Paar ersetzen? So verdammt heiß in diesem glänzenden roten Auto. Rebus spürte, wie sein Inneres sich nach außen kehren wollte. Das Messer im Hals gedreht. Ein nicht sehr großes Messer. Er sah es beinah vor sich. So was wie ein Küchenmesser. Er hatte einen unangenehmen sauren Geschmack im Mund.

»Wir sind gleich da«, sagte Flight. »Nur noch die Shaftesbury Avenue runter. Da rechts ist Soho. Mein Gott, haben wir diesen Sumpf in den letzten Jahren trocken gelegt. Das würden Sie kaum glauben. Wissen Sie, mir ist eingefallen, dass nicht weit von der Stelle, wo die Leiche gefunden wurde, damals die Krays gewohnt haben. Irgendwo auf der Lea Bridge Road. Ich war gerade ein junger Streifenpolizist, als die ihre Glanzzeit hatten.«

»Bitte ...«, sagte Rebus.

»Die haben jemand in Stokie umgebracht. Jack McVitie hieß der, glaub ich. Wurde Jack the Hat genannt.«

»Können Sie hier anhalten?«, platzte Rebus heraus. Flight sah ihn an.

»Was ist los?«

»Ich brauch ein bisschen frische Luft. Ich geh den Rest zu Fuß. Halten Sie bitte einfach an.«

Flight begann zu protestieren, fuhr aber an den Bordstein. Sobald Rebus aus dem Wagen ausgestiegen war, begann er, sich besser zu fühlen. Er hatte kalten Schweiß auf der Stirn, im Nacken und auf dem Rücken. Er atmete tief durch. Flight stellte sein Gepäck auf den Bürgersteig.

»Nochmals vielen Dank«, sagte Rebus. »Entschuldigen Sie die Umstände. Zeigen Sie mir nur die Richtung.«

»Geht direkt vom Circus ab«, sagte Flight.

Rebus nickte. »Ich hoffe, die haben einen Nachtportier.« Ja, er fühlte sich schon viel besser.

»Es ist Viertel vor fünf«, sagte Flight. »Vermutlich erleben Sie gerade, wie die Frühschicht anrückt.« Er lachte, doch das

Lachen erstarb rasch wieder, und er nickte Rebus mit ernstem Gesicht zu. »Sie haben heute Abend gezeigt, dass mit Ihnen zu rechnen ist, John. Okay?«

Rebus erwiderte das Nicken. *John.* Ein weiterer Splitter von dem Eisberg oder bloß geschicktes Verhalten?

»Danke«, sagte er. Sie schüttelten einander die Hand. »Bleibt es bei dem Termin um zehn Uhr?«

»Sagen wir lieber um elf, ja? Ich lasse Sie im Hotel abholen.«

Rebus nickte und nahm sein Gepäck auf. Dann beugte er sich noch einmal über das Heckfenster des Autos. »Gute Nacht, Teddy«, sagte er.

»Passen Sie auf, dass Sie sich nicht verlaufen!«, rief Flight ihm aus dem Wagen zu. Dann fuhr das Auto los, wendete quietschend und donnerte in die Richtung zurück, aus der sie gekommen waren. Rebus schaute sich um. Shaftesbury Avenue. Die Gebäude schienen ihn zu erdrücken. Theater. Geschäfte. Abfall – der Müll von einem Sonntagabend. Ein dumpfes Dröhnen kündigte das Nahen eines Müllwagens an, der kurz darauf aus einer der dunstigen Seitenstraßen auftauchte. Die Männer trugen orangefarbene Overalls. Sie würdigten Rebus keines Blickes, als er sich an ihnen vorbeischleppte. Wie lang war denn diese Straße? Sie schien in einem weiten Bogen zu verlaufen, viel länger, als er erwartet hatte.

Dieses verdammte London. Dann erspähte er Eros oben auf seinem Brunnen, aber irgendwas stimmte nicht. Der Piccadilly Circus war kein richtiger Platz mehr. Eros war nun unmittelbar von Straßen umsäumt, sodass der Verkehr jetzt an ihm vorbei fegte, statt weitläufig um ihn herum. Wer, zum Teufel, war denn auf diese Idee gekommen? Hinter ihm bremste ein Auto ab und fuhr dann langsam neben ihm her. Ein weißer Wagen mit einem orangefarbenen Streifen: ein Polizeiwagen. Der Beamte auf dem Beifahrersitz hatte sein Fenster heruntergekurbelt und rief ihm etwas zu.

»Entschuldigen Sie, Sir, würden Sie mir bitte sagen, wohin Sie wollen?«

»Was?« Die Frage verblüffte Rebus dermaßen, dass er abrupt stehen blieb. Das Auto hatte ebenfalls angehalten, und Fahrer sowie Beifahrer stiegen aus.

»Ist das Ihr Gepäck, Sir?«

Rebus spürte, wie eiskalte Wut in ihm aufstieg. Dann sah er zufällig sein Spiegelbild im Fenster des Streifenwagens. Viertel vor fünf am Morgen auf den Straßen von London. Ein zerzauster, unrasierter Mann, der ganz offensichtlich nicht geschlafen hatte, mit einem Koffer, einer Reisetasche und einer Aktentasche. *Eine Aktentasche?* Wer, um alles in der Welt, würde um diese frühe Stunde mit einer Aktentasche durch die Gegend laufen? Rebus stellte sein Gepäck ab und rieb mit einer Hand über seinen Nasenrücken. Noch bevor er wusste, wie ihm geschah, begannen seine Schultern zu beben, und er schüttelte sich vor Lachen. Die beiden uniformierten Beamten sahen sich gegenseitig an. Schniefend versuchte Rebus, das Lachen zu unterdrücken, und griff in seine Innentasche. Einer der Beamten trat einen Schritt zurück.

»Ganz ruhig, mein Junge«, sagte Rebus. Er zog seinen Ausweis hervor. »Ich bin auf eurer Seite.« Der weniger vorsichtige Beamte, der Beifahrer, nahm Rebus' Ausweis, betrachtete ihn eingehend und gab ihn zurück.

»Sie sind ja ganz schön weit weg von Ihrem Revier, Sir.«

»Das brauchen Sie mir nicht zu erzählen«, sagte Rebus. »Wie ist Ihr Name?«

Jetzt wurde der Constable misstrauisch. »Bennett, Sir. Joey Bennett. Ich meine Joseph Bennett.«

»In Ordnung, Joey. Könnten Sie mir einen Gefallen tun?« Der Constable nickte. »Kennen Sie das Prince Royal Hotel?«

»Ja, Sir.« Bennett begann, mit der linken Hand zu zeigen. »Es ist ungefähr fünfzig Meter ...«

»Okay«, fiel Rebus ihm ins Wort. »Zeigen Sie's mir doch bitte, ja?«

Der junge Mann schwieg. »Würden Sie das tun, Constable Bennett?«

»Ja, Sir.«

Rebus nickte. Ja, er kam mit London klar. Er konnte die Stadt herausfordern und gewinnen. »Na schön«, sagte er und ging los Richtung Prince Royal Hotel. »Ach ja«, sagte er, drehte sich um und blickte beide Männer an, »würden Sie bitte mein Gepäck mitbringen?« Rebus hatte ihnen bereits wieder den Rücken gekehrt, konnte aber beinah hören, wie beiden der Mund aufklappte. »Oder«, rief er zurück, »soll ich Chief Inspector Laine informieren, dass zwei seiner Beamten mich an meinem ersten Abend als sein Gast in dieser schönen Stadt belästigt haben?«

Rebus ging weiter und hörte, wie die beiden Beamten sein Gepäck aufnahmen und hinter ihm her eilten. Dabei debattierten sie, ob sie es wagen könnten, den Streifenwagen unverschlossen zu lassen oder nicht. Er musste trotz allem grinsen. Ein kleiner Sieg, ein bisschen Geflunker, aber was soll's? Das hier war schließlich London. Das war Shaftesbury Avenue. Und das bedeutete Showbiz.

Als sie endlich zu Hause war, wusch sie sich gründlich, und danach fühlte sie sich ein wenig besser. Sie hatte aus dem Kofferraum einen schwarzen Müllsack mitgebracht. Darin waren die Sachen, die sie getragen hatte, billiger Plunder. Morgen Abend würde sie den Garten hinterm Haus in Ordnung bringen und ein Feuer anzünden.

Jetzt weinte sie nicht mehr. Sie hatte sich beruhigt. Hinterher beruhigte sie sich immer. Aus einer Plastiktüte zog sie eine weitere Plastiktüte, aus der sie das blutverschmierte Messer nahm. Das Spülbecken war voll kochendheißer schaumiger Lauge. Die Plastiktüten kamen zu den Klamotten in den Müllsack, das Messer ins Spülbecken. Sie wusch es sorgfältig, leerte das Becken und füllte es wieder. Die ganze Zeit summte sie vor sich hin. Es war kein bestimmtes Lied, noch nicht mal eine richtige Melodie. Doch es beruhigte und besänftigte sie, wie es früher die Wiegenlieder getan hatten, die ihre Mutter gesummt hatte.

Dann war es geschafft. Es war harte Arbeit, und sie war froh, damit fertig zu sein. Konzentration war das Entscheidende. Ein Nachlassen der Konzentration, und man konnte einen Fehler machen und dann diesen Fehler nicht bemerken. Sie spülte das Becken dreimal aus, bis auch die letzte Spur des Blutes beseitigt war, und legte das Messer zum Trocknen auf das Ablaufbrett. Dann ging sie in den Flur und blieb vor einer der Türen stehen, während sie nach dem Schlüssel suchte.

Das hier war ihr Geheimzimmer, ihre Bildergalerie. Drinnen war eine Wand völlig mit Ölgemälden und Aquarellen zugehängt. Drei der Bilder waren irreparabel beschädigt. Schade, da alle drei irgendwann mal ihre Lieblingsbilder gewesen waren. Ihr derzeitiges Lieblingsbild war ein kleines Landschaftsgemälde mit einem Bach. Einfache, blasse Farben und im naiven Stil gemalt. Der Bach war im Vordergrund, und an ihm saßen ein Mann und ein Junge. Es hätte auch ein Mann und ein Mädchen sein können, schwer zu sagen. Das war das Problem bei der naiven Malerei. Und die Künstlerin konnte sie auch nicht mehr danach fragen, denn die Künstlerin war seit Jahren tot.

Sie versuchte, nicht auf die andere Wand zu schauen, die Wand direkt gegenüber. Das war eine furchtbare Wand. Ihr gefiel nicht, was sie aus einem Augenwinkel dort sehen konnte. Sie beschloss, dass es das Format war, was ihr an ihrem Lieblingsbild gefiel. Es war fünfundzwanzig mal dreißig Zentimeter, ohne den ziemlich barocken Goldrahmen (der überhaupt nicht dazu passte – ihre Mutter hatte nie einen guten Geschmack gehabt, was Rahmen betraf). Die zierlichen Dimensionen zusammen mit den verwaschenen Farben gaben dem Ganzen eine Unaufdringlichkeit und einen Mangel an Vision, eine Demut und eine Sanftheit, die ihr gefielen. Natürlich stellte dieses Gemälde keine große Wahrheit dar. Im Gegenteil, es war eine ungeheure Lüge, die absolute Verkehrung der Tatsachen. Es hatte nie einen Bach gegeben, keine rührende Szene mit Vater und Kind. Es hatte nur Horror gegeben. Deshalb war Velázquez ihr Lieblingsmaler: das Spiel der Schatten, Schwarz in allen Schattierungen, Totenschädel und Misstrauen ... das dunkle Herz bloßgelegt.

»Das dunkle Herz.« Sie nickte vor sich hin. Sie hatte Dinge gesehen, Dinge gespürt, wie sie nur wenige je zu Gesicht bekamen. Das war ihr Leben. Das war ihre Existenz. Und das Gemälde begann, sich über sie lustig zu machen, der Bach verwandelte sich in ein grausames türkisfarbenes Grinsen.

Ganz ruhig und wieder vor sich hin summend, nahm sie eine Schere von einem Stuhl in ihrer Nähe und begann, das Bild mit regelmäßigen senkrechten Hieben zu zerfetzen, dann mit waagerechten Hieben, dann wieder senkrecht, immer weiter riss sie ihm das Herz heraus, bis die Szene für immer verschwunden war.

Underground

»Und hier«, sagte George Flight, »wurde der Wolfsmann geboren.«

Rebus schaute sich um. Eine deprimierende Vorstellung, hier geboren zu werden. Es war eine mit Kopfstein gepflasterte Sackgasse, die Häuser drei Stockwerke hoch, die Fenster entweder mit Brettern verrammelt oder vergittert. Die schwarzen Müllsäcke am Straßenrand sahen aus, als würden sie schon seit Wochen dort vor sich hin gammeln. Einige waren auf den spitzen Metallenden der Gitter vor den Fenstern aufgespießt worden, und aus diesen Säcken floss die stinkende Brühe wie aus einem geborstenen Abflussrohr.

»Nett«, sagte er.

»Die Häuser sind zum größten Teil unbewohnt. Einige Bands aus der Gegend benutzen einen der Keller als Übungsraum und machen einen ziemlichen Lärm, wenn sie spielen.« Flight zeigte auf eines der vergitterten Fenster. »Und da ist, soweit ich weiß, ein Textilienhersteller oder -händler. Jedenfalls ist er nicht hier gewesen, seit wir angefangen haben, uns für diese Straße zu interessieren.«

»Ach?« Rebus klang interessiert, doch Flight schüttelte den Kopf.

»Das hat nichts zu bedeuten, glauben Sie mir. Diese Kerle benutzen Arbeitssklaven, Bangladeshis, größtenteils illegale Einwanderer. Und denen passt es überhaupt nicht in den Kram, wenn Polizisten in ihrer Nähe herumschnüffeln. Also packen sie ihre Maschinen zusammen und stellen sie woanders wieder auf.«

Rebus nickte. Er sah sich die Sackgasse genauer an und

versuchte, sich nach den Fotos, die man geschickt hatte, zu erinnern, wo die Leiche gefunden worden war.

»Da war es.« Flight zeigte auf einen Durchgang in einem Metallzaun. Ach ja, jetzt erinnerte sich Rebus. Das Opfer war nicht auf der Straße gefunden worden, sondern auf einer Treppe, die zu einem Untergeschoss führte. Die Frau hatte am Fuß der Treppe gelegen, gleicher *Modus operandi* wie vergangene Nacht, bis hin zu den Bissabdrücken auf dem Bauch. Rebus öffnete seine Aktentasche, nahm den Ordner heraus und schlug ihn bei der entsprechenden Seite auf.

»Maria Watkiss, achtunddreißig Jahre. Beruf: Prostituierte. Leiche wurde am Dienstag, den 16. Januar, von städtischen Arbeitern gefunden. Man schätzt, dass das Opfer zwei bis drei Tage vor seiner Entdeckung ermordet worden war. Es wurde ein rudimentärer Versuch unternommen, die Leiche zu verbergen.«

Flight deutete mit dem Kopf auf einen der aufgespießten schwarzen Säcke. »Er hat einen Sack Müll über sie gekippt. Damit war die Leiche ganz gut verdeckt. Die Arbeiter sind durch Ratten darauf aufmerksam geworden.«

»Ratten?«

»Dutzende, nach allem, was man so hört. Die hatten ein verdammt üppiges Mahl, diese Ratten.«

Rebus stand jetzt oben an der Treppe. »Wir vermuten«, sagte Flight, »dass der Wolfsmann sie für einen schnellen Fick im Stehen bezahlt und sie hierher gebracht hat. Oder vielleicht hat sie ihn hierher gebracht. Sie hat sich ihre Kunden in einem Pub auf der Old Street gesucht. Das ist fünf Minuten zu Fuß von hier. Wir haben mit den Stammgästen gesprochen, aber niemand hat sie mit irgendjemandem weggehen sehen.«

»Vielleicht hat er sie mit dem Auto aufgelesen?«

»Das ist sehr gut möglich. Nach der räumlichen Distanz zwischen den Tatorten zu urteilen, muss er ziemlich mobil sein.«

»Im Bericht steht, dass sie verheiratet war.«

»Das stimmt. Tommy, ihr Mann, wusste, dass sie anschaffen ging. Es hat ihn nicht gestört, solange sie die Kohle zu Hause ablieferte.«

»Und er hat sie nicht als vermisst gemeldet?«

Flight rümpfte die Nase. »Tommy doch nicht. Er war zu der Zeit auf Sauftour gewesen, war praktisch bewusstlos, als wir zu ihm kamen. Später hat er gesagt, dass Maria häufiger für ein paar Tage verschwand, ist angeblich mit ein paar von ihren Stammkunden ab und zu ans Meer gefahren.«

»Ich nehme an, Sie haben keinen von diesen ... Kunden aufspüren können?«

»Das können Sie vergessen.« Flight lachte, als wäre das der beste Witz, den er seit langem gehört hatte. »Nur der Vollständigkeit halber: Tommy meinte, einer von ihnen könnte vielleicht Bill oder Will heißen. Hilft Ihnen das weiter?«

»Es schränkt den Personenkreis ziemlich ein«, sagte Rebus lächelnd.

»Jedenfalls möchte ich bezweifeln«, fuhr Flight fort, »dass Tommy uns um Hilfe gebeten hätte, wenn sie nicht aufgetaucht wäre. Er hat ein ellenlanges Vorstrafenregister. Ehrlich gesagt war er unser erster Verdächtiger.«

»Ist doch klar.« Für jeden Polizisten war das eine unumstößliche Wahrheit: die meisten Morde passieren innerhalb der Familie.

»Vor ein paar Jahren«, sagte Flight, »war Maria ziemlich übel zusammengeschlagen worden. Krankenhausreif. Und das war Tommys Werk. Sie hatte ein Verhältnis mit einem anderen Mann, und der zahlte nicht dafür, wenn Sie verstehen, was ich meine. Ein paar Jahre davor hat Tommy mal wegen schwerer Körperverletzung gesessen. Das Urteil hätte sogar auf Vergewaltigung gelautet, wenn wir die Frau in den Zeugenstand gekriegt hätten, doch sie hatte furchtbare Angst. Es gab zwar Zeugen, aber wir haben es nicht geschafft, ihm die

Vergewaltigung anzuhängen. Also lief es auf schwere Körperverletzung hinaus. Er hat elf Monate bekommen.«

»Also ein gewalttätiger Typ.«

»Das könnte man so sagen.«

»Dessen Brutalität sich hauptsächlich gegen Frauen richtet.«

Flight nickte. »Zunächst sah es ganz gut aus. Wir dachten, wir könnten ihm den Mord an Maria anhängen und es auch beweisen. Doch es passte nichts zusammen. Fing damit an, dass er ein Alibi hatte. Dann waren da die Bissabdrücke – nach Meinung des Zahnarzts nicht von ihm.«

»Sie reden von Dr. Morrison?«

»Ja, das stimmt. Ich bezeichne ihn immer als Zahnarzt, um Philip zu ärgern.« Flight kratzte sich am Kinn. Seine Lederjacke knirschte am Ellbogen. »Jedenfalls passte nichts zusammen. Und als dann der zweite Mord geschah, da wussten wir, dass wir es mit einem anderen Kaliber als Tommy zu tun hatten.«

»Da sind Sie sich absolut sicher?«

»John, ich bin mir nicht *absolut* sicher, was für eine Farbe die Socken haben, die ich heute Morgen angezogen hab, manchmal bin ich mir noch nicht mal sicher, ob ich überhaupt Socken angezogen habe. Aber ich bin mir *ziemlich* sicher, dass das nicht das Werk von Tommy Watkiss war. Der kriegt seine Kicks, indem er zu Arsenal geht, nicht indem er tote Frauen verstümmelt.«

Rebus hatte Flight die ganze Zeit angesehen. »Ihre Socken sind blau«, sagte er. Flight blickte nach unten, stellte fest, dass es tatsächlich so war, und grinste breit.

»Und es sind unterschiedliche Blautöne«, fügte Rebus hinzu.

»Verdammt noch mal, das stimmt.«

»Ich möchte trotzdem mit Mr. Watkiss reden«, fuhr Rebus fort. »Hat aber keine Eile, und nur, wenn's Ihnen passt.«

Flight zuckte die Achseln. »Was immer Sie wünschen,

Sherlock. Können wir jetzt dieses Drecksloch hier verlassen, oder möchten Sie noch irgendwas sehen?«

»Nein«, sagte Rebus. »Verschwinden wir von hier.« Sie gingen zur Einmündung der Sackgasse zurück, wo Flights Auto stand. »Wie heißt dieser Stadtteil noch mal?«

»Shoreditch. Kennen Sie diese Kinderreime noch? ›Wenn ich mal reich bin, sagen die Glocken von Shoreditch‹?«

Ja, Rebus hatte eine vage Erinnerung daran. Eine Erinnerung an seine Mutter, die ihn auf dem Knie hielt, oder vielleicht war es auch sein Vater, ihm Lieder vorsang und dabei mit dem Knie im Takt wippte. So war es zwar nie gewesen, aber er hatte trotzdem eine Erinnerung daran. Sie waren jetzt am Ende der Sackgasse angekommen. Vor ihnen befand sich eine große Straße, auf der um diese Tageszeit viel Verkehr herrschte. Die Häuser hier waren schwarz vor Schmutz, die Fenster ebenfalls völlig verdreckt. Irgendwelche Büros und einige Lagerhäuser. Keine Geschäfte bis auf eines, das Geräte für professionelle Küchen verkaufte. So wie es aussah, gab es keine Wohnhäuser, noch nicht mal Wohnungen in den oberen Etagen. Niemand, der mitten in der Nacht einen erstickten Schrei hören könnte. Niemand, der durch ein ungeputztes Fenster sehen könnte, wie sich der Mörder blutbespritzt davonschlich.

Rebus starrte noch einmal in die Sackgasse zurück, dann blickte er an dem Eckhaus hinauf, wo ein kaum lesbares Schild mit dem Namen der Gasse angebracht war: Wolf Street E1.

Deshalb also hatte die Polizei den Mörder Wolfsmann genannt. Es hatte nichts mit der Brutalität seiner Attacken zu tun, nichts mit den Zahnabdrücken, die er hinterließ, sondern einfach, weil hier, wie Flight gesagt hatte, soweit sie wussten, der Ort seiner Geburt war, der Ort, an dem er sich zum ersten Mal offenbart hatte. Er war der Wolfsmann. Er konnte überall sein, aber das war relativ unwichtig. Wichtiger war, dass er *irgendjemand* sein konnte, einfach irgendjemand in dieser Stadt von zehn Millionen Gesichtern, zehn Millionen geheimer Höhlen.

»Wohin als Nächstes?«, fragte Rebus, während er die Beifahrertür öffnete.

»Zur Kilmore Road«, sagte Flight und tauschte einen Blick mit Rebus, der besagte, dass ihm die Ironie des Namens durchaus bewusst war.

»Dann zur Kilmore Road«, sagte Rebus und stieg ins Auto.

Der Tag hatte früh begonnen. Als Rebus nach drei Stunden Schlaf aufwachte und nicht wieder einschlafen konnte, hatte er in seinem Zimmer das Radio eingeschaltet und sich die Morgennachrichten angehört, während er sich anzog. Da er nicht genau wusste, was der Tag bringen würde, zog er sich leger an: hellbraune Cordhose, leichte Jacke und Hemd. Heute keinen Tweed und keine Krawatte. Er hätte gerne ein Bad genommen, doch das Badezimmer auf seiner Etage des Hotels war abgeschlossen. Er würde an der Rezeption fragen müssen. Neben der Treppe stand eine automatische Schuhputzmaschine. Er polierte die Spitzen seiner abgetragenen schwarzen Schuhe, bevor er zum Frühstück hinunterging.

Im Restaurant herrschte reger Betrieb. Die meisten Gäste sahen wie Geschäftsleute oder Touristen aus. Auf einem freien Tisch lagen die aktuellen Ausgaben der Tageszeitungen, und Rebus nahm sich einen »Guardian«, bevor er von der gestressten Kellnerin an einen Tisch geführt wurde, der für eine Person gedeckt war.

Das Frühstück war im Wesentlichen Selbstbedienung. In der Mitte des Raums stand ein Büfett, auf das man Säfte, Frühstücksflocken und Obst gepackt hatte. Eine Kanne Kaffee landete ungefragt auf seinem Tisch, ebenso ein Ständer mit kalten, leicht gebräunten, halbierten Toastscheiben. Die sehen aus, als hätte man sie bloß mal kurz vor einer Glühbirne geschwenkt, dachte Rebus, während er sich ein Stückchen Butter auf eines dieser jämmerlichen Dreiecke schmierte.

Das komplette Englische Frühstück bestand aus einer Scheibe Speck, einer warmen Tomate (aus der Dose), drei kleinen Champignons, einem blässlichen Ei und einem merkwürdigen kleinen Würstchen. Rebus schlang alles gierig hinunter. Der Kaffee war ihm eigentlich nicht stark genug, trotzdem trank er die Kanne leer und bestellte eine neue. Dabei blätterte er die ganze Zeit in der Zeitung, doch erst bei der zweiten Durchsicht fand er etwas über den Mord am gestrigen Abend – ein kurzer, auf die nackten Fakten beschränkter Absatz unten auf Seite vier.

Nackte Fakten. Er sah sich um. Ein verlegen aussehendes Paar versuchte, seine beiden lärmenden Kinder zur Ruhe zu bringen. Tut's nicht, dachte Rebus, unterdrückt sie nicht, lasst sie leben. Wer weiß, was morgen passiert. Sie könnten getötet werden. Die Eltern könnten getötet werden. Seine eigene Tochter war irgendwo hier in London, lebte mit seiner Exfrau in einer Wohnung. Er sollte sich bei ihnen melden. Er *würde* sich bei ihnen melden. An einem Ecktisch raschelte ein Geschäftsmann laut mit seiner Boulevardzeitung, was Rebus' Aufmerksamkeit auf die Schlagzeile lenkte.

WOLFSMANN BEISST WIEDER ZU.

Ah, das war schon eher was. Rebus griff nach der letzten halben Scheibe Toast und musste feststellen, dass er keine Butter mehr hatte. In dem Moment landete eine Hand von hinten schwer auf seiner Schulter, sodass er vor Schreck den Toast fallen ließ. Er drehte sich um und sah George Flight dastehen.

»Morgen, John.«

»Hallo, George. Gut geschlafen?«

Flight zog den Stuhl Rebus gegenüber heraus, ließ sich schwer darauf nieder und legte die Hände in den Schoß.

»Nicht so toll. Und Sie?«

»Ich hab ein paar Stündchen geschafft.« Rebus wollte gerade erzählen, wie er auf der Shaftesbury Avenue beinah verhaftet worden war, doch dann beschloss er, sich das für später aufzubewahren. Es könnte der Moment kommen, wo sie eine lustige Geschichte gut gebrauchen konnten. »Möchten Sie einen Kaffee?«

Flight schüttelte den Kopf und musterte prüfend das Büfett. »Ein bisschen Orangensaft wär allerdings nicht schlecht.« Rebus wollte gerade aufstehen, doch Flight deutete ihm an, sitzen zu bleiben, stand auf, holte sich ein Glas voll, das er in einem Zug austrank. Er kniff die Augen zusammen. »Schmeckt ziemlich künstlich«, sagte er. »Geben Sie mir lieber doch 'nen Kaffee.«

Rebus schenkte ihm eine Tasse ein. »Haben Sie das gesehen?«, fragte er und deutete mit dem Kopf zu dem Ecktisch. Flight warf einen Blick auf das Boulevardblatt und lächelte.

»Nun ja, jetzt ist es deren Geschichte genauso wie unsere. Der einzige Unterschied ist, *wir* versuchen, sachlich und nüchtern zu bleiben.«

»Ich weiß nur nicht genau, was damit gemeint ist, sachlich und nüchtern.«

Flight starrte Rebus an, sagte aber nichts, sondern nippte an seinem Kaffee. »Um elf ist eine Besprechung im Einsatzraum. Ich glaub nicht, dass wir das schaffen, deshalb hab ich Laine gebeten, die Sache zu übernehmen. Er hat gern die Verantwortung.«

»Und was machen *wir*?«

»Tja, wir könnten zum Lea fahren und mal schauen, wie's bei den Befragungen der Nachbarn so läuft. Oder wir könnten uns den Laden anschauen, in dem Mrs. Cooper gearbeitet hat.« Rebus wirkte nicht gerade begeistert. »Oder ich könnte mit Ihnen eine Tour zu den drei anderen Mordschauplätzen machen.« Rebus horchte auf. »Okay«, sagte Flight, »also die Touristentour. Trinken Sie aus, Inspector. Wir haben einen langen Tag vor uns.«

»Nur noch eine Sache«, sagte Rebus. »Warum diese bevorzugte Behandlung? Ich hätte eigentlich gedacht, dass Sie was Besseres zu tun haben, als für mich Chauffeur zu spielen?«

Flight betrachtete Rebus eingehend. Sollte er ihm den wahren Grund nennen oder irgendeine Geschichte erfinden? Er entschied sich für erfinden und zuckte die Achseln. »Nur damit Sie leichter in den Fall reinkommen.« Rebus nickte bedächtig, doch Flight wusste, dass er ihm nicht ganz glaubte.

Als sie am Auto waren, warf Rebus einen Blick durch die Heckscheibe, um nach dem Teddybär zu sehen.

»Ich hab ihn getötet«, sagte Flight, während er die Fahrertür aufschloss. »Der perfekte Mord.«

»Wie ist es denn so in Edinburgh?«

Rebus wusste, dass Flight nicht das touristische Edinburgh meinte mit seinem Festival und dem Castle. Er meinte das kriminelle Edinburgh, was eine völlig andere Stadt war.

»Nun ja«, antwortete er, »wir haben immer noch ein Drogenproblem, und es scheint wieder mehr Kredithaie zu geben, doch ansonsten sind die Dinge im Augenblick recht ruhig.«

»Aber«, erinnerte ihn Flight, »Sie hatten doch vor ein paar Jahren diesen Kindermörder.«

Rebus nickte.

»Und Sie haben den Fall gelöst.« Darauf gab Rebus keine Antwort. Es war ihnen gelungen, aus den Medien herauszuhalten, dass es sich eher um eine persönliche Angelegenheit gehandelt hatte und nicht um einen typischen Serientäter.

»Er ist durch Tausende Arbeitsstunden gelöst worden«, sagte er beiläufig.

»Das ist aber nicht das, was die Chefs glauben«, sagte Flight. »Die halten Sie nämlich für so was wie einen Serienkiller-Guru.«

»Da irren sie sich«, sagte Rebus. »Ich bin bloß ein Polizist, genauso wie Sie. Wer genau *sind* denn die Chefs? Wessen Idee war das?«

Doch Flight schüttelte den Kopf. »Da bin ich mir nicht ganz sicher. Ich meine, ich weiß natürlich, wer die Chefs sind – Laine, Chief Superintendent Pearson –, aber nicht, wer von denen dafür verantwortlich ist, dass Sie hier sind.«

»Auf dem Brief stand Laines Name«, sagte Rebus, obwohl er wusste, dass das nicht viel zu bedeuten hatte.

Dann beobachtete er, wie die Fußgänger zur Mittagszeit über die Bürgersteige hasteten. Der Verkehr war dagegen praktisch zum Stillstand gekommen. Er und Flight hatten in einer guten halben Stunde kaum mehr als drei Meilen geschafft. Straßenarbeiten, Parken in der zweiten (und dritten) Reihe, unzählige Ampeln und Fußgängerüberwege sowie das unerträglich egoistische Verhalten einiger Fahrer hatten dafür gesorgt, dass sie nur im Schritttempo vorankamen. Flight schien seine Gedanken lesen zu können.

»In ein paar Minuten sind wir hier raus«, sagte er. Er dachte über das nach, was Rebus gesagt hatte, *bloß ein Polizist, genauso wie Sie*. Aber Rebus *hatte* doch den Kindermörder erwischt, oder etwa nicht? Laut den Akten zu dem Fall war die Verhaftung sein Verdienst gewesen, eine Verhaftung, die ihm den Rang eines Inspector eingebracht hatte. Nein, Rebus war einfach nur bescheiden, weiter nichts. Und dafür musste man ihn bewundern.

Einige Minuten später hatten sie sich weitere fünfzehn Meter voranbewegt und standen an einer engen Straßenmündung mit einem Schild: Einfahrt verboten. Flight warf einen Blick in die Seitenstraße. »Wird Zeit, sich ein paar Freiheiten herauszunehmen«, sagte er und kurbelte heftig am Lenkrad. Eine Seite der Straße war von Marktständen gesäumt. Rebus konnte hören, wie sich die Händler gegenseitig mit ihren Sprüchen um die Gunst der vorbeischlendernden Kunden zu überbieten versuchten. Niemand scherte sich auch nur im Geringsten um ein Auto, das in der falschen Richtung durch eine Einbahnstraße fuhr, bis ein junger Mann, der einen Stand auf Rädern von einer Straßenseite auf die andere zog, sie zum Anhalten zwang. Eine wuchtige Faust knallte gegen das Fenster auf der Fahrerseite. Flight kurbelte das Fenster herunter, und ein Kopf erschien, der außergewöhnlich rosa, rund und völlig unbehaart war.

»Was soll denn der Scheiß?« Die Worte erstarben ihm im Mund. »Ach, Sie sind's, Mister Flight. Hab das Auto nicht erkannt.«

»Hallo, Arnold«, sagte Flight ruhig, den Blick auf den Stand gerichtet, der schwerfällig weiterrollte. »Wie läuft's denn so?«

Der Mann lachte nervös. »Bin absolut sauber, Mister Flight.«

Erst jetzt geruhte Flight, den Mann anzusehen. »Das ist gut«, sagte er. Rebus hatte diese drei Wörter noch nie so bedrohlich klingen hören. Die Straße vor ihnen war jetzt frei. »Sieh zu, dass es so bleibt«, sagte Flight und fuhr weiter.

Rebus starrte ihn an und wartete auf eine Erklärung.

»Sexualstraftäter«, sagte Flight. »In zwei Fällen. Kinder. Die Psychiater meinen, er sei jetzt okay, aber ich weiß nicht. Bei so etwas ist selbst eine hundertprozentige Sicherheit nicht genug. Er arbeitet seit ein paar Wochen auf dem Markt, hilft beim Auf- und Abladen. Manchmal krieg ich ganz brauchbare Informationen von ihm. Sie wissen ja, wie das ist.«

Rebus konnte es sich gut vorstellen. Flight hatte diesen riesigen, stark aussehenden Mann völlig in der Hand. Wenn Flight den Markthändlern erzählte, was er über Arnold wusste, wäre Arnold nicht nur seinen Job los, sondern bekäme auch noch eine ganz schöne Abreibung verpasst. Vielleicht war der Mann ja jetzt tatsächlich in Ordnung, vielleicht war er – im Psychologenjargon – »ein voll integriertes Mitglied der Gesellschaft«. Er hatte für seine Straftaten bezahlt, und nun versuchte er, ein anständiges Leben zu führen. Und was passierte? Polizisten, Männer wie Flight und wie auch Rebus selbst (wenn er ganz ehrlich war), benutzten seine Vergangenheit gegen ihn, um ihn zu einem Informanten zu machen.

»Ich hab ein paar Dutzend Spitzel«, fuhr Flight fort.

»Nicht alle so wie Arnold. Einige machen's wegen dem Geld, andere weil sie einfach die Klappe nicht halten können. Wenn sie jemandem wie mir erzählen, was sie wissen, kommen sie sich wichtig vor, meinen, sie wüssten Bescheid. In einer Stadt von dieser Größe wäre man ohne ein gut funktionierendes Netz von Spitzeln verloren.«

Rebus nickte bloß, doch Flight kam jetzt so richtig in Fahrt.

»In mancher Hinsicht ist London viel zu groß, um es zu begreifen. Aber in anderer Hinsicht ist es ganz klein. Jeder kennt jeden. Natürlich gibt es den Teil nördlich und den Teil südlich vom Fluss, die sind wie zwei verschiedene Länder. Doch so wie die Stadt in kleinere Bezirke zerfällt, mit den unterschiedlichen Loyalitäten, den immer gleichen Gesichtern, komm ich mir manchmal vor wie ein Dorf-Bobby auf dem Fahrrad.« Da Flight ihn ansah, nickte Rebus wieder. Im Stillen dachte er: Immer dasselbe alte Lied, London ist größer, besser, rauer, härter und wichtiger als alle anderen Städte. Er war dieser Einstellung schon häufiger begegnet, zum Beispiel wenn er mit Männern von Scotland Yard an Kursen teilnahm, und auch andere Leute, die in London lebten, hatten Ähnliches erzählt. Flight war ihm zunächst nicht als einer von der Sorte erschienen, aber im Grunde waren sie alle so. Auch Rebus hatte zuweilen die Probleme übertrieben, mit denen die Polizei in Edinburgh zu tun hatte, um vor irgendwem als härter oder wichtiger dazustehen.

Letztlich musste man der Tatsache ins Auge sehen, dass es bei der Polizeiarbeit vor allem um Papierkram und Computerarbeit ging und darum, dass jemand mit der Wahrheit herausrückte.

»Wir sind gleich da«, sagte Flight. »Die Kilmore Road ist die dritte Straße links.«

Die Kilmore Road befand sich in einem Industriegebiet, also würde es dort nachts wie ausgestorben sein. Sie lag in einem

Labyrinth von Gassen etwa zweihundert Meter von einer U-Bahn-Station entfernt. Für Rebus waren U-Bahn-Stationen immer belebte Orte gewesen, die in dicht bewohnten Gebieten lagen, doch diese hier befand sich in einer engen Seitenstraße, weitab von einer Hauptstraße, einer Buslinie oder einem Bahnhof.

»Das versteh ich nicht«, sagte er. Flight zuckte bloß die Achseln und schüttelte den Kopf.

Wer auch immer spät abends aus dieser U-Bahn-Station kam, hatte einen Weg durch einsame Straßen vor sich, vorbei an mit Gardinen verhängten Fenstern, hinter denen Fernseher plärrten. Flight zeigte ihm eine beliebte Abkürzung, die durch das Industriegelände und die Grünanlage dahinter führte. Die Grünanlage war flach und unbelebt; der einzige Blickfang waren zwei einsame Pfosten eines Fußballtors; zwei orangefarbene Pylone bildeten das fehlende Gegenstück. Hinter der Grünfläche schossen drei Hochhäuser und einige kleinere Häuser aus dem Boden. May Jessop war auf dem Weg zu einem der Letzteren gewesen, in dem ihre Eltern wohnten. Sie war neunzehn und hatte einen guten Job, musste jedoch häufig bis spätabends im Büro bleiben. Deshalb war es bereits zehn Uhr, als ihre Eltern anfingen, sich Sorgen zu machen. Eine Stunde später klopfte es bei ihnen an der Tür. Der Vater eilte erleichtert hin, um zu öffnen. Dort stand jedoch ein Detective, der ihm erklärte, dass man Mays Leiche gefunden hatte.

Und so ging es weiter. Es schien keine Verbindung zwischen den Opfern zu bestehen, noch nicht mal eine geographische, abgesehen von der Tatsache, dass – wie Flight hervorhob – alle Morde nördlich des Flusses begangen worden waren, womit er nördlich der Themse meinte. Was hatten eine Prostituierte, eine leitende Büroangestellte und die Verkäuferin in einem Schnapsladen gemeinsam? Rebus hatte keine blasse Ahnung.

Der dritte Mord hatte sehr viel weiter westlich stattgefunden, nämlich in North Kensington. Die Leiche war neben einem Eisenbahngleis gefunden worden, und zunächst hatte die Bahnpolizei die Ermittlungen durchgeführt. Bei der Toten handelte es sich um eine gewisse Shelley Richards, einundvierzig Jahre alt, unverheiratet und arbeitslos. Sie war das bisher einzige farbige Opfer. Während sie durch Notting Hill, Ladbroke Grove und North »Ken« (wie Flight es nannte) fuhren, beobachtete Rebus fasziniert die wechselnde Szenerie. Auf eine Straße mit hochherrschaftlichen Häusern folgte urplötzlich eine heruntergekommene Straße voller Müll, die Fenster der Häuser verrammelt, auf den Bänken am Straßenrand Penner. Die Reichen und die Armen lebten beinah Tür an Tür. Das würde es in Edinburgh niemals geben; in Edinburgh wurden bestimmte Grenzen eingehalten. Doch das hier war unglaublich. »Auf der einen Seite Rassenkrawalle, auf der anderen Diplomaten«, wie Flight es formulierte.

Der Ort, an dem Shelley Richards gestorben war, war der bisher einsamste und trostloseste. Rebus kletterte den Bahndamm hinunter und sprang das letzte Stück von der Mauer herab auf den Boden. Seine Hose war voller grüner Moosflecken. Er rieb daran herum, was aber nicht viel half. Um zum Auto zurückzukommen, wo Flight auf ihn wartete, musste er unter einer Eisenbahnüberführung hindurch. Seine Schritte hallten wider, während er versuchte, die Pfützen und den Unrat zu umgehen, dann blieb er stehen und lauschte. Um ihn herum war ein Geräusch, es klang wie ein Röcheln, als läge die Brücke im Sterben. Er schaute nach oben und sah die dunklen Umrisse von Tauben, die reglos auf den Stützträgern hockten und leise gurrten. Das war es, was er hörte, nicht ein Röcheln. Plötzlich ertönte ein grollender Donner. Über ihm fuhr ein Zug vorbei. Die Tauben flogen auf und flatterten um seinen Kopf herum. Schaudernd ging er weiter ins Helle.

Schließlich hieß es zurück zur Einsatzzentrale. Dabei handelte es sich in Wirklichkeit um mehrere nebeneinander liegende Räume, die beinah das gesamte Obergeschoss des Gebäudes einnahmen. Rebus schätzte, dass etwa zwanzig Männer und Frauen dort hart arbeiteten, als Flight und er den größten der Räume betraten. Die Szene unterschied sich kaum von irgendeiner anderen Mordermittlung irgendwo im Land. Beamte telefonierten oder arbeiteten an Computerterminals. Büroangestellte gingen mit scheinbar endlosen Stapeln Papier zwischen den Schreibtischen hin und her. In einer Ecke des Raums spuckte ein Fotokopierer noch mehr Papier aus, und zwei Arbeiter einer Firma rollten einen neuen fünffächrigen Aktenschrank neben die drei, die bereits an einer Wand standen. An einer anderen Wand hing eine detaillierte Karte von London, auf der die Leichenfundorte mit Stecknadeln markiert waren. Von diesen Punkten liefen farbige Bänder zu Stellen an der Wand, wo Fotos, Details und Anmerkungen zu dem jeweiligen Mordfall angepinnt waren. Ein Dienstplan und ein Flussdiagramm nahmen die übrige Fläche ein. Alles wirkte sehr gut durchorganisiert, doch die Gesichter erzählten Rebus eine andere Geschichte. Alle hier Anwesenden, so hart sie auch arbeiteten, warteten letztlich auf den einen glücklichen Zufall.

Flight fand sofort in diese äußerliche Effizienz hinein, die im Büro herrschte, und bombardierte die Leute mit Fragen. Wie war die Besprechung gelaufen? Hatte man schon was aus Lambeth gehört? (Er erklärte Rebus, dass dort das Polizeilabor war.) Irgendwas Neues über gestern Nacht? Wie liefen die Befragungen der Nachbarn? Weiß denn überhaupt irgendjemand *irgendwas*?

Überall Achselzucken und Kopfschütteln. Sie taten einfach, was notwendig war, und warteten auf den glücklichen Zufall. Aber wenn der nun ausblieb? Darauf hatte Rebus eine Antwort: Dann musste man dem Glück etwas nachhelfen.

Ein kleinerer Raum, der von dem Hauptbüro abging, wurde als Kommunikationszentrum benutzt, um die Einsatzzentrale von dem Stand der Ermittlungen auf dem Laufenden zu halten. Und von diesem Raum gingen noch zwei kleinere Büros ab, in die man jeweils drei Schreibtische gezwängt hatte. Hier arbeiteten die ranghöheren Detectives. Beide Zimmer waren leer.

»Setzen Sie sich«, sagte Flight. Er nahm den Telefonhörer ab und wählte. Während er darauf wartete, dass sich jemand meldete, betrachtete er stirnrunzelnd den zehn Zentimeter hohen Papierstapel, der sich im Laufe des Vormittags in seinem Eingangskorb angesammelt hatte. »Hallo, Gino?«, sagte er in die Sprechmuschel. »Hier ist George Flight. Kann ich ein paar Sandwiches haben? Salami mit Salat.« Er sah Rebus an, um festzustellen, ob er damit einverstanden war. »Auf dunklem Brot, bitte, Gino. Mach am besten gleich vier Stück. Danke.« Er unterbrach die Verbindung und wählte neu. Diesmal nur zwei Ziffern, ein Hausgespräch. »Gino hat einen Imbissladen um die Ecke«, erklärte er Rebus. »Er macht tolle Sandwiches, und er liefert außer Haus.« Dann: »Ach hallo, hier ist Inspector Flight. Könnten wir Tee bekommen? Eine anständige Kanne voll wär gut. Wir sind im Büro. Gibt's heute richtige Milch oder diesen Pulverscheiß? Wunderbar, danke.« Er legte den Hörer wieder auf die Gabel und breitete die Arme aus, als ob gerade ein Wunder geschehen wäre. »Heute ist Ihr Glückstag, John. Wir haben zur Abwechslung mal richtige Milch.«

»Und was nun?«

Flight zuckte die Achseln, dann schlug er mit einer Hand auf den vollen Eingangskorb. »Sie könnten sich beispielsweise durch dieses Häuflein lesen, um sich auf den neuesten Stand der Ermittlungen zu bringen.«

»Darüber lesen bringt nichts.«

»Ganz im Gegenteil«, sagte Flight, »das hilft, alle unangenehmen Fragen zu beantworten, die die da oben eventuell stellen könnten. Wie groß war das Opfer? Was hatte sie für eine Haarfarbe? Wer hat sie gefunden? Das steht hier alles drin.«

»Sie war einsachtundsechzig groß und hatte braune Haare. Und wer sie gefunden hat, das interessiert mich einen Dreck.«

Flight lachte, aber Rebus meinte das ernst. »Mörder tauchen nicht einfach so auf«, fuhr er fort. »Sie werden geschaffen. Und einen Serienkiller zu schaffen braucht seine Zeit. Dieser Mann hat Jahre gebraucht, um sich zu dem zu machen, was er ist. Was hat er während dieser Zeit getan? Er könnte ein Einzelgänger sein, aber vermutlich hat er einen Job, vielleicht sogar Frau und Kinder. *Irgendjemand* muss etwas wissen. Vielleicht wundert sich seine Frau, wohin er nachts geht oder wie das Blut auf seine Schuhspitzen gekommen ist oder wohin ihr Küchenmesser verschwunden ist.«

»Okay, John.« Flight breitete wieder die Arme aus, aber diesmal war es eine beschwichtigende Geste. Rebus merkte, dass seine Stimme lauter geworden war. »Beruhigen Sie sich bitte. Also wissen Sie, wenn Sie so loslegen, verstehe ich kaum ein Wort von dem, was Sie sagen, aber ich kapiere, worauf Sie hinauswollen. Also, was sollen wir tun?«

»Publicity. Wir brauchen die Hilfe der Öffentlichkeit. Wir brauchen alles, was wir kriegen können.«

»Wir erhalten bereits täglich Dutzende von Anrufen. Anonyme Hinweise, irgendwelche Spinner, die ein Geständnis ablegen wollen, Leute, die ihre Nachbarn verpfeifen, Leute, die gegen irgendjemanden einen Groll hegen, und vielleicht sind sogar ein paar dabei mit einem echten Verdacht. Wir überprüfen sie alle. Und wir haben die Medien auf unserer Seite. Der Chief Super wird heute etliche Male interviewt werden. Zeitungen, Zeitschriften, Radio, Fernsehen. Wir geben ihnen, was wir können, und wir bitten sie, es zu verbreiten. Wir haben die verdammt beste Pressesprecherin im Land, die rund um die Uhr arbeitet, um dafür zu sorgen, dass die Öffentlichkeit weiß, womit wir es hier zu tun haben.«

Es klopfte an der bereits offenen Tür. Eine Polizistin kam mit einem Tablett ins Zimmer und stellte es auf Flights

Schreibtisch. »Ich bedien uns, ja?«, sagte er und begann bereits, den Tee in zwei schlichte weiße Becher zu gießen.

»Wie heißt diese Pressesprecherin?«, fragte Rebus. Er kannte auch eine Pressesprecherin. Und sie war ebenfalls die beste, die es gab. Aber sie war nicht in London; sie war zu Hause in Edinburgh ...

»Cath Farraday«, sagte Flight. »Detective Inspector Cath Farraday.« Er schnupperte an der Milchtüte, bevor er einen Schluck in seinen Tee goss. »Wenn Sie lange genug hier bleiben, werden Sie sie bestimmt kennen lernen. Sie ist ein ziemlicher Feger, unsere Cath. Wenn sie mich so reden hörte, würde sie verlangen, dass man ihr meinen Kopf auf einem Tablett serviert.« Flight kicherte.

»Mit Salat als Beilage«, erklang eine Stimme hinter der Tür. Flight zuckte zusammen, kleckerte Tee auf sein Hemd und sprang auf. Die Tür ging jetzt ganz auf, und eine platinblonde Frau stand gegen den Türpfosten gelehnt da, die Arme verschränkt, ein Bein lässig über das andere gelegt. Rebus fielen besonders ihre Augen auf. Sie standen schräg wie bei einer Katze und ließen ihr Gesicht schmaler erscheinen, als es war. Ihre Lippen waren dünn und mit einem dünnen Strich knallrotem Lippenstift nachgezogen. Ihr Haar hatte etwas Hartes, Metallisches an sich, was charakteristisch für das Aussehen der Frau insgesamt war. Sie war mehrere Jahre älter als die beiden Männer im Raum, und wenn das Alter sie schon nicht hatte welken lassen, dann hatte das der häufige Gebrauch von Kosmetika getan. Ihr Gesicht war faltig und verschwollen. Rebus mochte es nicht, wenn Frauen viel Make-up verwendeten, aber sehr vielen Männern gefiel das.

»Hallo, Cath«, sagte Flight, der versuchte, zumindest nach außen hin die Fassung wiederzugewinnen. »Wir haben gerade ...«

»... über mich geredet. Ich weiß.« Sie löste ihre Arme, ging einige Schritte in den Raum und streckte Rebus eine Hand entgegen. »Sie müssen Inspector Rebus sein«, sagte sie. »Ich hab schon viel von Ihnen gehört.«

»Ach ja?« Rebus sah zu Flight, dessen Aufmerksamkeit jedoch allein Cath Farraday galt.

»Ich hoffe, George kümmert sich gut um Sie.«

Rebus zuckte die Achseln. »Ich hab schon Schlimmeres erlebt.«

Ihre Augen wurden noch katzenhafter. »Kann ich mir vorstellen«, sagte sie. Dann senkte sie die Stimme. »Seien Sie vorsichtig, Inspector. Nicht alle hier sind so nett wie George. Ich meine, wie würde es Ihnen gefallen, wenn irgendwer aus London plötzlich anfinge, seine Nase in einen Ihrer Fälle zu stecken, hm?«

»Cath«, sagte Flight, »es ist nicht nötig, dass ...«

Sie hob die Hand, um ihn zum Schweigen zu bringen. »Nur eine freundliche Warnung, George, von einem Inspector zum anderen. Wir müssen doch für unseresgleichen sorgen, nicht wahr?« Sie sah auf ihre Uhr. »Ich muss los. Ich hab in fünf Minuten einen Termin mit Pearson. War nett, Sie kennen zu lernen, Inspector. Wiedersehen, George.«

Dann war sie verschwunden, die Tür stand weit offen, und ein starker Parfümduft hing im Raum. Beide Männer schwiegen für einen Augenblick. Rebus sprach als Erster.

»Wenn ich mich recht erinnere, haben Sie sie als ›Feger‹ bezeichnet. Da muss ich wohl aufpassen, dass ich mir nie von Ihnen ein Blind Date aufschwatzen lasse.«

Am späten Nachmittag saß Rebus allein in Flights Büro, vor ihm auf dem Schreibtisch lag ein Block Papier. Er klopfte mit seinem Stift wie mit einem Trommelstock auf die Tischkante und starrte auf die beiden Namen, die er bisher geschrieben hatte.

Dr. Anthony Morrison. Tommy Watkiss.

Das waren die Leute, mit denen er reden wollte. Er zog einen dicken Strich darunter und schrieb zwei weitere Namen:

Rhona. Samantha. Das waren ebenfalls Leute, mit denen er reden wollte, wenn auch aus persönlichen Gründen.

Flight war in eine andere Etage des Gebäudes gegangen, um mit Chief Inspector Laine zu reden. Zu diesem Gespräch war Rebus nicht geladen. Er nahm das letzte Viertel seines Salami-Sandwiches, doch dann besann er sich eines Besseren und warf es in den metallenen Papierkorb im Zimmer. Zu salzig. Aus was für Fleisch war Salami überhaupt? Jetzt hätte er gern noch Tee gehabt. Er glaubte, dass Flight 18 gewählt hatte, um die erste Kanne zu bestellen, beschloss jedoch, es nicht zu versuchen. Er wollte sich ja nicht zum Narren machen, oder? Bei dem Glück, das er hatte, würde er am Ende noch bei Chief Superintendent Pearson landen.

Nur eine freundliche Warnung. Die war bei Rebus durchaus angekommen. Er knüllte seine Liste zusammen und warf sie ebenfalls in den Papierkorb, dann stand er auf und ging ins Hauptbüro. Er wusste, er sollte irgendetwas tun oder zumindest so *aussehen*, als würde er etwas tun. Immerhin hatten sie ihn aus vierhundert Meilen Entfernung geholt, um ihnen zu helfen. Doch er konnte beim besten Willen keine Lücken in ihren Ermittlungen entdecken. Sie taten, was sie konnten, aber es kam nichts dabei heraus. Er war nur ein weiterer Strohhalm, an den man sich klammern konnte, eine weitere Hoffnung, dass der glückliche Zufall doch noch eintreten würde.

Er betrachtete gerade die Karte an der Wand, als eine Stimme hinter ihm ertönte.

»Sir?«

Er drehte sich um und sah sich einem Mitglied des Ermittlungsteams gegenüber. »Ja?«

»Da ist jemand, der Sie sprechen möchte, Sir.«

»Mich?«

»Nun ja, Sie sind der ranghöchste Detective, der zurzeit da ist.«

Rebus dachte darüber nach. »Und wer möchte mich sprechen?«

Der Beamte sah auf den Zettel in seiner Hand. »Ein gewisser Dr. Frazer, Sir.«

Rebus dachte noch einen Augenblick nach. »Na schön«, sagte er und wandte sich wieder dem winzigen Büro zu. »Lassen Sie mir eine Minute Zeit und schicken Sie ihn dann rein.« Er zögerte. »Ach ja, und könnten Sie Tee bringen?«

»Ja, Sir«, sagte der Beamte. Er wartete, bis Rebus den Raum verlassen hatte, dann drehte er sich zu den anderen um, die an ihren Schreibtischen saßen und ihn angrinsten. »Die haben vielleicht Nerven, diese verdammten Jocks«, sagte er so laut, dass es jeder hören konnte. »Erinnert mich dran, dass ich in die Kanne pinkele, bevor ich den Tee reinbringe.«

Es stellte sich heraus, dass Dr. Frazer eine Frau war. Und außerdem war sie attraktiv genug, dass Rebus sich, als sie hereinkam, halb von seinem Schreibtisch erhob, um sie zu begrüßen.

»Inspector Rebus?«

»Ganz recht. Dr. Frazer, nehme ich an?«

»Ja.« Sie ließ eine Reihe perfekter Zähne aufblitzen, als Rebus sie aufforderte, Platz zu nehmen. »Eines sollte ich allerdings gleich klarstellen.« Rebus sah ihr starr in die Augen und nickte. Er konzentrierte sich ganz auf ihre Augen, weil er fürchtete, dass sein Blick sonst zu ihren schlanken, gebräunten Beinen wandern würde, zu jenem Punkt, an dem drei Zentimeter über den Knien ihr cremefarbener Rock begann, der sich um ihre Oberschenkel schmiegte. Mit einem raschen Blick hatte er ihren Körper taxiert. Sie war groß, fast so groß wie er. Ihre Beine waren nackt und lang, ihr Körper geschmeidig. Sie trug einen zum Rock passenden Blazer und eine schlichte weiße Bluse, dazu eine einreihige Perlenkette. Auf ihrem Hals war eine kleine, zarte Narbe gleich über den Perlen, und das Gesicht war gebräunt und ohne Make-up. Sie hatte ein kantiges Kinn, und die glatten schwarzen Haare waren mit einem schwarzen Band so zusammengebunden, dass ihr eine dichte Mähne über die eine Schulter fiel. Sie hatte eine Aktentasche aus weichem schwarzem Leder mitgebracht, die sie jetzt auf dem Schoß hielt. Während sie sprach, fuhr sie die ganze Zeit mit den Fingern über die Griffe.

»Ich bin keine Ärztin.« Rebus zeigte sich leicht überrascht. »Ich habe meinen Doktor an der Philosophischen Fakultät erworben. Ich unterrichte am University College Psychologie.«

»Und Sie sind Amerikanerin«, sagte Rebus.

»Kanadierin.«

Ja, das hätte er wissen sollen. In ihrem Akzent war etwas leicht Singendes, das nur wenige Amerikaner haben. Und sie sprach nicht ganz so näselnd wie die Touristen, die in der Princes Street stehen blieben, um ein Foto vom Scott Monument zu machen.

»Entschuldigung«, sagte er. »Also, was kann ich für Sie tun, Dr. Frazer?«

»Nun ja, ich habe heute Morgen bereits mit jemandem telefoniert und gesagt, dass ich mich für den Wolfsmann-Fall interessiere.«

Jetzt war Rebus alles klar. Noch eine Spinnerin, hatte man vermutlich im Einsatzraum gedacht, die irgendwelche verrückten Ideen über den Wolfsmann hatte. Also hatten sie beschlossen, ihm einen Streich zu spielen, und hatten einen Termin vereinbart, ohne ihm Bescheid zu sagen. Dann hatte man Flight vorgewarnt, und der hatte sich rar gemacht. Na schön, der Spaß ging auf ihre Kosten. Rebus hatte immer Zeit für eine attraktive Frau, verrückt oder nicht. Und außerdem hatte er sowieso nichts Besseres zu tun.

»Und weiter?«, sagte er.

»Ich würde gern versuchen, ein Profil von dem Wolfsmann zu erstellen.«

»Ein Profil?«

»Ein psychologisches Profil. So was wie ein Phantombild, nur dass man ein Bild von der Psyche aufbaut und nicht vom

Gesicht. Ich beschäftige mich seit einiger Zeit mit dem Thema Täterprofile und glaube, dass ich Ihnen mit den entwickelten Kriterien helfen kann, eine klarere Vorstellung von dem Mörder zu bekommen.« Sie hielt inne. »Was meinen Sie dazu?«

»Ich frage mich, was Sie davon haben, Dr. Frazer.«

»Vielleicht liegt mir ja nur das Allgemeinwohl am Herzen.« Sie blickte auf ihren Schoß und lächelte. »Doch worum es mir tatsächlich geht, ist eine Bestätigung meiner Methoden. Bisher habe ich nur mit alten Polizeifällen herumexperimentiert. Jetzt möchte ich mich einer echten Herausforderung stellen.«

Rebus lehnte sich in seinem Stuhl zurück, nahm den Stift wieder in die Hand und tat so, als würde er ihn betrachten. Als er aufblickte, sah er, dass sie ihn beobachtete. Nun ja, sie war ja schließlich Psychologin. Er legte den Stift hin. »Das hier ist kein Spiel«, sagte er, »und wir sind hier auch nicht im Hörsaal. Vier Frauen sind tot, ein Wahnsinniger läuft irgendwo frei herum, und wir haben alle Hände voll zu tun, sämtlichen Hinweisen und falschen Spuren nachzugehen, die wir haben. Warum sollten wir uns Zeit für Sie nehmen, Dr. Frazer?«

Auf ihren Wangen breitete sich ein tiefes Rot aus. Doch sie schien keine passende Antwort parat zu haben. Rebus hatte seinen Worten nicht viel hinzuzufügen, also saß er ebenfalls schweigend da. Er hatte einen sauren Geschmack im Mund, und seine Kehle war trocken und wie mit einer Harzschicht überzogen. Wo blieb der Tee?

Schließlich antwortete sie. »Ich möchte doch nichts weiter, als das Material zu dem Fall durchlesen.«

Rebus fand seinen Sarkasmus wieder. »Weiter *nichts*?« Er klopfte auf den Papierstapel im Eingangskorb. »Dann ist es ja kein Problem, dazu brauchen Sie bloß ein paar Monate.« Sie ignorierte seine Bemerkung, wühlte stattdessen in ihrer Aktentasche herum und zog schließlich eine schmale orangefarbene Aktenmappe hervor.

»Hier«, sagte sie mit steinerner Miene. »Lesen Sie sich das doch bitte mal durch. Kostet Sie höchstens zwanzig Minuten. Das ist so ein Profil. Ich hab es von einem amerikanischen Serienkiller erstellt. Wenn Sie glauben, dass das nichts dazu beiträgt, den Mörder zu identifizieren oder einzugrenzen, wo er als Nächstes zuschlagen könnte, okay, dann geh ich.«

Rebus nahm die Akte. O Gott, dachte er, nicht noch mehr Psychologie! *Beziehungen herstellen ... involvieren ... motivieren.* Er hatte seit dem Management-Fortbildungskurs die Nase voll von Psychologie. Andererseits wollte er nicht, dass sie ging. Er wollte nicht allein hier rumsitzen, während im Einsatzraum alle selbstgefällig über den kleinen Scherz grinsten, den sie sich mit ihm erlaubt hatten. Er schlug die Aktenmappe auf, nahm einen getippten und gebundenen Aufsatz von etwa fünfundzwanzig Seiten heraus und fing an zu lesen. Sie saß da und beobachtete ihn; vielleicht wartete sie auf eine Frage. Rebus las mit vorgestrecktem Kinn, damit sie nicht die schlaffen Falten an seinem Hals sah, und schob die Schultern nach hinten, um das Beste aus seinem zugegebenermaßen nicht sehr muskulösen Brustkorb zu machen. Er verfluchte seine Eltern dafür, dass sie ihn als Kind nicht ordentlich ernährt hatten. Als junger Mensch war er immer sehr dünn gewesen, und als er schließlich anfing zuzunehmen, geschah das an Bauch und Hintern, nicht an Brust und Armen.

Hintern. Brust. Arme. Er blickte starr auf die Wörter vor sich, war sich jedoch die ganze Zeit ihres Körpers bewusst, den er über dem oberen Rand der Seite wahrnahm. Er kannte noch nicht mal ihren Vornamen. Vielleicht würde er ihn nie erfahren. Er runzelte die Stirn, als wäre er tief in Gedanken versunken, und las die erste Seite.

Bei Seite fünf war sein Interesse geweckt, und ab Seite zehn hatte er das Gefühl, dass vielleicht doch etwas an der Sache dran war. Vieles war natürlich spekulativ. Sei ehrlich, John, fast alles war reine Mutmaßung, doch es gab ein paar Punkte, an denen sie bemerkenswerte Schlussfolgerungen zog. Er begriff, was da vorging. Ihr Verstand arbeitete auf einer anderen Umlaufbahn als der eines Detective. Sie umkreisten jedoch dieselbe Sonne, und ab und zu berührten sich die Satelliten. Und was könnte es schon schaden, wenn man sie ein Profil von dem Wolfsmann erstellen ließe? Schlimmstenfalls würde es in eine weitere Sackgasse führen. Bestenfalls hätte er ein bisschen angenehme weibliche Gesellschaft während seines Aufenthalts in London. Ja, ein bisschen angenehme weibliche Gesellschaft. Das erinnerte ihn daran, dass er seine Exfrau anrufen wollte, um zu fragen, wann er sie besuchen könnte. Rasch überflog er die letzten Seiten.

»Na gut«, sagte er und schloss die Aktenmappe, »das ist alles sehr interessant.«

Sie schien sich zu freuen. »Und auch hilfreich?«

Er zögerte mit der Antwort. »Vielleicht.«

Sie wollte jedoch mehr von ihm hören als das. »Aber es würde sich doch lohnen, mir einen Versuch an dem Wolfsmann zu gestatten?«

Er nickte langsam und nachdenklich, und ihr Gesicht leuchtete auf. Unwillkürlich musste Rebus ihr Lächeln erwidern. Es klopfte an der Tür. »Herein«, rief er.

Es war Flight. Er hielt ein Tablett in der Hand, das vor Tee schwamm. »Ich glaube, Sie haben um was zu trinken gebeten«, sagte er. Dann entdeckte er Dr. Frazer, und Rebus amüsierte sich über den fassungslosen Ausdruck auf seinem Gesicht.

»Ach du liebe Zeit«, sagte Flight und sah von der Frau zu Rebus und wieder zu der Frau, bevor ihm klar wurde, dass er seinen spontanen Ausruf irgendwie rechtfertigen musste. »Man hat mir gesagt, dass sie Besuch hätten, John, aber die haben nicht, ich meine, ich wusste nicht …« Leicht stolpernd blieb er stehen, den Mund immer noch aufgerissen, und stellte das Tablett auf den Schreibtisch, bevor er sich der Frau zuwandte. »Ich bin Inspector George Flight«, sagte er und streckte eine Hand aus.

»Dr. Frazer«, antwortete sie. »Lisa Frazer.«

Als ihre Hände sich trafen, blickte Flight aus den Augenwinkeln zu Rebus. Und Rebus, der anfing, sich in der großen Stadt ein wenig heimischer zu fühlen, antwortete mit einem langsamen, fröhlichen Zwinkern.

»Ach du liebe Zeit.«

Sie ließ ihm zwei Bücher zum Lesen da. Eins, »Die Psyche des Serienkillers«, war eine Sammlung von Aufsätzen von verschiedenen Wissenschaftlern, darunter einer mit dem Titel »Den Handel besiegeln: mögliche Auslöser für das Verhalten von Serienkillern von Lisa Frazer, University of London«. Lisa, ein schöner Name. Ihr Doktortitel wurde allerdings nicht genannt. Das andere war ein härterer Brocken, dichte Prosa, durchsetzt mit Tabellen, Schaubildern und Diagrammen. »Formen des Massenmords« von Gerald Q. MacNaughtie.

MacUnanständig? Das musste doch wohl ein Scherz sein. Doch im Klappentext las Rebus, dass Professor MacNaughtie von Geburt Kanadier war und an der University of Columbia unterrichtete. Er konnte nirgends finden, wofür das Q stand. Den restlichen Tag im Büro verbrachte er damit, sich durch die Bücher zu arbeiten. Dabei schenkte er die meiste Aufmerksamkeit dem Aufsatz von Lisa Frazer (den er zweimal las) und dem Kapitel in MacNaughties Buch, das sich mit »Formen der Verstümmelung« beschäftigte. Er trank Tee und Kaffee und zwei Dosen Orangenlimonade, aber der saure Geschmack im Mund blieb, und während er immer weiter las, fing er an, sich körperlich schmutzig zu fühlen, besudelt von all den Geschichten willkürlichen Horrors. Als er um Viertel vor fünf aufstand, um zur Toilette zu gehen, hatten im Hauptbüro bereits alle Feierabend gemacht, was Rebus jedoch kaum auffiel. Er war mit den Gedanken ganz woanders.

Flight, der ihn den größten Teil des Nachmittags sich selbst überlassen hatte, kam um sechs Uhr ins Büro. »Wie wär's mit 'nem Drink?« Rebus schüttelte den Kopf. Flight hockte sich auf die Kante eines Stuhls. »Was ist los?«

Rebus wies mit einer Hand auf die Bücher. Flight betrachtete den Umschlag von einem. »Oh«, sagte er, »nicht gerade als Bettlektüre geeignet, was?«

»Nicht so ganz. Es ist einfach ... grauenhaft.«

Flight nickte. »Man muss da allerdings sachlich und nüchtern herangehen, John. Sonst kommen die immer wieder ungeschoren davon. Wenn wir nur sagen, das ist furchtbar, und vor der Wahrheit die Augen verschließen, dann können solche Typen ungestraft weiter morden. Und noch Schlimmeres tun.«

Rebus blickte auf. »Was ist denn schlimmer als Mord?«

»Eine Menge Dinge. Zum Beispiel, wenn jemand ein sechsjähriges Kind foltert und vergewaltigt und das Ganze filmt, um es Gleichgesinnten zeigen zu können.«

Rebus' Worte waren kaum hörbar. »Das soll wohl ein Witz sein.« Aber er wusste, dass es keiner war.

»Ist vor drei Monaten passiert«, sagte Flight. »Wir haben den Dreckskerl noch nicht erwischt, aber Scotland Yard hat das Video – und noch einige mehr. Haben Sie mal einen Pornofilm mit Krüppeln gesehen?« Rebus schüttelte matt den Kopf. Flight beugte sich so weit herab, dass ihre Köpfe sich fast berührten. »Jetzt spielen Sie nicht den Softie, John«, sagte er leise, »damit lösen Sie gar nichts. Sie sind in London und nicht in den Highlands. Das obere Deck eines Busses ist hier selbst tagsüber nicht sicher, geschweige denn ein Treidelpfad nach Einbruch der Dunkelheit. Alle verschließen davor die Augen. In London entwickelt man ein dickes Fell und eine zeitweilige Blindheit. Wir beide können uns nicht erlauben, blind zu sein. Aber wir können uns erlauben, ab und zu einen trinken zu gehen. Kommen Sie mit?«

Er war bereits aufgestanden und rieb sich die Hände. Ende der Lektion. Rebus nickte und erhob sich langsam. »Allerdings nur auf ein Schnelles«, sagte er. »Ich bin heute Abend verabredet.«

Eine Verabredung, zu der er mit einer gerammelt vollen U-Bahn fuhr. Er sah auf seine Uhr. Halb acht. Hörte die Rushhour denn niemals auf? In dem Wagen roch es nach Essig und verbrauchter Luft, und ungeachtet des ganzen Fahrlärms und Geruckels versuchten auch noch drei plärrende Walkmen, sich gegenseitig zu übertönen. Die Gesichter um Rebus herum waren ausdruckslos. Zeitweilige Blindheit, Flight hatte ganz recht. Sie schlossen ihre Umgebung aus, denn würden sie sie wahrnehmen, würde ihnen bewusst, wie monoton, klaustrophobisch und schlechtweg quälend das alles war. Rebus war deprimiert. Und müde. Aber er war außerdem Tourist, deshalb musste er alles mal mitmachen. Daher auch die U-Bahn-Fahrt statt einer Fahrt in einem Taxi. Außerdem hatte man ihn gewarnt, dass die schwarzen Taxis sehr teuer wären, und er hatte in seinem A-Z nachgesehen und festgestellt, dass sein Ziel nur sechs Millimeter von einer U-Bahn-Station entfernt war.

Also reiste Rebus durch den Untergrund und bemühte sich sehr, nicht fehl am Platz zu wirken, die Straßenmusiker und Bettler nicht anzugaffen, nicht in einem belebten Durchgang stehen zu bleiben, um das eine oder andere Werbeplakat besser lesen zu können. An einer Haltestelle stieg ein Penner in seinen Wagen, und als die Türen sich schlossen und der Zug sich wieder in Bewegung setzte, fing der Mann an, wirres Zeug zu plappern. Doch sein Publikum war taub, stumm und blind und ignorierte seine Existenz erfolgreich bis zur nächsten Haltestelle, wo er entmutigt ausstieg und über den Bahnsteig schlurfte. Als der Zug weiterfuhr, konnte Rebus seine Stimme aus dem nächsten Wagen hören. Es war eine erstaunliche Vorstellung gewesen, nicht von dem Penner, sondern von den Fahrgästen. Sie hatten ihren Denkapparat ausgeschaltet, weigerten sich, sich einzumischen. Würden sie das

Gleiche tun, wenn sie Zeugen einer Schlägerei wurden oder sahen, wie ein gedrungener Mann einem Touristen die Brieftasche stahl? Ja, das würden sie vermutlich. Hier ging es nicht um gut und böse; das hier war ein moralisches Vakuum, und das beunruhigte Rebus viel mehr als alles andere.

Doch es gab auch gewisse Entschädigungen. Jede schöne Frau, die er sah, erinnerte ihn an Lisa Frazer. Auf einer dieser engen Zweierbänke in der Central Line saß Rebus ganz dicht neben einem blonden jungen Mädchen. Ihre Bluse war bis an den Spalt zwischen ihren Brüsten aufgeknöpft, was dem größeren Rebus ab und zu atemberaubende Ausblicke auf Abhänge und Hügel bot. Sie schaute von ihrem Taschenbuch auf und ertappte ihn, wie er starrte. Er sah sofort weg, spürte aber ihren eisigen Blick auf einer Gesichtshälfte.

Jeder Mann ist ein Vergewaltiger – hatte das nicht mal irgendwer gesagt? *Spuren von Salz ... Bissabdrücke auf dem ...* Der Zug drosselte das Tempo, als er in eine weitere Station fuhr – Mile End, seine Haltestelle. Das Mädchen stieg ebenfalls aus. Er blieb so lange auf dem Bahnsteig, bis sie fort war, ohne genau zu wissen, warum, dann ging er zum Ausgang hinauf und an die frische Luft.

Wohl eher in Monoxyd. Die drei Fahrspuren auf der Straße waren in beiden Richtungen verstopft, weil ein Sattelschlepper nicht rückwärts durch das schmale Tor irgendeines Gebäudes setzen konnte. Zwei entnervte Constables versuchten, den gordischen Knoten zu entwirren, und zum ersten Mal fiel Rebus auf, wie dämlich ihre hohen abgerundeten Helme aussahen. Die flachen Kappen der schottischen Polizei waren viel vernünftiger. Außerdem gaben sie nicht so ein gutes Ziel bei Fußballspielen ab.

Rebus wünschte den Constables im Stillen »viel Glück« und ging auf Gideon Park – kein Park, sondern eine Straße – Nummer 78 zu, ein dreistöckiges Haus, das, nach den Namensschildern an der Haustür zu urteilen, irgendwie in vier Wohnungen aufgeteilt worden war. Er drückte auf den zweiten Klingelknopf von unten und wartete. Die Tür wurde von einem großen dünnen Mädchen im Teenageralter geöffnet. Ihre langen glatten Haare waren schwarz gefärbt, und in jedem Ohr hatte sie drei Ohrringe. Sie lächelte und gab ihm unerwarteterweise einen Kuss.

»Hallo, Dad«, sagte sie.

Samantha Rebus führte ihren Vater eine enge Treppe hinauf zu der Wohnung im ersten Stock, wo sie mit ihrer Mutter lebte. Wenn seine Tochter sich schon erstaunlich verändert hatte, so war er über die Veränderungen bei seiner Exfrau doppelt überrascht. Noch nie hatte sie so gut ausgesehen. Zwar hatte sie ein paar graue Strähnen im Haar, doch es war modisch kurz geschnitten. Ihr Gesicht hatte eine gesunde Bräune, und ihre Augen glänzten. Sie betrachteten einander wortlos, dann umarmten sie sich kurz.

»John.«

»Rhona.«

Sie hatte in einem Buch gelesen. Er warf einen Blick auf das Titelblatt. »Die Fahrt zum Leuchtturm« von Virginia Woolf. »Tom Wolfe ist eher mein Fall«, sagte er. Das Wohnzimmer war klein, beengt sogar, doch durch eine geschickte Anordnung von Regalen und Wandspiegeln wirkte es größer, als es war. Es war ein merkwürdiges Gefühl, Dinge wiederzusehen, die er kannte, jenen Sessel dort, einen Kissenbezug, eine Lampe, Dinge aus seinem Leben mit Rhona, die jetzt in dieser winzigen Wohnung standen. Doch er lobte die Einrichtung, sagte, die Wohnung sei sehr gemütlich, und dann setzten sie sich hin und tranken Tee. Rebus hatte Geschenke mitgebracht: Plattengutscheine für Samantha, Pralinen für Rhona – alles wurde mit einem nicht zu entschlüsselnden, wissenden Blick zwischen den beiden Frauen entgegengenommen.

Zwei Frauen. Samantha war kein Kind mehr. Ihr Körper mochte zwar noch die Geschmeidigkeit eines Kindes haben, doch die Art, wie sie sich bewegte, ihr Verhalten, ihr Gesicht – das alles war voll ausgeprägt und erwachsen.

»Du siehst gut aus, Rhona.«

Zögernd nahm sie das Kompliment entgegen. »Danke, John«, sagte sie schließlich. Er bemerkte, dass sie offenbar nicht in der Lage war, das Gleiche von ihm zu sagen. Mutter und Tochter tauschten wieder einen ihrer geheimen Blicke. Es war, als ob ihr Zusammenleben zu einer Art telepathischen Beziehung zwischen ihnen geführt hätte, sodass Rebus im Laufe des Abends den größten Teil des Redens übernehmen musste. Nervös füllte er immer wieder die vielen Lücken im Gespräch.

Es ging um nichts Wichtiges. Er sprach über Edinburgh, ohne im Einzelnen auf seine Arbeit einzugehen. Das war nicht einfach, da er abgesehen von der Arbeit nicht viel machte. Rhona fragte ihn nach gemeinsamen Freunden, und er musste zugeben, dass er mit niemandem von der alten Clique Kontakt hatte. Sie redete über ihren Job als Lehrerin, über die Immobilienpreise in London. (Rebus hörte nichts aus ihrer Stimme heraus, das ihm nahe legte, etwas zuzuschießen, damit seine Familie sich eine größere Wohnung leisten könnte. Schließlich hatte sie ihn verlassen, aus keinem wirklichen Grund, außer dass sie, wie sie es ausgedrückt hatte, einen Mann geliebt und einen Job geheiratet hatte.) Dann erzählte Samantha ihm von ihrem Sekretärinnenkurs.

»Sekretärin?«, sagte Rebus und versuchte, begeistert zu klingen. Samanthas Antwort war kühl.

»Davon hab ich dir in einem meiner Briefe geschrieben.«

»Oh.« Es entstand eine weitere Unterbrechung im Gespräch. Rebus hätte am liebsten laut beteuert: Ich lese deine Briefe, Sammy! Ich verschlinge deine Briefe! Und es tut mir leid, dass ich so selten zurückschreibe, aber du weißt doch, was für ein saumäßig schlechter Briefeschreiber ich bin, wie viel Mühe mich das kostet und wie wenig Zeit und Energie ich habe. So viele Fälle, die gelöst werden müssen, so viele Leute, die sich auf mich verlassen.

Aber er sagte nichts. Natürlich sagte er nichts. Stattdessen spielten sie das übliche heuchlerische Spielchen. Höfliches Geplänkel in einem winzigen Wohnzimmer in einer Seitenstraße der Bow Road. So viel zu sagen, und nichts wurde gesagt. Es war unerträglich. Wirklich unerträglich. Rebus legte seine Hände auf die Knie und spreizte die Finger, signalisierte also seine Bereitschaft, aufzustehen und zu gehen. Tja, war nett, euch zu sehen, aber auf mich wartet ein Hotelbett mit gestärkten Laken, ein Automat, an dem man Eis ziehen kann, und einer, der Schuhe putzt. Er begann aufzustehen.

In dem Moment klingelte es. Zweimal kurz, zweimal lang. Samantha flog beinah zur Treppe. Rhona lächelte.

»Kenny«, erklärte sie.

»Oh?«

»Samanthas derzeitiger Verehrer.«

Rebus nickte bedächtig, der verständnisvolle Vater. Sammy war sechzehn. Sie war von der Schule abgegangen. Jetzt ein Sekretärinnenkurs am College. Kein Freund, sondern ein Verehrer. »Und wie sieht's bei dir aus, Rhona?«, fragte er.

Sie öffnete den Mund, um zu antworten, doch die lauten Schritte, die die Treppe hinaufkamen, ließen sie den Mund wieder schließen. Samanthas Gesicht war gerötet, als sie ihren Verehrer an der Hand ins Zimmer führte. Rebus stand automatisch auf.

»Dad, das ist Kenny.«

Kenny trug eine schwarze Lederjacke mit Reißverschluss und eine schwarze Lederhose, dazu Stiefel, die ihm fast bis an die Knie reichten. Er quietschte bei jeder Bewegung. In der freien Hand hielt er einen Sturzhelm mit der Öffnung nach oben, aus dem die Finger eines Paars schwarzer Lederhandschuhe heraushingen. Zwei Finger standen hoch und schienen direkt auf Rebus zu zeigen. Kenny entzog Samantha seine Hand und streckte sie ihrem Vater entgegen.

»Ach, hallo.«

Seine Stimme klang schroff, der Tonfall tief und selbstbewusst. Er hatte strähnige schwarze Haare, die fast genau in der Mitte gescheitelt waren. An Wangen und Hals waren noch einige Reste von Akne, und er hatte einen Tag alte Bartstoppeln im Gesicht. Rebus schüttelte die warme Hand mit wenig Begeisterung.

»Hallo, Kenny«, sagte Rhona. Dann, an Rebus gerichtet: »Kenny ist Motorradkurier.«

»Ach ja«, sagte Rebus und setzte sich wieder hin.

»Yeah, genau«, Kenny geriet ins Schwärmen, »unten in der City.« Er wandte sich Rhona zu. »Hab heute einen ganz netten Batzen gemacht, Rhona.« Rhona lächelte freundlich. Dieser junge Verehrer, dieser Knabe von achtzehn oder so (so viel älter und so viel weltklüger als Samantha), hatte offensichtlich das Herz von Mutter und Tochter gleichermaßen erobert. Nun wandte er sich mit der gleichen gewinnenden Art Rebus zu. »An 'nem guten Tag mach ich etwa hundert Pfund. Natürlich war's besser, bevor die Börse auf Computer umgestellt wurde. Damals gab's 'ne Menge neue Firmen, die alle zeigen wollten, wie viel Schotter sie hatten. Trotzdem kann man immer noch seinen Reibach machen, wenn man schnell und zuverlässig ist. Mittlerweile fragen viele Kunden ausdrücklich nach mir. Das zeigt, dass ich's schon zu was gebracht hab.« Er setzte sich neben Samantha auf das Sofa und wartete wie alle anderen darauf, dass Rebus etwas sagte.

Er wusste, was von ihm erwartet wurde. Kenny hatte den Fehdehandschuh geworfen, und die Botschaft lautete: Untersteh dich, was gegen mich zu haben. Was wollte der Junge? Dass man seinem Ego schmeichelte? Rebus' Erlaubnis, seine Tochter zu entjungfern? Ein paar Tipps, wie man Radarfallen umging? Was auch immer es war, Rebus war nicht bereit, mitzuspielen.

»Kann aber nicht gut für Ihre Lunge sein«, sagte er stattdessen. »All diese Abgase.«

Kenny schien verblüfft über die Wendung, die das Gespräch genommen hatte. »Ich halt mich fit«, sagte er ein wenig pikiert. Gut, dachte Rebus, ich schaff es also, diesen kleinen Schweinehund zu provozieren. Er wusste, dass Rhona ihm warnende Blicke zuwarf, er solle aufhören, sagten ihre durchdringenden Augen, doch Rebus konzentrierte sich ganz auf Kenny.

»Für einen Jungen wie Sie muss es ja reichlich Chancen geben.«

Kenny lebte sofort auf. »Yeah«, sagte er, »vielleicht bau ich mir sogar 'ne eigene Motorrad-Flotte auf. Dazu braucht man nur ...« Er verstummte, da ihm verspätet auffiel, dass man ihn als »Jungen« bezeichnet hatte, als trüge er Shorts und eine Schülerkappe. Aber jetzt war es zu spät, darauf einzugehen und es zu korrigieren, viel zu spät. Er musste weitermachen, doch jetzt hörte sich das alles nach Spielplatzfantasien und Hirngespinsten an. Dieser Bulle mochte zwar aus Jockland stammen, aber er war in jeder Hinsicht so aalglatt wie ein abgebrühter East Ender. Er musste aufpassen, was er tat. Was ging denn hier ab? Dieser Jock, dieser ruppig aussehende Wichser in seinen schlecht sitzenden Klamotten, dieser typische C&A-Mann, erging sich gerade in Erinnerungen an einen Lebensmittelladen in seiner Jugend. Eine Zeit lang hatte Rebus als »Message Boy« für diesen Lebensmittelhändler gearbeitet. (Er erklärte, dass man in Schottland unter »Messages« Lebensmittel und nicht Nachrichten verstand.) Er war mit einem schwarzen Fahrrad mit schwerem Rahmen herumgefahren, das vor der Lenkstange einen rechteckigen Vorbau aus Metall hatte. Die Kiste mit den Lebensmitteln wurde in diesen Vorbau hineingestellt, dann radelte er los, um die Sachen auszuliefern.

»Ich hielt mich für reich«, sagte Rebus, der offenbar zu seiner Pointe kam. »Doch als ich mehr Geld wollte, war nichts zu holen. Ich musste warten, bis ich alt genug war, um einen richtigen Job zu kriegen, aber ich bin gern auf diesem Fahrrad herumgefahren und hab für die alten Leute eingekauft und ihnen die Sachen gebracht. Manchmal haben sie mir sogar ein Trinkgeld gegeben, etwas Obst oder ein Glas Marmelade.«

Im Zimmer herrschte Schweigen. Draußen raste eine Polizeisirene vorbei. Rebus lehnte sich zurück und verschränkte die Arme; ein sentimentales Lächeln breitete sich auf seinem Gesicht aus. Und da dämmerte es Kenny – *Rebus verglich sie beide miteinander!* Seine Augen weiteten sich. Jeder wusste es. Rhona wusste es. Sam wusste es. Am liebsten wäre er aufgestanden und hätte den Bullen fertiggemacht, auch wenn er Sams Vater war. Doch er hielt sich zurück, und der Wutanfall ging vorüber. Rhona stand auf, um noch mehr Tee zu kochen, und der große Schweinehund stand auf und sagte, er müsste jetzt gehen.

Es war alles so schnell passiert, dass Kenny immer noch versuchte, Rebus' Geschichte zu entschlüsseln, und Rebus merkte das. Der arme, halbgebildete Wicht versuchte, sich klarzumachen, wie sehr Rebus ihn gedemütigt hatte. Rebus wusste die Antwort darauf: so weit wie nötig. Rhona hasste ihn natürlich dafür, und Samantha wirkte peinlich berührt. Zum Teufel mit ihnen. Er hatte seine Pflicht getan, seine Aufwartung gemacht. Er würde sie nicht noch einmal behelligen. Sollten sie doch in ihrer engen Wohnung leben, sich von diesem ... Verehrer besuchen lassen, der so tat, als wäre er erwachsen. Rebus hatte wichtigere Dinge zu tun. Bücher zu lesen. Notizen zu machen. Vor ihm lag ein weiterer arbeitsreicher Tag. Es war zehn Uhr. Um elf könnte er wieder in seinem Hotel sein. Früh ins Bett gehen, das war es, was er brauchte. In den letzten zwei Tagen nur acht Stunden Schlaf. Kein Wunder, dass er gereizt und auf Konfrontation aus war.

Er begann, sich ein wenig zu schämen. Kenny war ein zu einfaches Opfer. Er hatte eine winzige Fliege mit seiner zentnerschweren Abneigung erdrückt. Abneigung, John, oder Eifersucht? Das war keine Frage für einen müden Mann. Keine Frage für einen Mann wie John Rebus. Morgen würde er vielleicht versuchen, Antworten zu finden. Er war entschlossen, für Kost und Logis etwas zu leisten, da man ihn nun mal nach London geholt hatte. Ab morgen würde er sich ernsthaft an die Arbeit machen.

Er schüttelte Kenny noch einmal die Hand und zwinkerte ihm vage von Mann zu Mann zu, bevor er die Wohnung verließ. Rhona bot an, ihn zur Haustür zu begleiten. Sie gingen in den Flur und ließen Samantha und Kenny hinter der verschlossenen Tür im Wohnzimmer zurück.

»Schon gut«, sagte Rebus rasch. »Ich find allein raus.« Er machte sich auf den Weg die Treppe hinunter, weil er wusste, wenn er länger bliebe, würde er mit Rhona in Streit geraten. Was hätte das für einen Sinn. »Du solltest lieber ein Auge auf Casanova werfen«, rief er stattdessen. Diese letzte Gemeinheit konnte er sich nicht verkneifen.

Als er draußen war, erinnerte er sich daran, dass auch Rhona junge Liebhaber bevorzugte. Vielleicht hatte sie ... nein, dieser Gedanke war seiner unwürdig. »Verzeih mir, Gott«, sagte er, während er mit festen Schritten zur U-Bahn zurückging.

Etwas läuft schief.

Nach dem ersten Töten hatte sie Entsetzen empfunden, Reue und Schuld. Sie hatte um Vergebung gefleht; sie würde nicht wieder töten.

Nach einem Monat, einem Monat, in dem sie nicht aufgespürt worden war, wurde sie optimistischer und auch hungriger. Also tötete sie wieder. Das hatte wieder für einen Monat gereicht, und so war es weitergegangen. Doch jetzt, nur vierundzwanzig Stunden nach dem vierten Mal, hatte sie den Drang schon wieder gespürt. Ein Drang, der stärker und eindeutiger war als je zuvor. Und sie würde auch ungestraft davonkommen. Aber es würde gefährlich sein. Die Polizei suchte immer noch fieberhaft. Es war kaum Zeit verstrichen. Die Menschen waren vorsichtig. Wenn sie jetzt tötete, würde sie ihr Verhaltensmuster, das keiner Struktur folgte, brechen, und das würde der Polizei möglicherweise einen Hinweis geben, den sie nicht voraussehen konnte.

Es gab nur eine Lösung. Es war zwar falsch; sie wusste, dass es falsch war. Das war nicht mal ihre Wohnung, nicht im eigentlichen Sinne. Aber sie tat es trotzdem. Sie schloss die Tür auf und betrat die Galerie. Dort lag, gefesselt auf dem Fußboden, ihr jüngstes Opfer. Dieses würde sie eine Weile behalten, damit die Polizei es nicht fand. Als sie es genauer betrachtete, wurde ihr bewusst, dass sie nun mehr Zeit mit dem Opfer haben würde, mehr Zeit, um mit ihm zu spielen. Ja, behalten war die Lösung. Diese Höhle war die Lösung. Keine Angst, entdeckt zu werden. Das hier war schließlich ein privater Ort, kein öffentlicher. Keine Angst. Sie ging um den Körper herum und genoss seine stumme Reglosigkeit. Dann hielt sie die Kamera an ihr Auge.

»Lächeln, bitte«, sagt sie und lässt den ganzen Film durchklicken. Dann hat sie eine Idee. Sie legt eine weitere Filmkassette ein und fotografiert eines der Gemälde, eine Landschaft. Sie wird es zerschneiden, sobald sie genug mit ihrem neuen Spielzeug gespielt hat. Doch nun hat sie einen Beleg davon. Einen permanenten Beleg. Sie beobachtet, wie sich das Foto entwickelt, doch dann beginnt sie, über die Platte zu kratzen, verschmiert die Farben, bis das Bild immer unschärfer wird und schließlich nur noch aus scheinbar formlosen Wirbeln besteht. Gott, ihre Mutter wäre stinksauer gewesen.

»Miststück«, sagt sie und wendet sich von der Wand mit den Bildern ab. Ihr Gesicht ist vor Zorn und Empörung verzerrt. Sie nimmt eine Schere und geht wieder zu ihrem Spielzeug, kniet sich davor, nimmt den Kopf fest in die Hand und führt die Schere zum Gesicht, bis sie nur noch einen Zentimeter über der Nase schwebt. »Miststück«, sagt sie erneut, dann schneidet sie vorsichtig an den Nasenlöchern herum; ihre Hand zittert. »Lange Nasenhaare«, sagt sie mit jammernder Stimme, »sind so unschön. So unschön.«

Schließlich steht sie wieder auf, geht zu der gegenüberliegenden Wand, nimmt eine Spraydose und schüttelt sie geräuschvoll. Diese Wand – sie nennt sie ihre dionysische Wand – ist mit Slogans in schwarzer Schrift besprüht: TOD DER KUNST, TÖTEN IST KUNST, DAS GESETZ IST FÜR DEN ARSCH, SCHEISS AUF DIE REICHEN, FÜHLT MIT DEN ARMEN. Sie überlegt, was sie noch schreiben könnte, etwas, das den immer knapper werdenden Platz verdient hätte. Sie sprüht mit einer schwungvollen Bewegung.

»Das ist Kunst«, sagt sie und blickt nach hinten zu der apollinischen Wand mit den gerahmten Bildern. »Das ist beschissene Kunst. Das ist Scheißkunst.« Sie sieht, dass die Augen ihrer Puppe offen sind, und wirft sich auf den Boden, sodass sie nur noch wenige Zentimeter von diesen Augen entfernt ist, die plötzlich zugekniffen werden. Vorsichtig öffnet sie mit beiden Händen die Augenlider. Die Gesichter sind jetzt dicht beieinander, *so* intim. Dieser Moment ist immer *so* intim. Ihr Atem geht schnell. Ebenso der der Puppe. Der Mund der Puppe kämpft gegen das Klebeband an, das ihn geschlossen hält. Die Nasenlöcher sind weit aufgerissen.

»Scheißkunst«, faucht sie die Puppe an. »Das ist Scheißkunst.« Jetzt hat sie wieder die Schere in der Hand und schiebt eine Klinge in das linke Nasenloch der Puppe. »Lange Nasenhaare, Johnny, sind so unschön bei einem Mann. So unschön bei einem Mann.« Sie hält inne, als ob sie auf etwas lausche, als ob sie über diese Behauptung nachdenke. Dann nickt sie. »Wie wahr«, sagt sie jetzt lächelnd.

»Wie wahr.«

Einen Happen essen

Das Telefon weckte Rebus. Einen Augenblick lang konnte er es nicht finden, dann stellte er fest, dass es rechts vom Kopfteil an der Wand angebracht war. Er richtete sich auf und fummelte an dem Hörer herum.

»Hallo?«

»Inspector Rebus?« Die Stimme war voller Tatendrang. Er erkannte sie nicht, nahm seine Longines-Uhr (eigentlich war es die Longines seines Vaters) vom Nachttisch, starrte durch das übel verkratzte Schutzglas und stellte fest, dass es Viertel nach sieben war. »Hab ich Sie geweckt? Das tut mir leid. Hier ist Lisa Frazer.«

Rebus erwachte zum Leben. Oder zumindest seine Stimme. Er saß zwar immer noch in sich zusammengesunken und wirr im Kopf auf der Bettkante, hörte sich aber mit klarer Stimme sagen: »Hallo, Dr. Frazer. Was kann ich für Sie tun?«

»Ich hab die Unterlagen über den Wolfsmann-Fall studiert, die Sie mir gegeben haben. Ehrlich gesagt, ich hab fast die ganze Nacht durchgearbeitet. Ich konnte einfach nicht schlafen, so aufregend fand ich das alles. Ich hab einige erste Schlussfolgerungen gezogen.«

Rebus berührte das Bett und fühlte die verbliebene Wärme. Wie lange war es her, dass er mit einer Frau geschlafen hatte? Wie lange, dass er am nächsten Tag aufgewacht war, ohne etwas zu bedauern?

»Ich verstehe«, sagte er.

Ihr Lachen war wie ein klarer Wasserstrahl. »Inspector, es tut mir leid, ich hab Sie geweckt. Ich ruf später noch mal an.«

»Nein, nein. Kein Problem, ehrlich. Ich bin vielleicht ein bisschen überrascht, aber sonst ist alles in Ordnung. Können wir uns treffen und über das reden, was Sie herausgefunden haben?«

»Natürlich.«

»Ich bin allerdings heute schon ziemlich verplant.« Er versuchte, gestresst zu klingen, und hatte den Eindruck, dass das ganz gut funktionierte. Also spielte er seine Trumpfkarte aus. »Wie wär's mit einem Abendessen?«

»Das wäre schön. Und wo?«

Er rieb sich am Schulterblatt. »Ich weiß nicht. Das ist Ihre Stadt, nicht meine. Ich bin doch nur Tourist.«

Sie lachte. »Ich bin zwar auch nicht von hier, aber ich versteh, was Sie meinen. In dem Fall geht das Abendessen jedoch auf mich.« Sie klang sehr entschlossen. »Und ich glaube, ich weiß auch, wohin wir gehen. Ich hol Sie im Hotel ab. Halb acht?«

»Ich freu mich darauf.«

Was für eine angenehme Art, den Tag zu beginnen, dachte Rebus, als er sich wieder hinlegte und sein Kopfkissen zusammenknüllte. Er hatte kaum die Augen geschlossen, da klingelte das Telefon erneut.

»Ja?«

»Ich bin an der Rezeption, und Sie sind eine Schlafmütze. Kommen Sie runter, damit ich mein Frühstück auf Ihre Rechnung setzen kann.«

Klick. Brrr. Rebus knallte den Hörer auf die Gabel und erhob sich knurrend aus dem Bett.

»Sie haben aber lange gebraucht.«

»Ich dachte, die hätten's nicht so gern, wenn hier ein Gast splitternackt im Speisesaal auftaucht. Sie sind früh dran.«

Flight zuckte die Achseln. »Viel zu tun.« Rebus fiel auf, dass Flight nicht gut aussah. Die dunklen Ringe um seine Augen und seine blasse Gesichtsfarbe waren nicht bloß auf

Schlafmangel zurückzuführen. Sein ganzes Fleisch schien an ihm herabzuhängen, als ob Magnete auf dem Fußboden es nach unten zögen. Allerdings fühlte er selbst sich auch nicht so toll. Vermutlich hatte er sich in der U-Bahn einen Virus gefangen. Sein Hals war ein wenig rau, und sein Kopf dröhnte. Stimmte es tatsächlich, dass Städte einen krank machten? In einem der Aufsätze, die Lisa Frazer ihm gegeben hatte, stellte jemand genau diese Behauptung auf und folgerte, dass die meisten Serienkiller ein Produkt ihrer Umwelt waren. Rebus konnte dazu eigentlich nichts sagen, aber er wusste mit Bestimmtheit, dass er heute mehr Schleim in der Nase hatte als gewöhnlich. Hatte er genügend Taschentücher mitgenommen?

»Viel zu tun«, wiederholte Flight.

Sie saßen an einem Zweiertisch. Im Speisesaal war nicht viel los, und die spanische Bedienung nahm flott ihre Bestellung auf; der Tag hatte noch nicht genug Zeit gehabt, sie zu zermürben.

»Was wollen Sie heute machen?« Flight schien die Frage nur zu stellen, um ein Gespräch in Gang zu bringen, doch Rebus hatte konkrete Pläne für diesen Tag und sagte ihm das auch.

»Als Erstes würde ich gern den Mann von Maria Watkiss treffen, diesen Tommy.« Flight quittierte das mit einem Lächeln und schaute auf den Tisch. »Nur um meine Neugier zu befriedigen«, fuhr Rebus fort. »Und dann würde ich mich gern mit dem Dentalpathologen unterhalten, mit Dr. Morrison.«

»Wo Sie die beiden finden können, weiß ich«, sagte Flight. »Was noch?«

»Das ist es so in etwa. Heute Abend bin ich mit Dr. Frazer verabredet« – hier blickte Flight mit anerkennendem Blick auf –, »um ihre Erkenntnisse hinsichtlich des Mörderprofils durchzusprechen.«

»Ähm.« Flight klang wenig überzeugt.

»Ich habe diese Bücher gelesen, die sie mir geliehen hat. Ich glaube, da könnte was dran sein, George.« Rebus benutzte den Vornamen ganz vorsichtig, doch Flight schien nichts dagegen zu haben.

Der Kaffee war gebracht worden. Flight schenkte ein und trank eine Tasse, dann schmatzte er mit den Lippen. »Ich nicht«, sagte er.

»Was nicht?«

»Ich glaube nicht, dass an diesem ganzen Psychologiekram was dran ist. Zu viel Spekulation und alles nicht wissenschaftlich genug. Ich hab lieber etwas Greifbares. Ein Dentalpathologe, also, das ist was Greifbares. Das ist etwas, an dem man ...«

»Sich festbeißen kann?« Rebus lächelte. »Dummer Scherz, aber ich bin nicht Ihrer Meinung. Wann hat Ihnen das letzte Mal ein Pathologe eine präzise Todeszeit genannt? Die wollen sich doch nie genau festlegen.«

»Aber sie arbeiten mit *Tatsachen*, mit konkretem Beweismaterial, nicht mit irgendwelchem Hokuspokus.«

Rebus lehnte sich zurück. Er musste an eine Figur in einem Roman von Dickens denken, den er vor langer Zeit gelesen hatte, einen Lehrer, der nichts als Tatsachen wollte. »Na hören Sie mal, George«, sagte er, »wir leben im zwanzigsten Jahrhundert.«

»Das stimmt«, sagte Flight. »Und wir glauben nicht mehr an Wahrsagerinnen.« Er blickte wieder auf. »Oder etwa doch?«

Rebus zögerte die Antwort hinaus, indem er Kaffee nachschenkte. Er spürte, wie seine Wangen kribbelten. Vermutlich wurden sie jetzt rot. Das passierte ihm immer bei Diskussionen; selbst so kleine Meinungsverschiedenheiten wie diese reichten oft schon. Er achtete darauf, dass er seine nächste Äußerung mit leiser und besonnener Stimme vorbrachte.

»Was wollen Sie damit sagen?«

»Ich will sagen, dass Polizeiarbeit mühevolle Kleinarbeit

ist, John.« (Er redet mich noch immer mit dem Vornamen an, dachte Rebus, das ist gut.) »Und Abkürzungen funktionieren selten. Ich will damit sagen, lassen Sie nicht Ihren Hampton für Sie das Denken übernehmen.« Rebus wollte schon protestieren, aber er war sich nicht ganz sicher, was Flight meinte. Flight lächelte.

»Das ist Rhyming-Slang«, erklärte er. »Mit Hampton ist der Londoner Vorort Hampton Wick gemeint, und das reimt sich auf ›prick‹ oder vielleicht auf ›dick‹, also Pimmel. Wie dem auch sei, ich will Sie lediglich davor warnen, sich von einer gut aussehenden Frau Ihr berufliches Urteilsvermögen trüben zu lassen.«

Rebus wollte immer noch protestieren, doch er sah ein, dass das wenig Sinn hatte. Nachdem er seine Bedenken ausgesprochen hatte, schien Flight jedenfalls zufrieden. Vielleicht hatte er ja sogar recht? Wollte Rebus sich mit Lisa Frazer wegen des Falles treffen, oder weil sie Lisa Frazer war? Trotzdem hatte er immer noch das Bedürfnis, sie zu verteidigen.

»Hören Sie«, sagte er, »ich hab die Bücher, die sie mir gegeben hat, gelesen, und da stehen einige ganz gute Sachen drin.« Flight überzeugte das nicht, und er drängte Rebus, das näher zu erläutern. Und als er anfing zu reden, merkte er, dass Flight ihn mit dem gleichen Trick reingelegt hatte, mit dem er gestern Abend den Motorradkurier reingelegt hatte. Zu spät; er musste Lisa Frazer verteidigen und sich selbst, auch wenn alles, was er jetzt sagte, sich in seinen Ohren bereits dumm und unausgegoren anhörte, wie dann erst in Flights?

»Wir haben es hier mit einem Mann zu tun, der Frauen hasst.« Flight sah ihn erstaunt an, als wäre das zu offenkundig, um es überhaupt auszusprechen. »*Oder*«, fuhr Rebus rasch fort, »der seine Rache an Frauen nehmen muss, weil er zu schwach und zu ängstlich ist, sie an einem Mann zu üben.« Flight räumte diese Möglichkeit mit einem knappen

Nicken ein. »Ein großer Teil der so genannten Serienkiller«, fuhr Rebus, mit einer Hand unbewusst nach dem Buttermesser greifend, fort, »ist sehr konservativ und sehr ehrgeizig, aber in ihrem Ehrgeiz beschnitten. Sie fühlen sich von der sozialen Klasse unmittelbar über ihnen zurückgewiesen und machen die zu ihrer Zielgruppe.«

»Was? Eine Prostituierte, eine Verkäuferin und eine Büroangestellte? Wollen Sie behaupten, dass die zur gleichen sozialen Gruppe gehören? Wollen Sie sagen, dass der Wolfsmann gesellschaftlich niedriger steht als eine Nutte? Hören Sie mit dem Quatsch auf, John.«

»Das ist nur eine allgemeine Regel«, beharrte Rebus und wünschte, er hätte dieses Gespräch nie angefangen. Er drehte das Messer in der Hand. »Einer der frühesten Serienkiller war übrigens ein französischer Adeliger.« Seine Stimme verstummte. Flight sah ihn ungeduldig an. »Ich gebe ja nur wieder, was in diesen Büchern steht. Einiges klingt ganz plausibel, bloß dass wir bisher nicht genug über den Wolfsmann wissen, um festzustellen, was davon auf ihn zutrifft.«

Flight trank seine zweite Tasse Kaffee aus. »Reden Sie weiter«, sagte er lustlos. »Was steht sonst noch in den Büchern?«

»Einige Serienkiller sehnen sich nach Publicity«, sagte Rebus. Er hielt inne und dachte an den Mörder, der vor fünf Jahren sein Spielchen mit ihm getrieben und sie alle an der Nase herumgeführt hatte. »Wenn der Wolfsmann sich mit uns in Verbindung setzt, haben wir eine größere Chance, ihn zu erwischen.«

»Vielleicht. Was schlagen Sie vor?«

»Ich meine, wir sollten ihm ein paar Fallen stellen, ein paar Gruben graben. Bringen Sie Inspector Farraday dazu, einige pikante Details an die Presse auszustreuen, zum Beispiel, dass wir vermuten, der Wolfsmann sei schwul oder ein Transvestit. Es kann irgendwas sein, Hauptsache, es steht im Widerspruch zu seiner konservativen Haltung. Vielleicht lockt ihn das aus seinem Versteck.«

Rebus ließ das Messer los und wartete auf Flights Antwort. Doch Flight ließ sich Zeit. Er fuhr mit einem Finger um den Rand seiner Tasse. »Keine schlechte Idee«, sagte er schließlich. »Aber ich würde darauf wetten, dass Sie das nicht aus den Büchern haben.«

Rebus zuckte die Achseln. »Vielleicht nicht so ganz.«

»Hab ich mir gedacht. Mal sehen, was Cath dazu sagt.« Flight stand auf. »Nun wollen wir mal wieder zu etwas prosaischeren Dingen zurückkehren. Ich denke, dass ich Sie auf direktem Weg zu Tommy Watkiss bringen kann. Kommen Sie. Und übrigens vielen Dank fürs Frühstück.«

»Gern geschehen«, sagte Rebus. Ihm war klar, dass seine Verteidigung der Psychologie, zu der sich das Ganze entwickelt hatte, Flight nicht überzeugt hatte. Aber versuchte er überhaupt, Flight zu überzeugen oder eher sich selbst? Versuchte er, Flight zu beeindrucken oder Dr. Lisa Frazer?

Sie gingen jetzt durch die Empfangshalle, Rebus mit der Aktentasche in der Hand. Flight blickte ihn an.

»Wissen Sie eigentlich«, sagte er, »warum man uns ›Old Bill‹ nennt?« Rebus zuckte stumm die Achseln. »Einige behaupten, wir wären nach einem gewissen Wahrzeichen von London benannt. Sie können ja auf dem Weg dorthin ein bisschen raten.« Und mit diesen Worten stieß Flight kräftig gegen die Drehtür, durch die man aus dem Hotel gelangte.

Old Bailey war nicht ganz so, wie Rebus erwartet hatte. Die berühmte Kuppel war zwar da, auf der Justitia mit verbundenen Augen ihre Waage hält, doch ein großer Teil des Gerichtskomplexes war sehr viel moderner gestaltet. Sicherheit war das oberste Prinzip. Röntgengeräte, Sicherheitstürschleusen, durch die immer nur eine Person das Innere des Gebäudes betreten konnte, und überall Wachpersonal. Die Fensterscheiben waren mit Klebefolie überzogen, damit bei einer Explosion keine tödlichen Glasscherben durch die Eingangshalle fliegen konnten. Im Gebäude liefen Gerichtsdiener (alles Frauen) mit wehenden schwarzen Umhängen herum und versuchten, verirrte Geschworene einzusammeln.

»Sind hier Geschworene für Gerichtssaal Nummer vier?«

»Geschworene für Gerichtssaal Nummer zwölf, bitte!«

Die ganze Zeit wurden durch die Lautsprecheranlage die Namen von vermissten Geschworenen aufgerufen. Es war der hektische Anfang eines weiteren Tags im Gericht. Zeugen rauchten Zigaretten, besorgt aussehende Anwälte, beladen mit Dokumenten, hielten geflüsterte Zwiesprachen mit dumpf vor sich hinblickenden Mandanten, und Polizeibeamte warteten nervös, um ihre Aussage zu machen.

»Hier gewinnen oder verlieren wir, John«, sagte Flight. Rebus war sich nicht sicher, ob er die Gerichtssäle meinte oder die Menschenmenge. In den Stockwerken über ihnen waren Verwaltungsbüros, Ankleideräume und Restaurants. Doch auf der Etage, auf der sie gerade waren, wurden die Prozesse geführt und entschieden. Durch mehrere Türen links von ihnen war der ältere, überkuppelte Teil von Old Bailey zu sehen, ein dunklerer und furchterregenderer Ort als diese helle, mit Marmor ausgestattete Galerie. Hier hallte das Quietschen von Gummisohlen wider, das Klacken von Absätzen auf dem harten Boden und das ständige Gemurmel zahlloser Gespräche.

»Kommen Sie mit«, sagte Flight. Er führte sie zu einem der Gerichtssäle, wo er kurz mit dem Sicherheitsbeamten und einem der Gerichtsdiener sprach, bevor er mit Rebus hineinging.

Wurde die Eingangshalle von Stein und schwarzem Leder dominiert, so herrschten im Gerichtssaal Holztäfelung und grünes Leder vor. Sie setzten sich auf zwei Stühle gleich neben der Tür zu DC Lamb, der bereits mit ernstem Gesicht dort saß, die Arme verschränkt. Er begrüßte sie nicht, lehnte sich aber zu ihnen herüber, um zu flüstern: »Wir müssen dieses Arschloch drankriegen«, bevor er seine steife, aufrechte Haltung wieder einnahm.

Auf der anderen Seite des Raumes saßen die zwölf Geschworenen, die schon jetzt gelangweilt aussahen; ihre Gesichter waren gefühllos und leer. An der Rückseite des Gerichtssaals stand der Angeklagte, die Hände auf das Geländer vor ihm gestützt, ein Mann von etwa vierzig Jahren mit kurzen, borstigen und mit silbrigen Strähnen durchsetzten, schwarzen Haaren. Sein Gesicht war wie aus Stein gehauen, sein offener Hemdkragen ein Zeichen von Arroganz. Er hatte die Anklagebank ganz für sich, da kein Polizeibeamter Wache stand.

Ein Stück vor ihm sortierten die Anwälte ihre Papiere, beobachtet von Justizbeamten und Assistenten. Der Verteidiger war ein gedrungener, müde aussehender Mann, sein Gesicht so grau wie sein Haar, der an einem billigen Kugelschreiber kaute. Der Ankläger wirkte hingegen sehr viel selbstbewusster. Er war groß (wenn auch korpulent), tadellos gekleidet, und strahlte die pure Rechtschaffenheit aus. Sein Schreibgerät war ein aufwändiger Füller, und er schrieb äußerst schwungvoll, die Lippen so trotzig vorgeschoben, wie es ein Churchill-Imitator nicht besser machen könnte. Rebus fand, er sah aus wie der typische Kronanwalt im Fernsehen, abgesehen von Rumpole.

Direkt über ihnen befand sich die Zuschauergalerie. Er konnte leises Füßescharren hören. Es hatte Rebus schon immer beunruhigt, dass die Leute auf der Zuschauergalerie die Geschworenen deutlich im Blick hatten. Dieser Gerichtssaal war so angelegt, dass sie direkt auf die Geschworenen herunterstarrten, was es umso leichter machte, diese zu identifizieren und einzuschüchtern. Er hatte schon mehrere Fälle erlebt, bei denen Geschworene am Ende des Tages von einem Verwandten des Angeklagten angesprochen wurden, der ihnen entweder ein Bündel Geldscheine oder eine geballte Faust entgegenhielt.

Der Richter wirkte gebieterisch, wie er grübelnd die vor ihm liegenden Papiere studierte, während unmittelbar unter ihm der Protokollführer leise in einen Telefonhörer sprach. Aus der Zeit, die es dauerte, bis die Verhandlung begann, schloss Rebus zweierlei. Zum einen, dass der Fall fortgesetzt wurde und nicht gerade anfing; zum anderen, dass dem Richter eine knifflige Rechtsfrage vorgelegt worden war, über die er jetzt nachdachte.

»Hier, haben Sie das gesehen?« Lamb hielt Flight ein Boulevardblatt hin. Die Zeitung war auf ein Viertel ihres Formats gefaltet, und Lamb tippte auf eine Spalte, als er sie seinem Vorgesetzten reichte. Flight las rasch, blickte ein- oder zweimal kurz zu Rebus, dann gab er die Zeitung mit einem vagen Grinsen an ihn weiter.

»Sehen Sie mal da, Sie Experte.«

Rebus las den nicht namentlich gekennzeichneten Artikel. Im Wesentlichen ging es um den Fortschritt, beziehungsweise mangelnden Fortschritt, bei den Ermittlungen im Mordfall Jean Cooper. Doch der letzte Abschnitt war der Hammer: »Das Team, das in den so genannten ›Wolfsmann-Morden‹ ermittelt, wird inzwischen von einem Experten für Serienkiller unterstützt, den man von einer anderen Polizeieinheit hinzugezogen hat.«

Rebus starrte auf die gedruckten Zeilen, ohne sie wirklich zu sehen. Cath Farraday hatte doch ganz bestimmt nicht …? Andererseits, wie sollte die Zeitung das sonst erfahren haben? Er blickte weiter starr auf die Seite, weil er wusste, dass Flight und Lamb ihn beide ansahen. Er konnte es nicht fassen, *er, ein Experte!* Ob das nun stimmte oder nicht – und es stimmte nicht –, das spielte jetzt keine Rolle mehr. Tatsache war, dass man Ergebnisse von ihm erwarten würde, Ergebnisse, die über dem Durchschnitt lagen. Doch er wusste, dass er die nicht liefern könnte, und damit würde er wie eine Witzfigur dastehen. Kein Wunder, dass diese beiden Augenpaare ihm ein Loch in den Kopf brannten. Kein hart arbeitender Polizist ließ sich gern von »Experten« reinreden. Rebus selbst mochte das auch nicht. Das Ganze hier gefiel ihm absolut nicht!

Flight bemerkte den gequälten Ausdruck in Rebus' Gesicht und hatte Mitleid mit dem Mann. Lamb jedoch beobachtete genüsslich grinsend, wie Rebus litt. Dann nahm er seine Zeitung wieder von Rebus entgegen und steckte sie in die Jackentasche.

»Dachte, das würde Sie interessieren«, sagte er.

Der Richter hatte endlich aufgeblickt und richtete seine Aufmerksamkeit auf die Geschworenen. »Meine Damen und Herren Geschworenen«, begann er, »man hat mich in dem Fall die Krone gegen Thomas Watkiss darauf hingewiesen, dass die Aussage des Police Constable Mills eine Passage enthielt, die Ihnen möglicherweise im Gedächtnis geblieben ist und Ihre Objektivität beeinflussen könnte.«

Der Mann auf der Anklagebank war also Tommy Watkiss, der Mann von Maria. Rebus betrachtete ihn erneut, während er versuchte, den Zeitungsartikel zu vergessen. Watkiss hatte ein merkwürdig geformtes Gesicht; die obere Hälfte war viel breiter als die Wangenknochen und das Kinn, das beinah spitz zulief. Er sah aus wie ein alter Boxer, dem man einmal zu oft den Kiefer ausgerenkt hatte. Währenddessen ließ sich der Richter über einen groben Fehler der Polizei aus. Der festnehmende Beamte hatte bei seiner Aussage vor Gericht erklärt, er habe den Angeklagten mit den Worten begrüßt: »Hallo, Tommy, was ist denn hier los?« Mit dieser Aussage hatte er den Geschworenen zu verstehen gegeben, dass Watkiss der örtlichen Polizei sehr gut bekannt war, was durchaus ihr Urteil beeinflussen könnte. Der Richter ordnete deshalb an, die Geschworenen zu entlassen.

»Klasse, Tommy!«, kam ein lauter Ruf von der Zuschauergalerie, der sofort durch einen wütenden Blick des Richters zum Schweigen gebracht wurde. Rebus fragte sich, wo er diese Stimme schon mal gehört hatte.

Als sich das Gericht erhob, ging Rebus ein paar Schritte vor, drehte sich um und sah zum Balkon hinauf. Die Zuschauer waren ebenfalls aufgestanden, und in der vorderen

Reihe sah Rebus einen jungen Mann in Motorradkluft und mit einem Sturzhelm in der Hand, der grinsend zu Watkiss blickte. Er hielt triumphierend eine Faust in die Luft, dann drehte er sich um und stieg die Treppe zum Ausgang der Galerie hinauf. Es war Kenny, der Freund von Samantha. Rebus ging zu Flight und Lamb zurück, die zusammenstanden und ihn neugierig beobachteten, doch Rebus wandte den Blick zur Anklagebank. Der Ausdruck auf Watkiss' Gesicht war pure Erleichterung. DC Lamb hingegen sah aus, als könnte er jeden Augenblick einen Mord begehen.

»Was diese Scheiß-Iren immer für ein Schwein haben«, fauchte er.

»Tommy ist genauso wenig irisch wie Sie, Lamb«, sagte Flight phlegmatisch.

»Wie lautete die Anklage?«, fragte Rebus, der immer noch durcheinander war wegen des Zeitungsartikels, wegen Kennys Anwesenheit und dessen Verhalten. Der Richter verließ gerade durch eine mit grünem Leder überzogene, gepolsterte Tür neben der Geschworenenbank den Gerichtssaal.

»Das Übliche«, sagte Lamb, der sich rasch wieder beruhigte. »Vergewaltigung. Als seine Alte abgekratzt war, brauchte er eine Neue, die für ihn auf den Strich geht. Also versuchte er, irgendein Mädchen in seiner Straße zu ›überzeugen‹, dass sie damit ein paar Mäuse verdienen könnte. Als das nicht funktionierte, flippte er aus und legte sie aufs Kreuz. Deckskerl. Wir kriegen ihn beim Wiederaufnahmeverfahren. Ich glaub immer noch, dass er seine Alte abgemurkst hat.«

»Dann finden Sie den Beweis«, sagte Flight. »Im Übrigen gibt's da einen Police Constable, der einen gehörigen Tritt in den Arsch verdient hat.«

»Yeah«, sagte Lamb und grinste böse bei der Vorstellung. Dann folgte er dem Hinweis und verließ den Gerichtssaal auf der Suche nach dem unglückseligen PC Mills.

»Inspector Flight.« Es war der Vertreter der Anklage, der forsch auf sie zukam, Bücher und Unterlagen unter den linken Arm geklemmt, die rechte Hand ausgestreckt. Flight nahm die sorgfältig manikürte Hand und schüttelte sie.

»Hallo, Mr. Chambers. Das ist Inspector Rebus. Er ist von Schottland hierher gekommen, um uns bei den Ermittlungen im Fall Wolfsmann zu helfen.«

Chambers wirkte interessiert. »Ach ja, der Wolfsmann. Ich freue mich schon darauf, in diesem Fall die Anklage zu übernehmen.«

»Ich hoffe, dass wir Ihnen die Gelegenheit dazu verschaffen können«, sagte Rebus.

»Nun ja«, erwiderte Chambers, »es ist ja schon schwierig genug, so kleine Fische wie unseren Freund da einzufangen.« Er warf einen Blick zurück zur Anklagebank, die jetzt leer war. »Aber wir bemühen uns«, sagte er seufzend, »wir bemühen uns.« Dann hielt er inne und fügte mit gedämpfter Stimme, direkt an Flight gerichtet, hinzu: »Checken Sie das mal, George, mir passt nicht, wenn mir von meinen eigenen Leuten die Arbeit versaut wird. Okay?«

Flight wurde rot. Chambers hatte ihn in einer Weise heruntergeputzt, wie das ein Superintendent oder Chief Constable nie geschafft hätte, und das wusste er. »Guten Tag, die Herren«, sagte er, bereits zum Gehen gewandt, »und viel Glück, Inspector Rebus.«

»Danke«, rief Rebus der davonschreitenden Gestalt hinterher.

Flight beobachtete, wie Chambers die Tür des Gerichtssaals aufstieß. Der Zopf seiner Perücke schaukelte von einer Seite zur anderen, und seine Robe wehte hinter ihm her. Als die Tür wieder geschlossen wurde, fing Flight laut an zu lachen.

»So ein arrogantes Arschloch. Aber er ist der Beste, den's gibt.«

Rebus fragte sich allmählich, ob es in London überhaupt irgendjemanden gab, der zweitrangig war. Man hatte ihm den »Top«-Pathologen vorgestellt, den »besten« Staatsanwalt, das »erstklassigste« Team von Kriminaltechnikern und die »hervorragendsten« Polizeitaucher. Hatte das etwas mit der der Stadt eigentümlichen Arroganz zu tun?

»Ich hab gedacht, die besten Anwälte gingen heutzutage alle in die Wirtschaft«, sagte Rebus.

»Nicht unbedingt. Nur die wirklich raffgierigen Typen stürzen sich auf die Jobs in der City. Außerdem ist das hier für Chambers und seinesgleichen wie eine Droge. Die sind Schauspieler, und zwar verdammt gute.«

Ja, Rebus hatte in seiner Laufbahn auch schon einige Oscar-verdächtige Anwälte erlebt, und er hatte ein paar Fälle eher aufgrund ihrer rhetorischen Fähigkeiten als aufgrund der Überzeugungskraft ihrer Argumente verloren. Sie mochten zwar nur ein Viertel dessen verdienen, was ihre Kollegen in der Wirtschaft absahnten, mochten gerade mal fünfzigtausend Pfund im Jahr mit nach Hause bringen, aber das nahmen sie ihrem Publikum zuliebe in Kauf.

Flight ging auf die Tür zu. »Was noch hinzukommt«, sagte er, »Chambers hat einige Zeit in den USA studiert. Da drüben bildet man sie zu Schauspielern aus. Man bringt ihnen außerdem bei, knallhart zu sein. Ich hab gehört, dass er der Beste aus seinem Jahrgang war. Deshalb sind wir froh, ihn auf unserer Seite zu haben.« Flight hielt inne. »Möchten Sie immer noch mit Tommy reden?«

Rebus zuckte die Achseln. »Warum nicht?«

Draußen in der Eingangshalle stand Tommy Watkiss an einem der großen Fenster, rauchte genüsslich eine Zigarette und hörte seinem Anwalt zu. Dann setzten sich die beiden Männer in Bewegung.

»Wissen Sie was«, sagte Rebus. »Ich hab es mir anders überlegt. Wir lassen das mit Watkiss erst mal.«

»Okay«, sagte Flight. »Schließlich sind Sie der *Experte.*« Als er Rebus' säuerliche Miene sah, lachte er. »Machen Sie sich deswegen keine Sorgen«, sagte er. »Ich weiß, dass Sie kein Experte sind.«

»Das ist sehr beruhigend, George«, erwiderte Rebus ohne große Überzeugung. Er starrte hinter Watkiss her und dachte: Ich bin nicht der Einzige, der das Gerichtsgebäude mit gemischten Gefühlen verlässt.

Flight lachte wieder, dabei hätte er nur zu gerne gewusst, was hinter Rebus' merkwürdigem Verhalten vorhin gesteckt haben mochte, einfach so in den Gerichtssaal zu gehen und zur Zuschauergalerie hinaufzuschauen. Doch wenn Rebus nicht darüber reden wollte, dann war das sein gutes Recht. Flight würde den richtigen Augenblick abwarten. »Also, was jetzt?«, fragte er.

Rebus rieb sich den Kiefer. »Mein Zahnarzttermin«, sagte er.

Anthony Morrison, der darauf bestand, dass sie ihn Tony nannten, war viel jünger, als Rebus erwartet hatte. Höchstens fünfunddreißig. Er hatte einen so schmächtigen Körper, dass sein Kopf irgendwie erwachsener wirkte als der Rest von ihm. Rebus war bewusst, dass er Morrison mit mehr als dem üblichen Interesse musterte. Das klare und glänzende Gesicht, die stehen gebliebenen Bartstoppeln an Wangen und Kinn, wo der Rasierapparat versagt hatte, die kurz geschnittenen Haare und die hellwachen Augen. Auf der Straße hätte er Morrison für einen Schüler der sechsten Klasse gehalten. Als Pathologe, wenn auch nur Dentalpathologe, hätte der Mann keinen krasseren Gegensatz zu Philip Cousins bilden können.

Als er erfuhr, dass Rebus Schotte war, hatte Morrison angefangen, sich darüber auszulassen, wie viel die moderne Pathologie doch den Schotten verdanke, »Männern wie Glaister, Littlejohn und Sir Sydney Smith«, obwohl Letzterer, wie Morrison hatte einräumen müssen, in Australien geboren war. Dann erzählte er, sein Vater sei auch Schotte gewesen, ein Chirurg, und fragte Rebus, ob er wüsste, dass der erste britische Lehrstuhl für Rechtsmedizin in Edinburgh eingerichtet worden sei. Ganz erschlagen von dieser Masse an Fakten, sagte Rebus, das wäre ihm neu.

Morrison führte sie, mit vor Begeisterung hüpfenden Schritten, in sein Büro. Doch sobald sie drinnen waren, ließ der Zahnarzt die sozialen Nettigkeiten und wurde professionell.

»Er hat wieder zugeschlagen«, sagte er ohne jede Vorrede, während er sie zu der Wand hinter seinem Schreibtisch führte, wo mehrere fünfundzwanzig mal dreißig Zentimeter große Schwarzweißfotos angepinnt waren. Es waren gestochen scharfe Nahaufnahmen von den Bissabdrücken auf Jean Coopers Bauch. Auf manchen Fotos waren an bestimmten Stellen Pfeile eingezeichnet. Sie wiesen auf an die Wand geheftete Zettel, auf denen Morrison seine Erkenntnisse zusammengefasst hatte.

»Da ich natürlich weiß, wonach ich suchen muss«, sagte er, »ließ sich ziemlich schnell feststellen, dass es sich vermutlich um dieselben Zähne wie bei den vorherigen Opfern handelt. Außerdem zeichnet sich allmählich ein Muster ab, das Anlass zur Beunruhigung geben könnte.« Er ging zum Schreibtisch und kehrte mit weiteren Fotos zurück. »Die hier sind von Opfer Nummer eins. Sie werden bemerken, dass die von den Zähnen hinterlassenen Eindrücke weniger ausgeprägt sind. Sie werden bei Opfer zwei und drei jeweils ein bisschen stärker. Und nun ...«, er zeigte auf die aktuellen Fotos.

»Sie sind noch tiefer«, antwortete Rebus. Morrison strahlte ihn an.

»Ganz genau.«

»Also wird er zunehmend brutaler.«

»Wenn man einen Angriff auf jemanden, der bereits tot ist, als ›brutal‹ bezeichnen kann, dann haben Sie recht, Inspector Rebus, er wird immer brutaler, oder vielleicht sollte man es als immer unberechenbarer bezeichnen.« Rebus und Flight sahen sich an. »Abgesehen von den Veränderungen in der relativen Tiefe der Bissabdrücke kann ich meinen bisherigen Ergebnissen nur wenig hinzufügen. Die Zähne sind höchstwahrscheinlich prothetisch …«

Rebus fiel ihm ins Wort. »Sie meinen, falsch?«

Morrison nickte. »Wie können Sie das feststellen?«

Morrison strahlte erneut. Das Wunderkind, das sich gern vor seinen Lehrern produziert. »Wie kann ich das am besten einem Laien erklären?« Er schien einen Augenblick über seine eigene Frage nachzudenken. »Nun ja, die eigenen Zähne – Ihre zum Beispiel, Inspector Rebus, Sie sollten sie übrigens mal nachsehen lassen – werden im Laufe der Zeit ein bisschen schartig. Die Schnittkante ist angeschlagen und abgenutzt. Die Kante von falschen Zähnen ist dagegen in der Regel glatter und mehr abgerundet. Besonders die Schneidezähne sind stumpfer, haben weniger Scharten und Risse.«

Rebus hielt die Lippen geschlossen und fuhr sich mit der Zunge über die Zähne. Tatsächlich, sie fühlten sich gezackt an wie eine Säge. Er war seit zehn Jahren oder noch länger nicht mehr beim Zahnarzt gewesen, hatte es nie für nötig befunden. Aber nun hatte Morrison diese Bemerkung gemacht. Sahen sie wirklich so furchtbar aus?

»Also«, fuhr Morrison fort, »aus diesem Grund, wie noch aus diversen anderen, würde ich sagen, dass der Mörder falsche Zähne hat. Und dazu noch sehr seltsame Zähne.«

»Ach?« Rebus versuchte zu sprechen, ohne Morrison weitere Einblicke in seinen maroden Mundraum zu gewähren.

»Ich habe das bereits Inspector Flight erklärt«, Morrison hielt inne, damit Flight zustimmend nicken konnte, »aber, kurz gesagt, die obere Zahnreihe hat eine größere Bisskurve als die untere. Aus meinen Messungen schließe ich, dass die Person, der diese Zähne gehören, ein ziemlich merkwürdig geformtes Gesicht haben muss. Ich hatte bereits einige Zeichnungen angefertigt, aber jetzt ist mir etwas noch Besseres gelungen. Ich bin froh, dass Sie heute gekommen sind.« Er ging an einen Schrank und öffnete ihn. Rebus sah zu Flight, der die Achseln zuckte. Morrison drehte sich wieder zu ihnen um; in der Hand hielt er irgendwas Großes, über das eine braune Papiertüte gestülpt war.

»Sehen Sie her«, sagte er und entfernte die Tüte, »ich bringe Ihnen den Kopf des Wolfsmanns!«

Im Zimmer war es so still, dass man den Verkehrslärm von draußen deutlich hören konnte. Rebus und Flight wussten zunächst beide nicht, was sie dazu sagen sollten. Stattdessen gingen sie auf den leise vor sich hin lachenden Morrison zu, der seine Schöpfung voller Freude betrachtete. Von draußen war plötzlich lautes Reifenquietschen zu hören.

»Der Wolfsmann«, wiederholte Morrison. Er hielt das Modell eines menschlichen Kopfes in der Hand, der – soweit Rebus das beurteilen konnte – aus hellrosa Gips geformt war. »Sie können alles von der Nase aufwärts ignorieren, wenn Sie möchten«, sagte Morrison. »Das ist nämlich ziemlich spekulativ, gestützt auf Mittelwerte aufgrund der Ausprägung des Kiefers. Doch der Kiefer selbst ist meines Erachtens ziemlich exakt.«

Und es war in der Tat ein merkwürdiger Kiefer. Die oberen Zähne standen so weit vor, dass die Oberlippe und der gesamte Bereich unterhalb der Nase überdehnt und gewölbt waren. Der Unterkiefer schien in einer – wie es Rebus vorkam – neandertalerhaften Weise so tief in dem Kopf zu stecken, dass er fast verschwand. Das Kinn wirkte schmal und verkniffen, und die Wangen waren oben so stark geschwollen, dass sie eine Linie mit der Nase bildeten, aber konkav nach unten verliefen. Es war ein außergewöhnliches Gesicht, wie es Rebus, soweit er sich erinnern konnte, in der realen Welt noch nie begegnet war. Aber das hier war ja auch nicht die reale Welt, oder? Es war eine Rekonstruktion, die auf Durchschnittswerten und Vermutungen basierte. Flight starrte fasziniert auf das Gesicht, als wollte er es sich genau einprägen. Rebus hatte plötzlich die beunruhigende Vorstellung, Flight würde ein Foto von dem Modell an die Zeitungen geben, und das erste arme Schwein, das ihm mit so einer Physiognomie über den Weg lief, verhaften.

»Würden Sie das als deformiert bezeichnen?«, fragte Rebus.

»Um Himmels willen, nein«, sagte Morrison lachend. »Da hätten Sie mal ein paar von den medizinischen Fällen sehen sollen, mit denen ich bereits zu tun hatte. Nein, das hier könnte man nicht als deformiert bezeichnen.«

»Entspricht ganz meiner Vorstellung von Mr. Hyde«, bemerkte Flight.

Erzähl mir bloß nichts von Hyde, dachte Rebus bei sich.

»Vielleicht«, sagte Morrison und fing wieder an zu lachen. »Was ist mit Ihnen, Inspector Rebus? Was meinen Sie dazu?«

Rebus betrachtete das Modell erneut. »Es sieht prähistorisch aus.«

»Ah!«, sagte Morrison begeistert. »Das hab ich auch als Erstes gedacht. Besonders der vorstehende Oberkiefer.«

»Woher wissen Sie, dass das der Oberkiefer ist?«, fragte Rebus. »Könnte es nicht auch genau umgekehrt sein?«

»Nein, ich bin mir relativ sicher, dass es so stimmt. Die Bissabdrücke sind ziemlich konsistent. Das heißt, abgesehen von Opfer Nummer drei.«

»Oh?«

»Ja, Opfer Nummer drei, das war eine merkwürdige Sache. Da schien der untere Satz Abdrücke, also der eigentlich kleinere, größer zu sein als der obere Satz. Wie Sie an dem Modell sehen können, hätte der Mörder sein Gesicht schon sehr verrenken müssen, um so einen Biss hinzukriegen.«

Er führte ihnen das recht anschaulich vor, indem er den Mund weit aufriss, den Kopf in den Nacken legte, den Unterkiefer vorschob und dann heftige Beißbewegungen machte.

»Bei den anderen Malen hat der Mörder eher so gebissen.« Erneut gab er eine Kostprobe seiner pantomimischen Fähigkeiten. Diesmal zog er die Oberlippe zurück und biss mehrmals so fest zu, dass die oberen Zähne auf die unteren knallten.

Rebus schüttelte den Kopf. Das machte die Sache nicht klarer, sondern verwirrte ihn eher noch mehr. Er deutete mit dem Kopf auf das Gipsmodell. »Glauben Sie wirklich, dass der Mann, nach dem wir suchen, so aussieht?«

»Der Mann oder die Frau, ja. Natürlich mag ich bei diesem Modell manches ein wenig übertrieben haben, aber im Großen und Ganzen bin ich davon überzeugt.«

Rebus hatte nach dem ersten Satz nicht mehr zugehört. »Was soll das heißen: oder die Frau?«, fragte er.

Morrison zuckte theatralisch die Achseln. »Das ist wieder etwas, worüber ich bereits mit Inspector Flight gesprochen habe. Ich habe lediglich den Eindruck – selbstverständlich rein aufgrund der zahnmedizinischen Befunde –, dass dieser Kopf genauso gut von einer Frau sein konnte wie von einem Mann. Die große obere Zahnreihe erscheint mir sehr männlich, nach der Größe zu urteilen und so, doch die untere Reihe erscheint mir aus dem gleichen Grund sehr weiblich. Ein Mann mit dem Kinn einer Frau oder eine Frau mit einem männlichen Oberkiefer?« Er zuckte erneut die Achseln. »Suchen Sie sich was aus.«

Rebus sah zu Flight, der bedächtig den Kopf schüttelte. »Nein«, sagte Flight, »es ist ein Mann.«

Rebus hatte nie die Möglichkeit in Betracht gezogen, dass eine Frau hinter den Morden stecken könnte. Der Gedanke war ihm nie gekommen. Bis jetzt.

Eine Frau? Unwahrscheinlich, aber warum unmöglich? Flight hatte die Vorstellung sofort verworfen, doch aus welchem Grund? Rebus hatte letzte Nacht gelesen, dass eine wachsende Anzahl von Serienmördern Frauen waren. Aber könnte eine Frau so zugestochen haben? Könnte eine Frau Opfer von ähnlicher Größe und ähnlicher Körperkraft wie sie selbst in der Weise überwältigt haben?

»Ich hätte gern ein paar Fotos davon«, sagte Flight gerade. Er hatte Morrison das Modell aus der Hand genommen und betrachtete es erneut.

»Selbstverständlich«, sagte Morrison, »aber Sie dürfen nicht vergessen, dass das nur meine Vermutung ist, wie der Kopf des Mörders aussehen könnte.«

»Wir wissen das zu schätzen, Tony. Vielen Dank für all Ihre Mühe.«

Morrison zuckte bescheiden die Achseln. Er hatte nach einem Kompliment gefischt und eines an die Angel bekommen.

Rebus sah, dass Flight diese Vorstellung überzeugt hatte. Für Rebus war das eher Effekthascherei als handfeste Fakten, eher der Stoff für ein Gerichtsmelodram. Er hatte immer noch das Gefühl, dass sie, um den Wolfsmann zu schnappen, sich in seinen Kopf hineinversetzen mussten, statt mit Gipsmodellen herumzuspielen.

Seinen oder ihren Kopf.

»Könnte man den Mörder allein anhand der Bissabdrücke identifizieren?«

Morrison dachte darüber nach. Dann nickte er. »Ich denke schon. Wenn Sie mir den Verdächtigen bringen, werde ich wohl zeigen können, dass er oder sie der Wolfsmann ist.«

Rebus ließ nicht locker. »Aber würde das vor Gericht standhalten?«

Morrison verschränkte die Arme und lächelte. »Ich könnte die Geschworenen mit Fachjargon verwirren.« Sein Gesicht wurde wieder ernst. »Nein, für sich betrachtet glaube ich nicht, dass mein Beweismaterial je für eine Verurteilung ausreichen würde. Doch als Teil einer größeren Beweiskette könnten wir ganz gute Chancen haben.«

»Immer unter der Voraussetzung, dass der Dreckskerl bis zum Prozess durchhält«, fügte Flight grimmig hinzu. »Man hat ja schon von Unfällen gehört, die während der Untersuchungshaft passiert sind.«

»Immer unter der Voraussetzung«, korrigierte ihn Rebus, »dass wir ihn überhaupt erwischen.«

»Das, meine Herren«, sagte Morrison, »überlasse ich ganz Ihren tatkräftigen Händen. Ich möchte nur noch hinzufügen, dass ich mich darauf freue, meinen Freund hier dem echten Exemplar vorzustellen.« Und dann nickte er mehrmals mit dem Gipskopf, bis es Rebus so schien, als würde sich der Kopf über sie lustig machen, als würde er lachend die blicklosen Augen verdrehen.

Als Morrison sie hinausbegleitete, legte er Rebus eine Hand auf den Unterarm. »Das mit Ihren Zähnen war ernst gemeint«, sagte er. »Sie sollten sie mal nachsehen lassen. Ich könnte das auch selber machen, wenn Sie möchten.«

Im Polizeipräsidium ging Rebus sofort in den Waschraum und untersuchte vor einem mit Seife bespritzten Spiegel seinen Mund. Wovon redete Morrison überhaupt? Seine Zähne sahen ganz in Ordnung aus. Okay, an einem lief ein dunkler Strich herunter, vielleicht ein Riss, und ein paar waren ziemlich übel verfärbt von zu vielen Zigaretten und zu viel Tee. Aber sie sahen doch ganz kräftig aus, oder? Kein Bedarf an Bohrern und pieksenden und knirschenden Folterinstrumenten. Er brauchte keinen Zahnarztstuhl, keine spitzen Nadeln, kein Blutspucken.

Als er wieder an dem Schreibtisch saß, den man ihm zugewiesen hatte, kritzelte er auf seinem Notizblock herum. War Morrison bloß ein nervöser Typ, oder war er hyperaktiv? War er vielleicht verrückt? Oder ging er einfach nur auf seine besondere Art an die Dinge heran?

Nur wenige Serienkiller waren Frauen. Statistisch gesehen war es also unwahrscheinlich. Seit wann glaubte er denn an Statistiken? Seit er angefangen hatte, psychologische Fachliteratur zu lesen, nämlich vergangene Nacht in seinem Hotelzimmer, nach dem katastrophalen Besuch bei Rhona und Samantha. Kenny. Was, zum Teufel, hatte Kenny mit Tommy Watkiss zu tun? Der »Verehrer« seiner Tochter. Ein lächelnder Schurke? Vergiss es, John. Über diesen Teil deines Lebens hast du keine Kontrolle mehr. Darüber musste er grinsen. Über welchen Teil seines Lebens hatte er schon Kontrolle? Die Arbeit gab seinem Leben, was auch immer es an Sinn hatte. Er sollte sich geschlagen geben, Flight erklären, er könne ihnen nicht helfen, und nach Edinburgh zurückkehren, wo ihm die Schurken und die Verbrechen vertraut waren: Drogenhändler, Schutzgeldeintreiber, häusliche Gewalt, Betrug.

Ein Mord pro Monat, so regelmäßig wie der Mond. Das war doch nur eine Redensart, so regelmäßig wie der Mond, oder? Er nahm einen Kalender von der Wand. Ansichten von Italien, ein Geschenk von *Gino's Sandwich Bar* an die Polizeiwache. Die einzelnen Daten. War um den 16. Januar, als Maria Watkiss gefunden wurde, Vollmond gewesen? Nein, aber andererseits glaubte man, dass sie bereits zwei oder drei Tage tot war, ehe sie gefunden wurde. Am Donnerstag, dem 11. Januar, war Vollmond gewesen. In Filmen wurden die Wolfsmenschen doch vom Vollmond beeinflusst? Aber hier hatte man den Mörder nach der Wolf Street benannt, nicht weil er, oder sie, bei Vollmond mordete. Rebus verwirrte das Ganze mehr denn je. Und wurden nicht Frauen angeblich vom Mond beeinflusst? Hatte irgendwas mit ihrer Monatsregel zu tun.

May Jessop war am Montag, dem 5. Februar, gestorben, vier Tage *vor* dem nächsten Vollmond. Shelley Richards war am Mittwoch, dem 28. Februar, gestorben, nirgends ein Vollmond in Sicht. Morrison hatte gesagt, in ihrem Fall habe es Abweichungen gegeben, die Bisse hätten anders ausgesehen. Und schließlich war Jean Cooper in der Nacht von Sonntag, dem 18. März, gestorben, zwei Tage vor dem Frühlingsäquinoktium.

Er warf den Kalender auf den Schreibtisch. Es ergab kein Muster, keine saubere mathematische Lösung. Wem versuchte er etwas vorzumachen? Das hier war doch kein Film. Der Held stolperte nicht einfach über die Lösung. Es gab keine

Abkürzungen. Vielleicht hatte Flight ja recht. Sie mussten sich an ihre routinemäßige Ermittlungsarbeit und das forensische Beweismaterial halten. Psychologie war keine Abkürzung, den Mond anheulen auch nicht. Er konnte nicht wissen, wann der Wolfsmann wieder zuschlagen würde. Er wusste so wenig.

Flight kam erschöpft ins Zimmer und ließ sich auf einen Stuhl fallen, der mit einem Quietschen protestierte.

»Ich hab Cath endlich erreicht«, sagte er. »Ich hab ihr Ihre Idee erläutert, und sie will darüber nachdenken.«

»Das ist sehr nobel von ihr.«

Flight warf ihm einen warnenden Blick zu, und Rebus hob entschuldigend die Hände. Dann deutete Flight mit dem Kopf auf den Kalender. »Was haben Sie vor?«

»Ich weiß nicht, nichts Besonderes. Ich hab gedacht, die Daten, an denen der Wolfsmann zugeschlagen hat, ergäben vielleicht irgendein Muster.«

»Sie meinen so was wie Mondphasen, Äquinoktium und so?« Flight lächelte. Rebus nickte bedächtig. »Verdammt, John, das hab ich auch schon alles durchprobiert und noch vieles mehr.« Er stand auf, suchte nach einem Ordner und warf ihn Rebus hin. »Sehen Sie sich das an; ich hab's mit Zahlenmustern versucht, der Entfernung zwischen den Tatorten, möglichen Transportmitteln – der Wolfsmann scheint ziemlich mobil zu sein; ich nehme an, er hat ein Auto. Ich hab versucht, die Opfer miteinander in Verbindung zu bringen, mich erkundigt, in welche Schule sie gegangen sind, welche Bibliotheken sie benutzt haben, ob sie Sport getrieben haben, in die Disco gegangen sind oder beschissene klassische Musik mochten. Und wissen Sie, was? Sie haben *nichts* gemeinsam; die vier Frauen verbindet absolut nichts miteinander, abgesehen von der Tatsache, dass sie Frauen waren.«

Rebus blätterte den Ordner durch. Da steckte eine ungeheure Arbeit drin, und das alles mit dem einzigen Ziel, sich

Klarheit zu verschaffen. Flight war nicht durch Glück zu seinem gegenwärtigen Rang aufgestiegen oder indem er seinen Vorgesetzten nach dem Mund redete oder sich aufspielte. Er war einzig und allein durch harte Arbeit dorthin gekommen.

»Schon kapiert«, sagte Rebus. Dann, weil das nun doch ein bisschen dürftig schien, fügte er hinzu: »Ich bin beeindruckt. Haben Sie das sonst schon jemandem gezeigt?«

Flight schüttelte den Kopf. »Das sind alles reine Vermutungen. Strohhalme, an die man sich verzweifelt klammert. Weiter nichts. Würde die Sache nur verkomplizieren. Und außerdem, kennen Sie die Geschichte von dem Jungen, der immer wieder ›Hilfe, ein Wolf‹ schrie? Eines Tages war wirklich ein Wolf da, aber da glaubte ihm niemand mehr, weil er immer so viel Scheiß erzählt hatte.«

Rebus lächelte. »Aber es war trotzdem viel Arbeit.«

»Was haben Sie denn erwartet?«, fragte Flight. »Einen Schimpansen in 'ner Trillerpfeife. Ich bin ein guter Polizist, John. Ich mag zwar kein *Experte* sein, aber das hab ich auch nie behauptet.«

Rebus wollte gerade protestieren, doch dann runzelte er die Stirn. »Was soll das mit der Trillerpfeife?«, fragte er.

Flight warf den Kopf zurück und lachte. »Ein Anzug, Sie Dummkopf. *Whistle and flute, suit.* Trillerpfeife und Flöte reimt sich auf Anzug. Rhyming Slang. Meine Güte, John, wir werden Ihnen noch einiges beibringen müssen. Was meinen Sie, wie wär's, wenn wir heute Abend zusammen essen gehen? Ich kenne ein gutes griechisches Restaurant in Walthamstow.« Flight hielt inne, ein schelmisches Funkeln in den Augen. »Es muss gut sein«, sagte er mit verschmitztem Lächeln, »denn ich hab schon viele Bubbles dort rauskommen sehen.« Rebus dachte angestrengt nach. Bubbles – Blasen? Erzeugte das Essen Blähungen? Gab es dort Sekt? Rhyming Slang. Bubbles.

»Bubble and squeak«, sagte er. Squeak – Resteessen. Dann ein Zögern. »Greeks, richtig?«

»Richtig!«, sagte Flight. »Sie lernen schnell. Also, wie sieht's aus? Oder indisch, thailändisch, italienisch – Sie entscheiden.«

Doch Rebus schüttelte den Kopf. »Tut mir leid, George, ich bin schon verabredet.«

Flight legte den Kopf in den Nacken. »Ach ja«, sagte er, »Sie sind mit *ihr* verabredet. Mit dieser verdammten Psychiaterin. Haben Sie mir ja beim Frühstück erzählt, hatte ich völlig vergessen. Ihr verdammten Jocks verplempert aber wirklich keine Zeit. Kommt hierher und stehlt uns unsere Frauen.« Flight klang ganz launig, doch Rebus glaubte, unter dieser Lockerheit echte Enttäuschung darüber zu spüren, dass sie beide nicht zusammen essen gehen konnten.

»Wie wär's mit morgen Abend, George?«

»Yeah«, sagte Flight. »Morgen Abend klingt gut. Einen guten Rat allerdings.«

»Was?«

»Lassen Sie sich nicht von ihr auf die Couch legen.«

»Nein«, sagte Lisa Frazer und schüttelte energisch den Kopf. »Das sind Psychiater. Psychiater haben Couchen, nicht Psychologen. Wir sind so unterschiedlich wie Tag und Nacht.«

Sie sah umwerfend aus, und das ohne jegliche Zaubermittelchen. Sie war einfach gekleidet und ungeschminkt. Die Haare hatte sie nach hinten gebürstet und mit einem Band zusammengebunden. Mit anderen Worten, sie war leger und elegant, einfach umwerfend. Auf die Minute pünktlich war sie im Hotel gewesen und dann mit ihm, ihren Arm unter seinen geschoben, die Shaftesbury Avenue entlanggegangen, an der Stelle vorbei, wo er die Begegnung mit dem Streifenwagen gehabt hatte. Die Luft am frühen Abend war warm, und Rebus genoss es, neben ihr zu gehen. Männer warfen ihnen Blicke zu, okay, sei ehrlich, warfen *ihr* Blicke zu. Ein oder zwei hatten ihr vielleicht sogar nachgepfiffen. Trotzdem genoss Rebus den Spaziergang. Er trug seine Tweedjacke, dazu ein Hemd mit offenem Kragen, und plötzlich kam ihm der beängstigende Gedanke, sie könnte ihn in irgendein schickes Restaurant führen, wo Männer nur mit Krawatte reinkamen. Das würde ihm mal wieder ähnlich sehen. In der Stadt hatte das nächtliche Treiben bereits begonnen. Hauptsächlich junge Leute waren unterwegs; sie tranken aus Dosen und riefen sich irgendwas über die stark befahrene Straße zu. Die Pubs hatten viel zu tun. Busse pusteten jede Menge Dreck in die Luft. Dreck, der unsichtbar auf Lisa Frazer niedergehen würde. Rebus kam sich richtig verwegen vor. Am liebsten hätte er den gesamten Verkehr angehalten und alle Autoschlüssel konfisziert, damit sie, ohne beschmutzt zu werden, durch die Straßen gehen könnte.

Seit wann hegte er solche Gedanken? Wo kam diese winzige, bisher unerkannte romantische Ader her? Aus was für einer verzweifelten Ecke seiner Seele? Befangen, John. Du bist viel zu befangen. Und wenn eine Psychologin das nicht merkt, wer dann? Sei natürlich. Sei gelassen. Sei du selbst.

Sie führte ihn nach Chinatown, nur wenige Straßen von der Shaftesbury Avenue entfernt, wo die Telefonzellen wie Pagoden aussahen, Supermärkte fünfzig Jahre alte Eier verkauften, Torbögen wie Souvenirs aus Hongkong verziert waren und die Straßennamen sowohl in Chinesisch als auch in Englisch angegeben wurden. Zwar waren einige Touristen unterwegs, doch trippelten in dieser Fußgängerzone hauptsächlich Chinesen herum, die sich mit schrillen Stimmen unterhielten. Es war eine andere Welt, wie man sie vielleicht in New York zu finden erwartete, aber doch niemals in England. Wenn er sich allerdings umdrehte, konnte er immer noch die Theater auf der Shaftesbury Avenue sehen, die herumtuckernden roten Busse, die Punks, die sich mit ihren unreifen Stimmen laut Obszönitäten zubrüllten.

»Wir sind da«, sagte sie und blieb vor einem Restaurant an einer Straßenecke stehen. Sie zog die Tür auf und bedeutete ihm, als Erster in den klimatisierten kühlen Raum zu gehen.

Sofort trat ein Kellner auf sie zu und führte sie zu einer schwach beleuchteten Nische. Eine Kellnerin reichte jedem von ihnen mit lächelnden Augen eine Speisekarte. Der Kellner kehrte mit der Weinkarte zurück und legte sie Rebus hin.

»Möchten Sie etwas trinken, während Sie die Speisekarte studieren?«

Rebus sah fragend zu Lisa Frazer. »Gin Tonic«, sagte sie, ohne zu zögern.

»Für mich das Gleiche«, sagte Rebus und bedauerte es sofort. Er mochte den chemischen Geschmack von Gin nicht so besonders.

»Ich bin ganz aufgeregt wegen dieses Falls, Inspector Rebus.«

»Nennen Sie mich bitte John. Wir sind doch hier nicht auf der Wache.«

Sie nickte. »Ich bin Ihnen sehr dankbar, dass sie es mir ermöglicht haben, die Akten zu studieren. Ich glaube, ich bin bereits zu einem ganz interessanten Bild gekommen.« Sie griff in ihre Handtasche und zog etwa ein Dutzend Karteikarten hervor, die von einer riesigen Büroklammer zusammengehalten wurden. Die Karten waren mit einer kleinen, ordentlichen Handschrift beschrieben. Offenbar wollte sie gleich mit dem Vorlesen beginnen. »Sollten wir nicht wenigstens erst bestellen?«, fragte Rebus. Sie schien ihn zunächst nicht zu verstehen, dann grinste sie.

»Tut mir leid«, sagte sie. »Ich bin einfach nur ...«

»Ganz aufgeregt. Ja, das sagten Sie bereits.«

»Sind Polizisten nicht aufgeregt, wenn sie glauben, auf einen Hinweis gestoßen zu sein?«

»So gut wie nie«, erwiderte Rebus, während er so tat, als würde er die Speisekarte studieren. »Wir sind geborene Pessimisten. Wir sind erst dann aufgeregt, wenn der Schuldige verurteilt und eingesperrt ist.«

»Das ist merkwürdig.« Sie hatte ihre Speisekarte immer noch nicht aufgeschlagen. Die Karteikarten lagen jetzt unbeachtet auf dem Tisch. »Ich hätte gedacht, man braucht einen gewissen Optimismus, damit Polizeiarbeit Spaß macht, weil man sonst niemals glaubt, einen Fall lösen zu können.«

Rebus, der immer noch die Speisekarte studierte, beschloss, Lisa Frazer für sie beide bestellen zu lassen. Er sah sie an. »Ich versuche, nicht darüber nachzudenken, ob ich einen Fall lösen werde oder nicht«, sagte er. »Ich erledige einfach Schritt für Schritt meine Arbeit.«

Der Kellner brachte ihre Drinks.

»Möchten Sie jetzt bestellen?«

»Wir sind noch nicht ganz so weit«, sagte Rebus. »Könnten Sie noch ein paar Minuten warten?«

Lisa Frazer starrte ihn über den Tisch an. Es war kein großer Tisch. Ihre rechte Hand lag auf dem Rand ihres Glases, nur ein winziges Stück von seiner linken Hand entfernt. Rebus konnte spüren, wie ihre Knie seine unter dem Tisch fast berührten. Alle anderen Tische im Restaurant schienen größer zu sein als dieser hier und die Nischen besser beleuchtet.

»Frazer ist ein schottischer Name«, sagte er. Das mochte als Einstieg durchaus gehen.

»Das stimmt«, antwortete sie. »Mein Großvater stammte aus einem Ort namens Kirkcaldy.«

Rebus lächelte. Sie hatte den Namen so ausgesprochen, wie er geschrieben wurde. Er korrigierte sie und fügte hinzu: »Ich bin nicht weit weg davon geboren und aufgewachsen. Fünf oder sechs Meilen entfernt, um genau zu sein.«

»Tatsächlich? Was für ein Zufall. Ich bin noch nie dort gewesen, aber mein Opa hat mir häufiger erzählt, dass Adam Smith dort geboren wurde.«

Rebus nickte. »Aber kreiden Sie das Kirkcaldy nicht an«, sagte er. »Es ist trotzdem eine ganz nette kleine Stadt.« Er nahm sein Glas, ließ die Flüssigkeit kreisen und genoss das Klimpern der Eiswürfel. Lisa studierte endlich die Speisekarte. Ohne aufzublicken sagte sie: »Warum sind Sie hier?« Die Frage kam so unvermittelt, dass Rebus leicht verblüfft war.

Meinte sie hier im Restaurant, hier in London oder hier auf diesem Planeten?

»Ich bin hier, um Antworten zu finden.« Mit dieser Entgegnung war er ganz zufrieden, weil sie alle drei Möglichkeiten einzuschließen schien. Er hob sein Glas. »Auf die Psychologie.«

Sie hob ebenfalls ihr Glas; die Eiswürfel klimperten wie ein Glockenspiel. »Darauf, Schritt für Schritt an die Dinge heranzugehen.« Beide tranken. Sie sah erneut in die Speisekarte. »Also«, sagte sie, »was nehmen wir?«

Eigentlich wusste Rebus, wie man mit Stäbchen aß, aber vielleicht war heute der falsche Abend, es in die Tat umzusetzen. Plötzlich war er kaum noch in der Lage, eine Glasnudel oder ein Stück Ente aufzunehmen, ohne dass ihm das Ding zwischen den Stäbchen wegrutschte und auf den Tisch fiel, wo es einen Soßenfleck hinterließ. Je häufiger das passierte, desto frustrierter wurde er, und je frustrierter er wurde, desto häufiger passierte es. Schließlich ließ er sich eine Gabel geben.

»Mein Koordinierungsvermögen ist völlig weg«, erklärte er. Sie lächelte verständnisvoll (oder war es mitfühlend?) und schenkte ihm noch mehr Tee in seine winzige Tasse. Er merkte, dass sie ungeduldig darauf wartete, ihm von ihren bisherigen Erkenntnissen über den Wolfsmann zu berichten. Bei der Krebsfleischsuppe, die sie als ersten Gang aßen, war das Gespräch vorsichtig und zurückhaltend gewesen. Man hatte über Vergangenes und Zukünftiges geredet, nicht über die Gegenwart. Nun stach Rebus seine Gabel in ein Stück Fleisch, das keinen Widerstand leistete. »Also, was haben Sie herausgefunden?«

Sie vergewisserte sich mit einem fragenden Blick, ob sie nun wirklich anfangen sollte. Als er nickte, legte sie ihre Stäbchen hin; dann entfernte sie die Büroklammer von den Karteikarten und räusperte sich. Sie las eigentlich nicht von den

Karten vor, sondern benutzte sie nur gelegentlich als Gedächtnisstütze.

»Das Erste, was ich aufschlussreich fand«, sagte sie, »war das Salz auf den Leichen der Opfer. Ich weiß, dass einige Leute das für Schweißreste halten, aber ich bin der Meinung, dass es sich um Tränenspuren handelt. Man kann eine Menge aus der interpersonellen Beziehung eines Mörders oder einer Mörderin zu seinem oder ihrem Opfer lernen.« Da war es wieder: seinem oder ihrem. *Ihrem.* »Für mich deuten die Tränenspuren auf Schuldgefühle beim Täter hin, und zwar auf Schuld, die nicht im Nachhinein, sondern bereits während der Tat empfunden wird. Das gibt dem Wolfsmann eine moralische Dimension und zeigt, dass er beinah gegen seinen Willen getrieben wird. Es mag hier auch Anzeichen von Schizophrenie geben, dass also die dunkle Seite des Wolfsmanns nur zu bestimmten Zeiten hervortritt.«

Sie wollte schon weiterreden, doch Rebus konnte das alles gar nicht so schnell verdauen. Er unterbrach sie. »Ihrer Meinung nach könnte also der Wolfsmann die meiste Zeit so normal erscheinen wie Sie und ich?«

Sie nickte lebhaft. »Ich meine sogar, dass der Wolfsmann zwischen den einzelnen Taten nicht nur so normal erscheint wie irgendjemand, sondern dass er normal *ist*. Deshalb ist er auch so schwer aufzuspüren. Er läuft nicht mit dem Wort ›Wolfsmann‹ auf die Stirn tätowiert durch die Gegend.«

Rebus nickte bedächtig. Indem er so tat, als konzentriere er sich auf ihre Worte, hatte er einen Vorwand, ihr Gesicht zu betrachten, es mit Blicken zu verzehren, die effektiver waren als jedes Besteck. »Fahren Sie fort«, sagte er.

Sie blätterte eine Karte um und ging, nachdem sie tief durchgeatmet hatte, zur nächsten über. »Dass das Opfer *nach* dem Tod missbraucht wird, deutet darauf hin, dass der Wolfsmann nicht das Bedürfnis hat, sein Opfer unter Kontrolle zu bringen. Bei einigen Serienkillern ist das Element der Kontrolle besonders wichtig. Nur wenn sie töten, haben diese Leute das Gefühl, ihr Leben irgendwie unter Kontrolle zu haben. Das ist bei dem Wolfsmann nicht der Fall. Der Mord selbst geschieht relativ schnell und verursacht nur wenig Schmerz oder Leiden. Sadismus spielt hier also keine Rolle. Es ist eher so, dass der Wolfsmann an der Leiche ein bestimmtes Szenario durchspielt.«

Wieder rauschte der Schwall von Wörtern, ihre Energie, der Drang, ihre Ergebnisse mit ihm zu teilen, an Rebus vorbei. Wie sollte er sich denn konzentrieren, wenn sie so nah bei ihm war, so nah und so schön. »Was meinen Sie damit?«

»Das wird gleich klarer.« Sie hielt inne, um einen Schluck Tee zu trinken. Ihr Essen hatte sie kaum angerührt, der Haufen Reis in ihrer Schüssel hatte nur eine winzige Delle. Auf ihre Art, wurde Rebus klar, war sie genauso nervös wie er, nur nicht aus den gleichen Gründen. Im Restaurant herrschte viel Betrieb, doch es hätte genauso gut leer sein können. In dieser Nische waren sie in ihrer eigenen Welt. Rebus trank einen Schluck von dem immer noch glühend heißen Tee. Tee! Für ein kühles Glas Weißwein hätte er einen Mord begehen können.

»Interessant fand ich«, sagte sie gerade, »dass der Pathologe, Dr. Cousins, glaubt, dass der Wolfsmann seine Opfer immer von hinten angreift. Damit vermeidet er die direkte Konfrontation, und es ist wahrscheinlich, dass sich der Wolfsmann in seinem sozialen und beruflichen Leben genauso verhält. Es besteht außerdem die Möglichkeit, dass er seinen Opfern nicht in die Augen sehen kann, aus Angst, dass ihre Angst sein Szenario zerstören könnte.«

Rebus schüttelte den Kopf. Zeit für ein Geständnis. »Ich kann Ihnen nicht mehr folgen.«

Sie schien erstaunt. »Ganz einfach, er führt einen Racheakt aus, und für ihn repräsentieren die Opfer das Individuum, an dem er Rache nimmt. Würde er ihnen von Angesicht zu Angesicht gegenübertreten, dann würde ihm klar, dass das überhaupt nicht die Person ist, der sein Hass gilt.«

Rebus verstand immer noch nicht so ganz. »Dann sind diese Frauen also nur ein Ersatz für jemand anders?«

»Ja, sie haben eine Ersatzfunktion.«

Er nickte. Jetzt wurde es allmählich interessant, so interessant, dass er den Blick von Lisa Frazer abwandte, um sich besser auf ihre Worte konzentrieren zu können. Sie hatten erst die Hälfte ihrer Karten besprochen.

»So viel zum Wolfsmann«, sagte sie und blätterte zur nächsten Karte. »Auch der gewählte Ort kann eine Menge über die Psyche des Täters aussagen, ebenso Alter, Geschlecht, Rasse und soziale Schicht des Opfers. Sie werden bemerkt haben, dass es alles Frauen sind, dass es sich größtenteils um ältere Frauen handelt, Frauen in mittleren Jahren, und dass drei von vieren Weiße waren. Ich muss zugeben, dass ich aus diesen Fakten allein nicht viel herausholen kann. Doch gerade das Fehlen eines erkennbaren Musters hat mich dazu veranlasst, etwas genauer über die Lokalitäten nachzudenken. Wissen Sie, wenn sich gerade ein Muster abzuzeichnen scheint, dann kommt es häufiger vor, dass ein Element auftaucht, das das Muster in Frage stellt – der Mörder greift eine viel jüngere Frau an oder schlägt früher am Abend zu oder sucht sich ein schwarzes Opfer.«

Oder, dachte Rebus, tötet nicht bei Vollmond.

»Ich habe deshalb angefangen, über das räumliche Paradigma der Überfälle nachzudenken«, fuhr sie fort. »So etwas kann dazu beitragen, festzustellen, wo der Mörder vielleicht als Nächstes zuschlägt, oder sogar, wo er wohnt.« Rebus zog die Augenbrauen hoch. »Doch, John, das hat sich in mehreren Fällen als richtig erwiesen.«

»Daran zweifele ich nicht. Ich hab nur wegen des Ausdrucks ›räumliches Paradigma‹ die Stirn gerunzelt.« Ein Ausdruck, den er schon einmal gehört hatte, nämlich in dem verhassten Management-Kurs.

Sie lächelte. »Ja, dieser Jargon. Damit wird reichlich rumgeschmissen. Was ich meine, sind sich wiederholende Merkmale bei den Mordschauplätzen. Ein Treidelpfad, eine Eisenbahnlinie, eine nahegelegene U-Bahn-Station. Drei der vier Fälle haben sich also in der Nähe eines Transportsystems ereignet, doch der vierte Fall passt mal wieder nicht ins Muster. Alle vier ereigneten sich nördlich des Flusses. Hier ist zumindest ein *gewisses* Muster zu erkennen. Aber – und darauf möchte ich eigentlich hinaus – hinter dem Fehlen eines Musters scheint mir eine bewusste Absicht zu stecken. Der Wolfsmann sorgt dafür, dass es so wenig Fakten wie möglich gibt, an die man sich halten kann. Das könnte auf ein hohes Maß an psychischer Reife hindeuten.«

»Ja, er ist so reif, wie ein Wahnsinniger es nur sein kann.«

Sie lachte. »Ich meine das ernst.«

»Das weiß ich.«

»Es gibt noch eine andere Möglichkeit.«

»Was für eine?«

»Der Wolfsmann weiß, wie man *keine* Spur hinterlässt, weil er über Polizeiarbeit Bescheid weiß.«

»Darüber Bescheid weiß?«

Sie nickte. »Besonders darüber, wie bei Serienmorden ermittelt wird.«

»Sie wollen damit sagen, er ist Polizist?«

Sie lachte wieder und schüttelte den Kopf. »Ich will damit sagen, dass er vielleicht vorbestraft ist.«

»Na ja« – Rebus dachte an den Ordner, den George Flight ihm vor ein paar Stunden gezeigt hatte – »wir haben bereits über hundert ehemalige Straftäter überprüft. Ohne Erfolg.«

»Aber Sie können unmöglich mit jedem Mann gesprochen haben, der je wegen Vergewaltigung, schwerer Körperverletzung und Ähnlichem verurteilt wurde.«

»Das ist richtig. Aber etwas scheinen Sie übersehen zu haben – die Bissabdrücke. Das sind sehr konkrete Hinweise. Wenn der Wolfsmann so clever ist, warum hinterlässt er uns dann jedes Mal einen ordentlichen Abdruck von seinem Gebiss?«

Sie blies in ihren Tee, damit er abkühlte. »Vielleicht sind die Abdrücke der Zähne ja – wie nennt man das – eine bewusste Irreführung?«

Rebus dachte darüber nach. »Das ist möglich«, räumte er ein, »aber da ist noch was. Ich war heute bei einem Dentalpathologen. Er meinte, dass er nach den Abdrücken der Zähne die Möglichkeit nicht ausschließen könnte, dass der Wolfsmann eine Frau ist.«

»Tatsächlich?« Sie bekam große Augen. »Das ist sehr interessant. Das hatte ich überhaupt nicht in Betracht gezogen.«

»Wir auch nicht.« Er löffelte noch mehr Reis in seine Schüssel. »Jetzt erzählen Sie mir doch mal, warum beißt er – oder sie – die Opfer überhaupt?«

»Darüber habe ich sehr viel nachgedacht.« Sie schlug ihre letzte Karteikarte auf. »Die Bissabdrücke sind immer auf dem Bauch, dem weiblichen Bauch, Träger des Lebens. Vielleicht hat der Wolfsmann ein Kind verloren, oder vielleicht wollten seine Eltern ihn nicht haben und haben ihn zur Adoption freigegeben, und er ist immer noch wütend deswegen. Ich weiß es nicht. Viele Serienkiller stammen aus zerrütteten Familien.«

»Hm. Darüber hab ich in den Büchern gelesen, die Sie mir gegeben haben.«

»Tatsächlich? Sie haben sie gelesen?«

»Letzte Nacht.«

»Und was halten Sie davon?«

»Ich fand es ziemlich intelligent, zum Teil genial.«

»Aber halten Sie die Theorien denn für brauchbar?«

Rebus zuckte die Achseln. »Das werd ich Ihnen sagen, wenn wir den Wolfsmann erwischt haben.«

Sie stocherte wieder in ihrem Essen herum, aß aber nichts. Das Fleisch in ihrer Schüssel sah schon kalt und gallertartig aus. »Was ist mit den Verletzungen im Analbereich, John? Haben *Sie* da irgendeine Theorie?«

Rebus dachte darüber nach. »Nein«, sagte er schließlich, »aber ich kann mir vorstellen, was ein Psychiater dazu sagen würde.«

»Ja, aber denken Sie dran, dass Sie keine Psychiaterin vor sich haben. Ich bin Psychologin.«

»Wie könnte ich das nur vergessen? Sie schreiben in Ihrem Aufsatz, dass man in den USA von dreißig Serienkillern *weiß*, die dort ihr Unwesen treiben. Ist das wahr?«

»Ich habe diesen Aufsatz vor über einem Jahr geschrieben. Mittlerweile sind es vermutlich mehr. Beängstigend, was?«

Er zuckte die Achseln, um ein Schaudern zu kaschieren. »Wie schmeckt Ihnen das Essen?«, fragte er.

»Was?« Sie sah auf ihre Schüssel. »Oh, ich hab eigentlich gar keinen richtigen Hunger. Ehrlich gesagt, ich fühle mich ein bisschen ... als hätte man mir die Luft rausgelassen oder so. Ich dachte, ich hätte alles so toll zusammengesetzt, doch jetzt, wo ich es Ihnen erzähle, merke ich, dass da doch nicht so viel dran ist.« Sie blätterte die Karteikarten durch.

»Da ist eine ganze Menge dran«, sagte Rebus. »Ich bin beeindruckt, ehrlich. Jedes kleine Stückchen hilft uns weiter. Und Sie halten sich an die bereits bekannten Tatsachen, das gefällt mir. Ich hatte eigentlich mehr Jargon befürchtet.« Er erinnerte sich an die Fachbegriffe aus einem ihrer Bücher, dem von MacNaughtie. »Latente Psychomanie, Ödipuskomplex, blablabla.«

»Davon könnte ich Ihnen reichlich präsentieren«, sagte sie, »aber ich möchte bezweifeln, dass es weiterhelfen würde.«

»Genau.«

»Außerdem liegt das mehr auf der Linie der Psychiatrie. Psychologen halten sich eher an Triebtheorien, umweltbedingtes Lernen, mehrphasige Persönlichkeitsentwicklung.« Rebus hielt sich mit beiden Händen die Ohren zu.

Sie lachte wieder. Er konnte sie so leicht zum Lachen bringen. Vor langer Zeit hatte er auch Rhona zum Lachen bringen können und nach Rhona eine gewisse Pressesprecherin oben in Edinburgh. »Wie ist es denn mit Polizisten?«, fragte er und verdrängte die Erinnerung. »Was haben die Psychologen über uns zu sagen?«

»Nun ja«, sagte sie und nahm eine entspanntere Haltung an. »Polizisten sind extrovertiert, realistisch und konservativ.«

»Konservativ?«

»Im allgemeinen Sinn.«

»Letzte Nacht hab ich gelesen, dass Serienkiller auch konservativ sind.«

Sie nickte, immer noch lächelnd. »O ja«, sagte sie, »da bestehen eine Menge Parallelen. Doch mit konservativ meine ich konkret, dass Polizisten gegen alles sind, das den Status quo verändert. Deshalb seid ihr auch so skeptisch, was den Einsatz der Psychologie betrifft. Das bringt die strengen Richtlinien durcheinander, die ihr euch gesetzt habt. Stimmt's?«

»Ich glaube, darüber könnte man sich streiten, aber das will ich nicht. Also, was passiert denn nun, nachdem Sie den Wolfsmann analysiert haben?«

»Bisher hab ich ja nur an der Oberfläche gekratzt.« Ihre Hände lagen immer noch auf den Karteikarten. »Es müssen weitere Untersuchungen durchgeführt werden, Charakteranalysen und so weiter. Das dauert seine Zeit.« Sie hielt inne. »Und wie läuft's bei Ihnen?«

»Nun ja, wir mühen uns weiter ab, checken, ermitteln, nehmen es ...«

»Schritt für Schritt«, unterbrach sie ihn.

»Ganz genau, Schritt für Schritt. Und ich kann noch nicht einmal sagen, wie lange ich noch an dem Fall arbeiten werde. Kann sein, dass die mich Ende der Woche nach Edinburgh zurückschicken.«

»Warum haben die Sie überhaupt nach London geholt?«

Der Kellner war gekommen, um das Geschirr abzuräumen. Rebus lehnte sich zurück und wischte sich mit der Serviette den Mund ab.

»Noch Kaffee oder einen Digestif, Sir?«

Rebus sah zu Lisa. »Ich glaub, ich nehme einen Grand Marnier«, sagte sie.

»Für mich nur einen Kaffee«, sagte Rebus. »Nein, warten Sie, was soll's, ich nehm das Gleiche.« Der Kellner verneigte sich und entfernte sich mit dem schwer beladenen Tablett.

»Sie haben meine Frage nicht beantwortet, John.«

»Oh, das ist ganz einfach. Die haben geglaubt, ich könnte ihnen helfen. Ich hab nämlich in Edinburgh mal in einem Serienmord ermittelt.«

»Tatsächlich?« Sie beugte sich vor; ihre Hände waren flach auf den Tisch gedrückt. »Erzählen Sie.«

Also erzählte er es ihr. Es war eine lange Geschichte, und er wusste nicht genau, warum er ihr so viele Einzelheiten nannte – mehr Einzelheiten, als sie wissen musste, und vielleicht mehr, als er einer Psychologin erzählen sollte. Was würde sie nun von ihm denken? Würde sie eine leichte Psychose oder Paranoia in seinem Charakter entdecken? Doch zumindest hatte er ihre völlige Aufmerksamkeit, also schmückte er die Geschichte aus, um diese Aufmerksamkeit noch etwas länger zu genießen.

Das zog sich über zwei Tassen Kaffee hin, das Bezahlen der Rechnung und einen Spaziergang durch die laue Nacht über den Leicester Square, die Charing Cross Road, die St. Martin's Lane hinauf und über Long Acre nach Covent Garden. Sie schlenderten um Covent Garden herum, während Rebus immer noch fast ausschließlich das Gespräch bestritt. Er blieb bei drei nebeneinander liegenden Telefonzellen stehen und betrachtete neugierig die kleinen weißen Karten, die jeden verfügbaren Zentimeter an den Zellenwänden bedeckten: strenge Erziehungsmaßnahmen; Französischstunden; O-und-A-Spezialistin; TV; Trudy, Nymphe, Versohl mir den Hintern; S/M-Kammer; Vollbusige Blondine – alle mit einer Telefonnummer versehen.

Lisa sah sich die Karten ebenfalls an. »Jede auf ihre Art

eine Psychologin«, sagte sie. Dann fügte sie, mittlerweile beim vertraulichen »du« angekommen, hinzu: »Das ist ja eine Wahnsinnsgeschichte, die du mir gerade erzählt hast, John. Hat da schon mal jemand was darüber geschrieben?«

Rebus zuckte die Achseln. »Ein Zeitungsreporter hat ein paar Artikel darüber geschrieben.« Jim Stevens. Mein Gott, lebte der nicht auch in London? Rebus musste an den Zeitungsartikel denken, den Lamb ihm gezeigt hatte, den *nicht namentlich gekennzeichneten* Bericht.

»Ach so«, sagte Lisa, »aber hat irgendwer mal versucht, das Ganze aus deiner Sicht darzustellen?«

»Nein.« Daraufhin sah sie ihn nachdenklich an. »Du willst doch nicht etwa eine Fallstudie aus mir machen?«

»Nicht unbedingt«, sagte sie. »Ah, wir sind da.« Sie blieb stehen. Sie standen vor einem Schuhgeschäft in einer schmalen Fußgängerstraße. Über den Geschäften waren jeweils zwei Stockwerke mit Wohnungen. »Hier wohne ich«, sagte sie. »Danke für den schönen Abend. Hat mir wirklich Spaß gemacht.«

»Danke für das Essen. Es war sehr gut.«

»Keine Ursache.« Sie verstummte. Sie waren nur zwei oder drei Schritte voneinander entfernt. Rebus trat von einem Fuß auf den anderen. »Findest du wieder zurück?«, fragte sie. »Soll ich dir zeigen, in welche Richtung du musst?«

Rebus blickte rechts und links die Straße hinunter. Er hatte keine Ahnung, wo er war, hatte überhaupt nicht auf den Weg geachtet. »Ich finde das schon.« Er lächelte, und sie lächelte zurück, sagte aber nichts. »Das war's dann also«, fuhr er fort. »Lädst du mich nicht noch auf 'nen Kaffee ein?«

Sie sah ihn verschmitzt an. »Willst du wirklich noch 'nen Kaffee?«

Er erwiderte den Blick. »Nein«, gab er zu, »eigentlich nicht.«

Sie wandte sich ab und schloss die Tür neben dem Schuhgeschäft auf. Der Laden bezeichnete sich als Spezialist für handgemachte Schuhe und für Schuhe, die nicht aus Leder waren. Neben der Tür zu den Wohnungen war eine Sprechanlage mit sechs Klingelknöpfen. Neben einem stand schlicht L. Frazer. Kein Dr., aber vermutlich wollte sie nicht von Leuten gestört werden, die einen Arzt suchten. Manchmal war es besser, wenn man seine Qualifikationen nicht an die große Glocke hängte.

Lisa zog den Schlüssel aus dem Sicherheitsschloss. Das Treppenhaus war hell erleuchtet. Die schlichten Kacheln glänzten kornblumenblau. Sie drehte sich wieder zu ihm um.

»Also«, sagte sie, »da du keinen Kaffee willst, solltest du am besten raufkommen ...«

Später, als sie zusammen im Bett lagen und sie mit einer Hand über seinen Oberkörper strich, erklärte sie, dass sie keinen Sinn in den kleinen Spielchen sähe, die die Leute so gerne spielten, in dem langen Vorgeplänkel, bis beide endlich zugeben konnten, dass sie eigentlich nur miteinander schlafen wollten.

Stattdessen hatte sie Rebus ohne Umschweife zu ihrer Wohnung im ersten Stock geführt, ihn mit in das nur schwach erleuchtete Schlafzimmer genommen, sich ausgezogen und war ins Bett gestiegen. Dort hatte sie mit angezogenen Knien dagesessen.

»Was ist?«, hatte sie gefragt. Also hatte er sich ebenfalls ausgezogen und war zu ihr gekommen. Nun lag sie da, die Arme nach hinten gestreckt, um die Bettpfosten zu umfassen. In dem Licht, das von einer Straßenlaterne hereindrang, sah ihr Körper dunkel aus. Rebus fuhr mit der Zunge innen an ihren Beinen entlang und über die weichen Oberschenkel. Sie roch nach Jasmin und schmeckte nach noch stärkeren Blütendüften. Rebus war zunächst ein wenig gehemmt gewesen. Sein Körper war mittlerweile zu einer Peinlichkeit geworden, während ihrer straff und fit war. (Squash und Schwimmen erklärte sie ihm später, und eine strenge Diät.)

Er fuhr mit den Fingern über die sanften Wellen ihres Körpers. Über ihrem Bauch war die Haut leicht gekräuselt, und neben ihren Brüsten und am Hals waren einige Fältchen. Er sah an sich herunter, an seinem aufgedunsenen Brustkorb. Um seinen Magen herum waren immer noch einige Muskeln, aber auch ganz schöne Polster; nichts Geschmeidiges, nur schlaffes, alterndes Fleisch. Squash und Schwimmen. Er würde anfangen, ein bisschen Sport zu treiben, einem Fitnessclub beitreten. Davon gab es in Edinburgh ja genug.

Er wollte sie unbedingt zufrieden stellen. Ihr Vergnügen wurde sein einziges Ziel, und er rackerte sich unermüdlich ab. Die Luft im Zimmer wurde allmählich feucht vor Schweiß. Reichlich Schweiß. Sie harmonierten gut miteinander, ihre Bewegungen waren fließend, und jeder schien zu spüren, was der andere gerade wollte. Als er sich einmal etwas zu hastig bewegte und mit der Nase gegen ihr Kinn stieß, rieben sie leise lachend die Stirnen aneinander. Und als er später auf der Suche nach ihrem Kühlschrank und etwas Kaltem zu trinken das Zimmer verließ, kam sie ihm nach und steckte sich einen Eiswürfel in den Mund, bevor sie ihn küsste. Und ohne von ihm abzulassen, sank sie auf die Knie und zog ihn mit sich nach unten.

Dann lagen sie wieder im Bett, tranken kühlen Weißwein aus der Flasche, küssten sich noch mehr und fingen wieder von vorn an.

Die nervöse Spannung zwischen ihnen hatte sich gelöst, und nun waren sie in der Lage, die Situation zu genießen. Sie setzte sich auf ihn, bäumte sich heftig, und dann beschleunigte sich ihr Rhythmus, bis er nichts weiter tun konnte, als einfach nur daliegen, sich mit geschlossenen Augen das Zimmer im diffusen Licht vorstellen, an eine kalte Dusche denken und an weiche Haut.

Oder eine Frau. Der Wolfsmann könnte eine Frau sein. Der Wolfsmann spielte mit der Polizei, schien zu wissen, wie sie dachten und arbeiteten. Eine Frau? Eine weibliche Beamtin? Cath Farraday kam ihm in den Sinn, mit ihrem teutonischen Gesicht, dem breiten, kantigen Kinn.

Mein Gott, da war er hier mit Lisa zusammen und dachte an eine andere Frau! Ein plötzliches Schuldgefühl traf ihn wie ein Stich im Magen, einen Moment, bevor eine ganz andere Reaktion ihn Rücken und Nacken krümmen ließ, während sie ihre Hände auf seinen Brustkorb drückte und mit den Knien seine Hüften umklammerte.

Oder eine Frau. Warum die Zähne? Keinen einzigen Hinweis zu hinterlassen außer diesen Bissabdrücken? Warum? Warum nicht eine Frau? Warum nicht ein Polizist? oder … oder …

»Ja, ja.« Ihr Atem klang jetzt wie ein Fauchen, und das Wort verlor jede Bedeutung, während sie es zehn, zwanzig, dreißig Mal wiederholte. Ja was?

»Ja, John, ja, John, ja …«

Ja.

Es war ein weiterer arbeitsreicher Tag für sie gewesen, ein Tag, an dem sie vorgab, etwas zu sein, das sie nicht ist, aber jetzt war sie wieder unterwegs, auf der Jagd. Allmählich beginnt sie zu genießen, wie sie sich so reibungslos zwischen den beiden Welten hin und her bewegen kann. Am frühen Abend war sie zu einer Dinner-Party in Blackheath eingeladen gewesen. Pseudogeorgianische Eleganz, unbehandelte Kieferntüren; das Gespräch drehte sich um Studiengebühren und Faxgeräte, Zinssätze und ausländisches Eigentum – und um den Wolfsmann. Man fragte sie nach ihrer Meinung. Ihre Meinung war ausgewogen, intelligent und liberal. Es gab kühlen Chablis und eine ausgezeichnete Flasche Chateau Montrose, den 82er. Sie konnte sich nicht zwischen den beiden entscheiden, also trank sie von jedem ein Glas.

Einer der Gäste kam zu spät, ein Journalist von einer der besseren Tageszeitungen. Er entschuldigte sich. Man fragte ihn, welche pikanten Details denn morgen in der Zeitung stehen würden, und er gab großzügig Auskunft. Seine Zeitung hatte noch einen Ableger, ein anspruchsloses Boulevardblatt. Er erzählte ihnen, dass man dort am nächsten Tag mit der Schlagzeile DAS GEHEIME LEBEN DES SCHWULEN WOLFSMANNS aufmachen würde. Selbstverständlich weiß der Journalist, dass das nichts weiter als ein Trick ist, um den Killer zu ködern. Und sie weiß das natürlich auch. Sie lächeln sich über den Tisch zu, während sie gekonnt eine weitere Ladung Pasta auf ihre Gabel lädt. Wie dumm von ihnen, eine solche Geschichte zu bringen: schwuler Wolfsmann, also wirklich! Sie kichert in ihr überdimensionales Weinglas. Das Gespräch wendet sich dem Verkehr auf der Autobahn zu, dem Kauf von Wein, dem Zustand des Blackheath Common. Black heath ist natürlich der Ort, an dem man die Pestopfer begraben hat, Berge von Leichen. Schwarzer Tod. Black Death. Black Heath. Nur ein Buchstabe trennt die beiden voneinander. Darüber lächelt sie auch, aber diskret.

Nach dem Essen fuhr sie mit dem Taxi zurück über den Fluss und stieg am Anfang ihrer Straße aus. Eigentlich wollte sie sofort nach Hause, doch sie ging an ihrer Tür vorbei und dann immer weiter. Sie sollte das nicht tun, sollte nicht hier draußen sein, aber es scheint ihr dennoch richtig. Schließlich muss sich das Spielzeug in der Galerie einsam fühlen. Es ist immer so kalt in der Galerie, so eisig, dass einem vor Kälte die Nase abfallen könnte.

Ihre Mutter muss ihr das erzählt haben. Ihre Mutter. *Lange Nasenhaare, Johnny, sind so unschön bei einem Herrn.* Oder ihr Vater, der Nonsens-Lieder sang, während sie sich im Garten versteckte. »Scheißkunst«, faucht sie leise vor sich hin.

Sie weiß auch, wohin sie gehen muss. Nicht weit. Die Kreuzung einer Straße mit einer sehr viel größeren. Davon gibt es viele in London. Ampeln und ein paar Frauen, die hin und her schlendern, manchmal an der Ampel die Straße überqueren, damit die Autofahrer sie sehen können, ihre Beine sehen können und ihre weißen Körper. Wenn ein Autofenster heruntergekurbelt wird, beugt sich manchmal eine Frau zu dem Fahrer herunter, damit sie die Bedingungen aushandeln können. Professionell, aber nicht sehr diskret. Sie weiß, dass die Polizei halbherzige Versuche unternimmt, die Geschäfte zu unterbinden, sie weiß aber auch, dass Polizisten zu den besten Kunden der Huren gehören. Deshalb ist es gefährlich für sie, hierher zu kommen. Gefährlich, aber notwendig. Denn sie verspürt den Drang, und Frauen wie diese verschwinden doch ständig, oder? Da schöpft niemand Verdacht. Da fängt niemand an, die Alarmglocken zu läuten. Alarmglocken sind das Letzte, was man in diesem Teil der Stadt gebrauchen kann. Wie bei ihrem ersten Opfer – als man die Frau fand, war sie bereits zu Rattenfutter geworden. Futter für Tiere. Sie fängt wieder an zu kichern und will gerade an einer der Frauen vorbeigehen, doch dann bleibt sie stehen.

»Hallo, Schätzchen«, sagt die Frau. »Suchst du was Bestimmtes?«

»Wie viel für die Nacht?«

»Für dich, Schätzchen, einhundert.«

»Na schön.« Sie dreht sich um und macht sich auf den Weg zurück zu ihrer Straße, zu ihrem Haus. Da ist es viel sicherer als hier draußen. Die Frau folgt ihr geräuschvoll in ein bis zwei Metern Abstand, scheint es zu verstehen. Sie lässt sich nicht von der Frau einholen, bis sie vor der Haustür steht und der Schlüssel im Schloss steckt. Die Galerie wartet. Bloß dass sie nicht mehr wie eine Galerie aussieht.

Sie sieht aus wie eine Schlachtbank.

»Hast aber eine schöne Wohnung, Schätzchen.«

Sie legt einen Finger auf ihre Lippen. »Nicht reden.« Die Frau wird allmählich misstrauisch, als ob sie Zweifel bekäme, ob es klug war, mitzukommen. Also geht sie auf sie zu, grapscht nach einer Brust und drückt ungeschickt einen feuchten Kuss auf geschwollene Lippen. Die Prostituierte wirkt einen Augenblick erschrocken, dann bringt sie ein einstudiertes Lächeln zustande.

»Also, du bist nicht gerade ein Gentleman«, sagt sie.

Sie freut sich über diese Bemerkung und nickt. Die Haustür ist jetzt abgeschlossen. Nun geht sie zur Tür der Galerie, schiebt den Schlüssel ins Schloss und schließt auf.

»Hier rein, Schätzchen?« Die Frau streift ihre Jacke ab, während sie über die Schwelle geht. Die Jacke ist bereits nach hinten über ihre Schultern gerutscht, als sie sieht, was in dem Zimmer ist. Doch da ist es natürlich zu spät, viel zu spät.

Sie macht sich mit so mechanischen Bewegungen über sie her wie ein routinierter Arbeiter, der am Fließband steht. Hand auf den Mund, das Messer fest gepackt und vor dem Zustoßen ein kurzes Ausholen. Sie hat sich oft gefragt, ob sie das Messer sehen oder ob sie bis dahin schon in panischer Angst die Augen geschlossen haben. Sie stellt sie sich mit riesigen Glupschaugen vor, den Blick starr auf das Messer gerichtet, dessen Spitze auf sie zeigt, nach hinten schwingt und dann auf ihr Gesicht zufliegt. Das könnte sie allerdings herausfinden. Dazu braucht sie nur einen strategisch günstig aufgehängten Wandspiegel. Muss sie beim nächsten Mal dran denken.

Gurgelnde Geräusche. Die Galerie ist eine fantastische Kulisse, so zwischen Apollon und Dionysos. Der Körper gleitet auf den Fußboden. Zeit, sich an die wirkliche Arbeit zu machen. Ihr dröhnt der Kopf – mummydaddymummydaddy mummydaddymummydaddy –, während sie sich hinkauert, um ihre Aufgabe zu erledigen.

»Es ist nur ein Spiel«, flüstert sie, ihre Stimme nur ein Beben hinten im Rachen. »Nur ein Spiel.« Sie hört noch einmal die Worte der Frau: *nicht gerade ein Gentleman*. Nein, das ganz bestimmt nicht. Ihr Lachen ist rau und abgehackt. Plötzlich spürt sie es wieder. Nein! Nicht schon wieder! *Nächstes Mal*. Das Messer zuckt. Sie ist noch nicht mal mit der hier fertig. Sie kann unmöglich diese Nacht noch eine schaffen! Das wäre Wahnsinn. Der reine Wahnsinn. Aber das Verlangen ist da, ein absoluter und unstillbarer Hunger. Diesmal mit einem Spiegel. Sie legt eine blutverschmierte Hand über ihre Augen.

»Hör auf!«, schreit sie. »Hör auf, Daddy! Mummy! Mach, dass es aufhört! Bitte mach, dass es aufhört!«

Aber das ist das Problem, wie sie nur zu gut weiß. Niemand *kann* dafür sorgen, dass es aufhört, niemand *wird* dafür sorgen, dass es aufhört. Es muss jetzt immer weitergehen, Nacht für Nacht. Nacht für Nacht. Ohne Unterbrechung, keine Atempause.

Nacht für Nacht für Nacht.

Flunkereien

»Das ist doch wohl ein Scherz!«

Rebus war zu müde, um wirklich wütend zu sein, aber seine Stimme klang gereizt genug, um den Anrufer am anderen Ende der Leitung, der den Auftrag hatte, Rebus nach Glasgow zu beordern, nervös zu machen.

»Der Prozess soll doch erst übernächste Woche beginnen.«

»Sie haben ihn verschoben«, sagt die Stimme.

Rebus stöhnte. Er lehnte sich auf seinem Hotelbett zurück, den Hörer unter ein Ohr geklemmt, und sah auf seine Uhr. Halb neun. Er hatte letzte Nacht tief und fest geschlafen, war um sieben aufgewacht, hatte sich leise angezogen, um Lisa nicht zu stören, und hatte ihr eine Notiz hinterlassen, bevor er sich auf den Weg machte. Sein guter Orientierungssinn hatte ihn mit nur wenigen Umwegen zum Hotel geführt, und nun wurde er von diesem Telefongespräch überfallen.

»Sie haben ihn vorverlegt«, sagt die Stimme gerade. »Er fängt heute an, und die brauchen Ihre Aussage, Inspector.«

Als ob Rebus das nicht wüsste. Er muss nichts weiter tun, als in den Zeugenstand treten und sagen, er habe gesehen, wie Morris Gerald Cafferty (in Verbrecherkreisen als »Big Ger« bekannt) einhundert Pfund vom Wirt des Pubs City Arms in Grangemouth entgegennahm. So einfach ist das, aber um es zu sagen, muss er dort sein. Der Fall Cafferty, Boss eines brutalen Schutzgelderpresser- und Glücksspielrings, ist nämlich nicht wasserdicht. Im Gegenteil, er hat mehr Löcher als der Daumen eines blinden Schneiders.

Er fügt sich in sein Schicksal. Muss es wirklich sein? Ja, es muss sein. Aber es gab immer noch ein logistisches Problem.

»Das ist alles geregelt«, sagt die Stimme. »Wir haben gestern Abend mehrmals versucht, Sie anzurufen, aber Sie waren nie da. Nehmen Sie das nächstmögliche Shuttle von Heathrow. In Glasgow werden Sie mit dem Auto abgeholt und in die Stadt gefahren. Der Vertreter der Anklage schätzt, dass er Sie gegen halb vier aufrufen wird. Es ist also Zeit genug. Mit ein bisschen Glück können Sie heute Abend schon wieder in London sein.«

»Na toll«, sagt Rebus. Seine Stimme trieft nur so vor Ironie, dass die Worte kaum über die Lippen kommen.

»Gern geschehen«, sagt die Stimme.

Er stellte fest, dass die Piccadilly Line nach Heathrow fuhr, und die U-Bahn-Station Piccadilly Circus war direkt vor dem Hotel. Also fing alles ganz gut an, obwohl die Fahrt in der vollen U-Bahn langsam und ermüdend war. In Heathrow holte er sein Ticket ab und hatte gerade noch Zeit, in den Skyshop zu springen. Er nahm sich einen *Glasgow Herald*, dann sah er auf einem anderen Ständer die Boulevardblätter: DAS GEHEIME LEBEN DES SCHWULEN WOLFSMANNS; KRANKER MÖRDER »BRAUCHT HILFE« SAGT POLIZEI; SCHNAPPT DIESEN WAHNSINNIGEN.

Cath Farraday hatte ihre Sache gut gemacht. Er kaufte ein Exemplar von allen drei Blättern sowie den *Herald* und ging in die Abflughalle. Nun, wo sein Gehirn funktionierte, fiel ihm auf, dass überall um ihn herum Leute dieselben Überschriften und die dazugehörigen Geschichten lasen. Aber würde der Wolfsmann die Geschichten sehen? Und wenn ja, würde er oder sie irgendwie darauf reagieren? Verdammt, die ganze Sache könnte jeden Augenblick eine dramatische Wende nehmen, und er saß hier und wartete darauf, vierhundert Meilen nach Norden zu reisen. Verflucht sei das Justizsystem, die Richter, Anwälte und überhaupt. Der Fall Cafferty war vermutlich vorgezogen worden, damit er nicht mit einem Golfspiel oder einem Schulsportfest kollidierte. Die Teilnahme irgendeines verwöhnten Balgs beim Eierlaufen könnte letztlich der Auslöser für diese überstürzte Reise sein. Rebus versuchte, sich zu beruhigen, atmete tief ein und wieder aus. Außerdem flog er nicht gern, und das seit seiner Zeit beim Special Air Service (SAS). Dort hatte man ihn nämlich aus einem Hubschrauber geworfen. Mein Gott! Das war nicht die richtige Methode, sich zu beruhigen.

»Passagiere für den British Airways Super-Shuttle-Flug ...«

Die Stimme war ruhig und präzise und löste einen Massenaufbruch aus. Die Leute standen auf, suchten ihr Gepäck zusammen und gingen auf den genannten Ausgang zu. Welcher Ausgang? Er hatte die Ansage nicht ganz mitbekommen. War das sein Flug? Vielleicht sollte er vorher anrufen, damit das Auto wirklich auf ihn wartete. Er *hasste* Fliegen. Deshalb war er am Sonntag auch mit dem Zug gekommen. Sonntag? Und heute war Mittwoch. Er hatte das Gefühl, als sei bereits mehr als eine Woche vergangen, dabei war er nur zwei volle Tage in London gewesen.

Boarding. Oh, Gott. Wo war sein Ticket? Gepäck hatte er keines, eine Sorge weniger. Die Zeitungen versuchten wie wild, sich unter seinem Arm selbstständig zu machen, und drohten auf den Boden zu fallen. Er schob sie wieder zusammen und drückte fest mit dem Ellbogen dagegen. Er musste sich beruhigen, musste über Cafferty nachdenken und alles genau in seinem Kopf ordnen, damit die Verteidigung keinen Schwachpunkt in seiner Geschichte fand. Halt dich an die Fakten, vergiss den Wolfsmann, vergiss Lisa, Rhona, Sammy, Kenny, Tommy Watkiss, George Flight ... Flight! Er hatte Flight nicht Bescheid gesagt. Sie würden sich wundern, wo er war. Er musste anrufen, sobald er gelandet war. Am besten würde er sofort anrufen, aber dann verpasste er am Ende noch das Shuttle. Vergiss es. Konzentrier dich auf Cafferty. Seine Unterlagen würden für ihn bereitliegen, sobald er ankam, damit er sie noch mal durchgehen konnte, bevor er in den Zeugenstand trat. Es gab doch nur zwei Zeugen, oder?

Den verängstigten Wirt, den man mehr oder weniger gezwungen hatte, eine Aussage zu machen, und Rebus selbst. Er musste überzeugend, selbstbewusst und glaubwürdig sein. Als er auf den Ausgang zuging, erblickte er sich zufällig in einem mannshohen Spiegel. Er sah aus, als hätte er letzte Nacht durchgemacht. Beim Gedanken an die vergangene Nacht musste er lächeln. Es würde alles gut gehen. Lisa sollte er auch anrufen, bloß um zu sagen ... was? Danke vermutlich. Nun die Rampe hinauf zu der schmalen Tür, die von einem lächelnden Steward und einer lächelnden Stewardess flankiert wurde.

»Guten Morgen, Sir.«

»Guten Morgen.« Er sah, dass neben ihnen ein Stapel kostenloser Zeitungen lag. Da hätte er sich ja ein paar Mäuse sparen können.

Der Gang war ebenfalls schmal. Er musste sich an Geschäftsleuten vorbeiquetschen, die Mäntel, Aktenkoffer und Taschen in die Gepäckfächer über ihren Sitzen stopften. Er fand seinen Fensterplatz, ließ sich darauf fallen und kämpfte mit dem Sicherheitsgurt, bis er ihn endlich geschlossen hatte. Draußen war das Bodenpersonal immer noch beschäftigt. In der Ferne hob ein Flugzeug elegant ab; das dumpfe Dröhnen war selbst hier noch zu hören. Eine mollige Frau mittleren Alters setzte sich neben ihn, schlug ihre Zeitung so weit auf, dass die Hälfte davon auf Rebus' rechtem Bein lag, und fing an zu lesen. Sie hatte ihn weder gegrüßt noch seine Anwesenheit sonstwie zur Kenntnis genommen.

LMAA, Madam, dachte er bei sich, während er immer noch aus dem Fenster starrte. Doch dann gab sie ein lautes »tsk« von sich, was ihn veranlasste, sich ihr zuzuwenden. Sie starrte ihn durch dicke Brillengläser an und klopfte gleichzeitig mit einem Finger auf die Zeitung.

»Heutzutage ist niemand mehr sicher«, sagte sie, während Rebus den Zeitungsartikel überflog und feststellte, dass es sich um eine abstruse Geschichte über den Wolfsmann handelte. »Niemand. Ich lasse meine Tochter nachts nicht mehr raus. Um neun Uhr bist du zu Hause, hab ich ihr gesagt, bis sie ihn geschnappt haben. Selbst dann kann man noch nicht sicher sein, ich meine, es könnte ja *jeder* sein.«

Ihr Blick sagte Rebus, dass auch er nicht über jeden Verdacht erhaben war. Er lächelte beruhigend.

»Ich wollte eigentlich gar nicht fliegen«, fuhr sie fort, »aber Frank – das ist mein Mann – hat gesagt, es wär alles gebucht, und dann sollte ich auch fliegen.«

»Sie wollen sich also Glasgow ansehen?«

»Das weniger. Mein Sohn lebt dort. Er ist Rechnungsprüfer in der Ölindustrie. Er hat mein Ticket bezahlt, damit ich sehe, wie gut es ihm geht. Ich mach mir Sorgen um ihn, so weit weg und alles. Ich meine, Glasgow ist doch ein ziemlich raues Pflaster, oder? Das liest man doch ständig in der Zeitung. Da könnte alles Mögliche passieren.«

Ja, dachte Rebus, immer noch lächelnd, so ganz anders als in London. Es ertönte ein Geräusch wie von einer elektronischen Türklingel, und das Fasten-Seatbelts-Zeichen ging neben dem No-Smoking-Zeichen an, das bereits leuchtete. Verdammt, Rebus hätte für eine Zigarette einen Mord begehen können. Saß er im Raucher- oder im Nichtraucherteil? Er konnte es nicht feststellen und konnte sich auch nicht erinnern, was er beim Einchecken verlangt hatte. Durfte man heutzutage in Flugzeugen überhaupt noch rauchen? Wenn Gott gewollt hätte, dass wir in siebentausend Metern Höhe rauchen, hätte er uns dann nicht längere Hälse gegeben? Die Frau neben ihm sah aus, als hätte sie überhaupt keinen Hals. Der arme Serienkiller, der versuchen würde, *diesen* Hals aufzuschlitzen.

Das war bösartig. Gott, verzeih mir. Zur Strafe begann er, der Frau aufmerksam zuzuhören, bis das Flugzeug endlich startete und selbst sie gezwungen war, für ein oder zwei Sekunden den Mund zu halten. Rebus nutzte die Situation, steckte seine Zeitungen in die Tasche des Sitzes vor ihm, lehnte sich mit dem Kopf gegen die Rückenlehne und schlief sofort ein.

Von Old Bailey aus rief George Flight noch einmal in Rebus' Hotel an, wo man ihm nur sagen konnte, dass Rebus am frühen Morgen »eilig aufgebrochen« sei, nachdem er sich erkundigt hatte, wie man am besten nach Heathrow gelangte.

»Sieht aus, als hätte er die Fliege gemacht«, bemerkte DC Lamb. »Hat sich wohl durch unsere absolute Professionalität abschrecken lassen.«

»Hören Sie auf, Lamb«, brummte Flight. »Ein bisschen mysteriös ist das allerdings schon. Warum sollte er verschwinden, ohne einen Ton zu sagen?«

»Weil er ein Jock ist, bei allem Respekt, Sir. Er hatte vermutlich Angst, Sie würden ihm eine Rechnung präsentieren.«

Flight lächelte höflich, war aber mit den Gedanken ganz woanders. Gestern Abend war Rebus mit dieser Psychologin verabredet gewesen, dieser Dr. Frazer, und nun hatte er Hals über Kopf London verlassen. Was war passiert? Flights Nase zuckte. Er hatte was für gute alte Kriminalgeschichten übrig.

Er war im Gericht, um unter vier Augen mit Malcolm Chambers zu reden. Chambers vertrat die Anklage in einem Fall, in den einer von Flights Spitzeln verwickelt war. Der Spitzel war unglaublich dämlich gewesen und hatte sich auf frischer Tat ertappen lassen. Flight hatte dem Mann erklärt, er könne nur wenig machen, aber er würde sein Möglichstes tun. Dieser Spitzel hatte ihm im letzten Jahr viele sehr nützliche Hinweise gegeben und dazu beigetragen, ein paar ziemlich unangenehme Individuen hinter Gitter zu bringen. Also dachte Flight, dass er dem Mann einen Gefallen schuldete. Deshalb würde er mit Chambers reden, nicht, um den Ankläger zu beeinflussen – das war natürlich undenkbar –, aber um ihm ein paar Informationen zu geben über den nützlichen Beitrag, den der Spitzel zur Polizeiarbeit und damit für die Gesellschaft leistete, ein Beitrag, der ein trauriges Ende finden würde, sollte Chambers für die Höchststrafe plädieren.

Et cetera.

Eine schmutzige Arbeit, aber irgendwer musste sie tun, und außerdem war Flight stolz auf sein Netzwerk von Informanten. Die Vorstellung, dass es plötzlich auseinander reißen könnte, war ... nun ja, am besten gar nicht darüber nachdenken. Er freute sich keineswegs darauf, als Bittsteller zu Chambers zu gehen. Schon gar nicht nach der Farce mit Tommy Watkiss. Watkiss war wieder auf freiem Fuß und erzählte die Geschichte vermutlich in sämtlichen Pubs im East End, begleitet vom Gelächter seiner Bewunderer. Wie der festnehmende Beamte gesagt hatte: »Hallo, Tommy, was ist denn hier los?« Flight bezweifelte, dass Chambers das je vergessen würde oder zuließ, dass Flight es vergaß. Was soll's, bring die Bittstellerei so schnell wie möglich hinter dich.

»Hallo.« Es war eine weibliche Stimme, direkt hinter ihm. Er drehte sich um und sah sich den katzenhaften Augen und knallroten Lippen von Cath Farraday gegenüber.

»Hallo, Cath, was machst du denn hier?«

Sie erklärte, dass sie hier in Old Bailey mit dem einflussreichen Kriminalreporter von einer der anspruchsvolleren Tageszeitungen verabredet sei.

»Er steckt mitten in einer Betrugsgeschichte«, sagte sie, »und entfernt sich nie allzu weit vom Gerichtssaal.«

Flight nickte. Er fühlte sich unbeholfen in ihrer Gegenwart. Aus den Augenwinkeln konnte er erkennen, dass Lamb sein Unbehagen genoss, also versuchte er, tapfer zu sein und ihrem durchdringenden Blick standzuhalten.

»Ich hab die Informationen gesehen, die du heute in die Presse lanciert hast«, sagte er.

Sie verschränkte die Arme. »Ich kann nicht gerade behaupten, dass ich optimistisch bin, was die Erfolgsaussichten betrifft.«

»Wissen die Reporter, dass wir ihnen Märchen erzählen?«

»Ein oder zwei waren ein wenig misstrauisch, aber sie haben eine Menge hungriger Leser, die gierig auf die nächste Wolfsmann-Geschichte warten.« Sie öffnete die Arme und griff in ihre Schultertasche. »Ergo haben sie eine Menge gieriger Chefredakteure. Ich glaube, die nehmen jedes pikante Detail, das wir ihnen hinwerfen.« Sie hatte eine Packung Zigaretten aus ihrer Tasche genommen und zündete sich eine an, ohne ihm eine anzubieten. Dann warf sie das Päckchen wieder in die Tasche und ließ den Verschluss zuschnappen.

»Na ja, hoffen wir, dass was dabei herauskommt.«

»Du hast gesagt, das war allein Inspector Rebus' Idee?«

»Das stimmt.«

»Dann bin ich skeptisch. So wie ich ihn kennen gelernt habe, würde ich sagen, dass Psychologie nicht gerade seine Stärke ist.«

»Nicht?« Flight klang überrascht.

»Er *hat* überhaupt keine Stärke«, warf Lamb ein.

»So weit würde ich nicht gehen«, erwiderte Flight beschwichtigend. Doch Lamb quittierte das nur mit seinem typischen unverschämten Grinsen. Flight war verlegen und wütend zugleich. Er wusste genau, was Lambs Grinsen besagte: *Glaubst du, wir wissen nicht, warum du dich so an ihn hängst, warum ihr beide so kumpelhaft tut?*

Cath hatte über Lambs Einwurf gelächelt, doch ihre nächsten Worte waren wieder an Flight gerichtet. Sie ließ sich nicht herab, mit den niederen Rängen zu verkehren. »Ist Rebus noch da?«

Flight zuckte die Achseln. »Wenn ich das nur wüsste, Cath. Angeblich ist er nach Heathrow gefahren, aber er hat kein Gepäck mitgenommen.«

»Na schön.« Sie klang nicht gerade enttäuscht. Plötzlich schoss Flights Hand winkend in die Luft. Malcolm Chambers fühlte sich angesprochen und kam leichtfüßig auf sie zu.

Flight sah sich genötigt, die beiden einander vorzustellen.

»Mr. Chambers, das ist Inspector Cath Farraday. Sie leitet die Pressearbeit im Fall Wolfsmann.«

»Ah«, sagte Chambers und ergriff kurz ihre Hand. »Die Frau, die für die reißerischen Schlagzeilen heute Morgen verantwortlich ist?«

»Ja«, sagte Cath. Ihre Stimme hatte plötzlich einen weichen, femininen Unterton angenommen, den Flight noch nie bei ihr gehört hatte. »Tut mir leid, wenn die Ihnen das Frühstück verdorben haben.«

Das Unmögliche geschah: Chambers' Gesicht verzog sich zu einem Lächeln. Flight hatte ihn seit Jahren nicht mehr außerhalb des Gerichtssaals lächeln sehen. Das war wirklich ein Morgen voller Überraschungen. »Die haben mir nicht das Frühstück verdorben«, sagte Chambers. »Ich fand sie äußerst amüsant.« Er drehte sich zu Flight und deutete damit an, dass Cath entlassen war. »Inspector Flight, ich hab zehn Minuten Zeit für Sie, dann muss ich im Gericht sein. Oder sollen wir uns lieber zum Mittagessen treffen?«

»Zehn Minuten sollten reichen.«

»Ausgezeichnet. Dann kommen Sie mit.« Er sah zu Lamb, der immer noch ein wenig schmollte, weil Cath ihn brüskiert hatte. »Und bringen Sie Ihren jungen Mann mit, wenn's sein muss.«

Dann ging er mit großen Schritten und auf lauten Ledersohlen durch die Eingangshalle davon. Flight zwinkerte Cath zu, dann eilte er hinter Chambers her. Lamb folgte ihm wütend und schweigend. Cath grinste. Sie hatte Chambers' Darbietung genossen und amüsierte sich über Lambs Unmut. Natürlich hatte sie schon von Chambers gehört. Seine Plädoyers galten als so ziemlich das Überzeugendste, was es so gab, und er hatte sogar eine Schar von Anhängern, die man nur als »Groupies« bezeichnen konnte, Leute, die zu einem Prozess gingen, egal, wie verwickelt und langweilig er war, nur um Chambers' Schlussplädoyer zu hören. Ihre kleine Anhängerschaft von Reportern machte dagegen nicht so viel her.

Rebus war also nach Hause abgehauen. Na dann viel Glück.

»Entschuldigen Sie.« Eine kleine, verschwommene Gestalt stand vor ihr. Sie kniff die Augen so fest zusammen, bis sie nur noch Schlitze waren, und starrte auf eine Frau mittleren Alters in einem schwarzen Umhang. Die Frau lächelte. »Sie gehören nicht zufällig zu der Jury in Gerichtssaal acht?« Cath Farraday lächelte und schüttelte den Kopf. »Na schön«, sagte die Gerichtsdienerin und eilte weiter.

Im Fachjargon sprach man von einer »hängenden Jury«, wenn die Geschworenen zu keiner Entscheidung kamen. Doch es gab Gerichtsdiener, die nur zu gerne so manchen Geschworenen, hinter dem sie herrennen mussten, hängen sehen würden. Cath drehte sich auf ihren spitzen Absätzen um und machte sich auf den Weg zu ihrem Termin. Sie fragte sich, ob Jim Stevens sich überhaupt daran erinnern würde, dass er mit ihr verabredet war? Er war ein guter Journalist, hatte aber manchmal ein Gedächtnis wie ein Sieb, und zurzeit schien es besonders schlimm, da er gerade Vater wurde.

Rebus hatte in Glasgow noch Zeit totzuschlagen. Zeit genug, um die Horseshoe Bar aufzusuchen oder durch Kelvinside zu schlendern oder sich sogar bis hinunter an den Clyde zu wagen. Zeit genug, um einen alten Freund zu besuchen, vorausgesetzt, man hatte einen. Glasgow war dabei, sich zu verändern. Edinburgh hatte in den letzten Jahren ziemlich Fett angesetzt, während Glasgow sich eifrig fit gemacht hatte. Es hatte nun etwas Kraftvolles und Durchtrainiertes an sich, und an die Stelle des betrunkenen Taumelns, das so lange Glasgows Bild in der Öffentlichkeit geprägt hatte, war ein selbstbewusstes Schreiten getreten.

Doch die Veränderungen waren nicht nur positiv. Die Stadt hatte einiges von ihrem Charakter verloren. Die schicken neuen Geschäfte und Weinbars, die hellen neuen Büroblocks, das alles hatte etwas Gleichförmiges an sich. Man konnte in jede andere wohlhabende Stadt der Welt reisen und würde genau die gleichen Gebäude finden. Mit Glanz überzogene Uniformität. Nicht dass Rebus traurig darüber war; alles war besser als jener Sumpf, der Glasgow in den fünfziger, sechziger und frühen siebziger Jahren gewesen war. Und die Menschen waren mehr oder weniger gleich geblieben: sie nahmen kein Blatt vor den Mund, hatten aber einen wunderbar trockenen Humor. Auch die Pubs hatten sich nicht sehr verändert, selbst wenn ihre Klientel teurer und modischer gekleidet sein mochte und auf der Speisekarte neben den traditionellen Gerichten auch Chili oder Lasagne standen.

Rebus stand in einem Pub an der Theke, einen Fuß auf die polierte Messingstange gestützt, und aß zwei Pasteten. Er ließ sich Zeit. Das Flugzeug war pünktlich gelandet, das Auto hatte auf ihn gewartet, und die Fahrt nach Glasgow hatte nicht lange gedauert. Er war zwanzig nach zwölf in der Innenstadt gewesen und würde erst gegen drei Uhr aufgerufen, um seine Aussage zu machen.

Zeit totschlagen.

Er verließ das Pub, nahm, wie er hoffte, eine Abkürzung (obwohl er eigentlich gar kein bestimmtes Ziel hatte) und ging über eine kopfsteingepflasterte schmale Straße auf ein Eisenbahnviadukt, mehrere zerfallene Lagerhäuser und eine unbebaute Schotterfläche zu. Dort liefen viele Leute herum, und er erkannte, dass es sich bei den Müllhaufen, die er auf dem feuchten Boden zu sehen geglaubt hatte, in Wirklichkeit um zum Verkauf angebotene Ware handelte. Er war auf einen Flohmarkt geraten, und zwar – so wie die Kunden aussahen – einen Flohmarkt, auf dem die Ärmsten der Armen einkauften. Überall lagen feuchte, schmutzige Kleidungsstücke herum. Daneben standen die Verkäufer und traten schweigend von einem Fuß auf den anderen. Ein oder zwei schürten ein behelfsmäßiges Feuer, um das sich andere sammelten, um sich ein wenig aufzuwärmen. Die Atmosphäre war gedämpft. Die Leute mochten zwar husten, keuchen und pfeifend atmen, doch gesprochen wurde wenig. Ein paar Punks, die mit ihren bunten Irokesenfrisuren so fehl am Platz wirkten wie Papageien in einem Käfig voller Spatzen, schlenderten ebenfalls dort herum, sahen aber eigentlich nicht so aus, als ob sie etwas kaufen wollten. Die Einheimischen beäugten sie misstrauisch. Gaffer, besagte der kollektive Blick, bloß verdammte Gaffer.

Unter den Brückenbögen waren schmale Gänge mit Buden und aufgebockten Tischplatten. Hier stank es noch schlimmer, doch Rebus war neugierig. Kein Einkaufszentrum am Stadtrand hatte ein derartiges Warensortiment zu bieten: kaputte Brillen, alte Radios (an denen der eine oder andere Knopf fehlte), Lampen, Hüte, angelaufenes Besteck, Portemonnaies und Brieftaschen, unvollständige Sätze Dominosteine und Spielkarten. Ein Stand schien nichts weiter als benutzte Stücke Seife zu verkaufen, von denen die meisten aussahen, als stammten sie aus öffentlichen Toiletten. Ein anderer verkaufte künstliche Gebisse. Ein alter Mann, dessen Hände fast unkontrollierbar zitterten, hatte ein Unterteil gefunden, das ihm gefiel, fand aber keine passende obere Hälfte. Rebus verzog das Gesicht und wandte sich ab. Die Irokesen hatten angefangen, Cluedo zu spielen.

»Hey, Kumpel«, riefen sie dem Inhaber des Standes zu, »hier sind keine Waffen dabei. Wo is' denn der Dolch und die Pistole und so?«

Der Mann betrachtete die offene Schachtel. »Ihr könnt vielleicht improvisieren«, schlug er vor.

Rebus ging lächelnd weiter. Das hier war ganz anders als London. Dort schien alles überfüllt, die Dinge bewegten sich zu schnell, überall nur Stress. Mit dem Auto von A nach B fahren, Lebensmittel einkaufen, am Abend ausgehen – das alles erwies sich als äußerst ermüdend. Er hatte den Eindruck, dass bei Londonern leicht die Sicherung durchbrannte. Hier waren die Leute stoisch. Ihr Humor half ihnen, Widrigkeiten, mit denen auch die Londoner zu kämpfen hatten, leichter zu ertragen. Andere Welten. Andere Zivilisationen. Glasgow war die zweitgrößte Stadt des Empire gewesen. Es war während des gesamten zwanzigsten Jahrhunderts die größte Stadt Schottlands gewesen.

»Hamse 'ne Kippe, Mister?«

Es war einer der Punks. Von nahem sah Rebus nun, dass es ein Mädchen war. Er hatte die ganze Gruppe für Jungen gehalten. Sie sahen alle so gleich aus.

»Tut mir leid. Ich versuch's mir gerade abzugewöhnen ...«

Doch sie war bereits weitergegangen auf der Suche nach irgendjemandem, der ihre Bedürfnisse sofort befriedigen konnte. Er sah auf seine Uhr. Es war kurz nach zwei, und er würde etwa eine halbe Stunde von hier zum Gericht brauchen. Die Punks lamentierten immer noch wegen der fehlenden Cluedo-Stücke herum.

»Ich mein, wie soll man denn ein Spiel spielen, wenn da Stücke fehlen? Kapierste, was ich mein, Kumpel? Also, wo is' denn Colonel Mustard? Und das Brett is' übrigens in der Mitte fast durchgerissen. Wie viel willste denn dafür?«

Der streitsüchtige Punk war groß und extrem dünn, was beides noch durch die schwarzen Klamotten betont wurde, die er von Kopf bis Fuß anhatte. Als »Bohnenstange« hätte Rebus' Vater ihn bezeichnet. War der Wolfsmann dick oder dünn? Groß oder klein? Jung oder alt? Hatte er einen Job? Eine Frau? Oder sogar einen Mann? Kannte jemand, der ihm nahe stand, die Wahrheit und schwieg? Wann würde er als Nächstes zuschlagen? Und wo? Diese Fragen hatte Lisa nicht beantworten können. Vielleicht hatte Flight ja doch recht, was die Psychologie betraf. So viel daran war reine Vermutung, wie ein Spiel, wo ein paar Stücke fehlen und von dem niemand die Regeln kennt. Manchmal endet das damit, dass man ein Spiel ganz anders spielt, als ursprünglich vorgesehen, als ein Spiel, das man sich selbst ausgedacht hat.

Genau das brauchte Rebus, einen neuen Satz Regeln in seinem Spiel gegen den Wolfsmann. Regeln, die zu seinem Vorteil waren. Die Zeitungsgeschichten waren ein Anfang, aber nur, wenn der Wolfsmann den nächsten Schritt tat.

Vielleicht würde Cafferty diesmal davonkommen, aber es würde ein nächstes Mal geben. Das Spielbrett war immer für einen neuen Anfang bereit.

Rebus machte seine Aussage und war gegen vier Uhr aus dem Gericht draußen. Die Akte zu dem Fall gab er seinem Fahrer, einem Detective Sergeant mittleren Alters mit schütteren Haaren, dann setzte er sich auf den Beifahrersitz.

»Halten Sie mich auf dem Laufenden«, sagte er. Der Fahrer nickte.

»Gleich zurück zum Flughafen, Inspector?« Merkwürdig, wie ein Glasgower Akzent so sarkastisch klingen konnte. Der Sergeant hatte es irgendwie geschafft, dass Rebus sich ihm unterlegen fühlte. Allerdings waren sich Ost- und Westküste auch nicht gerade wohlgesonnen. Die beiden Regionen hätten durch eine Mauer getrennt sein können, so lange wie der Kalte Krieg zwischen ihnen schon anhielt. Der Fahrer wiederholte seine Frage ein wenig lauter.

»Ganz recht«, sagte Rebus. »Bei der Lothian and Borders Police führen wir das reinste Jetset-Leben.«

Als er wieder in seinem Hotel am Piccadilly Circus war, hatte er Kopfschmerzen. Er brauchte eine ruhige Nacht, eine Nacht allein. Er hatte es nicht geschafft, Flight oder Lisa zu benachrichtigen, aber die konnten bis morgen warten. Im Augenblick wollte er gar nichts.

Nichts als Ruhe und Frieden, einfach auf dem Bett liegen und an die Decke starren, ohne an irgendetwas zu denken.

Es war eine höllisch anstrengende Woche gewesen, und sie war erst zur Hälfte vorbei. Er nahm zwei Paracetamol aus dem Fläschchen, das er mitgebracht hatte, und spülte sie mit einem Glas lauwarmem Leitungswasser hinunter. Das Wasser schmeckte scheußlich. Stimmte es, dass das Londoner

Wasser durch sieben Paar Nieren gelaufen war, bevor es aus dem Hahn kam? Es hinterließ etwas Öliges in seinem Mund, nicht den frischen, klaren Geschmack des Wassers von Edinburgh. Sieben Paar Nieren. Er betrachtete seine Gepäckstücke und dachte an all das Zeug, das er mitgebracht hatte, unnützes Zeug, Sachen, die er niemals brauchen würde. Selbst die Flasche Malt stand noch mehr oder weniger unangerührt da.

Irgendwo klingelte ein Telefon. Sein Telefon, doch es gelang ihm, diese Tatsache volle fünfzehn Sekunden zu ignorieren. Knurrend tastete er mit einer Hand an der Wand herum, bis er schließlich den Hörer fand und ihn an sein Ohr zog.

»Ich hoffe, es ist was Wichtiges.«

»Wo, zum Teufel, waren Sie?« Es war Flights Stimme, besorgt und wütend zugleich.

»Einen schönen guten Abend, George.«

»Es hat einen weiteren Mord gegeben.«

Rebus richtete sich auf und schwang die Beine über die Bettkante. »Wann?«

»Die Leiche wurde vor einer Stunde entdeckt. Und da ist noch was.« Er hielt inne. »Wir haben den Mörder erwischt.«

Nun stand Rebus auf.

»Was?«

»Wir haben ihn erwischt, als er weglaufen wollte.«

Rebus versagten beinah die Knie, doch er drückte sie fest zusammen. Seine Stimme war unnatürlich leise. »Und ist er es?«

»Könnte sein.«

»Wo sind Sie?«

»Ich bin im Präsidium. Wir haben ihn hierher gebracht. Der Mord wurde in einem Haus in einer Seitenstraße der Brick Lane verübt. Nicht allzu weit von der Wolf Street.«

»In einem Haus?« Das war eine Überraschung. Die anderen Morde waren alle im Freien geschehen. Doch wie Lisa bereits gesagt hatte, das Muster veränderte sich immer wieder.

»Ja«, sagte Flight. »Und das ist noch nicht alles. Der Mörder hatte Geld bei sich, das er in dem Haus gestohlen hatte, außerdem etwas Schmuck und eine Kamera.«

Eine weitere Abweichung vom Muster. Rebus setzte sich wieder auf das Bett. »Ich verstehe, worauf Sie hinauswollen«, sagte er. »Aber die Methode …?«

»Zweifellos ähnlich. Philip Cousins ist unterwegs. Er war irgendwo bei einem Dinner.«

»Ich fahr zum Tatort, George. Hinterher komm ich bei Ihnen vorbei.«

»Okay.« Flight hörte sich so an, als hätte er genau das gehofft. Rebus suchte nach Papier und Stift.

»Wie ist die Adresse?«

»Copperplate Street 110.«

Rebus schrieb die Adresse auf die Rückseite seines Tickets nach Glasgow.

»John?«

»Ja, George?«

»Hauen Sie nicht wieder ab, ohne mir vorher Bescheid zu sagen, okay?«

»Ja, George.« Rebus zögerte. »Darf ich jetzt los?«

»Ab mit Ihnen, machen Sie sich auf die Socken. Bis später.«

Rebus legte den Telefonhörer auf und spürte, wie eine ungeheure Müdigkeit ihn ergriff, ihm Arme, Beine und den Kopf schwer werden ließ. Er atmete mehrmals tief durch, erhob sich vom Bett und ging zum Waschbecken. Dort spritzte er sich Wasser ins Gesicht und massierte mit einer nassen Hand Hals und Nacken. Als er in den Spiegel über dem Becken blickte, erkannte er sich selbst kaum wieder. Er seufzte und presste die Hände rechts und links flach gegen sein Gesicht, wie er es Roy Scheider mal in einem Film hatte tun sehen.

»Showtime.«

Rebus' Taxifahrer kannte massenhaft Geschichten über die Krays, über Richardson und Jack the Ripper. Da Brick Lane ihr Ziel war, ließ er sich besonders lautstark über das Thema »Old Jack« aus.

»Auf der Brick Lane hat er sein erstes Flittchen abgemurkst. Richardson, ja, das war ein richtiger Teufel. Hat auf einem Schrottplatz Leute gefoltert. Man wusste immer, wenn er mal wieder ein armes Schwein mit Stromschlägen traktierte, weil dann die ganze Zeit die Birne über dem Tor zum Schrottplatz flackerte.« Ein leises Kichern. Dann eine abrupte Kopfbewegung zur Seite. »In dem Pub da an der Ecke haben die Krays verkehrt. Mein Jüngster war auch häufiger dort. Ist in ein paar schlimme Schlägereien geraten, dann hab ich ihm verboten, dorthin zu gehen. Er arbeitet in der City, irgendwelcher Kurierkram, Sie wissen schon, mit Motorrädern.«

Rebus, der schlaff gegen den Rücksitz gelehnt hatte, griff nun nach der Kopfstütze vom Beifahrersitz und zog sich nach vorn.

»Als Motorradkurier?«

»Yeah, verdient ein Schweinegeld. Doppelt so viel wie ich pro Woche nach Hause bring, das kann ich Ihnen sagen. Er hat sich gerade eine Wohnung unten in Docklands gekauft. Bloß dass die Dinger jetzt ›Riverside Apartments‹ heißen. Das ist zum Totlachen. Ich kenn ein paar von den Typen, die die gebaut haben. Die haben gepfuscht, wo's nur ging. Schrauben reingehämmert, statt sie reinzudrehen. Rigipswände so dünn, dass man fast die Nachbarn sehen kann, von hören wollen wir gar nicht reden.«

»Ein Freund von meiner Tochter arbeitet als Kurier in der City.«

»Yeah? Vielleicht kenn ich ihn. Wie heißt er?«

»Kenny.«

»Kenny?« Er schüttelte den Kopf. Rebus starrte auf die Stelle, an der die silbrigen Haare am Hals des Fahrers in seinem Hemdkragen verschwanden. »Nee, ich kenn keinen Kenny. Einen Kev, ja, und ein paar Chrisses, aber keinen Kenny.«

Rebus lehnte sich wieder zurück. Ihm wurde bewusst, dass er noch nicht mal Kennys Nachnamen kannte. »Sind wir bald da?«, fragte er.

»In zwei Minuten, Guv. Gleich kommt eine schöne Abkürzung, da sparen wir etwas Zeit. Führt uns direkt an der Kneipe vorbei, wo Richardson immer rumgehangen hat.«

Eine Gruppe von Reportern hatte sich in der schmalen Straße versammelt. Hausfassade, Bürgersteig, dann die Straße, auf der die Leute standen, von uniformierten Polizisten zurückgehalten. Besaß denn niemand in London so etwas wie einen Vorgarten? Bisher hatte Rebus noch kein Haus mit Garten gesehen, bis auf die Millionärsklötze in Kensington.

»John!« Eine weibliche Stimme ertönte aus dem Gedränge der Reporter. Sie bahnte sich einen Weg zu ihm. Er signalisierte den Uniformierten, ihre Reihe kurz zu öffnen, um die Frau durchzulassen.

»Was machst du denn hier?«

Lisa wirkte etwas mitgenommen. »Ich hab eine Meldung im Radio gehört«, sagte sie keuchend. »Da hab ich gedacht, ich komm her.«

»Ich weiß nicht, ob das eine so gute Idee war, Lisa.« Rebus dachte an die Leiche von Jean Cooper. Wenn das hier so ähnlich war ...

»Irgendwelche Kommentare?«, brüllte einer der Reporter. Rebus war sich des Blitzlichtgewitters und der gleißenden Lampen der Videokameras bewusst. Weitere Reporter hatten jetzt zu rufen begonnen, auf der verzweifelten Suche nach einer Geschichte, die sie noch in den Morgenausgaben unterbringen konnten.

»Dann komm mit«, sagte Rebus und zog Lisa Frazer zur Tür von Nummer 110.

Philip Cousins war immer noch in einen dunklen Anzug mit Krawatte gekleidet, durchaus passend für eine Beerdigung. Isobel Penny war ebenfalls in Schwarz. Sie trug ein bodenlanges Kleid mit langen engen Ärmeln. Sie sah nicht nach Beerdigung aus. Sie sah göttlich aus. Sie lächelte Rebus an, als er das beengte Wohnzimmer betrat, und er nickte ihr grüßend zu.

»Inspector Rebus«, sagte Cousins, »man hat mir gesagt, dass Sie vielleicht vorbeikommen.«

»Lass mir doch keine gute Leiche entgehen«, erwiderte Rebus trocken. Cousins, der über die Leiche gebeugt hockte, blickte zu ihm auf.

»Sehr richtig.«

Der Geruch war da, setzte sich Rebus in Nase und Lunge fest. Manche Leute rochen es nicht, er aber immer. Es war ein starker Geruch, salzig, überwältigend, den Atem nehmend, widerlich. Und durch ihn hindurch war ein weiterer Geruch wahrzunehmen, ein milderer, wie Talg, Kerzenwachs und kaltes Wasser. Die beiden gegensätzlichen Gerüche von Leben und Tod. Rebus hätte darauf gewettet, dass Cousins es riechen konnte, aber er bezweifelte, dass Isobel Penny es roch.

Eine Frau mittleren Alters lag auf dem Fußboden, Arme und Beine unnatürlich verdreht. Ihr war die Kehle durchtrennt worden. Es gab Anzeichen für einen Kampf, heruntergeworfener und zerbrochener Zierrat, blutige Handabdrücke an einer Wand. Cousins richtete sich seufzend auf.

»Sehr ungeschickt«, sagte er und blickte zu Isobel Penny, die auf ihrem Block zeichnete. »Penny«, sagte er, »du siehst heute Abend ganz entzückend aus. Habe ich dir das schon gesagt?«

Sie lächelte wieder, errötete, sagte aber nichts. Cousins wandte sich zu Rebus, ohne Lisa Frazer zu beachten, die schweigend neben ihm stand. »Es ist ein Nachahmungstäter«, sagte er mit einem weiteren Seufzen, »aber nicht sehr schlau und mit wenig Talent. Offensichtlich hat er die Beschreibungen in den Zeitungen gelesen, die zwar detailliert, aber nicht ganz richtig waren. Ich würde sagen, er wurde bei einem Einbruch überrascht, geriet in Panik und zog sein Messer. Dann dachte er, wenn er es so aussehen ließe, als wäre es unser Freund, der Wolfsmann, gewesen, könnte er vielleicht ungeschoren davonkommen.« Er blickte wieder auf die Leiche hinab. »Nicht furchtbar clever. Ich nehme an, die Geier haben sich bereits versammelt?«

Rebus nickte. »Als ich kam, waren etwa ein Dutzend Reporter draußen. Vermutlich sind es mittlerweile doppelt so viele. Wir wissen ja, was die hören wollen, oder?«

»Ich fürchte, da werden sie enttäuscht werden.« Cousins sah auf seine Uhr. »Lohnt sich nicht mehr, zum Dinner zurückzugehen. Wir haben vermutlich Port und Käse verpasst. Verdammt gute Küche. Äußerst schade.« Er deutete mit einer Hand vage auf die Leiche. »Möchten Sie noch irgendwas sehen. Oder sollen wir sie so einpacken, wie sie ist?«

Rebus lächelte. Der Humor war so schwarz wie der Anzug, aber in dieser Situation war jeder Humor willkommen. Der Geruch im Zimmer hatte sich auf das Aroma von rohem Steak mit brauner Sauce reduziert. Er schüttelte den Kopf. Hier drinnen gab es nichts mehr zu tun. Aber draußen, draußen, da würde er einen Aufruhr erzeugen. Flight würde ihn dafür hassen, alle würden ihn dafür hassen. Aber Hass war ganz in Ordnung. Hass war ein Gefühl, und ohne Gefühle, was blieb da noch? Lisa war bereits in den winzigen Flur getaumelt, wo ein Polizist linkisch versuchte, sie zu beruhigen. Als Rebus aus dem Zimmer kam, schüttelte sie den Kopf und richtete sich auf.

»Es geht schon wieder«, sagte sie.

»Das erste Mal ist für jeden hart«, sagte Rebus. »Komm mit, ich werde jetzt ein bisschen Psychologie an dem Wolfsmann ausprobieren.«

Die Gruppe von Reportern und Kameraleuten war mittlerweile zu einer ansehnlichen Menge angewachsen, zu der sich auch die Neugierigen und Schaulustigen gesellt hatten. Die uniformierten Polizisten hatten sich nun untergehakt und bildeten eine kleine, aber nicht zu durchbrechende Kette. Und schon ging die Fragerei los: Sie da drüben! Dürfen wir fragen, wer Sie sind? Sie waren doch am Kanal, oder? Ein Statement – Irgendwas zu sagen – Wolfsmann – Ist es – Der Wolfsmann? Ist es – Nur ein paar Worte, falls ...

Rebus war ganz dicht an sie herangetreten, Lisa an seiner Seite. Einer der Reporter beugte sich zu Lisa hinüber und fragte sie nach ihrem Namen.

»Lisa, Lisa Frazer.«

»Arbeiten Sie an dem Fall, Lisa?«

»Ich bin Psychologin.«

Rebus räusperte sich laut. Die Reporter waren wie Köter in einem Tierheim, die sich sofort beruhigten, wenn sie merkten, dass es endlich ans Fressen ging. Er hob die Arme, und sie verstummten.

»Ein kurzes Statement, meine Herren«, sagte Rebus.

»Können Sie uns nicht erst sagen, wer Sie sind?«

Doch Rebus schüttelte den Kopf. Das spielte wohl kaum eine Rolle. Sie würden es bald genug erfahren. Wie viele schottische Polizisten arbeiteten denn an dem Wolfsmann-Fall? Flight würde es wissen, Cath Farraday würde es wissen, und die Journalisten würden es herausfinden. Es war egal. Dann stellte einer von ihnen, der es nicht mehr aushielt, die Frage.

»Haben Sie ihn geschnappt?« Rebus versuchte, den Mann zu fixieren, doch alle Augen stellten stumm die gleiche Frage. »Ist es der Wolfsmann?«

Und diesmal nickte Rebus. »Ja«, sagte er emphatisch. »Es ist der Wolfsmann. Wir haben ihn geschnappt.« Lisa sah ihn sprachlos vor Staunen an.

Mehr Fragen, alle schrien jetzt, ein Höllenspektakel. Doch die Kette vor ihnen wollte nicht reißen, und irgendwie kamen sie nicht auf die Idee, einfach außen herum zu gehen. Rebus hatte sich abgewandt und sah Cousins und Isobel Penny vor der Tür des Hauses stehen, fassungslos, als könnten sie kaum glauben, was sie gerade gehört hatten. Er zwinkerte ihnen zu und ging mit Lisa zu dem Taxi, das immer noch auf ihn wartete. Der Fahrer faltete seine Abendzeitung zusammen und steckte sie neben seinen Sitz.

»Denen haben Sie aber tüchtig eingeheizt, Guv. Was haben Sie gesagt?«

»Nicht viel«, sagte Rebus, lehnte sich zurück und lächelte Lisa Frazer an. »Nur ein paar Flunkereien.«

»Flunkereien!«

So sah Flight also aus, wenn er wütend war.

»Flunkereien!« Er schien kaum glauben zu können, was er da hörte. »Das nennen Sie ein paar Flunkereien? Cath Farraday reißt sich Arme und Beine aus, um die Meute zu beruhigen. Die sind wie die Tiere. Die Hälfte von ihnen ist sogar bereit, das in Druck zu geben! Und Sie nennen das ›Flunkereien‹? Sie haben nicht mehr alle Tassen im Schrank, Rebus.«

Also waren wir wieder bei »Rebus«. Na schön, sei's drum. Rebus erinnerte sich, dass sie eigentlich heute Abend zum Essen verabredet waren, aber irgendwie zweifelte er, dass die Einladung noch galt.

George Flight hatte den Mörder verhört. Rote Äderchen waren auf seinen Wangen zu sehen, sein Krawattenknoten war aufgegangen, und die Krawatte hing lose auf seinem halb aufgeknöpften Hemd. Er lief die winzige freie Fläche in dem kleinen Büro auf und ab. Rebus wusste, dass hinter der verschlossenen Tür einige Leute mit einer Mischung aus Angst und Amüsement lauschten – Angst wegen Flights Zorn, amüsiert, weil Rebus ihn voll abbekam.

»Sie sind wirklich das Allerletzte.« Flights Wut hatte ihren Höhepunkt überschritten, und seine Stimme senkte sich um ein halbes Dezibel. »Was gibt Ihnen das Recht ...«

Rebus schlug mit der Hand auf den Schreibtisch. Jetzt reichte es ihm. »Ich werde Ihnen sagen, was mir das Recht gibt, George. Die bloße Tatsache, dass der Wolfsmann existiert, gibt mir das Recht, zu tun, was ich für das Beste halte.«

»Das Beste!« Flight ereiferte sich erneut. »Ach ja, ich verstehe. Den Zeitungen einen Haufen Scheiße zu erzählen ist also das ›Beste‹? Mein Gott, ich hoffe, ich werde nie erfahren, was Ihrer Meinung nach das ›Schlimmste‹ ist.«

Rebus brüllte jetzt genauso laut wie Flight, wurde sogar noch lauter. »Er läuft irgendwo da draußen rum und lacht sich über uns kaputt. Da er anscheinend genau weiß, wie wir vorgehen, führt er uns wie die Idioten an der Nase herum.« Rebus sprach wieder leiser. Flight hörte ihm jetzt zu, und genau das hatte er erreichen wollen. »Wir müssen ihn provozieren, ihn dazu kriegen, dass er den Kopf aus seinem Versteck streckt, um nachzusehen, was für ein Spielchen wir denn nun spielen. Wir müssen ihn wütend machen. Nicht wütend auf die Welt im Allgemeinen. Wütend auf *uns*. Und wenn er dann seinen Kopf hebt, sind wir bereit, ihn ihm abzureißen.

Wir haben ihm bereits vorgeworfen, alles Mögliche zu sein, von schwul bis zu einem Kannibalen vom Pluto. Und jetzt erzählen wir überall, er sei gefasst.« Rebus kam nun zum wesentlichen Punkt seiner Verteidigung. Er senkte seine Stimme noch mehr. »Ich glaube nicht, dass er das so einfach hinnehmen kann, George. Wirklich nicht. Ich denke, er wird versuchen, Kontakt aufzunehmen. Entweder mit den Zeitungen oder direkt mit uns. Nur um es uns wissen zu lassen.«

»Oder er wird wieder töten«, konterte Flight. »*Damit* würde er es uns wissen lassen.«

Rebus schüttelte den Kopf. »Wenn er wieder tötet, halten wir es geheim. Totale Mediensperre. Er bekommt keinerlei Publicity. Alle werden immer noch glauben, er sei gefasst. Dann wird er sich früher oder später zeigen müssen.«

Rebus war jetzt ganz ruhig; Flight ebenfalls. Flight rieb sich mit beiden Händen über die Wangen und an seinem Kinn entlang. Er starrte nachdenklich in die Luft. Rebus hatte keinen Zweifel, dass der Plan funktionieren würde. Es könnte einige Zeit dauern, aber es würde funktionieren. SAS-Grundausbildung: Wenn du deinen Feind nicht lokalisieren kannst, bring den Feind dazu, dass er zu dir kommt. Außerdem war es der einzige Plan, den sie hatten.

»John, wenn ihn die Publicity nun nicht stört? Ich meine, die fehlende Publicity.«

Rebus zuckte die Achseln. Darauf hatte er keine Antwort. Er konnte sich nur an Fallgeschichten und an seine eigenen Instinkte halten.

Schließlich schüttelte Flight den Kopf. »Gehen Sie zurück nach Edinburgh, John«, sagte er matt. »Tun Sie's einfach.« Rebus starrte ihn aus großen Augen an, wollte ihn dazu bringen, noch etwas zu sagen. Doch George Flight ging einfach zur Tür, öffnete sie und machte sie hinter sich wieder zu.

Das war's dann also. Rebus atmete langsam und zischend aus. Zurück nach Edinburgh gehen. War es nicht das, was alle die ganze Zeit gewollt hatten? Laine? Lamb und die anderen? Flight vielleicht auch. Sogar Rebus selbst. Er hatte sich doch selbst gesagt, dass er hier nichts ausrichten könnte. Und er erreichte ja auch nichts, warum also fuhr er nicht nach Hause?

Die Antwort war einfach. Der Fall hatte ihn völlig in den Klauen. Da gab es kein Entkommen. Der Wolfsmann, gesichtslos, körperlos, hatte Rebus eine Klinge an den Hals gesetzt und hielt sie dort fest, bereit, ihm die Gurgel durchzuschneiden. Und außerdem war da London selbst mit all seinen Geschichten. Rhona. Sammy. Rhona und Kenny. Rebus musste sich ins Gedächtnis rufen, dass er immer noch an Kenny interessiert war.

Und Lisa.

Vor allem war da Lisa. Das Taxi hatte sie bei ihrer Wohnung abgesetzt. Sie war ziemlich blass gewesen, hatte aber darauf bestanden, dass sie allein zurechtkäme und er ruhig weiterfahren könne. Er sollte sie anrufen und hören, ob wirklich alles in Ordnung war. Was? Und ihr sagen, dass er abreiste? Nein, er musste mit Flight reden. Er öffnete die Tür und trat in den Einsatzraum. Flight war nicht da. Neugierige Gesichter blickten von ihren Schreibtischen auf, von Telefonen, Schaubildern und Fotos, um ihn anzustarren. Er sah niemanden an, aber ganz besonders Lamb nicht, der grinsend hinter einer Akte saß und über den Rand zu Rebus sah.

Flight war draußen im Flur in ein Gespräch mit dem Dienst habenden Sergeant vertieft, der nun nickte und weiterging. Rebus bemerkte, wie Flight sich mit dem Rücken gegen die Flurwand sinken ließ und erneut über sein Gesicht rieb. Er ging langsam auf ihn zu, um George Flight noch ein paar Sekunden Ruhe und Besinnung zu geben.

»George«, sagte er. Flight blickte auf und lächelte vage.

»Sie geben wohl nie auf, John.«

»Es tut mir leid, George. Ich hätte mich mit Ihnen absprechen sollen, bevor ich so eine Nummer abzieh. Stoppen Sie die Geschichte, wenn Sie wollen.«

Flight gab ein freudloses Lachen von sich. »Zu spät. Es war bereits in den Lokalnachrichten im Radio. Die anderen Sender können da nicht zurückstehen. Bis Mitternacht wird es in allen Lokalnachrichten zu hören sein. Sie haben die Lawine in Bewegung gesetzt, John. Jetzt können wir nur noch zusehen, wie sie größer und größer wird.« Er stach mit einem Finger in Rebus' Brustkorb. »Cath wird Sie zu Hackfleisch machen, Kumpel. Sie ist diejenige, die die Verantwortung dafür tragen muss, sie ist es, die sich entschuldigen und sich bemühen muss, das Vertrauen der Presse wiederzugewinnen.« Flight bewegte jetzt tadelnd den Finger hin und her, dann grinste er. »Und wenn einer das schafft, dann Inspector Cath Farraday.« Er sah auf seine Uhr. »Okay, ich hab den Scheißkerl lange genug schmoren lassen. Ich muss zurück in den Vernehmungsraum.«

»Wie läuft's?«

Flight zuckte die Achseln. »Singt wie Gracie Fields. Wir könnten ihn nicht bremsen, selbst wenn wir wollten. Er glaubt, wir wollen ihm sämtliche Wolfsmann-Morde anhängen, deshalb erzählt er uns alles, was er weiß, und einiges erfindet er vermutlich noch dazu.«

»Cousins meint, er wäre ein Nachahmungstäter, der einen vermasselten Einbruch kaschieren wollte.«

Flight nickte. »Manchmal glaub ich, dass Philip den falschen Job hat. Der Kerl ist tatsächlich ein kleiner Dieb, nicht der verdammte Wolfsmann. Aber eines ist interessant. Er hat mir erzählt, dass er das Zeug an einen gemeinsamen Freund von uns verkauft.«

»An wen?«

»Tom Watkiss.«

»Na so was.«

»Kommen Sie mit?« Flight deutete den Flur entlang zur Treppe. Rebus schüttelte den Kopf.

»Ich möchte noch ein paar Anrufe machen. Vielleicht komm ich später dazu.«

»Wie Sie wollen.«

Rebus sah hinter Flight her. Manchmal war es reine Sturheit, die Menschen weitermachen ließ, lange nachdem ihre Gliedmaßen und ihr Verstand ihnen gesagt hatten, sie sollten aufhören. Flight war wie ein Fußballer während der Verlängerung. Rebus hoffte, er würde das Ende des Spiels erleben.

Sie beobachteten ihn, als er durch den Einsatzraum zurück zu seinem Büro ging. Besonders Lamb schien ihn über einen Bericht hinweg anzustarren; seine Augen funkelten vor Vergnügen. Aus seinem Büro kam ein Geräusch, ein merkwürdiges Klopfen. Er stieß die Tür auf und sah auf seinem Schreibtisch ein kleines Spielzeug, ein groteskes Plastikgebiss auf zwei riesigen Füßen. Ober- und Unterkiefer waren leuchtend rot, die Zähne strahlend weiß, und die Füße marschierten mit Hilfe eines surrenden Aufziehmechanismus, während der Kiefer zuschnappte und wieder auf, zu und wieder auf. Schnapp, schnapp, schnapp. Schnapp, schnapp, schnapp.

Wütend über diesen Scherz ging Rebus zum Schreibtisch,

nahm das Spielzeug und zerrte daran herum – seine eigenen Zähne fest zusammengebissen –, bis es in zwei Teile zerbrach. Doch die Füße marschierten weiter und blieben erst stehen, als die Feder abgelaufen war. Nicht dass Rebus das bemerkte. Er starrte auf die beiden Hälften, Ober- und Unterkiefer. Manchmal waren die Dinge nicht das, was sie zu sein schienen. Einer der Punks auf dem Flohmarkt in Glasgow hatte sich als Mädchen entpuppt. Und auf dem Flohmarkt waren Zähne verkauft worden, falsche Plastikzähne. Wie an einer Supermarkttheke, wo man sich aus verschiedenen Zutaten was zusammenmixen konnte. Jede beliebige Größe. Gott, darauf hätte er längst kommen müssen!

Rebus ging mit schnellen Schritten zurück durch den Einsatzraum. Lamb, der zweifellos für den Scherz verantwortlich war, schien etwas sagen zu wollen, bis er Rebus' Gesichtsausdruck bemerkte, der eindeutig signalisierte, lasst mich in Ruhe. Er lief den Flur entlang und dann die Treppe hinunter zu dem Raum, den man euphemistisch als »Interview Room« bezeichnete. »Ein Mann hilft der Polizei bei ihren Ermittlungen.« Rebus liebte solche Euphemismen. Er klopfte und trat ein. Ein Detective wechselte gerade das Band im Kassettenrecorder. Flight beugte sich über den Tisch, um einem ungepflegten jungen Mann eine Zigarette anzubieten, einem jungen Mann mit gelblich verfärbten Prellungen im Gesicht und aufgeschürften Knöcheln.

»George?« Rebus bemühte sich, gelassen zu klingen. »Könnte ich Sie kurz sprechen?«

Flight schob seinen Stuhl geräuschvoll zurück und ließ das Zigarettenpäckchen für den Untersuchungshäftling liegen. Rebus hielt die Tür auf und bedeutete Flight, mit nach draußen zu kommen. Dann fiel ihm etwas anderes ein, und er blickte den Häftling an.

»Kennen Sie jemanden namens Kenny?«, fragte er.

»Jede Menge.«

»Fährt Motorrad?«

Der junge Mann zuckte erneut die Achseln und nahm sich eine Zigarette aus dem Päckchen. Da offenbar keine Antwort zu erwarten war und Flight draußen wartete, schloss Rebus die Tür.

»Was sollte das denn?«, fragte Flight.

»Weiß nicht so genau«, sagte Rebus. »Erinnern Sie sich, als wir in Old Bailey waren, wie da jemand laut gejubelt hat, als der Fall eingestellt wurde?«

»Jemand auf der Zuschauergalerie.«

»Genau. Jedenfalls hab ich die Stimme erkannt. Es war ein junger Mann namens Kenny. Er ist einer von diesen Motorradkurieren.«

»Und?«

»Er geht mit meiner Tochter.«

»Ah. Und das beunruhigt Sie?«

Rebus nickte. »Ja, ein bisschen.«

»Und deshalb wollten Sie mich sprechen.«

Rebus rang sich ein schwaches Lächeln ab. »Nein, nein, nicht deswegen.«

»Weshalb denn dann?«

»Ich war heute in Glasgow, um vor Gericht auszusagen. Ich hatte ein bisschen Zeit und war auf einem Flohmarkt, einer von der Sorte, wo Penner ihre *Messages* erledigen …«

»*Messages*?«

»Ihre Einkäufe«, erklärte Rebus.

»Und?«

»Und da gab's einen Mann, der verkaufte falsche Zähne. Wild durcheinander. Ober- und Unterteile, die nicht unbedingt zusammenpassen.« Er hielt inne, um die letzten drei Worte in ihrer ganzen Tragweite wirken zu lassen. »Gibt es so was Ähnliches in London, George?«

Flight nickte. »Unter anderem auf der Brick Lane. Da ist jeden Sonntag Markt. Auf der Hauptstraße werden Obst, Gemüse und Klamotten verkauft. Aber in einigen Seitenstraßen vertrödeln die Leute, was sie haben. Irgendwelchen

Kitsch und alten Plunder. Ist ganz interessant, da durchzugehen, doch man würde nie was kaufen.«

»Aber man könnte dort falsche Zähne kaufen.«

»Ja«, sagte Flight nach kurzem Nachdenken. »Das könnte man ganz bestimmt.«

»Dann ist er wohl noch cleverer, als wir gedacht haben, was?«

»Sie meinen, die Bissabdrücke sind nicht echt?«

»Ich meine, dass es nicht die Zähne des Wolfsmanns sind. Die untere Reihe kleiner als die obere? Das ergibt einen ziemlich merkwürdigen Kiefer, wie Doctor Morrison uns gezeigt hat, wissen Sie noch?«

»Wie könnte ich das vergessen? Ich wollte die Fotos an die Presse weitergeben.«

»Was vermutlich genau das ist, was der Wolfsmann bezweckt hat. Er geht auf den Brick Lane Market oder so was Ähnliches und kauft irgendein oberes und ein unteres Gebissteil. Wenn sie nicht zusammenpassen, spielt das keine Rolle. Und er benutzt sie, um diese verdammten Bissabdrücke zu produzieren.«

Flight gab sich skeptisch, doch Rebus wusste, dass er fasziniert war. »So clever kann er nicht sein.«

»Doch, kann er«, beharrte Rebus. »Er hatte alles von Anfang an genau durchdacht ... noch *bevor* er angefangen hat! Er hat mit uns gespielt, als wären wir aufziehbares Spielzeug, George.«

»Dann müssen wir bis Sonntag warten«, sagte Flight nachdenklich. »Jeden Markt nach Ständen absuchen, die falsche Zähne verkaufen – das können nicht so viele sein –, und dort fragen.«

»Nach einer Person, die ein Gebiss gekauft hat, *ohne es anzuprobieren*!« Rebus fing schallend an zu lachen. Es war zum Brüllen. Es war absolut verrückt. Aber er war sicher, dass es so gewesen war, und er war sicher, dass der Standinhaber sich erinnern würde und ihnen eine Beschreibung liefern könnte. Bestimmt probierten die meisten Kunden die Zähne vorher an. Das war der beste Anhaltspunkt, den sie bisher hatten, und vielleicht war es auch der einzige, den sie brauchten.

Flight lächelte nun ebenfalls und schüttelte den Kopf angesichts der makabren Komik des Ganzen. Rebus hielt ihm eine geschlossene Faust hin, und Flight hielt eine Hand darunter. Als Rebus seine Hand öffnete, fielen die Plastikzähne klappernd in Flights ausgestreckte Hand.

»Wie ein aufziehbares Spielzeug«, sagte Rebus. »Und was noch hinzukommt, wir haben Lamb dafür zu danken.« Er dachte darüber nach. »Aber mir wär's lieber, wenn er das nicht erfährt.«

Flight nickte. »Ganz wie Sie meinen, John. Ganz wie Sie meinen.«

Zurück an seinem Schreibtisch, nahm Rebus sich ein leeres Blatt Papier. Der Wolfsmann war zu clever gewesen. Bei weitem zu clever. Er dachte an Lisas Idee, dass der Mörder vorbestraft sein könnte. Das war möglich. Möglich war auch, dass der Wolfsmann einfach wusste, wie die Polizei arbeitete. Also könnte er Polizist sein. Oder in der Rechtsmedizin arbeiten. Oder ein Journalist, ein Bürgerrechtler sein; sich im juristischen Bereich auskennen. Oder blödsinnige Drehbücher fürs Fernsehen schreiben. Er könnte sich sein Wissen auch einfach nur angelesen haben. In den Bibliotheken und Buchhandlungen gab es reichlich Fallgeschichten, reichlich Biografien von Mördern, die erzählten, wie sie geschnappt worden waren. Durch solche Lektüre konnte man lernen, wie man *nicht* geschnappt wird. Doch so sehr Rebus sich auch bemühte, es gelang ihm nicht, die Liste von Möglichkeiten zu reduzieren. Selbst die Zähne könnten eine weitere Sackgasse sein. Deshalb mussten sie den Wolfsmann so weit kriegen, dass er zu *ihnen* kam.

Er warf seinen Stift hin, griff nach dem Telefon und wählte Lisas Nummer. Doch das Telefon klingelte und klingelte immer weiter. Vielleicht hatte sie ein paar Schlaftabletten genommen oder war spazieren gegangen oder hatte einfach einen tiefen Schlaf.

»Sie dummes Arschloch.«

Er blickte hinüber zu der offenen Tür. Cath Farraday stand dort in ihrer Lieblingspose – gegen den Türpfosten gelehnt, die Arme verschränkt. Als ob sie ihm andeuten wollte, dass sie schon länger dort stand.

»Sie unglaublich dämlicher Wicht.«

Rebus setzte ein starres Lächeln auf. »Guten Abend, Inspector. Kann ich Ihnen helfen?«

»Ja«, sagte sie und trat ins Zimmer, »indem Sie anfangen, die Schnauze zu halten und ihr Gehirn einzuschalten. Und reden Sie nie mehr mit der Presse. Nie mehr!« Sie hatte sich drohend vor ihm aufgebaut und sah aus, als wollte sie ihm einen Stoß verpassen. Er versuchte, ihrem Blick auszuweichen, der so scharf war, dass er einen fast aufschlitzte, und merkte, wie er stattdessen auf ihr Haar starrte. Das sah ebenfalls gefährlich aus.

»Haben Sie mich verstanden?«

»LMAA«, sagte Rebus, ohne nachzudenken.

»Was?«

»Laut und deutlich«, sagte er. »Ja, laut und deutlich.«

Sie nickte bedächtig, anscheinend nicht völlig überzeugt, dann knallte sie eine Zeitung auf den Schreibtisch. Er hatte die Zeitung bisher nicht bemerkt und warf einen Blick darauf. Auf der Titelseite war ein Foto, nicht groß, aber groß genug. Es zeigte ihn, wie er zu den Reportern sprach; Lisa stand neben ihm. Die Überschrift dagegen war riesig: WOLFSMANN GEFASST? Cath Farraday tippte auf das Foto.

»Wer ist die Puppe?«

Rebus spürte, wie seine Wangen rot wurden. »Eine Psychologin. Sie hilft bei dem Fall mit.«

Cath Farraday sah Rebus an, als sei er noch blöder, als sie

gedacht hatte, dann schüttelte sie den Kopf und wandte sich zum Gehen. »Behalten Sie die Zeitung«, sagte sie. »Davon gibt's noch reichlich.«

Sie sitzt, die Zeitung vor sich liegend, da. Auf dem Fußboden liegen noch weitere. Sie hat die Schere in der Hand. In einem der Berichte steht der Name des Polizisten: Inspector John Rebus. Der Bericht bezeichnet ihn als »Experten« für Serienmorde. Und in einem anderen Bericht wird erwähnt, dass die Frau links neben ihm »Polizeipsychologin Lisa Frazer« ist. Sie schneidet das Foto aus, dann macht sie einen weiteren Schnitt und trennt Rebus von Frazer. Das macht sie immer wieder, bis sie zwei ordentliche Stapel hat, einen von John Rebus und einen von Lisa Frazer. Sie nimmt eins der Fotos von der Psychologin und schneidet ihr den Kopf ab. Dann setzt sie sich lächelnd hin, um einen Brief zu schreiben. Einen sehr schwierigen Brief, aber das macht nichts. Sie hatte alle Zeit der Welt.

Alle Zeit.

Churchill

Rebus wurde um sieben von seinem Radiowecker geweckt, setzte sich im Bett auf und rief Lisa an. Keine Antwort. Vielleicht war irgendwas passiert.

Beim Frühstück überflog er die Zeitungen. Zwei von den anspruchsvolleren Blättern berichteten groß auf der Titelseite von der Festnahme des Wolfsmanns, ergingen sich jedoch in spekulativen Wendungen: die Polizei hat angeblich ... man glaubt, dass ...; die Polizei könnte den gefährlichen Mörder bereits gefasst haben. Nur die Boulevardblätter brachten Fotos von Rebus während seiner kleinen Pressekonferenz. Doch selbst sie waren trotz der reißerischen Schlagzeilen vorsichtig; vermutlich glaubten sie es auch nicht. Das spielte keine Rolle. Wichtig war allein, dass der Wolfsmann vielleicht irgendwo von seiner Festnahme las.

Seiner. Da war das Wort schon wieder. Rebus konnte sich den Wolfsmann einfach nur als Mann vorstellen, ermahnte sich jedoch, die Suche nicht in dieser Weise einzuengen. Bisher gab es keinerlei Hinweise, dass es nicht auch eine Frau sein könnte. Er musste für alle Möglichkeiten offen bleiben. Und war es wirklich von Bedeutung, was für ein Geschlecht die Bestie hatte? Wahrscheinlich schon. Denn was hatte es sonst für einen Sinn, wenn Frauen stundenlang warteten, um vom Pub oder von einer Party mit einem Taxi nach Hause zu fahren, das von einer Frau chauffiert wurde, wenn sich herausstellte, dass der Mörder, vor dem sie solche Angst hatten, eine Frau war? Überall in London ergriffen die Leute Sicherheitsmaßnahmen. Nachbarschaftliche Wachteams patrouillierten durch Wohnsiedlungen. Eine dieser Streifen hatte bereits einen völlig unschuldigen Fremden zusammengeschlagen, der in ihre Siedlung geraten war, weil er sich verlaufen hatte und nach dem Weg fragen wollte. Sein Vergehen? Die Siedlung war weiß, und der Fremde war farbig. Flight hatte Rebus erzählt, wie weit verbreitet Rassismus in London war, »besonders im Südosten. Da braucht man nur leicht gebräunt in einer dieser Siedlungen aufzutauchen, und man kriegt eins über die Birne.« Das hatte Rebus auch schon gemerkt, dank Lambs besonderer Ausprägung von Fremdenfeindlichkeit.

In Schottland gab es natürlich bei weitem nicht so viel Rassismus. War auch kein Grund dafür da. Stattdessen hatten die Schotten ihre Bigotterie.

Er las die Zeitungen zu Ende und ging zum Polizeipräsidium. Es war noch früh, erst kurz nach halb neun. Einige aus dem Ermittlungsteam arbeiteten bereits an ihren Schreibtischen, doch die kleineren Büros waren leer. In dem Büro, das Rebus übernommen hatte, roch es stickig, und er öffnete das Fenster. Es war ein milder Tag, eine leichte Brise wehte herein. Von irgendwo hörte er das Geräusch eines Druckers, das Klingeln von Telefonen. Draußen bewegte sich der Verkehr langsam vorbei, ein dumpfes Dröhnen, weiter nichts. Ohne zu wissen, was er tat, legte Rebus den Kopf auf die Arme. Die Schreibtischplatte verströmte einen Geruch nach Holz und Möbelpolitur, vermischt mit dem Geruch von Bleistiftminen. Er fühlte sich an die Grundschule erinnert.

Ein Klopfen, das irgendwo widerhallte, riss ihn aus dem Schlaf. Es folgte ein Husten, nicht von einem Reiz verursacht, eher ein diplomatisches Hüsteln.

»Entschuldigen Sie, Sir.«

Rebus hob den Kopf abrupt vom Schreibtisch. Ein weiblicher Constable streckte den Kopf durch die Tür und sah ihn an. Er hatte mit offenem Mund geschlafen. An einer Seite seines Mundes war etwas Speichel heruntergeflossen und hatte auf dem Schreibtisch eine winzige Pfütze gebildet.

»Ja«, sagte er, immer noch benommen, »was gibt's?«

Ein mitfühlendes Lächeln. Sie waren nicht alle wie Lamb, das durfte er nicht vergessen. Bei einem Fall wie diesem wurde man zum Team, fühlte sich allmählich mit den anderen so eng verbunden wie mit seinem besten Freund. Manchmal sogar noch enger.

»Hier ist jemand für Sie, Sir. Nun ja, sie möchte mit jemandem über die Morde sprechen, und Sie sind so ungefähr der Einzige, der da ist.«

Rebus sah auf seine Uhr. Viertel vor neun. Er hatte also nicht lange geschlafen. Gut. Er hatte den Eindruck, dieser Polizistin vertrauen zu können. »Wie seh ich aus?«, fragte er.

»Na ja«, sagte sie, »ihr Gesicht ist ein bisschen rot auf der Seite, auf der Sie gelegen haben, aber sonst geht's.« Dann wieder dieses Lächeln. Eine gute Tat in einer schlechten Welt.

»Danke«, sagte er. »Okay, schicken Sie sie bitte rein.«

»Mach ich.« Der Kopf verschwand, aber nur für einen Augenblick. »Soll ich Ihnen einen Kaffee oder sonst was holen?«

»Kaffee wär genau das Richtige«, sagte Rebus. »Danke.«

»Milch? Zucker?«

»Nur Milch.«

Der Kopf verschwand. Die Tür ging zu. Rebus versuchte, einen beschäftigten Eindruck zu machen, was nicht schwierig war. Es lag ein neuer Haufen Papiere da, die durchgesehen werden mussten. Laborberichte und Ähnliches, Ergebnisse (negative) der Von-Haus-zu-Haus-Befragungen im Mordfall Jean Cooper und von den Gesprächen mit sämtlichen Leuten, die an jenem Sonntagabend zur gleichen Zeit wie sie im Pub gewesen waren. Er nahm das erste Blatt in die Hand und hielt es vor sich. Es klopfte an der Tür, so leise, dass er es beinah nicht gehört hätte.

»Herein«, rief er.

Die Tür ging langsam auf. Eine Frau stand im Rahmen und schaute sich so vorsichtig um, als könnte ihre Schüchternheit jeden Augenblick in Angst umschlagen. Sie war Ende zwanzig und hatte sehr kurze braune Haare, doch ansonsten entzog sie sich jeder Beschreibung. Am ehesten hätte man sie als eine Ansammlung von Negativa bezeichnen können: nicht groß, aber auch nicht besonders klein; nicht dünn, aber keineswegs übergewichtig, und ihrem Gesicht fehlte jede Art von persönlicher Ausstrahlung.

»Hallo«, sagte Rebus und stand halb auf. Er deutete auf einen Stuhl auf der anderen Seite des Schreibtischs und beobachtete, wie sie mit unglaublicher Langsamkeit die Tür schloss und anschließend noch einmal probierte, ob sie auch wirklich zu war. Erst dann drehte sie sich um und sah ihn an – oder zumindest in seine Richtung, denn sie hatte so eine Art, knapp an ihm vorbeizustarren, sodass sich ihre Blicke nicht trafen.

»Hallo«, sagte sie. Sie schien die ganze Zeit stehen bleiben zu wollen. Rebus, der sich wieder gesetzt hatte, wiederholte die Handbewegung.

»Bitte setzen Sie sich doch.«

Sie verharrte einen Augenblick unbeweglich über dem Stuhl, bevor sie sich doch darauf niederließ. Rebus kam sich vor, als wäre er der Chef bei einem Vorstellungsgespräch und sie eine Bewerberin, die den Job so sehr wollte, dass sie sich in eine regelrechte Hysterie hineingesteigert hatte.

»Sie wollten mit jemandem reden«, sagte er mit – wie er hoffte – leiser, verbindlicher Stimme.

»Ja«, sagte sie.

Das war immerhin ein Anfang. »Mein Name ist Inspector Rebus. Und Ihrer …?«

»Jan Crawford.«

»Okay, Jan. Also, womit kann ich Ihnen helfen?«

Sie schluckte und starrte an Rebus' linkem Ohr vorbei auf das Fenster. »Es geht um die Morde«, sagte sie, »den sogenannten Wolfsmann.«

Rebus war unschlüssig, was er von der Frau halten sollte.

Vielleicht war sie irgendeine Spinnerin, sie machte jedoch nicht den Eindruck. Sie schien einfach nervös zu sein. Vielleicht hatte sie gute Gründe dafür.

»Ganz recht«, sagte er aufmunternd, »so nennen ihn die Zeitungen.«

»Ja, das stimmt.« Plötzlich war sie ganz aufgeregt, die Worte sprudelten nur so aus ihr heraus. »Und gestern Abend haben sie im Radio gesagt, und heute Morgen in der Zeitung ...« Sie zog einen Zeitungsausschnitt aus ihrer Handtasche. Es war das Foto von Rebus und Lisa Frazer. »Das sind Sie, nicht wahr?«

Rebus nickte.

»Dann werden Sie's wissen. Ich meine, müssen Sie's ja wissen. In der Zeitung steht, er hat's wieder getan, die schreiben, Sie hätten ihn erwischt, oder vielleicht erwischt. Niemand weiß was Genaues.« Sie hielt inne und atmete schwer. Die ganze Zeit war ihr Blick auf das Fenster gerichtet. Rebus hielt den Mund und wartete, dass sie sich beruhigte. Ihre Augen begannen feucht zu schimmern. Als sie dann sprach, löste sich eine Träne aus einem Augenwinkel und kroch langsam zu ihrem Mund hinunter und weiter bis ans Kinn. »Niemand weiß genau, ob Sie ihn gefasst haben, aber ich könnte es bestätigen. Zumindest glaube ich, dass ich das könnte. Ich bin nicht, ich meine, ich hab jetzt so lange in Angst gelebt und hab nichts gesagt. Ich wollte nicht, dass irgendwer es erfährt, dass meine Mum und mein Dad es erfahren. Ich wollte es einfach vergessen, aber das ist sicher dumm, wo er es doch wieder tun könnte, wenn er nicht erwischt wird. Also hab ich beschlossen, ich meine, vielleicht kann ich ...« Sie machte Anstalten aufzustehen, überlegte es sich dann anders und begann stattdessen, die Hände zusammenzupressen.

»Können was, Miss Crawford?«

»Ihn identifizieren«, sagte sie mit beinah flüsternder Stimme. Sie wühlte im Ärmel ihrer Bluse herum, zog ein Papiertaschentuch heraus und putzte sich die Nase. Die Träne tropfte auf ein Knie. »Ihn identifizieren«, wiederholte sie, »wenn er hier ist, wenn Sie ihn gefasst haben.«

Rebus starrte sie durchdringend an, und nun gelang es ihm, endlich Augenkontakt mit ihr herzustellen. Ihre braunen Augen waren mit einem feuchten Schleier überzogen. Er hatte schon reichlich Spinner erlebt. Vielleicht war sie eine von denen, vielleicht auch nicht.

»Wieso glauben Sie das, Jan?«

Sie schniefte wieder, wandte ihren Blick dem Fenster zu und schluckte. »Er hat mich beinah erwischt«, sagte sie. »Ich war die Erste, vor all den anderen. Er hat mich beinah erwischt. Ich wär beinah die Erste gewesen.«

Und dann hob sie den Kopf. Rebus verstand zuerst nicht, warum, doch dann sah er es. Unter ihrem rechten Ohr verlief halbmondförmig eine dunkelrosafarbene Narbe auf ihren weißen Hals zu, nicht mehr als drei Zentimeter lang.

Die Art von Narbe, die durch ein Messer entsteht.

Das erste vom Wolfsmann erkorene Opfer.

»Was hältst du davon?«

Sie saßen sich am Schreibtisch gegenüber, zur Versöhnung duzten sie einander. Der Papierstapel im Eingangskorb war um weitere zehn Zentimeter gewachsen und drohte aus dem Gleichgewicht zu geraten. Die Blätter könnten sich jeden Moment über den ganzen Fußboden verteilen. Rebus aß ein Sandwich mit Käse und Zwiebeln von Gino's. Einfach, aber lecker. Einer der Vorteile des Junggesellenlebens war, dass man ohne Angst vor den Folgen Zwiebeln, Branston Pickle, riesige Würstchen, Sandwiches mit Ei und Tomatensauce, Currybohnen auf Toast und all die anderen Köstlichkeiten essen konnte, die Männer bevorzugen.

»Also, was meinst du?«

Flight trank Cola aus der Dose und rülpste zwischen den einzelnen Schlucken leise mit geschlossenem Mund. Er hatte sich Rebus' Geschichte angehört und Jan Crawford kennen gelernt. Man hatte sie in einen Vernehmungsraum gebracht, wo eine mitfühlende Polizistin ihr Tee einflößte, während ein Detective ihre Aussage aufnahm. Flight und Rebus hofften beide, dass sie nicht an Lamb geraten war.

»Also?«

Flight rieb sich mit einem Knöchel das rechte Auge. »Ich weiß nicht, John. Dieser Fall wird allmählich immer verrückter. Du gehst hin und erzählst der Presse Unsinn, dein Foto erscheint überall auf den Titelseiten der Zeitungen, wir haben unseren ersten – und vielleicht nicht letzten – Nachahmungstäter, dann kommst du mit irgendeiner Idee über Flohmärkte und falsche Zähne. Und jetzt das hier.« Er breitete die Arme aus, als erflehe er Hilfe, damit seine Welt wieder einen Anschein von Ordnung bekäme. »Es ist alles ein bisschen viel.«

Rebus biss in das Sandwich und kaute langsam. »Aber es passt in das Muster. Nach dem, was ich über Serienkiller gelesen hab, geht der erste Versuch häufig schief. Sie sind noch nicht ganz so weit, haben es noch nicht gut genug geplant. Jemand schreit, sie geraten in Panik. Er hatte seine Technik noch nicht perfektioniert. Hat ihr nicht den Mund zugehalten, deshalb konnte sie schreien. Dann stellte er fest, dass menschliche Haut und Muskeln zäher sind, als sie aussehen. Vermutlich hatte er zu viele Horrorfilme gesehen und sich vorgestellt, das ließe sich schneiden wie Butter. Also hat er sie nur angeritzt. Jedenfalls nicht tief genug, um ernsthaften Schaden anzurichten. Vielleicht war das Messer nicht scharf genug, wer weiß. Der springende Punkt ist, er bekam Angst und ist weggelaufen.«

Flight zuckte gleichgültig die Achseln. »Und sie hat sich nicht gemeldet«, sagte er. »Das stört mich bei der Sache.«

»Sie hat sich jetzt gemeldet. Sag mir doch mal eines, George. Wie viele Vergewaltigungsopfer bekommen wir tatsächlich zu *sehen*? Ich hab gehört, man schätzt, dass es weniger als eines von dreien sind. Jan Crawford ist eine schüchterne kleine Frau, die halb tot vor Angst ist. Sie wollte die Sache einfach nur vergessen, aber das konnte sie nicht. Ihr Gewissen hat es nicht zugelassen. Ihr Gewissen hat sie zu uns geführt.«

»Es gefällt mir trotzdem nicht, John. Frag mich nicht, warum.«

Rebus aß den letzten Happen von seinem Sandwich und wischte sich ausgiebig die Hände ab. »Ist es dein Polizeiinstinkt?«, fragte er ein wenig sarkastisch.

»Vielleicht«, erwiderte Flight, der anscheinend Rebus' Unterton nicht mitbekommen hatte oder ihn einfach ignorierte. »Sie hat irgendwas an sich.«

»Vertrau mir. Ich hab mit ihr geredet. Ich bin alles mit ihr durchgegangen. Und ich glaube ihr, George. Ich glaube, dass er es war. Am zwölften Dezember letztes Jahr. Das war sein erstes Mal.«

»Vielleicht auch nicht«, sagte Flight. »Vielleicht gab es noch mehr Frauen, die sich nicht gemeldet haben.«

»Vielleicht. Entscheidend ist, dass eine es getan hat.«

»Ich sehe immer noch nicht, inwieweit uns das hilft.« Flight nahm ein Blatt vom Schreibtisch und las die hingekritzelten Notizen. »›Er war etwa einsachtzig groß, weiß, und ich glaube, er hatte braune Haare. Er hatte mir den Rücken zugedreht, als er weglief, deshalb konnte ich sein Gesicht nicht sehen.‹« Flight legte das Blatt wieder hin. »Das engt die Sache ganz schön ein, was?«

Ja, wollte Rebus sagen, das tut es. Weil ich jetzt glaube, dass ich es mit einem Mann zu tun habe, und vorher war ich mir nicht sicher. Doch er behielt diesen Gedanken für sich. Er hatte George Flight in den letzten Tagen schon genug Kummer bereitet.

»Das ist immer noch nicht der springende Punkt«, sagte er stattdessen.

»Was, um Himmels willen, *ist* denn der springende Punkt?« Flight hatte die Cola ausgetrunken und warf die leere Dose in einen metallenen Papierkorb, wo sie klappernd gegen die Seitenwand schlug. Das Geschepper schien eine halbe Ewigkeit zu dauern.

Erst als es wieder ruhig war, sprach Rebus. »Der springende Punkt ist, dass der Wolfsmann nicht weiß, dass sie ihn nicht richtig gesehen hat. Wir müssen Miss Crawford überreden, an die Öffentlichkeit zu gehen. Sollen sich doch die Fernsehkameras an ihr gütlich tun. Die eine, die davongekommen ist. Dann behaupten wir, sie hätte uns eine gute Beschreibung gegeben. Wenn der Dreckskerl dadurch nicht in Panik gerät, wird er's nie tun.«

»Panik! Alles, was du tust, hat nur den Zweck, ihn in Panik zu versetzen. Und wozu soll das gut sein? Wenn es ihn nun einfach abschreckt? Wenn er einfach aufhört zu töten und wir ihn niemals finden?«

»Dazu ist er nicht der Typ«, sagte Rebus mit Autorität in der Stimme. »Er wird weiter töten, weil dieser Drang ihn gepackt hat. Ist dir nicht aufgefallen, dass die Morde in immer kürzeren Intervallen stattfinden? Vielleicht hat er sogar seit dem Mord an der Lea Bridge wieder getötet, und wir haben bloß die Leiche noch nicht gefunden. Er ist besessen, George.« Flight sah ihn an, als suche er die Bestätigung, dass das ein Scherz war, doch Rebus war völlig ernst. »Ich meine das wirklich.«

Flight stand auf und ging zum Fenster. »Vielleicht war es ja noch nicht mal der Wolfsmann.«

»Vielleicht nicht«, räumte Rebus ein.

»Und wenn sie nicht an die Öffentlichkeit gehen will?«

»Das spielt keine Rolle. Wir geben die Geschichte trotzdem an die Medien. Wir behaupten trotzdem, wir hätten eine gute Beschreibung.«

Flight wandte sich vom Fenster ab. »Du glaubst ihr also? Du hältst sie nicht für eine Spinnerin?«

»Natürlich ist dies möglich, aber ich glaube es eigentlich nicht. Sie klingt sehr plausibel. Die Details sind vage genug, um überzeugend zu sein. Schließlich ist das Ganze drei Monate her. Wir können sie ja überprüfen lassen, wenn du willst.«

»Ja, das würde ich sehr gerne tun.« Flights Stimme war völlig emotionslos. Dieser Fall raubte ihm alle Kräfte, die er besaß. »Ich möchte was über ihre Herkunft wissen, ihre gegenwärtige Situation, ihre Freunde, eventuelle Krankheiten, ihre Familie.«

»Ich könnte Lisa Frazer bitten, irgendwelche psychologischen Tests mit ihr zu machen?«, schlug Rebus nicht ganz ohne Ironie vor. Flight lächelte schwach.

»Nein, nur die Informationen, die ich genannt hab. Setz Lamb darauf an, dann geht er uns nicht auf die Nerven.«

»Du magst ihn also nicht?«

»Wie kommst du denn auf die Idee?«

»Komisch, mir hat er gesagt, du wärst zu ihm wie ein Vater.«

Die Anspannung war verschwunden. Rebus hatte das Gefühl, dass er einen weiteren kleinen Sieg errungen hatte. Beide lachten. Ihre Abneigung gegen Lamb schien die Beziehung zwischen ihnen zu stärken.

»Du bist ein guter Polizist, John«, sagte Flight, und Rebus wurde gegen seinen Willen rot.

»Verpiss dich«, antwortete er.

»Dabei fällt mir ein«, sagte Flight. »Ich hab dir doch gestern gesagt, du sollst nach Hause fahren. Hast du irgendwas in der Richtung vor?«

»Ganz und gar nicht«, erwiderte Rebus. Einen Augenblick passierte nichts, und dann nickte Flight.

»Gut«, sagte er. »Das ist gut.« Er ging zur Tür. »Vorläufig jedenfalls.« Er drehte sich noch einmal zu Rebus um. »Fall mir bloß nicht in den Rücken, John. Das hier ist mein Revier. Ich muss wissen, wo du bist und was du vorhast.« Er tippte an seinen Kopf. »Ich muss wissen, was da oben vorgeht. Okay?«

Rebus nickte. »Klar, George. Kein Problem.« Aber er hatte die Finger hinter dem Rücken gekreuzt. Er arbeitete am liebsten allein, und er hatte das Gefühl, dass Flight aus anderen Gründen als der typisch cockneyhaften Kumpelei in seiner Nähe bleiben wollte. Außerdem, wenn sich herausstellen sollte, dass der Wolfsmann ein Polizist war, konnte niemand ausgeschlossen werden, absolut niemand.

Rebus versuchte es noch einmal bei Lisa, doch sie meldete sich nicht. Um die Mittagszeit schlenderte er ziellos durch das Polizeigebäude, da traf er zufällig Joey Bennett, den Constable, der ihn an seinem ersten Abend in London auf der Shaftesbury Avenue angehalten hatte. Bennett war zunächst misstrauisch. Dann erkannte er Rebus. »Ach hallo, Sir. Waren Sie das neulich auf dem Bild in der Zeitung?«

Rebus nickte. »Das ist aber doch nicht Ihr Revier, oder?«, fragte er.

»Nein, nicht so ganz, Sir. Bin sozusagen auf der Durchreise. Hab einen Gefangenen hier abgeliefert. Diese Frau da neben Ihnen auf dem Foto. Sie sah ziemlich …«

»Haben Sie Ihr Auto dabei?«

Bennett wurde wieder misstrauisch. »Ja, Sir.«

»Und Sie fahren jetzt zurück in die Innenstadt?«

»Ja, ins West End, Sir.«

»Gut. Dann haben Sie doch sicher nichts dagegen, mich mitzunehmen?«

»Äh, nein, Sir. Selbstverständlich nicht, Sir.« Bennett setzte ein so wenig überzeugendes Lächeln auf, wie Rebus es bisher nur bei einem Synchron-Schwimmwettkampf gesehen hatte. Auf dem Weg zum Auto kam Lamb an ihnen vorbei.

»Haben die Zähne schon aufgehört zu klappern?«, fragte er, doch Rebus war nicht in der Stimmung, zu antworten. Lamb ließ sich aber nicht entmutigen. »Gehen Sie irgendwohin?« Es gelang ihm, selbst diese simple Frage wie eine Drohung klingen zu lassen. Rebus blieb stehen, drehte sich um und trat so dicht an ihn heran, dass ihre Gesichter nur wenige Zentimeter voneinander entfernt waren.

»Ja, wenn Sie gestatten, Lamb, ich gehe irgendwohin.« Dann drehte er sich wieder um und ging hinter Bennett her. Lamb sah ihnen nach, die obere Zahnreihe zu einem dämlichen Grinsen gebleckt.

»Achten Sie auf den Weg!«, rief er. »Soll ich schon mal im Hotel anrufen, damit die Ihre Sachen packen?«

Rebus' Antwort bestand aus einer unmissverständlichen Geste mit einem Finger, einer noch entschlosseneren Gangart und einem geflüsterten »LMAA«, das Bennett mitbekam.

»Wie bitte, Sir?«

»Nichts«, sage Rebus. »Überhaupt nichts.«

Sie brauchten eine halbe Stunde, um nach Bloomsbury zu kommen. An jedem zweiten Gebäude schien eine runde blaue Palette angebracht zu sein zur Erinnerung an irgendeinen Schriftsteller, der dort mal gewohnt hatte. Rebus kannte nur wenige der Namen. Schließlich sah er das Gebäude, das er gesucht hatte, und verabschiedete sich mit einem Winken von Bennett. Es war das Psychologische Institut des University College in der Gower Street. Die Sekretärin, die dort gegen ein Uhr das einzige lebende Wesen zu sein schien, fragte, ob sie ihm helfen könnte.

»Das hoffe ich«, sagte er. »Ich möchte zu Lisa Frazer.«

»Lisa?« Die Sekretärin schien unsicher. »Ach, Lisa. Du meine Güte, ich fürchte, da kann ich Ihnen nicht helfen. Ich hab sie schon seit über einer Woche nicht gesehen. Sie könnten es mal in der Bibliothek versuchen. Oder bei Dillon's.«

»Dillon's?«

»Das ist ein Buchladen, gleich um die Ecke. Lisa verbringt anscheinend viel Zeit dort. Sie liebt Buchläden. Oder in der British Library. Da könnte sie eventuell auch sein.«

Er verließ das Gebäude, über ein neues Rätsel sinnierend. Die Sekretärin hatte auf ihn einen sehr distanzierten und ziemlich konfusen Eindruck gemacht. Aber vielleicht lag das auch an ihm. Er fing an, überall etwas hineinzuinterpretieren, das gar nicht da war. Er fand den Buchladen und ging hinein. »Laden« war reichlich untertrieben. Das Geschäft war riesig. Einer Wandtafel entnahm er, dass Psychologiebücher drei Stockwerke höher zu finden waren. So viele Bücher. Die konnte doch kein Mensch in einem Leben lesen. Er versuchte, an den Regalen vorbeizugehen, ohne hinzuschauen. Sobald er nämlich hinschaute, wäre sein Interesse geweckt, und wenn sein Interesse geweckt war, würde er kaufen. Zu Hause hatte er bereits über fünfzig Bücher neben seinem Bett gestapelt, die auf jene nebulöse Woche Urlaub warteten, in der er sich mal auf etwas anderes konzentrieren könnte als auf Polizeiarbeit. Er sammelte Bücher. Das war so ziemlich sein einziges Hobby. Was er allerdings ohne große Ansprüche betrieb. Ihn gelüstete nicht nach Erstausgaben, signierten Exemplaren und Ähnlichem. Meistens kaufte er Taschenbücher. Und er war überaus vielseitig in seinem Geschmack; ihm war jedes Thema recht.

Also versuchte er, so zu tun, als trüge er Scheuklappen, und dachte an seine Bücherberge zu Hause, bis er schließlich in der Abteilung für Psychologie war. Es war ein Raum, aus dem man über Verbindungsstücke wie bei einer Kette in andere Räume gelangte; aber Lisa war nirgends zu sehen. Er fand jedoch die Stelle, von der zweifellos ein Teil ihrer Bücher stammte. Neben der Kasse war ein Regal mit Literatur zum Thema Verbrechen und Gewalt. Eines der Bücher, das sie ihm geliehen hatte, stand dort. Er nahm es heraus und drehte es um, um nach dem Preis zu sehen. Er musste zweimal hinschauen, bis er es wirklich glaubte. So viel Geld! Und es war noch nicht mal eine gebundene Ausgabe! Nun ja, wissenschaftliche Werke waren immer sehr teuer. Eigentlich merkwürdig; dadurch war doch die angesprochene Leserschaft, die Studenten nämlich, gar nicht in der Lage, diese Bücher zu kaufen. Das müsste man sich mal von einem Psychologen erklären lassen, oder vielleicht von einem schlauen Wirtschaftswissenschaftler.

Neben der kriminologischen Literatur standen Bücher über Hexerei und Okkultes, dazu diverse Päckchen mit Tarotkarten und Ähnlichem. Rebus musste über diese seltsame Liaison lächeln: Polizeiarbeit und Hokuspokus. Er griff nach einem Buch über Rituale und blätterte darin herum. Eine schlanke junge Frau in einem wogenden Satinkleid und mit langen feuerroten Haaren blieb neben ihm stehen, nahm sich ein Tarotspiel und ging damit zur Kasse. Nun ja, jedem das Seine. Sie wirkte recht ernst, aber schließlich waren es auch ernste Zeiten.

Rituale. Er fragte sich, ob die Metzeleien des Wolfsmanns etwas Rituelles an sich hatten. Bisher hatte er nur in der Psyche des Mörders nach einer Erklärung gesucht. Wenn das Ganze nun irgendein Ritus war? Abschlachtung und Schänden der Unschuldigen, so was in der Richtung. Charlie Manson mit dem tätowierten Hakenkreuz auf der Stirn. Einige behaupten, dass die Vorgehensweise von Jack the Ripper etwas Freimaurerisches an sich hatte. Wahnsinn und Böses. Manchmal fand man eine Ursache, manchmal auch nicht.

Die Kehle aufschlitzen.

Den After aushöhlen.

In den Bauch beißen.

Die beiden Enden des menschlichen Rumpfes und so was wie der Mittelpunkt. Könnte in diesem speziellen Muster ein Anhaltspunkt stecken?

Überall sind Anhaltspunkte.

Das Monster aus seiner Vergangenheit bäumte sich in der dunklen Tiefe der Erinnerung auf. Der Fall hatte ihn damals ganz schön beschäftigt, aber nicht annähernd so sehr wie dieser hier. Er hatte geglaubt, der Wolfsmann könnte eine Frau sein. Nun war praktischerweise eine Frau aufgetaucht, die ihm erklärte, der Wolfsmann sei ein Mann. Sehr praktisch. George Flight hatte recht, misstrauisch zu sein. Vielleicht konnte Rebus was von ihm lernen. Flight machte alles exakt nach den Vorschriften. Er würde nicht mit einem Spielzeuggebiss in der verschwitzten Hand den Flur entlangrennen. Er war der Typ, der sich hinsetzte und die Dinge durchdachte. Das machte ihn zu einem guten Polizisten, besser als Rebus, weil er nicht jeder falschen Spur nachging, die auftauchte. Besser, weil er methodisch arbeitete, und solche Leute übersahen nie etwas.

Rebus verließ Dillon's Bookshop mit seiner sehr privaten Gewitterwolke über dem Kopf und einer Plastiktüte voller soeben erworbener Bücher, die an seiner rechten Hand baumelte. Er ging die Gower Street hinunter und noch ein Stück die Bloomsbury Street, bog auf gut Glück an einer Ampel links ab und stand dann vor dem British Museum, in dem sich, wie er sich erinnerte, die British Library befand. Das heißt, wenn sie nicht bereits umgezogen war, wie es, wie er irgendwo gelesen hatte, geplant war.

Doch die British Library war für »Nicht-Leser« nicht zugänglich. Rebus versuchte zu erklären, dass er ein Leser sei, aber offenbar war man das nur, wenn man einen Leserausweis besaß. Hinterher kam ihm der Gedanke, dass er wohl nur seinen Ausweis hätte zücken und sagen müssen, dass er einem Wahnsinnigen auf der Spur wäre, aber das tat er nicht. Er schüttelte den Kopf, zuckte die Achseln und entschloss sich stattdessen zu einem Spaziergang durch das Museum.

Das Gebäude schien vor Touristen und Schulklassen nahezu überzuquellen. Er fragte sich, ob die Kinder, die noch eine viel lebhaftere Fantasie hatten, von den Räumen mit den altägyptischen und assyrischen Kunstschätzen genauso erschlagen waren wie er. Riesige Skulpturen, hohe hölzerne Tore, einfach unzählige Ausstellungsstücke, doch das größte Gedränge herrschte um den Stein von Rosette. Rebus hatte natürlich schon davon gehört, wusste aber nicht genau, was es war. Jetzt fand er es heraus. Der Stein enthielt einen Text in drei verschiedenen Schriften und hatte den Gelehrten geholfen, zu entschlüsseln, was die ägyptischen Hieroglyphen tatsächlich bedeuteten.

Er hätte wetten mögen, dass sie das nicht über Nacht geschafft hatten, noch nicht mal an einem Wochenende. Es war mühevolle und sorgfältige Arbeit gewesen, wie Polizeiarbeit, Arbeit, die ebenso hart war wie das, was ein Maurer oder Bergmann aushalten musste. Und am Ende lief es meist doch nur auf einen glücklichen Zufall hinaus. Wie oft hatten sie den Yorkshire Ripper verhört und wieder laufen lassen? So etwas kam häufiger vor, als es die Öffentlichkeit je erfahren durfte.

Er schlenderte durch weitere Räume, helle und luftige Räume mit griechischen Vasen und Figurinen, und dann, nachdem er eine doppelte Glastür aufgestoßen hatte, stand er plötzlich den Skulpturen des Parthenon gegenüber. (Aus irgendeinem Grund wurden sie nicht mehr als Elgin Marbles bezeichnet.) Rebus spazierte um diese große Galerie herum und kam sich beinah vor, als befände er sich in einer neuzeitlichen Kultstätte. An einem Ende des Raums hockten Schulkinder laut schwatzend vor einigen Figuren auf dem Boden und versuchten, sie zu zeichnen, während ihre Lehrerin herumging und die unwilligen Künstler zur Ruhe ermahnte. Es war Rhona. Selbst auf diese Entfernung erkannte er sie. Erkannte sie an ihrem Gang, daran, wie sie den Kopf leicht neigte und die Hände auf dem Rücken hielt, wenn sie etwas zu erklären versuchte …

Rebus drehte sich um und stand plötzlich einem Pferdekopf gegenüber. Man konnte die Adern aus dem marmornen Hals hervortreten sehen, das offene Maul, in dem die Zähne sich zu einer einheitlichen glatten Fläche abgeschliffen hatten. Kein Biss. Würde Rhona es ihm danken, wenn er rüberkam und ihren Unterricht störte, nur um ein bisschen Smalltalk zu machen? Nein, das würde sie nicht. Aber wenn sie ihn nun entdeckt hatte und er sich davonschlich, würde es wie die Tat eines Feiglings aussehen. Zum Teufel, er *war* ein

Feigling. Am besten, sich damit abfinden und zur Tür zurückgehen. Vielleicht sah sie ihn ja gar nicht, und falls doch, würde sie es wohl kaum laut verkünden wollen. Andererseits wollte er mehr über Kenny erfahren. Und wen könnte er da besser fragen als Rhona? Darauf gab es eine einfache Antwort: besser irgendjemand anderen fragen. Er würde Samantha fragen. Ja, das würde er tun. Er würde Samantha fragen.

Er schlich sich zu der Glastür zurück und ging dann forsch auf den Ausgang zu. Plötzlich schienen all diese erlesenen Vasen und Statuen lächerlich. Was hatte es für einen Sinn, sie hinter Glas zu stellen, damit die Leute im Vorübergehen einen Blick darauf werfen konnten? War es nicht besser, nach vorn zu schauen und die graue Vorzeit zu vergessen? Wäre es nicht besser, einfach Lambs böse gemeinten Rat zu befolgen? In London gab es zu viele Geister. Viel zu viele. Selbst der Reporter Jim Stevens war hier irgendwo. Rebus rannte beinah über den Museumsvorplatz und blieb erst stehen, als er das Tor erreicht hatte. Die Wächter starrten ihn merkwürdig an und sahen dann auf seine Tragetasche. Das sind bloß Bücher, wollte er sagen. Doch er wusste, dass man alles Mögliche in einem Buch verstecken konnte, alles Mögliche. Das wusste er dank einer schmerzvollen persönlichen Erfahrung.

Wenn du deprimiert bist, tu was Unüberlegtes. Er streckte einen Arm zur Straße hin aus, und es gelang ihm gleich beim ersten Versuch, ein freies schwarzes Taxi anzuhalten. Er konnte sich nicht an den Namen der Straße erinnern, zu der er wollte, aber das machte nichts.

»Covent Garden«, sagte er zu dem Fahrer. Als das Taxi, wie Rebus annahm, ziemlich verkehrswidrig wendete, tauchte er mit einer Hand in seine Tüte, um den ersten Preis herauszuholen.

Er schlenderte etwa zwanzig Minuten über den Covent Garden Market, sah einem Zauberkünstler zu und ein Stück weiter einem Feuerschlucker, bevor er sich auf die Suche nach Lisas Wohnung machte. Sie war nicht allzu schwer zu finden. Er war über sich selbst überrascht, dass er sich an einen Drachenladen erinnerte und an ein weiteres Geschäft, das anscheinend ausschließlich Teekannen verkaufte. Er bog nach links, dann nach rechts und noch mal nach rechts und stand in ihrer Straße vor dem Schuhgeschäft. In dem Geschäft war viel Betrieb. Die Kundschaft, wie auch das Personal, war sehr jung, vermutlich noch im Teenageralter. Ein Jazz-Saxophon war zu hören. Vielleicht ein Tonband oder irgendwo ein Straßenmusikant. Er sah zu dem Fenster von Lisas Wohnung hinauf, das mit dem leuchtend gelben Springrollo. Wie alt mochte sie eigentlich sein? Es war schwer zu sagen.

Dann erst ging er zur Tür und drückte auf ihre Klingel. Ein lautes Knacken kam aus der Sprechanlage, wie von einem Wackelkontakt. »Hallo?«

»Ich bin's, John.«

»Hallo? Ich kann nichts verstehen!«

»Hier ist John«, sagte er laut in den Türrahmen hinein und schaute sich verlegen um. Aber niemand beachtete ihn. Die Leute warfen im Vorübergehen einen Blick in das Schaufenster und aßen merkwürdig aussehende Snacks, irgendwas Gemüseartiges.

»John?« Als hätte sie ihn bereits vergessen. Dann: »Oh, John.« Und der Summer erklang neben ihm. »Die Tür ist auf. Komm rauf.«

Die Tür zu ihrer Wohnung war ebenfalls geöffnet, und er machte sie hinter sich zu. Lisa war dabei, das Studio, wie sie es nannte, aufzuräumen. In Edinburgh hätte man so was nicht als Studio bezeichnet. Man hätte es Studentenbude genannt. Er nahm an, dass es in Covent Garden so was wie Studentenbuden nicht gab.

»Ich hab mehrmals versucht, dich zu erreichen«, sagte er.

»Ich auch.«

»Ach?«

Sie bemerkte den zweifelnden Unterton in seiner Stimme

und sah ihn an. »Hat man dir nicht Bescheid gesagt? Ich hab bestimmt ein halbes Dutzend Nachrichten bei einem Typ hinterlassen, wie hieß der noch gleich, Shepherd?«

»Lamb?«

»Genau.«

Rebus' Abneigung gegen Lamb wurde noch größer.

»Etwa vor einer Stunde«, fuhr sie fort, »hab ich angerufen, und da hat man mir gesagt, du wärst zurück nach Schottland. Ich war ein bisschen sauer darüber. Dachte, du wärst abgereist, ohne auf Wiedersehen zu sagen.«

Schweinehunde, dachte Rebus. Die konnten ihn wohl wirklich nicht ausstehen. *Unser Experte von nördlich der Grenze.*

Lisa hatte aus den Zeitungen, die auf dem Fußboden und dem Bett herumgelegen hatten, einen ordentlichen Stapel gemacht. Sie hatte das Federbett und die Decke auf dem Sofa gerade gezogen. Und jetzt stand sie, ein bisschen außer Atem, dicht vor ihm. Er legte einen Arm um sie und zog sie an sich heran.

»Hallo«, flüsterte er und küsste sie.

»Hallo«, sagte sie und erwiderte den Kuss.

Dann machte sie sich von ihm los und ging in die Nische, die als Küche diente. Das Geräusch von fließendem Wasser war zu hören, das in einen Kessel lief. »Ich nehme an, du hast die Zeitungen gesehen?«, rief sie.

»Ja.«

Ihr Kopf tauchte aus der Nische auf. »Eine Freundin hat mich extra angerufen, um es mir zu sagen. Ich konnte es kaum glauben. Mein Foto auf der Titelseite!«

»Endlich berühmt.«

»Eher berüchtigt. ›Polizeipsychologin‹, also wirklich. Die hätten zumindest ordentlich recherchieren können. In einer Zeitung hieß ich Liz Frazier!« Sie stöpselte den Kessel ein, schaltete ihn an, dann kam sie wieder ins Zimmer. Rebus hatte sich auf die Sofalehne gesetzt.

»Also«, fragte sie, »wie laufen die Ermittlungen?«

»Ein paar interessante Entwicklungen.«

»Ach?« Sie setzte sich auf die Bettkante. »Erzähl.«

Also erzählte er ihr von Jan Crawford und von seiner Theorie mit den falschen Zähnen. Lisa meinte, dass man Jan Crawfords Erinnerung durch Hypnose nachhelfen könnte. »Verlorene Erinnerung« nannte sie das. Doch Rebus wusste, dass so etwas als Beweismittel nicht zulässig war. Außerdem hatte er seine eigenen Erfahrungen mit »verlorener Erinnerung« und schauderte allein bei dem Gedanken.

Sie tranken Lapsang Souchong, dessen Geschmack ihn, wie er sagte, an Speckbrote erinnerte, und sie legte eine Platte auf, etwas Sanftes, Klassisches, und irgendwann saßen sie dann nebeneinander auf dem indischen Teppich, mit dem Rücken gegen das Sofa gelehnt. Ihre Schultern, Arme und Beine berührten sich. Sie strich ihm über Haar und Nacken.

»Das, was da neulich abends zwischen uns passiert ist«, sagte sie, »tut es dir leid?«

»Du meinst, ob es mir leid tut, dass es passiert ist?«

Sie nickte.

»Um Himmels willen, nein«, sagte Rebus. »Ganz im Gegenteil.« Er hielt inne. »Und was ist mit dir?«

Sie dachte nach, bevor sie antwortete. »Es war schön«, sagte sie schließlich. Ihre Augenbrauen trafen beinah zusammen, so sehr konzentrierte sie sich auf jedes Wort.

»Ich dachte, du gingst mir vielleicht aus dem Weg«, sagte er.

»Und ich dachte, du gingst mir aus dem Weg.«

»Ich hab heute Morgen in der Universität nach dir gefragt.«

Sie lehnte sich zurück, um sein Gesicht besser betrachten zu können. »Tatsächlich?«

Er nickte.

»Was haben die gesagt?«

»Ich hab mit irgendeiner Sekretärin gesprochen«, erklärte

er. »Brille an einem Band um den Hals, Haare irgendwie zu einem Knoten gebunden.«

»Millicent. Aber was hat sie dir gesagt?«

»Sie hat gesagt, du wärst in letzter Zeit selten da gewesen.«

»Was sonst noch?«

»Dass ich dich vielleicht in der Bibliothek finden könnte oder bei Dillon's.« Er deutete mit dem Kopf zur Tür, wo die Tragetasche gegen die Wand gelehnt stand. »Sie hat gesagt, dass du Buchhandlungen liebst. Also hab ich dort auch geschaut.«

Sie betrachtete immer noch sein Gesicht, dann lachte sie und gab ihm einen Kuss auf die Wange. »Millicent ist ein echter Schatz, findest du nicht?«

»Wenn du das sagst.« Warum klang ihr Lachen so hörbar erleichtert? Hör auf, nach Rätseln zu suchen, John. Hör sofort damit auf. Sie kroch von ihm weg auf die Tüte zu.

»Was hast du denn gekauft?«

Er konnte sich nicht erinnern, abgesehen von dem Buch, das er im Taxi angefangen hatte zu lesen. *Hawksmoor* von Peter Ackroyd.

Er beobachtete, wie sie sich von ihm weg bewegte, starrte auf ihren Hintern und ihre Beine. Fantastische Fesseln. Schlank, mit deutlich hervortretenden Knochen.

»Also!«, sagte sie und nahm eines der Taschenbücher aus der Tasche. »Eysenck.«

»Gebilligt?«

Über diese Frage dachte sie auch erst mal nach. »Nicht so ganz. Eigentlich überhaupt nicht. Genetische Bedingtheit und so was. Ich weiß nicht so recht.« Sie nahm ein weiteres Buch und schrie auf. »Skinner! Dieser grässliche Behaviorist! Wie bist du denn auf die Idee …?«

Er zuckte die Achseln. »Ich hab bloß ein paar Namen aus den Büchern wieder erkannt, die du mir geliehen hast, also hab ich gedacht …«

Sie hielt ein weiteres Buch hoch, damit er den Titel sehen

konnte. »King Ludd« von Andrew Sinclair. »Hast du die ersten beiden Bände gelesen?«, fragte sie.

»Oh«, sagte er enttäuscht, »gehört das zu einer Trilogie? Mir hat der Titel gefallen.«

Sie sah ihn fragend an, dann lachte sie. Rebus merkte, wie er am Hals rot wurde. Sie machte sich über ihn lustig. Er wich ihrem Blick aus und konzentrierte sich auf das Muster des Teppichs, strich mit der Hand über die rauen Fasern.

»Oje«, sagte sie und begann zurückzukriechen. »Tut mir leid, das hab ich nicht so gemeint. Tut mir leid.« Und sie legte ihm eine Hand auf beide Beine, kniete sich vor ihn und hielt den Kopf so schräg, dass er gezwungen war, ihr in die Augen zu sehen. Sie lächelte entschuldigend. »Tut mir leid«, hauchte sie beinah lautlos. Er rang sich ein Lächeln ab, das heißen sollte: »Schon gut.« Sie beugte sich zu ihm vor, drückte ihre Lippen auf seine und ließ eine Hand sein Bein bis zum Oberschenkel hinaufgleiten, und dann noch ein Stückchen weiter.

Es war bereits Abend, bevor er entkommen konnte, obwohl »entkommen« vielleicht ein bisschen zu schroff formuliert war. Allerdings hätte er es beinah nicht geschafft, sich von Lisas schlafendem Körper zu lösen. Der Geruch ihres Körpers, der süße Duft ihres Haars, die angenehme Wärme ihres Bauches, ihrer Arme, ihres Hinterns. Sie wachte nicht auf, als er leise aus dem Bett aufstand und sich anzog. Sie wachte auch nicht auf, als er ihr wieder mal eine Notiz schrieb, seine Tragetasche mit den Büchern nahm, die Tür öffnete, einen letzten Blick auf das Bett warf und dann die Tür hinter sich zuzog.

Er ging zur U-Bahn-Station Covent Garden, wo er zwei Möglichkeiten hatte: entweder die Schlange vor dem Aufzug oder die etwa dreihundert Stufen der Wendeltreppe. Er entschied sich für die Treppe. Sie schien nicht enden zu wollen, führte in Windungen immer weiter nach unten. Ihm wurde leicht schwindlig bei dem Gedanken, wie es gewesen sein musste, diese Wendeltreppe während des Krieges hinunterzugehen. Weiß gekachelte Wände wie in öffentlichen Toiletten. Rumpeln von oben. Das dumpfe Echo von Schritten und Stimmen.

Er musste auch an das Scott Monument in Edinburgh denken, mit seiner extrem engen Wendeltreppe, die noch beklemmender war als diese hier. Dann war er endlich unten, einige Sekunden vor dem Aufzug. Die U-Bahn war so voll, wie er es erwartet hatte. Neben einem Schild mit der Aufforderung »Genieß deinen Walkman allein« wollte ein weißer Jugendlicher in einem grünen Parka mit dazu passenden Zähnen seinen musikalischen Geschmack partout mit dem ganzen Wagen teilen. Seine Augen hatten einen abwesenden und absolut leeren Blick. Ab und zu trank er einen Schluck starken Lager-Biers aus einer Dose. Rebus spielte mit dem Gedanken, etwas zu sagen, hielt sich jedoch zurück. Er fuhr ja nur eine Station. Wenn die finster blickenden Fahrgäste das schweigend erdulden wollten, sollte es ihm recht sein.

In Holborn drängte er sich aus dem Zug, nur um sich kurz darauf in einen weiteren zu quetschen, diesmal einen der Central Line. Und wieder ließ irgendjemand einen Walkman auf voller Lautstärke laufen, doch er musste irgendwo am anderen Ende des Wagens sein, sodass Rebus nur das Tschchtschch-tschch ertragen musste, das er für das Schlagzeug hielt. Allmählich wurde er zu einem versierten U-Bahn-Fahrer. Es gelang ihm, seinen Blick ins Leere statt auf seine Mitreisenden zu richten und während der ganzen Fahrt an überhaupt nichts zu denken.

Wie diese Leute das jeden Tag ein ganzes Berufsleben lang aushielten, das wusste wohl nur Gott allein.

Er hatte bereits an der Tür geklingelt, als ihm plötzlich einfiel, dass er keinerlei Vorwand hatte, hier aufzukreuzen. Lass dir schnell was einfallen, John.

Die Tür wurde aufgerissen. »Ach, du bist's.« Sie klang enttäuscht.

»Hallo, Rhona.«

»Womit haben wir denn die Ehre verdient?« Sie blieb wie angewurzelt in der Tür stehen, ohne ihn hereinzubitten. Sie hatte ein wenig Make-up aufgelegt, und was sie trug, war nicht die typische Freizeitkleidung, mit der man zu Hause herumlümmelt. Offensichtlich wollte sie ausgehen. Sie wartete auf einen Verehrer.

»Kein besonderer Grund«, sagte er. »Ich dachte, ich komm einfach mal vorbei. Letztes Mal hatten wir ja nicht viel Gelegenheit, zu reden.« Sollte er erwähnen, dass er sie im British Museum gesehen hatte? Nein, das würde er nicht tun.

Außerdem schüttelte sie den Kopf. »Doch, das hatten wir schon, aber wir hatten uns nichts zu sagen.« Ihre Stimme klang nicht bitter; sie stellte lediglich eine Tatsache fest. Rebus blickte nach unten auf die Türschwelle.

»Ich komm wohl zu einem ungünstigen Zeitpunkt«, sagte er. »Tut mir leid.«

»Brauchst dich nicht zu entschuldigen.«

»Ist Sammy da?«

»Sie ist mit Kenny unterwegs.«

Rebus nickte. »Na schön«, sagte er, »viel Spaß, was auch immer du vorhast.« Mein Gott, er war tatsächlich eifersüchtig. Das war doch nicht zu fassen, nach all den Jahren. Es musste am Make-up liegen. Rhona hatte selten welches benutzt. Er wandte sich halb zum Gehen, dann zögerte er. »Könnte ich vielleicht mal bei dir aufs Klo?«

Sie sah ihn durchdringend an, um festzustellen, ob er irgendwas damit bezweckte, doch er lächelte und setzte dabei seinen überzeugendsten Blick Marke geprügelter Hund auf. Sie gab nach.

»Dann geh«, sagte sie. »Du weißt ja, wo's ist.«

Er ließ die Tragetasche an der Tür stehen, schob sich an ihr vorbei und ging die Treppe hinauf. »Danke, Rhona«, sagte er.

Sie blieb in der Nähe der Tür und wartete darauf, ihn wieder rauszulassen. Er ging über den Treppenabsatz zum Badezimmer, öffnete und schloss laut die Tür. Dann öffnete er sie wieder ganz leise und schlich über den Treppenabsatz zurück zum Telefon, das auf einem kleinen, ziemlich grotesken Gebilde aus Messing, grünem Glas und roten herabhängenden Troddeln stand. Unter diesem Tischchen waren die Telefonbücher von London gestapelt, doch Rebus machte sich sofort an das »Adressen und Telefonnummern«-Heft, das auf dem Tisch lag. Ein paar von den Eintragungen waren in Rhonas Handschrift. Wer, fragte er sich, waren denn Tony, Tim, Ben und Graeme? Doch die meisten Eintragungen waren in Sammys größerer und selbstbewussterer Schrift. Er blätterte zum Buchstaben K und fand, was er suchte.

»Kenny« stand da in großen Druckbuchstaben, darunter eine siebenstellige Nummer und das Ganze von einem Herz umrahmt. Rebus nahm Stift und Notizblock aus seiner Jackentasche und schrieb die Nummer ab. Dann schloss er das Heft und ging auf Zehenspitzen ins Bad zurück, wo er die Spülung betätigte, sich kurz die Hände wusch und dann ganz locker wieder die Treppe hinunterlief. Rhona blickte die Straße auf und ab. Offensichtlich hoffte sie, dass ihr Kavalier nicht gerade jetzt kommen und ihn antreffen würde.

»Tschüs«, sagte er, nahm seine Tragetasche, ging an ihr vorbei und machte sich auf den Weg zur Hauptstraße. Er war fast am Ende ihrer Straße, als ein weißer Ford Escort von der Hauptstraße abbog und langsam an ihm vorbeifuhr. Am Lenkrad saß ein heimtückisch aussehender Mann mit schmalem Gesicht und dickem Schnurrbart. Rebus blieb an der Ecke stehen und beobachtete, wie der Mann vor Rhonas Haus anhielt. Sie hatte bereits die Haustür abgeschlossen und sprang beinah zum Auto. Rebus wandte sich ab, bevor sie den Mann namens Tony, Tim, Ben oder Graeme umarmen oder küssen konnte.

In einem großen Pub nahe der U-Bahn-Station, einem scheunenartigen Laden mit knallrot gestrichenen Wänden, fiel Rebus ein, dass er, seit er im Süden war, die hiesigen Biersorten noch gar nicht probiert hatte. Er war zwar mit George Flight mal einen trinken gewesen, hatte sich da aber an Whisky gehalten. Er betrachtete die Reihe von Zapfhähnen, während der Barmann ihn beobachtete, eine Hand besitzergreifend auf einen Zapfhahn gelegt. Rebus deutete mit dem Kopf auf diese Hand.

»Ist das gut?«

Der Mann schnaubte verächtlich. »Das ist Fuller's, Kumpel, natürlich ist das gut.«

»Dann bitte ein Pint.«

Das Bier sah wässrig aus wie kalter Tee, doch es hatte einen angenehmen Malzgeschmack. Da der Barmann ihn immer noch beobachtete, nickte Rebus beifällig, dann ging er mit seinem Glas nach hinten in eine Ecke, wo sich ein öffentliches Telefon befand. Er wählte die Nummer des Polizeipräsidiums und fragte nach Flight.

»Der ist schon weg«, wurde ihm erklärt.

»Dann verbinden Sie mich mit irgendjemandem von der Kriminalpolizei, der mir weiterhelfen kann. Ich hab eine Telefonnummer und möchte wissen, zu welchem Anschluss die gehört.« Für diese Dinge gab es alle möglichen Regeln und Bestimmungen, Regeln, über die man sich früher hinweggesetzt hatte, denen aber in jüngster Zeit mehr Aufmerksamkeit geschenkt wurde. Es mussten Anträge gestellt werden, die nicht immer bewilligt wurden. Einige Polizeibehörden konnten mehr Druck machen als andere, wenn es darum ging, einen Telefonanschluss herauszubekommen. Er nahm an, dass die Metropolitan Police und Scotland Yard in einer besseren Position waren als die meisten anderen, fügte jedoch für alle Fälle hinzu: »Es hat mit dem Wolfsmann-Fall zu tun. Könnte eine sehr gute Spur sein.«

Man forderte ihn auf, die gewünschte Nummer zu wiederholen. »Rufen Sie in einer halben Stunde zurück«, sagte die Stimme.

Er setzte sich an einen Tisch und trank sein Bier. So albern das auch sein mochte, das Zeug schien ihm bereits in den Kopf zu steigen, obwohl er erst die Hälfte von dem Pint getrunken hatte. Irgendwer hatte ein zusammengefaltetes, angeschmuddeltes Exemplar der Mittagsausgabe des *Standard* liegen lassen. Rebus versuchte, sich auf den Sportteil zu konzentrieren, und machte sich sogar an das knifflige Kreuzworträtsel. Dann telefonierte er erneut und wurde mit jemandem verbunden, den er nicht kannte und der ihn an jemanden weiter vermittelte, den er ebenfalls nicht kannte. Eine lärmende Gruppe, offenbar Maurer, war in die Kneipe gekommen. Einer von ihnen ging sogleich an die Musikbox, und plötzlich dröhnte »Born to be Wild« von Steppenwolf von den Wänden, während die Männer den unwilligen Barmann drängten, die Musik »ein bisschen lauter zu drehen«.

»Bleiben Sie bitte einen Augenblick dran, Inspector Rebus. Ich glaube, Chief Inspector Laine möchte mit Ihnen sprechen.«

»Aber, verdammt, ich will doch nicht ...« Zu spät, die Stimme am anderen Ende war verschwunden. Rebus hielt den Hörer von sich und machte ein finsteres Gesicht.

Schließlich meldete sich Howard Laine. Rebus steckte sich einen Finger in ein Ohr und drückte das andere fest gegen den Hörer.

»Ah, Inspector Rebus, ich hab ein Wörtchen mit Ihnen zu reden. Sie sind ja wirklich schwer zu erreichen. Wegen dieser Geschichte letzte Nacht.« Laines Stimme klang völlig emotionslos. »Sie sind so gerade an einem offiziellen Verweis vorbeigeschrammt, ist Ihnen das klar? Wenn Sie so eine Nummer noch mal abziehen, sorge ich persönlich dafür, dass Sie im Kofferraum eines National-Express-Busses zurück nach Jockland transportiert werden. Verstanden?«

Rebus lauschte aufmerksam und schweigend. Er konnte beinah hören, wie Cath Farraday süffisant grinsend in Laines Büro saß.

»Ich hab gefragt, ob Sie das verstanden haben?«

»Ja, Sir.«

»Gut.« Papiergeraschel. »Also, soweit ich weiß, wollten Sie eine Adresse wissen?«

»Ja, Sir.«

»Es handelt sich um eine Spur, haben Sie gesagt?«

»Ja, Sir.« Rebus fragte sich plötzlich, ob die Sache der Mühe wert war. Er hoffte es. Wenn die herausfanden, dass er das System in dieser Weise missbrauchte, könnte er sich in die Schlange der Arbeitslosen einreihen, mit etwa den gleichen Chancen wie ein Schuhputzer an einem Nacktbadestrand.

Doch Laine gab ihm die Adresse und nannte ihm sogar noch Kennys Nachnamen.

»Watkiss«, sagte Laine. »Die Adresse ist Pedro Tower, Churchill Estate, E5. Ich glaube, das ist in Hackney.«

»Danke, Sir«, sagte Rebus.

»Ach übrigens«, sagte Laine, »Inspector Rebus?«

»Ja, Sir?«

»Nach allem, was ich über das Churchill Estate gehört habe, sollten Sie uns lieber Bescheid sagen, wenn Sie vorhaben, dorthin zu gehen. Wir organisieren dann eine spezielle Eskorte. Okay?«

»Geht wohl ein bisschen rau da zu, Sir?«

»Rau ist gar kein Ausdruck, mein Junge. Wir bilden den SAS dort aus, tun so, als wär das Beirut.«

»Danke für den Rat, Sir.« Rebus hätte am liebsten hinzugefügt, dass er beim SAS gewesen war und bezweifelte, dass Pedro Tower schlimmer sein könnte als das SAS-Hauptquartier in Hereford. Trotzdem sollte man vorsichtig sein. Die Maurer spielten jetzt Pool; ihr Akzent war eine Mischung aus Irisch und Cockney. »Born to be Wild« war zu Ende. Rebus trank sein Pint aus und bestellte noch eines.

Kenny Watkiss. Es bestand also eine Verbindung, und sogar eine ziemlich enge, zwischen Tommy Watkiss und dem

Freund von Samantha. Wie kam es nur, dass Rebus in einer Stadt von zehn Millionen Seelen plötzlich einen Anfall von Klaustrophobie bekam? Er hatte das Gefühl, als hätte ihm jemand einen Schal um den Mund gebunden und eine Pudelmütze übers Gesicht gezogen.

»Ich würd vorsichtig sein, Kumpel«, sagte der Barmann, als Rebus sein zweites Pint entgegennahm. »Das Zeug kann einen umbringen.«

»Nicht, wenn ich's vorher vernichte«, sagte Rebus und hob zwinkernd sein Glas an den Mund.

Der Taxifahrer weigerte sich, ihn bis zum Churchill Estate zu bringen. »Ich setz Sie ein paar Straßen vorher ab und zeig Ihnen, wohin Sie müssen. Aber ich fahr auf keinen Fall bis dahin.«

»Na schön«, sagte Rebus.

Also nahm er das Taxi, so weit das Taxi ihn fahren wollte, und ging das restliche Stück zu Fuß. Es sah gar nicht so schlimm aus. In den Randgebieten von Edinburgh hatte er schon Schlimmeres gesehen. Jede Menge trostloser Beton, überall Glasscherben auf dem Boden, mit Brettern verrammelte Fenster und jede Wand mit den Namen von Gangs besprüht. Jeez Posse schien die Hauptgang zu sein, doch andere Namen waren so fantasievoll verschnörkelt, dass er sie nicht entziffern konnte. Einige Jungen fuhren Skateboard auf einem Parcours, der aus Milchkästen, Brettern und Ziegelsteinen konstruiert war. Einen kreativen Geist konnte man nicht unterdrücken. Rebus blieb kurz stehen, um zuzusehen, und hatte schon nach wenigen Augenblicken erkannt, dass diese Jungs ihre Kunst meisterhaft beherrschten.

Rebus ging zum Eingang eines der vier Hochhäuser, aus denen die Siedlung bestand. Er versuchte gerade, den Namen des Wohnblocks irgendwo zu entdecken, als neben ihm etwas auf den Gehweg platschte. Er sah nach unten. Es war ein Sandwich, offenbar ein Salamisandwich. Er verrenkte den

Hals, um an dem Hochhaus hinaufzuschauen, und bemerkte gerade noch rechtzeitig, dass etwas Großes, Dunkles, das immer größer und dunkler wurde, auf ihn zugeschossen kam.

»Mein Gott!« Er rettete sich mit einem Sprung in die Eingangshalle des Hochhauses; im gleichen Augenblick landete das Fernsehgerät mit einem explosionsartigen Knall und verwandelte sich in einen Haufen aus Plastik, Metall und Glas. Die Jungen auf der Skateboard-Bahn johlten. Rebus trat wieder nach draußen, diesmal jedoch vorsichtiger, und verrenkte erneut den Hals. Es war niemand zu sehen. Er stieß einen leisen Pfiff aus. Er war beeindruckt, aber auch ein wenig erschrocken. Trotz des Lärms schien niemand neugierig oder interessiert.

Er fragte sich, welche Fernsehshow diese Person irgendwo über ihm so geärgert haben mochte. »Heutzutage ist jeder ein Kritiker«, sagte er. Und dann: »LMAA.«

Er hörte, wie eine Aufzugstür sich öffnete. Eine junge Frau mit fettigen, blond gefärbten Haaren, einem goldenen Stecker in der Nase und drei in jedem Ohr sowie einem tätowierten Spinnennetz am Hals kam heraus. Sie schob einen Kinderwagen auf den betonierten Gehweg. Sekunden früher, und sie hätte unter dem Fernseher gelegen.

»Entschuldigen Sie«, sagte Rebus und versuchte, das Geschrei, das aus dem Kinderwagen kam, zu übertönen.

»Yeah?«

»Ist das hier Pedro Tower?«

»Da drüben«, sagte sie und zeigte mit einem spitz gefeilten Fingernagel auf eines der anderen Hochhäuser.

»Danke.«

Sie sah zu der Stelle, wo der Fernseher gelandet war. »Das sind die Kids«, sagte sie. »Sie brechen in eine Wohnung ein und schmeißen ein Sandwich aus dem Fenster. Wenn dann ein Hund kommt und es frisst, schmeißen sie 'nen Fernseher hinterher. Das gibt 'ne Riesenschweinerei.« Sie klang beinahe amüsiert. Beinahe.

»Wie gut, dass ich keine Salami mag«, sagte Rebus.

Aber sie war bereits dabei, den Sportwagen an dem neuen Müllhaufen vorbeizubugsieren. »Wenn du nicht endlich deine verdammte Klappe hältst, bring ich dich um!«, brüllte sie ihr Kind an. Rebus ging auf wackeligen Beinen Richtung Pedro Tower.

Weshalb war er hier?

Bisher war es ihm ganz sinnvoll und logisch erschienen, doch nun, wo er in dem streng riechenden Flur im Erdgeschoss des Pedro Tower stand, merkte er, dass er überhaupt keinen Grund hatte, hier zu sein. Rhona hatte gesagt, Sammy wäre mit Kenny unterwegs. Es war äußerst unwahrscheinlich, dass sie den Abend im Pedro Tower verbrachten.

Doch selbst wenn Kenny hier wäre, wie sollte Rebus die Wohnung finden? Die Leute hier würden einen neugierigen Bullen auf fünfzig Schritte Entfernung riechen. Fragen würden nicht beantwortet werden, Türen, an die man klopfte, blieben zu. Hatte er sich in eine Sackgasse manövriert? Natürlich könnte er warten. Irgendwann würde Kenny ganz bestimmt kommen. Aber wo sollte er warten? Hier drinnen? Zu auffällig und wenig verlockend. Draußen? Zu kalt und zu viele Hobbykritiker über ihm im mittlerweile dunklen Himmel.

Was blieb ihm also noch übrig? Ja, er befand sich wohl in einer Sackgasse. Er entfernte sich von dem Hochhaus, den Blick auf die Fenster über ihm gerichtet, und wollte dorthin zurück, wo die Skateboard-Fahrer waren, als ein Schrei von der anderen Seite des Pedro Tower die Luft zerriss. Er bewegte sich rasch auf die Quelle des Lärms zu und kam gerade rechtzeitig, um das Ende eines heftigen Streits zu erleben. Die Frau – eigentlich eher ein Mädchen von siebzehn oder achtzehn Jahren – verpasste dem Mann in Jeansklamotten einen so heftigen Schlag mit der rechten Hand, dass er sich einmal um die eigene Achse drehte. Dann stolzierte sie davon, während er sich bemühte, ihr Beschimpfungen hinterher zu schreien, sich aber gleichzeitig eine Gesichtshälfte hielt und mit der Zunge fühlte, ob noch alle Zähne in Ordnung waren.

Die beiden interessierten Rebus nicht sonderlich. Er schaute an ihnen vorbei auf ein flaches, nur schwach beleuchtetes Gebäude, ein Fertighaus inmitten von Gras und Dreck. Ein verwittertes Schild, das nur von einer einzigen Birne erhellt wurde, wies es als The Fighting Cock aus. Ein Pub? Hier? Das war bestimmt kein Ort für einen Polizisten, schon gar nicht ein Ort für einen *schottischen* Polizisten. Wenn aber nun ...? Nein, so einfach konnte es nicht sein. Sammy und Kenny konnten nicht da drinnen sein, würden nicht da drinnen sein. Seine Tochter hatte was Besseres verdient. Verdiente nur das Allerbeste.

Aber schließlich hielt sie Kenny Watkiss für das Beste. Und vielleicht war er das ja auch. Rebus blieb abrupt stehen. Was, zum Teufel, tat er da? Okay, er mochte Kenny nicht. Und als er Kenny im Old Bailey hatte jubeln sehen, hatte er zwei und zwei zusammengezählt und war zu dem Schluss gekommen, dass Kenny mit Tommy Watkiss unter einer Decke steckte. Doch jetzt hatte sich herausgestellt, dass die beiden irgendwie miteinander verwandt waren, und das erklärte natürlich das Jubelgeschrei, oder etwa nicht?

Psychologiebücher behaupteten, dass Polizisten in jeder Situation das Schlimmste annahmen. Und das stimmte. Es passte ihm nicht, dass Kenny Watkiss mit seiner Tochter ging. Selbst wenn Kenny der Thronfolger persönlich gewesen wäre, wäre Rebus immer noch misstrauisch. Sie war seine Tochter. Er hatte sie kaum gesehen, seit sie ins Teenageralter gekommen war, und für ihn war sie immer noch ein Kind, etwas, das verwöhnt, geliebt und beschützt werden musste. Doch sie war jetzt ein großes Mädchen, voller Ehrgeiz und Tatendrang, sah gut aus und hatte den Körper einer erwachsenen Frau. Sie war erwachsen, da führte kein Weg dran vorbei, und das machte ihm Angst. Angst, weil sie Sammy war, seine Sammy. Angst, weil er all die Jahre nicht da gewesen war, um sie zu warnen, um ihr gute Ratschläge zu geben, ihr zu sagen, was sie tun soll.

Angst, weil er langsam alt wurde.

Da, jetzt war's heraus. Er wurde alt. Er hatte eine sechzehnjährige Tochter, und sie war alt genug, um die Schule zu verlassen und sich einen Job zu suchen, um mit jemandem zu schlafen, um zu heiraten. Noch nicht alt genug, um ins Pub zu gehen, aber das würde sie nicht daran hindern. Nicht alt genug für einen abgebrühten Achtzehnjährigen wie Kenny Watkiss. Aber trotzdem erwachsen; ohne ihn erwachsen geworden, und er war nun alt.

Und er spürte es, weiß Gott.

Er steckte seine linke Hand tief in die Tasche – in der rechten hielt er immer noch die Tragetüte – und wandte sich von dem Pub ab. In der Nähe der Stelle, wo ihn das Taxi abgesetzt hatte, war eine Bushaltestelle. Er würde einfach dorthin fahren, wohin ihn der Bus brachte. Die Skateboard-Fahrer kamen jetzt die Straße herunter auf ihn zu. Einer von ihnen schien besonders geschickt. Er wedelte regelrecht über den Asphalt, ohne das Gleichgewicht zu verlieren. Als der Junge näher kam, ließ er plötzlich das Brett nach oben schnellen, sodass es vor ihm durch die Luft wirbelte. Dann packte er das Brett mit beiden Händen am hinteren Ende und schwang es in weitem Bogen zurück. Rebus durchschaute das Manöver zu spät. Er versuchte noch, sich zu ducken, doch das schwere Holzbrett traf ihn mit einem heftigen Knall seitlich am Kopf.

Er taumelte und ging in die Knie. Sofort fielen sie über ihn her, es waren sieben oder acht. Hände wühlten in seinen Taschen.

»Scheiße, ich hab 'nen Riss im Brett. Seht euch das an. Bestimmt zwanzig Zentimeter, so'ne Scheiße.«

Ein Turnschuh traf Rebus am Kinn und warf ihn um. Er konzentrierte sich so sehr darauf, nicht ohnmächtig zu werden, dass er vergaß, zurückzuschlagen, zu schreien oder sich zu verteidigen. Dann eine laute Stimme:

»He! Was, zum Teufel, macht ihr da?«

Und sie rannten los, trieben ihre Bretter an, bis sie genug Geschwindigkeit drauf hatten; die harten Räder ratterten über den Asphalt, dann waren sie verschwunden. Wie Banditen in einem alten Western, dachte Rebus. Wie Banditen.

»Alles in Ordnung, Kumpel? Komm, auf mit dir.«

Der Mann half Rebus auf die Füße. Als er wieder halbwegs klar sehen konnte, bemerkte Rebus, dass der Mann Blut an der Lippe hatte. Auch sein Kinn war blutig. Der Mann registrierte seinen Blick.

»Meine Tussi«, sagte er. Sein Atem roch stark nach Alkohol. »Hat mir eine geschossen. Und zwar volle Kanne. Paar Zähne sind lose. Die waren allerdings eh faul, hat mir wahrscheinlich ein Vermögen beim Zahnarzt erspart.« Er lachte. »Komm mit, nichts wie rein in den Cock. Paar Brandys, und dann geht's dir wieder gut.«

»Die haben mein Geld geklaut«, sagte Rebus. Er drückte die Tragetasche an sich wie einen Schutzschild.

»Macht nichts«, sagte sein Samariter.

Sie waren nett zu ihm. Sie setzten ihn an einen Tisch, und ab und an stand ein neuer Drink vor ihm, und irgendwer sagte: »Der ist von Bill« oder »der ist von Tessa« oder »der ist von Jackie« oder »der ist von …«

Sie waren nett zu ihm. Sie legten einen Fünfer zusammen, damit er mit dem Taxi zum Hotel zurückfahren konnte. Er erklärte, er wäre Tourist, wollte sich die Stadt ein bisschen ansehen. Irgendwie hätte er sich verirrt, sei aus einem Bus gestiegen und hier gelandet. Und sie, gutmütige Seelen, die sie waren, glaubten ihm.

Sie machten sich nicht die Mühe, die Polizei anzurufen.

»Diese Schweine«, schimpften sie. »Reine Zeitverschwendung. Die würden eh erst morgen früh aufkreuzen und dann nichts tun. Hinter der Hälfte der Verbrechen hier in der Gegend stecken sowieso die Bullen, das kannst du mir glauben.«

Und er tat es. Er glaubte ihnen. Und ein weiterer Drink stand vor ihm, ein weiterer Brandy in einem Sherryglas.

»Auf dein Wohl, ja?«

Und sie spielten Karten und Domino, eine fröhliche Meute, alles Stammgäste. Der Fernseher plärrte – eine musikalische Quiz-Show –, die Musikbox trällerte, und der einarmige Bandit piepte und summte und spuckte gelegentlich einen Gewinn aus. Er dankte Gott, dass Sammy und Kenny nicht hier waren. Was hätte das für einen Eindruck auf sie gemacht! Nicht auszudenken!

Irgendwann entschuldigte er sich und ging zur Toilette. An einer Wand hing ein gezacktes dreieckiges Stück Spiegel. Seine eine Gesichtshälfte war vom Kiefer bis zum Ohr rot und würde vermutlich grün und blau werden. Die Kieferpartie würde ihm eine Zeit lang wehtun. Wo der Schuh ihn getroffen hatte, war bereits ein rotblauer Striemen. Sonst nichts. Nichts Schlimmeres. Keine Messer oder Rasierklingen. Kein geballter Angriff. Es war ein sauberer, professioneller Schlag gewesen. Wie der Junge das Brett hatte hochschnellen lassen, es dann fing und damit ausholte. Professionell. Ein absoluter Profi. Falls Rebus ihn jemals erwischte, würde er ihm zu einer der elegantesten Bewegungen gratulieren, die er je gesehen hatte.

Und dann dem kleinen Dreckskerl die Zähne so tief in den Rachen schlagen, dass er damit in seine eigenen Eingeweide beißen konnte.

Er griff vorn in seine Hose und zog seine Brieftasche heraus. Laines Warnung und das Bewusstsein, sich auf unerforschtes Territorium zu begeben, hatten Rebus überzeugt, dass es ratsam sei, seine Brieftasche zu verstecken. Nicht um sich vor Straßenräubern zu schützen, nein. Damit niemand seinen Ausweis finden würde. Es war schon schlimm genug, als Fremder in dieser Gegend zu sein, aber als Polizist … Also hatte er seine Brieftasche mit Ausweis und allem unter das elastische Band seiner Unterhose geschoben. Dort steckte er sie nun wieder hin. Schließlich befand er sich immer noch im Churchill Estate. Und es könnte eine lange Nacht werden.

Er zog die Tür auf und ging zu seinem Tisch zurück. Der Brandy machte sich bemerkbar. Er hatte ein dumpfes Gefühl im Kopf, doch seine Glieder waren angenehm locker.

»Alles klar, Jock?«

Er hasste diesen Spitznamen, fand ihn absolut furchtbar; trotzdem lächelte er. »Mir geht's gut. O ja. Mir geht's echt gut.«

»Na prima. Der da ist übrigens von Harry von der Bar.«

Nachdem sie den Brief abgeschickt hat, fühlt sie sich sehr viel besser. Sie arbeitet ein bisschen, doch dann spürt sie wieder die innere Unruhe. Es ist jetzt wie das Befriedigen einer Sucht. Aber es ist auch eine Kunstform. Kunst? Scheißkunst. So unschön bei einem Mann. So Kunst unschön beschissen bei einem Mann. So beschissen ein Mann bei unschöner Kunst. Sie haben sich ständig gezankt und gestritten. Nein, das ist nicht wahr. So hat sie es in Erinnerung, aber es war nicht so. Eine Zeit lang schon, aber dann haben sie aufgehört, überhaupt miteinander zu reden. Ihre Mutter. Ihr Vater. Mutter, stark und dominant, entschlossen, eine große Malerin zu werden, eine große Aquarellmalerin. Jeden Tag stand sie vor der Staffelei und ignorierte ihr Kind, das sie brauchte, das sich ins Atelier schlich und still in eine Ecke setzte, zusammengekauert, damit man es nicht bemerkte. Wenn es bemerkt wurde, wurde es zornig aus dem Zimmer geschickt; heiße Tränen strömten ihm über die Wangen.

»Ich hab dich nie gewollt!«, schrie die Mutter dann. »Du warst ein Malheur! Warum, kannst du nicht ein *richtiges* kleines Mädchen sein?«

Lauf, lauf, lauf. Raus aus dem Atelier und die Treppe hinunter, durch das Frühstückszimmer und zur Tür hinaus. Vater, der stille, harmlose, höfliche und gebildete Vater. Er saß hinterm Haus im Garten in einem Liegestuhl, ein Bein über das andere geschlagen, und las die Zeitung.

»Und wie geht's meiner kleinen Süßen heute Morgen?«

»Mummy hat mich angebrüllt.«

»Tatsächlich? Das hat sie bestimmt nicht so gemeint. Sie ist ein bisschen gereizt, wenn sie malt. Komm, setz dich auf meinen Schoß, du kannst mir beim Zeitunglesen helfen.«

Niemand kam zu Besuch, es kam überhaupt niemand. Keine Verwandten, keine Freunde. Zunächst ging sie zur Schule, doch dann behielten sie sie zu Hause und unterrichteten sie selbst. Das war damals in bestimmten Kreisen einer bestimmten Schicht absolut ›in‹. Ihr Vater hatte Geld von einer Großtante geerbt. Genug Geld, um angenehm zu leben, genug, dass man keine materiellen Sorgen hatte. Er tat so, als sei er ein Gelehrter. Doch als dann seine sorgfältig recherchierten Essays abgelehnt wurden, erkannte er, was er wirklich war. Die Streitereien wurden immer schlimmer. Es kam zu körperlicher Gewalt.

»Lass mich doch einfach in Ruhe, ja? Meine Kunst ist wichtig für mich, du nicht.«

»Kunst? Scheißkunst!«

»Wie kannst du es wagen!«

Ein heftiger, dumpfer Aufprall. Wie ein Schlag. Überall im Haus konnte sie sie hören, überall, nur nicht auf dem Speicher. Aber sie traute sich nicht auf den Speicher. Das war, wo … egal, sie konnte es einfach nicht.

»Ich bin ein Junge«, flüsterte sie vor sich hin, während sie sich unter ihrem Bett versteckte. »Ich bin ein Junge, ich bin ein Junge, ich bin ein Junge.«

»Süße, wo bist du?« Seine Stimme, so lieb und voller Sonnenschein. Wie eine Diavorführung. Wie ein nachmittäglicher Ausflug im Auto.

Die haben behauptet, der Wolfsmann wäre homosexuell. Das war nicht wahr. Die haben behauptet, sie hätten ihn erwischt. Sie hätte beinah gejauchzt, als sie das las. Hat denen einen Brief geschrieben und ihn abgeschickt. Mal sehen, was die daraus machen! Sollten sie sie doch finden, es war ihr egal. Ihm und ihr war es egal. Aber ihm machte es zu schaffen, dass sie seinen Geist genauso wie seinen Körper übernahm.

Süße ... Wie ging das Kinderlied noch: Oranges and lemons say the bells of ...

So unschön bei einem Mann. Lange Nasenhaare, ihre Mutter hatte von Daddys Nasenhaaren gesprochen. Lange Nasenhaare, Johnny, sind so unschön bei einem Mann. Warum war ihr diese Äußerung mehr als alle anderen in Erinnerung geblieben? Lang. Nase. Haare. So. Unschön. Bei. Einem. Mann. Johnny.

Daddys Name: Johnny.

Ihr Vater, der ihre Mutter beschimpft hatte. Scheißkunst. Verfickte beschissene Dreckskunst. Ficken war das schmutzigste Wort, das es gab. In der Schule war es nur geflüstert worden, ein magisches Wort, ein Wort, um Dämonen und Geheimnisse heraufzubeschwören.

Und nun ist sie auf der Straße, obwohl sie weiß, dass sie etwas wegen der Schlachtergalerie unternehmen sollte. Sie muss dringend sauber gemacht werden. Überall liegen zerfetzte Leinwände herum. Zerfetzt und bespritzt. Es spielt keine Rolle, es kommt eh niemand zu Besuch. Keine Verwandten, keine Freunde.

Also sucht sie sich eine Neue. Die ist ziemlich blöde. »Solange du nicht der Wolfsmann bist«, sagt sie lachend. Der Wolfsmann lacht ebenfalls. Er? Sie? Es spielt keine Rolle mehr. Er und sie sind ein und dasselbe. Die Wunde ist verheilt. Er fühlt sich jetzt als Ganzes, vollständig. Es ist kein gutes Gefühl. Es ist ein schlechtes Gefühl. Doch das ist im Moment nicht wichtig.

Wieder zu Hause.

»Du hast ja eine irre Bude«, sagt sie. Er lächelt, nimmt ihr den Mantel ab und hängt ihn auf. »Es riecht allerdings ein bisschen komisch. Du hast doch nicht etwa eine undichte Gasleitung?«

Nein, keine undichte Gasleitung. Aber eine undichte Stelle schon. Er greift in die Tasche, um festzustellen, ob die Zähne da sind. Natürlich sind sie da. Sie sind immer da, wenn er sie braucht. Um damit zu beißen. So wie er gebissen wurde.

»Nur ein Spiel, Süße.«

Nur ein Spiel. Aus Spaß gebissen. In den Bauch. Gebissen. Nicht fest, mehr wie ein Schnauben. Aber es tat trotzdem weh. Er berührt seinen Bauch. Es tut immer noch weh, selbst jetzt.

»Wo möchtest du mich haben, Schätzchen?«

»Hier drinnen ist okay«, sagt er, nimmt den Schlüssel heraus und beginnt, die Tür aufzuschließen. Das mit dem Spiegel war keine gute Idee gewesen. Die Letzte hatte gesehen, was hinter ihr geschah, und angefangen zu schreien. Der Spiegel ist jetzt wieder weg. Die Tür ist auf.

»Schließt du die immer ab? Was hast du denn da drin? Die Kronjuwelen?«

Und der Wolfsmann zeigt die Zähne und lächelt.

Du must wissen, Frau …

Er wachte in seinem Hotelzimmer auf, was schon nicht schlecht war, wenn man bedachte, dass er keine Ahnung hatte, wie er dorthin gekommen war. Er lag vollständig angezogen auf dem Bett, die Hände zwischen die Beine gepresst. Neben ihm lag die Tragetasche mit den Büchern. Es war sieben Uhr, und nach der Beschaffenheit des Lichtes zu urteilen, das durch das Fenster drang, war es wohl eher Morgen als Abend. So weit, so gut. Das Schlimme war, dass in seinem Kopf zweierlei Schmerzen tobten, ein fürchterlicher, wenn er die Augen öffnete, und ein unerträglicher, wenn er sie schloss. Bei geschlossenen Augen drehte sich die Welt in einer merkwürdigen Schräglage. Bei geöffneten Augen schwebte sie lediglich auf einer anderen Ebene.

Er stöhnte und versuchte, seine pelzige Zunge vom Gaumen zu lösen, taumelte zum Waschbecken und ließ mehrere Sekunden kaltes Wasser laufen. Dann bespritzte er sich das Gesicht, ließ Wasser in seine hohle Hand laufen und schlappte es wie ein Hund. Das Wasser schmeckte süß und gechlort. Er versuchte, nicht an Nieren zu denken … sieben Paar Nieren. Er kniete sich hin, unarmte die Kloschüssel und würgte sich die Seele aus dem Leib. Wie sah die Bilanz aus? Sieben Brandys, sechs dunkle Rum – danach hatte er aufgehört zu zählen. Er drückte einen Streifen Zahnpasta auf die Bürste und schrubbte Zähne und Zahnfleisch. Dann erst fand er endlich den Mut, sich im Wandspiegel zu betrachten.

Ein doppelter Schmerz plagte ihn. Einmal durch den Kater bedingt, und dann die Nachwehen von dem Überfall. Ihm waren zwanzig Pfund gestohlen worden, vielleicht auch dreißig. Doch was er an Stolz eingebüßt hatte, war nicht zu ermessen. Er hatte eine gute Beschreibung von der Gang im Kopf, besonders von ihrem Anführer. Heute Vormittag würde er der zuständigen Polizeidienststelle mitteilen, was er wusste. Und er würde sich unmissverständlich ausdrücken: Sucht sie und macht sie unschädlich. Wem wollte er da eigentlich was weismachen? Die würden doch eher ihre eigenen Schurken schützen, als einem Eindringling von nördlich der Grenze zu helfen. *Unser Mann von nördlich der Grenze. Jockland. Jock.* Aber die Gang ungeschoren davonkommen zu lassen wäre noch schlimmer. Teufel noch mal!

Er betastete sein Kinn. Es fühlte sich schlimmer an, als es aussah. Auf einer Wange war ein heller senffarbener Fleck, und am Kinn hatte er eine Schramme. Wie gut, dass Turnschuhe gerade in Mode waren. Anfang der siebziger Jahre wäre es ein Springerstiefel mit Stahlkappe gewesen, und er hätte ganz schön alt ausgesehen.

Allmählich hatte er nichts Sauberes mehr zum Anziehen. Heute würde er sich entweder ein paar neue Sachen kaufen oder in einen Waschsalon gehen müssen. Er hatte nicht vorgehabt, länger als zwei oder drei Tage in London zu bleiben. Er war davon ausgegangen, dass die Met dann einsehen würde, dass er nichts zu dem Fall beitragen konnte. Stattdessen war er immer noch hier, fand mögliche Anhaltspunkte, machte sich nützlich, wurde zusammengeschlagen, verwandelte sich in einen überängstlichen Vater und hatte eine Urlaubsaffäre mit einer Psychologiedozentin.

Er dachte an Lisa, an das merkwürdige Verhalten der Sekretärin am University College. Irgendwas stimmte da nicht. Lisa, die so tief schlief, wie man das nur mit einem reinen Gewissen tun kann. Was war denn das für ein Geruch? Dieser Geruch, der da in sein Zimmer drang? Der Geruch von gebratenem Fett, vermischt mit Toast und Kaffee. Der Geruch nach Frühstück. Irgendwo unten schwitzte man gerade über großen Pfannen, schlug Eier auf, damit sie neben dicken Würstchen und gräulich rosafarbenem Speck brutzeln konnten. Bei der bloßen Vorstellung drehte sich Rebus der Magen um. Er hatte Hunger, doch der Gedanke an was Gebratenes war ihm zuwider. Er spürte einen sauren Geschmack im Mund, obwohl er sich gerade die Zähne geputzt hatte.

Wann hatte er zuletzt was gegessen? Ein Sandwich auf dem Weg zu Lisa. Zwei Tüten Chips im Fighting Cock. Mein Gott, war er hungrig. Er zog sich rasch an, machte im Kopf eine Liste, was er alles kaufen musste – Hemd, Unterhosen, Socken – und lief mit drei Paracetamol-Tabletten in der Hand zum Speisesaal hinunter. Eine Hand voll Dumpfmacher.

Das Frühstück war noch nicht ganz fertig, doch als er erklärte, dass er nur Cornflakes oder was Ähnliches und Fruchtsaft wollte, hatte die Kellnerin (jeden Tag ein anderes Gesicht) ein Einsehen und führte ihn zu einem Tisch, der für eine Person gedeckt war.

Er aß zwei kleine Pakete *Cereals*. Ein *Cerealkiller*. Er lächelte grimmig und ging zum Büfett, um sich noch mehr Saft zu holen. Viel mehr Saft. Der hatte zwar einen merkwürdig künstlichen Geruch und einen Geschmack, den man am ehesten als fade beschreiben konnte. Aber er war kalt und nass, und das Vitamin C würde seinem Kopf helfen. Die Kellnerin brachte ihm zwei Tageszeitungen. In beiden stand nichts Interessantes. Flight hatte Rebus' Idee mit der genauen Beschreibung noch nicht aufgegriffen. Vielleicht hatte Flight sie an Cath Farraday weitergegeben. Würde sie seine Idee aus lauter Bosheit boykottieren? Schließlich war sie nicht allzu glücklich über seinen letzten kleinen Auftritt gewesen. Vielleicht hielt sie die Sache nur deshalb zurück, um ihm zu beweisen, dass das in ihrer Macht stand. Die konnten ihn mal. Seines Wissens hatte bisher niemand eine bessere Idee vorgebracht, oder überhaupt eine Idee. Niemand wollte einen Fehler machen. Die saßen lieber untätig herum, als bei einem Fehler ertappt zu werden. Herrgott!

Als der erste richtige Frühstücksgast an diesem Morgen Speck, Eier und Tomaten bestellte, trank Rebus seinen Orangensaft aus und verließ das Restaurant.

Im Ermittlungsraum setzte er sich an eine der Schreibmaschinen und begann, detaillierte Beschreibungen der Gangmitglieder aufzusetzen. Er war noch nie besonders gut im Tippen gewesen, doch heute hatte er neben seinem Kater auch noch mit einer verteufelt komplizierten, elektrischen Schreibmaschine zu kämpfen. Er konnte keine vernünftige Zeilenlänge einstellen, der Tabulator schien nicht zu funktionieren, und jedes Mal, wenn er eine falsche Taste drückte, piepste das Ding ihn an.

»Pieps dir doch selbst einen«, sagte er, während er zum wiederholten Mal versuchte, die Maschine auf einzeilig zu stellen.

Schließlich hatte er eine getippte Beschreibung. Sie sah zwar aus wie das Werk eines Zehnjährigen, musste aber genügen. Er nahm die Blätter mit in sein Büro. Auf seinem Schreibtisch lag eine Mitteilung von Flight.

»John, ich wünschte, du würdest nicht ständig verschwinden. Ich hab alle Meldungen über vermisste Personen gecheckt. Während der letzten achtundvierzig Stunden wurden fünf Frauen nördlich des Flusses als vermisst gemeldet. In zwei Fällen könnte es eine Erklärung geben, aber die anderen drei scheinen ziemlich ernst. Vielleicht hast du ja recht, dass der Wolfsmann immer hungriger wird. Bisher gab's allerdings kein Feed-back von den Presseberichten. Bis demnächst – wenn du Frau Professor zu Ende gebumst hast.«

Der Brief war nur mit »GF« unterschrieben. Woher wusste Flight, wo er gestern Nachmittag gewesen war? Wild geraten, oder steckte mehr dahinter? Es spielte eigentlich keine Rolle. Was wichtig war, waren die vermissten Frauen. Wenn Rebus' Vermutung stimmte, dann verlor der Wolfsmann allmählich die Kontrolle über sich, und das bedeutete, dass er irgendwann in nächster Zeit einen Fehler machen würde. Sie brauchten ihn nur noch ein bisschen mehr zu provozieren. Genau das könnte die Jan-Crawford-Geschichte bewirken. Rebus musste Flight die Idee schmackhaft machen – und Faraday. Man musste ihnen klarmachen, dass dies der richtige Schritt zur richtigen Zeit sei. Drei vermisste Frauen. Das würde die Zahl auf sieben erhöhen. Sieben Morde. Wer weiß, wo das enden würde. Er rieb sich erneut den Schädel. Der Kater kehrte mit eisernen Krallen zurück.

»John?«

Sie stand zitternd in der Tür, die Augen weit aufgerissen.

»Lisa?« Er raffte sich langsam auf. »Lisa, was ist los? Was ist passiert?«

Sie stolperte auf ihn zu, hatte Tränen in den Augen, und ihr Haar klebte vor Schweiß. »Gott sei Dank«, sagte sie und klammerte sich an ihn. »Ich hab schon gedacht, ich würd niemals ... Ich wusste nicht, was ich tun sollte. In deinem Hotel hat man mir gesagt, du wärst früh weggegangen. Der Wachhabende unten hat mich raufgelassen. Er hat mich von dem Foto in den Zeitungen erkannt. Meinem Foto.« Und dann kamen die Tränen, heiß, verzweifelt und unter lautem Schluchzen. Rebus tätschelte ihr den Rücken, versuchte, sie zu beruhigen, wollte wissen, was, zum Teufel, denn passiert sei.

»Lisa«, sagte er ganz ruhig, »erzähl mir doch bitte, was los ist.« Er schob sie vorsichtig auf einen Stuhl, während er ihr mit einer Hand beruhigend über den Hals strich. Alles an ihr schien feucht vor Schweiß.

Sie stellte ihre Tasche auf ihren Schoß, öffnete sie und zog aus einem der drei Fächer einen kleinen Briefumschlag heraus, den sie Rebus ohne ein Wort zu sagen gab.

»Was ist das?«, fragte er.

»Das hab ich heute Morgen bekommen«, sagte sie, »namentlich an mich adressiert und zu mir nach Hause geschickt.«

Rebus betrachtete den getippten Namen und die Adresse, die Briefmarke erster Klasse und den Poststempel: London EC4. Das Datum des Poststempels besagte, dass der Brief gestern Morgen aufgegeben worden war.

»Er weiß, wo ich wohne, John. Als ich das heute Morgen aufgemacht hab, bin ich fast vor Schreck gestorben. Ich musste aus der Wohnung raus, aber ich dachte die ganze Zeit, dass er mich vielleicht beobachtet.« Ihre Augen wurden wieder feucht, doch sie warf den Kopf zurück, damit die Tränen nicht zu laufen anfingen. Sie wühlte in ihrer Tasche herum, zog ein Papiertaschentuch hervor und putzte sich die Nase. Rebus schwieg.

»Es ist eine Morddrohung«, erklärte sie.

»Eine *Morddrohung*?«

Sie nickte.

»Von wem? Steht das da drin?«

»O ja, das steht ganz klar da drin. Es ist vom Wolfsmann, John. Er sagt, ich wäre die Nächste.«

Es war ein eiliger Auftrag, doch als man die näheren Umstände erfuhr, war das Labor sehr entgegenkommend. Rebus stand mit den Händen in den Taschen da und sah den Leuten bei der Arbeit zu. In einer Tasche raschelte Papier. Er hatte die Beschreibung von den Gangmitgliedern zusammengefaltet und weggesteckt, um sie vielleicht später zu verwenden. Im Augenblick gab es wichtigere Dinge zu tun.

Die Geschichte war ziemlich klar. Lisa war wegen des Briefs in Panik geraten und noch mehr aufgrund der Tatsache, dass der Wolfsmann wusste, wo sie wohnte. Sie hatte Rebus zu erreichen versucht, und als ihr das nicht gelang, war sie durchgedreht und aus ihrer Wohnung geflohen, obwohl ihr bewusst war, dass *er* sie beobachten könnte, dass er jeden Augenblick zuschlagen könnte. Bedauerlich war, wie das Labor bereits erklärt hatte, dass sie den Brief zerstört hatte. Während ihrer Flucht hatte sie ihn in der Hand gehalten und damit eventuelle Fingerabdrücke oder sonstige Spuren, die auf dem Briefumschlag hätten sein können, vernichtet. Dennoch würde das Labor sein Bestes tun.

Wenn der Brief vom Wolfsmann stammte und nicht von irgendeinem neuen verrückten Spinner, dann könnten durchaus am Umschlag und seinem Inhalt Hinweise zu finden sein: Speichel (um die Briefmarke aufzukleben und die Lasche zu schließen), Fasern, Fingerabdrücke. Das waren die konkreten technischen Möglichkeiten. Dann gab es noch indirektere Chancen. Typ und Marke der Schreibmaschine könnten sich feststellen lassen. Gab es vielleicht Eigentümlichkeiten in der Sprache oder Rechtschreibfehler, die einen Hinweis liefern könnten? Und was war mit dem Poststempel? Der Wolfsmann hatte sie bereits mehrfach ausgetrickst, könnte also der Postbezirk eine weitere falsche Fährte sein?

Die diversen Untersuchungen würden eine gewisse Zeit in Anspruch nehmen. Das Labor war zwar tüchtig, aber die chemischen Analysen konnten nicht beschleunigt werden. Lisa war mit zum Labor gekommen und George Flight ebenfalls. Die beiden saßen jetzt in einem anderen Teil des Gebäudes, tranken Tee und sprachen alle Einzelheiten zum vierten oder fünften Mal durch. Doch Rebus sah den Jungs vom Labor gern bei der Arbeit zu. Das entsprach seiner Vorstellung von Detektivarbeit. Außerdem half ihm der Anblick von Leuten, die so sorgfältig und gründlich arbeiteten, sich zu beruhigen. Und beruhigen musste er sich ganz gewiss.

Sein Plan hatte funktioniert. Er hatte den Wolfsmann provoziert und zu Aktivitäten angestachelt. Er hätte sich jedoch der Gefahr bewusst sein müssen, die das für Lisa bedeuten könnte. Schließlich war ihr Foto in den Zeitungen gewesen, ebenso ihr Name. Man hatte sie sogar irrtümlich als Polizeipsychologin bezeichnet – also eine von den Leuten, die laut der zuvor lancierten Geschichte zu dem Schluss gekommen waren, dass der Wolfsmann schwul sein könnte oder transsexuell oder was immer sie für Reizwörter benutzt hatten.

Lisa Frazer war zur Feindin des Wolfsmanns geworden, und er, John Rebus, hatte sie in diese Situation gebracht. Ganz schön dämlich von dir, John. Wenn der Wolfsmann ihr nun tatsächlich bis zu ihrer Wohnung gefolgt wäre …? Nein, nein, nein. Das mochte er sich gar nicht vorstellen.

Nun hatte zwar Lisas Name in den Zeitungen gestanden, aber nicht ihre Adresse. Wie also hatte der Wolfsmann ihre Adresse herausgefunden? Diese Frage war viel problematischer.

Und viel beunruhigender.

Schließlich stand sie nicht im Telefonbuch. Aber er wusste natürlich nur zu gut, dass dies kein Hindernis für jemanden in einer Machtposition war, zum Beispiel für einen Polizeibeamten. Mein Gott, hatte er es hier *wirklich* mit einem Kollegen zu tun? Es musste noch weitere Kandidaten geben: Personal und Studenten vom University College, andere Psychologen – sie würden Lisa kennen. Aber es gab noch viel mehr Personen und Organisationen, die ohne weiteres einem Namen eine Adresse zuordnen konnten: Beamte im Staatsdienst, die Stadtverwaltung, Finanzbeamte, das Gas- und Elektrizitätswerk, der Briefträger, der Typ von nebenan, zahlreiche Adress- und Werbefirmen, die Zweigstelle der Stadtbibliothek. Wo sollte er anfangen?

»Bitte sehr, Inspector.«

Einer der Laborassistenten reichte ihm eine Fotokopie des getippten Briefs.

»Danke«, sagte Rebus.

»Wir untersuchen gerade das Original auf irgendwelche interessanten Spuren. Wir sagen Ihnen Bescheid.«

»Gut. Was ist mit dem Umschlag?«

»Die Speicheltests dauern noch ein bisschen. Ich nehme an, dass wir in den nächsten zwei Stunden etwas für Sie haben. Dann war da natürlich auch noch das Foto, aber das lässt sich nicht so gut kopieren. Wir wissen, aus welcher Zeitung es stammt und dass es mit einer ziemlich scharfen Schere ausgeschnitten wurde, möglicherweise mit einer Nagelschere, nach der Länge der Schnitte zu urteilen.«

Rebus nickte und starrte auf die Fotokopie. »Nochmals vielen Dank«, sagte er.

»Kein Problem.«

Kein Problem? Das stimmte, weiß Gott, nicht: Es gab reichlich Probleme. Er las den Brief durch. Das Getippte sah sauber und gleichmäßig aus, als wäre eine neue oder eine besonders gute Schreibmaschine verwendet worden, so was wie diese elektronische Maschine, an der er heute Morgen geschrieben hatte. Was nun den Inhalt betraf, das war eine ganz andere Geschichte.

> Check das mal. Ich bin nicht homosexull! Wolfsmann ist, was Wolfsmann tut. Und das tut Wolfsmann als Nächstes: er bringt dich um. Keine Angst, es tut nicht weh. Wolfsmann tut nicht weh; tut nur, was Wolfsmann ist. Du must wissen, Frau, Wolfsmann kennt dich, weiss, wo du wohnst, wie du aussiehst. Sag einfach die Wahrheit, denn Lügen haben kurze Beine. Sag einfach die Wahrheit, und dir wird nichts passieren.

Das stand auf einem ganz normalen DIN A4-Blatt, das zweimal gefaltet worden war, damit es in den kleinen weißen Umschlag passte. Außerdem hatte der Wolfsmann ein Foto von Lisa aus einer der Zeitungen ausgeschnitten. Dann hatte er ihren Kopf abgeschnitten und mit Bleistift einen dunklen Kreis auf ihren Bauch gemalt. Das Foto von ihrem Rumpf hatte dem Brief beigelegen.

»Dreckskerl«, fauchte Rebus. »Was bist du nur für ein Dreckskerl.«

Er ging mit dem Brief den Flur entlang und die Treppe hinauf zu dem Zimmer, in dem Flight war. Zum wiederholten Mal rieb er sich das Gesicht.

»Wo ist Lisa?«

»Auf der Toilette.«

»Geht's ihr sehr …?«

»Sie ist ziemlich fertig, aber sie erholt sich schon wieder. Der Arzt hat ihr ein paar Beruhigungspillen gegeben. Was hast du da?« Rebus gab ihm die Kopie. Flight las den Brief rasch und konzentriert durch. »Was hältst du davon?«, fragte er. Rebus setzte sich auf einen harten Stuhl, der immer noch warm war von Lisas Körper. Er nahm Flight das Blatt aus der Hand, dann rückte er seinen Stuhl so, dass sie beide den Brief betrachten konnten.

»Ich bin mir nicht sicher«, sagte er. »Auf den ersten Blick sieht das aus wie das Werk eines halben Analphabeten.«

»Stimmt.«

»Aber andererseits hat es etwas Gekonntes an sich. Sieh dir mal die Interpunktion an, George. Absolut korrekt, bis zum letzten Komma. Und er benutzt sogar Doppelpunkt und Semikolon. Wer würde denn ›musst‹ mit einem s schreiben und gleichzeitig wissen, wie man ein Semikolon benutzt?«

Flight betrachtete den Brief aufmerksam und nickte. »Mach weiter.«

»Rhona, meine Exfrau, ist Lehrerin. Ich weiß noch, wie sie mir immer erzählt hat, wie frustrierend das sei, dass sich heutzutage in der Schule niemand mehr die Mühe macht, grammatikalische Grundkenntnisse und Interpunktion zu unterrichten. Sie hat gesagt, dass die Kids mit Doppelpunkten und Semikolons nichts mehr anfangen können und keine Ahnung haben, wie man sie verwendet. Deshalb würde ich sagen, wir haben es entweder mit jemandem zu tun, der eine sehr gute Ausbildung hat, oder mit jemandem mittleren Alters, der zu einer Zeit zur Schule gegangen ist, als Interpunktion noch überall unterrichtet wurde.«

Flight lächelte vage. »Hast wohl wieder in deinen Psychologiebüchern gelesen, John.«

»Das ist nicht alles schwarze Magie, George. Das meiste

hat einfach mit gesundem Menschenverstand zu tun und wie man Dinge interpretiert. Soll ich weitermachen?«

»Ich bin ganz Ohr.«

»Na gut.« Rebus fuhr erneut mit einem Finger die Zeilen entlang. »Da ist noch was, das mir sagt, dass dieser Brief wirklich von dem Mörder stammt und nicht von irgendeinem Verrückten.«

»Ach?«

»Nun mal los, George, woran sieht man das?«

Er hielt Flight das Blatt hin. Flight grinste kurz, dann nahm er es.

»Ich nehme an«, sagte er, »du meinst, weil der Schreiber vom Wolfsmann in der dritten Person spricht.«

»Du hast es erfasst, George. Genau das hab ich gemeint.«

Flight schaute auf. »Ach übrigens, John, was ist eigentlich mit dir passiert? Bist du in eine Schlägerei geraten oder was? Ich hab gedacht, die Schotten würden schon seit einigen Jahren keine Kriegsbemalung mehr tragen.«

Rebus befühlte sein lädiertes Kinn. »Die Geschichte erzähl ich dir ein andermal. Aber sieh mal, im ersten Satz spricht der Schreiber von sich in der ersten Person. Er hat unsere Stichelei mit der Homosexualität persönlich genommen. Doch im Rest des Briefes spricht er vom Wolfsmann in der dritten Person. Übliche Praxis bei Serienkillern.«

»Was ist mit der falschen Schreibung von homosexuell?«

»Könnte echt sein, könnte aber auch den Zweck haben, uns auf eine falsche Fährte zu lenken. ›U‹ und ›e‹ sind auf der Tastatur ziemlich weit auseinander. Jemand, der nur mit zwei Fingern tippt, könnte das ›e‹ verfehlen, wenn er schnell schreibt oder wenn er wütend ist.« Rebus hielt inne, weil er sich an die Liste in seiner Tasche erinnerte. »Ich spreche aus Erfahrung.«

»Okay.«

»Jetzt sieh dir mal an, was er da sagt: ›Wolfsmann ist, was Wolfsmann tut.‹ Die Bücher behaupten, dass Mörder ihre

Identität durch Töten finden. Genau das bedeutet dieser Satz.«

Flight atmete laut aus. »Ja, aber das alles bringt uns nicht weiter, oder?« Er bot Rebus eine Zigarette an. »Ich meine, wir können uns ein so genaues Bild von der Persönlichkeit dieses Dreckskerls machen, wie wir wollen, deshalb haben wir noch lange keinen Namen und keine Adresse.«

Rebus beugte sich auf seinem Stuhl vor. »Aber wir engen doch die ganze Zeit den möglichen Täterkreis ein, George. Und irgendwann werden wir bei einer einzigen Möglichkeit angekommen sein. Sieh dir die letzten beiden Sätze an.«

»›Sag einfach die Wahrheit, denn Lügen haben kurze Beine. Sag einfach die Wahrheit, und dir wird nichts passieren‹«, las Flight vor.

»Abgesehen von diesem blöden Spruch, findest du nicht, dass diese letzte Wendung etwas sehr Offizielles hat? Etwas sehr Formelles?«

»Ich versteh nicht, worauf du hinaus willst.«

»Ich meine, dass das genau die Formulierung ist, die jemand wie du oder ich gebrauchen würde.«

»Ein Polizist?« Flight lehnte sich zurück. »Also bitte, John, was soll denn der Scheiß?«

Rebus' Stimme wurde leise und eindringlich. »Jemand, der weiß, wo Lisa Frazer wohnt, George. Denk mal darüber nach. Jemand, der diese Information hat oder weiß, wie er daran kommt. Wir können uns nicht leisten, auszuschließen …«

Flight stand auf. »Tut mir leid, John, aber das geht nicht. Ich kann einfach nicht glauben dass … dass irgendein Polizist hinter dieser Sache steckt. Nein, so läuft das nicht.«

Rebus zuckte die Achseln. »Okay, George, wie du meinst.« Doch Rebus wusste, dass er bei George Flight einen Keim gelegt hatte, der ganz bestimmt aufgehen würde.

Flight setzte sich wieder hin, in dem festen Glauben, dass er diesmal Rebus einen Punkt abgerungen hatte. »Sonst noch was?«

Rebus las den Brief ein weiteres Mal durch. Er erinnerte sich daran, wie gern er in der Schule im Englischunterricht Zusammenfassungen geschrieben hatte und stark am Text orientierte Interpretationen. »Ja«, sagte er schließlich. »Da ist tatsächlich noch was. Dieser Brief scheint mir eher eine Warnung zu sein, ein Schuss vor den Bug. Zunächst sagt er, dass er sie umbringen will, doch am Ende des Briefes schwächt er diese Drohung ab. Er sagt, es wird nichts passieren, wenn sie die Wahrheit sagt. Ich glaube, er ist auf einen Widerruf aus. Ich glaube, er will, dass wir eine weitere Geschichte bringen, in der steht, dass er nicht schwul ist.«

Flight sah auf seine Uhr. »Gleich steht ihm ein weiterer Schreck bevor.«

»Was meinst du damit?«

»Die Mittagsausgaben kommen jeden Augenblick raus. Ich glaube, Cath Farraday hat die Jan-Crawford-Geschichte weitergegeben.«

»Tatsächlich?« Rebus musste seine Meinung über Farraday korrigieren. Vielleicht war sie doch nicht so eine rachsüchtige alte Schnepfe. »Wir sagen also jetzt, wir hätten eine lebende Zeugin, und ihm muss klar sein, dass das stimmt. Ich denke, das könnte reichen, damit bei ihm die letzten Sicherungen durchbrennen, die er da oben noch hat.« Rebus tippte sich an den Kopf. »Dass er wie wild zu heulen anfängt, wie Lamb es ausdrücken würde.«

»Meinst du?«

»Das meine ich, George. Wir sollten alle Einheiten in höchste Alarmbereitschaft versetzen. Er könnte alles Mögliche versuchen.«

»Das wage ich mir gar nicht vorzustellen.«

Rebus starrte wieder auf den Brief. »Noch eine Sache, George. EC4 – wo ist das genau?«

Flight überlegte. »Die City, zumindest ein Teil davon. Farringdon Street, Blackfriars Bridge, diese ganze Gegend. Ludgate, St. Paul's.«

»Hm. Er hat uns schon mehrmals ausgetrickst, indem er uns Muster hat sehen lassen, wo gar keine sind. Die Sache mit den Zähnen, zum Beispiel. Ich bin sicher, dass ich damit recht habe. Doch jetzt, wo wir ihn aufgerüttelt haben …«

»Du glaubst, dass er in der City wohnt?«

»Dort wohnt, dort arbeitet, vielleicht einfach nur auf dem Weg zur Arbeit dort durchfährt.« Rebus schüttelte den Kopf. Er war noch nicht bereit, Flight an dem Bild teilhaben zu lassen, das ihm gerade durch den Kopf gegangen war, das Bild von einem Motorradkurier, dessen Arbeitsgebiet die City ist, ein Motorradfahrer, der jeden Teil von London problemlos erreichen kann. Wie der Mann in Leder, den er am ersten Abend auf der Brücke am Kanal gesehen hatte.

Ein Mann wie Kenny Watkiss.

»Wie dem auch sei«, sagte er stattdessen, »jedenfalls ist es ein weiteres Stück in dem Puzzle.«

»Wenn du mich fragst«, sagte Flight, »da gibt es viel zu viele Stücke. Sie werden nicht alle passen.«

»Mag sein.« Rebus drückte die Zigarette aus. Flight hatte seine bereits aufgeraucht und wollte sich gerade eine weitere anzünden. »Aber wenn sich das Bild vervollständigt, werden wir genauer wissen, welche Teile wir wegwerfen können, meinst du nicht auch?« Er betrachtete immer noch den Brief. Da war noch was. Was war es nur? Etwas, das ihm irgendwo im Hinterkopf spukte … das durch diesen Brief für einen Augenblick aufgestöbert worden war, aber was? Wenn er aufhörte, darüber nachzudenken, würde es ihm vielleicht einfallen, so wie das häufig mit vergessenen Namen von Filmschauspielern der Fall ist.

Die Tür ging auf.

»Lisa, wie geht's?« Beide Männer standen auf, um ihr ihren Platz anzubieten, doch sie deutete mit einer Handbewegung an, dass sie lieber stehen wollte. Damit standen nun alle drei etwas linkisch in dem Schuhkarton von Zimmer.

»Mir ist bloß wieder schlecht geworden«, sagte sie. Dann

lächelte sie. »Eigentlich kann nicht mehr viel drin sein. Ich glaube, ich bin schon beim Frühstück von gestern angekommen.« Sie lächelten mit ihr. Rebus fand, sie sah müde aus. Wie gut, dass sie gestern so tief geschlafen hatte. Er bezweifelte, dass sie in den nächsten Nächten viel Schlaf finden würde, mit oder ohne Beruhigungspillen.

Flight sprach als Erster. »Ich habe Ihnen für kurze Zeit eine andere Unterkunft besorgt, Dr. Frazer. Je weniger Leute wissen, wo Sie sind, desto besser. Machen Sie sich keine Sorgen, Sie sind dort absolut sicher. Für Polizeischutz ist gesorgt.«

»Was ist mit ihrer Wohnung?«, fragte Rebus.

Flight nickte. »Die lasse ich von zwei Männern beobachten. Einer in der Wohnung und einer draußen. Beide versteckt. Die werden schon mit dem Wolfsmann fertig, wenn er auftaucht, das kannst du mir glauben.«

»Hört auf, so zu reden, als ob ich nicht da wäre«, fuhr Lisa sie an. »Schließlich betrifft mich das auch.«

Im Zimmer breitete sich eisiges Schweigen aus.

»Tut mir leid«, sagte sie und bedeckte ihre Augen mit der linken Hand. »Ich kann es nicht fassen, dass ich *solche* Angst hatte. Ich fühle mich …«

Sie bog den Kopf erneut zurück. Die Tränen waren zu kostbar, um sie zu vergießen. Flight legte vorsichtig eine Hand auf ihre Schulter.

»Es wird alles gut, Dr. Frazer. Ganz bestimmt.« Sie quittierte das mit einem ironischen Lächeln.

Flight redete weiter tröstend auf sie ein, doch sie hörte nicht zu. Sie starrte Rebus an, und er starrte zurück. Rebus wusste, was ihre Augen ihm sagten. Sie sagten ihm etwas von äußerster Wichtigkeit.

Fang den Wolfsmann, fang ihn schnell und vernichte ihn. Tu es für mich, John. Tu es einfach.

Sie blinzelte und unterbrach den Kontakt. Rebus nickte ganz langsam, beinah unmerklich, aber es genügte. Sie lächelte ihn an, und plötzlich waren ihre Augen trocken und funkelten. Flight spürte die Veränderung und nahm die Hand von ihrem Arm. Er sah Rebus fragend an, doch der betrachtete erneut den Brief, konzentrierte sich auf den ersten Satz. Was war da? Da war irgendwas, das knapp jenseits seines Horizonts lag. Etwas, das er nicht erkannte.

Noch nicht.

Zwei Detectives, einer außergewöhnlich kräftig wie ein Erste-Reihe-Stürmer eines Rugby-Teams, der andere groß, dünn und schweigsam, kamen ins Laborgebäude, um Lisa abzuholen und sie an einen sicheren Ort zu bringen. Trotz heftiger Proteste wollte man Rebus nicht sagen, wohin. Flight nahm die ganze Sache wirklich sehr ernst. Doch bevor Lisa gehen konnte, brauchte das Labor ihre Fingerabdrücke und Faserproben von ihrer Kleidung, um sie ausschließen zu können. Die beiden Bodyguards begleiteten sie.

Rebus und Flight, beide erschöpft, standen in dem langen, hell erleuchteten Flur am Getränkeautomaten und warfen Münzen ein für einen Becher Pulverkaffee und einen Becher Tee.

»Bist du eigentlich verheiratet, George?«

Flight schien überrascht über die Frage, vielleicht auch nur überrascht, dass sie erst jetzt gestellt wurde. »Ja«, sagte er. »Seit zwölf Jahren. Marion heißt sie. Ist meine zweite Frau. Die erste Ehe war eine Katastrophe – meine Schuld, nicht ihre.«

Rebus nickte und fasste den heißen Plastikbecher am Rand an.

»Du hast gesagt, du warst auch mal verheiratet«, bemerkte Flight. Rebus nickte wieder.

»Das stimmt.«

»Und was ist passiert?«

»Ich weiß es wirklich nicht mehr so genau. Rhona hat mal gesagt, es war wie die Kontinentalverschiebung. Es ging so langsam, dass wir es erst gemerkt haben, als es zu spät war.

Sie auf einer Insel, ich auf einer anderen und zwischen uns ein großes, tiefes Meer.«

Flight lächelte. »Du hast gesagt, sie war Lehrerin.«

»Ja, das ist sie immer noch. Wohnt mit meiner Tochter in Mile End.«

»In Mile End? Verdammt. Das ist saniertes Gangland, keine Gegend für die Tochter eines Polizisten.«

Rebus musste über die Ironie grinsen. Zeit für ein Geständnis. »Übrigens, George, ich hab rausgefunden, dass sie mit einem gewissen Kenny Watkiss geht.«

»Oje. Wer? Deine Frau oder deine Tochter?«

»Meine Tochter. Sie heißt Samantha.«

»Und sie geht mit Kenny Watkiss? Wie alt ist der?«

»Älter als sie. Achtzehn oder neunzehn. Er arbeitet als Motorradkurier in der City.«

Flight nickte verstehend. »Er war es, der von der Zuschauergalerie heruntergerufen hat?« Flight dachte einen Augenblick nach. »Nach dem, was ich über die Familie Watkiss weiß, würde ich annehmen, dass er Tommys Neffe sein muss. Tommy hat einen Bruder, Lenny, der sitzt gerade im Gefängnis. Lenny ist ein ziemlicher Softie, ganz anders als Tommy. Er sitzt wegen Betrug, Steuerhinterziehung, Manipulation von Autotachos und Ausstellen ungedeckter Schecks. Das ist zwar alles Kleinkram, aber es kommt einiges zusammen, und wenn bei einer Gerichtsverhandlung genug gegen einen vorliegt, ist die Wahrscheinlichkeit ziemlich groß, dass man in den Bau geht, stimmt's?«

»Das ist in Schottland nicht anders.«

»Nein, vermutlich nicht. Du möchtest also, dass ich mich mal wegen diesem Motorradkurier umhöre.«

»Ich weiß bereits, wo er wohnt. Churchill Estate, das ist eine Wohnsiedlung in …«

Flight fing an zu lachen. »Du brauchst keinem Polizisten in Greater London zu erzählen, wo das Churchill Estate ist, John. Dort bilden die den SAS aus.«

»Ja«, sagte Rebus, »das hat Laine auch gesagt.«

»Laine? Was hat denn der damit zu tun?«

Wennschon, dennschon, dachte Rebus. »Ich hatte Kennys Telefonnummer und brauchte die Adresse.«

»Und Laine hat sie dir besorgt? Und was hast du ihm gesagt, wofür das wäre?«

»Für den Wolfsmann-Fall.«

Flight zuckte zurück und legte das Gesicht in Falten. »Du vergisst immer wieder, John, dass du hier unten nur zu *Gast* bist. Da zieht man nicht solche Nummern ab. Wenn Laine das herausfindet ...«

»Falls er es herausfindet.«

Doch Flight schüttelte den Kopf. »*Wenn* er es herausfindet. Da gibt's kein ›falls‹, glaube mir. Und wenn er es herausfindet, wird er sich gar nicht erst mit dir abgeben. Er wird sich noch nicht mal mit deinem direkten Vorgesetzten abgeben. Er wendet sich gleich an deinen Chief Super in Edinburgh und liest ihm gehörig die Leviten. Das hab ich schon mal miterlebt.«

Machen Sie Ihre Sache gut, John. Vergessen Sie nicht, dass Sie unsere Truppe da unten repräsentieren.

Rebus blies in seinen Kaffee. Die Vorstellung, dass jemand Farmer Watson die »Leviten« las, war beinah amüsant. »Ich hab mir schon immer gewünscht, wieder eine Uniform zu tragen«, sagte er.

Flight starrte ihn an. Der Spaß war vorbei. »Es gibt bestimmte Regeln, John. Wir können es uns leisten, ein paar davon zu brechen, aber einige sind sakrosankt, vom allmächtigen Gott in Stein gemeißelt. Und eine davon besagt, dass man jemanden wie Laine nicht an der Nase herumführt, um die eigene Neugier zu befriedigen.« Flight war wütend und versuchte, seinen Standpunkt klarzumachen, gleichzeitig flüsterte er, weil er nicht wollte, dass irgendjemand mithörte.

Rebus war das alles mittlerweile ziemlich egal, und er lächelte sogar ein wenig, als er zurückflüsterte: »Was sollte ich denn tun? Ihm die Wahrheit sagen? Ach hallo, Chief Inspector, ein Typ, den ich nicht mag, macht meiner Tochter die Cour. Könnte ich bitte die Adresse von dem jungen Mann haben, damit ich dort hingehen und ihm eine ordentliche Tracht Prügel verpassen kann. Läuft das so?«

Flight schwieg, dann runzelte er die Stirn. »Die Cour machen?«

Jetzt lächelte er ebenfalls, obwohl er es zu kaschieren versuchte. Rebus lachte laut.

»Es bedeutet, mit jemandem gehen«, sagte er. »Als Nächstes erzählst du mir, dass du nicht weißt, was molum heißt.«

»Keine Ahnung«, sagte Flight, ebenfalls lachend.

»Betrunken«, erklärte Rebus.

Einen Augenblick nippten sie schweigend an ihren Getränken. Rebus dankte Gott für die sprachliche Schranke zwischen ihnen, denn ohne die wäre es nicht so einfach, Scherze zu machen, Scherze, die die Spannung lösten. Es gab zwei Möglichkeiten, Spannung abzubauen: indem man sich lachend darüber hinwegsetzte oder indem man zu körperlicher Gewalt griff. Es hieß also lachen oder um sich schlagen. Ein oder zwei Mal waren sie nahe dran gewesen, sich zu prügeln, doch stattdessen hatten sie sich angegrinst.

Was war Lachen doch für eine segensreiche Gabe.

»Jedenfalls bin ich gestern Abend nach Hackney gefahren und hab mich nach Kenny umgesehen.«

»Und hast dir das da für deine Mühe eingehandelt?« Flight deutete mit dem Kopf auf die Blutergüsse. Rebus zuckte die Achseln. »Geschieht dir ganz recht. Irgendwer hat mir erzählt, *hackney* wär die französische Bezeichnung für Klepper. Klingt überhaupt nicht französisch, oder? Aber erklärt vermutlich den Ausdruck *hackney carriage* für Pferdedroschke.«

Hackney. Gaul. Dieses Pferd im British Museum, kein Biss. Rebus musste noch einmal mit Morrison über die Bissabdrücke reden.

Flight hatte als Erster ausgetrunken. Er hatte den Becher bis zum letzten Tropfen geleert und ihn dann in einen Mülleimer neben dem Automaten geworfen. Er sah auf seine Uhr.

»Ich sollte mir ein Telefon suchen«, sagte er. »Mal hören, was an der Basis so läuft. Vielleicht hat Lamb inzwischen irgendwas über diese Crawford herausgefunden.«

»›Diese Crawford‹ ist ein Opfer, George. Sag das nicht so, als ob sie eine Kriminelle wäre.«

»*Vielleicht* ist sie ein Opfer«, sagte Flight. »Wir sollten uns über die Tatsachen im Klaren sein, bevor wir mit der Tee-und-Mitgefühl-Masche anfangen. Seit wann bist du übrigens in einer Selbsthilfegruppe für Verbrechensopfer? Du weißt doch, wie die Spielregeln in solchen Fällen sind. Das ist nicht unbedingt nett, aber es bedeutet, dass wir keine Fehler machen.«

»Das war ja ein richtiger Vortrag.«

Flight betrachtete seufzend die Spitzen seiner Schuhe. »John, ist dir jemals der Gedanke gekommen, dass es auch einen anderen Weg geben könnte?«

»Den Weg des Zen, zum Beispiel?«

»Ich meine einen anderen Weg als deinen. Oder sind wir anderen alle nur blöde, und du bist der einzige Polizist auf diesem Planeten, der weiß, wie man ein Verbrechen aufklärt? Das würde ich gern wissen.«

Rebus bemühte sich verzweifelt, nicht rot zu werden, und wurde es vermutlich genau aus dem Grund. Er suchte nach einer schlagfertigen Antwort, doch es fiel ihm keine ein, also schwieg er. Flight nickte beifällig.

»Dann lass uns nach einem Telefon suchen«, sagte er. Nun fand Rebus endlich den Mut, den er brauchte.

»George«, sagte er. »Ich möchte eines wissen: Wer hat mich hierher geholt?«

Flight starrte ihn an und überlegte, ob er antworten sollte oder nicht. Er kräuselte nachdenklich die Lippen und entschied sich schließlich doch zu einer Antwort. Was soll's.

»Ich«, sagte er. »Es war meine Idee.«

»Du?« Rebus schien verblüfft. Flight nickte bestätigend.

»Ja, ich. Ich hab dich Laine und Pearson vorgeschlagen. Ein neuer Kopf, frisches Blut und so weiter.«

»Aber woher, um Himmels willen,wusstest du denn überhaupt von mir?«

Jetzt wirkte Flight verlegen. Erneut betrachtete er intensiv seine Schuhspitzen. »Du erinnerst dich doch an den Ordner, den ich dir gezeigt hab, den mit den vielen Spekulationen? Außerdem hab ich noch einiges über Serienmörder gelesen. Recherchiert sozusagen. Und dabei bin ich in einigen Zeitungsausschnitten von Scotland Yard auf diesen Fall von dir gestoßen. Ich war beeindruckt.«

Rebus fuchtelte fassungslos mit einem Finger herum. »Du hast Literatur über Serienkiller gelesen?«

Flight nickte.

»Über die *Psychologie* von Serienkillern?«

Flight zuckte die Achseln. »Und andere Aspekte, ja.« Rebus hatte ganz große Augen bekommen.

»Und die ganze Zeit hast du dich über mich lustig gemacht, weil ich mich mit Lisa Frazers Theorien ... nein, ich fass es nicht!«

Flight lachte wieder. Der angebliche Erzgegner der Psychologie zeigte sich in seinem wahren Licht. »Ich musste eben jeden Aspekt untersuchen«, sagte er und beobachtete, wie Rebus, der jetzt seinen Kaffee ausgetrunken hatte, den Becher in den Mülleimer warf. »Nun komm schon, wir sollten wirklich diesen Anruf machen.«

Rebus schüttelte immer noch den Kopf, als er Flight den Flur entlang folgte. Obwohl er richtig gut gelaunt zu sein schien, arbeitete sein Gehirn auf Hochtouren. Flight hatte ihn mit spielender Leichtigkeit hinters Licht geführt. Wie weit ging die Verstellung nun tatsächlich? Sah er jetzt den wirklichen Flight oder nur eine weitere Maske? Flight pfiff beim Gehen vor sich hin und trat nach einem imaginären Fußball.

Nein, nicht George Flight, beschloss Rebus spontan, niemals George Flight.

Im Verwaltungsbüro war ein Telefon. Außerdem saß Philip Cousins, wie immer tadellos gekleidet in einem grauen Anzug mit burgunderfarbener Krawatte, an einem der Schreibtische und unterhielt sich mit einem leitenden Angestellten.

»Philip!«

»Hallo, George. Wie geht's?« Cousins entdeckte Rebus. »Und Inspector Rebus ist auch da. Leihen Sie uns immer noch eine kaledonische Hand?«

»Ich bemüh mich«, sagte Rebus.

»Und wie«, unterstrich Flight. »Was führt dich denn hierher, Philip? Und wo ist Isobel?«

»Ich fürchte, Penny hat im Augenblick viel zu tun. Sie wird traurig sein, dass sie dich verpasst hat, George. Was meine Anwesenheit hier betrifft: Ich wollte nur ein paar Fakten aus einem Mordfall vom vergangenen Dezember noch mal überprüfen. Du erinnerst dich vielleicht – der Mann in der Badewanne.«

»Was zunächst wie Selbstmord aussah?«

»Genau.« Philip Cousins' Stimme klang voll und wohl artikuliert. Rebus vermutete, dass das Wort »weltmännisch« eigens für ihn erfunden worden war. »Ich muss später ins Gericht«, sagte Cousins gerade, »um Malcolm Chambers zu helfen, die Frau des Verstorbenen zumindest wegen Totschlag dranzukriegen.«

»Chambers?« Flight schüttelte den Kopf. »Da beneide ich dich nicht.«

»Aber Sie werden doch bestimmt auf derselben Seite sein«, mischte sich Rebus ein.

»Ja, Inspector Rebus«, sagte Cousins, »da haben Sie ganz recht. Aber Chambers ist ein Pedant. Er will, dass meine Aussage wasserdicht ist, und wenn sie das nicht ist, dann wird er mich genauso auseinander nehmen wie der Verteidiger. Vermutlich sogar noch schlimmer. Malcolm Chambers ist an der Wahrheit interessiert, nicht an Urteilen.«

»Das stimmt«, sagte Flight. »Mich hat er mal im Zeugenstand fertiggemacht, bloß weil ich mich nicht auf Anhieb erinnern konnte, was für eine Uhr irgendwo im Wohnzimmer gewesen war. Der Prozess ist in dem Moment beinah geplatzt.« Flight und Cousins tauschten ein verschwörerisches Grinsen.

»Ich hab gerade erfahren«, sagte Cousins, »dass es neue Beweise im Fall Wolfsmann gibt. Erzähl mal.«

»So allmählich kommt eins zum anderen, Philip«, sagte Flight. »Es tut sich tatsächlich was, und das ist in nicht geringem Maße das Verdienst meines Kollegen hier.« Flight legte kurz die Hand auf Rebus' Schulter.

»Ich bin beeindruckt«, sagte Cousins und klang weder beeindruckt noch unbeeindruckt.

»Es war reine Glückssache«, sagte Rebus, weil er sich dazu verpflichtet fühlte, nicht weil er glaubte, was er sagte. Cousins' Augen ruhten so eisig auf ihm, dass mit jedem Blick die Raumtemperatur zu sinken schien.

»Was haben wir denn nun?«

»Tja«, sagte Flight, »wir haben eine Frau, die behauptet, sie wäre vom Wolfsmann überfallen worden, ihm aber entkommen.«

»Da hat sie aber Glück gehabt«, sagte Cousins.

»Und«, fuhr Flight fort, »eine der ... Personen, die uns bei dem Fall helfen, hat heute Morgen einen Brief bekommen, der angeblich vom Wolfsmann stammt.«

»Großer Gott.«

»Wir halten die Sache für koscher«, schloss Flight.

»Ja, das *ist* doch was«, sagte Cousins. »Wenn ich das Penny erzähle, wird sie begeistert sein.«

»Philip, wir wollen nicht, dass die Sache nach außen ...«

»Kein Wort, George, kein Wort. Du weißt doch, dass bei mir alles gut aufgehoben ist. Aber Penny sollte es erfahren.«

»Dann erzähl es Isobel, wenn's sein muss«, sagte Flight, »aber schärf ihr ein, dass sie's nicht weitererzählt.«

»Absolute Geheimhaltung«, sagte Cousins. »Ich kann das verstehen. Kein Sterbenswörtchen. Übrigens, wer war das denn?« Flight schien nicht zu wissen, was er meinte. »An wen war dieser Drohbrief adressiert?«

Flight wollte gerade antworten, aber Rebus kam ihm zuvor. »Jemand, der an dem Fall mitarbeitet, wie Inspector Flight bereits sagte.« Er lächelte, um die Schroffheit seiner Antwort zu mildern. O ja, sein Verstand arbeitete, und zwar fieberhaft. Niemand hatte Cousins gesagt, dass es sich um einen Drohbrief handelte. Woher wusste er das dann? Okay, es lag auf der Hand, dass es sich nicht gerade um Fanpost handeln würde, aber trotzdem.

»Na schön«, sagte Cousins, offenbar entschlossen, nicht auf Einzelheiten zu drängen. »Und nun, meine Herren« – er nahm zwei Hefter vom Schreibtisch und schob sie unter einen Arm, dann stand er mit knackenden Kniegelenken auf –, »wenn Sie mich bitte entschuldigen, Gerichtssaal acht wartet. Inspector Rebus« – Cousins streckte seine freie Hand aus – »es klingt, als stünde der Fall kurz vor dem Abschluss. Sollten wir uns nicht mehr sehen, grüßen Sie Ihre schöne Stadt von mir.« Er wandte sich an Flight. »Bis bald, George. Komm doch irgendwann mal mit Marion zum Abendessen vorbei. Ruf Penny an, und dann versuchen wir einen Abend zu finden, an dem wir alle Zeit haben. Auf Wiedersehen.«

»Tschüs, Philip.«

»Auf Wiedersehen.«

»Auf Wiedersehen.«

»Ach.« Cousins war in der Tür stehen geblieben. »Eine Frage noch.« Er sah Flight mit bittenden Augen an. »Du hast nicht zufällig einen Fahrer zur Verfügung, George? Es wird die Hölle sein, um diese Zeit ein Taxi zu bekommen.«

»Tja«, Flight dachte scharf nach, dann hatte er eine Idee. »Wenn du noch ein paar Minuten warten kannst, Philip.

Zwei Männer von mir sind hier im Haus.« Er wandte sich an Rebus, der die Augen weit aufgerissen hatte. »Lisa macht das doch sicher nichts aus, oder? Ich meine, wenn ihr Wagen Philip am Old Bailey absetzt?«

Rebus konnte kaum mehr tun, als die Achseln zu zucken.

»Ausgezeichnet!«, sagte Cousins und rieb sich die Hände. »Ich danke dir vielmals.«

»Ich bring dich zu ihnen«, sagte Flight. »Aber erst muss ich telefonieren.«

Cousins deutete mit dem Kopf zum Flur. »Und ich muss der Toilette einen Besuch abstatten. Bin gleich wieder da.«

Sie sahen hinter ihm her, wie er hinausging. Flight grinste und schüttelte staunend den Kopf. »Weißt du«, sagte er, »dass er schon immer so war, seit ich ihn kenne? Ich meine, diese feine Art, wie alter Adel. Seit ich ihn kenne.«

»Er ist ein richtiger Gentleman«, sagte Rebus.

»Aber das ist es ja gerade«, sagte Flight. »Er stammt aus genauso einfachen Verhältnissen wie du oder ich.« Dann wandte er sich an den Laborangestellten. »Darf ich mal Ihr Telefon benutzen?«

Er wartete die Antwort gar nicht ab, sondern fing sofort an zu wählen. »Hallo?«, sagte er in den Hörer, als sich endlich jemand meldete. »Wer ist da? Ach, hallo, Deakin, ist Lamb da? Ja, können Sie mich mit ihm verbinden? Danke.« Während er wartete, zupfte Flight unsichtbare Fäden von seiner Hose, die vom vielen Tragen glänzte. Alles an Flight, stellte Rebus fest, schien abgenutzt. Sein Hemdkragen hatte einen Schmutzrand, und außerdem war der Kragen zu eng. Er zwängte das lockere Fleisch am Hals so stark ein, dass es kleine Falten bildete. Rebus merkte, wie er gebannt auf diesen Hals starrte, auf die Stelle mit den grauen Haarstoppeln, wo der Rasierapparat versagt hatte. Zeichen von Sterblichkeit, so endgültig wie eine Hand um eine Kehle. Wenn Flight zu Ende telefoniert hatte, würde Rebus dagegen protestieren, dass er Cousins in Lisas Wagen mitfahren lassen wollte. *Fei-*

ne Art. Alter Adel. Einer der ersten Massenmörder war auch ein Aristokrat gewesen.

»Hallo, Lamb? Was haben Sie über Miss Crawford herausgefunden?« Flight hörte zu, den Blick auf Rebus gerichtet und bereit, alles Interessante sofort mitzuteilen. »Ah-ha, okay. Hm, ich verstehe. Ja. In Ordnung.« Die ganze Zeit über erzählten seine Augen Rebus, dass alles passte, dass Jan Crawford verlässlich war, dass sie die Wahrheit sagte. Dann wurden Flights Augen ein wenig größer. »Wie war das noch mal?« Und er hörte konzentrierter zu, wandte den Blick von Rebus ab, um das Telefon zu betrachten. »Das ist ja interessant.«

Rebus trat von einem Fuß auf den anderen. Was war interessant? Doch Flight war wieder zu einsilbigen Bemerkungen zurückgekehrt.

»Ah-ha. Hm. Macht nichts. Ich weiß. Ja, ich bin mir sicher.« Seine Stimme klang irgendwie resigniert. »Okay. Danke, dass Sie mich informiert haben. Ja. Nein, wir werden in ungefähr, ich weiß nicht, vielleicht in einer Stunde zurück sein. In Ordnung, bis dann.«

Flight hielt den Hörer über das Telefon, legte ihn aber nicht sofort auf die Gabel, sondern ließ ihn in der Luft schweben.

Rebus konnte seine Neugier nicht länger beherrschen. »Was ist?«, fragte er. »Was ist los? Ist was passiert?«

Flight schien aus einem Tagtraum zu erwachen und legte den Hörer auf. »Es geht um Tommy Watkiss«, sagte er.

»Was ist mit ihm?«

»Lamb hat gerade gehört, dass es nicht zu einem Wiederaufnahmeverfahren kommen wird. Wir wissen noch nicht warum. Vielleicht glaubt der Richter, dass sich bei der Anklage das ganze Theater nicht lohnt, und hat das dem Staatsanwalt gesagt.«

»Vergewaltigung einer Frau lohnt das *Theater* nicht?« Rebus war jeder Gedanke an Philip Cousins vergangen.

Flight zuckte die Achseln. »Wiederaufnahmeverfahren

sind teuer. *Jeder* Prozess ist teuer. Wir haben beim ersten Mal Mist gebaut, also kriegen wir keine zweite Chance. So was kommt vor, John, das weißt du doch.«

»Natürlich kommt so was vor. Aber die Vorstellung, dass ein Dreckskerl wie Watkiss ungeschoren davonkommt …«

»Keine Sorge, der bleibt nicht lange sauber. Verbrechen liegt ihm im Blut. Wenn er wieder was anstellt, dann haben wir ihn, und nächstes Mal pass ich auf, dass nichts schief geht, da kannst du dich drauf verlassen.«

Rebus seufzte. Ja, so was kam vor, ein paar gingen einem durch die Lappen. Mehr als ein paar. Unfähigkeit oder ein zu milder Richter, eine uneinsichtige Jury oder ein bombensicherer Zeuge der Verteidigung. Ein paar gingen einem durch die Lappen. Das war wie Zahnschmerzen.

»Chambers kocht bestimmt vor Wut«, sagte Rebus.

»O ja«, sagte Flight und musste bei der Vorstellung grinsen. »Ich wette, ihm kommt der Dampf schon unter den Manschetten raus.«

Aber zumindest einer würde sich freuen, dachte Rebus: Kenny Watkiss. Er würde ganz aus dem Häuschen sein.

»Und was ist mit Jan Crawford?«, fragte Rebus.

Flight zuckte erneut die Achseln. »Sie scheint absolut sauber. Keine Vorstrafen, kein Hinweis auf Geisteskrankheiten, lebt zurückgezogen, doch die Nachbarn scheinen sie zu mögen. Wie Lamb sagte, sie ist so sauber, dass es schon beängstigend ist.«

Ja, so war das mit den Blitzsauberen. Für einen Polizisten waren sie häufig so beängstigend wie vielleicht für einen Forscher im Dschungel eine unbekannte Spezies. Es war die Angst vor dem Neuen, dem Anderen. Mit der Zeit ging man nämlich davon aus, dass jeder etwas zu verbergen hatte. Lehrer schmuggelten im Urlaub Pornovideos aus Amsterdam; Anwälte nahmen bei ihren Wochenendpartys Kokain; der glücklich verheiratete Parlamentsabgeordnete schlief mit seiner Sekretärin; der Friedensrichter hatte eine Vorliebe für minderjährige Jungen; die Bibliothekarin hatte ein echtes Skelett im Schrank; die engelhaft aussehenden Kinder hatten die Katze eines Nachbarn in Brand gesteckt.

Und manchmal erwiesen sich solche Vermutungen als richtig.

Und manchmal wiederum waren sie es nicht. Cousins stand jetzt in der Tür, bereit zu gehen. Flight legte ihm leicht eine Hand auf den Arm. Rebus fiel ein, dass er Flight etwas hatte sagen wollen, aber wie sollte er es formulieren? Könnte er sagen, dass ihm Philip Cousins beinah zu sauber vorkam, mit seinen kalten, manikürten Chirurgenhänden und seiner feinen Art? Darüber machte Rebus sich jetzt Gedanken, *ernsthaft* Gedanken.

Da Flight mit Philip Cousins weggegangen war, um Lisa und ihre Beschützer zu suchen, ging Rebus noch einmal ins Labor, um sich nach dem Ergebnis des ersten Speicheltests zu erkundigen.

»Tut mir leid«, sagte der Techniker im weißen Kittel. Er sah aus, als wäre er noch keine dreißig. Unter seinem Laborkittel lugte ein schwarzes T-Shirt hervor, auf dem der Name einer Heavy-Metal-Band prangte. »Ich fürchte, wir haben nicht viel Glück. Bisher haben wir nichts als H_2O gefunden, Leitungswasser. Wer auch immer diesen Briefumschlag zugeklebt hat, muss einen nassen Schwamm benutzt haben oder ein Pad oder eins von diesen altmodischen Rolldingern. Keinerlei Spuren von Speichel.«

Der Atem entwich aus Rebus' Lungen. »Was ist mit Fingerabdrücken?«

»Bisher negativ. Wir haben nur zwei Sätze gefunden, die aussehen, als würden sie mit denen von Dr. Frazer übereinstimmen. Und auch mit Fasern und Fettspuren haben wir nicht mehr Glück. Ich würde sagen, der Briefschreiber hat Handschuhe getragen. Keiner von uns hat je so was Sauberes und Makelloses gesehen.«

Er weiß Bescheid, dachte Rebus. Er weiß, was wir alles versuchen könnten. Verdammt clever.

»Jedenfalls vielen Dank«, sagte er. Der junge Mann zog die Augenbrauen hoch und breitete die Arme aus.

»Ich wünschte, wir könnten mehr tun.«

Als Erstes könntest du dir mal die Haare schneiden lassen, mein Sohn, dachte er bei sich. Du siehst viel zu sehr wie Kenny Watkiss aus. Stattdessen seufzte er. »Tun Sie einfach, was Sie können«, sagte er. »Einfach, was Sie können.«

Im Weggehen spürte Rebus eine Mischung aus neu aufkeimender Wut und Machtlosigkeit, einen plötzlichen Anfall von Frustration. Der Wolfsmann war einfach zu gut. Er würde aufhören zu töten, bevor sie ihn erwischten; oder er würde einfach immer wieder und wieder töten. Niemand wäre mehr sicher. Und am allerwenigsten, so schien es ihm, würde Lisa sicher sein.

Lisa.

Der Wolfsmann gab ihr die Schuld für die Geschichte, die Rebus erfunden hatte. Dabei hatte Lisa nichts damit zu tun. Und wenn es dem Wolfsmann irgendwie gelänge, an sie heranzukommen, dann wäre es Rebus' Schuld. Wohin brachte man Lisa? Rebus wusste es nicht. Flight hielt das für sicherer. Aber Rebus wurde den Gedanken nicht los, dass der Wolfsmann ein Polizist sein könnte. *Irgendein* Polizist sein könnte. Vielleicht der kräftige Detective oder der dünne und schweigsame. Lisa war mit ihnen gegangen, weil sie glaubte, dass sie sie beschützten. Wenn sie nun direkt in die Klauen des ...? Wenn der Wolfsmann genau wusste ...? Wenn Philip Cousins ...?

Von der Decke ertönte ein Lautsprecher.

»Telefongespräch für Inspector Rebus am Empfang. Telefongespräch für Inspector Rebus.«

Rebus lief das letzte Stück Flur entlang und eilte durch die Pendeltür am Ende. Er wusste nicht, ob Flight noch im Haus war, und es war ihm auch egal. Sein Kopf füllte sich mit Horrorvisionen: Wolfsmann, Lisa, Rhona, Sammy. Die kleine Sammy, seine Tochter. Sie hatte in ihrem Leben schon genug Terror erlebt. Und das war auch seine Schuld gewesen. Er wollte nicht, dass ihr jemals wieder ein Leid geschah.

Die Frau am Empfang hielt ihm den Hörer entgegen, als er sich näherte. Und als er ihn in der Hand hielt, drückte sie einen Knopf am Apparat, um ihn mit dem Anrufer zu verbinden.

»Hallo?«, sagte er atemlos.

»Daddy?« O Gott, es *war* Sammy.

»Sammy?« Nun brüllte er fast. »Was ist los? Was ist passiert?«

»O Daddy.« Sie weinte. Eine Erinnerung flammte vor ihm auf und entzündete seine Fantasie. Telefonanrufe, Schreie.

»Was ist los, Sammy, sag es mir!«

»Es ist« – Schniefen –, »es geht um Kenny.«

»Kenny?« Er runzelte die Stirn. »Was ist mit ihm? Hat er einen Unfall gehabt?«

»O nein, Daddy. Er ist einfach ... einfach *verschwunden*.«

»Wo bist du, Sammy?«

»In einer Telefonzelle.«

»Okay, ich geb dir jetzt die Adresse von einer Polizeiwache. Da treffen wir uns. Wenn nötig, nimm dir ein Taxi. Ich bezahl es, wenn du ankommst. Verstanden?«

»Daddy.« Sie schniefte erneut. »Du musst ihn finden. Ich mach mir solche Sorgen. Bitte finde ihn, Daddy. Bitte. *Bitte*!«

Als George Flight am Empfang ankam, war Rebus bereits weg. Die Empfangsdame erklärte ihm, so gut sie konnte, was passiert war, während Flight sich das Kinn rieb und auf Stoppeln stieß. Er hatte sich mit Lisa Frazer gestritten, aber sie war auch wirklich starrsinnig gewesen. Auf attraktive Weise starrsinnig, musste er zugeben. Sie hatte ihm erklärt, sie hätte zwar nichts gegen Bodyguards, aber es käme überhaupt nicht in Frage, dass sie sich an einem »sicheren Ort« verkriechen würde. Sie hätte einen Termin im Old Bailey, mehrere Termine sogar, Interviews, die sie im Zusammenhang mit einem Forschungsprojekt führen wollte.

»Es hat mich Wochen gekostet, das alles zu arrangieren«, sagte sie, »und das werde ich jetzt auf keinen Fall abblasen!«

»Aber meine Liebe«, hatte Philip Cousins in schleppendem Tonfall gesagt, »genau dort fahren wir doch hin.« Flight wusste, dass er die Diskussion so schnell wie möglich beenden wollte, da er bereits ungeduldig auf seine Uhr sah. Außerdem schien es, dass Lisa und Cousins sich von dem Mord in der Copperplate Street her kannten und dass sie einiges gemeinsam hatten, worüber sie reden wollten. Dass sie unbedingt losfahren wollten.

Also hatte Flight einen Entschluss gefasst. Was sollte es für Probleme geben, wenn sie ins Old Bailey ging? Schließlich gab es kaum einen besser bewachten Ort in der ganzen Stadt. Ihr erstes Interview war zwar erst in ein paar Stunden, doch das störte sie nicht. Sie meinte, sie hätte nichts dagegen, sich eine Weile im Gerichtsgebäude umzusehen. Es würde ihr sogar Spaß machen. Die beiden Beamten würden sie begleiten, auf sie warten und sie dann zu jenem sicheren Ort fahren, den Flight bestimmt hatte. So hatte jedenfalls Lisa argumentiert und war darin von Philip Cousins bestärkt worden, der »keinen Fehler in der Argumentation, my Lord« entdecken konnte. So wurde, mit Lächeln ihrerseits und einem Achselzucken von Flight, das weitere Vorgehen beschlossen. Flight sah hinter dem losfahrenden Ford Granada her – die beiden Beamten vorn, Philip und Lisa Frazer auf dem Rücksitz. Absolut sicher, dachte er, absolut bombensicher.

Und nun war Rebus schon wieder abgehauen. Na ja, er würde ihn schon irgendwo erwischen. Er bedauerte nicht, dass er Rebus hergeholt hatte, kein bisschen. Doch er wusste, es war *seine* Entscheidung gewesen, die nicht völlig von den oberen Rängen gebilligt wurde. Wenn irgendwas schief ging, würde Flights Pension auf dem Spiel stehen. Das wusste er nur zu gut wie alle anderen auch. Deshalb war er in den ersten Tagen die ganze Zeit in Rebus' Nähe geblieben, um sicher zu sein, dass er dem Mann vertrauen konnte.

Konnte er dem Mann vertrauen? Das war eine Frage, die er lieber nicht beantworten wollte, selbst jetzt nicht, noch nicht mal vor sich selbst. Rebus war wie die Feder in einer Falle, er sprang los, egal, was sich an den Köder heranmachte. Außerdem war er Schotte, und Flight hatte den Schotten noch nie getraut, jedenfalls nicht seit dem Tag, als sie sich per Volksabstimmung dafür entschieden, in der Union zu bleiben.

»Daddy!«

Sie läuft ihm in die Arme. Er drückt sie an sich und stellt fest, dass er sich dazu nicht mehr allzu weit herunterbeugen muss. Ja, sie ist groß geworden, und trotzdem kommt sie ihm kindlicher vor denn je. Er küsst sie auf den Kopf, riecht ihr sauberes Haar. Sie zittert. Er kann spüren, wie ihr Brustkorb bebt und ihre Arme zucken.

»Schsch«, sagt er. »Schhh, Kätzchen, sch.«

Sie macht sich von ihm los und lächelt beinah, schnieft, und dann sagt sie: »So hast du mich früher immer genannt. Dein Kätzchen. Mum hat nie Kätzchen zu mir gesagt. Nur du.«

Er lächelt zurück und streicht ihr übers Haar. »Ja«, sagt er, »deine Mum hat mich deswegen ausgeschimpft. Sie hat gesagt, ein Kätzchen sei ein Besitztum, und du seist kein Besitztum.« Jetzt fällt ihm alles wieder ein. »Sie hatte ein paar merkwürdige Ideen, deine Mum.«

»Die hat sie immer noch.« Dann erinnert sie sich, weshalb sie hier ist. Von neuem steigen ihr Tränen in die Augen.

»Ich weiß, dass du ihn nicht magst«, sagt sie.

»Unsinn, wie kommst du denn auf die ...«

»Aber ich liebe ihn, Daddy.« Sein Herz überschlägt sich

einmal in seiner Brust. »Und ich will nicht, dass ihm irgendwas passiert.«

»Weshalb glaubst du denn, dass ihm irgendwas passieren wird?«

»So wie er sich in letzter Zeit verhalten hat, als ob er irgendwelche Geheimnisse vor mir hat. Mum ist das auch aufgefallen. Ich bilde mir das nicht bloß ein. Aber sie hat gemeint, dass er vielleicht vorhat, sich mit mir zu verloben.« Ihr fällt auf, wie seine Augen größer werden, und sie schüttelt den Kopf. »Ich hab das nicht geglaubt. Ich wusste, dass es was anderes war. Ich hab gedacht, ich weiß nicht, ich hab einfach ...«

Erst jetzt bemerkt er, dass man ihnen zuschaut. Bisher hätte er sich genauso gut in einem abgeschlossenen Raum befinden können, so wenig hat er von seiner Umgebung wahrgenommen. Doch jetzt sieht er plötzlich einen amüsierten Wachhabenden, zwei Polizistinnen, die – ihre Papiere an sich gedrückt – die Szene mit einem fast mütterlichen Lächeln beobachten, sowie zwei unrasierte Männer, die auf zwei Stühlen an der Wand sitzen und warten.

»Komm mit, Sammy«, sagt er. »Wir gehen rauf in mein Büro.«

Sie waren bereits auf halbem Weg zum Ermittlungsraum, da kam ihm der Gedanke, dass dies vielleicht nicht gerade die passendste Umgebung für ein junges Mädchen war. Die Fotos an den Wänden waren nur eine Sache. In einem Fall wie dem des Wolfsmanns brauchte man Sinn für Humor, und dieser Sinn für Humor schlug sich immer stärker in Comics nieder, in Witzen und ausgeschnittenen Zeitungsartikeln, die entweder an die Anschlagbretter gepinnt oder mit Tesafilm auf die Seiten der Computerbildschirme geklebt waren. Die Sprache konnte ebenfalls deftig sein, oder man könnte zufällig mithören, wie sich jemand mit einem Mitarbeiter der Pathologie unterhielt.

»... zerfetzt ... aufgerissen an der rechten ... Küchenmesser, vermutet man ... aufgeschlitzt von einem Ohr ... ausgehöhlt ... Anus ... unangenehmer Kerl ... daneben scheinen einige von ihnen fast menschlich.« Es wurden Geschichten getauscht über frühere Serienkiller, über Selbstmörder, die man von Bahngleisen abgekratzt hatte, über Polizeihunde, die mit einem abgetrennten Kopf gespielt hatten.

Nein, ganz bestimmt nicht der richtige Ort für seine Tochter. Außerdem bestand immer die Möglichkeit, dass Lamb dort war.

Stattdessen fand er ein leeres Vernehmungszimmer. Es war für die Dauer der Ermittlungen in eine Rumpelkammer umfunktioniert worden. Hier standen leere Kartons herum, überflüssige Stühle, kaputte Schreibtischlampen und Computertastaturen sowie eine schwer aussehende, manuelle Schreibmaschine. Irgendwann würden die Computer im Ermittlungsraum wieder in die Kartons gepackt, und die Akten würden irgendwo ordentlich gestapelt verstauben.

Im Augenblick wirkte der Raum muffig und unbenutzt, aber es gab immerhin einen Tisch und zwei Stühle, und von der Decke hing eine Glühbirne. Auf dem Tisch stand ein Glasaschenbecher voller Zigarettenkippen und zwei Kaffeebecher aus Plastik, auf deren Boden eine grüne und schwarze Schicht Schimmel war. Auf dem Fußboden lag ein zerdrücktes Zigarettenpäckchen. Rebus trat es unter einen Stapel übereinander gestellter Stühle.

»Es ist zwar nichts Tolles«, sagte er, »aber hier sind wir unter uns. Setz dich. Möchtest du irgendwas?«

Sie schien die Frage nicht zu verstehen. »Was denn?«

»Ich weiß nicht, Kaffee, Tee?«

»Eine Cola light?«

Rebus schüttelte den Kopf.

»Wie wär's mit 'ner Irn-Bru?«

Jetzt lachte er. Schottische Limonade. Sie hatte einen Scherz gemacht. Er konnte nicht ertragen, wenn sie traurig war, besonders nicht wegen jemandem, der es so wenig verdient hatte wie Kenny Watkiss.

»Sammy«, fragte er, »hat Kenny einen Onkel?«

»Onkel Tommy?«

Rebus nickte. »Den mein ich.«

»Was ist mit ihm?«

»Nun ja«, sagte Rebus und schlug die Beine übereinander, »was weißt du über ihn?«

»Über Kennys Onkel Tommy? Nicht viel.«

»Was macht er beruflich?«

»Ich meine, Kenny hat gesagt, er hätte irgendwo einen Stand, auf so einem Markt.«

Wie dem Brick Lane Market? Verkaufte er falsche Zähne?

»Oder vielleicht beliefert er auch nur Marktstände, ich kann mich wirklich nicht erinnern.«

Beliefert sie mit gestohlener Ware? Ware, die er von Dieben bekommt wie dem, den sie aufgegriffen hatten, der behauptete, der Wolfsmann zu sein?

»Jedenfalls hat er ganz gut Knete.«

»Woher weißt du das?«

»Hat Kenny mir erzählt. Denke ich wenigstens. Woher sollte ich das sonst wissen?«

»Wo arbeitet Kenny, Sammy?«

»In der City.«

»Ja, aber für welche Firma?«

»Firma?«

»Er ist doch Kurier. Also muss er für irgendeine Firma arbeiten.«

Doch sie schüttelte den Kopf. »Er hat sich selbstständig gemacht, als er genug feste Kunden hatte. Ich erinner mich, wie er gesagt hat, dass das seinen Boss bei der alten Firma ganz schön angekotzt ...« Sie verstummte plötzlich, sah ihn an und wurde rot. Für einen Augenblick hatte sie vergessen, dass sie mit ihrem Vater redete und nicht mit irgendeinem Polizisten. »Tut mir leid, Dad«, entschuldigte sie sich. »Sein Boss war sauer auf ihn, weil er so viele Kunden mitgenommen hat. Kenny ist gut, weißt du, er kennt sämtliche Schleichwege und die Firmen in den Gebäuden. Einige Fahrer drehen durch, wenn sie irgendeine winzige Gasse nicht finden können oder wenn die Hausnummern auf einer Straße anscheinend völlig wirr sind.« Ja, das war Rebus auch schon aufgefallen. Manchmal schienen die Hausnummern ganz unlogisch, als ob einige Nummern ausgelassen worden wären. »Aber das kann Kenny nicht passieren. Er kennt London wie seine Westentasche.«

Kennt London gut, die Straßen, die Schleichwege. Mit einem Motorrad könnte er London blitzschnell durchqueren. Treidelpfade, Gassen – blitzschnell.

»Was für ein Motorrad fährt er, Sammy?«

»Ich weiß nicht. Eine Kawasaki sowieso. Er hat eine Maschine, die er für die Arbeit benutzt, weil sie nicht so schwer ist, und dann hat er noch eine fürs Wochenende, ein echt riesiges Ding.«

»Wo hat er die stehen? Um das Churchill Estate herum wird's wohl nicht allzu viele sichere Plätze geben?«

»Da sind ein paar Garagen in der Nähe. Die werden zwar häufig verwüstet, doch Kenny hat vor seine eine Stahltür gemacht. Das ist wie Fort Knox. Ich zieh ihn deswegen immer auf. Die Garage ist besser abgesichert als seine ...« Ihre Stimme wurde tonlos. »Woher weißt du, dass er im Churchill Estate wohnt?«

»Was?«

Die Neugier ließ ihre Stimme wieder fester werden. »Woher weißt du, dass Kenny im Churchill Estate wohnt?«

Rebus zuckte die Achseln. »Muss er mir wohl erzählt haben an dem Abend, als ich bei euch war.«

Sie denkt zurück, versucht, sich das Gespräch zu vergegenwärtigen. Doch da ist nichts, nichts, woran sie sich festhalten kann. Rebus denkt ebenfalls nach.

Wie Fort Knox. Ein idealer Ort für gestohlene Sachen. Oder für eine Leiche.

»Also«, sagte er und zog seinen Stuhl etwas näher an den Tisch. »Was glaubst du denn, was passiert ist? Was glaubst du, was er vor dir verborgen hat?«

Sie starrte auf die Tischplatte, schüttelte bedächtig den Kopf, starrte, schüttelte und sagte schließlich: »Ich weiß es nicht.«

»Habt ihr euch wegen irgendwas gestritten? Irgendwie Krach gehabt?«

»Nein.«

»War er vielleicht eifersüchtig?«

Sie lachte verzweifelt. »Nein.«

»Hatte er vielleicht andere Freundinnen?«

»Nein!«

Als ihre Blicke sich kreuzten, spürte Rebus einen Anflug von Scham. Er konnte sich nicht darüber hinwegsetzen, dass sie seine Tochter war. Allerdings konnte er auch nicht darauf verzichten, ihr diese Fragen zu stellen. Irgendwie fühlte er sich zwischen beiden Positionen hin und her gerissen und überfuhr sie deshalb regelrecht.

»Nein«, wiederholte sie leise. »Ich hätte gewusst, wenn da jemand anders gewesen wäre.«

»Dann vielleicht Freunde; hat er irgendwelche engen Freunde?«

»Ein paar. Nicht viele. Ich meine, er hat von ihnen geredet, aber ich hab sie nie kennen gelernt.«

»Hast du versucht, bei ihnen anzurufen? Vielleicht weiß einer von denen was.«

»Ich kenne nur ihre Vornamen. Zwei Typen, mit denen Kenny aufgewachsen ist, Billy und Jim. Dann gab's da noch einen Arnold. Den hat er häufiger erwähnt. Und einen von den Motorradkurieren. Ich glaub, er hieß Roland oder Ronald, irgendwas Schickes.«

»Warte mal, lass mich die Namen aufschreiben.« Rebus nahm Notizbuch und Stift aus der Tasche. »Okay«, sagte er, »da waren also Billy und Jim. Und wie hieß der andere?«

»Roland oder Ronald oder so was Ähnliches.« Sie beobachtete, wie er schrieb. »Und Arnold.«

Rebus lehnte sich zurück. »Arnold?«

»Ja.«

»Hast du diesen Arnold mal gesehen?«

»Ich glaub nicht.«

»Was hat Kenny über ihn gesagt?«

Sie zuckte die Achseln. »Das war einfach jemand, der Kenny ab und zu über den Weg lief. Ich glaube, er hat auch auf dem Markt gearbeitet. Sie sind manchmal zusammen einen trinken gegangen.«

Das konnte doch wohl nicht derselbe Arnold sein? Flights glatzköpfiger Sexualstraftäter und Informant? Wie groß war die Wahrscheinlichkeit? Zusammen einen trinken gehen? Man konnte sich die beiden nur schwer als Trinkkumpane vorstellen, immer unter der Voraussetzung, dass es derselbe Arnold war.

»Na schön«, sagte Rebus und klappte das Notizbuch zu. »Hast du ein neueres Foto von Kenny? Eines, auf dem er gut zu erkennen ist.«

»Ich kann dir eins holen. Zu Hause hab ich welche.«

»Okay. Ich werde jemand bitten, dich nach Hause zu fahren. Gib dem das Foto, und der wird's dann mir geben. Wir werden eine Beschreibung von Kenny in Umlauf bringen, das ist immer der erste Schritt. Außerdem werd ich ein bisschen herumschnüffeln. Mal sehen, was ich finde.«

Sie lächelte. »Das ist eigentlich nicht dein Revier, oder?«

»Nein, das ist ganz und gar nicht mein Revier. Aber manchmal ist es so, wenn man eine Sache oder einen Ort zu lange betrachtet, dann nimmt man plötzlich nichts mehr wahr. Manchmal bedarf es ein Paar neuer Augen, um zu erkennen, was einem förmlich ins Gesicht springt.« Er dachte an Flight und daran, weshalb der ihn hierher geholt hatte. Er dachte außerdem darüber nach, ob er, Rebus, genügend Druck machen könnte, um eine Suche nach Kenny Watkiss zu organisieren. Wahrscheinlich nicht ohne Flights Unterstützung. Nein, wo dachte er hin? Hier ging es um eine vermisste Person, verdammt noch mal. Da musste ermittelt werden. Ja, aber es gab solche und solche Möglichkeiten, zu ermitteln, und er konnte nicht auf eine bevorzugte Behandlung rechnen, keine Gefälligkeiten, wenn es darauf ankam. »Du weißt nicht zufällig«, fragte er jetzt, »ob seine Motorräder noch in der Garage stehen?«

»Ich hab nachgesehen. Sie sind beide da. Deshalb hab ich ja angefangen, mir richtig Sorgen zu machen.«

»War sonst noch was in der Garage?« Doch sie hörte ihm nicht zu.

»Er ist so gut wie nie ohne Motorrad unterwegs. Er hasst Busse und so. Er hat gesagt, er würde sein großes Motorrad nach ... nach mir nennen.«

Die Tränen flossen wieder. Diesmal ließ er sie weinen, obwohl er es kaum ertragen konnte. Besser alles rauslassen, so lautete doch das Klischee? Sie putzte sich gerade die Nase, als die Tür aufging. Flight schaute in den kleinen Raum. Sein Blick sagte ihm alles: *Du hättest mit ihr ruhig an einen schöneren Ort gehen können.*

»Ja, George? Was kann ich für dich tun?«

»Nachdem du das Labor verlassen hast« – eine kurze Pause verriet sein Missfallen darüber, dass Rebus ihm nicht Bescheid gesagt und auch keine Nachricht hinterlassen hatte – »hab ich noch ein bisschen was über den Brief selbst erfahren.«

»Ich bin in einer Minute bei dir.«

Flight nickte, sah jetzt jedoch zu Samantha hinüber.

»Alles in Ordnung, Mädchen?«

Sie schniefte. »Ja, danke.«

»Hör mal«, sagte er schelmisch, »wenn du dich über Inspector Rebus beschweren willst, dann musst du das bei dem Sergeant am Empfang tun.«

»Ach, verschwinde, George«, sagte Rebus.

Sammy versuchte, gleichzeitig zu kichern und sich die Nase zu putzen und scheiterte an beidem. Rebus zwinkerte Flight zu, der sich nun verzog, nachdem er getan hatte, was er konnte (wofür Rebus ihm dankbar war).

»Ihr seid nicht alle schlecht, oder?«, sagte Samantha, nachdem Flight gegangen war.

»Was meinst du damit?«

»Polizisten. Ihr seid nicht alle so schlecht, wie die Leute sagen.«

»Du bist die Tochter eines Polizisten, Sammy. Vergiss das nicht. Und du bist die Tochter eines *ehrlichen* Polizisten. Du solltest auf deinen alten Dad nichts kommen lassen. Okay?«

Sie lächelte wieder. »Du bist nicht alt, Dad.«

Er lächelte auch, antwortete aber nicht, obwohl er sich in dem Kompliment sonnte, ob es nun Schmeichelei war oder nicht. Die Hauptsache war, dass Sammy, seine Tochter Sammy, es gesagt hatte.

»Also gut«, sagte er schließlich, »jetzt sollten wir sehen, dass wir ein Auto für dich kriegen. Und mach dir keine Sorgen, Kätzchen, wir finden deinen verschwundenen Freund.«

»Du hast mich schon wieder Kätzchen genannt.«

»Hab ich? Erzähl's nicht deiner Mutter.«

»Mach ich nicht. Und, Dad?«

»Was?« Er hatte sich gerade halb zu ihr umgedreht, da bekam er einen Kuss auf die Wange.

»Danke«, sagte sie. »Egal, was passiert, danke.«

Flight war in dem kleinen Büro neben dem Ermittlungsraum. Nach dem winzigen Vernehmungszimmer wirkte dieses Zimmer plötzlich viel größer. Rebus setzte sich hin und legte schwungvoll ein Bein über das andere.

»Also, was gibt's denn über den Wolfsmannbrief zu berichten?«, fragte er.

»Also«, antwortete Flight, »was gibt's denn über das Verschwinden von Kenny Watkiss zu berichten?«

»Erst du, dann ich.«

Flight nahm eine Aktenmappe, schlug sie auf, zog drei oder vier eng mit Maschine beschriebene Blätter heraus und fing an zu lesen.

»Die benutzte Schriftart ist Helvetica. Ungewöhnlich für private Korrespondenz, wird jedoch von Zeitungen und Zeitschriften benutzt.« Flight blickte vielsagend auf.

»Ein Reporter?«, sagte Rebus zweifelnd.

»Na ja, denk mal darüber nach«, sagte Flight. »Jeder Polizeireporter in England weiß mittlerweile von Lisa Frazer. Die könnten vermutlich auch rausfinden, wo sie wohnt.«

Rebus zog das in Erwägung. »Okay«, sagte er schließlich, »lies weiter.«

»Helvetica ist auf einigen elektronischen Schreibmaschinen zu finden und auf elektrischen Kugelkopfmaschinen, häufiger jedoch bei Textverarbeitungssystemen von Computern.« Flight blickte kurz auf. »Das würde auch die Druckqualität erklären. Der Druck ist nämlich sehr gleichmäßig ... bla, bla, bla. Außerdem stehen die Buchstaben exakt auf einer Höhe, was die Vermutung nahelegt, dass ein qualitativ guter Drucker benutzt wurde, vermutlich ein Typenraddrucker, was wiederum auf die Verwendung eines hochwertigen Computers mit gutem Textverarbeitungsprogramm hindeutet. Allerdings«, fuhr Flight fort, »wird der Buchstabe K an der Spitze seines Stamms schwächer.« Flight hielt inne, um die Seite umzublättern. Rebus hörte nicht besonders aufmerksam zu, und Flight schien auch nicht so ganz bei der Sache. Labore gaben einem immer mehr Informationen, als nützlich waren. Was Rebus bisher gehört hatte, war eigentlich nur die Spreu.

»Jetzt wird's interessanter«, fuhr Flight fort. »In dem Umschlag wurden Teilchen gefunden, bei denen es sich anscheinend um Farbpartikel handelt; die Töne Gelb, Grün und Orange überwiegen. Möglicherweise eine Farbe auf Ölbasis. Es werden aber noch weitere Tests durchgeführt.«

»Also haben wir's mit einem Polizeireporter zu tun, der sich für Van Gogh hält?«

Flight biss auf den Köder nicht an. Er las den Rest des Berichts rasch für sich durch. »Das war es so ziemlich«, sagte er. »Danach geht's hauptsächlich um das, was sie nicht gefunden haben – keine Fingerabdrücke, keine Flecken, keine Haare oder Fasern.«

»Kein persönliches Wasserzeichen?«, fragte Rebus. In Detektivromanen führte ein solches Wasserzeichen immer zu einem kleinen Familienbetrieb, der von einem exzentrischen alten Mann geleitet wurde, der sich daran erinnerte, das Papier an jemanden namens … verkauft zu haben. Und das war's dann. Verbrechen gelöst. Sauber und genial, nur leider lief es selten so. Er dachte wieder an Lisa; an Cousins. Nein, nicht Cousins, es konnte nicht Cousins sein. Und außerdem würde er ihr im Beisein der beiden Gorillas nichts tun.

»Kein persönliches Wasserzeichen«, sagte Flight gerade. »Tut mir leid.«

»Oje«, stieß Rebus mit einem lauten Seufzer hervor, »wir sind wohl keinen Schritt weiter, was?«

Flight starrte auf den Bericht, als wollte er durch reine Willenskraft erreichen, dass ihm irgendein Hinweis ins Gesicht sprang. Dann sagte er: »Was ist denn das für eine Geschichte mit Kenny Watkiss?«

»Er ist unter mysteriösen Umständen verduftet. Kein Verlust, würd ich sagen, aber Sammy ist ziemlich fertig. Ich hab gesagt, wir würden tun, was wir können.«

»Da kannst du dich nicht einmischen, John. Überlass das uns.«

»Ich will mich nicht einmischen, George. Der Fall gehört euch allein.« Die Stimme klang durchaus aufrichtig, doch Flight ließ sich längst nicht mehr von John Rebus täuschen. Er grinste und schüttelte den Kopf.

»Was willst du?«, fragte er.

»Nun ja«, sagte Rebus. »Sammy hat da einen Kumpel von

Kenny erwähnt. Ein Typ namens Arnold, der an einem Marktstand arbeitet. Jedenfalls glaubt sie, dass er auf einem Markt arbeitet oder irgendwas mit einem Markt zu tun hat.«

»Und du glaubst, das ist mein Arnold?« Flight dachte darüber nach. »Das ist schon möglich.«

»Meinst du nicht, das wäre ein zu großer Zufall?«

»Nicht in einer so kleinen Stadt wie dieser.« Flight bemerkte Rebus' Gesichtsausdruck. »Ich meine das wirklich ernst. Die kleinen Gauner hier sind wie eine Familie. Wenn das hier Sizilien wäre, könntest du jeden kleinen Gauner von London in ein Dorf packen. Jeder kennt jeden. Es sind die Großen, die wir nicht festnageln können. Sie bleiben viel zu sehr unter sich, gehen niemals ins Pub und reißen nicht schon nach ein paar Gläsern Navy Rum das Maul auf.«

»Können wir mit Arnold reden?«

»Wozu?«

»Vielleicht weiß er irgendwas über Kenny.«

»Selbst mal angenommen, dass er das tut, warum sollte er es uns erzählen?«

»Weil wir Polizeibeamte sind, George, und er ein ordentlicher Bürger. Wir sind dazu da, für Ruhe und Ordnung zu sorgen, und seine Pflicht ist es, uns bei dieser schweren Aufgabe zu helfen.« Rebus wirkte nachdenklich. »Außerdem werd ich ihm zwanzig Pfund zustecken.«

Flight hatte seine Zweifel. »Wir sind hier in London, John. Für einen Zwanziger kriegt man knapp eine Runde Drinks. Arnold ist ein guter Informant, aber er wird mindestens ein Pony erwarten.« Jetzt spielte er wieder seine Sprachspielchen mit Rebus, und Rebus, der wusste, dass ein Pony fünfundzwanzig Pfund waren, spielte mit.

»Wenn Arnold ein Pony möchte, dann sag ihm, ich kaufe ihm eins zu Weihnachten. Mit einem kleinen Mädchen drauf. Wenn er mir nur sagt, was er weiß.«

»Na schön«, sagte Flight. »Dann komm, gehen wir mal nachsehen, wo gerade Markt ist.«

Die Galerie

Flight kämpfte sich mit einem halben Dutzend großer brauner Papiertüten ab, den Früchten – im wahrsten Sinne des Wortes – ihrer Erkundigungen nach Arnold an bisher drei oder vier Marktständen. Rebus hatte die angebotenen Bananen, Orangen, Birnen und Trauben abgelehnt, obwohl Flight ihn gedrängt hatte, sie anzunehmen.

»Das ist hier so Sitte«, sagte Flight. »Sie sind sauer, wenn man's nicht annimmt. Wie ein Glasgower, der einem einen Drink anbietet. Würdest du das ablehnen? Nein, weil du ihn damit beleidigen würdest. So ist das auch mit den Leuten hier.«

»Was soll ich denn mit drei Pfund Bananen?«

»Sie essen«, sagte Flight lapidar. Dann fügte er kryptisch hinzu: »Es sei denn natürlich, du wärst Arnold.«

Er weigerte sich, das zu erklären, und Rebus hatte keine Lust, sich die diversen Möglichkeiten auszumalen. Sie gingen von einem Stand zum anderen. Die meisten ließen sie links liegen, und nur an einigen wenigen blieben sie stehen. In gewisser Weise waren sie wie die Frauen, die sich um sie herum drängten, hier und da eine Mango oder eine Aubergine befühlten, die Preise an verschiedenen Ständen verglichen und nur an wenigen Halt machten, um schließlich was zu kaufen.

»Allo, George.«

»Mann, George, wo hast du dich die ganze Zeit versteckt?«

»Alles klar, George? Was macht dein Liebesleben?«

Rebus hatte den Eindruck, dass die Hälfte der Standinhaber und die meisten ihrer Kisten schleppenden Gehilfen

Flight kannten. Irgendwann deutete Flight mit dem Kopf hinter einen der Stände, wo gerade ein junger Mann eilig die Straße hinunter verschwand.

»Jim Jessop«, sagte er. »Er hat vor ein paar Wochen gegen seine Kautionsauflagen verstoßen und die Kaution sausen lassen.«

»Sollten wir nicht ...?«

Doch Flight schüttelte den Kopf. »Ein andermal, John. Der kleine Mistkerl war ein Super-Ass im Tausendmeterlauf. Mir ist heute nicht nach Laufen zumute, dir etwa?«

»Schon gut«, sagte Rebus. Ihm war deutlich bewusst, dass er hier an diesem Ort, in diesem »Revier«, praktisch nur ein Zuschauer war, ein Tourist. Das war Flights Territorium. Der Mann bewegte sich absolut selbstverständlich durchs Gewühl, redete locker mit den Händlern, schien sich ganz wie zu Hause zu fühlen. Nach einem Plausch mit dem Mann hinter der Fischtheke kam Flight schließlich mit einem Beutel Miesmuscheln und einem Beutel Jakobsmuscheln zurück, plus der Information, wo sie Arnold vielleicht finden könnten. Er führte Rebus auf den Gehweg hinter den Marktständen und dann in eine schmale Gasse.

»Moules marinières«, sagte er und hielt einen der weißen Plastikbeutel hoch. »Wunderbar. Und einfach zu kochen. Nur die Vorbereitung dauert so lange.«

Rebus schüttelte den Kopf. »Du steckst voller Überraschungen, George. Ich hätte dich nie für einen Hobbykoch gehalten.«

Flight lächelte und sinnierte. »Und Jakobsmuscheln«, sagte er dann. »Marion liebt die. Ich mache daraus eine Sauce, und dazu gibt's frische Forelle. Da ist auch die meiste Arbeit die Vorbereitung. Das Kochen ist einfach.«

Es machte ihm Spaß, Rebus diese andere Seite seiner Persönlichkeit zu zeigen, obwohl er nicht hätte sagen können, warum. Noch konnte er genau sagen, warum er John Rebus nicht erzählt hatte, dass Lisa zum Old Bailey gefahren war.

Stattdessen hatte er irgendwas gemurmelt, dass sie wohlbehalten losgefahren sei. Er nahm an, dass Rebus' sprunghafte Art ihn dazu bewogen hatte. Wenn der Schotte nämlich glaubte, dass Lisa Frazer *nicht* an Flights sicherem Ort war, würde er vermutlich hinter ihr her jagen und sich unter der blinden Justitia persönlich zum Narren machen. Schließlich war Flight immer noch für Rebus verantwortlich. Und der war eine Belastung wie eh und je, vielleicht sogar noch mehr.

Die Gasse führte sie zu einer kleinen Wohnsiedlung. Die Häuser sahen relativ neu aus, doch von den Fenstersimsen begann bereits die Farbe abzublättern. Direkt vor ihnen herrschte lautes Geschrei. Ein Kinderspielplatz, Beton umgeben von Beton. Aus einem riesigen Stück Rohr war ein Tunnel, eine Höhle, ein Versteck geworden. Außerdem gab es Schaukeln und eine Wippe. Und einen Sandkasten, der für die Hunde und Katzen in der Gegend ein zweites Zuhause geworden war.

Die Fantasie der Kinder kannte kaum Grenzen. Tu so, als wärst du im Krankenhaus, und ich bin der Doktor. Und dann krachte das Raumschiff gegen den Planeten. Cowboys *haben* keine Freundinnen. Nein, du musst hinter *mir* herlaufen, denn ich bin der Soldat und du bist die Wache. Tu so, als ob da kein Rohr wäre.

Tu so als ob. Doch die Energie, die sie an den Tag legten, war echt. Sie konnten nicht still stehen, noch nicht mal innehalten, um Luft zu holen. Sie mussten einfach brüllen und springen und mitmachen. Rebus wurde vom bloßen Zusehen bereits müde.

»Da ist er«, sagte Flight. Er zeigte auf eine Bank am Rande des Spielplatzes. Arnold saß dort mit kerzengeradem Rücken, die Hände um die Knie geschlungen. Sein Gesichtsausdruck war forschend, weder glücklich noch unglücklich. Es war ein Ausdruck, wie man ihn manchmal im Zoo beobachten kann, wenn jemand in einen bestimmten Käfig oder ein Gehege starrt. Er ließ sich am ehesten als interessiert beschreiben. O ja, Arnold war interessiert. Rebus wurde flau im Magen, wenn er ihn nur ansah. Flight schien das alles ziemlich gelassen hinzunehmen. Er ging zu der Bank und setzte sich neben Arnold, der sich umwandte und dessen Augen plötzlich etwas Angstvolles und Gehetztes bekamen. Sein Mund verzog sich zu einem O. Dann atmete er geräuschvoll aus.

»Ach, Sie sind's, Mister Flight. Ich hab Sie gar nicht erkannt.« Er deutete auf die Tüten. »Sie waren einkaufen? Wie schön.«

Die Stimme war flach und ohne jede Emotion. Rebus hatte Süchtige so reden hören. Fünf Prozent ihres Gehirns waren darauf fixiert, auf die Außenwelt zu reagieren, die restlichen fünfundneunzig Prozent konzentrierten sich auf andere Dinge. Er nahm an, dass Arnold auch irgendwie süchtig war.

»Ja«, sagte Flight, »ich hab ein bisschen was gekauft. Kannst du dich noch an Inspector Rebus erinnern?«

Arnold folgte Flights Blick, bis er auf die Stelle starrte, an der Rebus stand. Dieser hatte sich bewusst so hingestellt, dass er Arnold die Sicht auf die Kinder nahm.

»O ja«, sagte Arnold verbindlich, »er saß neulich bei Ihnen im Auto, Mr. Flight.«

»Gut gemacht, Arnold. Ja, das stimmt. Du hast ein gutes Gedächtnis.«

»Das zahlt sich aus, Mr. Flight. Deshalb kann ich mich ja an all die Dinge erinnern, die ich Ihnen erzähle.«

»Ach übrigens, Arnold.« Flight rutschte ein Stück auf der Bank, bis sein Oberschenkel beinah den des anderen Mannes berührte. Arnold rückte mit den Knien von dem Polizisten ab, seine Augen nahmen besorgt Flights Nähe zur Kenntnis. »Wo wir gerade von Gedächtnis reden, vielleicht kannst du mir helfen. Vielleicht kannst du auch Inspector Rebus helfen.«

»Ja?« Das Wort war fast bis zum Zerreißen gedehnt.

»Wir haben uns nämlich gerade gefragt«, sagte Flight, »ob du Kenny in letzter Zeit gesehen hast. Er scheint sich nämlich ziemlich rar zu machen. Ich hab mich gefragt, ob er vielleicht in Urlaub gefahren ist?«

Arnold blickte mit trüben Kinderaugen auf. »Was für ein Kenny?«

Flight lachte. »Kenny Watkiss, Arnold. Dein Kumpel Kenny.«

Einen Augenblick hielt Rebus die Luft an. Wenn es nun ein anderer Arnold war? Wenn Sammy den Namen falsch verstanden hatte? Dann nickte Arnold langsam.

»Ach, der Kenny. Der ist eigentlich kein Kumpel von mir, Mr. Flight. Ich meine, ich seh ihn ab und zu.« Arnold hielt inne, doch Flight nickte schweigend, als ob er noch mehr erwartete. »Manchmal gehen wir zusammen einen trinken.«

»Worüber redet ihr dann?«

Die Frage kam unerwartet. »Wie meinen Sie das?«

»Das war eine ganz einfache Frage«, sagte Flight lächelnd. »Worüber redet ihr? Ich hätte nicht gedacht, dass ihr beide viel gemeinsam habt.«

»Wir reden halt einfach. Ich weiß nicht.«

»Ja, aber worüber redet ihr? Über Fußball?«

»Manchmal, ja.«

»Was ist seine Lieblingsmannschaft?«

»Das weiß ich nicht, Mr. Flight.«

»Du redest mit ihm über Fußball und weißt noch nicht mal, was seine Lieblingsmannschaft ist?«

»Vielleicht hat er's mir erzählt, und ich hab's vergessen.«

Flight sah ihn zweifelnd an. »Vielleicht«, stimmte er zu. Rebus kannte mittlerweile seine Rolle in dem Spiel. Überlass Flight das Reden. Halt den Mund, aber setz einen Unheil verkündenden Blick auf. Schweb wie eine dunkle Gewitterwolke über Arnold und starre wie der große Rächer auf diese glänzende Billardkugel von Kopf hinab. Flight wusste genau, was er tat. Arnold wurde immer nervöser. Sein Körper zuckte, er konnte den Kopf nicht stillhalten, und sein rechtes Knie hüpfte auf und ab.

»Also, worüber redet ihr? Er ist doch ein Motorradfreak, oder?«

»Ja«, antwortete Arnold, mittlerweile wachsam geworden, weil er wohl ahnte, was auf ihn zukam.

»Redet ihr also über Motorräder?«

»Ich mag keine Motorräder. Zu laut.«

»Zu laut? Ja, da hast du recht.« Flight deutete mit dem Kopf Richtung Spielplatz. »Aber hier ist es auch laut, Arnold, oder etwa nicht? Doch hier scheint dich der Lärm nicht zu stören. Wie kommt das?«

Arnold sah ihn mit glühenden Augen an. Doch Flight hatte ein Lächeln für ihn bereit, ein Lächeln, das schlimmer war als jede Grimasse. »Ich meine Folgendes«, fuhr er fort, »manchen Lärm magst du und manchen nicht. Das ist dein gutes Recht. Aber du magst keine Motorräder. Worüber redest du denn dann mit Kenny?«

»Wir *reden* einfach«, sagte Arnold mit qualvoll verzogenem Gesicht. »Tratsch, wie sich die Stadt verändert, das East End. Hier waren überall kleine Reihenhäuser. Da gab's eine Wiese und Schrebergärten. Die Familien haben auf der Wiese Picknick gemacht. Die brachten deiner Mum Tomaten oder Kartoffeln oder einen Kohlkopf und sagten, sie hätten zu viel angebaut, und die Kinder spielten alle auf der Straße. Da gab's keine Bangladeshis und so. Nur richtige East Enders. Kennys Eltern wohnten nicht weit von hier. Zwei Straßen von wo ich gewohnt hab. Natürlich war ich älter als er. Wir haben nie zusammen gespielt oder so.«

»Und wo hat Onkel Tommy gewohnt?«

»Da drüben.« Arnold zeigte mit einem Finger. Er hatte ein wenig an Selbstvertrauen gewonnen. Erinnerungen konnten einem doch nichts anhaben, oder? Und nach dem Schlagabtausch, den er gerade hinter sich gebracht hatte, war es eine große Erleichterung, unbeschwert zu reden. Also wurde er gesprächiger. Die guten alten Zeiten. Doch zwischen seinen Worten konnte Rebus ein eher wahres Bild erkennen, wie die anderen Kinder ihn verprügelt hatten, ihm Streiche spielten, wie sein Vater ihn in sein Zimmer sperrte, ohne ihm was zu essen zu geben. Wie die Familie auseinander brach. Der Absturz in die Kleinkriminalität. Furchtbar schüchtern, unfähig, Beziehungen einzugehen, Freundschaften zu schließen.

»Siehst du Tommy auch mal hier in der Gegend?«, fragte Flight plötzlich.

»Tommy Watkiss? Ja, den seh ich.« Arnold erging sich immer noch in der Vergangenheit.

»Hat Kenny Kontakt zu ihm?«

»Klar. Er arbeitet manchmal für ihn.«

»Was denn? Irgendwelche Lieferungen?«

»Sachen ausliefern, abholen ...« Arnold stockte, weil er plötzlich merkte, was er da sagte. Jetzt redeten sie nicht mehr über die Vergangenheit. Das war kein sicheres Territorium mehr.

Flight beugte sich so weit hinüber, dass seine Nase fast die von Arnold berührte. Arnold konnte nichts weiter tun, als sich zurückzulehnen; die harten Balken der Bank hinderten ihn am Entkommen.

»Wo ist er, Arnold?«

»Wer? Tommy?«

»Du weißt verdammt genau, wen ich meine! Kenny! Sag mir, wo er ist!«

Rebus drehte sich halb um und sah, dass die Kinder aufgehört hatten zu spielen und nun das Spiel der Erwachsenen beobachteten.

»Gibt's gleich Zoff, Mister?«, rief einer von ihnen. Rebus schüttelte den Kopf und rief zurück: »Die tun nur so.«

Flight hielt Arnold immer noch auf der Bank festgenagelt. »Arnold«, fauchte er, »du kennst mich. Ich bin immer fair zu dir gewesen.«

»Das weiß ich, Mr. Flight.«

»Aber ich tu *nicht* nur so als ob. Ich werd nämlich gleich die Geduld verlieren. In dieser Stadt geht alles vor die Hunde, Arnold, und ich hab große Lust, einfach nur die Achseln zu zucken und mitzumachen. Verstehst du mich? Warum sollte ich mich fair verhalten, wenn das sonst niemand tut? So, und jetzt sag ich dir, was ich tun werde, Arnold. Ich werd dich leider aus dem Verkehr ziehen müssen.«

»Weswegen?« Arnold hatte jetzt furchtbare Angst. Er glaubte nicht, dass Flight nur ein Spielchen mit ihm trieb. Rebus hatte das gleiche Gefühl; entweder es war ernst, oder Flight war reif für einen Oscar.

»Wegen Erregung öffentlichen Ärgernisses. Du wolltest dich vor diesen Kindern entblößen. Ich hab gesehen, wie du gerade anfangen wolltest. Ich hab deinen Pimmel aus dem Hosenschlitz hängen sehen.«

»Nein, nein.« Arnold schüttelte den Kopf. »Das ist gelogen.«

»Vorstrafen lügen nicht, Arnold. Und Inspector Rebus hat es auch gesehen. Er hat gesehen, wie dein Schwanz in der Luft wedelte wie ein Cocktailwürstchen. Wir haben es beide gesehen, und genau das werden wir dem Richter erzählen. Und wem wird er wohl glauben? Denk mal einen Moment darüber nach. Denk an die Einzelhaft. Die werden dich nämlich in Einzelhaft stecken müssen, damit die anderen Gefangenen nicht die Scheiße aus dir herausprügeln. Das wird sie allerdings nicht daran hindern, in deinen Tee zu pissen und in dein Essen zu spucken. Du weißt doch, wie das läuft, Arnold. Du warst ja schon mal dort. Und dann, eines Nachts, wirst du hören, wie deine Tür aufgeschlossen wird, und dann kommen sie rein. Vielleicht die Wächter, vielleicht die Gefangenen. Sie kommen herein, und sie werden sich auf dich stürzen und dich auf den Boden drücken. Einer wird einen Besenstiel haben, ein anderer eine alte rostige Rasierklinge, nicht wahr, Arnold? So läuft das doch?«

Arnold zitterte zu heftig, um sprechen zu können. Er zitterte und brabbelte irgendwas; Speichelblasen platzten in beiden Mundwinkeln. Flight rutschte ein Stück von ihm weg, dann sah er Rebus mit traurigen Augen an. Rebus nickte ernst. Das war kein netter Job, den sie hatten, ganz und gar nicht nett. Flight zündete sich eine Zigarette an. Rebus lehnte ab. Eine Redensart schoss John Rebus durch den Kopf.

Der Zweck heiligt die Mittel.

Und dann fing Arnold an zu reden. Und als er geendet hatte, wühlte Flight in seiner Hosentasche und zog eine Ein-Pfund-Münze hervor, die er neben sein völlig erschöpftes Opfer auf die Bank knallte.

»Da, Arnold. Geh dir ’ne Tasse Tee oder sonst was holen. Und halte dich von Spielplätzen fern, ist das klar?« Flight hob seine Tragetaschen auf, nahm aus einer einen Apfel und warf ihn Arnold in den Schoß. Dann nahm er einen weiteren Apfel, biss knirschend hinein und ging zurück Richtung Markt.

Der Zweck heiligt die Mittel.

Als Rebus wieder auf der Wache war, musste er an Lisa denken. Er hatte Bedürfnis nach menschlichem Kontakt, nach etwas Sauberem und Warmem, das mit dieser Welt, für die er sich nun mal entschieden hatte, nichts zu tun hatte, nach etwas, das ihm helfen würde, diesen ganzen Schmutz in seinem Inneren wieder loszuwerden.

Flight hatte ihn auf dem Rückweg gewarnt: »Diesmal wird nicht herumgepfuscht, John. Überlass die Sache uns. Du musst dich da raushalten. Das würde vor Gericht gar nicht gut aussehen. Ein Polizist, der sauer auf jemanden ist, so was in der Art.«

»Aber«, hatte Rebus geantwortet, »ich bin wirklich sauer auf ihn, George. Dieser Kenny bumst womöglich meine Tochter!«

Flight hatte den Blick von der Straße abgewandt und Rebus angesehen, dann aber gleich wieder nach vorn geschaut.

»Ich hab gesagt, du sollst es uns überlassen, John. Und wenn du dich nicht daran hältst, dann werde ich persönlich dafür sorgen, dass du ein paar Ränge herunterpurzelst wie ein Ball eine verdammte Treppe. Hast du das verstanden?«

»Laut und deutlich.«

»Das ist keine Drohung, John. Es ist ein Versprechen.«

»Und du hältst deine Versprechen immer, nicht wahr, George? Aber du scheinst eins zu vergessen. Es ist deine Schuld, dass ich überhaupt hier bin. Du hast mich kommen lassen.«

Flight hatte genickt. »Und ich kann dich genauso schnell wieder zurückschicken. Willst du *das*?«

Rebus hatte geschwiegen, obwohl er die Antwort kannte. Flight kannte sie auch und lächelte über seinen kleinen Triumph. Danach fuhren sie schweigend weiter, beide Männer beschmutzt von der Erinnerung an einen Spielplatz und einen stillen Mann, der die Knie umklammert hielt und vor sich hin starrte, voll mit verdorbenen Gedanken.

Nun dachte Rebus an Lisa, stellte sich vor, wie es sein würde, mit ihr zu duschen und sich gegenseitig eine Schicht London abzuschrubben. Vielleicht würde er George noch mal nach der geheimen Adresse fragen. Vielleicht könnte er sie ja besuchen. Ihm kam ein Gespräch in den Sinn, das sie im Bett geführt hatten. Er hatte sie gefragt, ob er sich mal ihr Büro im University College ansehen könnte.

»Irgendwann«, hatte sie gesagt. »Es ist allerdings kein sehr schönes Zimmer, nicht so was wie diese riesigen antiken Oxbridge-Zimmer, die man immer in den Fernsehserien sieht. Es ist ein winziges kleines Loch, um ehrlich zu sein. Ich hasse es.«

»Ich fänd's trotzdem schön, wenn du mich mal herumführen würdest.«

»Und ich hab gesagt, okay.« Sie klang gereizt. Warum nur? Warum hatte sie der Gedanke so nervös gemacht, ihm ihr Zimmer zu zeigen? Warum war die Sekretärin – Millicent hatte Lisa sie genannt – so ausweichend gewesen, als Rebus dort war? Nein, nicht bloß ausweichend. Unkooperativ. *Ausgesprochen* unkooperativ, jetzt wo er genauer darüber nachdachte. Was, zum Teufel, verbargen die vor ihm? Er wusste, es gab einen Weg, die Antwort herauszufinden, einen absolut sicheren Weg. Was sollte es? Lisa war in Sicherheit, und er war angewiesen worden, sich aus dem Fall Watkiss herauszuhalten – was hinderte ihn also daran, diesem jüngsten Rätsel nachzugehen? Er raffte sich auf. Die Antwort lautete: Nichts hinderte ihn daran, absolut gar nichts.

»Wo gehst du hin?«

Es war Flight, der Rebus aus einer offenen Tür anbrüllte, als er mit großen Schritten den Flur entlangeilte.

»Eine private Sache«, rief Rebus zurück.

»Ich hab dich gewarnt, John! Misch dich nicht ein!«

»Es ist nicht, was du denkst!« Er blieb stehen und wandte sich George Flight zu.

»Was ist es denn dann?«

»Wie ich bereits sagte, George, was Privates, okay?«

»Nein.«

»Hör mal«, sagte Rebus, der sich plötzlich nicht mehr beherrschen konnte, all die Gedanken, die er zu bändigen versucht hatte – Sammy, Kenny Watkiss, der Wolfsmann, die Drohung gegen Lisa –, kochten plötzlich in ihm hoch. Er schluckte und atmete tief durch. »Hör mal, George, du hast reichlich zu tun, okay?« Er stieß George einen Finger in die Brust. »Denk an das, was ich gesagt habe: Es könnte ein Polizist sein. Warum richtest du deine unschätzbaren, akribischen Ermittlungskünste nicht mal *darauf*? Der Wolfsmann könnte hier in diesem Gebäude sein. Er könnte an dem verdammten Fall arbeiten, Jagd auf sich selbst machen!« Rebus hörte, wie seine Stimme hysterisch wurde, sich aber rasch wieder beruhigte. Zumindest seine Stimmbänder hatte er unter Kontrolle, wenn schon sonst nichts.

»Du meinst eine Art Wolf in der Schafherde?«

»Das ist mein Ernst.« Rebus zögerte. »Er könnte sogar wissen, wohin du Lisa geschickt hast.«

»Meine Güte, John, nur drei Leute wissen, wo Lisa hin ist. Ich und die beiden Männer, die sie begleiten. Du kennst die beiden zwar nicht, aber ich. Wir haben uns während der Ausbildung kennen gelernt. Denen würd ich mein Leben anvertrauen.« Flight hielt inne. »Vertraust du mir denn wenigstens?«

Rebus schwieg. Flights Augen verengten sich ungläubig, dann stieß er einen Pfiff aus. »Nun ja«, sagte er, »das beantwortet wohl meine Frage.« Er schüttelte bedächtig den Kopf. »Dieser Fall, John. Ich bin seit weiß Gott wie vielen Jahren bei der Truppe, aber dieser Fall, das ist der Schlimmste. Es ist, als ob jedes der Opfer mir persönlich nahe stünde.« Er hielt wieder inne, um Kraft zu sammeln. Nun stieß Flight einen Finger in Rebus. »Also *wage* bloß nicht, zu denken, was ich weiß, das du denkst! Das ist die allergrößte und beschissenste Beleidigung!«

Auf dem Flur herrschte lange Zeit Schweigen. Irgendwo klapperten Schreibmaschinen. Lautes Lachen von Männern war zu hören. Eine gesummte Melodie schwebte den Flur entlang und an ihnen vorbei. Es war, als wäre die ganze Welt gleichgültig diesem Streit gegenüber. Und da standen sie, nicht ganz Freunde, nicht ganz Feinde, und wussten nicht mehr so recht, was sie tun sollten.

Rebus betrachtete die abgewetzten Stellen auf dem Linoleum. Dann sagte er: »Vortrag beendet?«

Flight schien diese Reaktion wehzutun. »Das war kein Vortrag, es war bloß ... Ich wollte, dass du meine Sicht der Dinge siehst.«

»Aber das tu ich doch, George, ganz bestimmt.« Rebus tätschelte Flights Arm, wandte sich von ihm ab und machte Anstalten, zu gehen.

»Ich will, dass du hier bleibst, John!« Rebus ging weiter. »Hast du gehört? Ich *befehle* dir, hier zu bleiben!«

Rebus ging weiter.

Flight schüttelte den Kopf. Ihm reichte es, er hatte die Nase gestrichen voll, außerdem brannten ihm die Augen vor Erschöpfung, als befände er sich in einem stark verräucherten Zimmer. »Du fliegst raus, Rebus«, rief er in dem Wissen, dass das seine letzte Warnung wäre. Wenn Rebus jetzt noch weiterginge, wäre Flight gezwungen, sein Wort zu halten, wenn er nicht sein Gesicht verlieren wollte, und er würde einen Teufel tun, wegen eines Jock-Polypen das Gesicht zu verlieren. »Geh nur weiter!«, brüllte er. »Geh weiter, und du hast es hinter dir.«

Rebus ging weiter. Er wusste nicht genau warum, vielleicht mehr aus Stolz als aus anderen Gründen. Dämlicher Stolz, Stolz, den er nicht erklären konnte, aber trotzdem Stolz. Dasselbe Gefühl, aus dem heraus erwachsene Männer bei Fußballspielen weinen, wenn »Flower of Scotland« als schottische Nationalhymne gespielt wird. Er wusste nur, dass er etwas zu erledigen hatte, und er würde es tun, genauso wie die Schotten wussten, dass es ihre Aufgabe war, Fußballer mit mehr Ehrgeiz als Können zu sein. Ja, das traf auch auf ihn zu: mehr Ehrgeiz als Können. Das würde man ihm auf den Grabstein schreiben.

Am Ende des Flurs stieß er die Pendeltür auf. Er blickte nicht zurück. Flights Stimme verfolgte ihn, wurde immer wütender, aber auch immer leiser.

»Du verdammter dämlicher Jock! Diesmal bist du zu weit gegangen, hörst du mich. Entschieden zu weit gegangen.«

LMAA.

In der Eingangshalle stand Rebus plötzlich vor Lamb. Er wollte an ihm vorbeigehen, doch Lamb legte ihm eine Hand auf die Brust.

»Wo brennt's denn?«, fragte er. Rebus versuchte, ihn zu ignorieren, so zu tun, als wäre Lamb unsichtbar. Das war jetzt wirklich das Allerletzte, was er brauchte. Seine Fingerknöchel kribbelten erwartungsvoll. Lamb sprach weiter, war sich offenbar der Gefahr nicht bewusst, in der er schwebte.

»Sie hat Sie also gefunden? Ihre Tochter, mein ich.«

»Was?«

Lamb lächelte. »Sie hatte erst hier angerufen, und man hat sie zu mir durchgestellt. Sie klang etwas aufgeregt, deshalb hab ich ihr die Nummer vom Labor gegeben.«

»Oh.« Rebus merkte, wie er langsam Luft abließ. Er rang sich ein mürrisches ›Danke‹ ab, und diesmal gelang es ihm, an Lamb vorbeizukommen. Doch dann sprach Lamb erneut.

»Hörte sich ganz niedlich an. Ich hab sie gerne jung. Wie alt ist sie noch mal?«

Rebus' Ellbogen schoss nach hinten in Lambs ungeschützten Magen. Der Stoß nahm Lamb den Atem, und er klappte abrupt nach vorn ein. Rebus betrachtete sein Werk; nicht schlecht für einen alten Mann. Gar nicht schlecht.

Er ging weiter.

Weil er in einer privaten Angelegenheit unterwegs ist, stellt er sich vor die Wache und hält Ausschau nach einem Taxi. Einer der uniformierten Beamten, der ihn von Sonntag kennt, von dem Mordschauplatz, bietet ihm an, ihn mit dem Streifenwagen zu fahren, doch Rebus schüttelt den Kopf. Der Beamte sieht ihn an, als ob man ihn beleidigt hätte.

»Trotzdem vielen Dank«, sagt Rebus, bemüht, versöhnlich zu klingen. Aber er hört sich einfach nur wütend an. Wütend auf Lamb, auf sich selbst, wütend auf den Wolfsmann-Fall, wütend auf den verdammten Kenny Watkiss, wütend auf Flight, auf Lisa (warum musste sie auch unbedingt in die Copperplate Street kommen?) und vor allem wütend auf London. Wo sind all die Taxis, all die geldgierigen schwarzen Taxis, die wie Insekten herumflitzen, um Fahrgäste aufzulesen? Er hat in dieser Woche Tausende davon gesehen, doch jetzt, wo er eines braucht, meiden sie ihn alle. Er wartet trotzdem, leicht verstört um sich blickend. Und während er wartet, denkt er nach, und während er nachdenkt, beruhigt er sich ein wenig.

Was, zum Teufel, macht er hier überhaupt? Er fordert sein

Schicksal ja regelrecht heraus. Er schreit förmlich nach Ärger, wie ein schwarz gekleideter Calvinist, der darum bittet, für seine Sünden geschlagen zu werden. Bitte einen Peitschenhieb auf den Rücken. Rebus hatte sie sich alle angesehen, alle Religionen, die es gab. Er hatte von ihnen gekostet, und jede hatte auf ihre Art bitter geschmeckt. Wo war die Religion für diejenigen, die sich nicht schuldig fühlten, sich nicht schämten, die kein schlechtes Gewissen hatten, wenn sie wütend wurden oder es jemandem heimzahlten oder, noch besser, es jemandem ordentlich heimzahlten. Wo war die Religion für einen Mann, der glaubte, dass das Gute und das Böse nebeneinander existieren mussten, selbst innerhalb eines Individuums? Wo war die Religion für einen Mann, der an Gott glaubte, aber nicht an Gottes Religion?

Und wo waren die verdammten Taxis?

»Zum Teufel damit.« Er ging zum ersten Streifenwagen, den er sah, klopfte ans Fenster und wedelte mit seinem Ausweis.

»Inspector Rebus«, erklärte er. »Können Sie mich bitte in die Gower Street fahren?«

Das Gebäude wirkte so verlassen wie eh und je, und Rebus fürchtete schon, dass diesmal selbst die Sekretärin sich verfrüht ins Wochenende abgesetzt haben könnte. Aber nein, sie war da, wie das Faktotum eines verstaubten Herrenhauses. Als er sich räusperte, blickte sie von ihrer Häkelarbeit auf.

»Ja?«, sagte sie. »Kann ich Ihnen helfen?« Sie schien sich nicht an ihn zu erinnern. Rebus zog seinen Ausweis hervor und schob ihn ihr hin. »Detective Inspector Rebus«, sagte er, die Stimme voller Autorität. »Scotland Yard. Ich möchte Ihnen ein paar Fragen über Dr. Frazer stellen.«

Die Frau wirkte verängstigt. Rebus befürchtete, dass er sich zu bedrohlich benommen hatte. Er versuchte es mit einem Lächeln à la ›Machen Sie sich keine Sorgen, wir sind ja nicht hinter Ihnen her‹, einem friedfertigen Lächeln. Doch die Frau wirkte kein bisschen weniger verängstigt, und ihre Angst machte sie nervös.

»Ach du meine Güte«, stammelte sie. »Auwei, auwei.« Sie blickte zu ihm auf. »Was haben Sie gesagt? Dr. Frazer? Aber es gibt keinen Dr. Frazer am Institut.«

Rebus beschrieb Lisa Frazer. Die Frau hob plötzlich den Kopf, weil sie die Beschreibung erkannte.

»Ach, Lisa? Sie meinen Lisa? Aber da liegt ein Irrtum vor. Lisa Frazer gehört nicht zum Lehrpersonal. Meine Güte, nein. Mag zwar sein, dass sie ein oder zwei Tutorien gegeben hat, für jemanden eingesprungen ist. Auwei, Scotland Yard. Was, ich meine, sie hat doch wohl nicht ... Was hat sie getan?«

»Sie arbeitet also nicht hier?« Rebus musste Gewissheit haben. »Wer ist sie dann?«

»Lisa? Sie ist eine von unseren Doktoranden.«

»Eine *Studentin*? Aber sie ist doch ...« Er hätte beinah gesagt »alt«.

»Eine schon etwas ältere Studentin«, erklärte die Sekretärin. »Du meine Güte, steckt sie in Schwierigkeiten?«

»Ich war schon mal hier«, sagte Rebus. »Da haben Sie mir nichts von alldem gesagt. Warum?«

»Sie waren schon mal hier?« Sie betrachtete sein Gesicht. »Ja, ich erinnere mich. Na ja, ich hab Lisa versprechen müssen, es niemandem zu sagen.«

»Warum?«

»Wegen ihrem Projekt, hat sie gesagt. Sie schreibt an einer Arbeit über – wie war das noch gleich?« Sie zog eine Schublade an ihrem Schreibtisch auf und nahm ein Blatt Papier heraus. »Ach ja, ›Psychologische Aspekte bei der Ermittlung von Schwerverbrechen‹. Sie hat mir erklärt, dass sie an einer polizeilichen Ermittlung teilnehmen müsste, dass sie Vertrauen gewinnen müsste beim Gericht, bei der Polizei und so weiter. Sie hat mir erzählt, sie wollte sich als Dozentin ausgeben. Ich hab ihr gesagt, sie soll das lassen, hab sie gewarnt, aber sie hat gesagt, es wär die einzige Möglichkeit. Die Polizei würde für eine Studentin nicht ihre Zeit opfern, stimmt das?«

Rebus wusste nicht, was er antworten sollte. Die Antwort lautete natürlich nein, das würde die Polizei nicht tun. Warum sollte sie auch?

»Also hat sie Sie dazu gebracht, sie zu decken?«

Die Frau zuckte die Achseln. »Lisa ist eine ziemlich überzeugende junge Dame. Sie hat gesagt, ich würde wahrscheinlich nicht richtig lügen müssen. Ich brauchte einfach nur so Dinge zu sagen wie, sie ist nicht da, sie unterrichtet heute nicht und so weiter. Falls überhaupt jemand auf die Idee käme, sich nach ihr zu erkundigen.«

»Und hat sich jemand nach ihr erkundigt?«

»O ja. Erst heute hatte ich einen Anruf von jemandem, mit dem sie ein Interview vereinbart hatte. Er wollte sich vergewissern, dass sie wirklich zum University College gehört und nicht bloß eine Journalistin oder irgendeine Schnüfflerin ist.«

Heute? Ein Interview heute. Nun ja, diese Verabredung würde sie nicht einhalten können.

»Wer war dieser Anrufer?«, fragte Rebus. »Können Sie sich daran erinnern?«

»Ich glaub, ich hab's aufgeschrieben«, sagte sie. Sie nahm sich den dicken Notizblock, der neben ihrem Telefon lag, und blätterte ihn durch. »Er hat gesagt, wer er wäre, aber ich kann mich nicht erinnern. Es kam vom Old Bailey. Ja, so war's. Sie hatte sich mit ihm im Old Bailey verabredet. Normalerweise schreib ich mir so was sofort auf, sobald jemand seinen Namen nennt, damit ich's nicht vergesse. Aber da ist nichts. Das ist merkwürdig.«

»Vielleicht im Papierkorb?«, schlug Rebus vor.

»Ja, vielleicht.« Doch sie klang zweifelnd. Rebus stellte den kleinen Weidenkorb auf ihren Schreibtisch und begann, ihn durchzusehen. Abfälle vom Bleistiftspitzen und Verpackungen von Süßigkeiten, ein leerer Kaffeebecher aus Styropor und zerknülltes Papier. Reichlich zerknülltes Papier.

»Zu groß«, sagte sie mehrfach, wenn er begann, eine Papierkugel auseinander zu nehmen, oder: »Zu klein.« Bis er schließlich ein zerknülltes Blatt herauszog und es auf dem Schreibtisch glatt strich. Es sah aus wie ein bizarres Kunstwerk, voller Schnörkel, Hieroglyphen und kleinen Notizen, Telefonnummern, Namen, Adressen.

»Ah«, sagte sie und fuhr mit dem Finger über eine Ecke, wo etwas ganz dünn und undeutlich mit Bleistift geschrieben stand. »Kann es das sein?«

Rebus sah genauer hin. Ja, das war's. Das war es ganz eindeutig. »Danke«, sagte er.

»Auwei«, sagte die Sekretärin. »Hab ich sie jetzt in Schwierigkeiten gebracht? Steckt Lisa in Schwierigkeiten? Was hat sie getan, Inspector?«

»Sie hat uns angelogen«, sagte Rebus. »Und deswegen muss sie sich jetzt verstecken.«

»Verstecken? Du meine Güte, davon hat sie mir ja gar nichts gesagt.«

Rebus bekam allmählich den Verdacht, dass die Sekretärin nicht alle Tassen im Schrank hatte. »Bis heute wusste sie ja selber noch nicht, dass sie in Schwierigkeiten steckt«, sagte er.

Die Sekretärin nickte. »Ja, aber sie hat doch erst vor gut einer Stunde angerufen.«

Rebus' Gesicht bestand plötzlich nur noch aus Falten. »Was?«

»Ja, sie hat gesagt, sie riefe aus dem Old Bailey an. Sie wollte wissen, ob es irgendwelche Nachrichten für sie gäbe. Sie hat mir erzählt, sie hätte vor ihrem zweiten Termin noch etwas Zeit totzuschlagen.«

Rebus fragte nicht, ob er telefonieren dürfte. Er wählte rasch und hielt den Hörer wie eine Waffe in der Hand. »Ich möchte George Flight sprechen.«

»Augenblick, bitte.« Das leise ratternde Geräusch vom Weiterverbinden. Dann: »Ermittlungsraum, Detective Sergeant Walsh am Apparat.«

»Hier ist Inspector Rebus.«

»Ach ja?« Mit der Stimme hätte man jetzt Glas schneiden können.

»Ich muss mit Flight reden. Es ist dringend.«

»Er ist in einer Besprechung.«

»Dann holen Sie ihn da raus! Ich hab doch gesagt, es ist dringend.«

In der Stimme des Sergeant klangen Zweifel und Zynismus. Schließlich wusste doch jeder, dass das »dringend« des Schotten einen Dreck wert war. »Ich kann ihm eine Nachricht hinterlassen ...«

»Verscheißern Sie mich nicht, Walsh! Entweder holen Sie ihn jetzt, oder Sie verbinden mich mit jemandem, der noch ein funktionierendes Gehirn im Kopf hat!«

Ka-lick. Brrrrr. Die ultimative Abfuhr. Die Sekretärin starrte Rebus entsetzt an. Vielleicht wurden Psychologen nie wütend. Rebus versuchte, ein beruhigendes Lächeln aufzusetzen, doch es sah eher wie ein verunglücktes Clownsgesicht aus. Er deutete eine Verbeugung an, bevor er sich zum Gehen wandte, und wurde den ganzen Weg bis zur Treppe von einer Frau beobachtet, die vor Peinlichkeit fast umkam.

Rebus kribbelte das Gesicht vor neu entfachtem Zorn. Lisa Frazer hatte ihn ausgetrickst, mit ihm herumgespielt wie mit einem Idioten. Mein Gott, was er ihr alles erzählt hatte. Er hatte geglaubt, sie wolle bei dem Wolfsmann-Fall helfen, und nicht gemerkt, dass er nur Teil ihres Projekts war. Mein Gott, was er alles gesagt hatte. Was hatte er eigentlich gesagt? Zu viel, um sich daran zu erinnern. Hatte sie alles aufgenommen? Oder sich bloß Notizen gemacht, nachdem er gegangen war? Es spielte keine Rolle. Am allermeisten traf ihn jedoch, dass er in ihr etwas Solides und Vertrauenswürdiges gesehen hatte inmitten des Chaos. Und sie hatte sich als janusköpfig erwiesen. Ihn benutzt. Herrgott noch mal, sie hatte sogar mit ihm geschlafen. Hatte das auch zu ihrem Projekt gehört, ihrem kleinen Experiment? Wie konnte er je sicher sein, dass das nicht der Fall war? Es war ihm durchaus ehrlich erschienen, aber ... Er hatte sie an seinen Gedanken teilhaben lassen und sie ihn an ihrem Körper. Das war kein fairer Tausch.

»Dieses Miststück!«, entfuhr es ihm, und er blieb abrupt stehen. »Dieses verlogene kleine Miststück.«

Warum hatte sie es ihm nicht gesagt? Warum hatte sie nicht einfach alles erklärt? Er hätte ihr geholfen, sich Zeit für sie genommen. Nein, hätte er nicht. Das war eine Lüge. Eine Doktorandin? Ein Forschungsprojekt? Er hätte ihr die Tür gewiesen. Stattdessen hatte er ihr zugehört, ihr geglaubt und von ihr gelernt. Ja, das stimmte. Er hatte eine Menge von ihr gelernt. Über Psychologie, über die Psyche von Mördern. Und er hatte auch aus ihren Büchern gelernt. Aber darum ging es nicht. Es ging darum, dass ihm jetzt alles hässlich und schal vorkam, jetzt, wo er wusste, wer sie wirklich war.

»Miststück.« Doch seine Stimme war leiser geworden, und seine Kehle zog sich zusammen, als ob jemand eine Hand darum gelegt hätte und langsam zudrückte. Er schluckte heftig und fing an, tief durchzuatmen. Beruhige dich, John. Was spielte das schon für eine Rolle? Spielte es überhaupt irgendeine Rolle? Doch, es war wichtig, antwortete er sich selbst, weil er etwas für sie empfand. Oder etwas für sie empfunden hatte. Nein, immer noch empfand. Etwas, von dem er geglaubt hatte, dass es vielleicht erwidert wurde.

»Was machst du dir da eigentlich vor?« Man brauchte ihn sich doch nur anzusehen – übergewichtig und über vierzig. Auf der Stufe eines Inspector stehen geblieben, ohne Aussicht auf Beförderung, außer – wenn Flight sein Versprechen wahr machte – nach unten. Geschieden. Eine Tochter, die verzweifelt war und sich mit zwielichtigen Typen abgab. Und irgendjemand in London mit einem Küchenmesser, einem Geheimnis und dem Wissen um Lisa. Alles war falsch. Er hatte sich an Lisa geklammert wie ein Ertrinkender, der nach einem dünnen Strohhalm greift. Törichter alter Mann.

Er stand jetzt vor dem Haupteingang des Gebäudes und

wusste nicht so recht, was er tun sollte. Sollte er sie darauf ansprechen, oder sollte er dies alles ignorieren und sie nie wiedersehen? Normalerweise genoss er Auseinandersetzungen, fand sie aufregend und erfrischend. Aber heute vielleicht nicht.

Sie war im Old Bailey, um Malcolm Chambers zu interviewen. Auch er wurde in diesem Augenblick von ihren angeblichen Referenzen getäuscht, von dem falschen Doktortitel. Alle bewunderten Malcolm Chambers. Er war klug, er stand auf der Seite des Gesetzes, und er verdiente haufenweise Geld. Rebus hatte Polizisten gekannt, auf die nichts davon zutraf; die meisten konnten nur einen von diesen drei Punkten verzeichnen, einige wenige brachten es auf zwei. Chambers würde Lisa Frazer völlig umhauen. Sie würde ihn hassen, bis sich dieser Hass mit Ehrfurcht mischte, und dann würde sie wahrscheinlich glauben, dass sie ihn liebte. Na dann, viel Glück für sie.

Er würde zur Wache zurückkehren, sich verabschieden, seine Sachen packen und gen Norden reisen. Sie kamen auch ohne ihn sehr gut zurecht. Der Fall rührte sich nicht vom Fleck, bis der Wolfsmann wieder zuschlug. Dabei hatten sie schon so viel in der Hand, wussten so viel über ihn, waren so nah daran, ihn zu pflücken wie eine reife Frucht. Vielleicht würde er Lisa Frazer treffen. Warum, zum Teufel, trieb sie sich im Old Bailey herum, wenn sie sich versteckt halten sollte? Er musste unbedingt mit Flight reden. Was, zum Teufel, führte Flight eigentlich im Schilde?

»Ach, zum Teufel mit euch allen«, murmelte er und vergrub die Hände in den Taschen.

Zwei Studenten mit lauten amerikanischen Stimmen kamen auf ihn zu. Sie schienen erregt über diese oder jene These zu diskutieren, wie Studenten das immer tun, bereit, die ganze Welt zu verändern. Sie wollten an ihm vorbei ins Gebäude. Er trat zur Seite, doch sie gingen eigentlich nicht an ihm vorbei, sondern eher durch ihn *hindurch*, als wäre er so körperlos wie Autoabgase.

»Du weißt schon, ich glaube, sie mag mich, aber ich bin mir nicht sicher, ob ich bereit bin für so etwas ...«

So viel zum Thema komplizierte Thesen, dachte Rebus. Warum sollten Studenten anders sein als alle anderen Menschen? Warum sollten sie an etwas anderes denken (und über etwas anderes reden) als Sex?

»Yeah«, sagte der andere. Rebus fragte sich, ob ihm in seinem dicken weißen T-Shirt und dem noch dickeren karierten Holzfällerhemd nicht warm war. Es war nämlich ziemlich schwül draußen. »Yeah«, wiederholte der Amerikaner. Sein Akzent erinnerte Rebus an Lisas etwas weichere kanadische Aussprache.

»Aber check das mal«, fuhr sein Begleiter fort. Ihre Stimmen wurden immer leiser, je tiefer sie in dem Gebäude verschwanden. »Sie hat doch tatsächlich gesagt, ihre Mutter hasst Amerikaner, weil sie im Krieg fast von einem vergewaltigt worden wäre.«

Check das mal. Wo hatte Rebus diesen Ausdruck schon mal gehört? Er wühlte in seiner Jackentasche und fand ein zusammengefaltetes Blatt Papier. Er faltete es auf und fing an zu lesen.

»›Check das mal. Ich bin nicht homosexull!‹« Es war die Fotokopie von dem Brief des Wolfsmanns an Lisa.

Check das mal. Es klang irgendwie amerikanisch, oder? Überhaupt eine merkwürdige Art, einen Brief anzufangen. Check das mal. Sei gewarnt, pass auf. Es gab etliche Möglichkeiten, einen Brief so anzufangen, dass der Leser wusste, er sollte ihn ernst nehmen. Aber *check das mal*?

Was wussten oder vermuteten sie über den Wolfsmann? Er kannte sich mit der Arbeitsweise der Polizei aus (ehemaliger Straftäter oder Polizist, beides war möglich). Es handelte sich um einen Mann, wenn man Jan Crawford glauben durfte. Er war ziemlich groß, hatte sie gemeint. Im Restaurant hatte Lisa Frazer noch ihre eigenen Ideen hinzugefügt: Er war konservativ; die meiste Zeit schien er nicht nur normal, da war er auch normal; er war, wie sie es formuliert hatte, »psychisch reif«. Und er hatte den Brief an Lisa in EC4 abgeschickt. EC4, lag dort nicht Old Bailey? Er erinnerte sich an seinen ersten und einzigen Besuch in dem Gebäude. Der Gerichtssaal und die überraschende Anwesenheit von Kenny Watkiss. Dann hatte er Malcolm Chambers kennen gelernt. Was hatte Chambers noch mal zu George Flight gesagt?

Die Arbeit versaut wird. Eigene Leute. Es passt mir nicht. Flight, es passt mir nicht, wenn mir die Arbeit versaut wird ... eigene Leute ... checken Sie das mal. Checken Sie das mal, George.

Mein Gott! Jede Kugel auf dem Tisch fiel plötzlich in eine Tasche, bis nur noch die weiße und die schwarze übrig waren. Jede einzelne Kugel.

Checken Sie das mal, George, mir passt nicht, wenn mir von meinen eigenen Leuten die Arbeit versaut wird.

Malcolm Chambers hatte eine Zeit lang in den USA studiert. Das hatte Flight Rebus erzählt. Man neigt dazu, bestimmte Manierismen anzunehmen, wenn man sich in einer neuen und fremden Umgebung anpassen will. *Check das mal.* Rebus hatte sich bemüht, dieser Versuchung in London zu widerstehen, doch sie war stark. In den USA studiert. Und jetzt war er mit Lisa Frazer zusammen. Lisa, die Studentin, Lisa, die Psychologin, Lisa, deren Foto in den Zeitungen war. *Check das mal.* Oh, wie der Wolfsmann sie hassen musste. Sie war trotz allem Psychologin, und Psychologen hatten ihn für schwul erklärt; sie hatten einen Einblick in das, was mit ihm nicht stimmte. Er selbst glaubte nicht, dass mit ihm irgendwas nicht stimmte. Aber da war etwas. Etwas, das langsam von ihm Besitz ergriff.

Old Bailey war in EC4. Der Wolfsmann hatte, empört wie er war, einen Fehler begangen und den Brief in EC4 abgeschickt.

Es war Malcolm Chambers, Malcolm Chambers war der Wolfsmann. Rebus konnte es nicht erklären, es nicht genau begründen, aber er wusste es trotzdem. Es war wie eine dunkle schmutzige Welle, die über ihn hinweggerollt war und ihre Spuren hinterlassen hatte. Malcolm Chambers. Jemand, der sich mit der Arbeitsweise der Polizei auskannte, jemand, der über jeden Verdacht erhaben war, jemand, der so sauber war, dass man ihm die Haut abschrubben musste, um an den Schmutz zu kommen.

Rebus rannte. Er rannte die Gower Street entlang in – wie er hoffte – Richtung City. Er rannte und reckte den Hals, um ein Taxi ausfindig zu machen. Da war eines vor ihm, an der Ecke neben dem British Museum, doch es stiegen gerade Leute ein. Studenten oder Touristen. Japaner. Grinsen und Kameras. Vier Personen, zwei Männer und zwei junge Frauen. Rebus steckte den Kopf in den hinteren Teil des Taxis, wo zwei von ihnen bereits saßen.

»Raus!«, brüllte er und wies mit dem Daumen energisch auf den Bürgersteig.

»Oi, Kumpel, was soll denn das?« Der Fahrer war so dick, dass er sich kaum auf seinem Sitz umdrehen konnte.

»Ich hab gesagt, raus!« Rebus ergriff einen Arm und zog. Entweder war der junge Mann erstaunlich leicht, oder Rebus hatte plötzlich ungeahnte Kräfte entwickelt, denn der Mann flog beinah aus dem Sitz und zeterte dabei in höchsten Tönen.

»Und du auch.«

Das Mädchen gehorchte brav. Rebus warf sich in das Taxi und knallte die Tür zu.

»Los!«, brüllte er.

»Ich fahre keinen Schritt, bis ich …«

Rebus hielt seinen Ausweis gegen die Scheibe zwischen Fahrgast und Fahrer.

»Inspector Rebus!«, rief er. »Das ist ein Notfall. Ich muss dringend zum Old Bailey. Verstoßen Sie von mir aus gegen sämtliche Verkehrsregeln, ich bring das später in Ordnung. Jetzt treten Sie doch endlich auf das Gas!«

Darauf schaltete der Fahrer das Fernlicht an und fädelte sich in den Verkehr ein.

»Benutzen Sie die Hupe!«, rief Rebus. Das tat der Fahrer auch. Eine erstaunliche Anzahl von Autos machte ihnen Platz. Rebus saß auf der Kante seines Sitzes und hielt sich mit beiden Händen daran fest, um nicht herumgeschleudert zu werden. »Wie lange brauchen wir?«

»Um diese Tageszeit? Zehn bis fünfzehn Minuten. Was ist los, Chef? Können die nicht ohne Sie anfangen?«

Rebus lächelte säuerlich. Genau das war das Problem. Der Wolfsmann konnte ohne ihn anfangen, wann immer er wollte. »Ich muss mal Ihr Funkgerät benutzen«, sagte er. Der Fahrer schob die Scheibe weiter auf.

»Bitte sehr«, sagte er und zog das kleine Mikrofon zu Rebus. Seit über zwanzig Jahren fuhr er nun Taxi, aber so etwas hatte er noch nicht erlebt.

Er war so aufgeregt, dass ihm erst auf halber Strecke einfiel, den Taxameter anzustellen.

Rebus hatte Flight so viel gesagt, wie er konnte, und sich bemüht, nicht hysterisch zu klingen. Flight schien an der Sache zu zweifeln, war aber bereit, ein paar Männer zum Old Bailey zu schicken. Rebus konnte es George Flight nicht verdenken, dass er vorsichtig war. Es war schwierig, die Verhaftung einer der Stützen der Gesellschaft allein aufgrund eines Gefühls zu rechtfertigen. Rebus erinnerte sich an weitere Dinge, die Lisa Frazer über Serienkiller gesagt hatte: Sie waren ein Produkt ihrer Umgebung; sie waren in ihrem Ehrgeiz beschnitten worden, was dazu führe, dass sie Angehörige der sozialen Schicht über ihnen umbringen. Nun ja, das traf auf Malcolm Chambers ganz gewiss nicht zu. Und was hatte sie über den Wolfsmann gesagt? Dass er bei seinen Angriffen eine »direkte Konfrontation« vermied und sich folglich in seinem Beruf vielleicht genauso verhielt. Hah! So viel zur Theorie. Doch nun begann Rebus selbst an seinen Instinkten zu zweifeln. Mein Gott, wenn er nun Unrecht hatte und die Theorie stimmte? Dann würde er selber als völliger Psychopath dastehen.

Dann fiel ihm etwas ein, was George Flight gesagt hatte. Man könnte sich ein so genaues Bild von dem Mörder machen, wie man wollte, aber davon hätte man immer noch keinen Namen und keine Adresse. Psychologie sei ja gut und schön, aber es ginge nichts über eine gute altmodische Intuition.

»Sind gleich da, Chef.«

Rebus versuchte, regelmäßig zu atmen. Ganz ruhig, John, ganz ruhig. Es standen jedoch keine Polizeiwagen vor dem Old Bailey. Keine Sirenen und keine bewaffneten Beamten. Nur ganz normale Leute, die dort herumliefen, Leute, die gerade Feierabend hatten, Leute, die sich gemeinsam über irgendwas amüsierten. Rebus ließ den Taxifahrer ohne Bezahlung und ohne Trinkgeld sitzen – ›Das regel ich später‹ – und schob die schwere Glastür des Gebäudes auf. Hinter noch mehr kugelsicherem Glas standen zwei Sicherheitsposten. Rebus hielt ihnen seinen Ausweis unter die Nase. Einer von ihnen zeigte auf die beiden senkrechten Glaszylinder, durch die immer jeweils nur eine Person das Gebäude betreten durfte. Rebus ging zu einem der Zylinder und wartete. Nichts passierte. Dann bemerkte er den Knopf, drückte mit dem Handballen dagegen, und die Zylindertür öffnete sich. Er ging hinein und wartete, wie es ihm vorkam, eine Ewigkeit, während sich erst die Tür hinter ihm schloss, bevor die Tür vor ihm genauso langsam aufglitt.

Ein weiterer Wachposten stand neben dem Metalldetektor. Rebus, der immer noch seinen Ausweis in der Hand hielt, ging rasch weiter, bis er vor der kugelsicheren Scheibe des Empfangs stand.

»Kann ich Ihnen helfen?«, fragte einer der Sicherheitsleute.

»Malcolm Chambers«, sagte Rebus. »Er ist bei Gericht zugelassener Anwalt. Ich muss ihn unbedingt sprechen.«

»Mr. Chambers? Einen Augenblick, ich seh mal nach.«

»Ich will nicht, dass er weiß, dass ich hier bin«, erklärte Rebus. »Ich will lediglich wissen, wo ich ihn finden kann.«

»Einen Augenblick.« Der Wachmann ging weg, beriet sich mit einem seiner Kollegen und las dann langsam ein Blatt Papier durch, das an einem Klemmbrett befestigt war. Rebus' Herz hämmerte. Er hatte das Gefühl, er würde jeden Moment explodieren. Er konnte nicht einfach hier herumstehen. Er musste etwas *tun*. Geduld, John. Eile mit Weile, wie sein Vater immer zu sagen pflegte. Aber was, zum Teufel, bedeutete das überhaupt? War eilen denn nicht eine Form von Bewegung?

Der Wachmann kam zurück.

»Ja, Inspector. Mr. Chambers hat gerade eine junge Dame zu Besuch. Man hat mir gesagt, sie säßen oben.«

Oben bedeutete der lange Flur, an dem die Gerichtssäle lagen. Rebus flog die imposante Treppe förmlich hinauf, immer zwei Stufen auf einmal nehmend. Marmor. Um ihn herum war reichlich Marmor. Und Holz. Und Glas. Die Fenster wirkten riesig. Anwälte mit Perücken kamen, tief ins Gespräch versunken, eine Wendeltreppe hinunter. Eine nervös aussehende Frau rauchte eine billige Zigarette, während sie auf jemanden wartete. Es herrschte ein ziemliches Chaos. Unzählige Leute kamen Rebus entgegen. Geschworene, die für heute entlassen waren. Anwälte und schuldbewusst aussehende Mandanten. Die Frau stand auf, um ihren Sohn zu begrüßen. Der Anwalt des Sohnes wirkte müde und gelangweilt. Der Flur leerte sich rasch, und die Leute strömten die Treppe hinunter auf die Glaszylinder zu und zurück in die Außenwelt.

Etwa dreißig Meter von Rebus entfernt saßen zwei Männer und rauchten gemütlich, die Beine übereinander geschlagen, eine Zigarette. Die beiden Männer, die Flight mit Lisa mitgeschickt hatte. Ihre Bodyguards. Rebus lief auf sie zu.

»Wo ist sie?«

Sie erkannten ihn, schienen sofort zu merken, dass irgendwas nicht stimmte, und standen auf.

»Sie interviewt irgendeinen Anwalt ...«

»Ja, aber *wo*?« Der Mann deutete mit dem Kopf auf einen der Gerichtssäle. Gerichtssaal acht! Natürlich, hatte Cousins nicht in Gerichtssaal acht aussagen müssen? Und war Malcolm Chambers nicht der Staatsanwalt?

Rebus stieß die Tür zum Gerichtssaal auf, doch abgesehen von ein paar Putzfrauen war der Saal vollkommen leer. Es musste noch einen zweiten Ausgang geben. Natürlich gab es den: die grüne gepolsterte Tür neben der Geschworenenbank. Die Tür, die zu den Zimmern der Richter führte. Er lief durch den Saal und dann die Stufen zu der Tür hinauf, riss sie auf und befand sich in einem hellen, mit Teppichboden ausgelegten Flur. Ein Fenster, ein Tisch mit einem Blumentopf. Ein schmaler Flur, nur auf einer Seite Türen, die andere Wand kahl. Über den Türen die Namen der Richter. Die Türen verschlossen. Es gab eine winzige Küche, aber dort war auch niemand. Eine Tür ließ sich schließlich öffnen, und er blickte in ein Geschworenenzimmer. Leer. Wieder zurück auf den Flur, mittlerweile laut stöhnend vor Frust. Eine Gerichtsdienerin mit einem Becher Tee in der Hand kam auf ihn zu.

»Unbefugten ist es nicht erlaubt ...«

»Inspector Rebus«, sagte er. »Ich suche einen Advokaten ... ich meine einen Anwalt. Malcolm Chambers. Er war mit einer jungen Frau hier.«

»Sie sind gerade gegangen.«

»Gegangen?«

Sie deutete auf das andere Ende des Flurs. »Von da kommt man in die Tiefgarage. Da sind sie hinunter.« Rebus wollte sich an der Frau vorbeischieben. »Die erwischen Sie nicht mehr«, sagte sie. »Es sei denn, die haben Probleme mit dem Auto.«

Rebus kaute nachdenklich auf seiner Unterlippe. Es galt,

keine Zeit zu verlieren. Die erste Entscheidung musste die richtige sein. Nachdem er sich entschieden hatte, ließ er die Gerichtsdienerin einfach stehen, lief zum Gerichtssaal zurück, dann durch den Saal in den langen Flur.

»Sie sind fort!«, brüllte er den Bodyguards zu. »Benachrichtigen Sie Flight! Sagen Sie ihm, sie sind mit Chambers' Auto unterwegs!« Dann rannte er weiter, die Treppe hinunter Richtung Ausgang. Er blieb nur einmal kurz stehen, um einen Wachmann am Ärmel zu packen. »Die Ausfahrt der Tiefgarage, wo ist die?«

»Auf der anderen Seite des Gebäudes.«

Rebus fuchtelte dem Wachmann mit einem Finger vorm Gesicht herum. »Rufen Sie in der Tiefgarage an. Die sollen Malcolm Chambers auf keinen Fall rausfahren lassen.« Der Wachmann stand sprachlos da und starrte auf den Finger. *»Machen Sie schon!«*

Dann rannte er weiter die Treppe hinunter, nun drei Stufen auf einmal nehmend, und wäre diesmal wirklich fast geflogen. Unten drängte er sich zwischen den Leuten hindurch, die darauf warteten, das Gebäude verlassen zu können.

»Polizei«, rief er, »Notfall.« Niemand sagte etwas. Sie waren wie Kühe, die geduldig darauf warteten, gemolken zu werden. Dennoch musste er einen endlosen stummen Schrei zum Himmel schicken, bis der Glaszylinder seine Fracht ausgespuckt, die Tür geschlossen und für Rebus wieder geöffnet hatte.

»Na komm schon, mach.« Schließlich ging die Tür mit einem schmatzenden Geräusch auf, und er war draußen im Foyer und rannte durch den Haupteingang auf die Straße. Dann lief er bis zur Ecke, bog nach rechts und lief weiter an dem Gebäude entlang. Noch mal nach rechts. Jetzt war er auf der anderen Seite des Gebäudes, wo die Ausfahrt der Tiefgarage war. Eine Straße hinab in die Dunkelheit. Das Auto kam quietschend ans Tageslicht und drosselte kaum das Tempo, während es die leichte Steigung zur Newgate Street hinauffuhr. Es war ein großer, blank polierter schwarzer BMW. Und auf dem Beifahrersitz saß Lisa Frazer. Sie wirkte entspannt, lächelte, unterhielt sich mit dem Fahrer, ohne etwas zu ahnen.

»Lisa!« Aber er war zu weit weg, der Verkehr um ihn herum zu laut. »Lisa!« Bevor er sie erreichen konnte, hatte das Auto sich bereits in den Verkehr eingefädelt und war verschwunden. Rebus fluchte vor sich hin. Dann bemerkte er plötzlich, dass er neben einem parkenden Jaguar stand, in dem ein livrierter Chauffeur saß, der ihn durch das Fenster anstarrte. Rebus zerrte am Türgriff und riss die Tür auf. Dann packte er den verblüfften Fahrer mit einer Hand und zog ihn aus dem Auto. Allmählich bekam er Übung darin, Leute um ihre Fahrzeuge zu bringen.

»Hoi! Was, zum Teufel …«

Die Kappe des Mannes rollte von einem Windstoß angetrieben über den Boden. Einen Augenblick kniete er auf dem Bürgersteig, unentschlossen, ob er die Kappe oder den Wagen retten sollte. Dieser Augenblick reichte. Rebus ließ den Motor aufheulen und fuhr vom Bordstein herunter. Wildes Hupen brach hinter ihm aus. Am Ende der leichten Steigung presste er eine Hand auf die Hupe und schoss nach links in die Hauptstraße. Quietschende Bremsen. Noch mehr Gehupe. Fußgänger starrten ihn an, als sei er wahnsinnig.

»Ich brauch Licht«, sagte er zu sich selbst und betrachtete das Armaturenbrett. Schließlich fand er den Schalter für die Scheinwerfer und schaltete das Fernlicht ein. Dann machte er einen scharfen Ruck nach rechts, um in die Mitte der Straße zu gelangen. Er überholte alles, was vor ihm war, schrammte mit der Beifahrerseite an einem entgegenkommenden roten Bus entlang, streifte einen Pylon in der Straßenmitte, woraufhin der leichte Plastikkegel abhob und in hohem Bogen in den entgegenkommenden Verkehr schoss.

Sie konnten noch nicht allzu weit sein. Da! Er entdeckte

die Rücklichter des BMW, als dieser vor einer Straßenbiegung abbremste. Das müsste doch mit dem Teufel zugehen, wenn er sie verlöre.

»Entschuldigen Sie?«

Rebus fuhr erschrocken zusammen und wäre beinah auf den Bürgersteig gefahren. Er warf einen Blick in den Rückspiegel und sah einen älteren Herrn auf dem Rücksitz sitzen, die Arme seitlich ausgestreckt auf den Polstern, um nicht das Gleichgewicht zu verlieren. Nach außen hin gelassen, beugte er sich zu Rebus vor.

»Würden Sie mir bitte freundlicherweise sagen, was hier los ist? Werde ich entführt?«

Rebus kam die Stimme bekannt vor, dann erinnerte er sich auch an das Gesicht. Es war der Richter aus dem Fall Watkiss. O Gott, er war mit einem Richter durchgebrannt!

»Es ist bloß, wenn Sie mich entführen«, fuhr der Richter fort, »würden Sie mir vielleicht gestatten, meine Frau anzurufen. Sonst lässt sie nämlich die Koteletts anbrennen.«

Anrufen! Rebus blickte erneut nach unten. Unter dem Armaturenbrett, zwischen Fahrer- und Beifahrersitz, war ein hübsches kleines schwarzes Autotelefon.

»Hätten Sie was dagegen, wenn ich Ihr Telefon benutze?«, fragte er. Der Adrenalinstoß ließ ihn übers ganze Gesicht grinsen.

»Bitte sehr.«

Rebus nahm den Apparat und fummelte während der Fahrt daran herum, was dazu führte, dass er immer hektischer lenkte.

»Drücken Sie den Knopf, auf dem TRS steht«, schlug der Richter vor.

»Danke, Euer Ehren.«

»Sie wissen, wer ich bin? Irgendwie kam mir Ihr Gesicht auch bekannt vor. Haben Sie in letzter Zeit mal vor mir gestanden?«

Doch Rebus hatte bereits gewählt und wartete nun darauf,

dass jemand den Hörer abnahm. Es schien ewig zu dauern. In der Zwischenzeit war der BMW über eine gelbe Ampel gebraust.

»Halten Sie sich fest«, sagte Rebus und fletschte die Zähne. Die Hupe klang wie das Kreischen einer Todesfee, als sie an dem wartenden Verkehr vorbei über die Kreuzung schossen. Die von rechts und links kommenden Fahrzeuge mussten scharf bremsen. Ein Wagen fuhr einem anderen hinten drauf. Ein Motorrad drehte sich auf der Straße um die eigene Achse. Aber sie waren über die Kreuzung. Der BMW war immer noch zu sehen, jetzt weniger als ein halbes Dutzend Autos vor ihnen. Offenbar hatte er den hinter ihm herjagenden Dämon noch nicht bemerkt.

Endlich meldete sich jemand am Telefon.

»Hier ist Rebus.« Dann fügte er für seinen Beifahrer hinzu: »Detective Inspector Rebus. Ich muss dringend Flight sprechen. Ist er da?« Es folgte eine längere Pause. Im Hörer knisterte es wie wild, als ob die Verbindung jeden Augenblick zusammenbrechen würde. Rebus klemmte den Hörer zwischen Schulter und Wange und lenkte jetzt mit beiden Händen, um erst eine Kurve und dann die nächste zu nehmen.

»John? Wo bist du?« Flights Stimme klang metallisch und fern.

»In einem Auto«, sagte Rebus, »einem Auto, das ich beschlagnahmt habe. Ich verfolge Chambers. Er hat Lisa Frazer bei sich. Ich glaube nicht, dass sie weiß, dass er der Wolfsmann ist.«

»Um Himmels willen, John, *ist* er denn der Wolfsmann?«

»Das werd ich ihn fragen, wenn ich ihn habe. Hast du Fahrzeuge zum Old Bailey geschickt?«

»Ich hab eines geschickt, ja.«

»Das war sehr großzügig.« Plötzlich sah Rebus, was vor ihm war. »O Scheiße!« Er bremste heftig, aber nicht heftig genug. Die alte Frau schlurfte langsam über den Zebrastreifen und zog ihren Einkaufstrolley einen Schritt hinter sich her wie einen Pudel. Rebus versuchte auszuweichen, erwischte aber den Trolley. Wie von einer Kanone abgefeuert, flog er in hohem Bogen durch die Luft und verstreute Lebensmittel. Eier, Butter, Mehl und Cornflakes regneten auf die Straße. Rebus hörte die Frau schreien. Schlimmstenfalls hatte sie einen gebrochenen Arm. Nein, schlimmstenfalls würde der Schock sie töten.

»O Scheiße«, sagte er noch einmal.

Der Richter starrte aus dem Heckfenster. »Ich glaube, ihr ist nichts passiert«, sagte er.

»John?« Flights blecherne Stimme kam aus dem Hörer. »Wer hat da gesprochen?«

»Oh«, sagte Rebus. »Das war der Richter. Ihm gehört der Jaguar, den ich beschlagnahmt habe.« Er hatte den Schalter für die Scheibenwischer gefunden und ließ sie sich mit der Pfannkuchenmischung auf der Windschutzscheibe abmühen.

»Du hast *was*?« So hörte es sich also an, wenn jemand richtig brüllte. Der BMW war immer noch in Sicht. Aber er fuhr jetzt etwas langsamer, vielleicht weil Chambers etwas von dem Zwischenfall hinter ihm mitbekommen hatte.

»Egal«, sagte Rebus. »Hör mal, schick doch einfach ein paar Streifenwagen hierher. Wir sind auf der …« Er schaute durch die Windschutzscheibe und durch das Seitenfenster, konnte aber keinen Straßennamen entdecken.

»High Holborn«, sagte der Richter.

»Danke«, sagte Rebus. »Wir sind auf der High Holborn, George.«

»Augenblick mal«, sagte Flight. Am anderen Ende fand ein leiser Wortwechsel statt. Dann kam Flight wieder an den Apparat. Er hörte sich müde an. »Bitte, John, sag mir, dass nicht du das bist, der hinter all den Meldungen steckt, die wir gerade reinkriegen. Die Schalttafeln in der Zentrale strahlen wie die Weihnachtsbäume.«

»Das sind vermutlich wir, George. Wir haben ein Stück zurück einen Pylon umgenietet, ein paar Unfälle verursacht, und jetzt haben wir gerade die Einkäufe einer alten Frau in die Luft gejagt. Ja, das sind wir.«

Wenn Flight stöhnte, dann tat er es leise. »Und wenn er es nun nicht ist, John? Wenn du dich irrst?«

»Dann sieht's beschissen aus, George, und ich werde vermutlich erfahren, wie ein Arbeitsamt von innen aussieht, wenn nicht sogar eine Gefängniszelle. Und jetzt schick endlich die Uniformierten hierher!« Rebus betrachtete den Hörer. »Richter, helfen Sie mir. Wie krieg ich …«

»Drücken Sie einfach auf Power.« Das tat Rebus, und die Leuchtziffern verschwanden.

»Danke«, sagte er.

Der Verkehr geriet ins Stocken, unzählige Bremslichter leuchteten vor ihnen auf. »Übrigens«, sagte der Richter, »falls Sie das Telefon noch mal benutzen wollen, sollte ich Ihnen wohl sagen, dass es eine Freisprecheinrichtung hat. Sie wählen einfach und lassen den Hörer in dem kleinen Fach da liegen. Dann können Sie den Anrufer hören, und der Anrufer kann Sie hören.« Rebus nickte dankbar. Der Richter war mit dem Kopf ganz dicht an Rebus' Ohr und starrte über dessen Schulter auf die Straße vor ihnen.

»Sie glauben also«, sagte er aufgeregt, »dass Malcolm Chambers hinter all diesen Morden steckt?«

»Das tue ich.«

»Und was für Beweise haben Sie dafür, Inspector?«

Rebus lachte und tippte an seinen Kopf. »Nur das hier, Euer Ehren, nur das hier.«

»Bemerkenswert«, sagte der Richter. Er schien über irgendetwas nachzudenken. »Ich habe Malcolm immer für einen etwas seltsamen jungen Mann gehalten. Großartig im Gerichtssaal, natürlich, ganz der Starankläger, weiß sich in Szene zu setzen und so weiter. Aber außerhalb des Gerichtssaals schien er immer völlig anders. O ja, vollkommen anders. Beinah mürrisch, als ob er mit seinen Gedanken ständig woanders wäre.«

Tatsächlich war wohl sein ganzer Verstand abgedriftet, dachte Rebus, in den Wahnsinn abgedriftet.

»Möchten Sie mit ihm reden?«

»Glauben Sie, ich verfolg ihn zum Spaß?«

Der Richter lachte vor sich hin und zeigte auf das Autotelefon. »Ich meinte, jetzt mit ihm reden.«

Rebus erstarrte. »Soll das heißen, Sie haben seine Nummer?«

»O ja.«

Rebus dachte darüber nach, doch dann schüttelte er den Kopf. »Nein«, sagte er. »Er hat jemanden bei sich. Eine unschuldige Frau. Ich möchte ihn nicht in Panik versetzen.«

»Ich verstehe«, sagte der Richter und lehnte sich wieder zurück. »Ja, Sie haben vermutlich recht. Daran hatte ich nicht gedacht.«

Dann war plötzlich ein surrendes elektronisches Geräusch im Auto zu hören. Es war das Telefon, dessen Display jetzt beleuchtet war und blinkte. Rebus reichte dem Richter den Hörer.

»Vermutlich für Sie«, sagte er trocken.

»Nein«, sagte der Richter, »legen Sie's zurück und drücken Sie auf ›Empfang‹.« Das tat Rebus. Erst dann sprach der Richter. »Hallo?«

Die Stimme aus dem Apparat war klar, der Empfang sehr gut. »Edward? Bist du das, der mich verfolgt?«

Es war Chambers' Stimme. Sie klang, als würde er sich über irgendwas amüsieren. Der Richter sah Rebus an, dem aber auch keine passende Antwort einfiel.

»Malcolm?«, fragte der Richter immer noch beherrscht. »Bist du das?«

»Das solltest du doch wissen. Du bist doch nur etwa zwanzig Meter hinter mir.«

»Bin ich? Auf welcher Straße bist du denn?«

Die Stimme veränderte sich und nahm plötzlich einen bösartigen Unterton an. »Verarsch mich nicht, Ted! Wer fährt denn dein scheiß Auto? Du kannst es ja schlecht selber sein, du hast ja noch nicht mal einen Führerschein. Wer ist es?«

Der Richter sah wieder Rat suchend zu Rebus. Sie lauschten beide schweigend und hörten Lisas leise Stimme.

»Was geht hier vor?«, fragte sie. »Was soll das?«

Dann Chambers' Stimme. »Halt die Klappe, Miststück. Du kommst auch noch dran.« Die Stimme wurde auf beängstigende Weise um eine Oktave höher und hörte sich wie die Stimme eines schlechten Frauenimitators an. Rebus sträubten sich die Nackenhaare. »Du kommst auch noch dran.« Dann wurde die Stimme wieder tiefer. Chambers sprach erneut in den Hörer. »Hallo? Wer ist da? Wer ist da? Ich kann dich atmen hören, du kleiner Scheißkerl.« Rebus biss sich auf die Lippen. War es besser, es Chambers zu sagen oder zu schweigen? Er schwieg.

»Na schön«, sagte Chambers seufzend, als würde er sich mit dieser Pattsituation abfinden. »Dann raus mit ihr.«

Rebus sah, wie die Beifahrertür des BMW aufschwang und der Wagen in Schlangenlinien auf den Bürgersteig zufuhr.

»Was machen Sie da!«, schrie Lisa. »Nein! Nein! Lassen Sie mich los!«

»Chambers!«, brüllte Rebus in Richtung Telefon. »Lassen Sie sie in Ruhe!« Der BMW schwenkte auf die Straße zurück, die Tür fiel zu. Einen Augenblick herrschte Schweigen.

»Hallo«, kam dann Chambers' Stimme. »Mit wem spreche ich?«

»Mein Name ist Rebus. Wir haben uns im …«

»John!« Es war Lisa. Sie klang verängstigt, fast hysterisch. Das Geräusch des Schlags tat Rebus in den Ohren weh.

»Ich hab gesagt, Sie sollen sie in Ruhe lassen!«, brüllte Rebus.

»Das weiß ich«, sagte Chambers, »aber Sie sind wohl kaum in einer Position, Befehle zu erteilen. Wie dem auch sei, jetzt, wo ich weiß, dass ihr beide euch kennt, macht das die Sache noch interessanter, nicht wahr, Inspector?«

»Sie erinnern sich also an mich?«

»Ich habe intime Kenntnisse über jeden, der an dem Wolfsmann-Fall arbeitet. Ich habe mich von Anfang an dafür interessiert – aus offensichtlichen Gründen. Und es war immer jemand da, der bereitwillig alles erzählte, was er wusste.«

»Damit Sie immer einen Schritt voraus waren?«

»*Einen* Schritt?« Chambers lachte. »Ganz schön eingebildet. Also sagen Sie mir, Inspector, was sollen wir jetzt tun? Halten Sie Ihr – ich meine Edwards – Auto an, oder bringe ich Ihre Freundin um? Wussten Sie, dass sie *mich* über die Psychologie von Gerichtsverhandlungen befragen wollte? Da hätte sie sich keinen Besseren aussuchen können, das kleine Miststück, finden Sie nicht?« Lisa schluchzte. Rebus konnte sie hören, und jeder Schluchzer ging ihm ein bisschen tiefer. »Ein Foto von ihr in der Zeitung«, sagte Chambers mit säuselnder Stimme. »Ein Foto von ihr und dem großen knallharten Detective.«

Rebus wusste, er musste dafür sorgen, dass Chambers immer weiter redete. Solange er ihn am Reden hielt, blieb Lisa am Leben. Doch dann stockte der Verkehr. Weiter vorn eine rote Ampel. Der BMW war nur noch wenige Autos von ihnen entfernt. Ein Wagen direkt davor hinderte ihn daran, die rote Ampel zu überfahren. Könnte er …? Sollte er es überhaupt in Erwägung ziehen? Der Richter hielt immer noch Rebus' Kopfstütze umklammert und starrte zu dem glänzenden schwarzen Auto hinüber, dem Auto, das so nah bei ihnen war … und so unbeweglich dastand.

»Also?« Es war Chambers' Stimme. »Fahren Sie an die Seite, Inspector, oder bring ich sie um?«

Rebus starrte angestrengt auf Chambers' Wagen. Er konnte sehen, dass Lisa von Chambers weg drängte, als ob sie fliehen wollte. Doch Chambers hielt sie mit dem linken Arm fest, der rechte lag vermutlich auf dem Lenkrad. Also würde der Mann seine ganze Aufmerksamkeit auf die Beifahrertür richten und nicht auf die Fahrertür achten.

Rebus fasste einen Entschluss, öffnete leise seine Tür und ließ sich auf den beruhigend festen Straßenbelag sinken. Um ihn herum ertönte ein Hupkonzert. Er kümmerte sich nicht darum. Die Ampel zeigte immer noch Rot. Er begann, sich gebückt, aber rasch vorwärts zu bewegen. Chambers' Spiegel auf der Fahrerseite! Wenn Chambers hineinsah, könnte er deutlich sehen, wie Rebus sich näherte. Beeil dich, John, beeil dich.

Gelb.

Scheiße!

Grün.

Jetzt war er am BMW und hatte den Türgriff gepackt. Chambers sah verblüfft zu ihm hinaus. Dann fuhr das Auto vor ihm los. Chambers ließ den Motor aufheulen, der Wagen schoss nach vorn, der Griff wurde Rebus' Fingern entrissen.

Scheiße! Rings um ihn herum Gehupe. Wütendes Gehupe. Wütende Autofahrer, die ihre Fenster herunterkurbelten und ihn anbrüllten, während er zum Jaguar zurücklief. Er ließ den Wagen an und fuhr weiter. Die Hand des Richters klopfte ihm auf die Schulter.

»Nicht schlecht, mein Junge. Nicht schlecht.«

Und Chambers' Gelächter aus dem Autotelefon. »Hoffentlich hab ich Ihnen nicht wehgetan, Inspector.« Rebus öffnete und schloss mehrmals die schmerzende Hand. Die Finger waren fast aus ihren Gelenken gerissen worden. Der kleine Finger schwoll bereits an. Gebrochen? Vielleicht.

»Also«, sagte Chambers, »ich mache Ihnen ein letztes Angebot, das Sie wohl kaum ablehnen können. Halten Sie an, oder ich bringe Dr. Frazer um.«

»Sie hat keinen Doktortitel, Chambers. Sie ist nur eine Studentin.« Er schluckte; jetzt wusste Lisa, dass er es wusste. Nicht dass es irgendeine Rolle spielte, jetzt jedenfalls nicht. Er atmete tief durch. »Bringen Sie sie um«, sagte er. Hinter ihm stöhnte der Richter erschrocken auf. Rebus schüttelte den Kopf, um ihn zu beruhigen.

»Was haben Sie gesagt?«, fragte Chambers.

»Ich hab gesagt, Sie sollen sie umbringen. Es kümmert mich eigentlich nicht. Sie hat mich in der letzten Woche ganz schön an der Nase herumgeführt. Es ist ihre eigene Schuld, dass sie in diese Situation geraten ist. Und nachdem Sie Ms. Frazer umgebracht haben, wird es mir ein großes Vergnügen sein, Sie umzubringen, Mr. Chambers.«

Wieder hörte er Lisas leise Stimme. »O Gott, John, bitte nicht!« Und dann Chambers, der immer ruhiger zu werden schien, je aufgeregter Rebus wurde. »Wie Sie wünschen, Inspector. Ganz wie Sie wünschen.« Die Stimme war kalt wie der Fußboden in einer Leichenhalle, jeder Hauch von Menschlichkeit war verschwunden. Vielleicht war es zum Teil Rebus' Schuld, weil er ihn in Zeitungsartikeln mit Lügengeschichten verspottet hatte. Doch Chambers hatte sich nicht Rebus ausgesucht, sondern Lisa. Wenn Rebus eine Sekunde später im Old Bailey angekommen wäre, wäre sie auf dem sicheren Weg in den Tod gewesen. So wie die Dinge jetzt lagen, war nichts sicher.

Nichts außer der Tatsache, dass Malcolm Chambers wahnsinnig war.

»Er biegt in die Monmouth Street ab«, sagte der Richter mit ruhiger Stimme. Er hatte das volle Ausmaß von Chambers' Schuld erfasst, den Horror dessen, was geschehen war und was noch geschehen könnte.

Rebus hörte ein klatschendes Geräusch über sich, blickte nach oben und sah einen Hubschrauber, der die Verfolgungsjagd beobachtete. Einen Polizeihubschrauber. Außerdem hörte er Sirenen. Und das tat Chambers anscheinend auch. Der BMW schoss nämlich nach vorn und schrammte an einem anderen Auto entlang, als er sich in eine Lücke quetschte. Das beschädigte Auto hielt abrupt an. Rebus bremste, riss das Lenkrad herum, streifte das Auto aber dennoch mit der Stoßstange auf seiner Seite.

»Tut mir leid.«

»Machen Sie sich keine Gedanken wegen dem Wagen«, sagte der Richter. »Aber lassen Sie ihn bloß nicht entkommen.«

»Er wird nicht entkommen«, sagte Rebus mit einer plötzlich erwachten Zuversicht. Wo, zum Teufel, kam die denn her? Und in dem Augenblick, wo er darüber nachdachte, verschwand sie auch schon wieder und hinterließ nur ein mulmiges Gefühl.

Jetzt waren sie auf der St. Martin's Lane. Es wimmelte von Menschen, die ins Theater wollten oder von der Arbeit kamen. Das geschäftige West End. Doch der Verkehr vor ihnen war aus keinem erkennbaren Grund deutlich weniger geworden, und die Leute gafften regelrecht, als erst der BMW und dann der Jaguar an ihnen vorbeischoss.

Als sie sich dem Trafalgar Square näherten, sah Rebus rechts und links Polizisten in leuchtend gelben Jacken, die den Verkehr in den Seitenstraßen anhielten. Warum mochten sie das denn tun? Es sei denn ...

Eine Straßensperre! Nur eine schmale Zufahrt zum Platz hatte man offen gelassen, alle Ausfahrten waren blockiert, der Platz selbst war für ihre Ankunft frei gehalten. Gleich würden sie ihn haben. Gott segne dich, George Flight.

Rebus nahm den Telefonhörer, seine Stimme klang wie ein wütendes Knurren, Speicheltröpfchen flogen gegen die Windschutzscheibe, während er sprach.

»Halten Sie an, Chambers. Sie können nirgendwo hin.«

Schweigen. Sie bogen jetzt schlitternd auf den Trafalgar Square. Um sie herum stauten sich überall laut hupende Autos, zurückgehalten von der hoch erhobenen, behandschuhten Hand des Gesetzes. Rebus war wieder obenauf. Das ganze West End von London zum Stillstand gebracht, damit er mit einem Jaguar ein Rennen gegen einen BMW veranstalten konnte. Er kannte Leute, die sich Arme und Beine dafür ausreißen würden, an seiner Stelle zu sein. Doch er hatte einen Job zu erledigen. Darum ging es. Es war bloß ein weiterer Job, der zu Ende gebracht werden musste. Er könnte genauso gut irgendwelche Jugendlichen in einem geklauten Cortina durch die Straßen einer Wohnsiedlung in Edinburgh verfolgen.

Aber das tat er nicht.

Sie hatten die Nelsonsäule bereits einmal voll umrundet. Canada House, South Africa House und die National Gallery waren nur verschwommene Gebilde. Hinter Rebus wurde der Richter gegen die Tür geschleudert.

»Halten Sie sich fest«, rief Rebus.

»Woran denn bitte?«

Und Rebus lachte. Er brüllte vor Lachen. Dann merkte er, dass die Telefonverbindung zu Chambers' BMW immer noch bestand. Er lachte noch lauter und nahm den Hörer. Die Knöchel der Hand, mit der er das Lenkrad umklammert hielt, waren ganz weiß, und der linke Arm tat ihm weh.

»Macht's Spaß, Chambers?«, brüllte er. »Wie hieß es doch in dieser alten Fernsehserie immer so nett, es gibt nirgends ein Versteck!«

Dann machte der BMW einen Schlenker, und Rebus hörte Chambers keuchen.

»Du Miststück!« Ein weiterer Schlenker und Geräusche wie von einem Kampf. Jetzt, wo Chambers wild entschlossen war, immer weiter im Kreis zu rasen, revanchierte Lisa sich für vorhin.

»Nein!«

»Lass los!«

»Ich ...«

Dann ein durchdringender Schrei, zwei durchdringende Schreie, beide in ihrer Intensität hoch und weiblich, und das schwarze Auto brach aus, sauste schnurstracks auf den Bürgersteig zu, den Bordstein hinauf, rammte das Wartehäuschen einer Bushaltestelle, von dem nur noch zerknautschtes Metall stehen blieb, und knallte schließlich gegen die Mauer der National Gallery.

»Lisa!«, schrie Rebus. Er brachte den Jaguar so abrupt zum Stehen, dass er sich beinah um die eigene Achse drehte.

Mit lautem Quietschen ging die Fahrertür des BMW auf, und Chambers stolperte heraus. Ein Bein offenbar verletzt, machte er sich halb humpelnd, halb laufend davon. Mit der rechten Hand hielt er irgendwas umklammert. Rebus kämpfte mit seiner Tür und fand schließlich den Griff. Er lief zum BMW und sah hinein. Lisa saß zusammengesunken auf dem Beifahrersitz, der Sicherheitsgurt spannte sich diagonal über ihren Körper. Sie stöhnte, doch es war nirgends Blut zu sehen. Schleudertrauma. Nichts weiter als ein Schleudertrauma. Sie öffnete die Augen.

»John?«

»Es wird alles wieder gut, Lisa. Hab noch einen Augenblick Geduld, es ist gleich jemand bei dir.« Tatsächlich näherten sich bereits die Polizeiwagen, und uniformierte Beamte kamen auf den Platz gelaufen. Rebus blickte von dem Wagen auf und suchte Chambers.

»Da!« Der Richter war aus dem Jaguar gestiegen und zeigte mit einem steifen Arm nach oben. Rebus folgte der Richtung und sah, dass er auf die Treppe der National Gallery wies. Chambers hatte gerade die oberste Stufe erreicht.

»Chambers!«, brüllte Rebus. »Chambers!«

Doch die Gestalt verschwand. Rebus lief auf die Treppe zu und musste feststellen, dass er ziemlich wackelig auf den Beinen war, als ob er statt von Knochen und Knorpel von Gummi aufrecht gehalten würde. Er stieg die Stufen hinauf und betrat das Gebäude durch die erstbeste Tür – den Ausgang. Eine Frau in Uniform lag auf dem Boden des Foyers, ein Mann kümmerte sich um sie. Der Mann deutete auf das Innere der Galerie.

»Da ist er reingelaufen!«

Und wo Malcolm Chambers hinging, da würde ihm Rebus ganz gewiss folgen.

Er lief und lief und lief.

So wie er immer vor seinem Vater davongelaufen war, davongelaufen und die Treppe zum Speicher hinaufgestiegen war, um sich zu verstecken. Aber am Ende wurde er doch erwischt. Selbst wenn er sich den ganzen Tag und die halbe Nacht versteckte, irgendwann zwang ihn der Hunger, der Durst die Treppe hinunter, wo sie auf ihn warteten.

Sein Bein tut weh. Und er hat eine Schnittwunde. Sein Gesicht brennt. Das warme Blut tropft ihm am Kinn herunter, fließt über den Hals. Und er läuft.

Nicht alles in seiner Kindheit ist schlecht gewesen. Er erinnert sich, wie seine Mutter behutsam an den Nasenhaaren seines Vaters herumschnippelte. »Lange Nasenhaare sind so unschön bei einem Mann.« Es war nicht seine Schuld, nichts von alledem, oder? Es war ihre. Sie hatten sich eine Tochter gewünscht; sie hatten niemals einen Sohn gewollt. Seine Mutter hatte ihm rosafarbene Sachen angezogen, Farben für Mädchen und Mädchenkleider. Dann hatte sie ihn gemalt, ihn mit langen blonden Locken gemalt, ihn in ihre Bilder einbezogen, in ihre Landschaften. Ein kleines Mädchen, das an einem Flussufer entlangläuft. Das mit Schleifen in den Haaren herumläuft. Laufen.

An einem Wächter vorbei, an zwei. Sich auf sie stürzen. Irgendwo schrillt eine Alarmglocke. Vielleicht bildet er sich das nur ein. All diese Gemälde. Wo kommen all diese Gemälde her? Durch eine Tür, nach rechts, durch noch eine Tür.

Sie behielten ihn zu Hause. Die Schulen konnten ihn angeblich nicht so unterrichten wie sie. Hausunterricht, hausgemacht. In manchen Nächten, wenn er betrunken war, warf sein Vater die Leinwände seiner Mutter um und tanzte darauf herum. »Kunst! Scheißkunst!« Und während er sein Tänzchen vollführte, lachte er hämisch, und seine Mutter saß die ganze Zeit da, das Gesicht in den Händen vergraben, und weinte. Dann lief sie in ihr Zimmer und verriegelte die Tür. Das waren die Nächte, in denen sein Vater in *sein* Zimmer getorkelt kam. Nur ein bisschen schmusen. Süßlicher Atem nach Alkohol. Nur ein bisschen schmusen. Und dann mehr als schmusen, sehr viel mehr. »Mach weit auf, wie beim Zahnarzt.« Gott, es tat so weh. Ein bohrender Finger ... Zunge ... das gewaltsame Öffnen ... Und noch schlimmer waren die Geräusche, das dumpfe Stöhnen, das laute näselnde Atmen. Und dann die Heuchelei, so zu tun, als wäre es nur ein Spiel gewesen, weiter nichts. Und um das zu beweisen, pflegte sein Vater sich herunterzubeugen und mit den Zähnen ein großes weiches Stück von seinem Bauch zu packen. Dabei brummte er wie ein Bär und machte ein schnaubendes Geräusch auf der nackten Haut. Und dann lachte er. »Siehst du, es war doch nur ein Spiel.«

Nein, niemals ein Spiel. Niemals. Laufen. Auf den Speicher. In den Garten, um sich hinter den Schuppen zu quetschen, wo die Brennnesseln waren. Selbst die taten ihm nicht so weh wie sein Vater. Hatte seine Mutter es gewusst? Natürlich hatte sie es gewusst. Einmal, als er in einem ruhigen Augenblick versucht hatte, es ihr zu erzählen, hatte sie sich geweigert, ihm zuzuhören. »Nein, nicht dein Vater, du schwindelst, Malcolm.« Doch ihre Bilder waren immer wüster geworden; die Felder waren jetzt lila und schwarz, das Wasser blutrot. Die Gestalten am Flussufer erinnerten nun an Skelette, in einem harten Weiß gemalt wie Geister.

So lange hatte er alles so gut verborgen. Doch dann war *sie* zu ihm zurückgekommen. Und jetzt war er meistens »sie«, wurde von ihr aufgesogen und von ihrem Bedürfnis nach ... Nein, nicht Rache, man konnte es eigentlich nicht Rache nennen. Es ging tiefer als Rache, ein großes und unersättliches Bedürfnis ohne Namen, ohne Form. Nur eine Funktion. O ja, eine Funktion.

Hier entlang und dort. Die Leute in der Galerie machen Platz für ihn. Die Alarmglocke schrillt immer noch. In seinem Kopf ist ein Zischen wie von einer kleinen Kinderrassel. Sss-sss-sss. Sss-sss-sss. Diese Gemälde, an denen er vorbeiläuft, sind lächerlich. *Lange Nasenhaare, Johnny.* Keines davon stellte das wirkliche Leben dar, geschweige denn das verborgene Leben unter der Oberfläche. Keines konnte die finsteren animalischen Gedanken eines jeden menschlichen Wesens auf diesem Planeten nachahmen. Doch dann stößt er eine weitere Tür auf, und alles ist völlig anders. Ein Raum voller Dunkelheit und Schattenspiel, voller Totenschädel und grimmiger blutleerer Gesichter. Ja, so ist es wirklich. Velázquez, El Greco, die spanischen Maler. Schädel und Schatten. Ah, Velázquez.

Warum hat seine Mutter nicht so malen können? Dann starben sie. *(Zusammen, im Bett. Eine undichte Gasleitung. Die Polizei hat gesagt, das Kind hat Glück gehabt, dass es am Leben geblieben ist. Glück gehabt, dass das Fenster in seinem Schlafzimmer ein paar Zentimeter geöffnet war.)* Nachdem sie gestorben waren, hatte er aus dem Haus als Einziges ihre Bilder mitgenommen, jedes Einzelne.

»Nur ein Spiel.«

»Lange Nasenhaare, Johnny.« Schnippelte mit der Schere, während sein Vater schlief. Er hatte mit den Augen gefleht, sie angefleht, die Spitze der Schere in den fleischigen, wehrlosen Hals seines Vaters zu stoßen. Und sie war so sanft gewesen. Schnipp. So sanft und gutmütig. Schnipp. *Das Kind hat Glück gehabt.*

Was wussten die denn schon?

Rebus ging die Treppe hinauf und durch den Buchladen. Mehrere Beamte waren dicht hinter ihm. Er gab ihnen Zeichen, sich zu verteilen. Es würde kein Entkommen geben. Er ermahnte sie allerdings auch, auf Distanz zu bleiben.

Malcolm Chambers gehörte *ihm*.

Die erste Galerie war sehr groß und hatte rote Wände. Ein Wächter zeigte zu dem Durchgang auf der rechten Seite, und Rebus ging darauf zu. Neben dem Durchgang hing ein Bild von einem kopflosen Leichnam, aus dem Blut spritzte. Das Gemälde spiegelte Rebus' Gedanken so gut wider, dass er grimmig lächelte. Auf dem orangefarbenen Teppich waren rostrote Blutflecken. Doch selbst ohne die hätte er keine Schwierigkeiten gehabt, Chambers' Spur zu folgen. Die Touristen und Aufseher traten vor ihm zurück, gestikulierten mit Armen und Händen, wiesen ihm den Weg. Die Alarmglocke war laut und schrill und half ihm, sich zu konzentrieren. Er stand wieder fest auf den Beinen, und sein Herz pumpte das Blut so laut, dass er sich fragte, ob andere es hören konnten.

Er bog nach rechts ab und gelangte durch ein kleines Eckzimmer erneut in eine große Galerie, an deren Ende sich zwei schwere Holztüren mit Glaseinsatz befanden. Daneben stand ein weiterer Aufseher und hielt sich seinen verletzten Arm. Auf einer Tür war ein blutiger Händeabdruck. Rebus blieb stehen und blickte durch die Scheibe in den Raum dahinter.

In der äußersten Ecke kauerte der Wolfsmann auf dem Boden. Direkt über ihm an der Wand hing ein Gemälde von einer mönchischen Gestalt, das Gesicht im Schatten halb von einer Kapuze verdeckt. Die Gestalt sah aus, als bete sie zum Himmel. Sie hielt einen Schädel in der Hand. Neben dem Schädel war ein senkrechter Streifen verschmiertes Blut.

Rebus schob die Tür auf und betrat den Raum. Neben jenem Gemälde hing eines von der Jungfrau Maria, deren Kopf, beziehungsweise das, was davon übrig war, von Sternen umgeben war. In ihrem Gesicht klaffte ein großes Loch. Die Gestalt unter den Bildern war reglos und still. Rebus ging langsam weiter in den Raum. Er warf einen Blick nach links und sah auf der Wand, die sich gegenüber von Chambers befand, mehrere Porträts von unglücklich aussehenden Adligen. Sie hatten allen Grund, unglücklich zu sein. In jeder Leinwand waren Schlitze, die ihre Köpfe fast vom Körper trennten. Er war jetzt ziemlich nah und konnte erkennen, dass das Gemälde neben Malcolm Chambers ein Velázquez war, »Die Unbefleckte Empfängnis«. Rebus lächelte wieder. Unbefleckt, weiß Gott.

Und dann fuhr Malcolm Chambers' Kopf nach oben. Die

Augen waren kalt, das Gesicht lädiert von der Windschutzscheibe des BMW. Als er sprach, war seine Stimme dumpf und müde.

»Inspector Rebus.«

Rebus nickte, obwohl es keine Frage gewesen war.

»Ich frag mich«, sagte Chambers, »warum meine Mutter nie mit mir hierher gegangen ist. Ich kann mich nicht erinnern, dass man je mit mir irgendwo hingegangen ist, außer vielleicht zu Madame Tussaud's. Waren Sie mal bei Madame Tussaud's, Inspector Rebus? Ich mag am liebsten die Schreckenskammer. Doch meine Mutter wollte da nicht mit reinkommen.« Er lehnte sich lachend gegen die Absperrstange hinter sich, bereit, sich jeden Augenblick daran hochzudrücken. »Ich hätte diese Bilder nicht zerreißen dürfen, nicht wahr?«, sagte er. »Sie waren vermutlich von unschätzbarem Wert. Eigentlich albern. Sind ja schließlich nur Bilder. Warum sollten Bilder von unschätzbarem Wert sein?«

Rebus hatte eine Hand ausgestreckt, um ihm hochzuhelfen. Gleichzeitig fiel sein Blick wieder auf die Porträts. Aufgeschlitzt. Nicht zerrissen, *aufgeschlitzt.* Wie der Arm des Wächters. Nicht von einer menschlichen Hand, sondern mit Hilfe eines Instruments.

Zu spät. Das kleine Küchenmesser in Chambers' Hand drang bereits durch Rebus' Hemd. Chambers war aufgesprungen und drängte Rebus rückwärts auf die Porträts an der gegenüberliegenden Wand zu. Der Wahnsinn verlieh Chambers Kraft. Rebus spürte, wie sein Fuß an der Absperrstange hinter ihm hängen blieb; sein Kopf fiel nach hinten gegen ein Bild, knallte dumpf gegen die Wand. Mit der rechten Hand hatte er jetzt die Hand umklammert, in der Chambers das Messer hielt, sodass sich die Messerspitze zwar immer noch in seinen Bauch bohrte, aber nicht tiefer eindringen konnte. Er stieß Chambers ein Knie in den Unterleib und schlug ihm den linken Handballen gegen die Nase. Ein Aufschrei war zu hören, gleichzeitig ließ der Druck auf dem Messer nach. Rebus drehte Chambers' Handgelenk und versuchte, das Messer loszuschütteln, doch Chambers ließ nicht locker.

Beide wieder aufrecht, rangen nun ein Stück von der Wand entfernt um das Messer. Chambers stieß ein lautes Geheul aus. Bei dem Geräusch lief es Rebus eiskalt den Rücken herunter, selbst während er sich mit dem Mann herumschlug. Es war, als kämpfte er mit den dunklen Mächten persönlich. Unangenehme Gedanken rasten durch seinen Kopf: überfüllte U-Bahn-Züge, Kinderschänder, Bettler, ausdruckslose Gesichter, Punks und Zuhälter. Wie eine riesige Welle brach alles, was er in London gesehen und erlebt hatte, mit einem Mal über ihn herein. Er wagte nicht, Chambers ins Gesicht zu sehen, aus Angst, er würde erstarren. Die Gemälde um ihn herum verschwammen zu blauen, schwarzen und grauen Farbflecken, während er diesen Danse macabre tanzte und dabei spürte, wie Chambers immer stärker und er immer müder wurde. Müde und schwindlig, der Raum drehte sich um ihn, während ihn – von dem Loch in seinem Bauch ausgehend – eine ungeheure Lethargie befiel.

Jetzt bewegt sich das Messer, bewegt sich mit neu gefundener Kraft, einer Kraft, der Rebus nichts entgegenzusetzen vermag außer einer Grimasse. Er zwingt sich, Chambers anzusehen. Tut es und sieht Augen, die ihn anstarren wie die eines Stiers, den trotzig verzogenen Mund, das vorgeschobene Kinn. Da steckt mehr als Trotz dahinter, mehr als Wahnsinn, das ist geballte Entschlossenheit. Rebus spürt sie, während sich die Hand mit dem Messer dreht. Sich um hundertachtzig Grad dreht. Und dann wird er wieder rückwärts gestoßen. Chambers scheint immer größer zu werden, treibt ihn mit der Kraft eines Roboters vor sich her, bis Rebus wieder gegen eine Wand knallt, diesmal mit Chambers. Es ist beinah eine Umarmung, als herrsche ein intimer Kontakt zwischen den Körpern. Chambers ist unglaublich schwer. Seine Wange ruht auf der von Rebus. Bis Rebus wieder zu Atem kommt und den Körper wegstößt. Chambers taumelt zurück in den Raum, das Messer steckt bis zum Heft in seiner Brust. Er beugt den Kopf, um nach unten zu schauen. Dunkles Blut tropft aus seinen Mundwinkeln. Er berührt den Griff des Messers. Dann blickt er zu Rebus und lächelt beinah entschuldigend.

»So unschön ... bei einem Mann.« Dann sinkt er auf die Knie. Der Rumpf kippt nach vorn. Der Kopf schlägt auf dem Teppich auf. Und bleibt dort. Rebus atmet heftig. Er drückt sich von der Wand ab, geht in die Mitte des Raumes und stößt mit der Schuhspitze gegen den Körper, kippt Chambers auf die Seite. Das Gesicht sieht friedlich aus trotz der blutigen Schrammen. Rebus berührt mit zwei Fingern sein Hemd, und als er sie wieder betrachtet, sind sie feucht vor Blut. Das spielte keine Rolle. Was allein zählte, war, dass der Wolfsmann sich am Ende doch als menschlich erwiesen hatte, menschlich und sterblich, sterblich und tot. Rebus wusste, wenn er wollte, könnte er das als sein Verdienst in Anspruch nehmen. Doch das wollte er nicht. Er würde sie auffordern, das Messer herauszuziehen und auf Fingerabdrücke zu untersuchen. Sie würden nur die von Chambers finden. Was natürlich nicht viel hieß. Leute wie Flight würden immer noch glauben, dass Rebus ihn umgebracht hatte. Aber Rebus hatte den Wolfsmann nicht getötet und war sich nicht sicher, was es letztlich gewesen war: Feigheit? Schuld? Oder etwas tiefer Liegendes, etwas, das nicht zu erklären war?

So unschön ... bei einem Mann. Was war denn das für ein Nachruf?

»John?«

Es war Flights Stimme. Hinter ihm standen zwei Beamte, die Pistolen im Anschlag.

»Keine silbernen Kugeln nötig, George«, sagte Rebus. Er stand da, inmitten von zerstörten Kunstschätzen im Wert von – wie er annahm – mehreren Millionen Pfund. Alarmglocken schrillten, während sich draußen in Central London meilenweit der Verkehr staute, bis der Trafalgar Square endlich wieder freigegeben werden konnte.

»Ich hab dir doch gesagt, es würde einfach sein«, sagte er.

Lisa Frazer ging's eigentlich ganz gut. Schock, ein paar Blutergüsse, Schleudertrauma. Das Krankenhaus wollte sie über Nacht dabehalten, nur um sicherzugehen. Sie wollten auch Rebus dabehalten, doch er lehnte das ab. Also gaben sie ihm Schmerztabletten und nähten ihm mit drei Stichen den Bauch zu. Die Verletzung wäre ziemlich oberflächlich, meinten sie, aber man sollte besser vorsichtig sein. Der Faden, den sie benutzten, war dick und schwarz.

Als er in Chambers' riesiger zweistöckiger Wohnung in Islington ankam, wimmelte es dort bereits von Polizisten, Leuten von der Spurensicherung, Fotografen und dem üblichen Gefolge. Die Reporter draußen warteten verzweifelt auf ein Statement; einige erkannten ihn von der Stegreifkonferenz wieder, die er vor dem Haus in der Copperplate Street abgehalten hatte. Doch er drängte sich an ihnen vorbei in die Höhle des Wolfsmanns.

»John, wie geht's dir?« George Flight wirkte von den Ereignissen des Tages geschafft. Er hatte Rebus eine Hand auf die Schulter gelegt. Rebus lächelte.

»Mir geht's gut, George. Was habt ihr gefunden?«

Sie standen in einem großen Flur. Flight deutete mit einem Blick nach hinten auf eines der Zimmer, die von dem Flur abgingen. »Du wirst es nicht glauben«, sagte er. »Ich bin mir noch nicht sicher, ob ich es tue.« Flights Atem roch nach Whisky. Man hatte bereits zu feiern begonnen.

Rebus ging zur Tür und betrat das Zimmer. Das war der Raum, in dem die Fotografen und Spurensicherungsleute am eifrigsten zugange waren. Ein großer Mann erhob sich hinter einem Sofa und sah zu Rebus herüber. Es war Philip Cousins. Er nickte lächelnd. Neben ihm stand Isobel Penny, den Zeichenblock in der Hand. Doch Rebus bemerkte, dass sie nicht zeichnete und dass alle Spuren von Lebendigkeit aus ihrem Gesicht gewichen waren. Anscheinend konnte selbst sie noch schockiert werden.

Die ganze Szenerie war in der Tat schockierend. Doch am schlimmsten war der Gestank, der Gestank und das Summen der Fliegen. An einer Wand hingen die Überreste von Gemälden – sehr primitiv gemalte Bilder, das konnte selbst Rebus erkennen. Doch nun waren es nur noch Fetzen, von denen einige auf dem Fußboden lagen. Und die gegenüberliegende Wand war so voll mit Graffiti, dass sie jedem Hochhaus im Churchill Estate alle Ehre gemacht hätte. Bösartiges Zeug: SCHEISSKUNST, FÜHLT MIT DEN ARMEN, TÖTET DIE BULLEN: der Stoff des Wahnsinns.

Zwei Leichen waren einfach hinter das Sofa geworfen worden, und eine dritte lag unter einem Tisch, als ob jemand einen halbherzigen Versuch gemacht hätte, sie beiseitezuräumen. Teppich und Wände waren mit einem Sprühregen von Blutstropfen bedeckt, und der widerlich süße Gestank sagte Rebus, dass zumindest eine der Leichen bereits mehrere Tage hier lag. Es war einfacher, sich dem Anblick zu stellen, nun, wo die Sache vorbei war. Schwieriger zu beantworten war die Frage nach dem »Warum«. Das jedenfalls machte Flight sehr zu schaffen.

»Ich kann einfach kein Motiv finden, John. Ich meine, Chambers hatte doch alles. Warum, zum Teufel, musste er … Ich meine, warum konnte er nicht einfach …?« Sie waren im Wohnzimmer. Nirgends waren irgendwelche Hinweise zu entdecken. Chambers' Privatleben schien genauso harmlos und wohl geordnet wie der Rest seiner Wohnung. Bis auf jenes eine Zimmer, jenen geheimen Winkel. Abgesehen davon hätten sie in der Wohnung jedes x-beliebigen erfolgreichen Anwalts sein und dessen Bücher, Schreibtisch, Korrespondenz und Computerdateien durchsehen können.

Das kümmerte Rebus eigentlich nicht. Es wäre ihm auch egal, wenn sie nie herausfänden, warum.

»Warte, bis die Biografie rauskommt, George«, sagte Rebus, »vielleicht kriegst du dann deine Antwort.« Oder frag einen Psychologen, dachte er bei sich. Er hatte keinen Zweifel, dass es jede Menge Theorien geben würde.

Doch Flight schüttelte den Kopf, rieb sich über Gesicht und Hals. Er konnte immer noch nicht glauben, dass es zu Ende war. Rebus berührte ihn mit einer Hand am Arm. Ihre Blicke begegneten sich. Rebus nickte bedächtig, dann zwinkerte er.

»Du hättest in diesem Jaguar sein sollen, George. Es war fantastisch.«

Flight gelang es, sich ein Lächeln abzuringen. »Erzähl das mal dem Richter«, sagte er. »Erzähl das mal dem Richter.«

An jenem Abend aß Rebus bei Flight, ein Essen, das Marion gekocht hatte. So kam schließlich das seit Tagen vereinbarte Dinner zustande, doch es war eine ziemlich düstere Angelegenheit, die einzig durch ein Interview mit einem Kunsthistoriker in den Spätnachrichten etwas belebt wurde. Er sprach über den Schaden an den Gemälden im Spanischen Raum der National Gallery.

»So eine sinnlose Zerstörung … Vandalismus … rein mutwillig … von unschätzbarem Wert … vielleicht irreparabel … Millionen Pfund … Erbe.«

»Bla, bla, bla«, sagte Flight höhnisch. »So ein verdammtes Gemälde kann man zumindest wieder zusammenflicken. Diese Leute reden sich wirklich einen Scheiß zurecht.«

»George!«

»Entschuldige, Marion«, sagte Flight verlegen. Er sah zu Rebus, der ihm zuzwinkerte.

Später, nachdem Marion ins Bett gegangen war, saßen die beiden Männer noch zusammen und tranken einen letzten Brandy.

»Ich hab mich entschlossen, aufzuhören«, sagte Flight. »Marion liegt mir schon seit Ewigkeiten damit in den Ohren. Und meine Gesundheit ist auch nicht mehr das, was sie mal war.«

»Hoffentlich nichts Schlimmes?«

Flight schüttelte den Kopf. »Nein, das nicht. Aber ich hab ein Angebot von einer Sicherheitsfirma. Mehr Geld, geregelte Arbeitszeiten. Du weißt schon, wie das ist.«

Rebus nickte. Er hatte erlebt, wie einige der besten unter seinen älteren Kollegen wie Motten zum Licht strebten, wenn Sicherheitsfirmen an sie herantraten. Er trank sein Glas aus.

»Wann wirst du abreisen?«, fragte Flight.

»Ich dachte, ich fahr morgen zurück. Ich kann ja wiederkommen, wenn man mich für eine Aussage braucht.«

Flight nickte. »Wenn du das nächste Mal kommst, kannst du bei uns im Gästezimmer übernachten.«

»Danke, George.« Rebus stand auf.

»Ich fahr dich zurück«, sagte Flight. Doch Rebus schüttelte den Kopf.

»Ruf mir ein Taxi«, beharrte er. »Ich will nicht, dass man dich wegen Trunkenheit am Steuer drankriegt. Überleg mal, wie sich das auf deine Rente auswirken würde.«

Flight starrte in sein Brandyglas. »Da hast du nicht ganz Unrecht«, sagte er. »Also gut, dann ein Taxi.« Er griff mit einer Hand in seine Tasche. »Ich hab übrigens ein kleines Geschenk für dich.«

Er hielt Rebus die zusammengeballte Faust hin, und Rebus hielt seine Hand darunter. Ein Zettel fiel aus Flights Hand in seine. Rebus faltete ihn auseinander. Es war eine Adresse. Rebus sah Flight an und nickte verstehend.

»Danke, George«, sagte er.

»Aber keine Handgreiflichkeiten, John.«

»Keine Handgreiflichkeiten«, versprach Rebus.

In dieser Nacht schlief er tief, wachte jedoch am nächsten Morgen um sechs Uhr auf und saß sofort senkrecht im Bett. Ihm tat der Bauch weh, ein brennendes Gefühl, als hätte er gerade einen großen Schnaps in sich hineingekippt. Die Ärzte hatten ihm gesagt, er sollte keinen Alkohol trinken. Gestern Abend hatte er deshalb nur ein Glas Wein und zwei Gläser Brandy getrunken. Er rieb sich den Bereich um die Verletzung und versuchte, den Schmerz mit reiner Willenskraft zu bekämpfen. Doch dann schluckte er zwei weitere Schmerztabletten mit einem Glas Leitungswasser, bevor er sich anzog und in die Schuhe schlüpfte.

Sein Taxifahrer war zwar verschlafen, sprudelte aber über mit Geschichten von den gestrigen Ereignissen.

»Ich war nämlich auf Whitehall. Eineinviertel Stunden im Taxi, bis sich der Verkehr wieder in Bewegung setzte. Sage und schreibe eineinviertel Stunden. Die Verfolgungsjagd hab ich zwar nicht gesehen, aber ich hab den Knall gehört.«

Rebus saß die ganze Strecke schweigend zurückgelehnt da, bis zu dem Wohnblock in Bethnal Green. Er bezahlte den Fahrer und sah noch einmal auf den Zettel, den Flight ihm gegeben hatte. Nummer 46, vierter Stock, Wohnung sechs. Im Aufzug roch es nach Essig. Aus einer zerknitterten Papierschachtel in einer Ecke quollen blasse Fritten und ein Stück Fischpanade heraus. Flight hatte recht: Es ging nichts über ein gutes Netz von Informanten. Dadurch kam man rasch an Informationen. Aber was ein gutes Netzwerk für die Polizei leisten konnte, konnte es auch für die Schurken tun. Rebus hoffte, dass er rechtzeitig da war.

Rasch ging er vom Aufzug über den kleinen Treppenabsatz zu einer Wohnungstür, vor der zwei leere Milchflaschen in einem Plastikkasten standen. Er nahm sich eine Flasche, lief zum Aufzug zurück, dessen Türen sich gerade rumpelnd schlossen, und steckte im letzten Augenblick die Milchflasche dazwischen. Die Türen blieben, wo sie waren. Der Aufzug ebenfalls.

Man konnte nie wissen, ob man nicht eine rasche Fluchtmöglichkeit brauchen würde.

Dann lief er durch den schmalen Flur zu Wohnung Nummer sechs, stützte sich gegen die Wand und trat mit dem Absatz gegen die Türklinke. Die Tür flog auf, und er ging in eine stickige Diele. Eine weitere Tür, ein weiterer Tritt, und er sah Kenny Watkiss ins Gesicht.

Watkiss hatte auf einer Matratze auf dem Fußboden geschlafen. Nun stand er da, so weit wie möglich von der Tür entfernt gegen die Wand gelehnt, nur mit einer Unterhose bekleidet, und zitterte. Er schob sich die Haare zurück, als er den Eindringling erkannte.

»O Ma-Mann«, stotterte er. »Was machen Sie denn hier?«

»Hallo, Kenny«, sagte Rebus und trat ins Zimmer. »Ich dachte, wir plaudern mal ein wenig.«

»Worüber?« Man bekam nicht eine solche Angst, wie Kenny Watkiss sie offenkundig hatte, weil einem morgens um halb sieben jemand die Tür eintrat. Man bekam eine solche Angst nur bei dem Gedanken, *wer* das tun könnte und *warum*.

»Über Onkel Tommy?«

»Onkel Tommy?« Kenny Watkiss lächelte wenig überzeugend. Er ging zu der Matratze zurück und begann, sich eine zerrissene Jeans überzuziehen. »Was ist mit ihm?«

»Wovor hast du solche Angst, Kenny? Weshalb versteckst du dich?«

»Verstecken?« Wieder dieses Lächeln. »Wer hat denn gesagt, dass ich mich verstecke?«

Rebus schüttelte den Kopf und lächelte ebenfalls; allerdings strahlte *er* dabei offenkundiges Mitgefühl aus. »Du tust mir leid, Kenny, echt leid. Typen wie dich sehe ich Hunderte pro Woche. Voller Ehrgeiz und nichts im Kopf. Große Klappe, aber keinen Mumm. Ich bin erst seit einer Woche in London, und schon weiß ich, wo ich dich finde, wenn ich das will. Meinst du, Tommy könnte das *nicht*? Glaubst du, er lässt dich irgendwann in Ruhe? Nein, er wird dir deinen Schädel an die Wand nageln.«

»Reden Sie doch keinen Blödsinn.« Jetzt wo er angezogen war, nachdem er noch ein schwarzes T-Shirt übergezogen hatte, hatte Kennys Stimme etwas von ihrem Zittern verloren. Doch er konnte den Ausdruck seiner Augen nicht kaschieren, diesen gehetzten und gejagten Blick. Rebus beschloss, es ihm leicht zu machen. Er griff in seine Tasche und zog ein Päckchen Zigaretten heraus, bot Kenny eine an und gab ihm Feuer, bevor er sich selber eine nahm. Er rieb sich seinen Bauch. Mein Gott, tat das weh. Er hoffte, dass die Stiche hielten.

»Du hast ihn übers Ohr gehauen«, sagte Rebus beiläufig. »Er hat mit gestohlener Ware gehandelt, du warst sein Kurier und hast die Sachen für ihn ausgeliefert. Aber du hast immer ein bisschen was für dich abgezweigt, nicht wahr? Bei jedem Auftrag hast du ein bisschen mehr kassiert, als er wusste. Warum? Um für die Wohnung in Docklands zu sparen? Damit du dich selbstständig machen konntest? Vielleicht bist du irgendwann zu habgierig geworden, ich weiß es nicht. Jedenfalls wurde Tommy misstrauisch. Du warst vor ein paar Tagen im Gericht, weil du sehen wolltest, wie er eingelocht wurde. Das war das Einzige, was dich hätte retten können. Als er nicht verurteilt wurde, hast du noch einmal versucht, ihm Sand in die Augen zu streuen, indem du von der Zuschauergalerie heruntergebrüllt hast. Aber da war es nur noch eine Frage der Zeit. Und als du hörtest, dass das Verfahren ganz eingestellt worden war, da wusstest du, dass er dir sofort auf die Pelle rücken würde. Also bist du abgehauen. Aber du bist nicht weit genug gelaufen, Kenny.«

»Was geht Sie das denn an?« Die Worte klangen wütend. Aber es war eine Wut, die auf Angst beruhte. Und sie war nicht gegen Rebus gerichtet. Schließlich war er nur der Überbringer der schlechten Nachricht.

»Nur eines«, sagte Rebus ganz ruhig, »lass Sammy in Ruhe. Geh nie wieder in ihre Nähe, versuch noch nicht mal, sie anzurufen. Am besten solltest du jetzt gleich in einen Zug oder Bus oder sonst was steigen und aus London verschwinden. Und keine Sorge, früher oder später kriegen wir Tommy wegen irgendwas dran. Dann kannst du vielleicht zurückkommen.« Er hatte erneut eine Hand in die Tasche gesteckt und zog ein Bündel Zehn-Pfund-Noten hervor. Davon zählte er vier Scheine ab und warf sie auf die Matratze. »Das ist für eine einfache Fahrkarte, und ich würde vorschlagen, dass du sie noch heute Morgen benutzt.«

Kennys Augen und Stimme waren misstrauisch. »Sie wollen mich doch nicht reinlegen?«

»Warum sollte ich?«

Diesmal war das Lächeln sehr viel selbstbewusster. Er sah auf das Geld. »Das ist bloß 'ne Familiensache, Rebus. Nichts weiter. Ich kann auf mich selbst aufpassen.«

»Tatsächlich?« Rebus nickte und ließ seinen Blick durch das Zimmer mit seiner abblätternden Tapete und dem mit Brettern verrammelten Fenster schweifen sowie der Matratze mit einem einzigen verknitterten Laken. »Na schön.« Er wandte sich zum Gehen.

»Ich war das übrigens nicht allein!«

Rebus blieb stehen, drehte sich aber nicht um. »Was?« Er versuchte, desinteressiert zu klingen.

»Da steckte auch ein Bulle mit drin. Er bekam einen Anteil von den Einbrüchen.«

Rebus atmete heftig ein. Musste er das wissen? *Wollte* er das wissen? Kenny Watkiss ließ ihm jedoch keine Wahl.

»Ein Detective namens Lamb«, sagte er. Rebus atmete leise aus, sagte aber nichts, ließ sich nichts anmerken, sondern verließ die Wohnung, ging zum Aufzug, trat die Milchflasche weg und riss die Tür auf. Dann drückte er den Knopf zum Erdgeschoss und wartete, dass der Aufzug langsam hinunterfuhr.

Vor dem Wohnblock blieb er stehen, um seine Zigarette auszutreten. Er rieb sich wieder über den Bauch. Zu blöde, dass er die Schmerztabletten nicht mitgenommen hatte. Aus den Augenwinkeln sah er auf dem Parkplatz einen Lieferwagen ohne jede Aufschrift. Sechs Uhr fünfundvierzig. Es könnte eine vollkommen rationale Erklärung dafür geben und für die Tatsache, dass zwei Männer mit steinerner Miene auf den Vordersitzen saßen. Sie könnten doch gerade zur Arbeit fahren wollen, oder?

In Wirklichkeit wusste Rebus verdammt genau, was die dort taten. Und diesmal hatte er eine Wahl. Er könnte sie ihre Arbeit verrichten lassen, oder er könnte sie davon abhalten. Er brauchte noch weitere ein bis zwei Sekunden, um sich zu entscheiden, doch dann ging er, mit einem Bild von Samanthas Gesicht vor Augen, lässig auf den Wagen zu, und als die Männer seine Anwesenheit immer noch ignorierten, klopfte er laut an das Beifahrerfenster. Der Beifahrer sah ihn mit unverhohlener Feindseligkeit an, doch als er merkte, dass Rebus sich nicht einschüchtern ließ, kurbelte er das Fenster herunter.

»Yeah?«

Rebus hielt dem Mann seinen Ausweis so dicht vors Gesicht, dass ihn die Plastikumhüllung an der Nase kratzte.

»Polizei«, blaffte er. »Machen Sie, dass Sie hier wegkommen. Und sagen Sie Tommy Watkiss, dass wir seinen Neffen vierundzwanzig Stunden unter Bewachung haben. Wenn irgendwas passiert, wissen wir, wo wir hingehen und wen wir dafür verantwortlich machen müssen.« Rebus trat einen Schritt zurück und betrachtete den Mann aufmerksam. »Meinen Sie, das können Sie sich merken, oder soll ich es Ihnen aufschreiben?«

Der Beifahrer knurrte hörbar, als er das Fenster wieder

hochkurbelte. Der Fahrer ließ bereits den Motor an. Als der Wagen sich in Bewegung setzte, verpasste Rebus ihm noch einen Tritt zum Abschied. Vielleicht würde Kenny verschwinden, vielleicht würde er auch bleiben. Das war seine Entscheidung. Rebus hatte ihm eine Chance gegeben. Ob der junge Mann sie nutzte oder nicht, lag nicht in Rebus' Hand.

»Wie Pontius Pilatus«, murmelte er vor sich hin, als er Richtung Hauptstraße ging. Während er an einem Laternenpfahl stand und wartete und betete, dass ein schwarzes Taxi vorbeikommen möge, sah er Kenny Watkiss aus dem Wohnblock treten, eine Leinentasche über die Schulter geworfen. Er schaute sich um und begann dann, ans andere Ende der Siedlung zu laufen. Rebus nickte vor sich hin. »Braver Junge«, sagte er, als ein Taxi mit quietschenden Bremsen neben ihm anhielt.

»Glück gehabt, Kumpel«, sagte der Fahrer. »Ich fang gerade meine Schicht an.« Rebus stieg ein und nannte den Namen seines Hotels. Dann lehnte er sich zurück, um die Stadt um diese stille Stunde zu genießen. Der Fahrer jedoch stimmte sich bereits mächtig auf den vor ihm liegenden Tag ein.

»Sagen Sie mal, haben Sie von diesem Theater gestern am Trafalgar Square gehört?«, fragte er. »Ich hab anderthalb Stunden im Stau gestanden. Ich meine, ich bin ja durchaus für Recht und Ordnung, aber es hätte doch eine andere Möglichkeit geben müssen, das zu regeln, oder?«

John Rebus schüttelte den Kopf und lachte.

Sein Koffer lag mit geschlossenem Deckel auf dem Bett, daneben die kaum benutzte Aktentasche und die Tüte mit den Büchern. Er zwängte gerade die letzten Sachen in seine Reisetasche, als es leise an der Tür klopfte.

»Herein.«

Sie trat ein. Sie trug eine Halskrause aus festem Schaumstoff, deren optische Wirkung sie jedoch durch ein Grinsen milderte.

»Ist das nicht dämlich? Die wollen, dass ich das noch die nächsten Tage trage, aber ich …« Sie sah das Gepäck auf dem Bett. »Du willst doch nicht etwa schon abreisen?«

Rebus nickte. »Ich bin hergekommen, um bei dem Wolfsmann-Fall zu helfen. Der Wolfsmann-Fall ist abgeschlossen.«

»Aber was ist mit …«

Er wandte sich ihr zu. »Was mit uns ist?«, riet er. Sie senkte den Blick. »Das ist eine gute Frage, Lisa. Du hast mich angelogen. Du wolltest uns nicht helfen. Du wolltest deine verdammte Dissertation zusammenkriegen.«

»Tut mir leid«, sagte sie.

»Mir auch. Ich meine, ich kann verstehen, warum du es getan hast, warum du geglaubt hast, du *müsstest* es tun. Kann ich wirklich. Aber das macht es nicht besser.«

Sie straffte ihre Schultern und nickte. »So kann man es sehen«, sagte sie. »Dann sagen Sie mir, Inspector Rebus, wenn ich Sie lediglich benutzt habe, warum bin ich dann vom Krankenhaus aus direkt hierher gekommen?«

Er zog den Reißverschluss an seiner Reisetasche zu. »Weil ich dir auf die Schliche gekommen bin«, sagte er.

»Nein«, sagte sie. »Das musste früher oder später ja passieren. Zweiter Versuch.« Er zuckte die Achseln. »Ach«, sagte sie mit Enttäuschung in der Stimme, »ich hatte gehofft, du könntest es mir sagen. Ich weiß es nämlich selber nicht genau.«

Er wandte sich ihr wieder zu und sah, dass sie lächelte. Sie sah so dämlich mit der Halskrause aus, dass er schließlich das Lächeln erwidern musste. Und als sie auf ihn zukam, erwiderte er auch ihre Umarmung.

»Au!«, rief sie. »Nicht so fest, John.«

Also lockerte er seinen Griff ein wenig, und sie lagen sich weiter in den Armen. Er fühlte sich ein bisschen beschwipst; das kam wohl von den Schmerztabletten.

»Auf jeden Fall«, sagte er schließlich, »warst du keine große Hilfe.«

Sie machte sich von ihm los. Er lächelte immer noch, aber eher schelmisch. »Wie meinst du das?«

»Ich meine all dieses Zeug, worüber wir uns im Restaurant unterhalten haben, die vielen Karteikarten.« Rebus zählte die einzelnen Punkte auf. »Zunichte gemachter Ehrgeiz. Opfer aus einer sozialen Schicht über der des Mörders. Vermeiden von Konfrontation ...« Er kratzte sich am Kinn. »Davon trifft nichts auf Malcolm Chambers zu.«

»Das würde ich nicht sagen. Wir müssen uns noch mit seiner Kindheit beschäftigen, mit seinem familiären Hintergrund.« Sie hörte sich eher herausfordernd als defensiv an. »Und ich hatte recht mit der Schizophrenie.«

»Du führst dein Projekt also fort?«

Sie versuchte zu nicken, was nicht einfach war. »Natürlich«, sagte sie. »An Chambers lässt sich noch reichlich arbeiten. Irgendwo in seiner Vergangenheit muss es Anhaltspunkte geben. Er muss doch irgendwas hinterlassen haben.«

»Sag mir Bescheid, wenn du es rausgekriegt hast.«

»John. Hat er irgendwas gesagt, bevor er starb?«

Rebus lächelte. »Nichts Wichtiges«, sagte er. »Nichts Wichtiges.«

Nachdem sie gegangen war, nach diversen Versprechen, wiederzukommen, gemeinsame Wochenenden in Edinburgh zu verbringen, Postkarten zu schreiben und sich gegenseitig anzurufen, trug er sein Gepäck zur Rezeption. George Flight stand am Empfangstresen und unterzeichnete mehrere Formulare. Rebus legte seinen Schlüssel daneben.

»Ist dir eigentlich klar, wie viel dieses Hotel kostet?«, sagte Flight ohne aufzublicken. »Wenn du das nächste Mal kommst, musst du wirklich bei mir schlafen.« Dann sah er Rebus an. »Aber du warst es vermutlich wert.« Er unterschrieb das letzte Formular und reichte alles der Frau hinter der Theke, die den Stapel erst durchsah, bevor sie mit einem Nicken bestätigte, dass alles in Ordnung war. »Sie wissen ja, an welche Adresse Sie das schicken müssen«, rief Flight über die Schulter zurück, während die beiden Männer auf die Pendeltür des Hotels zusteuerten.

»Ich muss endlich das Kofferraumschloss reparieren lassen«, sagte Flight, nachdem sie Rebus' Gepäck auf dem Rücksitz verstaut hatten. »Wohin? King's Cross?«

Rebus nickte. »Mit einem kleinen Umweg«, sagte er.

Der Umweg stellte sich, nach Flights Worten, als gar nicht so klein heraus. Sie parkten gegenüber von Rhonas Wohnung in Gideon Park, und Flight zog die Handbremse.

»Gehst du rein?«, fragte er. Rebus hatte daran gedacht, doch er schüttelte den Kopf. Was könnte er Sammy schon sagen? Nichts, was ihr helfen würde. Wenn er erzählte, dass er Kenny gesehen hatte, würde sie ihm nur vorwerfen, er hätte ihn verscheucht. Nein, am besten ließ er es bleiben.

»George«, sagte er, »könntest du vielleicht jemanden vorbeischicken, um ihr zu sagen, dass Kenny London verlassen hat? Er soll aber betonen, dass alles in Ordnung ist, dass Kenny nicht in Schwierigkeiten steckt. Ich möchte nicht, dass sie noch zu lange an ihn denkt.«

Flight nickte. »Ich mach das selbst«, sagte er. »Hast du mit ihm gesprochen?«

»Ich war heute Morgen dort.«

»Und?«

»Ich kam gerade rechtzeitig. Aber ich nehme an, er kommt schon klar.«

Flight betrachtete das Gesicht neben ihm. »Ich denke, das glaub ich dir.«

»Nur noch eines.«

»Ja?«

»Kenny hat mir erzählt, dass einer von deinen Männern mit drinsteckt. Dieser Prolet mit dem Milchgesicht.«

»Lamb?«

»Genau der. Laut Kenny steht er auf Tommy Watkiss' Gehaltsliste.«

Flight kräuselte die Lippen und war einen Augenblick schweigsam. »Ich denke, das glaub ich dir auch«, sagte er schließlich ganz leise. »Mach dir keine Sorgen, John. Ich kümmer mich darum.«

Rebus sagte nichts. Er starrte immer noch auf die Fenster von Rhonas Wohnung. Er wollte, dass Sammy an eines der Fenster kam und ihn sah. Nein, nicht dass sie ihn sah, nur dass *er sie* sehen könnte. Aber es war niemand zu Hause. Die Damen waren wohl mit Tim, Tony, Graeme oder Ben unterwegs.

Und außerdem ging das Rebus sowieso nichts an.

»Lass uns fahren.«

Also fuhr Flight ihn zum Bahnhof King's Cross. Fuhr ihn durch Straßen, die mit nichts wesentlich anderem gepflastert waren als in jeder anderen Stadt. Alte und moderne Straßen, die Neid und Verheißung ausströmten. Und Böses. Vielleicht nicht viel Böses. Aber genug. Schließlich war das Böse ein einigermaßen konstanter Faktor. Er dankte Gott, dass nur so wenige Menschen damit in Berührung kamen. Er dankte Gott, dass er seine Freunde und seine Familie davor bewahrte. Und er dankte Gott, dass er jetzt nach Hause fuhr.

»Woran denkst du?«, fragte Flight, als sie mal wieder im Leerlauf an einer roten Ampel standen.

»An nichts«, sagte Rebus.

Er dachte immer noch an nichts, als er in den vollen Intercity 125 stieg und sich mit seinen Zeitungen und Zeitschriften hinsetzte. Als der Zug gerade anfahren wollte, quetschte sich jemand auf den Sitz ihm gegenüber und stellte vier Dosen starken Lager-Biers auf das Tischchen. Es war ein großer, taff aussehender junger Mann mit kahl geschorenem Schädel. Er starrte Rebus wütend an und stellte seinen Walkman lauter. Tschch-tschch-tschch ging es so laut, dass Rebus beinah den Text verstehen konnte. Der Junge hielt eine Fahrkarte mit Ziel Edinburgh in der Hand. Er legte die Fahrkarte hin und riss eine Dose auf. Rebus schüttelte müde den Kopf und lächelte. Seine ganz private Hölle. Als der Zug dann schließlich fuhr, nahm Rebus seinen Rhythmus auf und schlug stumm den Takt mit.

LMAA
LMAA
LMAA
LMAA
LMAA
LMAA

Den ganzen Weg nach Hause.

DANK

Mein Dank für Fakten, Zahlen, Psychopathen und Irrwege (auf die ich die Leser geführt habe) geht an folgende Personen:

In London: Dr. S. Adams, Ms. Fiona Campbell, Chris Thomas, Mr. Andrew Walker, die Beamten der Tottenham Police Station

In Newmarket: L. Rodgers

In Edinburgh: Professor J. Curt, Ms. Alison Girdwood

In Fife: Mr. & Mrs. Colin Stevenson

In Glasgow: Alex Blair

In Kanada: Mr. Tiree Macgregor, Dr. D. W. Nichol

In den USA: Dr. David Martin, Ms. Rebecca Hughes

Ehrensache

Für den einzigen Jack,
den ich je ausgezogen habe.

Er weiß nichts, doch er glaubt, er weiß alles. Das deutet ganz klar auf eine politische Karriere hin.
Shaw, Major Barbara

Freundschaft wächst durch ständigen Umgang miteinander.
Libianus, 4. Jh. n. Chr.,
zitiert im *Edinburgh* von Charles McKean

Anmerkungen

Als Erstes möchte ich darauf hinweisen, dass der Wahlkreis North und South Esk eine Erfindung des Autors ist. Man muss jedoch nicht jemand wie Mungo Park* sein, um herauszufinden, dass zwischen North und South Esk und der wirklichen Welt eine Beziehung bestehen muss. Schließlich ist Edinburgh eine reale Stadt, und »südöstlich von Edinburgh« ist eine vage geografisch definierbare Gegend.

In *mancher* Hinsicht ähnelt North und South Esk dem parlamentarischen Wahlkreis Midlothian – vor der Gebietsreform von 1983 –, doch ein kleiner südlicher Zipfel des gegenwärtigen Wahlkreises Edinburgh Pentlands und ein westlicher Zipfel des Wahlkreises East Lothian gehören auch noch dazu.

Gregor Jack ist ebenfalls frei erfunden und hat keinerlei Ähnlichkeit mit einem der acht Labour- (neun, wenn man das Mitglied des Europäischen Parlaments aus der Region mitzählt) und der zwei konservativen Abgeordneten, die derzeit die Wahlkreise von Edinburgh und den Lothians vertreten.

Folgenden Personen möchte ich für ihre unschätzbare Hilfe danken: Alex Eadie, der bis zu seiner Pensionierung Abgeordneter für Midlothian war; dem Abgeordneten John

* Mungo Park, schottischer Forscher, 1771–1805, bekannt vor allem wegen seiner Entdeckungsreisen entlang des Nigers.

Home Robertson; Professor Busuttil, Regius-Professor für Rechtsmedizin an der University of Edinburgh; der Lothian and Borders Police; der City of Edinburgh Police; den Mitarbeitern des Edinburgh Room in der Edinburgh Central Library; den Mitarbeitern der National Library of Scotland; Angestellten und Gästen von Sandy Bell's, der Oxford Bar, Mather's (West End), der Clark's Bar und dem Green Tree.

1

Der Melkschuppen

Das Erstaunlichste an der Sache war, dass die Nachbarn sich nicht beschwert hatten, es noch nicht mal bemerkt hatten, wie viele von ihnen später den Leuten von der Presse erzählten. Jedenfalls nicht bis zu jener Nacht, als ihr Schlaf von einer plötzlichen Betriebsamkeit auf der Straße gestört wurde. Autos, Minibusse, Polizisten, das Rauschen und Knistern von Funkgeräten. Nicht dass es übermäßig viel Lärm gegeben hätte. Die Aktion wurde sogar dermaßen stilvoll und so zügig durchgeführt, dass manche die ganze Aufregung verschliefen.

»Ich erwarte von Ihnen Höflichkeit«, hatte Chief Superintendent »Farmer« Watson seinen Männern an jenem Abend im Besprechungsraum erklärt. »Es mag zwar ein Hurenhaus sein, aber es befindet sich auf der richtigen Seite der Stadt, wenn Sie verstehen, was ich meine. Man kann nie wissen, wer sich dort gerade aufhält. Vielleicht treffen wir ja sogar unseren lieben Chief Constable.«

Watson grinste, um zu signalisieren, dass dies ein Scherz sein sollte. Aber einige Beamte im Raum, die den CC besser kannten, als Watson das offenbar tat, tauschten vielsagende Blicke und grinsten spöttisch.

»Also gut«, sagte Watson, »dann wollen wir den Angriffsplan noch einmal durchgehen …«

Mein Gott, das macht ihm richtig Spaß, dachte Detective Inspector John Rebus. Er genießt jede einzelne Sekunde. Und warum auch nicht? Schließlich war das Watsons geistiges Kind, und es sollte eine Hausgeburt werden. Das hieß, Watson trug die volle Verantwortung dafür, von der unbefleckten Empfängnis bis zur unbefleckten Entbindung.

Vielleicht hatte das etwas mit den männlichen Wechseljahren zu tun, dieses Bedürfnis, ein bisschen die Muskeln spielen zu lassen. Die meisten Chief Supers, die Rebus in seinen zwanzig Jahren bei der Polizei erlebt hatte, hatten sich damit zufrieden gegeben, Papiere zu unterschreiben und auf die Pensionierung zu warten. Doch nicht Watson. Watson war wie Channel Four – voller unabhängiger Sendungen, die nur wenige interessierten. Er wirbelte nicht gerade große Wellen auf, aber er plantschte wie der Teufel.

Und nun schien er sogar einen Informanten zu haben, irgendein unsichtbares Wesen, das ihm das Wort »Bordell« ins Ohr geflüstert hatte. Sünde und Ausschweifung! Das hatte in Watsons hartem presbyterianischem Herz heiligen Zorn entfacht. Er war ein typischer Highland-Christ, der Sex in der Ehe gerade noch akzeptabel fand – sein Sohn und seine Tochter waren Beweis dafür –, alles andere jedoch kategorisch ablehnte. Wenn es ein Bordell in Edinburgh gab, dann würde Watson dafür sorgen, dass es geschlossen wurde.

Doch dann hatte der Informant ihm die Adresse genannt, und das hatte ein gewisses Zögern hervorgerufen. Das Bordell lag nämlich in einer der besseren Straßen der New Town, ruhige georgianische Häuserreihen, gesäumt von Bäumen, Saabs und Volvos. In den Häusern lebten Akademiker: Anwälte, Ärzte, Professoren. Das war kein Seemannspuff, nicht ein paar dunkle, feuchte Zimmer über einer Hafenkneipe. Das war, wie Rebus selbst zum Besten gegeben hatte, ein Etablissement für die Etablierten. Watson hatte diesen Scherz nicht verstanden.

Mehrere Tage und Nächte wurde mit nicht gekennzeichneten Autos und unauffälligen Zivilbeamten Wache gehalten. Bis es kaum noch einen Zweifel gab: Was auch immer in den Räunen hinter den geschlossenen Fensterläden geschah, geschah nach Mitternacht, und dann ging es ziemlich lebhaft zu. Eigenartigerweise kamen nur wenige der zahlreichen Männer mit dem Auto an. Doch ein wachsamer Detective Constable, der mitten in der Nacht pinkeln ging, entdeckte, warum. Die Männer parkten ihre Autos in Seitenstraßen und gingen zu Fuß zum Eingang des vierstöckigen Hauses. Vielleicht gehörte das zu den Regeln des Hauses. Das Knallen von Autotüren zu so später Stunde würde in der Straße Misstrauen erregen. Oder vielleicht war es auch im eigenen Interesse der Besucher, ihre Autos nicht in der hell erleuchteten Straße abzustellen, wo sie möglicherweise erkannt werden könnten ...

Kraftfahrzeugkennzeichen wurden aufgenommen und überprüft, ebenso Fotos von den Besuchern des Hauses. Außerdem machte man den Eigentümer des Hauses ausfindig. Neben diversen Häusern in Edinburgh gehörte ihm die Hälfte von einem Weingut in Frankreich, und er lebte das ganze Jahr in Bordeaux. Sein Anwalt hatte das Haus an eine Mrs Croft vermietet, eine sehr distinguierte Dame Mitte fünfzig. Nach Aussage des Anwalts zahlte sie die Miete immer pünktlich und in bar. Gab's da ein Problem ...?

Kein Problem, versicherte man ihm, aber wenn er das Gespräch bitte für sich behalten könnte ...

In der Zwischenzeit hatte man festgestellt, dass es sich bei den Autobesitzern um Geschäftsleute handelte, einige aus der Gegend, die meisten kamen jedoch von südlich der Landesgrenze in die Stadt. Durch diese Information ermutigt, hatte Watson mit der Planung der Razzia begonnen. Mit seiner üblichen Mischung aus Witz und Scharfsinn nannte er die Aktion *Operation Hush Puppies*.

»Schweinehunde, die ins Bordell schleichen, verstehen Sie, John.«

»Ja, Sir«, antwortete Rebus. »Ich hab auch mal so ein Paar Schuhe gehabt und mich oft gefragt, wieso die eigentlich so heißen.«

Watson zuckte die Schultern. Er war niemand, der sich leicht ablenken ließ. »Vergessen Sie das mit den Hush Puppies«, sagte er. »Hauptsache, wir erwischen die Schweinehunde.«

Da ab Mitternacht offenbar immer der meiste Betrieb im Haus herrschte, setzte man die Razzia für ein Uhr am Samstagmorgen an. Die Durchsuchungsbeschlüsse waren ausgestellt. Jeder im Team kannte seinen Platz. Und der Anwalt hatte ihnen sogar Pläne vom Haus zur Verfügung gestellt, die die Beamten auswendig gelernt hatten.

»Das ist ja der reinste Kaninchenbau«, hatte Watson gesagt.

»Kein Problem, Sir, solange wir genug Frettchen haben.«

In Wahrheit freute Rebus sich ganz und gar nicht auf seine Arbeit in dieser Nacht. Bordelle mochten zwar illegal sein, aber sie erfüllten einen Zweck, und wenn sie sich um ein ehrbares Äußeres bemühten, wie es dieses zweifellos tat, wo lag dann das Problem? Er sah einen Teil seines Zweifels in Watsons Blick widergespiegelt. Doch Watson hatte sich mit so viel Begeisterung in die Sache gekniet, dass ein Rückzug jetzt undenkbar war und als ein Zeichen von Schwäche gewertet würde. Also wurde *Operation Hush Puppies* durchgezogen, obwohl niemand so richtig wild darauf war. Während andere gefährlichere Straßen nicht patrouilliert wurden. Während in Familien misshandelt wurde. Während weiterhin ungeklärt blieb, ob die Tote im Water of Leith wirklich ertrunken war …

»Okay, gehen wir rein.«

Sie verließen die Autos und Minibusse und marschierten

zum Eingang, klopften leise an. Die Tür wurde von innen geöffnet, und dann überstürzten sich die Ereignisse wie auf einem Video, das mit doppelter Geschwindigkeit läuft. Weitere Türen wurden geöffnet … wie viele Türen konnte denn so ein Haus haben? Erst anklopfen, dann öffnen; ja, sie waren höflich.

»Würden Sie sich bitte anziehen …«

»Wenn Sie jetzt mit hinunterkommen könnten …«

»Sie können zuerst Ihre Hose anziehen, Sir, wenn Sie möchten …«

Dann: »Du meine Güte, Sir, sehen Sie sich das mal an.« Rebus folgte dem jugendlichen Detective Constable, der ganz rot im Gesicht geworden war. »Hier rein, Sir. Da fallen einem ja die Augen aus dem Kopf.«

Ach ja, die Folterkammer. Ketten, Lederriemen und Peitschen. Mehrere vom Boden bis zur Decke reichende Spiegel, ein ganzer Schrank mit Zubehör.

»Hier ist ja mehr Leder als in einem verdammten Melkschuppen.«

»Sie scheinen ja eine Menge über Kühe zu wissen, Kleiner«, sagte Rebus. Er war froh, dass der Raum gerade nicht benutzt wurde. Aber es sollte noch mehr Überraschungen geben.

In manchen Teilen des Hauses schien sich nichts Anstößigeres abzuspielen als Kostümpartys; man sah Krankenschwestern und Oberschwestern, Nonnenschleier und hohe Absätze. Nur dass die meisten Kostüme mehr freigaben als sie verbargen. Eine junge Frau trug eine Art Taucheranzug aus Gummi, bei dem an den Brustwarzen und im Schritt Löcher waren. Eine andere sah aus wie eine Mischung aus Heidi und Eva Braun. Watson beobachtete die Parade, und rechtschaffener Zorn ergriff ihn. Nun hatte er keinerlei Zweifel mehr. Es war absolut richtig, dieses Etablissement zu schließen. Dann setzte er sein Gespräch mit

Mrs Croft fort. Chief Inspector Lauderdale hielt sich ganz in seiner Nähe auf. Er hatte darauf bestanden, mitzukommen, weil er seinen Vorgesetzten kannte und ein Fiasko befürchtet hatte. Nun ja, dachte Rebus lächelnd, bisher war nichts in die Hose gegangen.

Mrs Croft sprach mit einem verfeinerten Cockney-Akzent, der immer weniger fein klang, je länger sich die Sache hinzog und je mehr Paare die Treppe herunter in das große, mit Sofas vollgestellte Wohnzimmer strömten. Ein Raum, in dem es nach teurem Parfüm und Markenwhisky roch. Mrs Croft stritt alles ab. Sie stritt sogar ab, dass sie sich in einem Bordell befanden.

Bin ich die Hüterin meines Bordells?, ging es Rebus durch den Kopf. Trotzdem musste er ihre Darbietung bewundern. Sie wäre eine Geschäftsfrau, erklärte sie immer wieder, eine Steuerzahlerin, und hätte ihre Rechte. Und wo wäre überhaupt ihr Anwalt?

»Ich dachte, sie vertritt hier die Rechte der sexuell Ausgehungerten«, flüsterte Lauderdale Rebus zu – ein seltener Anflug von Humor bei einem der verdrießlichsten Typen, mit denen Rebus je zusammengearbeitet hatte. Deshalb verdiente diese Bemerkung ein Lächeln.

»Was grinsen Sie so? Ich wusste nicht, dass wir gerade Pause machen. Gehen Sie wieder an die Arbeit.«

»Ja, Sir.« Rebus wartete, bis Lauderdale sich von ihm abgewandt hatte, um besser hören zu können, was Watson sagte, und machte mit der Hand unauffällig ein V-Zeichen in seine Richtung. Mrs Croft bekam das jedoch mit, dachte anscheinend, sie wäre gemeint, und erwiderte die Geste. Lauderdale und Watson drehten sich beide zu Rebus um, doch dieser war bereits verschwunden …

Einige Beamte, die man im Garten hinter dem Haus postiert hatte, führten nun ein paar bleichgesichtige Gestalten ins Haus zurück. Ein Mann war aus einem Fenster im ersten Stock gesprungen, mit dem Ergebnis, dass er nun humpelte. Er beharrte dennoch darauf, dass er keinen Arzt brauchte, dass kein Krankenwagen gerufen werden sollte. Die Frauen schienen das Ganze eher amüsant zu finden, besonders den Ausdruck auf den Gesichtern ihrer Kunden. Dieser reichte von beschämt und verlegen bis zu wütend und verlegen. Es gab das eine oder andere kurze Aufbegehren à la: Ich kenne meine Rechte. Doch im Wesentlichen taten alle, was man ihnen sagte, das heißt, sie hielten den Mund und übten sich in Geduld.

Scham und Verlegenheit ließen ein wenig nach, als einer der Männer daran erinnerte, dass es nicht verboten wäre, ein Bordell zu besuchen. Es wäre lediglich verboten, eines zu führen oder in einem zu arbeiten. Das stimmte zwar, bedeutete jedoch nicht, dass die anwesenden Männer einfach in die Anonymität der Nacht entfliehen konnten. Bevor man sie wegschickte, würde man ihnen erst ein wenig Angst einjagen. Wenn man den Bordellen die Kunden verschreckte, hatte man irgendwann keine Bordelle mehr. Das war die Logik, die dahintersteckte. Also legten die Beamten mit ihren üblichen Geschichten los, wie sie sie auch Freiern auf dem Straßenstrich erzählten.

»Nur einen guten Rat unter vier Augen, Sir. An Ihrer Stelle würde ich mich auf AIDS untersuchen lassen. Das meine ich ernst. Die meisten von diesen Frauen könnten durchaus infiziert sein, auch wenn man es ihnen nicht ansieht. Man sieht es sowieso erst, wenn es schon zu spät ist. Sind Sie verheiratet, Sir? Irgendwelche Freundinnen? Am besten sagen Sie denen, sie sollen auch einen Test machen lassen. Andernfalls, man kann ja nie wissen, oder?« Das war zwar hart, aber notwendig. Und wie bei den meisten harten Worten steckte ein Körnchen Wahrheit darin.

Ein kleines Hinterzimmer diente Mrs Croft als Büro. Dort wurde eine Geldkassette gefunden, außerdem eine

Kreditkartenmaschine und ein Quittungsbuch mit der Aufschrift *Croft Guest House*. Soweit Rebus erkennen konnte, kostete ein Einzelzimmer fünfundsiebzig Pfund. Teuer für ein Bed & Breakfast, aber wie viele Firmenbuchhalter würden sich die Mühe machen, das zu überprüfen? Es würde Rebus nicht überraschen, wenn die Frühstückspension auch noch mehrwertsteuerpflichtig wäre …

»Sir?« Es war Detective Sergeant Brian Holmes, erst kürzlich befördert und strotzend vor Eifer. Er stand auf einer Treppe und rief zu Rebus herunter. »Ich glaube, Sie sollten besser mal hier raufkommen …«

Rebus hatte keine große Lust dazu. Holmes schien ziemlich weit oben zu sein, und Rebus, der selbst im zweiten Stock eines Mehrfamilienhauses wohnte, hatte eine eingefleischte Abneigung gegen Treppen. Edinburgh war natürlich voll davon, so wie es voller Hügel, schneidender Winde und voller Menschen war, die über Dinge wie Hügel, Treppen und den Wind meckerten …

»Ich komme.«

Vor der Tür zu einem der Zimmer unterhielt sich ein Detective Constable leise mit Holmes. Als Holmes Rebus am Treppenabsatz sah, schickte er den DC fort.

»Also, Sergeant?«

»Werfen Sie mal einen Blick rein, Sir.«

»Irgendwas, das Sie mir vorher sagen möchten?«

Holmes schüttelte den Kopf. »Sie haben doch wohl schon mal ein männliches Glied gesehen, Sir?«

Rebus öffnete die Tür. Was hatte er erwartet? Ein nachgemachtes Verlies, wo jemand nackt auf der Folterbank lag? Eine ländliche Szene mit ein paar Hühnern und Schafen? Das männliche Glied. Vielleicht hatte Mrs Croft eine Sammlung davon an einer Wand in ihrem Schlafzimmer ausgestellt. *Und dieses Exemplar ist von '73. Hat sich heftig gewehrt, aber schließlich hab ich es doch erwischt …*

Aber nein, es war noch schlimmer. Viel schlimmer. Es war ein ganz gewöhnliches Schlafzimmer, abgesehen davon, dass rote Birnen in den Lampen steckten. Und in dem ganz normalen Bett lag eine ziemlich durchschnittlich aussehende Frau. Sie hatte einen Ellbogen auf das Kissen gestützt, ihr Kinn ruhte auf der geballten Faust. Auf diesem Bett saß komplett angezogen jemand, den Rebus erkannte, und starrte auf den Fußboden. Das Parlamentsmitglied für North und South Esk.

»Mein Gott«, sagte Rebus. Holmes steckte den Kopf in die Tür.

»Ich kann nicht vor einem beschissenen Publikum arbeiten!«, brüllte die Frau. Ihr Akzent, fiel Rebus auf, war englisch. Holmes ignorierte sie.

»Das ist ja ein Zufall«, sagte er zu Gregor Jack MP. »Meine Freundin und ich sind nämlich gerade in Ihren Wahlkreis gezogen.«

Der Abgeordnete blickte eher traurig als wütend auf.

»Das ist ein Missverständnis«, sagte er. »Ein furchtbares Missverständnis.«

»Sie sind wohl auf Stimmenfang unterwegs, was, Sir?«

Die Frau hatte angefangen zu lachen. Ihr Kopf ruhte immer noch auf ihrer Hand. Das rote Licht schien den weit aufgerissenen Mund zu füllen. Einen Moment lang sah es so aus, als wollte Gregor Jack einen Boxhieb in ihre Richtung schicken. Stattdessen versuchte er, mit der offenen Hand nach ihr zu schlagen, erwischte sie aber nur am Arm, sodass ihr Kopf zurück auf das Kissen fiel. Sie lachte immer noch, beinah mädchenhaft. Sie hob die Beine so hoch, dass die Bettdecke herunterglitt. Ihre Hände trommelten mit hämischer Freude auf die Matratze. Jack war mittlerweile aufgestanden und kratzte sich nervös an einem Finger.

»Mein Gott«, sagte Rebus noch einmal. »Kommen Sie, wir bringen Sie nach unten.«

Nicht der Farmer. Der Farmer könnte die Beherrschung verlieren. Dann also Lauderdale. Rebus näherte sich ihm so demütig, wie er nur konnte.

»Sir, wir haben da ein kleines Problem.«

»Ich weiß. Das muss Watson gewesen ein. Der Kerl wollte wohl seine glorreiche Entdeckung festgehalten haben. Er ist immer scharf auf Publicity, das sollten Sie doch wissen.« War da ein spöttisches Grinsen in Lauderdales Blick? Mit seiner hageren Gestalt und dem blutleeren Gesicht erinnerte er Rebus an ein Bild, das er mal gesehen hatte, von irgendwelchen Kalvinisten oder Verfechtern der Kirchenspaltung ... irgend so ein grimmiger Haufen. Bereit, jeden auf dem Scheiterhaufen zu verbrennen, der ihnen gerade in die Quere kam. Rebus blieb auf Distanz und schüttelte die ganze Zeit den Kopf.

»Ich versteh nicht so ganz ...«

»Die verdammten Journalisten sind hier«, zischte Lauderdale. »Ganz schön fix, was? Selbst für unsere Freunde von der Presse. Der verdammte Watson muss ihnen einen Tipp gegeben haben. Er ist gerade bei ihnen draußen. Ich hab versucht, es ihm auszureden.«

Rebus ging zu einem Fenster und sah hinaus. Und tatsächlich standen dort drei oder vier Reporter am Fuß der Treppe zur Haustür. Watson hatte seine Erklärung beendet und beantwortete gerade ein paar Fragen. Dabei zog er sich bereits langsam die Treppe hinauf zurück.

»Oh, v...«, sagte Rebus und staunte über seine Fähigkeit, sich zusammenzureißen. »Das macht die Sache nur noch schlimmer.«

»Macht was schlimmer?«

Also berichtete Rebus ihm. Und wurde mit dem strahlendsten Lächeln belohnt, das er je über Lauderdales Gesicht hatte huschen sehen.

»Tss, tss, wer war denn da ein unanständiger kleiner

Junge? Aber ich seh immer noch nicht, wo das Problem liegt.«

Rebus zuckte die Schultern. »Nun ja, Sir, ich meine nur, das bringt doch niemandem was.«

Draußen fuhren die Minibusse vor. Zwei, um die Frauen zur Wache zu bringen, zwei für die Männer. Den Männern würde man ein paar Fragen stellen, Name und Adresse aufnehmen, und sie dann entlassen. Die Frauen ... nun, das war eine ganz andere Sache. Es würde Anklage erhoben werden. Rebus' Kollegin Gill Templer würde das als weiteres Indiz für den Phallozentrismus in der Gesellschaft bezeichnen, oder so was in der Art. Sie war nicht mehr so wie früher, seit sie diese Psychologiebücher in die Finger gekriegt hatte ...

»Unsinn«, sagte Lauderdale gerade. »Das hat er sich selbst zuzuschreiben. Was sollen wir denn Ihrer Meinung nach machen? Ihn mit einer Decke über dem Kopf durch die Hintertür rausschmuggeln?«

»Nein, Sir, es ist nur so ...«

»Er wird genauso behandelt wie alle anderen, Inspector. Sie kennen die Spielregeln.«

»Ja, Sir, aber ...«

»Aber was?«

Aber was? Tja, das war die Frage. Was? Warum fühlte Rebus sich so unbehaglich? Die Antwort war auf komplizierte Weise einfach: Weil es Gregor Jack war. Die meisten Abgeordneten hätten Rebus einen Dreck interessiert. Aber Gregor Jack war ... nun ja, er war *Gregor Jack*.

»Die Minibusse sind da, Inspector. Trommeln wir sie zusammen und lassen sie abtransportieren.«

Lauderdales Hand fühlte sich hart und kalt auf seinem Rücken an.

»Ja, Sir«, sagte Rebus.

Also hieß es wieder raus in die kalte, dunkle Nacht, die

erleuchtet wurde vom orangefarbenen Schein der Natriumdampflampen, von grellen Scheinwerfern und vom schwächeren Licht aus offenen Türen und aus Fenstern, hinter denen sich die Gardinen bewegten. Die Anwohner waren unruhig. Einige waren vor die Haustür getreten, eingehüllt in Morgenmäntel im Paisley-Muster oder mit hastig zusammengesuchten Sachen bekleidet, die nicht ganz richtig saßen.

Polizei, Anwohner und natürlich die Reporter. Blitzlichter. Also auch Fotografen. Keine Kamerateams, keine Camcorder. Wenigstens das: Die Fernsehsender hatte Watson nicht zu seiner kleinen Soiree eingeladen.

»In den Wagen, beeilen Sie sich«, rief Brian Holmes. Lag da eine neue Bestimmtheit, eine neue Autorität in seiner Stimme? Merkwürdig, was eine Beförderung bei jungen Leuten bewirken konnte. Und sie beeilten sich, weiß Gott, aber wohl weniger, um Holmes' Anweisungen zu befolgen, sondern um so schnell wie möglich den Kameras zu entrinnen. Ein paar von den Frauen warfen sich in Pose, versuchten den falschen Glamour von Seite drei zu imitieren, ließen sich jedoch schnell von Polizistinnen überzeugen, dass dies weder die richtige Zeit noch der richtige Ort dafür war.

Doch die Reporter warteten weiter. Rebus fragte sich, warum. Ja, er fragte sich, warum sie überhaupt hier waren. War das denn so eine große Geschichte? Würde es Watson eine positive Publicity verschaffen? Ein Reporter packte sogar einen Fotografen am Arm und schien ihn zu ermahnen, nicht zu viele Bilder zu verknipsen. Doch nun brachen sie in ein wildes Rufen und Johlen aus. Und die Blitzlichter gingen los wie ein Flakfeuer. Das alles, weil sie ein Gesicht erkannt hatten. Das alles, weil Gregor Jack soeben die Treppe heruntereskortiert, über den schmalen Gehweg geführt und in einen der Wagen verfrachtet wurde.

»Mein Gott, das ist Gregor Jack!«

»Mr Jack! Nur ein Wort!«

»Irgendeinen Kommentar abzugeben?«

»Was machten Sie …«

»Irgendein Kommentar?«

Die Türen schlossen sich. Ein Polizist schlug dumpf mit der flachen Hand gegen die Seite des Minibusses, und der Wagen fuhr langsam los. Die Reporter liefen hinterher. Nun ja, Rebus musste zugeben, dass Jack die Sache mit erhobenem Kopf durchgestanden hatte. Nein, das stimmte nicht ganz. Er hatte den Kopf gerade so weit gesenkt, um Zerknirschung, aber nicht Scham zu signalisieren, Demut, aber nicht Verlegenheit.

»Seit eben mal sieben Tagen ist er mein Abgeordneter«, sagte Holmes, der sich neben Rebus gestellt hatte. »Sieben Tage.«

»Sie müssen einen schlechten Einfluss auf ihn haben, Brian.«

»War aber schon ein kleiner Schock, oder?«

Rebus zuckte unverbindlich die Schultern. Gerade wurde die Frau aus dem Schlafzimmer herausgebracht. Sie hatte Jeans und ein T-Shirt angezogen. Als sie die Reporter sah, hob sie ganz plötzlich das T-Shirt über ihre nackten Brüste.

»Da habt ihr was für eure Kameras!«

Doch die Reporter waren damit beschäftigt, Notizen zu vergleichen, die Fotografen dabei, neue Filme einzulegen. Denn sie würden zur Wache fahren, um Gregor Jack beim Herauskommen zu erwischen. Niemand nahm irgendeine Notiz von ihr, sodass sie schließlich ihr T-Shirt wieder nach unten zog und in den wartenden Minibus stieg.

»Wählerisch ist er ja nicht gerade«, sagte Holmes.

»Wer weiß, Brian«, erwiderte Rebus, »vielleicht ja doch.«

Watson rieb über seine glänzende Stirn. Das war eine

Menge Arbeit für eine Hand, da die Stirn erst weit hinten auf Watsons Schädel zu enden schien.

»Mission erfüllt«, sagte er. »Gut gemacht.«

»Danke, Sir«, sagte Holmes rasch.

»Also keine Probleme?«

»Überhaupt nicht«, erwiderte Rebus lässig. »Es sei denn, Sie halten Gregor Jack für eines.«

Watson nickte, dann runzelte er die Stirn. »Wen?«, fragte er.

»Der gute Brian hier kann Ihnen alles berichten, Sir«, sagte Rebus und klopfte Holmes auf den Rücken. »Brian ist der richtige Mann für alles, was nach Politik riecht.«

Plötzlich zwischen Jubel und Furcht schwankend, wandte sich Watson an Holmes.

»Politik?«, fragte er. Er lächelte. *Geh bitte behutsam mit mir um.*

Holmes beobachtete, wie Rebus zurück ins Haus ging. Er hätte am liebsten laut aufgeheult. John Rebus, dieser Schweinehund, war manchmal wirklich zum Heulen.

2

Kratzer an der Oberfläche

Es ist eine allgemein anerkannte Wahrheit, dass einige Mitglieder des Parlaments Schwierigkeiten damit haben, ihre Hose oben zu lassen. Doch Gregor Jack hatte nie in diesem Ruf gestanden. Häufig umging er das Hosenproblem sogar, indem er in Wahlnächten und bei vielen anderen offiziellen Anlässen einen Kilt trug. In London nahm er die üblichen Sticheleien gelassen hin und parierte die altbekannten Fragen mit den immer gleichen Antworten.

»Nun verrat uns doch mal, Gregor, was trägt man unter dem Kilt?«

»Nichts, absolut gar nichts. Das ist völlig normal.«

Gregor Jack war kein Mitglied der Scottish National Party, auch wenn er als junger Mann mit dieser Partei geliebäugelt hatte. Er war schließlich der Labour Party beigetreten, jedoch aus nie genauer genannten Gründen wieder ausgetreten. Er war kein Liberal Democrat, noch gehörte er zu der seltenen Spezies schottischer Tory-Abgeordneter. Gregor Jack war ein Unabhängiger, und als Unabhängiger hatte er seit seinem, milde gesagt, überraschenden Sieg bei der Nachwahl 1985 das Mandat für North and South Esk inne, einer Region südöstlich von Edinburgh. »Milde« war ein Adjektiv, das häufig im Zusammenhang mit Jack benutzt wurde. Ebenso »ehrlich«, »rechtmäßig« und »anständig«.

An all das erinnerte sich John Rebus aus etlichen Zeitungen, Zeitschriften und Radiointerviews. Irgendwas musste mit dem Mann doch faul sein, irgendeinen Kratzer musste es in seiner glänzenden Rüstung geben. *Operation Hush Puppies* würde die Schwachstelle ganz bestimmt finden. Rebus überflog die Samstagszeitungen auf der Suche nach einer Geschichte über den Zwischenfall. Er fand keine. Merkwürdig. Die Presse schien doch letzte Nacht ganz wild darauf gewesen zu sein. Die Sache war um halb zwei bekannt geworden ... reichlich Zeit also, um etwas darüber in die letzte Morgenausgabe zu kriegen. Es sei denn, die Reporter waren gar nicht von der lokalen Presse gewesen. Aber das müssen sie doch gewesen sein, oder? Doch dann fiel ihm auf, dass er keines der Gesichter erkannt hatte. Besaß Watson wirklich die Stirn, die Londoner Zeitungen in die Sache hineinzuziehen? War er wirklich so ungeschickt? Rebus lächelte. Der Mann hatte allerdings die Statur, den Elefanten im Porzellanladen zu spielen. Dafür sorgte schon seine Frau. Drei Mahlzeiten pro Tag, jeweils mit drei Gängen.

»Nähre den Körper, dann nährst du den Geist«, war einer von Watsons Lieblingssprüchen, oder so etwas in der Art. Das war auch so eine Sache. Watson mochte zwar ein fanatischer Bibelverfechter sein, doch in letzter Zeit hatte er angefangen, eine Menge hochgeistiger Getränke in sich hineinzukippen. Ein rosiges Leuchten auf Wangen und Doppelkinn und der unverkennbare Geruch extra starker Pfefferminzbonbons waren die Indizien. Wenn Lauderdale dieser Tage das Büro seines Vorgesetzten betrat, dann schnupperte er ständig herum wie ein Bluthund. Nur war er nicht auf Blut aus, sondern auf Beförderung.

Tausche Farmer gegen Furz.

Der Spitzname war wohl unvermeidlich gewesen. Assoziation von Wörtern. Aus Lauderdale wurde Fort Lauderdale, und Fort wurde rasch zu Fart, also Furz. Außerdem sehr treffend. Denn wo auch immer Chief Inspector Lauderdale auftauchte, hinterließ er einen üblen Geruch. So auch, als er Rebus den Fall mit den gestohlenen Büchern ans Herz legte. Schon in dem Moment, als Lauderdale in sein Büro spaziert kam, hatte Rebus gewusst, dass er so bald wie möglich das Fenster öffnen müsste.

»Ich möchte, dass Sie sich intensiv um diese Sache kümmern, John. Professor Costello ist hoch angesehen, ein Mann von internationalem Renommee ...«

»Und?«

»Und« – Lauderdale versuchte, den Eindruck zu erwecken, als hätte die folgende Äußerung für ihn keine Bedeutung – »er ist ein guter Freund von Chief Superintendent Watson.«

»Ah.«

»Was soll das? Monosyllabische Phase?«

»Monosyllabisch?« Rebus runzelte die Stirn. »Tut mir leid, Sir. Werd ich wohl DS Holmes fragen müssen, was das heißt.«

»Lassen Sie die dummen Scherze ...«

»Ist kein Scherz, Sir, ehrlich. DS Holmes war nämlich auf der Universität. Na ja ... fünf Monate lang oder so. Er wäre genau der Richtige, um die Beamten zu koordinieren, die an diesem äußerst heiklen Fall arbeiten.«

Lauderdale starrte sehr lange auf die sitzende Gestalt herab – zumindest kam es Rebus so vor. Mein Gott, war der Mann wirklich so blöde? Verstand denn heutzutage kein Mensch mehr Ironie?

»Hören Sie«, sagte Lauderdale schließlich. »Ich brauche jemanden, der ein bisschen ranghöher ist als ein soeben beförderter Detective Sergeant. Und leider Gottes ist es so, dass Sie, Inspector, genau dieses kleine bisschen höher im Rang sind.«

»Sie schmeicheln mir, Sir.«

Eine Akte landete mit einem dumpfen Klatschen auf Rebus' Schreibtisch. Der Chief Inspector drehte sich um und verließ den Raum. Sofort stand Rebus auf, ging an das Schiebefenster und zerrte daran, so heftig er konnte. Doch das Ding hing fest. Es gab kein Entrinnen. Seufzend drehte er sich um und setzte sich wieder an seinen Schreibtisch. Er schlug die Akte auf.

Klarer Fall von Diebstahl: Professor James Aloysius Costello war Professor für Theologie an der University of Edinburgh. Eines Tages war jemand in sein Büro spaziert und mit mehreren seltenen Büchern wieder hinausgegangen. Unbezahlbar, nach Meinung des Professors, die allerdings von diversen Buchhändlern und Auktionshäusern in der Stadt nicht geteilt wurde. Die Liste schien ziemlich eklektisch: eine frühe Ausgabe von Knox' *Treatise on Predestination*, zwei Erstausgaben von Sir Walter Scott, Swedenborgs *Die Weisheit der Engel*, eine signierte frühe Ausgabe des *Tristram Shandy* und diverse Ausgaben von Montaigne und Voltaire.

Das alles sagte Rebus nicht viel, bis er die geschätzten Auktionspreise sah, die eines der Auktionshäuser in der George Street ihnen geliefert hatte. Damit stellte sich die Frage: Was hatten diese Bücher überhaupt in einem unverschlossenen Zimmer zu suchen?

»Um gelesen zu werden«, antwortete Professor Costello munter. »Um sich daran zu ergötzen und sie zu bewundern. Wozu wären sie schon nütze, wenn man sie in einen Safe oder einen alten Bibliotheksschaukasten einschlösse?«

»Wusste jemand von den Büchern? Ich meine, wie wertvoll sie sind?«

Der Professor zuckte die Schultern. »Ich hab geglaubt, Inspector, ich sei hier unter Freunden.«

Er hatte eine satte, weiche Stimme, und seine Augen leuchteten wie Kristall. Nach einem Studium in Dublin hatte er sein Leben, wie er es ausdrückte, »in klösterlicher Abgeschiedenheit« in Institutionen wie Cambridge, Oxford, St. Andrews und nun Edinburgh verbracht. Außerdem hatte er es dem Sammeln von Büchern gewidmet. Die Werke, die sich jetzt noch in dem Büro befanden – das übrigens immer noch nicht abgeschlossen wurde –, wären mindestens so viel wert wie die gestohlenen Bände, vielleicht sogar noch mehr.

»Man sagt doch, der Blitz schlägt nie zwei Mal an der gleichen Stelle ein«, versuchte er, Rebus zu beschwichtigen.

»Mag sein, aber auf Schurken trifft das nicht zu. Versuchen Sie bitte, demnächst die Tür abzuschließen, wenn Sie hinausgehen, Sir. Das wäre doch wohl das Mindeste.«

Der Professor hatte nur die Schultern gezuckt. War das, fragte sich Rebus, eine Art von Stoizismus? Es machte ihn nervös, dort in dem Büro am Buccleuch Place zu sitzen. Zum einen fühlte er sich manchmal selbst als Christ und hätte sich gerne mit diesem weise aussehenden Mann über Gott und die Welt unterhalten. *Weise?* Nun ja, vermutlich nicht in weltlichen Dingen, nicht weise genug, um zu wissen, wie Türschlösser und die menschliche Psyche funktionierten. Aber weise in anderer Hinsicht. Doch Rebus war außerdem nervös, weil er sich für einen intelligenten Menschen hielt, der gebildeter hätte sein können, hätte er die Chance dazu gehabt. Er hatte nie studiert und würde es auch nicht mehr tun. Er fragte sich, ob er anders wäre, wenn er es getan hätte oder noch tun könnte ...

Der Professor starrte aus dem Fenster auf die mit Kopfstein gepflasterte Straße. Auf der einen Seite des Buccleuch Place befand sich eine Reihe gepflegter Häuser, die der Universität gehörten und diverse Institute beherbergten. Der Professor nannte sie Botany Bay, wie die australische Strafkolonie im 19. Jahrhundert. Auf der anderen Seite der Straße ragten weitaus hässlichere Gebäude auf, die modernen Steinmausoleen des zentralen Universitätskomplexes. Wenn diese Seite der Straße Botany Bay war, dann hätte Rebus gegen einen Abtransport dorthin nichts einzuwenden.

Er überließ den Professor seinen tiefgründigen Grübeleien. Handelte es sich um einen zufälligen Diebstahl, oder war alles geplant gewesen? Hatte der Dieb die Bücher im Auftrag von irgendjemandem gestohlen? Es mochte durchaus skrupellose Sammler geben, die bereit wären – ohne irgendwelche Fragen zu stellen –, für einen frühen *Tristram Shandy* reichlich zu zahlen. Auch wenn er die Namen der Autoren schon mal gehört hatte, war das der einzige Titel gewesen, mit dem Rebus etwas anfangen konnte. Er besaß selbst eine Taschenbuchausgabe von diesem Roman, die er auf einem Flohmarkt auf The Meadows für zehn Pence erstanden hatte. Vielleicht wollte der Professor sich die ja von ihm ausleihen …

So hatte der Fall mit den gestohlenen Büchern für Inspector John Rebus begonnen. Die Kollegen hatten bereits alle möglichen Nachforschungen angestellt, wie die Aufzeichnungen zu dem Fall zeigten. Nun gut, er würde eben noch einmal von vorn anfangen. Es gab zahlreiche Auktionshäuser, Buchhandlungen und private Sammler … und mit allen musste geredet werden. Und das alles nur, um der merkwürdigen Freundschaft zwischen einem Chief Superintendent von der Polizei und einem Professor für Theologie Genüge zu tun. Reine Zeitverschwendung natürlich. Die Bücher waren vergangenen Dienstag verschwunden. Heute war Samstag, und sie befanden sich zweifellos längst in irgendeinem dunklen, geheimen Winkel fest unter Verschluss.

Was für eine Art, den Samstag zu verbringen. Doch wenn Rebus das zu seinem Privatvergnügen getan hätte, wäre es für ihn sogar ein ganz schöner Nachmittag gewesen. Vielleicht war dies der Grund, weshalb er sich nicht vor der Aufgabe gedrückt hatte, denn Rebus sammelte Bücher. Nun ja, das stimmte nicht so ganz. Er *kaufte* Bücher. Kaufte mehr davon, als er je Zeit hatte zu lesen – mal verlockt vom Einband oder vom Titel oder von der Tatsache, dass er irgendwas Positives über den Autor gehört hatte. Nein, wenn er es genau bedachte, war es sogar ganz gut, dass er dienstlich unterwegs war, andernfalls hätte er sich in kürzester Zeit finanziell ruiniert.

Außerdem verschwendete er im Augenblick keinen Gedanken an Bücher. Seine Gedanken kreisten immer wieder um den Abgeordneten. War Gregor Jack verheiratet? Rebus glaubte, ja. War die Hochzeit nicht vor einigen Jahren eines der ganz großen gesellschaftlichen Ereignisse gewesen? Nun waren verheiratete Männer für Prostituierte das tägliche Brot. Sie verschlangen sie geradezu. Schade jedoch um Jack. Rebus hatte immer Respekt für den Mann empfunden, was bedeutete, wenn er genau darüber nachdachte, dass er auf Jacks öffentliches Image hereingefallen war. Aber es war doch nicht alles Image, oder? Jack stammte schließlich tatsächlich aus einer Arbeiterfamilie, hatte sich seinen Weg nach oben hart erkämpft und *war* ein guter Abgeordneter. North and South Esk war eine schwierige Region, teils Bergarbeiterdörfer, teils edle Landsitze. Jack schien sich mühelos zwischen diesen beiden Hemisphären hin und her zu bewegen. Ihm war es gelungen, Planungen für eine hässliche neue Straße umzuschmeißen und sie ein gutes Stück weiter weg von seinen betuchten Wählern bauen zu lassen. Aber er hatte auch hart dafür gekämpft, neue Hightech-Industrie in die Region zu bringen und Umschulungskurse für die Bergarbeiter einzurichten, damit sie den neuen Jobs auch gewachsen waren.

Zu schön, um wahr zu sein. Zu verdammt schön, um wahr zu sein.

Buchhandlungen. Er musste sich auf Buchhandlungen konzentrieren. Es waren nur noch wenige zu überprüfen, nämlich die, die zuvor geschlossen gewesen waren. Eigentlich reine Beinarbeit, eine Aufgabe, die er an jüngere Kollegen hätte weitergeben sollen. Aber dann hätte er sich verpflichtet gefühlt, alles noch mal zu überprüfen, was sie gemacht hatten. Auf diese Weise ersparte er sich einigen Kummer.

Buccleuch Street war eine merkwürdige Mischung aus schmuddeligen Trödelläden und freundlichen vegetarischen Imbissstuben. Eine Studentengegend. Obwohl nicht weit von Rebus' Wohnung gelegen, kam er nur selten in diesen Teil der Stadt. Und wenn überhaupt, dann dienstlich. Nur dienstlich.

Ah, da war es ja, Suey Books. Und diesmal schien die Buchhandlung endlich mal geöffnet zu haben. Trotz der Frühjahrssonne brannte drinnen das Licht. Es war ein winziger Laden. Das Schaufenster war lieblos gestaltet mit alten Folianten, die sich größtenteils mit Schottland befassten. Eine riesige schwarze Katze hatte es sich mitten in der Auslage bequem gemacht und blinzelte träge, aber irgendwie bösartig zu Rebus hinauf. Das Fenster hätte dringend geputzt werden müssen. Man konnte die Titel der Bücher nicht erkennen, ohne die Nase gegen die Scheibe zu drücken, doch das wurde durch ein altes schwarzes Fahrrad erschwert, das am Schaufenster lehnte. Rebus stieß die Tür auf. Das Innere des Ladens war noch schmutziger als das Äußere. Direkt hinter der Tür lag eine borstige Fußmatte, und Rebus nahm sich vor, sich die Schuhe abzutreten, bevor er wieder auf die Straße ging …

Die Regale, von denen einige mit Glasscheiben versehen waren, waren gnadenlos vollgestopft. Es roch wie in den Häusern alter Verwandter, wie auf Dachböden und unter den Deckeln alter Schulpulte. Die Gänge zwischen den Regalen waren schmal. Kaum genug Platz, um einer Katze in den Hintern ... Irgendwo hinter ihm war ein dumpfes Plumpsen zu hören, und er befürchtete schon, dass ein Buch heruntergefallen war. Aber als er sich umdrehte, sah er, dass die Katze das Geräusch verursacht hatte. Sie machte einen Bogen um ihn und lief auf den Schreibtisch zu, der am anderen Ende des Ladens stand, ein Schreibtisch, über dem eine nackte Glühbirne baumelte.

»Suchen Sie was Bestimmtes?«

Sie saß an dem Schreibtisch, vor ihr ein Stapel Bücher. In einer Hand hielt sie einen Bleistift und schrieb damit anscheinend Preise auf die Rückseite der Buchdeckel. Von weitem wirkte das Ganze wie eine Szene aus Dickens. Doch aus der Nähe ergab sich ein ganz anderer Eindruck. Das Mädchen war noch im Teenageralter und hatte sich die kurzen stacheligen Haare mit Henna gefärbt. Die Augen hinter der runden, getönten Brille waren ebenfalls rund und dunkel. In jedem Ohr trug sie drei Ohrringe, und ein weiterer steckte an ihrem linken Nasenflügel. Rebus war sicher, dass sie einen bleich aussehenden Freund hatte mit dünnen Rastalocken und einem Whippet, den er an einem Stück Wäscheleine spazieren führte.

»Ich möchte den Inhaber sprechen«, sagte er.

»Der ist nicht da. Kann ich Ihnen helfen?«

Rebus zuckte die Schultern, den Blick auf die Katze gerichtet. Sie war lautlos auf den Schreibtisch gesprungen und strich nun um die Bücher herum. Das Mädchen hielt den Bleistift in ihre Richtung, und die Katze rieb sich das Kinn an der Spitze.

»Inspector Rebus«, sagte Rebus. »Ich bin auf der Suche nach einigen gestohlenen Büchern und würde gern wissen, ob irgendjemand versucht hat, sie Ihnen zu verkaufen.«

»Haben Sie eine Liste?«

Die hatte Rebus. Er zog sie aus seiner Jackentasche und reichte sie dem Mädchen. »Die können Sie behalten«, sagte er. »Nur für alle Fälle.«

Sie überflog die getippte Liste mit Titeln und Angaben zu den Ausgaben und kräuselte die Lippen.

»Ich glaube nicht, dass Ronald sich die leisten könnte, auch wenn die Versuchung noch so groß wäre.«

»Ronald ist der Inhaber?«

»Genau. Wo wurden sie gestohlen?«

»Gleich hier um die Ecke am Buccleuch Place.«

»Gleich um die Ecke? Dann würden die sie ja wohl kaum hierherbringen, oder?«

Rebus lächelte. »Das stimmt«, sagte er, »aber wir müssen alles überprüfen.«

»Ich werd die hier jedenfalls mal behalten«, sagte sie und faltete die Liste. Als sie sie in eine Schreibtischschublade legte, streckte Rebus die Hand aus, um die Katze zu streicheln. Blitzschnell fuhr eine Pfote hoch und erwischte ihn am Handgelenk. Er atmete laut hörbar ein und zog die Hand zurück.

»Rasputin hat's nicht so mit Fremden«, sagte das Mädchen.

»Das hab ich gemerkt.« Rebus betrachtete sein Handgelenk. Die Krallen hatten lange Kratzer hinterlassen, drei Stück. Sie schwollen bereits zu weißlichen Wülsten an, die an einigen Stellen aufplatzten. Blutstropfen traten hervor. »Verflucht«, schimpfte er, saugte an dem verletzten Handgelenk und starrte Rasputin wütend an. Die Katze starrte wütend zurück. Dann sprang sie vom Schreibtisch und war verschwunden.

»Alles in Ordnung?«

»Geht so. Sie sollten das Vieh an die Kette legen.«

Sie lächelte. »Wissen Sie irgendwas über diese Razzia letzte Nacht?«

Rebus blinzelte verwundert, während er immer noch an seinem Handgelenk saugte. »Was für eine Razzia?«

»Ich hab gehört, die Polizei hätte eine Razzia in einem Bordell durchgeführt.«

»Ach?«

»Und ich hab gehört, sie hätten einen Abgeordneten erwischt, Gregor Jack.«

»Ach?«

Sie lächelte wieder. »So was spricht sich halt rum.« Rebus dachte nicht zum ersten Mal, er wohne nicht in einer Stadt, sondern in einem verdammten Dorf …

»Ich hab mich bloß gefragt«, sagte das Mädchen gerade, »ob Sie was darüber wissen. Ich meine, ob es stimmt. Ich meine, wenn ja« – sie seufzte –, »der arme Beggar.«

Nun runzelte Rebus die Stirn. »Welcher Bettler?«

»Das ist sein Spitzname«, erklärte sie. »Beggar. So nennt Ronald ihn jedenfalls.«

»Ihr Chef kennt also Mr Jack?«

»O ja, sie sind zusammen zur Schule gegangen. Beggar gehört die Hälfte von dem hier.« Sie deutete in einer Weise um sich, als wäre sie Inhaberin eines Kaufhauses auf der Princes Street, bemerkte jedoch, dass der Polizist nicht beeindruckt war. »Wir machen eine Menge Geschäfte hinter den Kulissen«, sagte sie rechtfertigend. »Eine Menge An- und Verkäufe. Das hier mag zwar nicht nach viel aussehen, aber der Laden ist eine Goldgrube.«

Rebus nickte. »Wo Sie's gerade erwähnen«, sagte er, »hier sieht's tatsächlich ein bisschen wie in einer Grube aus, Kohlengrube vielleicht.« Sein Handgelenk juckte mittlerweile, als ob er in Brennnesseln gefasst hätte. Verdammte Katze. »Sie halten also die Augen nach diesen Büchern offen, okay?«

Sie antwortete nicht. Sicher war sie gekränkt wegen der Stichelei mit der »Grube«. Demonstrativ schlug sie ein

Buch auf, um einen Preis hineinzuschreiben. Rebus nickte vor sich hin, ging zur Tür und trat sich geräuschvoll die Füße auf der Matte ab, bevor er den Laden verließ. Die Katze saß wieder im Fenster und putzte sich den Schwanz.

»Verdammtes Mistvieh«, murmelte Rebus. Schließlich waren Haustiere seine liebsten Hassobjekte.

Dr. Patience Aitken hatte Haustiere. Zu viele Haustiere. Winzige tropische Fische ... einen zahmen Igel hinterm Haus im Garten ... zwei Wellensittiche in einem Käfig im Wohnzimmer ... und, ja, eine Katze. Ein zugelaufenes Tier, das zu Rebus' Erleichterung immer noch einen großen Teil der Zeit draußen herumstreunte. Es war ein Schildpattkater und hieß Lucky. Und er mochte Rebus.

»Es ist merkwürdig«, hatte Patience gesagt, »dass Katzen anscheinend immer zu Leuten gehen, die sie nicht mögen, nicht wollen oder gegen sie allergisch sind. Frag mich nicht, warum.«

Als sie das sagte, kletterte Lucky gerade Rebus auf die Schulter. Er schüttelte ihn knurrend ab. Lucky landete mit den Füßen auf dem Boden.

»Du musst ein bisschen Geduld haben, John.«

Ja, da hatte sie recht. Wenn er keine Geduld hatte, könnte er Patience verlieren. Also hatte er sich bemüht. Redlich bemüht. Das war vielleicht auch der Grund gewesen, dass er sich hatte hinreißen lassen, Rasputin zu streicheln. *Rasputin!* Warum hatten Haustiere bloß immer Namen wie Lucky, Goldie, Beauty, Flossie, Spot oder aber solche wie Rasputin, Beelzebub, Fang, Nirvana, Bodhisattva? Musste wohl an der Spezies Haustierhalter liegen.

Rebus war im Rutherford, trank gemütlich ein Halfpint *Eighty-Shilling* und sah sich die Sportergebnisse im Fernsehen an, als ihm einfiel, dass er an diesem Abend von Brian Holmes und Nell Stapleton in deren neuem Haus zum Essen eingeladen war. Er seufzte. Dann fiel ihm ein, dass sich sein einziger sauberer Anzug in der Wohnung von Patience Aitken befand. Das war Besorgnis erregend. War er *wirklich* schon dabei, bei Patience einzuziehen? Jedenfalls schien er momentan furchtbar viel Zeit dort zu verbringen. Nun ja, er mochte sie, selbst wenn sie ihn manchmal wie ein weiteres Haustier behandelte. Und er mochte ihre Wohnung. Ihm gefiel sogar die Tatsache, dass sie im Keller lag.

Das heißt, nicht so richtig im Keller. In einigen Stadtteilen hätte man sie wohl als Souterrainwohnung bezeichnet, doch hier an der Oxford Terrace, der gediegenen Oxford Terrace in Stockbridge, nannte man so etwas eine Gartenwohnung. Und sie hatte tatsächlich einen Garten, ein schmales, gleichschenkliges Dreieck Erde. Doch es war die Wohnung selbst, die Rebus interessant fand. Sie war wie ein Schutzraum, wie ein Zelt, das Kinder sich bauen. Man konnte von jedem der beiden vorderen Zimmer durch ein Fenster auf die Straße gucken, wo über einem Füße und Beine den Bürgersteig entlanggingen. Die Leute blickten nur selten nach unten. Rebus, dessen eigene Wohnung sich im zweiten Stock eines Mehrfamilienhauses in Marchmont befand, genoss diese neue Perspektive. Während andere Männer seines Alters aus der Stadt in Bungalows zogen, fand Rebus es amüsant, zur Haustür *hinunter-* statt *hinauf*zugehen. Das war nicht nur eine Neuheit, sondern eine Umkehr des Bisherigen, eine wesentliche Veränderung, und daher schien ihm das Leben zurzeit recht vielversprechend.

Auch Patience war durchaus vielversprechend. Sie drängte ihn, mehr von seinen Sachen zu ihr zu bringen, »sich häuslich niederzulassen«. Und sie hatte ihm einen Schlüssel gegeben. Also konnte er, nachdem er das Bier ausgetrunken und sein Auto überzeugt hatte, die fünfminütige Fahrt zu wagen, allein in die Wohnung gehen. Sein Anzug lag frisch gereinigt im Gästezimmer auf dem Bett.

Da lag auch Lucky. Genauer gesagt lag Lucky auf dem Anzug, rollte sich darauf herum, zupfte mit den Krallen Fäden, verteilte seine Haare – markierte sein Revier. Rebus sah vor seinem geistigen Auge Rasputin, als er die Katze vom Bett jagte. Dann nahm er den Anzug und trug ihn ins Badezimmer. Bevor er sich ein Bad einließ, schloss er die Tür hinter sich ab.

Der Wahlkreis North und South Esk war groß, aber nicht sehr dicht besiedelt. Die Einwohnerzahl wuchs jedoch ständig. Neue, dicht gedrängte Wohnsiedlungen entstanden am Rande der Bergarbeiterstädte und Dörfer. Typische Pendlersiedlungen. Ja, die Region veränderte sich. Neue Straßen, sogar neue Bahnhöfe. Eine neue Sorte Menschen, die neuartige Jobs ausübten. Brian Holmes und Nell Stapleton hatten sich jedoch entschlossen, ein altes Reihenhaus im Herzen eines der kleinsten Dörfer zu kaufen, in Eskwell. Letztlich hatte diese ganze Entwicklung natürlich mit Edinburgh zu tun. Die Stadt wuchs, breitete sich immer weiter aus. Es war die Stadt, die die Dörfer verschlang und neue Siedlungen hervorbrachte. Die Leute zogen nicht *nach* Edinburgh; die Stadt kam zu *ihnen* ...

Doch als Rebus endlich Eskwell erreichte, war er nicht in der Stimmung, darüber nachzudenken, wie sich das Leben auf dem Lande veränderte. Er hatte Probleme mit dem Anlassen des Wagens gehabt. Er hatte immer Probleme mit dem Anlassen des Wagens. Doch in Anzug, Hemd und Krawatte war es ein bisschen schwierig, unter der Motorhaube herumzufummeln. Wenn irgendwann am Wochenende schönes Wetter war, würde er den Motor mal richtig durchchecken. Ganz bestimmt. Und dann würde er aufgeben und einen Abschleppwagen rufen.

Das Haus war leicht zu finden. Eskwell konnte sich einer Hauptstraße und einiger weniger Seitenstraßen rühmen.

Rebus ging den Gartenpfad entlang und trat auf die Eingangsstufe, eine Flasche Wein in der Hand. Mit der freien Hand klopfte er an die Tür. Sie ging beinahe sofort auf.

»Sie sind spät dran«, sagte Brian Holmes.

»Das steht mir rangmäßig zu. Ich darf zu spät kommen.«

Holmes bat ihn in den Flur. »Ich hab doch gesagt: informell, oder?«

Rebus war einen Augenblick verdutzt, dann begriff er, dass die Bemerkung seinem Anzug galt. Nun fiel ihm auch auf, dass Holmes selbst ein offenes Hemd und Jeans trug, dazu ein Paar Mokassins an den nackten Füßen.

»Ach so«, sagte Rebus.

»Macht nichts. Ich gehe kurz hoch und zieh mich um.«

»Wozu? Das ist Ihr Haus, Brian. Sie können hier tun, was Sie wollen.«

Holmes nickte vor sich hin und sah plötzlich sehr zufrieden aus. Rebus hatte recht: Das war sein Haus. Nun ja, die Hypothek gehörte ihm ... die *Hälfte* der Hypothek. »Da entlang«, sagte er und deutete auf eine Tür am Ende des Flurs.

»Ich glaub, ich geh selbst erst mal kurz hoch«, sagte Rebus und überreichte die Flasche. Er streckte die Hände aus und drehte sie hin und her. Selbst Holmes konnte die Spuren von Öl und Schmutz sehen.

»Probleme mit dem Auto«, nickte er wissend. »Das Bad ist rechts neben der Treppe.«

»Danke.«

»Und diese Kratzer sehen ziemlich übel aus. Ich würde damit mal zum Arzt gehen.« An Holmes' Tonfall konnte Rebus erkennen, dass der junge Mann annahm, eine gewisse Ärztin wäre die Urheberin dieser Kratzer.

»Das war eine Katze«, erklärte Rebus. »Eine Katze, die noch acht Leben hat.«

Oben in dem neuen Bad stellte er sich noch ungeschickter an als unter seinem alten Auto. Er spülte das Waschbecken aus, nachdem er es benutzt hatte, stellte dann jedoch fest, dass die Seife noch schmutzig war, wusch sie ab und spülte das Becken ein zweites Mal aus. Über der Badewanne hing ein Handtuch. Doch als er sich die Hände daran abtrocknete, merkte er, dass es kein Handtuch, sondern eine Fußmatte war. Das richtige Handtuch hing an einem Haken an der Tür. Ganz ruhig, John, ermahnte er sich. Doch das half nichts. Geselligkeit war eine weitere Fähigkeit, die er nie so ganz erlernt hatte.

Unten spähte er vorsichtig durch die Tür.

»Nur hereinspaziert.«

Holmes hielt ihm ein Glas Whisky hin. »Wohl bekomm's. Cheers.«

»Cheers.«

Sie tranken, und Rebus fühlte sich gleich besser.

»Das Haus zeig ich Ihnen später«, sagte Holmes. »Setzen Sie sich.«

Das tat Rebus und blickte sich um. »Ein echter Holmes im eigenen Reich«, bemerkte er. Aus der Küche, die durch eine weitere Tür vom Wohnzimmer abzugehen schien, roch es nach köstlichem Essen, und das Geklapper von Geschirr war zu hören. Das Wohnzimmer war annähernd quadratisch. In einer Ecke stand ein Tisch, der für drei Personen gedeckt war, in einer anderen ein Sessel, ein Fernseher in der dritten und eine Stehlampe in der vierten.

»Sehr hübsch«, bemerkte Rebus. Holmes hatte sich auf ein zweisitziges Sofa gesetzt, das an einer Wand stand. Hinter ihm war ein großes Fenster, durch das man in den Garten hinter dem Haus sehen konnte. Er zuckte bescheiden die Schultern.

»Uns reicht es«, sagte er.

»Das tut es bestimmt.«

Nell Stapleton kam mit großen Schritten ins Zimmer. Imposant wie immer, wirkte sie beinah zu groß für ihre Umgebung, wie Alice im Wunderland nach dem »Iss-mich«-Kuchen. Sie trocknete sich die Hände an einem Geschirrtuch ab und lächelte Rebus zu.

»Hallo.«

Rebus war aufgestanden. Sie ging auf ihn zu und küsste ihn flüchtig auf die Wange.

»Hallo, Nell.«

Nun stand sie vor Holmes und nahm ihm sein Glas ab. Sie hatte Schweißperlen auf der Stirn und war ebenfalls leger gekleidet. Sie trank einen Schluck Whisky, atmete geräuschvoll aus und gab Holmes das Glas zurück.

»In fünf Minuten ist alles fertig«, kündigte sie an. »Schade, dass Ihre Bekannte nicht mitkommen konnte, John.«

Er zuckte die Schultern. »Sie hatte schon was vor. Irgendeine Dinnerparty unter Medizinern. Ich war froh, dass ich eine Entschuldigung hatte, da nicht hin zu müssen.«

Ihr Lächeln wirkte ein wenig aufgesetzt. »Na schön«, sagte sie, »dann lass ich euch noch ein bisschen allein, damit ihr über das plaudern könnt, worüber Jungs meistens so reden.«

Dann war sie fort. Der Raum wirkte plötzlich leer. Scheiße, was hatte er jetzt schon wieder gesagt? Als er sich mal mit Patience Aitken über Nell unterhalten hatte, hatte Rebus versucht, die richtigen Worte zu finden, um sie zu beschreiben. Doch irgendwie traf keines der Worte genau den Punkt. Herrisch, launisch, lebhaft, zuverlässig, groß, intelligent, ganz schön was dran … Ganz gewiss entsprach sie nicht dem Stereotyp einer Universitätsbibliothekarin. Was Brian Holmes ganz recht zu sein schien. Lächelnd betrachtete er den Rest von seinem Drink im Glas.

Dann stand er auf, um nachzuschenken – was Rebus jedoch ablehnte –, und kam stattdessen mit einem Ordner zurück.

»Hier«, sagte er.

Rebus nahm den Ordner. »Was ist das?«

»Sehen Sie selbst.«

Es waren größtenteils Zeitungsausschnitte, außerdem ein paar Zeitschriftenartikel und Pressemitteilungen ... alle über den Abgeordneten Gregor Jack.

»Wo haben Sie ...?«

Holmes zuckte die Schultern. »Reine Neugier. Als ich wusste, dass ich in seinen Wahlkreis ziehen würde, wollte ich einfach mehr über ihn wissen.«

»Über letzte Nacht scheinen sich die Zeitungen ja auszuschweigen.«

»Vielleicht hat man ihnen einen Maulkorb verpasst.« Holmes klang skeptisch. »Oder sie warten den richtigen Moment ab.« Obwohl er sich gerade gesetzt hatte, sprang er hektisch wieder auf. »Ich seh mal nach, ob ich Nell helfen kann.«

Damit blieb Rebus kaum etwas anderes übrig, als zu lesen. Es gab wenig, was er noch nicht wusste. Herkunft aus der Arbeiterklasse. Gesamtschule in Fife, dann Edinburgh University. Abschluss in Betriebswirtschaft. Tätigkeit als staatlich geprüfter Bilanzbuchhalter. Verheiratet mit Elizabeth Ferrie. Die beiden hatten sich an der Universität kennen gelernt. Sie war die Tochter von Sir Hugh Ferrie, dem bekannten Unternehmer. Sie war seine einzige Tochter, sein einziges Kind. Er vergötterte sie, konnte ihr nichts abschlagen, weil sie, wie es hieß, ihn an seine Frau erinnerte, die bereits seit dreiundzwanzig Jahren tot war. Sir Hughs neueste »Begleiterin« war ein ehemaliges Model, weniger als halb so alt wie er. Vielleicht erinnerte sie ihn auch an seine Frau ...

Eines war jedoch merkwürdig. Elizabeth Jack war eine attraktive Frau, ja, eine schöne Frau. Doch man hörte nie viel von ihr. Seit wann wurden denn attraktive Ehefrauen von cleveren Politikern nicht als Aushängeschild benutzt? Vielleicht wollte sie ihr eigenes Leben führen. Skiurlaube und Ferien auf der Gesundheitsfarm statt die Verpflichtungen der Frau eines Abgeordneten wie Fabrikeröffnungen, Tee-Partys und so weiter.

Rebus fiel wieder ein, was ihm an Gregor Jack gefallen hatte – dass er nämlich aus ähnlichen Verhältnissen stammte wie er selbst. In Fife geboren, Ausbildung an einer Gesamtschule, außer dass die damals *Secondary* und *High School* hießen. Rebus und Gregor Jack waren beide auf die Highschool gegangen, Rebus, weil er die Aufnahmeprüfung bestanden hatte, der einige Jahre jüngere Jack, weil er gute Noten auf der *Junior High* hatte. Rebus' Schule war in Cowdenbeath gewesen, Jacks in Kirkcaldy. Eigentlich überhaupt keine Entfernung.

Anscheinend hatte man Jack nur eine einzige nicht ganz astreine Sache anhängen können, als es nämlich um die Errichtung einer neuen Elektronikfabrik am Rande seines Wahlkreises ging. Man munkelte, dass sein Schwiegervater einige Fäden gezogen hatte ... Doch diese Gerüchte waren rasch wieder verstummt. Keine Beweise und die Andeutung einer Verleumdungsklage. Wie alt war Jack eigentlich? Rebus betrachtete ein Zeitungsfoto neueren Datums. Er sah auf dem Papier jünger aus als im wirklichen Leben. Das taten Leute in den Medien immer. Siebenunddreißig, achtunddreißig, so in der Richtung. Schöne Frau, reichlich Geld.

Und dann wird er bei einer Bordellrazzia auf dem Bett einer Nutte erwischt. Rebus schüttelte den Kopf. Die Welt war grausam. Doch schließlich lächelte er: Geschah dem Kerl ganz recht dafür, dass er seiner Frau nicht treu war.

Holmes kam zurück ins Wohnzimmer. Er deutete mit dem Kopf auf den Ordner. »Da kann man sich doch nur wundern, oder?«

Rebus zuckte die Schultern. »Eigentlich nicht, Brian. Eigentlich nicht.«

»Na gut. Trinken Sie Ihren Whisky aus und setzen Sie sich an den Tisch. Das Management hat mich informiert, dass das Essen gleich serviert wird.«

Das Essen war köstlich. Rebus ließ es sich nicht nehmen, drei Toasts auszusprechen: einen auf das Glück des Paares, einen auf das neue Haus und einen auf Holmes' Beförderung. Bis dahin waren sie bereits bei der zweiten Flasche Wein und beim Hauptgericht des Abends – Roastbeef. Danach gab es Käse und nach dem Käse *Crannachan*, einen Nachtisch aus Himbeeren mit Haferkeksen und Sahne. Schließlich folgten Kaffee, Laphroaig-Whisky und allgemeine Schläfrigkeit auf Sessel und Sofa.

Rebus hatte nicht lange gebraucht, um sich zu entspannen – dafür hatte schon der Alkohol gesorgt. Doch es war eine nervöse Art von Entspanntheit gewesen, sodass er jetzt das Gefühl hatte, er hätte zu viel und zu viel Unsinn geredet.

Natürlich war über die Arbeit geredet worden, und Nell hatte nicht protestiert, so lange es interessant war. Sie fand Farmer Watsons Trinkgewohnheiten interessant. (»Vielleicht trinkt er ja gar nicht. Vielleicht ist er nur süchtig nach starkem Pfefferminz.«) Sie fand Chief Inspector Lauderdales Ehrgeiz interessant. Und sie fand auch, dass sich die Razzia in dem Bordell interessant anhörte. Sie wollte wissen, worin denn der Spaß bestände, sich auspeitschen zu lassen, Windeln angelegt zu bekommen oder mit einer Taucherin in voller Montur zu schlafen. Rebus gab zu, dass er darauf keine Antwort wusste. »Nuckel mal dran, und dann weißt du's«, lautete Brian Holmes' Beitrag. Das brachte ihm ein Kissen auf den Kopf ein.

Gegen Viertel nach elf waren Rebus zwei Dinge klar. Erstens, dass er zu betrunken war, um zu fahren. Und zweitens, selbst wenn er fahren könnte (oder sich fahren ließe), wüsste er nicht, wohin – Oxford Terrace oder seine eigene Wohnung in Marchmont? Wo wohnte er dieser Tage eigentlich? Er stellte sich vor, wie er das Auto auf der Lothian Road parkte, auf halber Strecke zwischen den beiden Adressen, und dort schlief. Doch die Entscheidung wurde ihm von Nell abgenommen.

»Das Bett im zweiten Zimmer oben ist gemacht. Wir brauchen jemanden, der es einweiht, damit wir es Gästezimmer nennen können. Warum nicht Sie?«

Ihre ruhige Autorität erlaubte keinen Widerspruch. Rebus stimmte mit einem Schulterzucken zu. Kurze Zeit später ging sie selbst ins Bett. Holmes schaltete den Fernseher ein, fand aber nichts, was sich anzusehen lohnte, und stellte stattdessen die Stereoanlage an.

»Ich hab keinen Jazz«, musste er gestehen, da er Rebus' Geschmack kannte. »Aber wie wär's damit …?«

Sergeant Pepper. Rebus nickte. »Wenn ich schon die Rolling Stones nicht kriegen kann, dann geb ich mich halt mit dem Zweitbesten zufrieden.«

Also unterhielten sie sich über die Popmusik der sechziger Jahre, dann redeten sie ein bisschen über Fußball und schließlich noch ein bisschen länger über die Arbeit.

»Was meinen Sie, wie lange Doctor Curt noch braucht?«

Holmes sprach von einem der Pathologen, die regelmäßig von der Polizei hinzugezogen wurden. Eine Leiche war aus dem Water of Leith gefischt worden, gleich hinter der Dean Bridge. Selbstmord, Unfall oder Mord? Sie hofften, dass Dr. Curts Ergebnisse ihnen einen Hinweis liefern würden.

Rebus zuckte die Schultern. »Einige von diesen Tests dauern Wochen, Brian. Aber soweit ich gehört hab, braucht er nicht mehr lange. Vielleicht noch ein oder zwei Tage.«

»Und was wird er sagen?«

»Das weiß der Himmel.« Sie tauschten ein Grinsen. Curt war wegen seines großen Repertoires an schlechten Scherzen und seiner Unbekümmertheit berüchtigt.

»Sollen wir uns daneben stellen und mit ein paar witzigen Sprüchen kontern?«, fragte Holmes. »Wie wär's damit: Die Leiche wurde in der Nähe eines Wasserfalls gefunden. Eine Untersuchung der Augen ergab keinerlei Hinweis auf Katarakte.«

Rebus lachte. »Nicht schlecht. Vielleicht ein bisschen zu spitzfindig, aber trotzdem nicht schlecht.«

Eine Viertelstunde lang erinnerten sie sich an einige von Curts besonderen Bonmots, bevor das Gespräch irgendwie bei der Politik landete. Rebus gab zu, dass er in seinem Leben nur dreimal wählen gegangen war.

»Einmal Labour, einmal Scottish National Party und einmal Torys.«

Holmes schien das amüsant zu finden und fragte nach der chronologischen Reihenfolge. An die konnte Rebus sich jedoch nicht erinnern. Auch das schien ein Lachen wert zu sein.

»Vielleicht sollten Sie's nächstes Mal mit einem Unabhängigen versuchen.«

»So jemanden wie Gregor Jack, meinen Sie?« Rebus schüttelte den Kopf. »Ich glaube nicht, dass es so was wie einen ›Unabhängigen‹ in Schottland gibt. Das wäre, als würde man in Irland leben und nicht Partei ergreifen. Verdammt harte Arbeit. Apropos Arbeit ... manche Leute mussten heute arbeiten. Wenn Sie nichts dagegen haben, Brian, werde ich mich jetzt Nell anschließen ...« Noch mehr Gelächter. »Wenn Sie wissen, was ich meine.«

»Klar doch«, sagte Holmes, »gehen Sie nur. Ich fühl mich noch ganz fit. Vielleicht seh ich mir noch ein Video an oder so. Dann bis morgen.«

»Machen Sie bloß nicht so viel Lärm, dass ich nicht schlafen kann«, sagte Rebus zwinkernd.

Doch in Wirklichkeit hätte selbst eine Kernschmelze im Atomreaktor von Torness ihn nicht am Schlafen hindern können. Seine Träume waren voll pastoraler Szenen, Sporttauchern, kleinen Kätzchen und Fußballtoren in letzter Minute. Doch als er die Augen öffnete, stand eine dunkle, schattenhafte Gestalt vor ihm. Er richtete sich auf den Ellbogen auf. Es war Holmes. Er war bereits angezogen und trug eine Jeansjacke. In der einen Hand klimperten Autoschlüssel, in der anderen hielt er mehrere Zeitungen, die er nun auf das Bett warf.

»Gut geschlafen? Übrigens, normalerweise kaufe ich diese Käseblätter nicht, aber ich dachte, es würde Sie interessieren. Frühstück ist in zehn Minuten fertig.«

Rebus brachte ein paar gemurmelte Silben heraus. Dann setzte er sich mühsam auf und betrachtete die Titelseite des Boulevardblatts vor ihm. Das war genau, was er erwartet hatte, und er spürte tatsächlich, wie ein Teil der Spannung von ihm wich. Die Überschrift war sogar recht subtil – JACK, DER DRAUFGÄNGER! –, doch der Untertitel überaus deutlich – ABGEORDNETER BEI RAZZIA IN SEXHÖHLE ERWISCHT. Und es gab ein Foto, das Gregor Jack auf dem Weg die Treppe hinunter zu dem wartenden Minibus zeigte. Es wurden weitere Fotos im Inneren versprochen. Rebus schlug die entsprechenden Seiten auf. Ein käsebleicher Farmer Watson; einige der »Hostessen«, die für die Kameras posierten; und vier weitere Aufnahmen von Jack, bis er schließlich im Minibus verschwunden war. Keine Fotos, wie er die Polizeiwache verließ, also hatte man ihn vermutlich von dort »weggezaubert«. Es bestand jedoch keine Hoffnung, das hier wegzuzaubern, fotogen oder nicht. Da! Auf einem der Fotos konnte Rebus im Hintergrund die pausbäckigen Züge von Detective Sergeant Brian Holmes erkennen. Das kam bestimmt ins Sammelalbum.

Es gab noch zwei Zeitungen, die beide eine ähnliche Geschichte erzählten, geschmückt mit ähnlichen (teilweise sogar identischen) Fotos. DAS UNEHRENHAFTE MITGLIED; DAS SCHAMLOSE LASTER EINES ABGEORDNETEN. Die große britische Sonntagsschlagzeile, formuliert von einem auserwählten Gremium abstinenter alter Jungfern, das sich der gesammelten Weisheit Salomons und der Großherzigkeit eines Glaubenseiferers rühmen kann. Rebus hatte durchaus was für Anzüglichkeiten übrig, aber das hier ging zu weit. Er quälte sich aus dem Bett und stand auf. Der Alkohol in ihm erhob sich ebenfalls und begann, wüst in seinem Kopf zu rotieren. Rotwein und Whisky. Wie hieß der Spruch noch? Mische niemals Getreide und Trauben. Egal, nach zwei Litern Orangensaft würde es ihm besser gehen.

Nell sah aus, als hätte sie die ganze Nacht in der Küche zugebracht. Sie hatte das schmutzige Geschirr von gestern Abend gespült, und nun trug sie ein Frühstück von wahren Hoteldimensionen auf. Cornflakes, Toast, Speck, Würstchen und Eier. Eine große Kanne Kaffee nahm den Ehrenplatz auf dem Esstisch ein. Nur eines fehlte.

»Ein bisschen Orangensaft?«, fragte Rebus.

»Tut mir leid«, sagte Brian. »Ich dachte, der Zeitungsladen hätte welchen, aber der war ausverkauft. Dafür gibt es reichlich Kaffee.«

»Greifen Sie zu.« Er war in eine weitere Zeitung vertieft, eines von den seriöseren Blättern. »Die haben ja nicht lange gebraucht, sich auf ihn einzuschießen, was?«

»Sie meinen Gregor Jack? Nein, aber was hätte man anders erwarten sollen?«

Holmes blätterte die Seite um. »Höchst merkwürdig«, sagte er und ließ es dabei bewenden, gespannt, ob Rebus die Anspielung verstehen würde.

»Sie meinen«, antwortete Rebus, »es ist merkwürdig, dass die Londoner Sonntagszeitungen von *Operation Hush Puppies* gewusst haben.«

Eine weitere Seite wurde umgeblättert. Heutzutage brauchte man nicht lange, um eine Zeitung zu lesen, es sei denn, man interessierte sich für die Werbung. Holmes faltete die Zeitung auf ein Viertel ihrer Größe und legte sie neben sich auf den Tisch.

»Ja«, sagte er und nahm sich eine Scheibe Toast. »Wie ich bereits sagte, es ist merkwürdig.«

»Na hören Sie mal, Brian. Die Zeitungen kriegen doch immer Tipps, wenn es um schlüpfrige Geschichten geht. Von einem Polizisten, der sein Taschengeld fürs Bier aufbessern will oder so. Wenn man eine Razzia in einem Nobelbordell macht, ist die Chance doch groß, dass man auf bekannte Gesichter stößt.«

Moment mal ... Noch während er sprach, wusste Rebus, dass mehr dahintersteckte. In jener Nacht hatten die Reporter doch ganz offenkundig irgendetwas abgewartet. Als ob sie *genau* wüssten, wer da aus der Tür spazieren und die Treppe hinuntergehen würde. Mittlerweile starrte Holmes ihn an.

»Was glauben Sie?«, fragte Rebus.

»Nichts. Absolut nichts ... noch nicht. Geht uns im Übrigen nichts an. Und außerdem ist heute Sonntag.«

»Sie sind ganz schön ausgefuchst, Brian Holmes.«

»Ich hab ja auch einen guten Lehrmeister, oder?«

Nell kam ins Zimmer mit zwei Tellern fettig glänzendem, gebratenem Essen. Rebus' Magen flehte ihn an, nichts Unüberlegtes zu tun, nichts, was er später bereuen würde.

»Sie arbeiten zu viel«, sagte Rebus zu Nell. »Lassen Sie sich von ihm nicht wie ein Dienstmädchen behandeln.«

»Keine Sorge«, sagte sie, »das tu ich nicht. Aber was fair ist, ist fair. Brian hat das Geschirr von gestern Abend abgewaschen. Und das von heute Morgen wird er auch spülen.«

Holmes stöhnte. Rebus schlug eines von den Boulevardblättern auf und tippte mit dem Finger auf ein Foto.

»Sie sollten nicht zu hart mit ihm umspringen, Nell, jetzt da er in der Zeitung ist.«

Nell nahm ihm die Zeitung ab, blickte einen Augenblick darauf und kreischte los.

»Mein Gott, Brian! Du siehst ja aus wie einer aus der *Muppet Show*.«

Holmes war aufgestanden und starrte ihr über die Schulter. »Und so sieht Chief Superintendent Watson aus? Der könnte glatt für ein Aberdeen-Rind durchgehen.«

Rebus und Holmes grinsten sich an. Er hatte ja nicht umsonst den Spitznamen Farmer ...

Rebus wünschte dem jungen Paar alles Gute. Sie hatten sich entschlossen, zusammenzuleben. Sie hatten zusammen ein Haus gekauft und es gemeinsam eingerichtet. Sie wirkten zufrieden. Ja, er wünschte ihnen von ganzem Herzen alles Gute.

Doch sein Verstand gab ihnen höchstens zwei bis drei Jahre.

Polizisten hatten nicht gerade ein leichtes Los. Während er sich bemühte, zum Inspector befördert zu werden, würde Holmes feststellen, dass er immer mehr Überstunden machen musste. Wenn er in der Lage war, abzuschalten, sobald er abends oder am frühen Morgen nach Hause kam, würde es gehen. Doch Rebus bezweifelte, dass der junge Mann das können würde. Holmes war der Typ, der sich voll auf einen Fall stürzte, sein ganzes Denken davon beherrschen ließ, sowohl während der Arbeit als auch in der Freizeit. Und das war schlecht für eine Beziehung.

Schlecht und häufig das Ende. Rebus kannte mehr geschiedene oder getrennt lebende Polizisten (er selbst eingeschlossen) als glücklich verheiratete. Es lag nicht nur an den langen Arbeitszeiten, sondern auch daran, wie Polizeiarbeit einen vereinnahmte, sich wie ein Wurm in einen hineingrub und von innen auffraß. Als Schutz vor dem Wurm legte man sich eine dicke Haut zu – dicker vielleicht als notwendig. Und diese dicke Haut entfremdete einen von der Familie und von den Freunden, von den »Zivilisten« ...

Was für erquickliche Gedanken für einen Sonntagmorgen. Schließlich war doch nicht alles so trübsinnig. Das Auto war problemlos angesprungen und hatte es ihm erspart, zur nächsten Werkstatt trampen zu müssen. Außerdem war gerade genug Blau am Himmel, um abgehärtete Tagesausflügler in die Natur zu locken. Auch Rebus wollte eine Spazierfahrt machen. Eine Fahrt ohne Ziel, wie er sich einredete. Ein schöner Tag, um ein bisschen herumzufahren. Aber er wusste, wohin er wollte. Wusste, wohin, aber nicht genau, *warum*.

Gregor Jack und seine Frau wohnten in einem großen, alten, einzeln stehenden und von einer Mauer umgebenen Anwesen am Rande von Rosebridge, etwas südlich von Eskwell. Typische Landadelsgegend. Felder und sanfte Hügel, über die offensichtlich ein Baustopp verhängt worden war. Rebus hatte keinerlei Entschuldigung für diese Fahrt außer seiner Neugier, aber anscheinend war er nicht der Einzige. Das Haus der Jacks war sofort zu erkennen. Ein halbes Dutzend Autos parkte vor dem Tor, und eine Meute von Reportern, die miteinander plauderten oder genervt aussehende Fotografen instruierten, wie weit sie gehen sollten (eher moralisch als geografisch), um irgendein nichts sagendes Foto einzufangen, lungerte dort herum. Auf die Mauer steigen? Auf den Baum dort drüben klettern? Es von der Rückseite des Hauses versuchen? Die Fotografen wirkten nicht besonders begeistert. Doch genau in diesem Augenblick schien irgendetwas ihre Aufmerksamkeit zu fesseln.

Inzwischen hatte Rebus sein Auto ein Stück weiter die Straße hinunter geparkt. Auf der einen Seite der Straße standen etwa ein halbes Dutzend Häuser nebeneinander, nichts Spektakuläres bezüglich Architektur oder Größe, aber wunderbar abgeschirmt von hohen Mauern, langen Auffahrten und (zweifellos) riesigen Gärten hinterm Haus. Auf der anderen Straßenseite war Weideland. Teilnahmslos dreinblickende Kühe und fett aussehende Schafe. Einige ansehnliche Lämmer, die den Stimmbruch noch nicht ganz hinter sich hatten. Die Aussicht endete in etwa drei Meilen Entfernung an ein paar ziemlich steilen Hügeln. Es war eine schöne Gegend. Selbst ein Höhlenmensch wie Rebus konnte das erkennen.

Vielleicht stießen ihm die Reporter deshalb noch saurer auf als sonst. Er stand hinter der Meute, ein Beobachter. Das Haus war aus dunklem Stein gebaut, der aus dieser Entfernung rötlich schimmerte. Ein zweistöckiges Gebäude, vermutlich Anfang des 20. Jahrhunderts errichtet. An einer Seite war eine große Garage angebaut, und vor dem Haus stand am Ende der Einfahrt ein weißer Saab, einer aus der 9000er-Serie. Solide und zuverlässig, nicht gerade billig, aber auch nicht protzig. Allerdings unverwechselbar, ein Auto mit eigenem Stil.

Ein Mann, Anfang dreißig, mit einem spöttischen Grinsen im Gesicht, öffnete gerade das Tor so weit, dass eine junge Frau, kaum dem Teenageralter entwachsen, aber bemüht, zehn Jahr älter auszusehen, den Reportern ein silbernes Tablett reichen konnte. Sie sprach lauter als nötig.

»Gregor Jack meinte, Sie möchten vielleicht einen Schluck Tee trinken. Kann sein, dass nicht genug Tassen da sind, dann müssen Sie sich eben eine teilen. In der Dose sind Kekse, aber leider keine Ingwerplätzchen. Die sind uns ausgegangen.«

Das wurde mit Lächeln und dankbarem Nicken quittiert. Doch während der ganzen Zeit prasselten unaufhörlich Fragen auf die junge Frau ein.

»Eine Chance, kurz mit Mr Jack zu reden?«

»Können wir mit einer Erklärung rechnen?«

»Wie wird er damit fertig?«

»Nur ein paar Worte?«

»Ist Mrs Jack im Haus?«

»Ian, wird er überhaupt *irgendwas* sagen?«

Die letzte Frage war an den spöttisch grinsenden Mann gerichtet, der nun eine Hand hochhielt, um die Reporter zum Schweigen zu bringen. Er wartete geduldig, bis es ruhig war. Dann:

»Kein Kommentar«, sagte er und begann das Tor wieder zu schließen. Rebus schob sich durch die gut gelaunte Menge, bis er vor Mr Spöttisch stand.

»Inspector Rebus«, sagte er. »Könnte ich Mr Jack kurz sprechen?«

Mr Spöttisch und Miss Teetablett wirkten äußerst misstrauisch, selbst nachdem sie Rebus' Ausweis in Augenschein genommen hatten. Durchaus verständlich. Er hatte schon von Reportern gehört, die eine solche Nummer abzogen, mit gefälschtem Ausweis und allem, was dazugehört. Doch schließlich kam ein knappes Nicken, und das Tor wurde wieder so weit geöffnet, dass er sich durchzwängen konnte. Hinter ihm wurde das Tor sogleich wieder geschlossen und verriegelt. Rebus war drinnen.

Ein Gedanke durchfuhr ihn: Was, zum Teufel, mache ich hier eigentlich? Die Antwort lautete, er wusste es nicht genau. Irgendetwas an der Szene vor dem Tor hatte in ihm den Wunsch ausgelöst, auf der anderen Seite dieses Tors zu sein. Nun ja, da war er jetzt und wurde über die Schottereinfahrt geführt, auf das große Auto zu, zu dem noch größeren Haus dahinter mit der Garage an der Seite. Wurde zu dem Abgeordneten Gregor Jack geführt, den er offensichtlich sprechen wollte.

Ich glaube, Sie wollten mich sprechen, Inspector?

Nein, Sir, ich bin nur neugierig.

Wohl nicht gerade der richtige Einstieg. Watson hatte ihn schon häufiger verwarnt wegen dieses ... dieses ... war es ein Charakterfehler? Diesem Bedürfnis, sich ins Zentrum des Geschehens zu drängen, sich einzumischen, Dinge selber herauszufinden, statt sich auf die Worte von jemandem zu verlassen, ganz egal, wer dieser Jemand war.

Ich kam zufällig vorbei und dachte, ich mache mal kurz meine Aufwartung. O Gott, Jack würde ihn bestimmt erkennen. Aus dem Bordell. Als er auf dem Bett saß und die Frau im Bett mit den Beinen strampelte und kreischend lachte. Nein, vielleicht auch nicht. Er hatte schließlich andere Dinge im Kopf.

»Ich bin Ian Urquhart, Gregors Assistent.« Nun, da er den Reportern den Rücken gekehrt hatte, verschwand das spöttische Grinsen aus Urquharts Gesicht. Zurück blieb eine Mischung aus Sorge und Verblüffung. »Wir haben letzte Nacht erfahren, was auf uns zukommen würde. Seitdem bin ich ununterbrochen hier.«

Rebus nickte. Urquhart war kompakt gebaut, unter seinem maßgeschneiderten Anzug zeichneten sich gut trainierte Muskeln ab. Er war etwas kleiner als der Abgeordnete und sah nicht ganz so gut aus. Mit anderen Worten, genau richtig für einen Assistenten. Außerdem wirkte er effizient, was nach Rebus' Meinung sicher ein Pluspunkt war.

»Und das ist Helen Greig, Gregors Sekretärin.« Urquhart nickte der jungen Frau zu. Sie schenkte Rebus ein flüchtiges Lächeln. »Helen ist heute Morgen hergekommen, um zu sehen, ob sie irgendwas tun kann.«

»Das mit dem Tee war übrigens meine Idee«, sagte sie.

Urquhart sah sie ungehalten an. »Gregors Idee«, mahnte er.

»Ach ja«, sagte sie errötend.

Effizient und loyal, dachte Rebus. In der Tat seltene Eigenschaften. Helen Greig sprach wie Urquhart mit einem gebildeten schottischen Akzent, dem man die genaue Herkunft nicht anhören konnte. Er würde bei beiden auf Ostküste tippen, konnte es aber nicht genauer eingrenzen. Helen sah aus, als wäre sie in einem Frühgottesdienst gewesen oder hätte noch vor, in die Kirche zu gehen. Sie trug ein helles Wollkostüm mit einer schlichten weißen Bluse, dazu eine einfache goldene Kette um den Hals. An den Füßen hatte sie bequeme schwarze Schuhe, zu denen sie eine dicke schwarze Strumpfhose trug. Sie war in Urquharts Größe, gut einsfünfundsiebzig, und ähnlich kompakt gebaut wie er. Man hätte sie nicht als schön bezeichnen können, doch sie war durchaus gut aussehend, auf ähnliche Weise wie Nell Stapleton, auch wenn die beiden Frauen in vielerlei Hinsicht völlig unterschiedlich waren.

Sie gingen gerade an dem Saab vorbei, Urquhart hatte die Führung übernommen. »Liegt irgendwas Besonderes an, Inspector? Ich meine, Sie können sich sicher vorstellen, dass Gregor nicht gerade in der richtigen Verfassung ist ...«

»Es wird nicht lange dauern, Mr Urquhart.«

»Tja, dann kommen Sie mal rein.« Die Haustür wurde

geöffnet, und Urquhart ließ Rebus und Helen Greig vorgehen. Rebus war überrascht, wie modern die Innenausstattung war. Gebohnerte Kiefernholzböden, diverse Läufer, Stühle mit hohen Lehnen im Mackintosh-Stil und niedrige, italienisch aussehende Tische. Sie gingen durch die Eingangshalle in ein großes Zimmer, in dem noch mehr moderne Möbel standen. Den Ehrenplatz nahm ein langes, eckiges Sofa aus Leder und Chrom ein. Auf diesem saß, so ziemlich in der gleichen Haltung wie bei ihrer ersten Begegnung, Gregor Jack. Der Abgeordnete kratzte geistesabwesend an einem Finger und starrte auf den Boden. Urquhart räusperte sich.

»Wir haben Besuch, Gregor.«

Es war, als ob ein talentierter Schauspieler mitten im Spiel die Rolle wechselte, von Tragödie zu Komödie. Gregor Jack stand auf und zauberte ein Lächeln auf sein Gesicht. Plötzlich funkelten seine Augen, versprühten Interesse; sein ganzes Gesicht strahlte Aufrichtigkeit aus. Rebus staunte, wie mühelos sich dieser Wandel vollzog.

»Detective Inspector Rebus«, sagte er und ergriff die angebotene Hand.

»Inspector, was können wir für Sie tun? Hier, setzen Sie sich.« Jack deutete auf einen niedrigen schwarzen Sessel, der vom Design her zum Sofa passte. Es war, als würde man in Zuckerwatte versinken. »Möchten Sie was trinken?« Jack schien sich an etwas zu erinnern, und er wandte sich an Helen Greig. »Helen, du hast unseren Freunden da draußen doch Tee gebracht?«

Sie nickte.

»Ausgezeichnet. Wir können ja die Herren von der Presse nicht um ihr zweites Frühstück bringen.« Er lächelte Rebus an, dann ließ er sich auf die Kante des Sofas sinken, die Arme auf die Knie gelegt, damit die Hände beweglich blieben. »Also, Inspector, wo liegt das Problem?«

»Nun ja, Sir, eigentlich kam ich nur zufällig vorbei, da sah ich diese Meute vor dem Tor und hab angehalten.«

»Sie wissen aber, warum die hier sind?«

Rebus war gezwungen zu nicken. Urquhart räusperte sich erneut.

»Wir werden beim Mittagessen eine Erklärung für sie vorbereiten«, sagte er. »Es wird vermutlich nicht reichen, sie loszuwerden, aber vielleicht hilft es ein bisschen.«

»Ihnen ist natürlich klar«, sagte Rebus, wohl wissend, dass er vorsichtig vorgehen musste, »dass Sie nichts Schlimmes gemacht haben, Sir. Ich meine, nichts Illegales.«

Jack lächelte wieder und zuckte die Schultern. »Es braucht nicht illegal zu sein. Es muss nur für die Nachrichten interessant sein.« Seine Hände bewegten sich fahrig, seine Augen wanderten unruhig hin und her, als ob er mit den Gedanken woanders wäre. Dann schien etwas klick zu machen. »Sie haben noch gar nicht gesagt, was Sie möchten, Inspector. Tee oder Kaffee? Oder vielleicht etwas Stärkeres?«

Rebus schüttelte vorsichtig den Kopf. Sein Kater hatte sich beinahe verzogen. Er sollte ihn aber nicht wieder hervorlocken. Jack richtete seinen seelenvollen Blick auf Helen Greig.

»Ich hätte sehr gern eine Tasse Tee, Helen. Inspector, möchten Sie wirklich nicht ...?«

»Nein, danke.«

»Ian?«

Urquhart nickte Helen Greig zu.

»Wärst du so lieb, Helen?«, sagte Gregor Jack. Welche Frau, fragte sich Rebus, würde sich da weigern? Dabei fiel ihm ein ...

»Ihre Frau ist also nicht hier, Mr Jack?«

»Verreist«, sagte Jack hastig. »Wir haben ein Cottage in

den Highlands. Nichts Besonderes, aber uns gefällt es. Sie ist vermutlich dort.«

»Vermutlich? Dann wissen Sie das nicht genau?«

»Sie hat mir keine Reiseroute hinterlassen, Inspector.«

»Weiß sie denn …?«

Jack zuckte die Schultern. »Ich hab keine Ahnung, Inspector. Kann schon sein. Sie ist eine leidenschaftliche Zeitungsleserin. Es gibt ein Dorf in der Nähe, wo man die Sonntagszeitungen bekommt.«

»Aber sie hat sich nicht gemeldet?«

Diesmal verzichtete Urquhart darauf, sich zu räuspern, bevor er sich einmischte. »In der Lodge gibt es kein Telefon.«

»Das gefällt uns so gut daran«, erklärte Jack. »Völlig von der Welt abgeschnitten.«

»Aber wenn sie es wüsste«, fuhr Rebus unbeirrt fort, »würde sie sich doch bestimmt melden?«

Jack seufzte und begann wieder, sich an seinem Finger zu kratzen. Dann wurde ihm bewusst, was er tat, und er hörte damit auf. »Ekzem«, erklärte er. »Nur an dem einen Finger, aber es ist trotzdem lästig.« Er hielt inne. »Liz … meine Frau … ist ziemlich unberechenbar, Inspector. Vielleicht würde sie sich melden, vielleicht aber auch nicht. Kann genauso gut sein, dass sie nicht darüber reden will. Verstehen Sie, was ich meine?« Ein weiteres Lächeln, diesmal schwächer, das um eine Sympathiestimme warb. Jack fuhr mit den Fingern durch seine dichten dunklen Haare. Rebus fragte sich, ob die perfekten Zähne wohl überkront waren. Vielleicht war bei der Haarpracht auch nachgeholfen worden. Das am Hals offene Hemd sah nicht aus, als ob es aus einem Kaufhaus stammte …

Urquhart stand immer noch da. Oder genauer gesagt, er war auf den Beinen, aber ständig in Bewegung. Rüber zum Fenster, um durch die Gardinen zu linsen. Dann zu einem

Tisch mit Glasplatte, um einige Papiere durchzusehen, die dort lagen. Zu einem kleineren Tisch, auf dem das Telefon stand. Die Schnur war aus der Wand gezogen. Also selbst *wenn* Mrs Jack versuchen sollte anzurufen ... Weder Urquhart noch Jack schienen das bedacht zu haben. Merkwürdig. Rebus hatte das Gefühl, dass der Raum weniger Jacks Geschmack, sondern dem seiner Frau entsprach. Jack wirkte wie jemand, der eher was für althergebrachte Möbelstücke übrig hatte, solide, bequeme Sessel und ein Chesterfield-Sofa. Ein konservativer Geschmack. Man brauchte sich ja nur das Auto anzuschauen, das er fuhr ...

Ja, Jacks Auto – das war eine Idee oder eher ein Vorwand, ein Vorwand für Rebus' Anwesenheit.

»Wenn wir vielleicht diese Erklärung bis zum Mittag raushaben könnten«, sagte Urquhart gerade. »Je eher wir der Sache einen Dämpfer aufsetzen, desto besser.«

Nicht sehr subtil, dachte Rebus. Die Botschaft lautete: Sagen Sie, was Sie wollen, und verschwinden Sie. Rebus wusste, welche Frage er am liebsten gestellt hätte: Glauben Sie, dass man Sie in eine Falle gelockt hat? Das wollte er fragen, wagte es aber nicht. Schließlich war er nicht offiziell hier, sondern eigentlich nur als Besucher.

»Ach übrigens, Ihr Wagen, Mr Jack«, begann er. »Als ich angehalten hab, fiel mir auf, dass er in der Einfahrt steht, sozusagen auf dem Präsentierteller. Und da draußen sind Fotografen. Wenn Fotos von Ihrem Auto in die Zeitungen kommen ...«

»Wird es in Zukunft jeder erkennen?« Jack nickte. »Ich verstehe, worauf Sie hinauswollen, Inspector. Danke. Daran haben wir gar nicht gedacht, nicht wahr, Ian? Stell es lieber in die Garage. Es braucht ja nicht jeder, der eine Zeitung liest, zu wissen, was für ein Auto ich fahre.«

»Und das Kennzeichen«, fügte Rebus hinzu. »Da draußen laufen alle möglichen Leute herum ... Terroristen ...

Leute, die irgendeinen Groll hegen ... Verrückte. Das ist nicht gut.«

»Danke, Inspector.« Die Tür schwang auf, und Helen Greig trat mit zwei großen Bechern Tee ein. Ihr Auftritt war Welten entfernt von dem vorhin mit dem silbernen Tablett am Tor. Sie reichte Urquhart einen Becher und den anderen Jack. Dann zog sie eine schmale Schachtel hervor, die sie unter einen Arm geklemmt hatte. Es war eine neue Packung Ingwerplätzchen. Rebus lächelte.

»Wunderbar, Helen, danke«, sagte Gregor Jack und nahm sich zwei Kekse aus der Schachtel.

Rebus stand auf. »Tja«, sagte er, »ich sollte jetzt wohl besser gehen. Wie gesagt, ich bin nur zufällig vorbeigekommen ...«

»Ich weiß das zu schätzen, Inspector.« Jack hatte den Becher und die Plätzchen auf die Erde gestellt und stand nun ebenfalls auf. Wieder streckte er Rebus seine Hand hin, eine warme, starke und makellose Hand. »Was ich noch fragen wollte, wohnen Sie hier im Wahlkreis?«

Rebus schüttelte den Kopf. »Aber einer von meinen Kollegen wohnt hier. Ich hab gestern bei ihm übernachtet.«

Jack hob den Kopf ganz langsam, bevor er nickte. Die Geste hätte alles Mögliche bedeuten können. »Ich schließe Ihnen das Tor auf«, sagte Ian Urquhart in diesem Augenblick.

»Bleib ruhig hier und trink deinen Tee«, sagte Helen Greig. »Ich bringe den Inspector hinaus.«

»Wie du meinst, Helen«, erwiderte Urquhart mit getragener Stimme. War da ein warnender Unterton zu hören? Wenn ja, dann schien Helen Greig ihn nicht wahrzunehmen. Urquhart wühlte in seiner Tasche nach den Schlüsseln und gab sie ihr.

»Also gut«, sagte Rebus. »Auf Wiedersehen, Mr Jack ... Mr Urquhart.« Er drückte Urquhart kurz die Hand. Doch seine Aufmerksamkeit galt der linken Hand des Mannes. An einem Finger ein Ehering, an einem anderen ein Siegelring. Gregor Jacks linke Hand zierte nur ein breiter goldener Reif. Dieser steckte jedoch nicht am Ringfinger, sondern an dem Finger daneben. An dem Finger, an dem man üblicherweise den Ehering trägt, war das Ekzem …

Und Helen Greig? Ein paar Modeschmuckringe an beiden Händen, aber sie war offensichtlich weder verlobt noch verheiratet.

»Auf Wiedersehen.«

Helen Greig war bereits vorausgegangen, doch sie wartete neben dem Wagen auf ihn. In ihrer rechten Hand klimperten die Schlüssel.

»Arbeiten Sie schon lange für Mr Jack?«

»Lange genug.«

»Ist bestimmt harte Arbeit, so als Abgeordneter. Sicher muss er ab und zu mal ausspannen …«

Sie blieb stehen und starrte ihn wütend an. »Jetzt kommen Sie auch noch damit! Sie sind genauso schlimm wie die da!« Sie deutete mit den Schlüsseln auf das Tor und die Meute dahinter. »Ich will kein Wort gegen Gregor hören.« Mit forschen Schritten ging sie weiter.

»Er ist also ein guter Arbeitgeber?«

»Er ist überhaupt nicht *wie* ein Arbeitgeber. Meine Mutter war letzten Herbst krank. Da hat er mir eine Sonderzulage gegeben, damit ich mit ihr ein paar Tage an die See fahren konnte. *So* ein Mensch ist er.« Sie hatte Tränen in den Augen, es gelang ihr aber, sie zurückzuhalten. Die Reporter reichten die Tassen herum und beklagten sich über zu viel oder zu wenig Zucker. Von den beiden Gestalten, die sich ihnen näherten, schienen sie jedenfalls nicht viel zu erwarten.

»Erzählen Sie uns doch was, Helen.«

»Nur ein paar Worte mit Gregor, und dann können wir

alle nach Hause gehen. Wir müssen doch schließlich auch an unsere Familien denken.«

»Ich verpass das Abendmahl«, scherzte einer von ihnen.

»Du meinst, du verpasst dein Mittagspint«, entgegnete ein anderer.

Einer von den Lokalreportern – den Akzenten nach zu urteilen waren nicht viele davon da – hatte Rebus erkannt.

»Inspector, haben Sie uns irgendwas zu sagen?« Beim Wort »Inspector« wurden sichtlich einige Ohren gespitzt.

»Ja«, sagte Rebus, woraufhin Helen Greig erstarrte. »Zieht Leine.«

Die meisten lächelten darüber, doch einige stöhnten laut. Helen Greig öffnete das Tor, um Rebus hinauszulassen. Als sie es schon wieder schließen wollte, stemmte er sich mit seinem ganzen Gewicht dagegen, beugte sich zu der jungen Frau hinab und hielt den Mund dicht an ihr Ohr.

»Ich muss noch mal rein, ich hab was vergessen.«

»Was denn?«

»Genauer gesagt, Mr Jack hat etwas vergessen. Er wollte, dass ich nach seiner Frau sehe, für den Fall, dass sie die Nachricht schlecht aufnimmt …«

Er wartete, bis die Botschaft angekommen war. Helen Greig verzog den Mund zu einem lautlosen O. Die Botschaft war angekommen.

»Ich hab bloß vergessen«, fuhr Rebus fort, »nach der Adresse zu fragen.«

Damit die Reporter nichts hören konnten, stellte sie sich auf die Zehenspitzen und flüsterte ihm ins Ohr: »Deer Lodge. Das ist zwischen Knockandhu und Tomnavoulin.«

Rebus nickte und erlaubte ihr nun, das Tor zuzumachen und abzuschließen. Seine Neugier war nicht gerade gestillt. Im Gegenteil, sie war seit seiner Ankunft ständig gewachsen. Knockandhu und Tomnavoulin, die Namen von zwei

Malt-Whiskys. Sein Verstand sagte ihm, er sollte nie wieder etwas trinken. Sein Herz erzählte ihm etwas anderes ...

Verdammt, er hätte Patience von Holmes aus anrufen sollen, um ihr zu sagen, dass er auf dem Weg zu ihr war. Nicht dass sie über jeden Schritt von ihm Rechenschaft erwartete ... aber trotzdem. Er ging auf den Reporter zu, den er kannte, den Mann von der Lokalzeitung, Chris Kemp.

»Hallo, Chris, haben Sie Telefon im Auto? Darf ich das mal kurz benutzen ...?«

»Na, wie war denn eure *Menage à trois*?«, fragte Dr. Patience Aitken.

»Nicht schlecht«, sagte Rebus, bevor er sie auf den Mund küsste. »Und wie war deine Orgie?«

Sie verdrehte die Augen. »Fachsimpelei und verkochte Lasagne. Du hast es also nicht nach Hause geschafft?« Rebus sah sie verblüfft an. »Ich hab versucht, bei dir in Marchmont anzurufen, aber da warst du auch nicht. Dein Anzug sieht aus, als hättest du darin geschlafen.«

»Ist der verdammte Kater schuld.«

»Lucky?«

»Er hat auf meinem Jackett Twist getanzt, bis ich es vor ihm retten konnte.«

»Twist? Nichts verrät mehr über das wirkliche Alter eines Mannes als die Tänze, die er kennt.«

Rebus begann, den Anzug auszuziehen. »Du hast nicht zufällig etwas Orangensaft da?«

»Hast wohl 'nen dicken Kopf? Wird Zeit, mit dem Trinken aufzuhören, John.«

»Zeit, ein geregeltes Leben anzufangen, meinst du wohl.« Er zog seine Hose aus. »Was dagegen, wenn ich ein Bad nehme?«

Sie betrachtete ihn forschend. »Du weißt doch, dass du nicht zu fragen brauchst.«

»Ja, aber trotzdem. Ich frag eben gern.«

»Erlaubnis erteilt ... wie immer. War das auch Lucky?« Sie zeigte auf die Kratzer an seinem Handgelenk.

»Wenn er das getan hätte, wär er längst in der Mikrowelle gelandet.«

Sie lächelte. »Ich schau mal nach dem Orangensaft.«

Rebus beobachtete, wie sie in die Küche ging. Mit trockenem Mund versuchte er, ihr nachzupfeifen. Einer der Wellensittiche im Wohnzimmer zeigte ihm, wie man das richtig machte. Patience drehte sich lächelnd zu dem Vogel um.

Dann legte er sich in das Schaumbad, schloss die Augen und atmete tief durch, so wie der Arzt es ihm erklärt hatte. Entspannungstechnik hatte er es genannt. Er wollte, dass Rebus sich ein bisschen mehr entspannte. Hoher Blutdruck, nichts Ernstes, aber trotzdem ... Es gab natürlich Tabletten, die er nehmen könnte, Betablocker. Doch der Arzt war für Selbsthilfe. Tiefenentspannung. Selbsthypnose. Rebus hätte dem Arzt beinahe erzählt, dass sein Vater Hypnotiseur gewesen war und dass sein Bruder immer noch irgendwo als professioneller Hypnotiseur tätig sein könnte ...

Tief durchatmen ... an nichts denken ... den Kopf entspannen, die Stirn, die Kiefermuskeln, die Nackenmuskeln, den Brustkorb, die Arme. Rückwärts bis Null zählen ... kein Stress, keine Anspannung.

Zunächst hatte Rebus dem Arzt Knauserigkeit unterstellt, weil er keine teuren Medikamente verschreiben wollte. Doch die verdammte Methode schien zu funktionieren. Er *konnte* sich selbst helfen. Er konnte sich sogar zu Patience Aitken verhelfen ...

»Bitte sehr.« Sie kam mit einem schmalen hohen Glas Orangensaft ins Badezimmer. »Handgepresst von Dr. Aitken.«

Rebus legte einen schaumigen Arm um ihren Hintern. »Handgepresst von Inspector Rebus.«

Sie beugte sich herab und küsste ihn auf den Kopf. Dann fuhr sie mit einem Finger über sein Haar. »Du solltest ab und zu eine Pflegespülung benutzen, John. Aus deinen Follikeln geht alles Leben raus.«

»Weil es gerade woanders hinströmt.«

Sie kniff die Augen zusammen. »Runter, Junge«, sagte sie. Und bevor er erneut nach ihr greifen konnte, floh sie aus dem Badezimmer. Lächelnd ließ sich Rebus tiefer in die Wanne sinken.

Tief durchatmen ... an nichts denken ... War Gregor Jack in eine Falle gelockt worden? Wenn ja, von wem? Und mit welcher Absicht? Um einen Skandal hervorzurufen, natürlich. Einen politischen Skandal, einen, der in die Schlagzeilen kommt. Doch die Atmosphäre bei Jack zu Hause war ... nun ja, seltsam gewesen. Angespannt, verständlicherweise, aber auch unterkühlt und gereizt, als ob das Schlimmste noch bevorstünde.

Die Frau ... Elizabeth ... irgendwas schien da nicht zu stimmen. Irgendwas schien äußerst merkwürdig zu sein. Er brauchte mehr Informationen, Informationen über Hintergründe und Zusammenhänge. Er musste *Gewissheit* haben. Die Adresse von der Lodge hatte er sich fest eingeprägt, doch nach allem, was er über Polizeireviere in den Highlands wusste, hatte es wenig Sinn, an einem Sonntag anzurufen. Informationen ... Ihm fiel Chris Kemp wieder ein, der Reporter. Ja, warum nicht? Wacht auf, Arme! Aufwachen, Brustkorb, Nacken und Kopf! Sonntag war keine Zeit, um auszuruhen. Für manche Leute war der Sonntag ein Arbeitstag.

Patience steckte den Kopf durch die Tür. »Wie wär's mit einem ruhigen Abend zu Hause?«, schlug sie vor. »Ich koche uns ein ...«

»Ruhiger Abend kommt nicht in Frage«, sagte Rebus und erhob sich eindrucksvoll aus dem Wasser. »Komm, wir gehen einen trinken.«

»Du kennst mich, John, ein *bisschen* Schmuddel macht mir nichts aus, aber diese Kneipe hier ist das Allerletzte. Meinst du nicht, ich hätte was Besseres verdient?«

Rebus küsste Patience flüchtig auf die Wange, stellte ihre Drinks auf den Tisch und setzte sich neben sie. »Ich hab dir einen Doppelten geholt«, sagte er.

»Das sehe ich.« Sie nahm das Glas in die Hand. »Ist ja nicht mehr viel Platz für das Tonic.«

Sie saßen im hinteren Raum des Horsehair-Pub an der Broughton Street. Durch die offene Tür konnte man in die Bar sehen, wo es sehr laut zuging. Leute, die sich unterhalten wollten, standen gut zehn Schritte voneinander entfernt. Dementsprechend wurde gebrüllt, doch niemand kam auf die Idee, sich näher zusammenzustellen. Es war laut, aber ganz unterhaltsam. Im hinteren Raum war es ruhiger. Hier waren durchgesessene Polsterbänke U-förmig entlang der Wände aufgestellt, dazu gab es wackelige Stühle. Die schmalen, rautenförmigen Tische waren am Fußboden befestigt. Gerüchten zufolge waren die durchgesessenen Bänke in den zwanziger Jahren mit Rosshaar gepolstert worden, was seitdem nie wieder erneuert worden war. Deshalb hatte das Pub seinen ursprünglichen, prosaischen Namen längst aufgegeben und nannte sich nur noch *The Horsehair*.

Patience goss die Hälfte einer kleinen Flasche Tonic in ihren Gin, während Rebus an seinem Pint IPA trank.

»Prost«, sagte sie mit wenig Begeisterung. Dann: »Ich weiß verdammt gut, dass es für das hier einen Grund gibt. Ich meine, einen Grund, weshalb wir hier sind. Ich würde sagen, es hat was mit deiner Arbeit zu tun.«

Rebus stellte sein Glas hin. »Ja«, bestätigte er.

Sie hob den Blick zu der von Nikotin verfärbten Decke. »Gib mir Kraft«, sagte sie.

»Es wird nicht lange dauern«, sagte Rebus. »Ich hab gedacht, wir könnten hinterher irgendwo hingehen ... wo es ein bisschen mehr deinem Stil entspricht.«

»Behandle mich nicht so gönnerhaft, du Mistkerl.« Rebus starrte in sein Bier und dachte über die diversen Bedeutungen dieser Aussage nach. Dann erspähte er einen neuen Gast in der Bar und winkte ihm zu.

Ein junger Mann kam müde lächelnd auf ihn zu.

»Sie sieht man ja nicht gerade oft hier, Inspector Rebus«, sagte er.

»Setzen Sie sich«, sagte Rebus. »Meine Runde. Patience, darf ich dir Chris Kemp vorstellen, einen der besten jungen Reporter Schottlands.«

Rebus stand auf und ging zur Bar. Chris Kemp zog sich einen Stuhl heran und setzte sich vorsichtig darauf, nachdem er ihn getestet hatte. »Er muss irgendwas von mir wollen«, sagte er zu Patience und deutete mit dem Kopf Richtung Bar. »Er weiß, dass ich für ein bisschen Schmeichelei empfänglich bin.«

Nicht dass es Schmeichelei gewesen wäre. Chris Kemp hatte für seine frühen Arbeiten bei einer Abendzeitung in Aberdeen diverse Preise bekommen, war dann nach Glasgow gezogen, wo er zum Nachwuchsjournalisten des Jahres gewählt worden war. Vor anderthalb Jahren kam er schließlich nach Edinburgh, wo er seither in allen möglichen Sachen »herumrührte«, wie er es selber nannte. Jeder wusste, dass er eines Tages in den Süden gehen würde. Er wusste es auch. Es war unausweichlich. In Schottland schien es für ihn nicht mehr viel zu rühren zu geben. Das einzige Problem war seine Freundin, die noch studierte und frühestens in einem Jahr fertig sein würde und nicht daran dachte, vorher in den Süden zu ziehen, wenn überhaupt jemals …

Das alles und noch mehr wusste Patience bereits, als Rebus von der Bar zurückkam. Ein dünner Schleier hatte ihre Augen überzogen, den sich Chris Kemp trotz seines ausgezeichneten Spürsinns nicht erklären konnte. Er redete, und während er redete, dachte sie: Ist John Rebus das alles wirklich wert? Ist er die Mühe wert, die ich mir anscheinend machen muss? Sie liebte ihn nicht, das war ganz klar. »Liebe« war etwas, das ihr einige Male im Teenageralter, in den Zwanzigern und sogar noch in den Dreißigern passiert war. Immer wieder ohne oder mit einem eher katastrophalen Ergebnis. Mittlerweile kam es ihr so vor, dass »Liebe« genauso gut das Ende einer Beziehung wie ihren Anfang bedeuten könnte.

Sie erlebte das häufig in ihrer Praxis. Sie sah Männer und Frauen (aber meistens Frauen), die krank vor Liebe waren, weil sie zu viel liebten und nicht genug wiedergeliebt wurden. Sie waren genauso krank wie ein Kind mit Ohrenschmerzen oder ein Rentner, der an einer Angina litt. Sie hatte Mitleid und Worte für sie, aber keine Medizin. Die Zeit heilt alle Wunden, könnte sie ihnen in einem unbedachten Augenblick sagen und ihre Arme schützend um sie legen. Aber brauchte John Rebus ihren Schutz?

»So, das hätten wir«, sagte er, als er zurückkam. »Der Barmann ist heute Abend ziemlich langsam, tut mir leid.«

Chris Kemp nahm den Drink mit einem dünnen Lächeln entgegen. »Ich hab gerade Patience erzählt …«

O Gott, dachte Rebus, als er sich setzte. Ihre Stimmung ist unter dem Nullpunkt. Ich hätte sie nicht hierher bringen dürfen. Aber wenn ich gesagt hätte, dass ich allein weggehe … hätte sie genauso ein Gesicht gemacht. Bringen wir es rasch hinter uns, vielleicht ist der Abend ja noch zu retten.

»Also, Chris«, fiel er dem jungen Mann ins Wort, »was gibt's denn für schmutzige Geschichten über Gregor Jack?«

Chris Kemp schien zu glauben, dass es davon reichlich gab, und das Thema Gregor Jack heiterte Patience so weit auf, dass sie für eine Weile vergaß, wie unwohl sie sich in diesem Pub fühlte.

Rebus interessierte sich hauptsächlich für Elizabeth Jack, doch Kemp fing mit dem Abgeordneten selbst an, und was er über ihn zu sagen hatte, klang interessant. Das war ein anderer Jack, nicht nur anders als sein öffentliches Image und die allgemeine Meinung, sondern auch anders als der Eindruck, den Rebus während seiner Begegnung mit dem Mann gewonnen hatte. Zum Beispiel hätte er Jack nicht für einen Trinker gehalten.

»Kippt reichlich Whisky in sich hinein«, sagte Kemp gerade. »Vermutlich mehr als eine halbe Flasche pro Tag, angeblich noch mehr, wenn er in London ist.«

»Er sieht nie betrunken aus.«

»Weil er nicht betrunken *wird*. Aber trinken tut er trotzdem.«

»Was noch?«

Es gab noch mehr, sehr viel mehr. »Er kann gut mit Leuten umgehen, ist aber gerissen. Durch und durch gerissen. Ich würde ihm nicht weiter trauen, als ich spucken kann. Ich kenne jemand, der mit ihm an der Uni war. Der sagt, Gregor Jack hätte in seinem ganzen Leben nie etwas getan, was nicht genau geplant war. Und das gilt auch dafür, wie er sich *Mrs* Gregor Jack an Land gezogen hat.«

»Wie meinen Sie das?«

»Man munkelt, dass sie sich an der Uni kennen gelernt haben, bei einer Party. Gregor hatte sie schon vorher gesehen, aber nicht sonderlich auf sie geachtet. Nachdem er jedoch erfahren hatte, dass sie *reich* war, war das eine andere Sache. Da hat er voll aufgedreht, ihr mit seinem Charme das Höschen vom Leib geschwatzt.« Er wandte sich zu Patience. »Entschuldigung, war wohl keine gute Wortwahl.«

Patience, die beim zweiten Gin Tonic war, neigte nur den Kopf ein wenig.

»Er ist also berechnend. Sie dürfen nicht vergessen, dass er ein ausgebildeter Buchhalter ist, und er hat die Mentalität eines Buchhalters. Was möchten Sie trinken?«

Doch Rebus war bereits aufgestanden. »Nein, Chris, lassen Sie mich die Getränke holen.«

Aber davon wollte Kemp nichts wissen. »Sie glauben doch wohl nicht, dass ich Ihnen das alles bloß für ein paar Bier erzähle, Inspector ...«

Und nachdem Kemp die Getränke gekauft und zum Tisch gebracht hatte, schien er immer noch diesem Gedanken nachzuhängen.

»Warum wollen Sie das alles überhaupt wissen?«

Rebus zuckte die Schultern.

»Steckt da eine Geschichte drin?«

»Könnte sein. Ist aber noch zu früh.«

Nun redeten sie rein professionell, die eigentliche Botschaft lag in dem, was ungesagt blieb.

»Aber es könnte eine Geschichte drinstecken?«

»Wenn da eine ist, Chris, dann gehört sie Ihnen, soweit ich das entscheiden kann.«

Kemp trank einen großen Schluck Bier. »Wissen Sie, ich war den ganzen Tag dort draußen. Und alles, was wir bekommen haben, war eine Erklärung. Kurz und bündig. Kein zusätzlicher Kommentar und so weiter. Die Geschichte hat also mit Jack zu tun?«

Rebus zuckte erneut die Schultern. »Ist noch zu früh. Das war jedoch interessant, was Sie da über Mrs Jack erzählt haben ...«

Doch Kemps Blick blieb kühl. »Ich kriege die Geschichte als Erster?«

Rebus rieb sich den Nacken. »Soweit ich das entscheiden kann.«

Kemp schien das Angebot abzuschätzen. Wie Rebus wusste, gab es nicht viel abzuschätzen, weil das Angebot minimal war. Dann stellte Kemp sein Glas auf den Tisch. Er war bereit, noch ein wenig mehr zu erzählen.

»Was Jack damals nicht über Liz Ferrie wusste, war, dass sie zu einem ziemlich lockeren Haufen gehörte. Locker und sehr reich. Gregor brauchte eine ganze Weile, bis er sich bei der Clique einschmeicheln konnte. Er war schließlich ein Arbeiterkind. Immer noch schlaksig und ein bisschen unbeholfen. Doch er hat sich Liz geangelt. Wohin er ging, da ging auch sie hin, und so weiter. Und Jack hatte seine eigene Clique. Die hat er immer noch.«

»Ich kann Ihnen nicht ganz folgen.«

»Hauptsächlich alte Schulfreunde, ein paar Leute, die er an der Uni kennen gelernt hat. Sein Kreis, könnte man sagen.«

»Einer von denen hat einen Buchladen, nicht wahr?«

Kemp nickte. »Das ist Ronald Steele. Wird von der Clique Suey genannt. Deshalb heißt der Laden auch Suey Books.«

»Merkwürdiger Spitzname«, sagte Patience.

»Ich weiß auch nicht, wie er an den gekommen ist«, gab Kemp zu. »Ich würde es gern wissen, aber ich weiß es nicht.«

»Wer gehört sonst noch dazu?«

»Ich bin mir nicht sicher, wie viele es genau sind, aber die interessantesten sind Rab Kinnoul und Andrew Macmillan.«

»Rab Kinnoul, der Schauspieler?«

»Genau der.«

»Ist ja komisch, ich muss nämlich mit ihm reden. Oder genauer gesagt, mit seiner Frau.«

»Ach?«

Kemp roch bereits seine Geschichte, doch Rebus schüttelte den Kopf. »Hat nichts mit Jack zu tun. Irgendwelche gestohlenen Bücher. Mrs Kinnoul ist so was wie eine Sammlerin.«

»Doch nicht etwa Professor Costellos Schätze?«

»Genau die.«

Kemp war durch und durch Zeitungsmensch. »Irgendetwas Neues?«

Rebus zuckte die Schultern.

»Nun erzählen Sie mir nicht«, sagte Kemp, »es wäre noch zu früh.«

Er fing an zu lachen, und Patience lachte mit ihm. Doch Rebus war gerade etwas anderes aufgefallen.

»Doch wohl nicht etwa *der* Andrew Macmillan?«

Kemp nickte. »Sie sind zusammen zur Schule gegangen.«

»O Gott.« Rebus starrte auf die Tischplatte aus Plastik. Kemp erklärte Patience gerade, wer Andrew Macmillan war.

»Irgendein erfolgreicher ich weiß nicht was. Ist eines Tages ausgerastet. Spazierte nach Hause und sägte seiner Frau den Kopf ab.«

Patience zog hörbar Luft ein. »Daran erinnere ich mich«, sagte sie. »Man hat den Kopf nie gefunden, oder?«

Kemp schüttelte seinen eigenen, festsitzenden Kopf. »Er hätte auch seine Tochter erledigt, aber das Mädchen ist um ihr Leben gerannt. Mittlerweile ist sie selbst ein bisschen schrullig, kein Wunder.«

»Was ist eigentlich aus ihm geworden?«, sinnierte Rebus laut. Das Ganze war vor Jahren passiert, und zwar in Glasgow, nicht in Edinburgh. Nicht auf seinem Terrain.

»Er ist in dieser neuen psychiatrischen Klinik«, sagte Kemp, »die sie gerade gebaut haben.«

»Sie meinen Duthil?«, fragte Patience.

»Genau. Oben in den Highlands. In der Nähe von Grantown, oder?«

Das wird ja immer seltsamer, dachte Rebus. Seine Geografiekenntnisse waren zwar nicht die besten, aber er glaubte nicht, dass Grantown *allzu* weit von der Deer Lodge entfernt war. »Hat Jack noch Kontakt zu ihm?«

Nun war es an Kemp, die Schultern zu zucken. »Keine Ahnung.«

»Und sie sind zusammen zur Schule gegangen?«

»Das wird erzählt. Ehrlich gesagt glaube ich, dass Liz Jack die weitaus interessantere Person ist. Jacks Helfer sind sehr darauf bedacht, sie im Hintergrund zu halten.«

»Warum denn das?«

»Weil sie immer noch ein ziemlich wildes Mädchen ist. Zieht immer noch mit ihrer alten Clique herum. James Kilpatrick, Matilda Merriman, solche Leute. Partys, Alkohol, Drogen, Orgien ... weiß der Himmel. Da darf die Presse nicht mal dran schnuppern.« Er wandte sich wieder an Patience. »Wenn Sie den Ausdruck entschuldigen, aber wir dürfen tatsächlich nicht mal dran schnuppern. Und alles, was wir kriegen, ist im Sinne gewisser Leute zensiert.«

»Ach?«

»Nun ja, Chefredakteure sind ja schon unter normalen Bedingungen nervös. Und dann müssen Sie bedenken, dass Sir Hugh Ferrie schnell mit einer Verleumdungsklage bei der Hand ist, wenn es um seine Familie geht.«

»Sie meinen die Sache mit der Elektronikfabrik?«

»Nur ein Beispiel.«

»Und was ist denn mit dieser ›alten Clique‹ von Mrs Jack?«

»Adelige, hauptsächlich altes Geld, auch ein bisschen neues.«

»Und die Dame selbst?«

»Am Anfang hat sie Jack sicherlich weitergeholfen. Ich glaube, er wollte schon immer in die Politik, und ein Abgeordneter kann es sich kaum leisten, nicht verheiratet zu sein. Da fangen die Leute sofort an, homosexuelle Neigungen zu vermuten. Ich nehme an, er hat eine Frau gesucht, die schön ist, Geld und einen einflussreichen Vater hat. Als er sie gefunden hatte, wollte er sie nicht mehr loslassen. Und die Ehe ist bisher ein Erfolg, zumindest nach außen hin. Liz wird zu Fototerminen angekarrt und sieht genau richtig aus, dann verschwindet sie wieder. Völlig anders als Gregor, verstehen Sie. Feuer und Eis. Sie ist das Feuer, er ist das Eis, normalerweise mit Whisky versetzt ...«

Kemp war an diesem Abend in redseliger Stimmung. Er plauderte noch ein wenig mehr aus dem Nähkästchen, aber das Meiste davon waren reine Spekulationen. Trotzdem war es interessant, mal eine andere Perspektive zu hören. Rebus dachte darüber nach, während er sich entschuldigte und zur Toilette ging. Das trogartige Urinal des *Horsehair* war bis zum Rand voll mit Flüssigkeit, wie es, soweit Rebus sich erinnern konnte, immer gewesen war. Von dem Spülkasten unter der Decke tropfte das Kondenswasser zielsicher auf die Köpfe derjenigen, die so leichtsinnig waren, zu dicht heranzugehen. Und die Graffitis waren größtenteils das Werk eines bigotten Legasthenikers: ERINNERT 1960. Es gab auch einige neue, mit Kugelschreiber geschrieben. »Das besoffene Vaterunser«, las Rebus. »Vater unser, voll im Himmel, Aloha sei dein Name.«

Rebus nahm an, dass er, selbst wenn er noch nicht alles erfahren hatte, was er wissen wollte, zumindest alles hatte, was er aus Chris Kemp herausholen konnte. Es gab also keinen Grund, noch länger zu bleiben. Überhaupt keinen Grund. Als er mit raschen Schritten aus der Toilette kam, sah er, dass ein junger Mann an ihrem Tisch stehen geblieben war, um mit Patience zu plaudern. Gerade machte er sich auf den Weg zurück in den Barraum, und Patience lächelte ihm zum Abschied zu.

»Wer war das denn?«, fragte Rebus, ohne sich zu setzen.

»Er wohnt bei mir nebenan«, sagte Patience beiläufig. »Arbeitet bei der Steuerfahndung. Es wundert mich, dass du ihm noch nicht begegnet bist.«

Rebus murmelte irgendwas Unverständliches, dann tippte er mit einem Finger auf seine Uhr.

»Chris«, sagte er, »es ist alles Ihre Schuld. Sie haben viel zu spannende Geschichten erzählt. Wir waren schon vor zwanzig Minuten zum Essen verabredet. Kevin und Myra bringen uns um. Komm, Patience. Hören Sie, Chris, ich melde mich bei Ihnen. Könnten Sie inzwischen« – er beugte sich zu dem Reporter vor und senkte die Stimme – »versuchen herauszukriegen, wer den Zeitungen den Tipp mit der Bordellrazzia gegeben hat? Das könnte ein Ansatz für die Geschichte sein.« Er richtete sich wieder auf. »Bis bald, ja?«

»Bis dann, Chris«, sagte Patience und rutschte von ihrem Sitz.

»Okay. Bis bald.« Damit blieb Chris Kemp allein zurück und fragte sich, ob er etwas Falsches gesagt hatte.

»Kevin und Myra?«, sagte Patience zu Rebus, sobald sie draußen waren.

»Unsere engsten Freunde«, erklärte Rebus. »Und die beste Entschuldigung, da rauszukommen, die mir gerade einfiel. Außerdem hab ich dir ja versprochen, dich zum Essen einzuladen. Dann kannst du mir alles über unseren Nachbarn erzählen.«

Er nahm ihren Arm, und sie gingen zurück zum Auto – zu Patiences Auto. Sie hatte John Rebus noch nie eifersüchtig erlebt, deshalb war sein Verhalten schwer einzuschätzen, aber sie hätte schwören können, dass er gerade eifersüchtig war. Ja, Rebus sorgte immer wieder für Überraschungen ...

3

Tückische Stufen

Frühling in Edinburgh. Ein eiskalter Wind und ein fast horizontaler Regen. Der Edinburgh-Wind, dieser Scherz von einem Wind, diese schwarze Farce von einem Wind. Der die Leute vor sich her jagte, ihnen Tränen in die Augen trieb und diese dann auf geröteten Wangen zu einer Kruste trocknete. Und dazu noch jener leicht säuerliche Geruch, der alles durchdrang, der Geruch von den nicht allzu weit entfernten Brauereien. Über Nacht hatte es gefroren. Selbst der unternehmungslustige Lucky mit seinem dicken Fell hatte vor dem Schlafzimmerfenster gemauzt und Einlass begehrt. Die Vögel hatten gezwitschert, als Rebus ihn hereinließ. Er sah auf seine Uhr: halb drei. Warum, zum Teufel, sangen die Vögel so früh? Als er das nächste Mal wach wurde, um sechs Uhr, hatten sie aufgehört. Vielleicht versuchten sie, die Rushhour zu umgehen …

An diesem Morgen mit Temperaturen unter null Grad hatte er volle fünf Minuten gebraucht, um sein launisches Auto zum Anspringen zu bewegen. Wenn es weiterhin den Clown spielte, wurde es Zeit, ihm eine rote Nase für den Kühlergrill zu spendieren. Außerdem hatte der Frost die Risse in den Treppenstufen zur Polizeistation Great London Road noch größer werden lassen und die Stufen noch rissiger, sodass Rebus vorsichtig über ein steinernes Waffelmuster gehen musste.

Tückische Stufen. Doch man würde nichts daran tun.

Jedenfalls wenn man der heftig brodelnden Gerüchteküche Glauben schenken konnte. Gerüchte, die besagten, dass Great London Road nicht zu retten wäre, völlig marode, bereits über das Verfallsdatum hinaus. Gerüchte, dass die Wache geschlossen würde. Schließlich stünde das Gebäude in bester Lage. Ein erstklassiges Grundstück für ein weiteres Hotel oder einen weiteren Büroturm. Und die Polizisten? Würden aufgeteilt, so die Gerüchte. Die meisten von ihnen sollten nach St. Leonard's versetzt werden, in die Polizeiwache Zentrum. Diese lag viel näher an Rebus' Wohnung in Marchmont, aber weiter von Oxford Terrace und Dr. Patience Aitken entfernt. Rebus hatte einen kleinen Pakt mit sich selber geschlossen, einen Vertrag, der nur in seinem Kopf existierte. Wenn sich in den nächsten ein bis zwei Monaten die Gerüchte bestätigten, dann war es ein Zeichen von oben, ein Zeichen, dass er nicht mit Patience zusammenziehen sollte. Doch wenn Great London Road nun bestehen blieb oder sie in das Polizeipräsidium Fettes versetzt wurden (fünf Minuten von Oxford Terrace entfernt) ... was dann? Was dann? Doch über das Kleingedruckte in dem Vertrag war noch nicht entschieden.

»Morgen, John.«

»Hallo, Arthur. Irgendwelche Nachrichten für mich?«

Der Dienst habende Sergeant schüttelte den Kopf. Rebus rieb sich mit den Händen über Gesicht und Ohren, damit die auftauten, und stieg dann die Treppe zu seinem Zimmer hinauf. Statt tückischem Stein lag hier tückisches Linoleum. Und dann gab es noch das heimtückische Telefon ...

»Rebus.«

»John?« Es war die Stimme von Chief Superintendent Watson. »Haben Sie eine Minute Zeit?«

Rebus begann geräuschvoll mit einigen Papieren auf seinem Schreibtisch zu rascheln, um den Eindruck zu erwecken, dass er schon seit Stunden im Büro und schwer beschäftigt war. »Nun ja, Sir …«

»Lassen Sie den Scheiß, John. Ich hab's vor fünf Minuten schon mal bei Ihnen versucht.«

Rebus hörte auf, die Papiere hin und her zu schieben. »Ich komme sofort, Sir.«

»So schnell wie möglich.« Damit wurde die Verbindung unterbrochen. Rebus zog seine wasserdichte Jacke aus, bei der immer Wasser an den Schultern durchsickerte. Er befühlte die Schultern seines Jacketts. Die waren natürlich feucht, was seine Begeisterung für eine Montagmorgenbegegnung mit dem Farmer auch nicht gerade steigerte. Er holte tief Luft und breitete die Arme aus wie ein altmodischer Schlagersänger.

»Showtime«, sagte er zu sich selbst. Nur noch fünf Arbeitstage bis zum Wochenende. Dann rief er rasch die Dufftown Police Station an und bat, mal bei der Deer Lodge nach dem Rechten zu sehen.

»*Dear* wie *teuer*?«, fragte die Stimme.

»Nein, mit zwei e«, korrigierte Rebus und dachte: Aber vermutlich war sie ganz schön teuer, als die Jacks sie gekauft haben.

»Sollen wir nach irgendetwas Bestimmtem Ausschau halten?«

Nach der Frau eines Abgeordneten … Überresten von einer Sexorgie … Mehltüten voller Kokain … »Nein«, sagte Rebus, »nichts Bestimmtes. Sagen Sie mir nur Bescheid, was Sie vorgefunden haben.«

»Geht in Ordnung. Könnte allerdings ein bisschen dauern.«

»So schnell wie möglich, ja?« Und als er das sagte, fiel ihm ein, dass er eigentlich woanders sein sollte. »So schnell wie möglich.«

Chief Superintendent Watson polterte sofort los.

»Was, zum Teufel, hatten Sie denn gestern bei Gregor Jack zu suchen?«

Fast hätte er Rebus eiskalt erwischt. Fast. »Wer hat denn da geplaudert?«

»Völlig egal. Beantworten Sie, verdammt noch mal, meine Frage.« Pause. »Kaffee?«

»Da würde ich nicht Nein sagen.«

Watson hatte von seiner Frau zu Weihnachten eine Kaffeemaschine bekommen. Vielleicht ein Versuch, seinen Konsum von Teacher's Whisky einzuschränken. Ein Versuch, damit er abends einmal nüchtern nach Hause kam. Doch bisher hatte die Kaffeemaschine nur bewirkt, dass Watson am Morgen hyperaktiv war. Am Nachmittag jedoch, nach ein paar Schlückchen zur Mittagszeit, überfiel ihn eine gewisse Schläfrigkeit. Also ging man Watson am besten morgens aus dem Weg. Um ihm zu unterbreiten, dass man gerne ein paar Tage Urlaub nehmen würde, oder ihm von dem neuesten vermasselten Einsatz zu berichten, wartete man am besten bis zum Nachmittag. Wenn man Glück hatte, kam man mit einem missbilligenden Nicken weg. Aber morgens … morgens sah die Welt des Farmers anders aus.

Rebus nahm den Becher mit dem starken Kaffee entgegen. Watson hatte ein halbes Paket Espresso in den großen Filter gekippt, der nun fast unverdünnt in Rebus' Blutkreislauf strömte.

»Hört sich blöd an, Sir, aber ich kam ganz zufällig dort vorbei.«

»Da haben Sie recht«, sagte Watson und nahm hinter seinem Schreibtisch Platz, »das hört sich in der Tat blöd an. Selbst wenn wir unterstellen, dass Sie wirklich nur zufällig vorbeikamen …«

»Um ganz ehrlich zu sein, Sir, es steckte ein bisschen

mehr dahinter.« Watson lehnte sich zurück, hielt den Becher in beiden Händen und wartete auf Rebus' Geschichte. Zweifellos dachte er: Jetzt muss er sich aber was einfallen lassen. Doch Rebus hatte durch Lügen nichts zu gewinnen. »Ich mag Gregor Jack«, sagte er. »Ich meine, ich mag ihn als Abgeordneten. Er schien mir immer ein verdammt guter Abgeordneter zu sein. Deshalb hatte ich ein bisschen das Gefühl ... nun ja, ich fand, es war ein unglücklicher Zufall, dass wir gerade zu dem Zeitpunkt eine Razzia in dem Bordell gemacht haben, als er dort war ...« Unglücklicher Zufall? Glaubte er wirklich, dass nicht mehr an der Sache dran war? »Ja, und als ich dann *tatsächlich* zufällig dort vorbeikam – ich hatte bei Sergeant Holmes übernachtet, in dessen neuem Haus, er wohnt in Jacks Wahlkreis –, da dachte ich, ich halte an und schau mal vorbei. Jede Menge Reporter schwirrten vor dem Haus herum. Ich weiß wirklich nicht genau, warum ich angehalten habe, aber dann hab ich gesehen, dass Jacks Wagen für alle sichtbar in der Einfahrt stand. Ich fand das gefährlich. Ich meine, wenn ein Foto davon in die Zeitungen käme, dann wüsste jeder, was Jack für ein Auto fährt, samt Kennzeichen. Man kann ja nicht vorsichtig genug sein, finden Sie nicht? Also bin ich reingegangen und hab vorgeschlagen, man solle den Wagen in die Garage stellen.«

Rebus hielt inne. Das war doch eigentlich alles, oder? Zumindest reichte es, um weitere Vorwürfe abzuwehren. Watson wirkte nachdenklich. Er führte sich eine weitere Dröhnung Koffein zu, bevor er sprach.

»Sie stehen damit nicht allein, John. Ich hab auch ein schlechtes Gewissen wegen der *Operation Hush Puppies*. Nicht dass wir uns irgendwas hätten zu Schulden kommen lassen, verstehen Sie, aber trotzdem ... und nun, wo die Presse an der Geschichte dran ist, wird sie keine Ruhe geben, bis der arme Kerl gezwungen ist, zurückzutreten.«

Rebus bezweifelte das. Jack hatte auf ihn nicht wie jemand gewirkt, der bereit oder willens ist, zurückzutreten.

»Wenn wir Jack helfen können ...« Watson hielt erneut inne und suchte Blickkontakt mit Rebus. Er gab Rebus zu verstehen, dass dies alles inoffiziell wäre, nirgends schriftlich festgehalten, doch dass man bereits darüber *diskutiert* hätte, auf irgendeiner Ebene weit über Rebus. Vielleicht sogar über Watson. Hatte der Chief Super von den Großkopfeten persönlich eins auf die Finger bekommen? »Wenn wir ihm helfen können«, wiederholte er, »möchte ich, dass er diese Hilfe auch bekommt. Wenn Sie verstehen, was ich meine, John.«

»Ich glaube schon, Sir.« Sir Hugh Ferrie hatte mächtige Freunde. Rebus begann allmählich, sich zu fragen, *wie* mächtig ...

»Das war's dann wohl.«

»Nur noch eine Sache, Sir. Von wem haben Sie die Information über das Bordell?«

Watson schüttelte den Kopf, noch bevor Rebus seine Frage beendet hatte. »Das kann ich Ihnen nicht sagen, John. Ich weiß, was Sie denken. Sie fragen sich, ob Jack in eine Falle gelockt worden ist. Wenn das so ist, dann hat es nichts mit meinem Informanten zu tun. Das kann ich Ihnen versichern. Nein, *wenn* Jack in eine Falle gelockt wurde, dann ist die Frage, *warum* er überhaupt dort war, und nicht, warum *wir* dort waren.«

»Aber die Zeitungen wussten auch Bescheid. Ich meine, sie wussten von *Operation Hush Puppies.*«

Watson nickte. »Das hat ebenfalls nichts mit meinem Informanten zu tun. Aber ich habe natürlich auch darüber nachgedacht. Es muss jemand von uns gewesen sein, nicht wahr? Jemand aus dem Team.«

»Es wusste also sonst niemand über den Zeitpunkt der Aktion Bescheid?«

Watson schien einen Augenblick die Luft anzuhalten, dann schüttelte er den Kopf. Natürlich log er. Das sah Rebus deutlich. Es hatte keinen Zweck, weiter zu bohren, jedenfalls jetzt nicht. Es musste einen Grund für die Lüge geben, und dieser Grund würde irgendwann herauskommen. Im Augenblick und aus keinem Grund, den er so richtig festmachen konnte, machte Rebus sich eher Sorgen um *Mrs* Jack. Sorgen? Das war vielleicht ein bisschen übertrieben. Direkt *beunruhigt* war er nicht. Man könnte sagen, er war *interessiert.* Ja, das war es. Er interessierte sich für sie.

»Irgendwelche Fortschritte mit den verschwundenen Büchern?«

Was für verschwundene Bücher? Ach, *diese* verschwundenen Bücher. Er zuckte die Schultern. »Wir haben mit sämtlichen Buchhändlern gesprochen. Die Liste macht die Runde. Vielleicht werden wir sogar in den Fachorganen erwähnt. Ich glaube nicht, dass irgendein Buchhändler die anfasst. Ansonsten ... ja, mit den privaten Sammlern müssen wir noch reden. Eine davon ist die Frau von Rab Kinnoul.«

»Dem Schauspieler?«

»Genau der. Wohnt etwas außerhalb, in der Nähe von South Queensferry. Seine Frau sammelt Erstausgaben.«

»Da sollten Sie besser selbst hingehen, John. Ich möchte nicht so gern einen Constable zu Rab Kinnoul schicken.«

»In Ordnung, Sir.« Das war genau die Antwort, die er hatte hören wollen. Er trank seinen Becher aus, obwohl seine Nerven schon flatterten. »Gibt's sonst noch was?«

Doch Watson war mit ihm fertig und stand auf, um sich seinen Becher noch einmal zu füllen. »Dieses Zeug macht richtig süchtig«, sagte er, als Rebus das Büro verließ. »Und, bei Gott, es macht mich putzmunter.«

Rebus wusste nicht, ob er lachen oder weinen sollte ...

Rab Kinnoul war ein Profikiller.

Zunächst hatte er sich mit Hilfe verschiedener Fernsehrollen einen Namen gemacht: als schottischer Immigrant in einer Londoner Sitcom, als junger Landarzt in einer Bauernserie sowie mit gelegentlichen Gastauftritten in bekannteren Serien wie *The Sweeney,* wo er einen ausgerissenen Häftling aus Glasgow spielte, oder der Krimireihe *Knife Ledge,* in der er einen gedungenen Mörder spielte.

Mit dieser letzten Rolle kam Kinnouls Karriere so richtig in Schwung. Er fiel einem Casting Director in London auf. Man trat an ihn heran und machte Probeaufnahmen mit ihm für die Rolle des Attentäters in einem britischen Low-Budget-Thriller, der erstaunlich erfolgreich war und sowohl in den USA als auch in Europa gut besprochen wurde. Der Regisseur ließ sich danach rasch überzeugen, nach Hollywood zu gehen, und überzeugte dort wiederum seine Produzenten davon, dass Rab Kinnoul die ideale Besetzung für den Gangster in einem Film nach einem Roman von Elmore Leonard wäre.

Also ging Kinnoul nach Hollywood, spielte kleinere Rollen in einer Reihe größerer und kleinerer Kriminalfilme, mit Erfolg. Er hatte ein Gesicht, in das man alles hineinlesen konnte, einfach alles. Wenn man glaubte, er sollte böse sein, dann *war* er böse; wenn man glaubte, er sollte geisteskrank sein, dann *war* er geisteskrank. Er wurde auf diese Rollen festgelegt und spielte sie gut, doch wenn seine Karriere irgendwann eine andere Wendung genommen hätte, hätte er genauso gut in der Rolle des romantischen Liebhabers, des mitfühlenden Freunds oder des Helden enden können.

Inzwischen hatte er sich wieder in Schottland niedergelassen. Es gab Gerüchte, dass er Drehbücher las, vorhatte, eine eigene Filmgesellschaft zu gründen, oder sich ganz zurückziehen wollte. Rebus konnte sich nicht so recht vorstellen, wie man mit neununddreißig Jahren in den Ruhestand gehen konnte. Mit fünfzig vielleicht, aber nicht mit neununddreißig. Was würde man den ganzen Tag lang tun? Doch als er auf Kinnouls Haus am Rand von South Queensferry zufuhr, bekam er die Antwort. Man könnte Tag für Tag damit verbringen, sein Haus zu streichen – unter der Voraussetzung, dass es so groß war wie das Haus von Rab Kinnoul. Wie bei der Forth-Eisenbahnbrücke. Wenn man sie zu Ende gestrichen hatte, war das erste Stück schon wieder schmutzig.

Es war also ein sehr großes Haus, selbst aus der Ferne betrachtet. Es lag an einem Hang, und die Umgebung war ziemlich öde. Hohes Gras und ein paar zum Sterben verurteilte Bäume. In der Nähe war ein Fluss, der in den Firth of Forth mündete. Da das Haus nicht umzäunt war, nahm Rebus an, dass Kinnoul auch das Land gehörte.

Das Haus war modern, sofern man den Stil der sechziger Jahre noch als »modern« bezeichnen konnte. Von der Architektur her war es wie ein Bungalow angelegt, nur fünfmal so groß. Es erinnerte Rebus stark an diese Schweizer Chalets, die man auf Postkarten sah, außer dass die Chalets immer aus Holz gebaut waren, während dieses Haus eine Rauputzfassade besaß.

»Hab schon bessere Sozialbauten gesehen«, murmelte er vor sich hin, als er auf der mit Kies bedeckten Zufahrt parkte. Als er aus dem Auto stieg, sah er jedoch einen der großen Vorzüge des Hauses: die Aussicht. Die beiden imposanten Forth-Brücken waren nicht allzu weit entfernt. Der Firth lag ruhig glitzernd da, und die Sonne schien auf das stille, grüne Städtchen Fife auf der anderen Seite des Flusses. Rosyth konnte man nicht sehen, doch im Osten konnte man gerade das Hafenstädtchen Kirkcaldy erkennen, wo Gregor Jack und vermutlich auch Rab Kinnoul zur Schule gegangen waren.

»Nein«, sagte Mrs Kinnoul – Cath Kinnoul –, als sie kurze Zeit später ins Wohnzimmer kam, »diesen Fehler machen die Leute ständig.«

Sie hatte die Haustür geöffnet, als Rebus immer noch in die Gegend starrte.

»Bewundern Sie die Aussicht?«

Er grinste zurück. »Ist das da drüben Kirkcaldy?«

»Ich glaube, ja.«

Rebus drehte sich um und ging die Stufen zur Tür hinauf. Zu beiden Seiten der Treppe war ein Steingarten mit gepflegten Blumenbeeten. Mrs Kinnoul sah aus, als würde sie gerne gärtnern. Sie trug bequeme Kleidung und hatte ein freundliches Lächeln. Ihre Haare waren in Wellen gelegt, aber nach hinten gekämmt und im Nacken von einer Spange gehalten. Ihre Aufmachung erinnerte ein wenig an die fünfziger Jahre. Er wusste nicht genau, was er erwartet hatte – vielleicht irgendeine Hollywood-Blondine –, aber gewiss nicht das.

»Ich bin Cath Kinnoul.« Sie streckte eine Hand aus. »Tut mir leid, ich habe Ihren Namen vergessen.«

Er hatte natürlich angerufen, um seinen Besuch anzukündigen und um sicherzugehen, dass jemand zu Hause sein würde. »Detective Inspector Rebus«, sagte er.

»Ach ja«, sagte sie. »Kommen Sie bitte herein.«

Natürlich hätte er die ganze Angelegenheit telefonisch erledigen können. Folgende seltene Bücher sind gestohlen worden … hat sie Ihnen jemand angeboten …? Wenn das passieren sollte, setzen Sie sich bitte sofort mit uns in Verbindung. Doch wie die meisten Polizisten *sah* Rebus gern, mit wem und womit er es zu tun hatte. Die Leute gaben oft einiges preis, wenn man ihnen persönlich gegenübersaß. Sie waren aufgeregt und nervös. Nicht dass Cath Kinnoul einen nervösen Eindruck machte. Als sie mit einem Teetablett ins Wohnzimmer kam, hatte Rebus gerade aus dem Panoramafenster geschaut und die Aussicht genossen.

»Ist Ihr Mann nicht in Kirkcaldy zur Schule gegangen?«

Und da hatte sie gesagt: »Nein, diesen Fehler machen die Leute ständig. Wegen Gregor Jack, nehme ich an. Sie wissen schon, der Abgeordnete.« Sie stellte das Tablett auf einen Sofatisch. Rebus hatte sich vom Fenster abgewandt und sah sich nun im Raum um. An den Wänden hingen gerahmte Fotografien von Rab Kinnoul, Standfotos aus seinen Filmen. Außerdem gab es Fotos von anderen Schauspielern und Schauspielerinnen, die Rebus wahrscheinlich kennen sollte. Die Fotos waren signiert. Der Raum wurde von einem 38-Zoll-Fernseher dominiert, auf dem ein Videorecorder stand. Zu beiden Seiten des Fernsehers waren Videobänder auf dem Fußboden gestapelt.

»Setzen Sie sich, Inspector. Zucker?«

»Nur Milch, bitte. Was sagten Sie gerade über Ihren Mann und Gregor Jack ...?«

»Ach so. Ja, ich nehme an, weil sie beide in den Medien sind, im Fernsehen meine ich, deshalb glauben die Leute wohl, sie müssten sich kennen.«

»Tun sie das denn nicht?«

Sie lachte. »O doch, sie kennen sich schon. Aber nur durch mich. Die Leute haben irgendwie ihre Geschichten durcheinandergebracht, und so stand dann plötzlich in den Zeitungen und Zeitschriften, Rab und Gregor wären zusammen zur Schule gegangen, was Unsinn ist. Rab ist in Dundee zur Schule gegangen. Und ich war diejenige, die mit Gregor zur Schule gegangen ist. Wir waren auch zusammen auf der Universität.«

Also war selbst der Primus der jungen schottischen Reporter nicht unfehlbar. Rebus nahm die Porzellantasse samt Unterteller mit einem dankenden Nicken entgegen.

»Damals war ich natürlich bloß Catherine Gow. Rab

hab ich später kennen gelernt, als er bereits für das Fernsehen arbeitete. Er spielte in Edinburgh in einem Theaterstück mit. Ich traf ihn nach der Aufführung in einer Bar.«

Sie rührte geistesabwesend in ihrem Tee. »Jetzt bin ich Cath Kinnoul, die Frau von Rab Kinnoul. Heutzutage nennt mich kaum noch einer Gowk.«

»Gowk?« Tollpatsch? Rebus glaubte, nicht richtig gehört zu haben. Sie blickte zu ihm auf.

»Das war mein Spitzname. Wir hatten alle Spitznamen. Gregor war Beggar ...«

»Und Ronald Steele war Suey.«

Sie hörte auf zu rühren und sah ihn an, als würde sie ihn erst jetzt richtig wahrnehmen. »Das stimmt. Aber woher ...?«

»So heißt doch sein Laden«, erklärte Rebus, was auch der Wahrheit entsprach.

»Ach ja«, sagte sie. »Also, wegen dieser Bücher ...«

Drei Dinge fielen Rebus auf. Erstens, dass es hier anscheinend nur äußerst wenige Bücher gab für jemanden, der angeblich Bücher sammelte. Zweitens, dass er sich lieber noch weiter über Gregor Jack unterhalten hätte. Und drittens, dass Cath Kinnoul Medikamente genommen hatte, irgendwelche Tranquilizer. Ihre Lippen brauchten jeweils eine Sekunde zu lang, um ein Wort zu formulieren, und ihre Augenlider waren schwer. Valium? Vielleicht sogar Mogadon?

»Ja«, sagte er, »die Bücher.« Dann blickte er demonstrativ um sich. Jeder Schauspieler hätte das als billigen Effekt durchschaut. »Mr Kinnoul ist zurzeit nicht zu Hause?«

Sie lächelte. »Die meisten Leute nennen ihn einfach Rab. Weil sie ihn häufig im Fernsehen gesehen haben, glauben sie, ihn zu kennen, und meinen, das gibt ihnen das Recht, ihn Rab zu nennen. Mr Kinnoul ... daran merkt man, dass

Sie Polizist sind.« Es sah aus, als wollte sie ihm mit dem Finger drohen, doch dann besann sie sich anders und trank stattdessen ihren Tee. Sie hatte die zierliche Tasse umfasst, statt sie an dem etwas unbequemen Henkel zu halten, und trank sie bis auf den letzten Tropfen leer. Dann atmete sie heftig aus.

»Furchtbaren Durst heute Morgen«, sagte sie. »Tut mir leid, was haben Sie gerade gesagt?«

»Sie waren dabei, mir was über Gregor Jack zu erzählen.«

Sie wirkte überrascht. »Tatsächlich?«

Rebus nickte.

»Ach ja. Ich habe darüber in der Zeitung gelesen. Furchtbare Dinge behaupten sie da. Über ihn und Liz.«

»Mrs Jack?«

»Liz, ja.«

»Was ist sie für ein Typ?«

Cath Kinnoul schien zu zittern. Sie stand ganz langsam auf und stellte ihre leere Tasse auf das Tablett. »Noch einen Tee?« Rebus schüttelte den Kopf. Sie gab Milch, reichlich Zucker und einen Schluck Tee in ihre Tasse. »Furchtbaren Durst«, sagte sie, »heute Morgen.« Die Tasse mit beiden Händen haltend, ging sie ans Fenster. »Liz hat ihren eigenen Kopf. Man muss sie dafür bewundern. Es kann nicht leicht sein, mit einem Mann zu leben, der so stark im Rampenlicht steht. Er sieht sie kaum.«

»Sie meinen, er ist viel unterwegs?«

»Ja, schon. Aber sie ist auch viel unterwegs. Sie hat ihr eigenes Leben, ihre eigenen Freunde.«

»Kennen Sie sie gut?«

»Nein, nein, das würde ich nicht sagen. Sie würden nicht glauben, was wir alles in der Schule angestellt haben. Wer hätte gedacht …« Sie berührte die Fensterscheibe. »Wie gefällt Ihnen das Haus, Inspector?«

Das war eine unerwartete Wendung des Gesprächs. »Es ist, äh, groß, nicht wahr?«, antwortete Rebus. »Viel Platz.«

»Sieben Schlafzimmer«, sagte sie. »Rab hat es von irgendeinem Rockstar gekauft. Ich glaube nicht, dass er es hätte haben wollen, wenn hier nicht ein Star gewohnt hätte. Wozu brauchen wir sieben Schlafzimmer? Wir sind doch nur zu zweit ... Oh, da kommt Rab.«

Rebus ging ans Fenster. Ein Landrover fuhr holpernd die Einfahrt hinauf. Eine kräftige Gestalt saß auf dem Fahrersitz und hielt mit beiden Händen das Lenkrad umklammert. Mit einem lauten Quietschen hielt der Landrover an.

»Wegen dieser Bücher«, sagte Rebus, plötzlich ganz der diensteifrige Beamte. »Wie ich gehört habe, sammeln Sie Bücher?«

»Seltene Bücher, ja. Hauptsächlich Erstausgaben.« Cath Kinnoul hatte ebenfalls die Rolle gewechselt. Nun spielte sie die Frau, die der Polizei bei ihren Ermittlungen ...

Die Haustür ging auf und wieder zu. »Cath? Wem gehört das Auto da in der Einfahrt?«

Rab Kinnoul kam mit schweren Schritten in den Raum. Er war etwa einsfünfundachtzig groß und wog vermutlich an die hundert Kilo. Ein Hemd, in rotem Schottenkaro gemustert, spannte sich um seinen ausufernden Brustkorb. Er trug eine ausgebeulte Cordhose, die in der Taille von einem schmalen, viel zu engen Gürtel gehalten wurde. Er hatte angefangen, sich einen rötlichen Bart stehen zu lassen, und sein braunes Haar, das sich an den Ohren kräuselte, war länger, als Rebus es in Erinnerung hatte. Er sah Rebus, der auf ihn zuging, erwartungsvoll an.

»Inspector Rebus, Sir.«

Kinnoul wirkte erst überrascht, dann erleichtert und dann, wie Rebus meinte, besorgt. Das Problem waren diese Augen; sie schienen sich nicht zu verändern, sodass

Rebus sich anfing zu wundern, ob Kinnoul tatsächlich Überraschung, Erleichterung und Sorge empfunden hatte oder ob er das nur interpretiert hatte.

»Inspector, was ist ... ich meine, ist irgendetwas nicht in Ordnung?«

»Nein, nein, Sir. Es geht nur um ein paar Bücher, die gestohlen wurden, wertvolle Bücher. Deswegen unterhalten wir uns mit privaten Sammlern.«

»Ach so.« Nun fing Kinnoul an zu grinsen. Rebus glaubte nicht, dass er ihn in einer seiner Fernseh- oder Filmrollen je hatte grinsen sehen. Nun verstand er, warum. Das Grinsen verwandelte Kinnoul von einem bedrohlichen Schurken in einen zu groß geratenen Teenager. Es erhellte sein Gesicht, machte es unschuldig und gutmütig. »Dann wollen Sie also mit Cath reden?« Er blickte über Rebus' Schulter zu seiner Frau. »Alles in Ordnung, Cath?«

»Prima, Rab.«

Kinnoul sah Rebus wieder an. Das Grinsen war verschwunden. »Vielleicht möchten Sie sich die Bibliothek ansehen, Inspector? Dort können Sie auch mit Cath plaudern.«

»Danke, Sir.«

Rebus fuhr über Nebenstraßen zurück nach Edinburgh. Die waren hübscher und ganz bestimmt ruhiger. In der Kinnoul-Bibliothek hatte er sehr wenig erfahren, außer dass Kinnoul offenbar ein starkes Bedürfnis hatte, seine Frau zu beschützen, so stark, dass er nicht in der Lage gewesen war, Rebus mit ihr allein zu lassen. Wovor hatte er Angst? Er war in der Bibliothek herumgeschlichen, hatte so getan, als würde er schmökern, und sich schließlich mit einem Buch hingesetzt. Doch die ganze Zeit hatte er zugehört, wie Rebus seine simplen Fragen stellte und dann Cath Kinnoul die kleine Liste gab und sie bat, auf diese Titel zu achten. Und sie hatte mit den Fingern über das fotokopierte Blatt gestrichen und genickt.

Die »Bibliothek« war ein Zimmer im Obergeschoss des Hauses, das sicherlich ursprünglich als Schlafzimmer vorgesehen gewesen war. An zwei Wänden waren Regale angebracht, die meisten mit Schiebeglastüren versehen. Und hinter diesen Glasscheiben stand eine langweilige Ansammlung von Büchern – langweilig für Rebus' Augen, doch sie schienen genau das Richtige, um Cath Kinnoul aus ihren Tagträumen zu reißen. Sie wies Rebus auf einige besondere Stücke hin.

»Schöne Erstausgabe ... neu gebunden in Kalbsleder ... einige Seiten noch nicht aufgeschnitten. Stellen Sie sich das mal vor, dieses Buch wurde 1789 gedruckt, aber wenn ich diese Seiten aufschneiden würde, wäre ich die Allererste, die sie liest. Ja, und das ist eine Creech-Ausgabe von Burns ... das erste Mal, dass Burns überhaupt in Edinburgh veröffentlicht wurde. Und ich hab auch einige moderne Bücher. Da ist Muriel Spark ... *Mitternachtskinder* ... George Orwell ...«

»Haben Sie die alle gelesen?«

Sie sah Rebus an, als hätte er sie nach ihren sexuellen Vorlieben gefragt. Kinnoul mischte sich ein.

»Cath ist Sammlerin, Inspector.« Er kam herüber und legte einen Arm um sie. »Es hätten genauso gut Briefmarken oder Porzellan oder alte Puppen sein können, nicht wahr, Liebes? Aber zufällig sind es Bücher. Sie sammelt Bücher.« Er drückte sie an sich. »Sie liest sie nicht, sie sammelt sie.«

Rebus schüttelte den Kopf und trommelte mit den Fingern auf das Lenkrad. Er hatte ein Rolling-Stones-Band in den Kassettenrecorder seines Autos geschoben. Das regte zu konstruktivem Denken an. Auf der einen Seite war da also Professor Costello mit seiner wunderbaren Bibliothek, deren Bücher immer wieder gelesen wurden, ein Vermögen wert waren, aber trotzdem dazu da, um ausgeliehen zu werden ... um *gelesen* zu werden. Und auf der anderen Seite war Cath Kinnoul. Er wusste nicht genau, warum sie ihm leidtat. Es konnte nicht leicht sein, mit jemandem verheiratet zu sein, der ... ja, das hatte sie selbst gesagt. Außer dass sie in dem Moment über Elizabeth Jack gesprochen hatte. Rebus war neugierig auf Mrs Jack. Ja, er war mittlerweile *fasziniert* von ihr. Er hoffte, dass er sie bald kennen lernen würde ...

Der Anruf aus Dufftown kam genau in dem Moment, als er sein Büro betrat. Auf der Treppe hatte ihm jemand ein neues Gerücht erzählt. Mitte nächster Woche würde offiziell mitgeteilt werden, dass Great London Road geschlossen werden sollte. Das heißt für mich, zurück nach Marchmont, dachte Rebus.

Das Telefon klingelte. Es klingelte immer entweder genau dann, wenn er gerade reinkam oder wenn er gerade rausgehen wollte. Ansonsten konnte er stundenlang auf seinem Stuhl sitzen und nicht ein einziges Mal ...

»Hallo, hier Rebus.«

Es folgte Schweigen und so viel Knacken und Rauschen in der Leitung, als käme der Anruf aus Sibirien.

»Ist dort Inspector Rebus?«

Rebus seufzte und ließ sich auf seinen Stuhl sinken. »Am Apparat.«

»Hallo, Sir. Die Verbindung ist wirklich schrecklich. Hier ist Constable Moffat. Sie hatten darum gebeten, dass jemand nach der Deer Lodge sieht.«

Rebus war sofort ganz Ohr. »Das ist richtig.«

»Nun ja, Sir, ich komme gerade von dort und ...« Und es folgte ein Geräusch wie von einem durchgeknallten Geigerzähler. Rebus hielt den Hörer ein Stück vom Ohr entfernt. Als das Geräusch aufhörte, sprach der Constable immer noch. »Ich weiß nicht, was ich Ihnen sonst noch berichten soll, Sir.«

»Als Erstes können Sie mir den ganzen Scheiß noch mal erzählen«, sagt Rebus. »Die Verbindung hat nämlich eine Minute lang auf intergalaktisch umgeschaltet.«

Constable Moffat begann von vorn und artikulierte seine Worte nun so betont deutlich, als würde er mit einem geistig Zurückgebliebenen reden. »Wie ich bereits sagte, Sir, bin ich rüber zur Deer Lodge gefahren, aber es war niemand zu Hause. Stand auch kein Auto da. Dann habe ich durch die Fenster geguckt. Ich würde sagen, vor nicht allzu langer Zeit ist jemand dort gewesen. Sah aus, als hätte eine kleine Party stattgefunden. Weinflaschen und Gläser und so Zeug standen herum. Aber jetzt war niemand da.«

»Haben Sie sich bei den Nachbarn erkundigt ...?« Doch in dem Moment, wo er das sagte, wusste Rebus, dass es eine dumme Frage war. Der Constable hatte bereits angefangen zu lachen.

»Da gibt es keine Nachbarn, Sir. Die nächsten Anwohner wären Mr und Mrs Kennoway, aber die sind zu Fuß eine Meile weit weg auf der anderen Seite des Hügels.«

»Ich verstehe. Und sonst können Sie mir nichts berichten?«

»Ich fürchte, nein. Wenn ich nach etwas Bestimmtem schauen soll ...? Ich meine, ich weiß, dass die Lodge diesem Abgeordneten gehört, und ich hab in der Zeitung gelesen ...«

»Nein«, sagte Rebus rasch, »damit hat das nichts zu tun.« Er wollte nicht, dass mit *noch* mehr Gerüchten herumgeschmissen würde wie mit Baumstämmen bei den Highland Games. »Ich wollte nur kurz mit Mrs Jack reden. Wir dachten, sie wäre vielleicht dort.«

»Aye, sie ist gelegentlich dort oben, habe ich gehört.«

»Gut. Wenn Sie sonst noch was hören, lassen Sie es mich wissen, okay?«

»Das ist doch selbstverständlich, Sir.« Das war es wohl auch, nahm Rebus an. Der Constable klang ein wenig gekränkt.

»Und danke für Ihre Hilfe«, fügte Rebus hinzu, erhielt jedoch nur ein knappes »Aye« als Antwort, bevor die Verbindung unterbrochen wurde.

»Du mich auch, Freundchen«, murmelte Rebus vor sich hin, bevor er sich auf die Suche nach Gregor Jacks privater Telefonnummer machte.

Natürlich war die Chance groß, dass das Telefon immer noch ausgestöpselt war. Trotzdem war es den Versuch wert. Die Nummer würde sicher im Computer gespeichert sein, doch Rebus nahm an, dass er sie schneller in der Adressenkartei finden würde. Und tatsächlich fand er ein Blatt mit der Überschrift »Parlamentarische Wahlkreise in Edinburgh und den Lothians«, auf dem die Privatadressen und Telefonnummern der elf Abgeordneten aus der Region aufgelistet waren. Er tippte die zehn Ziffern ein, wartete und wurde mit einem Klingelzeichen belohnt. Nicht dass das bedeutete ...

»Hallo?«

»Ist da Mr Urquhart?«

»Tut mir leid, Mr Urquhart ist im Augenblick nicht da ...«

Doch mittlerweile hatte Rebus die Stimme natürlich erkannt. »Sind Sie das, Mr Jack? Hier ist Inspector Rebus. Wir haben uns gestern ...«

»Ach hallo, Inspector. Sie haben Glück. Wir haben das Telefon heute Morgen wieder eingestöpselt, und Ian hat den ganzen Tag Anrufe entgegengenommen. Jetzt macht er gerade eine Pause. Er meinte, wir sollten das Ding wieder ausstöpseln, aber ich hab's wieder reingesteckt, als er weg war. Ich hasse den Gedanken, völlig von der Welt abgeschnitten zu sein. Schließlich könnten meine Wähler irgendein Anliegen haben ...«

»Was ist denn mit Miss Greig?«

»Sie ist beschäftigt. Die Arbeit muss weitergehen, Inspector. Im hinteren Teil des Hauses ist ein Büro, wo sie ihre Arbeiten erledigt. Helen war wirklich ein ...«

»Und Mrs Jack? Hat sie sich gemeldet?«

Nun schien der Redefluss versiegt zu sein. Ein trockenes Hüsteln war zu hören. Rebus konnte sich gut vorstellen, wie Jack seine entgleisten Gesichtszüge korrigierte, sich vielleicht am Finger kratzte, mit den Fingern durch die Haare fuhr ...

»Ja doch ... merkwürdig, dass Sie das erwähnen. Sie hat heute Morgen angerufen.«

»Ach?«

»Ja, die Arme. Sagte, sie hätte es stundenlang versucht, aber natürlich war das Telefon den ganzen Sonntag nicht angeschlossen und heute die meiste Zeit besetzt ...«

»Sie ist also in Ihrem Cottage?«

»Ja, genau. Für eine Woche. Ich hab ihr gesagt, sie soll dort bleiben. Es hat doch keinen Sinn, sie in diesen ganzen Mist hineinzuziehen. Das wird sich bald alles wieder beruhigen. Meine Anwältin ...«

»Wir haben Deer Lodge überprüft, Mr Jack.«

Ein weiteres Schweigen. Dann: »Oh?«

»Sie scheint nicht dort zu sein. Kein Lebenszeichen.«

Rebus schwitzte unter seinem Hemdkragen. Das konnte er natürlich auf die Heizung schieben. Aber er wusste, dass das nicht *allein* von der Heizung kam. Wo sollte das hinführen? In was schlitterte er da hinein?

»Oh.« Diesmal ohne Fragezeichen, aber sehr verhalten. »Ich verstehe.«

»Mr Jack, gibt es irgendetwas, das Sie gern loswerden möchten?«

»Ja, Inspector, ich glaube schon.«

Vorsichtig: »Möchten Sie, dass ich vorbeikomme?«

»Ja.«

»Na schön. Ich bin so schnell wie möglich da. Unternehmen Sie nichts, okay?«

Keine Antwort.

»Alles in Ordnung, Mr Jack?«

»Ja.«

Aber Gregor Jack klang nicht überzeugend.

Natürlich sprang Rebus' Auto nicht an. Die Geräusche, die es von sich gab, klangen immer mehr wie das letzte röchelnde Lachen eines Lungenkranken.

»Probleme?«, schallte es von der anderen Seite des Parkplatzes, von wo aus Brian Holmes, der gerade in sein Auto steigen wollte, ihm zuwinkte. Rebus knallte die Autotür zu und ging mit raschen Schritten zu Holmes hinüber, dessen Metro in diesem Moment mit dem ersten Drehen des Zündschlüssels ansprang.

»Fahren Sie nach Hause?«

»Ja.« Er deutete mit dem Kopf auf das dem Untergang geweihte Auto von Rebus. »Hört sich nicht so an, als kämen Sie in nächster Zeit nach Hause. Soll ich Sie mitnehmen?«

»Zufälligerweise ja, Brian. Und Sie können gleich mitkommen, wenn Sie möchten.«

»Wie bitte?«

Rebus versuchte erfolglos, die Beifahrertür zu öffnen. Holmes zögerte einen Augenblick, bevor er sie entriegelte.

»Ich bin heute Abend mit Kochen dran«, sagte er. »Nell wird fuchsteufelswild, wenn ich zu spät komme …«

Rebus setzte sich auf den Beifahrersitz und legte den Sicherheitsgurt um.

»Ich erklär Ihnen die Sache auf dem Weg.«

»Auf dem Weg wohin?«

»Nicht weit von Ihnen. Sie kommen nicht zu spät, ehrlich. Ich lass einen Wagen kommen, der mich zurück in die Stadt bringt. Aber ich hätte Sie gern dabei.«

Holmes war nicht langsam; vorsichtig, ja – aber niemals langsam. »Sie meinen den Abgeordneten«, sagte er. »Was hat er denn diesmal ausgefressen?«

»Das wage ich mir gar nicht vorzustellen, Brian. Glauben Sie mir, ich wage es mir gar nicht vorzustellen.«

Diesmal patrouillierten keine Presseleute vor dem Tor, und das Tor war auch nicht abgeschlossen. Der Wagen war in die Garage gestellt worden, sodass die Einfahrt frei war. Sie ließen Holmes' Auto draußen auf der Hauptstraße stehen.

»Nicht schlecht«, bemerkte Holmes beim Anblick des Hauses.

»Warten Sie nur, bis Sie die Inneneinrichtung sehen. Es ist wie eine Filmkulisse, Ingmar Bergman oder so.«

Holmes schüttelte den Kopf. »Ich kann es immer noch nicht fassen«, sagte er, »dass Sie gestern hierhergefahren und einfach da reingeplatzt sind ...«

»Reingeplatzt ist etwas übertrieben, Brian. Jetzt hören Sie mal zu. Ich werd ein paar Worte mit Jack reden. Sie schnüffeln ein bisschen herum, ob hier irgendwas faul riecht.«

»Sie meinen im wörtlichen Sinne faul?«

»Ich erwarte nicht, dass wir verwesende Leichen in den Blumenbeeten finden, falls Sie das meinen. Nein, halten Sie einfach Augen und Ohren auf.«

»Und die Nase frei?«

»Ja, wenn Sie kein Taschentuch dabeihaben.«

Sie trennten sich. Rebus ging zur Haustür, Holmes um das Haus herum Richtung Garage. Rebus klingelte an der Tür. Es war kurz vor sechs. Helen Greig würde sicher auf dem Weg nach Hause sein.

Doch Helen Greig öffnete ihm die Tür.

»Hallo«, sagte sie. »Kommen Sie herein. Gregor ist im Wohnzimmer. Sie kennen ja den Weg.«

»Sicher. Er hält Sie ganz schön auf Trab, was?« Rebus zeigte auf das Zifferblatt seiner Armbanduhr.

»O ja«, sagte sie lächelnd, »er ist ein richtiger Sklaventreiber.«

Ein boshaftes Bild kam Rebus in den Sinn: Jack in Ledermontur und Helen Greig an der Leine ... Er blinzelte heftig, um es wieder loszuwerden. »Was macht er für einen Eindruck?«

»Wer? Gregor?« Sie lachte leise. »Es scheint ihm gut zu gehen, den Umständen entsprechend. Warum?«

»Nur so.«

Sie dachte einen Augenblick nach, schien etwas sagen zu wollen, doch dann fiel ihr wohl ihre Stellung wieder ein. »Darf ich Ihnen was anbieten?«

»Nein danke.«

»Also dann bis später.« Und weg war sie, an der geschwungenen Treppe vorbei auf dem Weg zurück in ihr Büro im hinteren Teil des Hauses. Verdammt, er hatte Holmes nichts von ihr gesagt. Wenn Holmes nun durch das Bürofenster schaute ... Egal. Wenn er einen Schrei hörte, wüsste er, was passiert war. Er öffnete die Tür zum Wohnzimmer.

Gregor Jack war allein. Allein und hörte Musik. Ziemlich leise, doch Rebus erkannte die Rolling Stones. Es war das Album, das er am Nachmittag im Auto gehört hatte: *Let It Bleed*.

Jack stand von seinem Ledersofa auf, in einer Hand ein Glas Whisky. »Inspector, das ging aber schnell. Sie haben mich bei meinem heimlichen Laster erwischt. Aber wir haben doch alle ein heimliches Laster, oder?«

Rebus musste wieder an die Szene in dem Bordell denken. Und Jack schien seine Gedanken zu lesen, denn er lächelte verlegen. Rebus schüttelte die angebotene Hand. Er bemerkte, dass auf dem juckenden Finger der linken Hand ein Pflaster klebte. Ein heimliches Laster und ein kleiner Schönheitsfehler ...

Jack sah, dass er auf das Pflaster blickte. »Ekzem«, erklärte er und schien noch mehr sagen zu wollen.

»Ja, das sagten Sie bereits.«

»Tatsächlich?«

»Gestern.«

»Sie müssen mir verzeihen, Inspector, normalerweise wiederhole ich mich nicht. Aber nach dem, was gestern alles passiert ist ...«

»Ja, verständlich.« An Jack vorbeiblickend, bemerkte Rebus eine Karte, die auf dem Kaminsims stand. Sie war gestern noch nicht dort gewesen.

Jack wurde bewusst, dass er ein Glas in der Hand hielt. »Kann ich Ihnen etwas zu trinken anbieten?«

»Das können Sie, Sir, und ich nehm's auch an.«

»Whisky, okay? Ich fürchte, sonst ist nicht viel da ...«

»Das Gleiche, was Sie trinken, Mr Jack.« Und aus irgendeinem Grund fügte er hinzu: »Ich mag die Rolling Stones auch, ihre frühen Songs.«

»Ganz meine Meinung«, sagte Jack. »Die Musik heutzutage, das ist doch alles Schrott, oder?« Er war zu der Wand links vom Kamin gegangen, wo auf einem Glasregal eine Reihe Flaschen und Gläser stand. Während er einschenkte, ging Rebus zu dem Tisch, an dem Urquhart gestern mit einigen Papieren herumhantiert hatte. Dort lagen

Briefe, die unterschrieben werden mussten (alle mit dem Fallgitter des House of Commons im Briefkopf), und einige Unterlagen zu parlamentarischen Angelegenheiten.

»Dieser Job«, sagte Jack, als er sich mit Rebus' Drink näherte, »ist im Grunde das, was man daraus macht. Es gibt einige Abgeordnete, die nur das Allernotwendigste tun, und Sie können mir glauben, das ist schon nicht wenig. Cheers.«

»Cheers.« Sie tranken beide.

»Und dann gibt es die«, fuhr Jack fort, »die sich alles aufladen. Sie machen ihre Wahlkreisarbeit, und sie mischen bei jeder Parlamentsdebatte mit, interessieren sich für Gott und die Welt. Sie debattieren, sie schreiben, sie gehen zu ...«

»Und in welches Lager gehören Sie, Sir?« Er redet zu viel, dachte Rebus, und dabei sagt er so wenig ...

»In das dazwischen«, sagte Jack und unterstrich seine Antwort mit einer Handbewegung. »Setzen Sie sich doch.«

»Danke, Sir.« Beide setzten sich hin, Rebus auf den Sessel, Jack auf das Sofa. Rebus war sofort aufgefallen, dass der Whisky verwässert worden war, und er fragte sich, von wem? Und wusste Jack davon? »Also dann«, sagte Rebus, »Sie sagten am Telefon, dass Sie mir etwas zu ...«

Jack stellte die Musik per Fernbedienung aus. Es kam Rebus vor, als würde er mit der Fernbedienung auf die Wand zielen. Es war nämlich keine Stereoanlage zu sehen. »Ich möchte etwas klarstellen in Bezug auf meine Frau«, sagte er. »In Bezug auf Liz. Ich *mache* mir Sorgen um sie, ich gebe es zu. Ich wollte nichts sagen, bevor ...«

»Warum nicht, Sir?« Bis hierher klang die Rede genau vorbereitet. Aber schließlich hatte er auch über eine Stunde Zeit dazu gehabt. Doch irgendwann wäre er damit fertig. Rebus konnte geduldig sein, wenn er wollte. Er fragte sich, wo Urquhart wohl war ...

»Wegen der Publicity, Inspector. Ian hält Liz für eine Belastung für mich. Ich finde, dass er ein wenig übertreibt, aber Liz ist ... nun ja, nicht unbedingt jähzornig ...«

»Sie glauben, dass sie die Zeitungen gesehen hat?«

»Mit ziemlicher Sicherheit. Sie kauft immer die Boulevardzeitungen. Wegen des ganzen Tratschs.«

»Aber sie hat sich nicht gemeldet?«

»Nein, nein, hat sie nicht.«

»Und das ist ein bisschen merkwürdig, finden Sie nicht?«

Jack zog das Gesicht in Falten. »Ja und nein, Inspector. Ich meine, ich weiß nicht, was ich davon halten soll. Kann sein, dass sie sich über die ganze Sache nur kaputtlacht. Aber andererseits ...«

»Sie glauben, sie könnte sich was antun, Sir?«

»Sich was antun?« Jack begriff nur langsam. »Sie meinen Selbstmord? Nein, das glaube ich nicht, nein, das nicht. Aber wenn ihr die Sache peinlich ist, dann könnte sie einfach verschwinden. Andererseits könnte ihr auch etwas zugestoßen sein, ein Unfall ... Gott weiß was. Wenn sie richtig wütend war ... es ist immerhin möglich ...« Er senkte den Kopf wieder, die Ellbogen ruhten auf seinen Knien.

»Glauben Sie, dass es eine Angelegenheit für die Polizei ist, Sir?«

Jack blickte mit glitzernden Augen auf. »Das ist ja gerade die Krux. Wenn ich sie als vermisst melde ... ich meine, *offiziell* als vermisst melde ... und sie wird gefunden, und dann stellt sich heraus, dass sie sich einfach nur aus allem raushalten wollte ...«

»Ist sie denn der Typ, der dazu neigt, sich aus allem rauszuhalten, Sir?« Rebus' Gedanken begannen zu rotieren. Irgendjemand hatte Jack in eine Falle gelockt ... aber doch bestimmt nicht seine Frau? Das waren Gedanken, die sich auf dem Niveau einer Sonntagszeitung bewegten, trotzdem beunruhigten sie ihn.

Jack zuckte die Schultern. »Eigentlich nicht. Schwer zu sagen bei Liz. Sie ist so sprunghaft.«

»Nun ja, Sir, wir könnten einige diskrete Nachforschungen oben im Norden anstellen. Bei Hotels nachfragen, Gästehäusern ...«

»Bei Liz wären es in jedem Fall Hotels, Inspector. *Teure* Hotels.«

»Okay, dann fragen wir bei den Hotels nach, hören uns um. Irgendwelche Freunde, die sie vielleicht besuchen könnte?«

»Nicht viele.«

Rebus wartete ab, in der Hoffnung, dass Jack seine Meinung ändern würde. Schließlich gab es da immer noch Andrew Macmillan, den Mörder. Jemand, den sie vermutlich kannte, jemand in der Nähe der Lodge. Doch Jack zuckte nur die Schultern und wiederholte: »Nicht viele.«

»Eine Liste wäre jedenfalls ganz hilfreich, Sir. Vielleicht könnten Sie auch selbst mit diesen Leuten Kontakt aufnehmen. Sie wissen schon, einfach anrufen, um ein bisschen zu plaudern. Wenn Mrs Jack dort wäre, müssten sie es Ihnen ja sagen.«

»Es sei denn, sie hat sie gebeten, nichts zu sagen.«

Da war natürlich was dran.

»Wenn sich allerdings herausstellt«, sagte Jack, »dass sie auf einer der Inseln war und von der Sache gar nichts gehört ...«

Politik, letztlich ging das alles um Politik. Rebus fing an, Gregor Jack weniger zu respektieren, aber auf merkwürdige Weise mehr zu mögen. Er stand auf und ging zu dem gläsernen Regal, vorgeblich, um sein Glas dort abzustellen. Am Kaminsims blieb er jedoch stehen und nahm die Karte in die Hand. Auf der Vorderseite war ein Cartoon von einem jungen Mann in einem offenen Sportwagen, ein Eiseimer mit einer Flasche Champagner auf dem Beifahrersitz. Darunter stand VIEL GLÜCK! Drinnen stand eine andere Botschaft, mit Filzstift geschrieben: »Keine Angst, die Meute hält zu dir.« Darunter sechs Unterschriften.

»Schulfreunde«, sagte Jack. Er kam herüber und stellte sich neben Rebus. »Und ein paar von der Uni. Wir haben über die Jahre hinweg einen ziemlich engen Kontakt gehalten.«

Einige der Namen kannte Rebus, doch er stellte sich ahnungslos und ließ sich alles von Jack erklären.

»Gowk, das ist Cathy Gow. Sie heißt jetzt Cath Kinnoul, Frau von Rab Kinnoul, dem Schauspieler.« Sein Finger wanderte zur nächsten Unterschrift. »Tampon ist Tom Pond. Er arbeitet als Architekt in Edinburgh. Bilbo, das ist Bill Fisher, arbeitet für irgendeine Zeitschrift in London. Er war immer ganz verrückt auf Tolkien.« Jacks Stimme bekam einen sentimentalen Unterton. Rebus überlegte, mit welchen Schulfreunden er den Kontakt aufrechterhalten hatte – absolute Fehlanzeige. »Suey ist Ronnie Steele ...«

»Warum Suey?«

Jack lächelte. »Ich weiß nicht, ob ich Ihnen das erzählen darf. Ronnie würde mich umbringen.« Er dachte einen Augenblick nach und zuckte dann lässig die Schulter. »Also, wir waren da auf einer Klassenfahrt in der Schweiz, und ein Mädchen kam in Ronnies Zimmer und ertappte ihn ... wie er an sich herumspielte. Sie hat es überall rumerzählt, und Ronnie war das so peinlich, dass er rausgelaufen ist und sich auf die Straße gelegt hat. Er sagte, er wollte sich umbringen, aber es kam kein Auto, und irgendwann ist er wieder aufgestanden.«

»Suey ist also eine Abkürzung für ›suicide‹, für Selbstmord?«

»Genau.« Jack betrachtete wieder die Karte. »Sexton,

das ist Alice Blake. Nach Sexton Blake. Ein Detektiv wie Sie.« Jack lächelte. »Alice arbeitet ebenfalls in London. Irgendwas im PR-Bereich.«

»Und was ist mit ...?« Rebus zeigte auf den letzten Spitznamen, Mack. Jacks Gesichtsausdruck veränderte sich.

»Oh, das ist ... Andy Macmillan.«

»Und was treibt Mr Macmillan dieser Tage so?« Mack, dachte Rebus. Wie Mack the Knife, auf gruselige Weise passend ...

Jack gab sich reserviert. »Er ist im Gefängnis, glaube ich. Tragische Geschichte, sehr tragisch.«

»Im Gefängnis?« Rebus hätte das Thema gern weiter verfolgt, doch Jack hatte andere Absichten. Er zeigte auf die Namen auf der Karte.

»Fällt Ihnen was auf, Inspector?«

Ja, Rebus war etwas aufgefallen, obwohl er es nicht hatte erwähnen wollen. Nun tat er es doch. »Die Namen wurde alle von derselben Person geschrieben.«

Jack beeilte sich zu lächeln. »Bravo.«

»Nun ja, Mr Macmillan ist im Gefängnis, und Mr Fisher und Miss Blake können wohl kaum selbst unterschrieben haben, da sie in London leben. Die Sache ist ja erst gestern bekannt geworden ...«

»Ja, sehr gut.«

»Also wer ...?«

»Cathy. Sie war schon immer eine geniale Fälscherin, obwohl man das vermutlich nicht glauben würde, wenn man sie so sieht. Sie konnte von uns allen die Unterschriften nachmachen.«

»Aber Mr Pond wohnt doch in Edinburgh ... könnte er nicht selbst unterschrieben haben?«

»Ich glaube, er ist geschäftlich in den Staaten.«

»Und Mr Steele ...?« Rebus tippte auf den »Suey«-Schnörkel.

»Suey ist notorisch schwer zu erwischen, Inspector.«

»So«, sinnierte Rebus, »ist das so.«

Es klopfte an der Tür.

»Komm rein, Helen.«

Helen Greig steckte den Kopf in die Tür. Sie trug einen Regenmantel, dessen Gürtel sie gerade zuband. »Ich bin weg, Gregor. Ist Ian noch nicht zurück?«

»Noch nicht. Versucht wohl, ein bisschen Schlaf nachzuholen, nehm ich an.«

Rebus stellte die Karte zurück auf den Kaminsims. Dabei fragte er sich, ob Gregor Jack tatsächlich von Freunden umgeben war oder von etwas ganz anderem …

»Ach ja, und es ist noch ein Polizist hier«, sagte Helen Greig. »Er war an der Hintertür.«

Nun ging die Tür ganz auf, und Brian Holmes trat ins Zimmer. Verlegen, wie es Rebus schien. Ob diese Verlegenheit an der Gegenwart des Abgeordneten Gregor Jack lag?

»Danke, Helen. Bis morgen.«

»Du bist morgen in Westminster, Gregor.«

»Ach Gott, ja. Also dann bis übermorgen.«

Helen Greig ging, und Rebus stellte Jack und Brian Holmes einander vor. Holmes wirkte immer noch ungewöhnlich verlegen. Was, zum Teufel, war mit ihm los? Das konnte doch nicht nur an Jack liegen? Dann räusperte sich Holmes. Er sah seinen Vorgesetzten an und vermied jeglichen Blickkontakt mit dem Abgeordneten.

»Sir, äh … da ist etwas, das Sie sich vielleicht ansehen sollten. Hinterm Haus. In der Mülltonne. Ich hatte ein bisschen Müll in der Tasche, den ich loswerden wollte. Und zufällig hob ich den Deckel der Tonne …«

Gregor Jack wurde kreidebleich.

»Also dann«, sagte Rebus forsch, »gehen Sie vor, Brian.« Er machte eine ausholende Armbewegung. »Nach Ihnen, Mr Jack.«

Der Bereich hinter dem Haus war gut beleuchtet. Neben einem buschigen Rhododendron standen zwei stabile schwarze Plastiktonnen. In jeder Tonne steckte ein Müllsack aus schwarzem Plastik. Holmes hob den Deckel der linken Tonne hoch und hielt ihn auf, damit Rebus hineinsehen konnte. Er starrte auf ein platt gedrücktes Cornflakes-Paket und eine leere Plätzchentüte.

»Darunter«, erklärte Holmes lapidar. Rebus hob das Cornflakes-Paket hoch. Ein kleiner Schatz kam zum Vorschein. Zwei Videokassetten, deren Gehäuse zerbrochen waren, sodass das Band hervorquoll ... ein Päckchen Fotos ... zwei kleine goldfarbene Vibratoren ... zwei Paar nicht sehr stabil aussehende Handschellen ... und verschiedene Kleidungsstücke, Bodystockings, Schlüpfer mit Reißverschluss. Rebus drängte sich die Frage auf, was wohl die Zeitungsschreiber daraus gemacht hätten, wenn sie als Erste auf diesen Kram gestoßen wären ...

»Ich kann es Ihnen erklären«, sagte Jack mit brüchiger Stimme.

»Das müssen Sie nicht, Sir. Es geht uns nichts an.« Rebus sagte das in einer Weise, die unmissverständlich klarmachte: Es mag uns zwar nichts angehen, aber Sie sollten es uns besser doch erzählen.

»Ich ... ich bin in Panik geraten. Nein, nicht richtig in Panik. Es ist bloß, erst diese Bordellgeschichte, und nun ist auch noch Liz verschwunden ... und ich wusste, dass Sie auf dem Weg hierher waren ... da wollte ich das ganze Zeug einfach loswerden.« Er schwitzte. »Ich meine, ich weiß, dass das merkwürdig wirken muss, genau deshalb wollte ich ja auch alles loswerden. Wissen Sie, es gehört mir gar nicht, es ist von Liz. Ihre Freunde ... die Partys, die sie feiern ... ich wollte einfach nicht, dass Sie einen falschen Eindruck kriegen.«

Oder den richtigen Eindruck, dachte Rebus. Er nahm das

Päckchen mit den Fotos, das zufällig in dem Moment aufging. »Tut mir leid«, sagte er und sammelte die Bilder umständlich wieder ein. Es waren Polaroidaufnahmen, die in der Tat bei einer Party aufgenommen worden waren. Offenbar eine ziemlich wüste Party. Und wer war denn das?

Rebus hielt das Foto hoch, sodass Jack es sehen konnte. Es zeigte Gregor Jack, dem zwei Frauen gerade das Hemd auszogen. Alle hatten rote Augen.

»Die erste und letzte Party dieser Art, zu der ich gegangen bin«, behauptete Jack.

»Ja, Sir«, sagte Rebus.

»Hören Sie, Inspector, meine Frau lebt ihr *eigenes* Leben. Was sie so treibt ... darauf habe ich keinen Einfluss.« Zorn trat an die Stelle der Verlegenheit. »Das mag mir nicht *gefallen,* und vielleicht passen mir auch ihre *Freunde* nicht, aber es ist *ihre* Sache.«

»Selbstverständlich, Sir.« Rebus warf die Fotos zurück in die Tonne. »Tja, vielleicht wissen die ... Freunde Ihrer Frau ja, wo sie ist. Und im Übrigen würde ich dieses Zeug nicht hierlassen, es sei denn, Sie wollen sich wieder auf den Titelseiten sehen. Mülltonnen sind der erste Ort, an dem manche Journalisten suchen. Der Ausdruck ›im Dreck wühlen‹ kommt ja nicht von ungefähr. Und wie ich bereits sagte, Mr Jack, *uns* geht das hier nichts an ... noch nicht.«

Aber das würde sich bald ändern. Rebus spürte, wie es bei diesem Gedanken in seinem Magen zu rumoren anfing.

Schon sehr bald würde es sie etwas angehen.

Als sie wieder im Haus waren, versuchte Rebus, sich immer nur auf eine Sache zu konzentrieren. Das war nicht einfach, überhaupt nicht einfach. Jack schrieb die Namen und Adressen einiger Freunde seiner Frau auf. Wenn sie auch nicht so richtig zur High Society gehörten, so standen sie doch mehr als nur ein paar Sprossen auf der Gesellschaftsleiter über der Klientel des *Horsehair-Pub*. Dann fragte Rebus, was Liz Jack für ein Auto führe.

»Einen schwarzen BMW«, sagte Jack. »Aus der Dreier-Serie. Habe ich ihr letztes Jahr zum Geburtstag geschenkt.«

Rebus musste an sein eigenes Auto denken. »Feines Auto, Sir. Und das Kennzeichen?« Jack rasselte es herunter. Als Rebus ihn ein wenig erstaunt ansah, lächelte Jack schwach.

»Ich bin ausgebildeter Buchhalter«, erklärte er. »Zahlen kann ich mir gut merken.«

»Natürlich, Sir. Ich glaube, wir sollten jetzt besser ...«

In dem Moment war ein Geräusch zu hören. Es kam von der Haustür, die geöffnet und wieder geschlossen wurde. Stimmen im Flur. War die verlorene Ehefrau zurückgekehrt? Die drei Männer drehten sich zur Wohnzimmertür, die nun schwungvoll geöffnet wurde.

»Gregor? Schau mal, wen ich in der Einfahrt getroffen ...«

Ian Urquhart sah, dass Gregor Jack Besuch hatte, und hielt erschrocken inne. Hinter ihm kam ein müde aussehender Mann mit schlurfenden Schritten ins Zimmer. Er war groß und dürr, hatte schwarze, strähnige Haare und trug eine runde Brille mit Krankenkassengestell.

»Gregor«, sagte der Mann und ging auf Gregor Jack zu. Sie schüttelten einander die Hand. Dann legte Jack dem Mann eine Hand auf die Schulter.

»Ich wollte eigentlich schon früher vorbeikommen«, sagte der Mann, »aber du weißt ja, wie das ist.« Mit den dunklen Ringen unter den Augen und seiner leicht gebeugten Haltung sah er wirklich erschöpft aus. Er sprach und bewegte sich sehr langsam. »Ich glaube, ich hab ein paar hübsche Bände über italienische Kunst ergattert ...«

Erst jetzt schien er bereit, die anwesenden Besucher zu

registrieren. Rebus schüttelte gerade Urquhart die Hand, die dieser ihm entgegengestreckt hatte. Der Besucher deutete mit dem Kopf auf Rebus' rechte Hand.

»Sie müssen Inspector Rebus sein«, sagte er.

»Das ist richtig.«

»Woher weißt du das?«, fragte Gregor Jack sichtlich erstaunt.

»Wegen der Kratzer an seinem Handgelenk«, erklärte der Besucher. »Vanessa hat mir erzählt, ein Inspector Rebus wäre da gewesen, und dass Rasputin seine Spuren bei ihm hinterlassen hätte ... ganz schön heftig, wie es aussieht.«

»Sie müssen Mr Steele sein«, sagte Rebus und schüttelte ihm die Hand.

»Höchstpersönlich«, sagte Steele. »Tut mir leid, dass ich nicht da war, als Sie kamen. Aber wie Gregor Ihnen sicher bestätigt, bin ich notorisch schwer ...«

»Zu erwischen«, fiel Jack ihm ins Wort. »Ja, Ronnie. Das habe ich dem Inspector bereits erzählt.«

»Bisher also keine Spur von diesen Büchern, Sir?«, fragte Rebus Steele. Dieser zuckte die Schultern.

»Zu heiße Ware, Inspector. Haben Sie eine Vorstellung, wie viel diese Bücher bringen würden? Ich tippe eher auf einen privaten Sammler.«

»Auf Bestellung gestohlen?«

»Kann sein. Allerdings ein ziemlich breites Spektrum ...« Steele schien das Thema rasch zu ermüden. Er wandte sich wieder zu Gregor Jack, breitete die Arme weit aus und hob leicht die Schultern. »Gregor, was, zum Teufel, will man dir bloß antun?«

»Offenkundig«, sagte Urquhart, der sich ungefragt einen Drink nahm, »spekuliert irgendwo irgendjemand auf einen Rücktritt.«

»Aber was hattest du überhaupt dort zu suchen?«

Steele hatte *die* Frage gestellt. Er stellte sie in ein Schweigen, das sehr lange anhielt. Urquhart hatte ihm einen Drink eingeschenkt, den er ihm nun reichte, während Gregor Jack die vier Männer, die mit ihm im Zimmer waren, betrachtete, als könnte einer von ihnen die Antwort wissen. Rebus bemerkte, dass Brian Holmes ein Gemälde an der Wand anstarrte, als ob ihn das ganze Gespräch nichts anginge. Schließlich seufzte Jack entnervt und schüttelte den Kopf.

»Ich glaube«, sagte Rebus in das allgemeine Schweigen, »wir sollten jetzt besser gehen.«

»Denken Sie daran, den Mülleimer zu leeren«, waren seine letzten Worte an Jack, bevor er mit Holmes die Einfahrt hinunter zurück zur Hauptstraße ging. Holmes erklärte sich bereit, Rebus nach Bonnyrigg zu fahren, von wo aus er Anschluss in die Innenstadt hatte, ansonsten gab er keinen Kommentar ab, bevor sie am Auto waren, er die Türen geöffnet und den Wagen gestartet hatte. Erst als er in den zweiten Gang schaltete, sagte Holmes: »Netter Typ. Meinen Sie, er würde uns vielleicht mal zu einer dieser Partys einladen?«

»Brian«, sagte Rebus mit warnendem Unterton. »Nicht *seine* Partys, sondern Partys, zu denen seine Frau geht. Das schien auf diesen Fotos nicht ihr Haus zu sein.«

»Tatsächlich? So genau konnte ich das nicht sehen. Ich hab nur gesehen, wie mein Abgeordneter von zwei heißen Damen ausgezogen wurde.« Holmes fing plötzlich an, leise vor sich hin zu lachen.

»Was ist los?«

»Strip Jack Naked«, sagte er.

»Wie bitte?«

»Das ist ein Kartenspiel«, erklärte Holmes. *»Strip Jack Naked.* Sie kennen es vielleicht unter dem Namen *Bettelmann.*«

»Tatsächlich?«, sagte Rebus, bemüht, desinteressiert zu klingen. Doch genau das war es, was irgendjemand versuchte: Jack sozusagen auszuziehen, ihm sein Mandat wegzunehmen, sein sauberes Image und vielleicht sogar seine Frau. Versuchte da irgendjemand den Mann zum Bettler zu machen, dessen Spitzname Beggar war?

Oder war Jack nicht ganz so unschuldig, wie er schien? Nein, verdammt noch mal, sieh doch den Tatsachen ins Auge: So unschuldig hat er von Anfang an nicht gewirkt. Erstens – er hat ein Bordell besucht. Zweitens – er hat versucht, Beweismaterial darüber loszuwerden, dass er eine zumindest *ziemlich* »ausgelassene« Party besucht hatte. Drittens – seine Frau hatte sich nicht gemeldet. Na und. Rebus würde immer noch sein Geld auf diesen Mann setzen. Was seinen Glauben an Gott betraf, da mochte John Rebus ja seine Zweifel haben, aber in manchen Dingen war sein Glaube durch nichts zu erschüttern.

Glaube und Hoffnung. Ihm mangelte es an Nächstenliebe.

4

»Tips« und Tipps

»Wir müssen das aus den Zeitungen raushalten«, sagte Chief Superintendent Watson. »Solange wir können.«

»Ganz meine Meinung, Sir«, erwiderte Lauderdale, während Rebus beharrlich schwieg. Sie redeten nicht über Gregor Jack, sie sprachen über einen Verdächtigen im Fall der Toten im Water of Leith. Dieser befand sich gerade in einem Vernehmungsraum, zusammen mit zwei Polizisten und einem Tonbandgerät. Er half bei den Ermittlungen. Offenbar sagte er sehr wenig.

»Könnte schließlich nichts dahinterstecken.«

»Ja, Sir.«

Der nachmittägliche Geruch nach scharfer Pfefferminze lag im Raum, und das war vielleicht der Grund, weshalb Chief Inspector Lauderdale noch zugeknöpfter wirkte und noch hölzerner sprach als gewöhnlich. Seine Nase zuckte, sobald Watson ihn nicht ansah. Plötzlich hatte Rebus Mitleid mit dem Chief Superintendent, in der gleichen Weise, wie er Mitleid mit der schottischen Nationalmannschaft hatte, wenn diese mal wieder gegen eine Truppe von Teilzeitprofis aus der Dritten Welt verlor. Die Kunst, angesichts kompletter Unfähigkeit in Würde unterzugehen …

»Möglicherweise nur ein bisschen Prahlerei im Pub. Der Mann war betrunken. Sie wissen doch, wie das ist.«

»Durchaus, Sir.«

»Dennoch …«

Dennoch hatten sie einen Mann im Vernehmungsraum,

einen Mann, der allen, die es hören wollten, in einem überfüllten Pub in Leith erzählt hatte, dass er diesen Körper an der Dean Bridge in den Fluss geworfen hatte.

»Ich war's! Hey? Habt ihr es gehört? Ich! Ich! Ich hab's getan. Sie hätte noch viel Schlimmeres verdient. Das haben sie doch alle.«

Und noch mehr in der Art. Das alles wurde der Polizei von einem verängstigten Barmädchen erzählt, das im nächsten Monat neunzehn wurde und zum ersten Mal in einer Kneipe arbeitete.

Viel Schlimmeres verdient, jawohl ... haben sie doch alle ... Erst als die Polizei im Pub erschien, hatte er sich beruhigt, sich schmollend in eine Ecke gestellt, wo er – den Kopf unter der Last der Zigarette gebeugt – still stehen blieb. Das Pintglas schien ihm ebenfalls zu schwer zu sein, denn sein Handgelenk hing schlaff nach unten, sodass das Bier auf seine Schuhe und den Holzfußboden tropfte.

»Nun, Sir, was haben Sie denn den Leuten hier die ganze Zeit erzählt? Was dagegen, es uns noch mal zu erzählen? Auf der Wache, ja? Dort haben wir auch Stühle. Sie können sich hinsetzen und uns alles in Ruhe erzählen ...«

Nun saß er da, aber er erzählte nichts. Keinen Namen, keine Adresse. Niemand im Pub schien etwas über ihn zu wissen. Wie die meisten Kriminalbeamten und Uniformierten im Gebäude hatte auch Rebus einen Blick auf ihn geworfen, doch das Gesicht sagte ihm nichts. Ein schwaches, trauriges Exemplar seiner Gattung. Ende dreißig, die Haare bereits grau und dünn, das Gesicht faltig und mit Stoppeln übersät, die Hände voller Kratzer und Verschorfungen.

»Wie bist du denn an die gekommen? Hast dich wohl geprügelt? Die Frau ein paar Mal geschlagen, bevor du sie ins Wasser geschmissen hast?«

Nichts. Er wirkte verängstigt, ließ sich aber nicht aus der

Reserve locken. Ihre Chancen, ihn länger dazubehalten, waren, milde ausgedrückt, nicht gut. Er brauchte keinen Anwalt; er wusste, dass er einfach nur den Mund halten musste.

»Hast wohl schon mal in der Klemme gesteckt. Du kennst das Spielchen, was? Deshalb hältst du die Klappe. Wirst schon sehen, was du davon hast!«

In der Tat. Man setzte Dr. Curt, dem Pathologen, zu. Sie mussten es so schnell wie möglich wissen: Unfall, Selbstmord oder Mord? Sie mussten es unbedingt wissen. Doch bevor sie irgendwas von Dr. Curt hörten, begann der Mann zu reden.

»Ich war betrunken«, erklärte er ihnen, »wusste nicht, was ich da sagte. Ich weiß nicht, welcher Teufel mich geritten hat.« Bei dieser Geschichte blieb er, wiederholte sie immer wieder und schmückte sie aus. Sie versuchten, Namen und Adresse aus ihm rauszukriegen. »Ich war betrunken«, sagte er. »Das ist alles. Jetzt bin ich nüchtern und möchte gern gehen. Was ich gesagt hab, tut mir leid. Kann ich jetzt gehen?«

Niemand aus dem Pub war daran interessiert, Anklage zu erheben, jedenfalls nicht, nachdem der Störenfried aus dem Lokal entfernt worden war. Kostenlose Rausschmeißer, dachte Rebus, das sind wir. Mußten sie den Mann freilassen? Würden sie ihn verlieren? Nicht ohne Kampf.

»Wir brauchen Ihren Namen und Ihre Adresse, bevor wir Sie gehen lassen können.«

»Ich war betrunken. Kann ich jetzt bitte gehen?«

»Ihr Name!«

»Bitte, kann ich gehen?«

Curt war immer noch nicht bereit, ein Urteil zu fällen. Noch ein bis zwei Stunden. Irgendwelche Ergebnisse, die er abwarten wollte ...

»Nennen Sie uns doch einfach Ihren Namen, ja?«

»Mein Name ist William Glass. Ich wohne in der Semple Street 48 in Granton.«

Es folgte ein Schweigen, dann mehrere Seufzer. »Könntest du das überprüfen?«, bat ein Beamter den anderen. »Das hat doch gar nicht wehgetan, nicht wahr, Mr Glass?«

Der andere Beamte grinste.

»Sieh doch bitte schnell nach, okay?«, sagte sein Kollege und rieb sich seinen Brummschädel. Wollten diese verdammten Kopfschmerzen denn nie mehr verschwinden?

»Sie haben ihn gehen lassen«, teilte Holmes Rebus mit.

»Wurde auch Zeit. War sowieso eine aussichtslose Sache.«

Holmes kam ins Büro und machte es sich auf dem freien Stuhl bequem.

»Ich lege keinen Wert auf Formalitäten«, sagte Rebus von seinem Schreibtisch aus, »bloß weil ich der ranghöhere Beamte bin. Warum nehmen Sie also nicht Platz, Sergeant?«

»Danke, Sir«, sagte Holmes von seinem Stuhl aus, »ich hätte nichts dagegen, mich zu setzen. Er hat als Adresse die Semple Street in Granton angegeben.«

»Geht von der Granton Road ab?«

»Genau.« Holmes blickte sich um. »Hier ist es wie in einem Backofen. Könnten wir nicht das Fenster aufmachen?«

»Völlig verklemmt und die Heizung ...«

»Ich weiß, entweder volle Pulle oder nichts. Dieses Gebäude ...« Holmes schüttelte den Kopf.

»Mit ein paar Renovierungsarbeiten würde man das schon wieder hinkriegen.«

»Merkwürdig«, sagte Holmes. »Ich hätte Sie nie für einen sentimentalen Typ gehalten ...«

»Sentimental?«

»Wegen diesem Gebäude. Von mir aus können wir noch heute nach St. Leonard's oder Fettes ziehen.«

Rebus rümpfte die Nase. »Ohne Charakter.«

»Apropos, gibt's was Neues über das ›unehrenhafte Mitglied‹?«

»Dieser Witz ist allmählich ziemlich abgedroschen, Brian. Fällt Ihnen denn gar nichts Neues mehr ein?« Rebus atmete geräuschvoll durch die Nase aus und warf den Kugelschreiber, mit dem er herumgespielt hatte, auf den Tisch. »Außerdem meinen Sie wohl eher«, sagte er, »ob es was Neues über *Mrs* Jack gibt, und die Antwort ist: nein, absolut nichts. Ich habe eine Beschreibung von ihrem Auto rausgegeben, und sämtliche Luxushotels werden überprüft. Bisher jedoch nichts.«

»Woraus wir schließen ...?«

»Gleiche Antwort: nichts. Sie könnte sich in ein spirituelles Zentrum auf der Insel Iona zurückgezogen haben, zu einem gälischen Kleinbauern gezogen sein oder sich in den Kopf gesetzt haben, sämtliche Berge der Munros zu besteigen. Sie könnte stinksauer auf ihren Mann sein oder gar nichts von der Sache wissen.«

»Und das ganze Zeug, das ich gefunden hab, das Großreinemachen im Sexshop?«

»Was soll damit sein?«

»Nun ja ...« Holmes schien um eine Antwort verlegen. »Eigentlich nichts.«

»Da haben Sie den Nagel auf den Kopf getroffen, Sergeant. Eigentlich nichts. Und im Übrigen muss ich jetzt sehen, dass ich mit meiner Arbeit weiterkomme.« Rebus legte mit ernster Miene eine Hand auf den Stapel von Berichten und Aufzeichnungen vor ihm. »Wie sieht's denn bei Ihnen aus?«

Holmes war inzwischen aufgestanden. »Oh, ich bin auch ganz gut beschäftigt, Sir. Machen Sie sich um mich bitte keine Sorgen.«

»Natürlich mache ich mir Sorgen, Brian. Sie sind für mich wie ein Sohn.«

»Und Sie sind für mich wie ein Vater«, antwortete Holmes. »Je weiter ich von Ihnen weg bin, umso einfacher kommt mir mein Leben vor.«

Rebus knüllte ein Blatt Papier zu einer Kugel, doch die Tür war bereits geschlossen, bevor er richtig zielen konnte. An manchen Tagen konnte man selbst in diesem Job lachen. Na ja, wenigstens grinsen. Wenn er jeden Gedanken an Gregor Jack verdrängen könnte, dann wäre ihm noch leichter ums Herz. Wo Jack jetzt wohl sein mochte? Im House of Commons? Bei einer Ausschusssitzung? Oder wurde er gerade von irgendwelchen Geschäftsleuten und Lobbyisten hofiert? Das schien jedenfalls Welten von Rebus' Büro entfernt zu sein, von seinem Leben.

William Glass ... nein, der Name sagte ihm nichts. Bill Glass, Billy Glass, Willie Glass, Will Glass ... nichts. Wohnhaft in Semple Street 48. Moment mal ... Semple Street in Granton. Er ging zu seinem Aktenschrank und holte die entsprechende Akte heraus. Ja, erst letzten Monat. Messerstecherei in Granton. Eine böse Verletzung, aber nicht tödlich. Das Opfer hatte in der Semple Street 48 gewohnt. Jetzt erinnerte sich Rebus wieder. Ein in möblierte Zimmer aufgeteiltes Haus, alle Zimmer zur Miete. Ein möbliertes Zimmer. Wenn William Glass in der Semple Street 48 wohnte, dann wohnte er in einem möblierten Zimmer. Rebus griff nach seinem Telefon, rief Lauderdale an und erzählte ihm von seiner Entdeckung.

»Irgendwer hat für ihn gebürgt, als ihn der Streifenwagen dort absetzte. Den Beamten wurde versichert, dass er dort wohnte, und anscheinend tut er das auch. Sein Name ist tatsächlich William Glass, wie er gesagt hat.«

»Ja, aber diese möblierten Zimmer werden kurzfristig vermietet. Die Mieter kriegen ihren Scheck vom Sozialamt, geben die Hälfte von dem Geld dem Vermieter, vielleicht auch mehr als die Hälfte, keine Ahnung. Was ich damit sagen will, das ist keine besonders vertrauenswürdige Adresse. Er könnte jederzeit von dort verschwinden.«

»Warum plötzlich so misstrauisch, John? Ich dachte, Sie wären der Meinung gewesen, dass wir sowieso unsere Zeit mit ihm verplempern würden?«

Ja, Lauderdale verstand es immer, die richtige Frage zu stellen, die Frage, auf die Rebus in der Regel keine Antwort hatte.

»Das stimmt, Sir«, sagte er. »Dachte bloß, ich mach Sie darauf aufmerksam.«

»Das weiß ich zu schätzen, John. Ist doch schön, wenn man über alles informiert wird.« Es folgte eine kurze Pause, eine Aufforderung an Rebus, in Lauderdales »Lager« zu wechseln. Und nach der Pause: »Irgendwelche Fortschritte mit den Büchern von Professor Costello?«

Rebus seufzte. »Nein, Sir.«

»Dann sollte ich Sie nicht weiter aufhalten. Wiedersehen, John.«

»Auf Wiedersehen, Sir.« Rebus wischte sich mit der Hand über die Stirn. Es *war* heiß hier drinnen wie bei einer Generalprobe für die kalvinistische Hölle.

Die Sache war jedenfalls ins Rollen gebracht worden, und etwa eine Stunde später war dank Dr. Curt die Kacke am Dampfen.

»Mord«, sagte er. »So gut wie sicher Mord. Ich hab die Ergebnisse mit meinen Kollegen durchgesprochen, und wir sind einer Meinung.« Und dann ließ er sich über Schaum, geöffnete Hände und Kieselalgen aus. Über die Schwierigkeiten, zwischen Untergehen und Ertrinken zu unterscheiden. Die Tote, eine Frau zwischen Ende zwanzig und Anfang dreißig, hatte vor ihrem Tod ganz schön gebechert. Doch sie war bereits tot gewesen, als sie im Wasser landete. Die Todesursache war vermutlich ein Schlag auf den

Hinterkopf, und der Täter war offenbar Rechtshänder, da der Schlag von der rechten Kopfseite her erfolgt war.

Aber wer war sie? Sie hatten ein Foto vom Gesicht der Toten, aber das war nicht gerade etwas, das man sich beim Frühstück ansehen wollte. Und obwohl eine Beschreibung von ihr und eine Beschreibung ihrer Kleidung herausgegeben worden war, war niemand in der Lage gewesen, sie zu identifizieren. Bei der Leiche befand sich zudem nichts, was einen Hinweis auf ihre Identität hätte geben können, keine Handtasche, kein Portemonnaie, nichts in ihren Taschen ...

»Wir sollten das Gelände noch mal absuchen, ob wir nicht eine Handtasche oder Geldbörse finden. Sie muss doch *irgendetwas* bei sich gehabt haben.«

»Auch den Fluss absuchen, Sir?«

»Dazu ist es vermutlich ein bisschen spät, aber wir sollten es trotzdem versuchen.«

»Außerdem wird der Alkohol, den die Frau intus hatte, den Fluss verseucht haben«, Dr. Curt setzte sein berühmtberüchtigtes Lächeln auf. »Wenigstens konnten sich die Fische sattessen: ein Festmahl aus Fingern, Füßen und leckerem Magen ...«

»Ja, Sir. Ich verstehe, Sir.«

Rebus flüchtete. Er hatte einmal den Fehler gemacht, einen noch makabereren Witz als Dr. Curt zu reißen, und seitdem stand er in der Gunst des Arztes. Er wusste, dass Holmes eines Tages einen noch besseren Witz reißen würde, und dann hätte Curt einen neuen Schüler und Vertrauten ... Statt also dem Arzt zuzuhören, begab Rebus sich in Lauderdales Büro. Lauderdale beendete gerade ein Telefongespräch. Als er Rebus sah, verhärteten sich seine Gesichtszüge. Rebus ahnte, warum.

»Ich hab gerade jemand zu Glass' möbliertem Zimmer geschickt.«

»Und er ist weg«, fügte Rebus hinzu.

»Ja«, sagte Lauderdale, die Hand immer noch auf dem Hörer. »Hat wenig bis gar nichts hinterlassen.«

»Sollte doch nicht allzu schwer sein, ihn aufzugreifen, Sir.«

»Können Sie sich darum kümmern, John? Er muss noch in der Stadt sein. Wie spät ist es? Etwa eine Stunde her, dass er dort weg ist. Vermutlich ist er noch irgendwo in Granton.«

»Wir machen uns sofort auf den Weg, Sir«, sagte Rebus, froh, ein bisschen rauszukommen.

»Ach übrigens, John ...?«

»Sir?«

»Kein Grund, so zu feixen, okay?«

Damit war der restliche Tag gut ausgefüllt, und Rebus war überrascht, wie schnell es Abend wurde. Doch sie hatten William Glass immer noch nicht gefunden. Nicht in Granton, Pilmuir, Newhaven, Inverleith, Canonmills, Leith, Davidson's Mains ... Nicht in Bussen oder Pubs, nicht am Meer, nicht im Botanischen Garten, nicht in Frittenbuden und auch nicht auf irgendwelchen Sportplätzen. Sie hatten keine Freunde von ihm ausfindig machen können, keine Angehörigen. Das Einzige, was sie hatten, waren die nackten Daten vom Sozialamt. Und am Ende könnte der Mann, wie Rebus wusste, sogar unschuldig sein. Aber im Augenblick war er der einzige Strohhalm, an den sie sich klammern konnten. Nicht gerade der geschmackvollste Vergleich unter den gegebenen Umständen, aber schließlich war, wie Dr. Curt vermutlich sagen würde, was das Opfer betraf, der Kahn längst abgesoffen.

»Nichts, Sir«, berichtete Rebus Lauderdale am Ende der Exkursion. Es war mal wieder einer von diesen Tagen gewesen. Rebus' gesamte Bemühungen addierten sich zu null, trotzdem fühlte er sich erschöpft, müde in den Knochen und müde im Kopf. Deshalb lehnte er Holmes' freundliche Einladung zu einem Drink ab und verschwendete noch nicht mal einen Gedanken daran, wohin er gehen sollte. Er machte sich auf den Weg nach Oxford Terrace, in die fürsorglichen Arme von Dr. Patience Aitken – und nicht zu vergessen zu Lucky, dem Kater, zu den Wellensittichen, die Frauen hinterherpfiffen, den tropischen Fischen und dem zahmen Igel, den er immer noch nicht gesehen hatte.

Am Mittwochmorgen rief Rebus als Erstes bei Gregor Jack an. Jack klang müde, nachdem er den gestrigen Tag im Parlament und den Abend bei irgendeiner »grotesken Veranstaltung verbracht hatte – das können Sie ruhig wörtlich nehmen«. Es lag eine neue, aber ganz und gar falsche Herzlichkeit in seiner Stimme, zweifellos hervorgerufen durch das gemeinsame Erlebnis mit der Mülltonne.

Müde war Rebus allerdings auch. Der eigentliche Unterschied zwischen ihnen lag in der Gehaltsgruppe.

»Haben Sie irgendetwas von Ihrer Frau gehört, Mr Jack?«

»Nichts.«

Da war dieses Wort schon wieder: Nichts.

»Und gibt's bei Ihnen irgendetwas Neues?«

»Nein, Sir.«

»Nun ja, keine Nachricht ist besser als eine schlechte Nachricht, so heißt es doch immer. Apropos schlechte Nachricht, ich hab heute Morgen in der Zeitung gelesen, dass diese arme Frau von der Dean Bridge ermordet wurde.«

»Ich fürchte, ja.«

»So etwas lässt meine eigenen Probleme in einem anderen Licht erscheinen, nicht wahr? Allerdings findet heute Morgen eine Wahlkreisversammlung statt, könnte also sein, dass meine Probleme gerade erst anfangen. Sie sagen mir Bescheid, ja? Ich meine, wenn Sie irgendetwas erfahren.«

»Selbstverständlich, Mr Jack.«

»Danke, Inspector. Auf Wiedersehen.«

»Auf Wiedersehen, Sir.«

Alles sehr förmlich und korrekt, so wie die Beziehung zwischen ihnen auch sein sollte. Da war noch nicht mal Platz für ein »Viel Glück bei der Versammlung«. Er konnte sich gut vorstellen, worum es bei der Versammlung gehen würde. Die Leute mochten nicht, wenn ihr Abgeordneter in einen Skandal geriet. Es würden Fragen gestellt werden. Und es würden Antworten gegeben werden müssen ...

Rebus öffnete seine Schreibtischschublade und nahm die Liste von Elizabeth Jacks Freunden heraus, von ihrem »Kreis«. Jamie Kilpatrick, der Antiquitätenhändler (und offenbar das schwarze Schaf seiner adeligen Familie); die Honourable Matilda Merrimen, berüchtigt wegen der Nacht, die sie angeblich nonstop mit einem ehemaligen Kabinettsmitglied durchgebumst haben sollte; Julian Kaymer, irgendein Künstler; Martin Inman, von Beruf Großgrundbesitzer; Louise Patterson-Scott, getrennt lebende Ehefrau des Einzelhandelsmillionärs ...

Ein bekannter Name nach dem anderen, die meisten von ihnen, wie Jack sich ausgedrückt hatte, während er die Liste zusammenstellte, »angegraute Bohemiens und Schmarotzer«. Größtenteils altes Geld, ganz wie Chris Kemp gesagt hatte, und meilenweit von Gregor Jacks eigener »Meute« entfernt. Doch es gab eine Kuriosität, eine scheinbare Ausnahme. Das hatte selbst Rebus bemerkt, als Gregor Jack den Namen auf die Liste setzte.

»Was? *Der* Barney Byars? Der Typ mit den verdreckten Lkws?«

»Der Transportunternehmer, ja.«

»Ein bisschen deplatziert in dieser Gesellschaft, finden Sie nicht?«

Jack hatte das eingeräumt. »Barney ist eigentlich ein alter Schulkumpel von mir. Aber mit der Zeit hat er sich immer mehr mit Liz angefreundet. So was passiert manchmal.«

»Trotzdem kann ich mir irgendwie nicht vorstellen, wie er mit diesen Leuten auskommen …«

»Sie würden sich wundern, Inspector. Glauben Sie mir, Sie würden sich wundern.« Jack sagte das sehr nachdrücklich, damit Rebus nur ja keinen Zweifel hätte, dass er auch meinte, was er sagte. Trotzdem … Byars war noch jemand aus Fife, der es zu was gebracht hatte, ein weiterer berühmter Sohn aus der Region. In der Schule hatte er sich als Tramper einen Namen gemacht. Oft behauptete er, er hätte das Wochenende in London verbracht, ohne einen Penny für die Fahrt auszugeben. Nach der Schule machte er erneut von sich reden, als er durch ganz Frankreich, Italien, Deutschland und Spanien trampte. Er war zum totalen Lkw-Fan geworden, begeisterte sich für alles, was mit dem Transportgeschäft zusammenhing; also sparte er, machte den Lkw-Führerschein und kaufte sich einen Laster … und nun war er, soweit Rebus wusste, der größte unabhängige Transportunternehmer. Sogar in London hatte Rebus letztes Jahr einen Sattelschlepper der Spedition von Byars gesehen, der sich gerade über den Piccadilly Circus quälte.

Nun gut, es war Rebus' Aufgabe, herumzufragen, ob jemand irgendeine Spur von Liz Jack gesehen hätte. Nur zu gerne würde er anderen die harte Arbeit mit Leuten wie Jamie Kilpatrick und dem sich grimmig anhörenden Julian Kaymer überlassen. Doch Barney Byars reservierte er auf jeden Fall für sich. Wenn das so weitergeht, dachte er, dann muss ich mir bald ein Autogrammalbum kaufen.

Zufälligerweise war Byars gerade in Edinburgh, »um die Geschäfte anzukurbeln«, wie die junge Frau im Büro es ausdrückte. Rebus gab ihr seine Telefonnummer, und eine Stunde später rief Byars persönlich zurück. Er hätte den ganzen Tag zu tun, und am Abend würde er »mit ein paar Fettsäcken« essen gehen, aber er könnte sich mit Rebus um sechs auf einen Drink treffen, wenn das genehm wäre. Rebus fragte sich, in welchem Luxushotel sie wohl ihren Drink einnehmen würden, und war dann erstaunt, vielleicht sogar ein bisschen enttäuscht, als Byars die Sutherland Bar nannte, eine von Rebus' Stammkneipen.

»Alles klar«, sagte er, »sechs Uhr.«

Was bedeutete, dass er den ganzen Tag noch vor sich hatte. Da war natürlich der Fall mit den gestohlenen Büchern. Deshalb würde er sich jedoch nicht verrückt machen. Entweder tauchten die Bücher auf, oder sie taten es nicht. Er würde darauf wetten, dass sie sich mittlerweile auf der anderen Seite des Atlantiks befänden. Dann war da noch William Glass, Verdächtiger in einem Mordfall, der sich in irgendeinem Hinterhof oder in einer mit Kopfstein gepflasterten Gasse versteckt hielt. Der würde schon auftauchen, wenn seine Sozialhilfe fällig wäre. Das heißt, wenn er noch dümmer war, als er sich bisher gezeigt hatte. Nein, vielleicht war er ja auch absolut gewieft. In dem Fall würde er sich nicht mal in die Nähe eines Sozialamts begeben und schon gar nicht in seine Bude zurückkehren. In dem Fall müsste er allerdings von irgendwoher Geld kriegen.

Also müsste man mit den Pennern reden, den Ärmsten dieser Stadt. Glass würde entweder stehlen oder sich aufs Betteln verlegen. Und wo er bettelte, da würden auch andere Bettler sein. Am besten brachte man eine Beschreibung von ihm in Umlauf, vielleicht mit einem Zehner als Belohnung, und ließ andere die Arbeit für sich machen. Ja, das sollte man Lauderdale in jedem Fall vorschlagen. Außer dass er dem Chief Inspector nicht zu viele Gefallen tun wollte, sonst würde Lauderdale noch denken, er wollte sich bei ihm einschmeicheln.

»Da würde ich eher einen Besen fressen«, murmelte er vor sich hin.

Mit einem außerordentlichen Gefühl für den richtigen Zeitpunkt kam Brian Holmes genau in dem Moment ins Büro, eine weiße Papiertüte und einen Styroporbecher mit Deckel in der Hand.

»Was haben Sie denn da?«, fragte Rebus, plötzlich hungrig.

»Raten Sie mal, Sie sind doch Polizist.« Holmes zog ein Sandwich aus der Tüte und hielt es Rebus unter die Nase.

»Cornedbeef?«, riet Rebus.

»Falsch. Pastrami auf Roggenbrot.«

»Was?«

»Und koffeinfreier Kaffee.« Holmes entfernte den Deckel von dem Becher und schnupperte zufrieden lächelnd am Inhalt. »Von dem neuen Delikatessenladen an der Ecke.«

»Macht Nell Ihnen denn kein Sandwich?«

»Frauen sind heutzutage gleichberechtigt.«

Das glaubte Rebus ihm aufs Wort. Er musste an Inspector Gill Templer denken, an ihre Psychologiebücher und ihren Feminismus. Er dachte außerdem an die anspruchsvolle Dr. Patience Aitken. Und er dachte sogar an die überaus freizügige Elizabeth Jack. Alles starke Frauen ... Doch dann fiel ihm Cath Kinnoul ein. Es gab auch immer noch Opfer.

»Wie schmeckt denn das?«, fragte er.

Holmes hatte einen großen Bissen von seinem Sandwich genommen und betrachtete den Rest. »Ganz gut«, sagte er. »Interessant.«

Pastrami – das war ein Sandwichbelag, den es wohl auf absehbare Zeit nicht in der Sutherland Bar geben würde.

Auch Barney Byars ließ sich Zeit, in die Sutherland Bar zu kommen. Rebus war um fünf vor sechs dort, Byars um fünfundzwanzig nach. Aber es hatte sich gelohnt, auf ihn zu warten.

»Inspector, tut mir leid, dass ich zu spät komme. Irgendein Arsch hat versucht, mich bei einem Auftrag über vier Riesen um fünf Prozent zu drücken, und *außerdem* wollte er sechzig Tage Zahlungsfrist. Haben Sie eine Ahnung, was das für den Cashflow bedeutet? Ich hab ihm erklärt, ich hätte eine Lkw-Spedition, keine verdammten Rikschas.«

Das alles wurde mit einem starken Fife-Akzent vorgetragen und in einer Lautstärke, die deutlich über dem Geplätscher aus Fernsehen und Gesprächen am frühen Abend in der Bar lag. Rebus saß auf einem Barhocker, stand jedoch auf und schlug vor, dass sie an einen Tisch gehen sollten. Doch Byars machte es sich bereits auf dem Hocker neben dem Polizisten bequem, stützte die kräftigen Arme auf die Theke und beäugte die Zapfhähne. Dann zeigte er auf Rebus' Glas.

»Taugt das was?«

»Ist nicht schlecht.«

»Dann nehm ich ein Pint davon.« Ob aus Ehrfurcht oder Angst oder weil er einfach nur aufmerksam seinen Gästen gegenüber war, begann der Barmann sofort, das bestellte Pint zu zapfen.

»Sie auch noch eins, Inspector?«

»Ich hab noch, danke.«

»Und einen Whisky«, bestellte Byars. »Einen doppelten, nicht den üblichen Fingerhut voll.«

Byars gab dem Barmann eine Fünfzig-Pfund-Note. »Behalten Sie den Rest«, sagte er. Dann fing er schallend an zu lachen. »War nur ein Scherz, mein Junge, nur ein Scherz.«

Der Barmann war neu und jung. Er hielt den Geldschein, als könnte er jeden Moment in Flammen aufgehen. »Äh ... Sie haben's nicht vielleicht ein bisschen kleiner?« Er hatte den leicht tuntigen Akzent der schottischen Westküste. Rebus fragte sich, wie lange er in der Sutherland Bar durchhalten würde.

Byars stöhnte genervt, lehnte jedoch Rebus' Angebot, einzuspringen, ab. Stattdessen wühlte er in seinen Taschen und fand zwei zerknitterte Ein-Pfund-Scheine und etwas Kleingeld. Er nahm den Fünfziger zurück und schob das Kleingeld Richtung Barmann. Dann zwinkerte er Rebus zu.

»Ich werd Ihnen ein Geheimnis verraten, Inspector. Wenn ich die Wahl hätte zwischen fünf Zehnern und einem Fünfziger, würd ich immer den Fünfziger nehmen. Wissen Sie, warum? Wenn man Zehner in der Tasche hat, denken sich die Leute nichts dabei. Aber sobald man einen Fünfziger zückt, meinen sie, man wäre Krösus.« Er wandte sich dem Barmann zu, der die Münzen in die geöffnete Kasse zählte. »Hey, mein Junge, habt ihr was zu essen da?« Der Barmann zuckte zusammen, als wäre er von einer Schrotkugel getroffen worden.

»Äh ... ich glaub, es ist noch etwas Gemüsesuppe vom Mittag übrig, zwei oder drei Portionen Scotch Broth.« Bei seiner Aussprache wurde aus broth »braw-wrath«. Der braw wrath, der legendäre Zorn der Schotten, dachte Rebus bei sich. Byars schüttelte den Kopf. »Eine Pastete oder ein Sandwich«, verlangte er.

Der Barmann stellte ihm das letzte einsame Sandwich im ganzen Lokal hin. Der Belag sah beunruhigend nach Pastrami aus, erwies sich jedoch, wie Byars es ausdrückte, als »gutes altes Roastbeef«.

»Ein Pfund zehn«, sagte der Barmann. Byars nahm wieder die Fünfzig-Pfund-Note heraus, schnaubte verächtlich und zog stattdessen einen Fünfer hervor. Dann hob er, zu Rebus gewandt, sein Glas.

»Cheers.« Die beiden Männer tranken.

»Wirklich nicht schlecht«, sagte Byars über das Bier. Rebus deutete auf das Sandwich. »Ich dachte, Sie würden nachher essen gehen?«

»Das tue ich auch, aber was noch wichtiger ist, ich muss *zahlen.* Auf diese Weise esse ich nicht so viel und koste mich nicht so viel.« Er zwinkerte erneut. »Vielleicht sollte ich mal ein Buch schreiben. Geschäftstipps für Einzelunternehmer, so was in der Art. Apropos ›tips‹, ich hab mal einen Kellner gefragt, wozu Trinkgelder eigentlich gut sind. Wissen Sie, was der geantwortet hat?«

Rebus wagte eine wilde Vermutung. »Damit Sie schneller bedient werden?«

»Nein, damit ich Ihnen nicht in die Suppe pisse!« Byars' Stimme war wieder auf Megafonlautstärke angeschwollen. Er lachte, dann biss er in sein Sandwich und mampfte glucksend. Er war nicht sehr groß, etwa einsfünfundsiebzig, aber stämmig. Er trug eine ziemlich neu aussehende Jeans und eine schwarze Lederjacke, unter der ein weißes Polohemd hervorblitzte. In einer Kneipe wie dieser würde man ihn ... nun ja, für irgendwen halten. Rebus konnte sich gut vorstellen, wie er in Nobelhotels oder vornehmen Bars die Leute gegen sich aufbrachte. Alles Image, sagte er sich. Bloß eben ein anderes Image: der harte Mann, der geradlinige Mann, ein Mann, der hart gearbeitet hat und von anderen erwartet, dass sie ebenfalls hart arbeiten – immer zu seinem Vorteil natürlich.

Er hatte sein Sandwich aufgegessen und wischte sich gerade die Krümel vom Schoß. »Sie stammen aus Fife«, sagte er beiläufig und schnupperte an seinem Whisky.

»Ja«, gab Rebus zu.

»Das hab ich gehört. Gregor Jack ist ebenfalls aus Fife, wissen Sie. Sie haben gesagt, Sie wollten mit mir über ihn reden. Geht es um diese Bordellgeschichte? Ich muss gestehen, ich hab da ziemlich dran geschluckt.« Er deutete mit dem Kopf auf den leeren Teller, der vor ihm stand. »Allerdings nicht so sehr wie an diesem Sandwich.«

»Nein, es geht eigentlich nicht um diese ... um Mr Jacks ... nein, es geht eher um Mrs Jack.«

»Lizzie? Was ist mit ihr?«

»Wir wissen nicht genau, wo sie ist. Haben Sie irgendeine Idee?«

Byars wirkte verblüfft. »So wie ich Lizzie kenne, sollten Sie besser Interpol einschalten. Sie könnte genauso gut in Istanbul sein wie in Inverness.«

»Warum gerade Inverness?«

Byars schien um eine Antwort verlegen. »War der erste Ort, der mir in den Sinn kam.« Dann nickte er. »Ich verstehe allerdings, was Sie meinen. Sie haben geglaubt, dass Sie in der Deer Lodge sein könnte, die ist ja in der Gegend. Haben Sie dort nachgesehen?«

Rebus nickte. »Wann haben Sie Mrs Jack das letzte Mal gesehen?«

»Vor zwei Wochen. Vielleicht auch vor drei Wochenenden, ich kann das überprüfen. Witzigerweise war das in der Lodge. Eine Wochenendparty. Hauptsächlich mit der ›Meute‹.« Er blickte von seinem Drink auf. »Ich sollte wohl erklären, was ...«

»Schon gut, ich weiß, wer die ›Meute‹ ist. Vor drei Wochenenden, sagen Sie?«

»Ja, aber ich kann genau nachsehen, wenn Sie wollen.«

»Eine Wochenendparty ... Sie meinen eine Party, die das ganze Wochenende dauerte?«

»Na ja, bloß ein paar Freunde ... alles sehr zivilisiert.« Seine Augen leuchteten auf. »Ah-ha, ich weiß, worauf Sie hinauswollen. Sie haben also von Liz' Partys gehört? Nein, nein, das war ganz zahm, Abendessen und was zu trinken und ein ausgedehnter Spaziergang am Sonntag. Eigentlich nicht so ganz mein Fall, aber Liz hatte mich eingeladen, also …«

»Sie ziehen die andere Sorte Partys vor?«

Byars lachte. »Natürlich! Schließlich ist man nur einmal jung, Inspector. Ich meine, es ist alles im Rahmen des Erlaubten … oder etwa nicht?«

Byars schien nun wirklich neugierig, und das nicht ohne Grund. Warum sollte ein Polizist von »diesen« Partys wissen? Wer könnte ihm davon erzählt haben, wenn nicht Gregor, und was genau könnte Gregor gesagt haben?

»Soweit ich weiß, ja, Sir. Ihnen fällt also kein Grund ein, weshalb Mrs Jack den Wunsch haben könnte, zu verschwinden?«

»Da fallen mir schon ein paar ein.« Byars hatte beide Gläser ausgetrunken, sah aber nicht so aus, als wollte er einen weiteren Drink. Er rutschte ständig auf seinem Hocker hin und her, als fände er keine bequeme Position. »Zunächst mal diese Zeitungsgeschichte. Da würde ich mich auch aus dem Staub machen wollen, Sie nicht? Ich meine, mir ist zwar klar, dass es schlecht für Gregors Image ist, wenn seine Frau nicht an seiner Seite ist, aber trotzdem …«

»Weitere Gründe?«

Byars stand bereits halb. »Ein Liebhaber«, schlug er vor. »Vielleicht hat er sie nach Teneriffa entführt, kleine Romanze unter der Sonne.« Er zwinkerte wieder, dann wurde sein Gesicht ernst, als wäre ihm etwas eingefallen. »Da waren außerdem diese merkwürdigen Telefonanrufe«, sagte er.

»Was für Anrufe?«

Nun war er aufgestanden. »Anonyme Anrufe. Lizzie hat mir davon erzählt. Nicht für sie, sondern für Gregor. Das musste ja früher oder später passieren, bei seinem Job. Jemand rief an und sagte, er wäre Sir Dingsbums oder Lord Sowieso, und Gregor wurde ans Telefon geholt. Sobald er sich meldete, wurde die Verbindung unterbrochen. Das hat sie mir zumindest erzählt.«

»War sie wegen dieser Anrufe besorgt?«

»O ja, man merkte, dass sie ziemlich mitgenommen war. Sie versuchte, es zu kaschieren, aber man konnte es sehen. Gregor hat natürlich einfach darüber gelacht. Der darf sich von so was natürlich nicht die Nerven ruinieren lassen. Sie könnte sogar was von Briefen gesagt haben. Irgendwelche Briefe, die Gregor bekam, aber zerrissen hat, bevor jemand anders sie lesen konnte. Aber das müssten Sie Lizzie selbst fragen.« Er zögerte. »Oder Gregor, natürlich.«

»Natürlich.«

»Okay ...« Byars streckte seine Hand aus. »Sie haben meine Telefonnummer, wenn Sie mich brauchen, Inspector.«

»Ja.« Rebus schüttelte ihm die Hand. »Danke für Ihre Hilfe, Mr Byars.«

»Jederzeit, Inspector. Ach ja, sollten Sie mal nach London müssen, ich hab Laster, die viermal die Woche die Strecke fahren. Kostet Sie keinen Penny, und Sie können die Fahrt sogar noch über Spesen abrechnen.«

Er zwinkerte noch einmal, blickte lächelnd um sich und marschierte genauso unübersehbar hinaus, wie er hineingekommen war. Der Barmann räumte das Glas und den Teller weg. Rebus bemerkte, dass der junge Mann eine von diesen Ansteckkrawatten trug, die standardmäßig in der Sutherland Bar an das Personal ausgegeben wurden. Wenn einen jemand am Schlips packte, hatte er die Krawatte in der Hand ...

»Hat er von mir geredet?«

Rebus blinzelte erstaunt. »Äh? Wie kommen Sie denn darauf?«

»Ich dachte, ich hätte meinen Namen gehört.«

Rebus kippte den Rest von seinem Bier in den Mund

und schluckte. Jetzt sag bloß, der Junge hieß Gregor … oder vielleicht Lizzie … »Wie heißen Sie denn?«

»Lester.«

Rebus war schon fast am Ziel, bevor ihm bewusst wurde, dass er nicht ins behagliche Stockbridge zu Patience Aitken fuhr, sondern in seine eigene verwahrloste Wohnung nach Marchmont. So sei es denn. In der Wohnung war es gleichzeitig kühl und muffig. Ein Kaffeebecher neben dem Telefon erinnerte insofern an Glasgow, die europäische Kulturhauptstadt von 1990, da der Becher ebenfalls Stätte der Kultur war, einer interessanten grünweißlichen Kultur nämlich.

Doch wenn im Wohnzimmer schon der Schimmel gedieh, würde es in der Küche sicher noch schlimmer aussehen. Rebus setzte sich in seinen Lieblingssessel, streckte die Hand nach dem Anrufbeantworter aus und hörte sich in aller Ruhe die Nachrichten an. Es waren nicht viele. Gill Templer fragte, was er denn derzeit so triebe … als ob sie das nicht wüsste. Seine Tochter Samantha rief aus ihrer neuen Wohnung in London an und teilte ihm Adresse und Telefonnummer mit. Dann gab es noch ein paar Anrufe, bei denen die Anrufer sich entschlossen hatten, nichts zu sagen.

»Ganz wie ihr wollt.« Rebus stellte das Gerät ab, nahm sein Notizbuch heraus, schlug eine Telefonnummer nach und rief Gregor Jack an. Er wollte wissen, warum Jack ihm nichts von den anonymen Anrufen gesagt hatte. Wie hieß dieses Kartenspiel noch? Strip Jack oder Bettelmann. Wenn tatsächlich jemand darauf aus war, Gregor Jack um sein Amt und an den Bettelstab zu bringen, dann schien Jack sich keine allzu großen Sorgen deswegen zu machen. Er wirkte nicht gerade resigniert, nur irgendwie gleichgültig. Falls er nicht irgendein Spielchen mit Rebus spielte …

Und was war mit Rab Kinnoul, dem Leinwandmörder? Was trieb der die ganze Zeit, die er nicht bei seiner Frau war? Und auch Ronald Steele, ein Mann, der »notorisch schwer zu erwischen« war. Führten sie alle irgendwas im Schilde? Es lag nicht daran, dass Rebus der menschlichen Spezies generell misstraute ... oder daran, dass er zum Pessimisten erzogen worden war. Er war sich sicher, dass hier irgendwas ablief, er wusste nur nicht, was. Es war niemand zu Hause. Oder es ging niemand ans Telefon. Oder der Apparat war wieder ausgestöpselt worden. Oder ...

»Hallo?«

Rebus sah auf seine Uhr. Bereits Viertel nach sieben durch. »Miss Greig?«, sagte er. »Hier ist Inspector Rebus. Er lässt Sie aber wirklich lange arbeiten.«

»Sie scheinen selbst nicht gerade früh Feierabend zu haben, Inspector. Worum geht's denn diesmal?«

Ungeduld in ihrer Stimme. Vielleicht hatte Urquhart sie angewiesen, nicht zu freundlich zu sein. Vielleicht war herausgekommen, dass sie Rebus die Adresse von der Deer Lodge gegeben hatte ...

»Könnte ich kurz Mr Jack sprechen?«

»Ich fürchte, das ist nicht möglich.« Sie klang nicht ängstlich, eher ein bisschen selbstgefällig. »Er hält heute Abend eine Rede bei einer Veranstaltung.«

»Ach so. Wie ist denn die Versammlung heute Morgen gelaufen?«

»Welche Versammlung?«

»Ich dachte, er hätte irgendeine Versammlung in seinem Wahlkreis ...?«

»Ach das. Ich glaube, die ist sehr gut gelaufen.«

»Also steht er nicht auf der Abschussliste?«

Sie lachte gequält. »North und South Esk wären verrückt, wenn sie ihn loswerden wollten.«

»Trotzdem muss er erleichtert sein.«

»Das kann ich Ihnen nicht sagen. Er war den ganzen Nachmittag auf dem Golfplatz.«

»Wie nett.«

»Ich *meine,* auch einem Abgeordneten steht ein freier Nachmittag pro Woche zu, finden Sie nicht, Inspector?«

»O ja, selbstverständlich. Genau das hab ich gemeint.« Rebus hielt inne. Eigentlich hatte er gar nichts zu sagen. Er hoffte nur, wenn er Helen Greig am Reden halten könnte, würde sie ihm vielleicht was erzählen, etwas, das er noch nicht wusste ... »Ach übrigens«, sagte er, »wegen dieser Telefonanrufe ...«

»Was für Anrufe?«

»Die Mr Jack bekommen hat. Die anonymen.«

»Ich weiß nicht, wovon Sie reden. Außerdem muss ich jetzt Schluss machen. Meine Mutter erwartet mich um Viertel vor acht zu Hause.«

»Alles klar, Miss Gr ...« Doch sie hatte bereits den Hörer aufgelegt.

Golf? Heute Nachmittag? Da musste Jack aber ziemlich enthusiastisch sein. In Edinburgh hatte es seit dem Mittag ununterbrochen geregnet. Rebus sah aus seinem ungeputzten Fenster. Jetzt regnete es nicht, aber die Straßen glänzten. Die Wohnung kam ihm plötzlich leer und kälter denn je vor. Er nahm den Hörer ab und wählte eine weitere Nummer. Die von Patience Aitken. Um ihr zu sagen, dass er jetzt losführe. Sie fragte ihn, wo er wäre.

»Ich bin zu Hause.«

»Oh? Um noch mehr von deinen Sachen zu holen?«

»Genau.«

»Du könntest einen zweiten Anzug mitbringen, wenn du einen hast.«

»Ja.«

»Und ein paar von deinen geliebten Büchern, da du ja offenbar meinen Geschmack nicht teilst.«

»Liebesschnulzen waren noch nie mein Fall, Patience.« In der Literatur wie im Leben, dachte er bei sich. Um ihn herum auf dem Fußboden lagen einige von seinen »geliebten Büchern« verstreut. Er hob eines auf und versuchte, sich zu erinnern, wann er es gekauft hatte. Es gelang ihm aber nicht.

»Bring mit, was du willst, John, und so viel du willst. Du weißt doch, wie viel Platz wir hier haben.«

Wir. Wir haben.

»Okay, Patience. Bis nachher.« Seufzend legte er den Hörer wieder auf und blickte um sich. Nach all den Jahren waren *immer* noch Lücken auf den Regalen an der Wand, wo seine Frau Rhona ihre Sachen weggenommen hatte. Auch in der Küche gab es Lücken, dort wo der Trockner gestanden hatte und ihre geliebte Spülmaschine. Immer noch waren saubere rechteckige Flächen an den Wänden, wo ihre Poster und Drucke gehangen hatten. Wann war die Wohnung das letzte Mal renoviert worden – 1981 oder 1982? Dafür sah sie gar nicht so schlimm aus. Wem wollte er das denn weismachen? Hier sah es aus wie in einem besetzten Haus.

»Was hast du aus deinem Leben gemacht, John Rebus?« Die Antwort lautete: nicht viel. Gregor Jack war jünger als er und erfolgreicher. Barney Byars war jünger als er und erfolgreicher. Wen kannte er, der *älter* war als er und *weniger* erfolgreich? Keine Menschenseele, abgesehen von den Bettlern in der Innenstadt, mit denen er den Nachmittag zugebracht hatte – ohne Ergebnis, aber mit dem unguten Gefühl, irgendwie dazuzugehören …

Was waren das denn für Gedanken? »Du wirst langsam zu einem morbiden alten Knacker.« Selbstmitleid war keine Lösung. Zu Patience zu ziehen, das war die Lösung … Aber warum schien er nicht so recht daran zu glauben? Warum kam ihm das eher wie ein weiteres Problem vor?

Er lehnte den Kopf gegen den Rücken des Sessels. Ich stecke in der Klemme, dachte er, wenn auch in einer gut gepolsterten. Er saß lange Zeit so da und starrte an die Decke. Draußen war es dunkel und neblig. Von der Nordsee zog ein kalter Nebel herein und breitete sich über der Stadt aus. Bei einem solchen Nebel schien Edinburgh sich in die Vergangenheit zurückzubewegen. Beinah erwartete man, Presspatrouillen auf der Suche nach Burschen zum Anheuern auf Schiffen in den Straßen von Leith zu sehen, Kutschen zu hören, die über das Kopfsteinpflaster rumpelten, und Rufe auf der High Street: Vorsicht, Wasser.

Wenn er die Wohnung verkaufte, könnte er sich ein neues Auto kaufen und Samantha etwas Geld überweisen. *Wenn* er die Wohnung verkaufte ... *wenn* er bei Patience einzog ...

»Wenn Scheiße aus Gold wäre«, pflegte sein Vater immer zu sagen, »dann hättest du eine Tülle am Arsch.« Der alte Mistkerl hatte nie genau erklärt, was eine Tülle war ...

Mein Gott, wie kam er denn jetzt darauf?

Es hatte keinen Zweck. Er konnte nicht klar denken, jedenfalls nicht hier. Vielleicht barg seine Wohnung zu viele Erinnerungen, gute und schlechte. Vielleicht lag es auch bloß an der Abendstimmung.

Oder vielleicht war es auch das Bild von Gill Templers Gesicht, das immer wieder ungebeten (zumindest redete er sich das ein) vor seinem geistigen Auge erschien ...

5

Flussaufwärts

Einbruch mit schwerer Körperverletzung, genau das Richtige für einen trüben Donnerstagmorgen. Das Opfer lag im Krankenhaus, den Kopf verbunden, das Gesicht übel zugerichtet. Rebus hatte mit der Frau gesprochen und war nun in ihrem Haus in der Jock's Lodge, wo er die Arbeit der Spurensicherung und die Aussage der Zeugen beaufsichtigte, als ihn die Nachricht aus der Great London Road erreichte. Der Anruf kam von Brian Holmes.

»Ja, Brian?«

»Es ist schon wieder jemand ertrunken.«

»Ertrunken?«

»Eine weitere Wasserleiche.«

»O Gott. Wo denn diesmal?«

»Außerhalb der Stadt, Richtung Queensferry. Wieder eine Frau. Sie wurde heute Morgen von einer Spaziergängerin gefunden.« Holmes hielt inne, weil ihm offenbar irgendjemand etwas gab. Rebus hörte ein gemurmeltes »Danke«, als sich derjenige wieder entfernte. »Könnte durchaus unser Mr Glass gewesen sein«, sagte Holmes jetzt und hielt erneut inne, um einen Schluck Kaffee zu trinken. »Wir haben erwartet, dass er in der Stadt bleibt, aber er könnte genauso gut nach Norden gegangen sein, bis Queensferry ist es nur ein lockerer Spaziergang, größtenteils über freies Feld und weit genug weg von allen Straßen, wo man ihn sehen könnte. Wenn ich auf der Flucht wäre, würde ich's genauso machen ...«

Ja, Rebus kannte die Gegend. War er nicht erst neulich dort gewesen? Ruhige Nebenstraßen, kein Verkehr, niemand, der bemerkt … Moment mal, da war doch ein Bach – nein, eher ein richtiger Fluss –, der am Haus der Kinnouls vorbeifloss.

»Brian …«, begann er.

»Und da ist noch was Bemerkenswertes«, fiel ihm Holmes ins Wort. »Die Frau, die die Leiche gefunden hat … raten Sie mal, wer das war?«

»Cathy Gow«, sagte Rebus beiläufig.

Holmes schien verdutzt. »Wer? Egal, nein, es war die Frau von Rab Kinnoul. Sie wissen schon, Rab Kinnoul … der Schauspieler. Wer ist diese Cathy Gow …?«

Die Stelle lag etwas flussaufwärts vom Haus der Kinnouls am Fuß des gleichen Hügels. Nicht zu weit weg vom Haus für einen Spaziergang, doch war die Landschaft hier noch trostloser, wenn das überhaupt möglich war. Fünfzig Meter von dem schnell fließenden Fluss entfernt war eine schmale Straße, die irgendwann in eine breitere Straße überging und dann in Kurven bis zur Küste verlief. Um an den Fundort zu gelangen, musste man entweder am Haus der Kinnouls vorbei oder von der Straße her kommen.

»Keine Spuren von einem Auto?«, fragte Rebus Holmes. Beide Männer hatten die Reißverschlüsse ihrer Jacken gegen den schneidenden Wind hochgezogen.

»Ein bestimmtes Auto?«, fragte Holmes. »Die Straße ist asphaltiert. Ich hab selbst nachgesehen. Keinerlei Reifenspuren.«

»Wo endet die Straße?«

»Sie mündet in einen Landwirtschaftspfad, der – große Überraschung – zu einem Bauernhof führt.« Holmes trat von einem Fuß auf den anderen, in dem vergeblichen Bemühen, ein bisschen warm zu werden.

»Dann sollte man besser mal bei dem Bauernhof nachfragen, ob …«

»Da ist gerade jemand, der genau das macht.«

Rebus nickte. Holmes wusste mittlerweile ganz gut, wie diese Dinge abliefen: Er tat irgendetwas, und Rebus überprüfte noch einmal, ob es auch wirklich gemacht worden war.

»Und Mrs Kinnoul?«

»Sie ist im Haus mit einer Polizistin und trinkt süßen Tee.«

»Da sollte man aufpassen, dass sie nicht zu viele Beruhigungsmittel nimmt. Wir brauchen eine Aussage von ihr.«

Holmes konnte nicht mehr folgen, bis Rebus ihm erklärte, dass er schon einmal hier gewesen war. »Was ist mit Mr Kinnoul?«

»Er ist heute Morgen ganz früh irgendwohin gefahren. Deshalb ist Mrs Kinnoul auch spazieren gegangen. Sie hat gesagt, sie geht immer morgens spazieren, wenn sie allein ist.«

»Ist bekannt, wo er hingefahren ist?«

Holmes zuckte die Schultern. »Irgendwas Berufliches, mehr konnte sie uns nicht sagen. Wusste nicht, wo er war oder wie lange er bleiben würde. Aber spätestens heute Abend soll er zurück sein, laut Mrs Kinnoul.«

Rebus nickte wieder. Sie standen oberhalb des Flusses in der Nähe der Straße. Die anderen waren direkt unten am Fluss. Dieser führte seit den jüngsten Regenfällen Hochwasser und war gerade breit und tief genug, um als Fluss und nicht als Bach zu gelten. Zu den »anderen« gehörten Polizeibeamte in Watstiefeln, die ihre Arme in das eisige Wasser tauchten und nach Beweismaterial suchten, das wahrscheinlich längst fortgespült worden war, Leute von der Spurensicherung, die über der Leiche hockten, Mitarbeiter des Erkennungsdienstes, die ebenfalls um die Leiche herumschlichen, jedoch mit Fotoapparaten und Videokameras bewaffnet, sowie Dr. Curt. Der Pathologe trug einen langen, flatternden Regenmantel mit hochgeschlagenem Kragen. Er stapfte gerade auf Rebus und Holmes zu und zitierte dabei frei nach Macbeth:

»Wann treffen wir drei uns wieder ... verdammte Heide und so weiter. Guten Morgen, Inspector.«

»Guten Morgen, Dr. Curt. Was haben Sie denn für uns?«

Curt nahm seine Brille ab und rieb sie trocken. »Doppelseitige Lungenentzündung, das würde mich jedenfalls nicht wundern«, antwortete er, während er die Brille wieder aufsetzte.

»Unfall, Selbstmord oder Mord?«, fragte Rebus.

Curt schnalzte missbilligend mit der Zunge und schüttelte traurig den Kopf. »Sie wissen doch, dass ich keine spontanen Urteile fällen kann, Inspector. Diese arme Frau lag zwar nicht so lange im Wasser wie die vorige, aber trotzdem.«

»Wie lange?«

»Höchstens einen Tag. Doch durch die Gewalt der Strömung und all das Geröll und so weiter ... sieht sie ein bisschen lädiert aus. Reiner Zufall, dass sie überhaupt gefunden wurde.«

»Wieso?«

»Hat der Sergeant das nicht erzählt? Ihre Hand hat sich in einem abgestorbenen Zweig verfangen, sonst wäre sie ganz sicher den Fluss hinunter ins Meer getrieben worden.«

Rebus stellte sich den weiteren Verlauf des Flusses vor, wie er in einigem Abstand an den wenigen Siedlungen vorbeifloss ... ja, es war durchaus möglich, dass eine Leiche, die hier in den Fluss fiel, spurlos verschwand ...

»Irgendeine Ahnung, wer sie ist?«

»Keinerlei Hinweise am Körper. Allerdings hat sie etliche Ringe an den Fingern, und sie trägt ein ganz hübsches Kleid. Möchten Sie mal schauen?«

»Warum nicht, äh? Kommen Sie, Brian.«

Doch Holmes rührte sich nicht von der Stelle. »Ich hab sie mir bereits angesehen. Aber lassen Sie sich nicht abhalten …«

Also folgte Rebus dem Pathologen den Abhang hinunter. Ganz schön mühsam, eine Leiche hier runterzubringen, dachte er. Aber man konnte sie natürlich von oben herunterrollen lassen … ja, herunterrollen lassen … den Platscher hören und davon ausgehen, dass sie in den Fluss gefallen war. Man würde wahrscheinlich nicht merken, dass sich die Hand in einem Zweig verfangen hat. Aber um überhaupt jemanden hierher zu kriegen – tot *oder* lebendig –, brauchte man auf jeden Fall ein Auto. War William Glass dazu fähig, ein Auto zu stehlen? Warum nicht, heutzutage schien jeder zu wissen, wie das ging. Schon Kinder in der Grundschule konnten einem zeigen, wie man das machte …

»Wie ich bereits sagte«, bemerkte Curt gerade, »sieht sie ein bisschen lädiert aus … ich kann noch nicht sagen, ob das vor oder nach Eintritt des Todes passiert ist. Ach übrigens, zu dieser Ertrunkenen von der Dean Bridge …«

»Ja?«

»Sie muss kurz vor ihrem Tod Geschlechtsverkehr gehabt haben. Spermaspuren in der Vagina. Daraus sollten wir ein DNS-Profil erstellen können. Ah, da sind wir …«

Die Leiche war auf eine Plastikplane gelegt worden. Ja, es war ein hübsches Kleid, sommerlich und ziemlich markant, jetzt allerdings zerrissen und mit Schlamm verschmiert … Das Gesicht war ebenfalls voll Schlamm … mit Schnittwunden übersät und geschwollen. Die Haare lagen straff nach hinten, und ein Stück Kopfhaut war zu sehen.

Rebus musste heftig schlucken. Hatte er das erwartet? Er war sich nicht sicher. Doch die Fotos, die er gesehen hatte, ließen keinen Zweifel daran.

»Ich weiß, wer sie ist«, sagte er.

»Was?« Selbst die Leute von der Spurensicherung blickten ungläubig zu ihm auf. Brian Holmes musste gemerkt haben, dass irgendetwas Ungewöhnliches ablief, denn er kam stolpernd den Abhang herunter auf sie zu.

»Ich hab gesagt, ich weiß, wer sie ist. Zumindest glaube ich das. Nein, ich bin mir ganz sicher. Ihr Name ist Elizabeth Jack. Ihre Freunde nennen sie Liz oder Lizzie. Sie ist ... sie war mit dem Abgeordneten Gregor Jack verheiratet.«

»Gütiger Gott«, sagte Dr. Curt. Rebus sah Holmes an, und Holmes starrte zurück, und keiner schien zu wissen, was er sagen sollte.

Das reichte natürlich als amtliche Identifizierung nicht aus. Bei weitem nicht. Zweifellos handelte es sich hier um einen verdächtigen Todesfall, doch das musste offiziell von dem Herrn von der Staatsanwaltschaft entschieden werden, dem Herrn, der gerade neben Dr. Curt stand und mit diesem redete. Er nickte ernst mit dem Kopf, während Curt in einer Weise mit den Händen gestikulierte, die einem Italiener alle Ehre gemacht hätte. Und er erklärte dabei – erklärte unermüdlich, erklärte zum tausendsten Mal –, was es mit der Ausbreitung von Kieselalgen in Leichen auf sich hatte, während sein Zuhörer immer blasser wurde.

Die Leute vom Erkennungsdienst waren immer noch damit beschäftigt, Fotos zu schießen und Videoaufnahmen zu machen. Alle dreißig Sekunden oder so wischten sie über ihre Kameralinsen, denn es regnete inzwischen heftig, und der Himmel hatte eine durchgehend grauschwarze Färbung. Eine Autopsie wäre notwendig, stimmte der

Staatsanwalt zu. Die Leiche würde in die Leichenhalle in der Cowgate in Edinburgh gebracht werden. Dort würde auch die formelle Identifikation stattfinden, bei der zwei Personen zugegen sein mussten, die die Verstorbene zu Lebzeiten gekannt hatten, und zwei Polizeibeamte, die sie als Tote gesehen hatten. Wenn sich dabei herausstellen sollte, dass das *nicht* Elizabeth Jack war, dann würde Rebus ganz schön in der Tinte sitzen. Während er beobachtete, wie die Leiche abtransportiert wurde, gestattete Rebus sich ein unterdrücktes Niesen. Vielleicht hatte Dr. Curt ja recht mit seiner Diagnose Lungenentzündung. Jedenfalls wusste er genau, wo er jetzt hinwollte: zum Haus der Kinnouls. Mit etwas Glück würde er dort einen heißen Tee bekommen. Das Spurensicherungsteam quetschte sich – durch und durch nass – ins Auto und fuhr zurück zum Polizeipräsidium in der Fettes Avenue.

»Kommen Sie, Brian«, sagte Rebus. »Wir wollen doch mal sehen, wie es Mrs Kinnoul geht.«

Cath Kinnoul schien sich in einem Schockzustand zu befinden. Ein Arzt war bei ihr gewesen, der jedoch schon wieder fort war, als Rebus und Holmes auftauchten. Sie zogen ihre triefnassen Jacken im Flur aus. Dabei wechselte Rebus leise ein paar Worte mit einer Polizistin.

»Noch nichts vom Ehemann gehört?«

»Nein, Sir.«

»Wie geht es ihr?«

»Angenehm benommen.«

Rebus versuchte, durchgefroren und völlig fertig auszusehen, was ihm nicht sonderlich schwer fiel. Die Polizistin las seine Gedanken und lächelte.

»Soll ich einen Tee kochen?«

»Irgendwas Heißes wäre jetzt goldrichtig.«

Cath Kinnoul saß in einem riesigen Sessel im Wohnzimmer. Der Sessel schien sie beinah zu verschlingen. Sie wirkte nur noch ungefähr halb so groß und ein Viertel so alt wie bei ihrer ersten Begegnung mit Rebus.

»Hallo, da bin ich wieder«, sagte Rebus bemüht fröhlich.

»Inspector ... Rebus?«

»Genau. Und das ist Sergeant Holmes. Keine Scherze, bitte, die hat er alle schon mal gehört, nicht wahr, Sergeant?«

Holmes wusste, dass Rebus versuchte, das Comedy-Duo zu spielen, um vielleicht wieder ein bisschen Leben in Mrs Kinnoul zu bringen. Er nickte aufmunternd. Dabei blickte er sich wehmütig um, in der Hoffnung, ein prasselndes Holz- oder Kohlefeuer zu entdecken. Doch es gab noch nicht mal ein loderndes Gasfeuer, vor das er sich hätte stellen können. Stattdessen gab es eine einzelne elektrische Heizstange, die ein wenig Wärme abstrahlte, sowie zwei Radiatoren. Vor einen von diesen stellte er sich, löste die nasse Hose von seinen Beinen und tat dabei so, als würde er die Bilder vor ihm an der Wand bewundern. Rab Kinnoul mit einem Fernsehschauspieler ... mit einem Fernsehkomiker ... mit dem Leiter einer Gameshow ...

»Mein Mann«, erklärte Mrs Kinnoul. »Er arbeitet beim Fernsehen.«

»Und Sie haben keine Ahnung, was er heute vorhat, Mrs Kinnoul?«, fragte Rebus.

»Nein«, erwiderte sie leise, »keine Ahnung.«

Zwei Zeugen, die die Verstorbene zu Lebzeiten gekannt hatten ... Cath Kinnoul konnte man dafür wohl vergessen, dachte Rebus. Sie würde zusammenbrechen, wenn sie wüsste, dass Liz Jack da draußen lag, ganz zu schweigen davon, wenn sie die Leiche identifizieren müsste. Genau in diesem Moment versuchte bereits irgendjemand, Gregor Jack zu erreichen, und Jack würde vermutlich in Begleitung von Ian Urquhart oder Helen Greig zur Leichenhalle kommen; von beiden würde ein zweites Kopfnicken als Bestätigung reichen. Nicht nötig, Cath Kinnoul damit zu belasten.

»Sie sehen ja völlig durchnässt aus«, sagte sie. »Möchten Sie was trinken?«

»Die Kollegin kocht gerade Tee ...« Doch noch während er sprach, wusste Rebus, dass sie das nicht gemeint hatte. »Ein Schlückchen Whisky wär allerdings auch nicht schlecht, wenn es nicht zu viel Mühe macht.«

Sie deutete mit dem Kopf auf ein Sideboard. »Rechte Tür«, sagte sie. »Bitte bedienen Sie sich.«

Rebus überlegte, ob er sie auffordern sollte, ein Glas mitzutrinken. Aber wer weiß, was der Arzt ihr gegeben hatte? Und welche Tabletten sie von sich aus genommen hatte? Er schenkte etwas Glenmorangie in zwei lange, schlanke Gläser und reichte eines davon Holmes, der eine merkwürdige Position vor der Heizung eingenommen hatte.

»Passen Sie auf, dass Sie nicht anfangen zu dampfen«, sagte Rebus leise. Genau in diesem Augenblick kam die Polizistin mit dem Teetablett herein. Sie sah den Alkohol und hätte beinahe missbilligend die Stirn gerunzelt.

»Auf uns«, sagte Rebus und kippte den Whisky in einem Schluck.

In der Leichenhalle schien Gregor Jack Rebus kaum zu erkennen. Jack hätte gerade seine wöchentliche Sprechstunde für die Bewohner seines Wahlkreises abgehalten, erklärte Ian Urquhart Rebus in einem verschwörerischen Flüstern. Die fand normalerweise freitags statt, doch an diesem Freitag wurde im House of Commons die Gesetzesinitiative eines Abgeordneten vorgelegt, und Gregor Jack wollte an der Debatte teilnehmen. Und da Gregor sowieso in der Gegend zu tun hatte, hatten sie beschlossen, die Sprechstunde bereits am Donnerstag abzuhalten, damit er über den Freitag frei verfügen konnte.

Während sich Rebus das alles schweigend anhörte, dachte er: Warum erzählst du mir das alles? Aber Urquhart war offensichtlich nervös und hatte das Bedürfnis, zu reden. Leichenschauhäuser hatten auf manche Leute diese Wirkung, und wenn man dann noch bedachte, dass sein Arbeitgeber gerade erleben musste, wie ein Skandal den anderen jagte. Gar nicht davon zu reden, dass das den eigenen Job noch schwieriger machte als sonst.

»Wie ist die Golfpartie gelaufen?«, fragte Rebus zurück.

»Welche Golfpartie?«

»Gestern.«

»Oh.« Urquhart nickte. »Sie meinen die von Gregor. Das weiß ich nicht. Ich hab ihn noch nicht danach gefragt.«

Also war Urquhart nicht mit von der Partie gewesen. Er schwieg so lange, dass Rebus schon glaubte, es käme nichts mehr, doch das Bedürfnis zu sprechen war zu groß.

»Das ist ein regelmäßiger Termin«, fuhr Urquhart fort. »Gregor und Ronnie Steele. Meistens mittwochnachmittags.«

Ah, Suey, Mr Teenager-Möchtegernselbstmörder …

Rebus versuchte, die nächste Frage wie einen Scherz klingen zu lassen. »Arbeitet Gregor denn *überhaupt* jemals?«

Urquhart sah ihn fassungslos an. »Er arbeitet ständig. Diese Golfpartie … das ist ungefähr die einzige freie Zeit, die er meines Wissens hat.«

»Aber er scheint nicht allzu oft in London zu sein.«

»Der Wahlkreis geht vor, so ist Gregor nun mal.«

»Kümmer dich um die Leute, die dich gewählt haben, und dann werden die sich auch um dich kümmern?«

»So in der Art«, räumte Urquhart ein. Es war keine Zeit mehr zum Reden. Die Identifizierung würde jeden Augenblick beginnen. Und wenn Gregor Jack schon schlecht ausgesehen hatte, bevor er die Leiche sah, so sah er hinterher wie der leibhaftige Tod aus.

»O Gott, dieses Kleid …« Er schien kurz vorm Zusammenbruch, aber Ian Urquhart hielt ihn gut fest.

»Wenn Sie sich bitte das Gesicht ansehen würden«, sagte irgendjemand gerade. »Wir müssen ganz sicher sein …«

Alle sahen auf das Gesicht. Ja, dachte Rebus, das ist die Frau, die ich an dem Fluss gesehen habe.

»Ja«, sagte Gregor Jack mit zitternder Stimme, »das ist meine … das ist Liz.«

Rebus atmete tatsächlich erleichtert auf.

Mit wem niemand gerechnet hatte, wen niemand überhaupt in Betracht gezogen hatte, war Sir Hugh Ferrie.

»Sagen wir mal so«, erklärte Chief Superintendent Watson, »es wird ein gewisser … Druck ausgeübt.«

Wie immer konnte Rebus nicht die Klappe halten. »Es gibt nichts, *weswegen* man Druck ausüben könnte. Was sollten wir denn tun, was wir nicht bereits getan haben?«

»Sir Hugh ist der Meinung, dass wir William Glass längst gefasst haben sollten.«

»Aber wir wissen doch noch nicht mal …«

»Na ja, wir wissen doch, dass Sir Hugh ein bisschen hitzköpfig sein kann. Aber er hat in gewisser Hinsicht recht …« Was nichts anderes hieß, dachte Rebus, als dass er Freunde in hohen Positionen hatte.

»Er hat in gewisser Hinsicht recht, und wir können den Medienrummel, der zweifellos losgehen wird, nicht gebrauchen. Ich sage nichts weiter, als dass wir diese Ermittlung noch etwas *stärker* vorantreiben sollten, wann auch immer und wo auch immer wir können. Sehen wir also zu, dass wir Glass in Haft kriegen, dass alle auf dem Laufenden gehalten werden und dass wir diesen Autopsiebericht so schnell wie menschenmöglich bekommen.«

»Nicht so einfach bei einer Wasserleiche.«

»John, Sie kennen doch Dr. Curt ganz gut, nicht wahr?«

»Wir reden uns mit dem Nachnamen an.«

»Könnten Sie ihm nicht einen zusätzlichen kleinen Stups geben?«

»Und was ist, wenn er zurückstupst, Sir?«

Watson sah aus wie ein gutmütiger Onkel, der plötzlich die Nase voll von seinem vorlauten Neffen hat. »Dann stupsen Sie ihn fester. Ich weiß, dass er viel zu tun hat. Ich weiß, dass er Vorträge halten muss, Veranstaltungen an der Uni und weiß Gott was noch. Aber je länger wir warten müssen, umso mehr werden die Medien die Lücken mit Spekulationen füllen. Reden Sie doch mal mit ihm, John, ja?, damit er versteht, was auf dem Spiel steht.«

Auf dem Spiel steht? Was soll der Quatsch? Dr. Curt erklärte, was er ihm schon immer gesagt hatte. Ich kann mich nicht hetzen lassen ... delikate Angelegenheit, Ertrinken vom bloßen Untergehen zu unterscheiden ... berufliches Ansehen ... kann mir nicht leisten, Fehler zu machen ... Eile mit Weile ... Geduld ist eine Tugend ... mit kleinen Schritten kommt man auch zum Ziel ...

All das bekam Rebus an den Kopf geschmissen, als er den Arzt zwischen zwei Terminen in seinem Büro am Teviot Place erwischte. Die Rechtsmedizinische Abteilung des Pathologischen Instituts, die sowohl zur Medizinischen als auch zur Juristischen Fakultät gehörte, hatte ihre Räume in der Medizinischen Fakultät am Teviot Place. Was Rebus ganz einleuchtend erschien. Schließlich wollte man doch nicht, dass Leute, die Handelsrecht studierten, mit Studenten zusammenkamen, die an Leichen herumschnippelten ...

»Diatomeen ...«, sagte Dr. Curt gerade. »Waschfrauenhaut ... mit Blut durchsetzter Schaum ... aufgeblähte Lungen ...« Es klang fast wie eine Litanei, und nichts davon half ihnen weiter. Gewebetests ... Untersuchung ... Diatomeen ... Toxikologie ... Frakturen ... Diatomeen. Curt hatte wirklich einen Narren an diesen winzigen Algen gefressen.

»Einzellige Algen«, korrigierte er.

Rebus registrierte die Korrektur mit einem Nicken. »Na schön«, sagte er und stand auf, »so schnell Sie können, ja, Dr. Curt? Wenn Sie mich im Büro nicht erreichen, können sie mich jederzeit über mein einzelliges Telefon anrufen.«

»So schnell ich kann«, stimmte Dr. Curt kichernd zu. Dann stand er ebenfalls auf. »Ach ja, eine Sache kann ich Ihnen sofort sagen.« Er öffnete Rebus die Bürotür.

»Ja?«

»Mrs Jack hatte keine Körperbehaarung. Man konnte sie also nicht an den Löckchen ziehen ...«

Da Teviot Place nicht weit von der Buccleuch Street entfernt war, beschloss Rebus, bei Suey Books vorbeizugehen. Nicht dass er erwartete, Ronald Steele anzutreffen, denn Ronald Steele war ja notorisch schwer zu erwischen. Geschäftig hinter den Kulissen, geschäftig im Verborgenen. Der Laden war jedoch offen, das wackelige Fahrrad draußen angekettet. Rebus schob vorsichtig die Tür auf.

»Sie können ruhig reinkommen«, rief eine Stimme von hinten aus dem Laden. »Rasputin ist auf Streifzug.«

Rebus schloss die Tür und ging auf den Schreibtisch zu. Das Mädchen saß genau wie beim letzten Mal dort, und ihre Aufgabe schien immer noch im Auszeichnen von Büchern zu bestehen. Auf den Regalen war allerdings überhaupt kein Platz mehr für weitere Bücher. Rebus fragte sich, wo diese neuen Titel hin sollten ...

»Woher wussten Sie, dass ich das war?«, fragte er.

»Das Fenster.« Sie deutete mit dem Kopf auf das Schaufenster. »Von außen mag es zwar schmutzig aussehen, aber von innen kann man ganz gut rausschauen. Wie bei so einem Spionspiegel.«

Rebus schaute hinüber. Ja, weil es drinnen im Laden dunkler war als auf der Straße, konnte man ganz gut nach draußen sehen, man konnte allerdings nicht reinschauen.

»Keine Spur von Ihren Büchern, falls Sie das wissen wollten.«

Rebus nickte bedächtig. Das war *nicht,* was er wissen wollte …

»Und Ronald ist auch nicht da.« Sie sah auf das überdimensionale Zifferblatt ihrer Armbanduhr. »Wollte schon vor einer halben Stunde hier sein. Ist sicher irgendwo aufgehalten worden.«

Rebus nickte immer weiter. Steele hatte den Namen von diesem Mädchen erwähnt. Wie war er noch gleich …? »War er gestern hier?«

Sie schüttelte den Kopf. »Gestern hatten wir geschlossen. Den ganzen Tag. Mir ging's nicht so gut, deshalb konnte ich nicht kommen. Zu Beginn des Studienjahrs haben wir mittwochs immer recht viel zu tun, da mittwochs nur den halben Tag unterrichtet wird, aber im Augenblick ist nicht so besonders …«

Rebus dachte an Vaseline … Vanille … Vanessa! Das war's.

»Na ja, trotzdem danke. Und behalten Sie die Bücher im Auge …«

»Oh! Da ist Ronald ja.«

Rebus drehte sich um, als die Tür klappernd aufging. Ronald Steele knallte sie heftig hinter sich zu, trat in den mittleren Büchergang, verlor fast das Gleichgewicht und musste sich gegen ein Regal lehnen. Sein Blick fiel auf einen bestimmten Buchrücken, und er zog das Buch, das fest zwischen den anderen eingezwängt war, mühsam heraus.

»*Fisch auf dem Trockenen*«, sagte er. »Auf dem Trockenen ...« Er warf das Buch so weit von sich, wie er konnte, immerhin fast einen Meter weit. Es knallte gegen ein Regal und fiel aufgeschlagen auf den Boden. Dann begann er, wahllos Bücher herauszunehmen und sie mit aller Kraft zu werfen. Seine Augen waren rot vom Weinen.

Vanessa brüllte ihn an, kam hinter ihrem Schreibtisch hervor und ging auf ihn zu, doch Steele stieß sie zur Seite, stolperte an Rebus und an dem Schreibtisch vorbei und verschwand durch eine Tür am Ende des Ladens. Man hörte, wie sich eine weitere Tür schloss.

»Was ist da hinten?«

»Das Klo«, sagte Vanessa, die sich bückte, um ein paar von den Büchern aufzuheben. »Was, zum Teufel, ist denn mit dem los?«

»Vielleicht hat er schlechte Nachrichten erhalten«, spekulierte Rebus. Er half ihr, die Bücher aufzuheben. Dann stand er auf und las den Text auf der Rückseite von *Fisch auf dem Trockenen*. Die Illustration vorn auf dem Umschlag zeigte eine Frau, die mehr oder weniger sittsam auf einer Chaiselongue saß, während ein wüst aussehender Freier sich von hinten über sie beugte, die Lippen knapp über ihrer nackten Schulter. »Ich glaub, das kauf ich«, sagte er. »Scheint mir ganz nach meinem Geschmack.«

Vanessa nahm das Buch, dann starrte sie ihn an. Doch sie war noch zu schockiert von der gerade erlebten Szene, als dass sie ihr Misstrauen gegen Rebus' Geschmack hätte offen zeigen können. »Fünfzig Pence«, erklärte sie leise.

»Fünfzig Pence, bitte sehr«, sagte Rebus.

Nach der formellen Identifizierung, während die Autopsie ihren sorgfältigen und langwierigen Verlauf nahm, waren

Fragen zu stellen. Und es waren schrecklich viele Fragen zu stellen.

Cath Kinnoul musste befragt werden. Behutsam befragt, mit ihrem Gatten an der Seite und reichlich Tranquilizern im Blutkreislauf. Nein, sie hatte sich die Leiche nicht genauer angesehen. Sie hatte bereits von weitem gewusst, was es war. Sie konnte das Kleid sehen, konnte sehen, dass es ein Kleid war. Sie war zurück ins Haus gelaufen und hatte die Polizei angerufen. Neun-neun-neun, wie einem immer für Notfälle geraten wurde. Nein, sie war nicht noch einmal an den Fluss gegangen. Sie bezweifelte, ob sie je wieder dorthin gehen könnte.

Und an Mr Kinnoul gewandt, wo war er an diesem Morgen gewesen? Geschäftliche Termine, sagte er. Besprechungen mit potenziellen Partnern und potenziellen Sponsoren. Er versuchte gerade, eine unabhängige Fernsehgesellschaft zu gründen, wäre jedoch dankbar, wenn diese Information nicht weitergegeben würde. Und am Abend davor? Den hatte er mit seiner Frau zu Hause verbracht. Und hatten sie irgendetwas gesehen oder gehört? Nein, nichts. Sie hatten den ganzen Abend Fernsehen geschaut, nicht das aktuelle Programm, sondern Sachen, die sie auf Video hatten, Sachen, in denen Mr Kinnoul mitspielte … *Knife Ledge*. Der Leinwandmörder.

»Sie müssen im Laufe der Zeit einige Tricks in Ihrem Metier gelernt haben, Mr Kinnoul.«

»Sie meinen schauspielerisch?«

»Nein, ich meine, wie man tötet …«

Und dann war da Gregor Jack … Rebus hielt sich völlig raus. Er würde sich später die Notizen und Protokolle ansehen. Er wollte sich nicht einmischen. Es gab zu viel, was er bereits wusste, zu viel vorgefasste Meinung, was nur ein anderer Ausdruck für potenzielle Vorurteile war. Er überließ es anderen Kriminalbeamten, sich mit Gregor Jack auseinanderzusetzen und mit Ian Urquhart und mit Helen Greig und mit *allen* Freunden und Vertrauten von Elizabeth Jack. Denn hier ging es nicht mehr um das Verschwinden einer Dame, hier ging es um ihren Tod. Jamie Kilpatrick, die Honourable Matilda Merriman, Julian Kaymer, Martin Inman, Louise Patterson-Scott, selbst Barney Byars. Sie alle waren bereits befragt worden oder würden es in Kürze werden. Vielleicht würden sie alle zu einem späteren Zeitpunkt noch einmal befragt werden. Fehlende Tage mussten aufgearbeitet werden. Große Lücken im Leben von Liz Jack, die gesamte letzte Woche ihres Lebens. Wo war sie gewesen? Wen hatte sie getroffen? Wann war sie gestorben? (Beeilen Sie sich bitte, Dr. Curt, hopp, hopp.) *Wie* war sie gestorben? (Dito) Wo war ihr Auto?

Doch Rebus las alle Protokolle, sämtliche Notizen. Er las das Gespräch mit Gregor Jack und das mit Ronald Steele. Ein Detective Constable wurde zum Braidwater Golf Course geschickt, um die Geschichte mit der Golfpartie am Mittwochnachmittag zu überprüfen. Das Gespräch mit Steele las Rebus besonders gründlich durch. Auf die Frage nach seiner Beziehung zu Elizabeth Jack gab Steele zu, dass »sie mir immer vorgeworfen hat, mit mir könne man keinen richtigen Spaß haben. Sie hatte vermutlich recht. Ich bin nicht gerade das, was man einen ›Partylöwen‹ nennt. Und ich hatte nie genug Geld. Sie mochte Leute, die mit Geld um sich werfen konnten oder die damit rumschmissen, obwohl sie es sich nicht leisten konnten«.

War da ein Anflug von Bitterkeit? Oder bloß eine bittere Wahrheit?

All dem fügte Rebus eine weitere Frage hinzu: Hatte Elizabeth Jack Edinburgh überhaupt verlassen?

Dann war da noch die andere Jagd, die Jagd auf William Glass. Wenn er tatsächlich nach Queensferry gegangen war, wohin würde er sich als Nächstes begeben? Richtung

Westen nach Bathgate, Linlithgow oder Bo'ness? Oder nach Norden über den Firth of Forth? Polizeikräfte wurden mobilisiert. Beschreibungen herausgegeben. War Liz Jack in der fraglichen Zeit überhaupt in der Deer Lodge gewesen? Wie konnte William Glass so einfach verschwinden? Bestand eine Verbindung zwischen dem Tod von Mrs Jack und dem »nächtlichen Ausflug« ihres Mannes in ein Bordell in Edinburgh?

Dieser letzte Aspekt wurde von den Zeitungen am eifrigsten verfolgt. Sie schienen Selbstmord als Todesursache im Fall von Elizabeth Jack zu favorisieren. Die schändliche Tat des Ehemannes ... entdeckt, nachdem sie sich aufs Land zurückgezogen hatte ... auf dem Heimweg kommt sie zu dem Schluss, dass sie der Situation nicht gewachsen ist ... fährt vielleicht mit der Absicht los, ihren Freund, den Schauspieler Rab Kinnoul, zu besuchen ... doch unterwegs nimmt ihre Verzweiflung immer mehr zu, und da sie über den Mord an der Dean Bridge gelesen hat, beschließt sie, ihr Leben in der gleichen Weise zu beenden. Sie springt oberhalb von Rab Kinnouls Haus in den Fluss. Ende der Geschichte.

Nur dass das nicht das Ende der Geschichte war. Aus Sicht der Zeitungen war es erst der Anfang. Schließlich steckte in diesem Fall alles drin – ein Fernsehschauspieler, ein Abgeordneter, ein Sexskandal, ein Todesfall. Die Verfasser von Überschriften waren total überwältigt und wussten gar nicht, in welcher Reihenfolge sie die Fakten aufführen sollten. Frau des Sexskandal-Abgeordneten ertrinkt in Fluss von Fernsehstar? Oder der Schmerz des Fernsehstars über den Selbstmord der Frau des befreundeten Abgeordneten? Man sah sofort, wo das Problem lag ... all diese komplizierten Abhängigkeiten ...

Und der trauernde Ehemann? Wurde von fürsorglichen Freunden und Kollegen von den Medien abgeschirmt.

Doch er stand der Polizei immer für ein Gespräch zur Verfügung, wenn irgendein Detail geklärt werden musste. Wohingegen sein Schwiegervater den Medien so viele Interviews gab, wie sie nur haben wollten, seine Bemerkungen der Polizei gegenüber jedoch knapp und bissig hielt.

»Wozu wollen Sie denn mit mir reden? Finden Sie den Kerl, der es getan hat, und dann können Sie so viel reden, wie Sie wollen. Ich will, dass das Schwein, das das getan hat, hinter Gitter kommt! Und es sollten verdammt dicke Gitter sein, sonst könnte ich nämlich auf die Idee kommen, sie auseinander zu biegen und den Dreckskerl höchstpersönlich zu erwürgen!«

»Wir tun, was wir können, glauben Sie mir, Sir Hugh.«

»Aber reicht das auch? Das will ich wissen!«

»Alles, was wir können ...«

Ja, alles. Blieb nur eine letzte Frage: Hatte es überhaupt jemand getan? Das konnte nur Dr. Curt beantworten.

6

Highland Games

Rebus packte eine Reisetasche. Es handelte sich um eine große Sporttasche, die Patience Aitken ihm gekauft hatte, nachdem sie beschlossen hatte, er müsste sportlicher werden. Sie hatten sich gemeinsam in einem Fitnesscenter angemeldet, das ganze Zeug dafür gekauft und waren vier- oder fünfmal zusammen in dem Club gewesen. Sie hatten Squash gespielt, sich massieren lassen, waren in die Sauna gegangen, hatten mit dem Tauchbecken Bekanntschaft gemacht, waren geschwommen, hatten die exklusiv ausgestattete Turnhalle überlebt, versucht zu joggen ... aber schließlich immer mehr Zeit in der Bar des Fitnesscenters verbracht, was unsinnig war, weil die Getränke dort doppelt so teuer waren wie in dem ziemlich netten Pub um die Ecke.

Also war das Ding nicht länger eine Sporttasche, sondern diente nun als Reisetasche. Rebus packte ein Hemd zum Wechseln ein, Socken und Unterwäsche, Zahnbürste, Kamera, Notizbuch und eine Windjacke. Würde er einen Sprachführer brauchen? Vermutlich, aber er bezweifelte, dass es einen gab. Aber etwas zu lesen ... als Bettlektüre. Er holte das Exemplar von *Fisch auf dem Trockenen* und warf es in die Tasche. Das Telefon klingelte, aber er war in Patiences Wohnung, und sie hatte den Anrufbeantworter angeschaltet. Trotzdem ...

Er ging ins Wohnzimmer und hörte sich die Ansage an. Dann die Stimme des Anrufers. »Hier ist Brian Holmes, ich versuche, Inspector ...«

Rebus nahm den Hörer ab. »Brian, was gibt's?«

»Ah, da hab ich Sie ja doch noch erwischt. Dachte, Sie wären vielleicht schon auf dem Weg in die Berge.«

»Ich wollte gerade los.«

»Wollen Sie nicht vorher noch mal auf der Wache vorbeikommen?«

»Warum sollte ich?«

»Weil Dr. Curt gleich sein Ergebnis verkündet …«

Das Problem mit dem Ertrinken war, dass Ertrinken und Untergehen zwei völlig unterschiedliche Dinge waren. Eine Person (bei vollem Bewusstsein oder bewusstlos) könnte ins Wasser fallen (oder gestoßen werden) und ertrinken. Oder jemand, der bereits tot ist, könnte ins Wasser geworfen werden, um die Leiche verschwinden zu lassen oder die Polizei in die Irre zu führen. In dem Fall war die Todesursache problematisch, ebenso die Todeszeit. Totenstarre konnte bereits eingetreten sein oder auch nicht. Blutergüsse und andere Verletzungen am Körper konnten durch Steine oder andere Gegenstände im Wasser entstanden sein.

Schaum aus Mund und Nase, wenn man auf den Brustkorb drückte, waren jedoch ein Anzeichen, dass die Person noch am Leben gewesen war, als sie ins Wasser fiel. Ebenso das Vorhandensein von Diatomeen in Gehirn, Knochenmark, Nieren und so weiter. Diatomeen, wurde Dr. Curt nie müde zu erklären, waren Mikroorganismen, Kieselalgen, die in die Lungenmembrane eindrangen und, wenn das Herz noch schlug, durch den Blutkreislauf gepumpt wurden.

Aber es gab noch weitere Anzeichen. Schlickpartikel in den Bronchien wiesen darauf hin, dass Wasser geschluckt worden war. Außerdem versucht eine lebende Person, die ins Wasser fällt, automatisch nach irgendwas zu greifen (ein lebensnahes Beispiel für »sich an einen Strohhalm klammern«), sodass die Hände der Leiche zu Fäusten geballt wären. Waschfrauenhaut, abgelöste Fingernägel und ausgefallene Haare, der Grad an Aufgedunsenheit – das alles half dabei abzuschätzen, wie lange die Leiche im Wasser gewesen war.

Curt wies darauf hin, dass noch nicht sämtliche relevanten Tests abgeschlossen waren. Die Ergebnisse der toxikologischen Tests würden erst in einigen Tagen vorliegen, deshalb konnte man jetzt noch nicht mit Bestimmtheit sagen, ob die Verstorbene vor ihrem Tod Alkohol oder Drogen zu sich genommen hatte. In der Vagina war kein Sperma gefunden worden. Der Mann der Verstorbenen hatte allerdings ausgesagt, dass die Verstorbene »Probleme« mit der Pille gehabt hätte und dass ihre bevorzugte Form der Empfängnisverhütung stets das Kondom gewesen wäre ...

Mein Gott, dachte Rebus, was der arme Jack sich nicht alles fragen lassen musste. Allerdings könnte es noch viel unangenehmere Fragen zu beantworten geben ...

»Was wir bisher haben«, sagte Curt, während alle ihn schweigend anflehten, endlich zum Wesentlichen zu kommen, »sind alles Negativa. Kein Schaum aus Mund und Nase ... keine Schlickpartikel ... keine geballten Fäuste. Außerdem legt die Leichenstarre nahe, dass die Person bereits tot war, bevor sie ins Wasser gelangte, und dass sie irgendwo eingezwängt gewesen war. Auf den Fotos können Sie erkennen, dass die Beine ziemlich unnatürlich angewinkelt sind.«

In diesem Augenblick wussten sie es ... aber er hatte es immer noch nicht gesagt.

»Ich würde sagen, dass die Leiche nicht weniger als acht Stunden und nicht mehr als vierundzwanzig Stunden im Wasser war. Was den Zeitpunkt des Todes betrifft, der ja offenkundig früher liegen muss, aber nicht allzu lange vorher, eine Sache von ein paar Stunden ...«

»Und die Todesursache?«

Dr. Curt lächelte. »Die Fotos vom Schädel zeigen eine deutliche Fraktur auf der rechten Seite des Kopfes. Sie wurde sehr fest von hinten geschlagen, meine Herren. Ich würde sagen, der Tod trat beinah sofort ein ...«

Es gab noch mehr, aber nicht viel mehr. Und viel Gemurmel unter den Beamten. Rebus wusste, was sie dachten und sagten: der gleiche Modus Operandi wie bei dem Mord an der Dean Bridge. Aber das stimmte nicht. Die Frau, die man in der Nähe der Dean Bridge gefunden hatte, war an Ort und Stelle getötet und nicht dorthin transportiert worden. Und sie war auf einem Pfad am Flussufer mitten in der Stadt ermordet worden, nicht ... ja, wo war Liz Jack denn gestorben? Irgendwo. Es könnte überall gewesen sein. Während die Leute murmelten, dass William Glass unbedingt gefunden werden müsste, dachte Rebus in eine ganz andere Richtung – Mrs Jacks BMW musste gefunden werden, und zwar schnell. Immerhin hatte er bereits gepackt, und die Reise war von Lauderdale genehmigt worden. Constable Moffat würde ihn dort erwarten, und Gregor Jack hatte die Schlüssel zur Verfügung gestellt.

»Also fasse ich zusammen, meine Damen und Herren«, sagte Curt gerade. »Meiner Meinung nach war es Mord. Ja, Mord. Der Rest bleibt den Labortechnikern und Ihnen überlassen.«

»Auf dem Sprung?«, bemerkte Lauderdale, als er Rebus mit seiner Reisetasche sah.

»Genau, Sir.«

»Dann viel Erfolg, Inspector.« Lauderdale hielt inne. »Wie hieß dieses Haus doch gleich?«

»Wo ist es teuer, Freimaurer zu sein, Sir?«

»Ich kann Ihnen nicht folgen ... ach ja, eine teure Loge.«

Rebus zwinkerte seinem Vorgesetzten zu und ging zu seinem Auto.

Es war wohltuend, in welcher Art und Weise sich Schottland alle paar Meilen veränderte – in der Landschaft, im Charakter und im Dialekt. Allerdings merkte man nicht viel davon, wenn man im Auto saß. Die Straßen sahen immer mehr oder weniger gleich aus, ebenso die Tankstellen am Straßenrand. Selbst die Städte, lange gerade Hauptstraßen mit Supermärkten, Schuhgeschäften, Wollläden und Frittenbuden ... selbst diese schienen ineinander überzugehen. Aber es war möglich, über sie hinauszuschauen; und es war möglich, tiefer in sie *hinein*zuschauen. Ein kleines Land, dachte Rebus, doch so vielfältig. In der Schule hatte er im Geografieunterricht gelernt, dass man Schottland in drei verschiedene Regionen einteilen konnte: Southern Uplands, Lowlands und Highlands ... so was in der Art. Doch Geografie konnte dem Ganzen in keiner Weise gerecht werden. Oder vielleicht ja doch. Jedenfalls war er auf dem Weg nach Norden, zu Menschen, die ganz anders waren als die in den Städten und Küstenorten im Süden.

In Perth hielt er an, um sich etwas Proviant zu besorgen – Äpfel, Schokolade, eine halbe Flasche Whisky, Kaugummi, eine Schachtel Datteln, einen halben Liter Milch ... Man konnte nie wissen, was es weiter im Norden vielleicht nicht gab. War ja alles gut und schön entlang der Touristenpfade, aber wenn er die nun verließ ...

In Blairgowrie kaufte er sich eine Portion Fish and Chips, die er an einem Resopaltisch in einer Imbissbude aß. Er kippte Unmengen Salz, Essig und braune Sauce über die Fritten. Dazu gab es zwei Scheiben Weißbrot, die dünn mit Margarine bestrichen waren. Und eine Tasse dunkelbraunen Tee. Der Schellfisch war in Panade eingebacken, die Rebus zuerst abzupfte und aß, bevor er sich an den Fisch machte.

»Sieht aus, als hätt's Ihnen geschmeckt«, sagte die Frittenbudenfrau, während sie den Tisch neben ihm abwischte. Und es hatte ihm auch geschmeckt. Umso mehr, da Patience heute Abend nicht seinen Atem riechen und Cholesterin, Natrium und Stärke feststellen würde ... Er sah auf die Karte mit den angebotenen Köstlichkeiten, die über der Theke hing. Diverse Wurstsorten, gefüllter Schafsmagen, Räucherwurst, Würstchen im Teigmantel, Steakpastete, Hackpastete, Hühnchen ... mit eingelegten Zwiebeln oder Eiern als Beilage. Rebus konnte nicht widerstehen. Er kaufte noch eine Tüte Fritten für unterwegs ...

Heute war Dienstag. Fünf Tage waren vergangen, seit die Leiche von Elizabeth Jack gefunden worden war, vermutlich sechs Tage, seit sie gestorben war. Die Leute hatten, wie Rebus wusste, ein kurzes Gedächtnis. Ihr Foto war in allen Zeitungen erschienen, war im Fernsehen und auf mehreren hundert Polizeiplakaten zu sehen gewesen. Trotzdem hatte sich niemand gemeldet, der etwas über ihren Verbleib wusste. Rebus hatte das ganze Wochenende gearbeitet, Patience kaum gesehen und war dann auf die Idee mit der Reise gekommen, ein weiterer Strohhalm, an den er sich klammern konnte.

Die Landschaft um ihn herum wurde immer wilder und unberührter. Er war jetzt in Glenshee und sah zu, dass er ganz schnell wieder raus kam. Der Ort hatte etwas Unheimliches und Leeres an sich, ein Gefühl von überall lauernden Krankheiten. Der Devil's Elbow war keine so tückische Kurve mehr, wie sie ihm als Kind erschienen war. Man hatte die Straße wohl irgendwie eingeebnet oder die Kurve begradigt. Braemar ... Balmoral ... und kurz vor Ballater ging's ab Richtung Cockbridge und Tomintoul, jenes Stück Straße, das anscheinend immer das Erste war, das im Winter wegen Schnee gesperrt wurde. Trostlos? Ja, er würde die Gegend als trostlos bezeichnen. Aber sie war auch irgendwie eindrucksvoll. Und endlos. Tiefe Täler, die von Gletschern in die Landschaft gegraben worden waren, riesige Geröllhalden. Rebus' Geografielehrer war ein Enthusiast gewesen.

Er war seinem Ziel schon sehr nahe. Er folgte den Anweisungen, die er sich aufgeschrieben hatte, eine Mischung aus Notizen von Sergeant Moffat und Gregor Jack. Gregor Jack ...

Jack hatte mit ihm über etwas reden wollen, aber Rebus hatte ihm keine Gelegenheit dazu gegeben. Zu gefährlich, sich auf irgendetwas einzulassen. Nicht dass Rebus auch nur eine Sekunde lang glaubte, dass Jack etwas zu verbergen hatte. Trotzdem ... Bei den anderen jedoch, den Rab Kinnouls und Ronald Steeles und Ian Urquharts ... da war eindeutig ... nun ja, vielleicht nicht so ganz eindeutig ... aber da war ... ach nein, er konnte es nicht in Worte fassen. Er wollte eigentlich noch nicht mal darüber nachdenken. Über all die Konstellationen und Möglichkeiten, all diese: was wäre, wenn ... davon schwirrte ihm nur der Kopf.

»Links und dann rechts ... den Pfad an einer Tannenschonung entlang ... die Anhöhe hinauf ... durch ein Tor. Das ist ja wie eine Schatzsuche.« Das Auto benahm sich tadellos (klopf auf Holz). Klopf auf Holz? Er brauchte nur anzuhalten und den Arm aus dem Fenster zu strecken. Hier gab es keine Schonungen mehr, sondern Naturwald. Der Weg war stark zerfurcht, und zwischen den Furchen wuchs hohes Gras. Einige der größeren Schlaglöcher waren mit Schotter gefüllt worden. Rebus fuhr nur noch im Schritttempo. Trotzdem wurden seine Knochen durchgeschüttelt und sein Kopf von einer Seite auf die andere geworfen. Es schien kaum vorstellbar, dass irgendwo vor ihm eine menschliche Behausung lag. Vielleicht hatte er eine falsche Abzweigung genommen. Doch die Reifenspuren, denen er folgte, sahen ziemlich frisch aus, und außerdem gefiel ihm der Gedanke überhaupt nicht, den ganzen Weg im Rückwärtsgang zurückfahren zu müssen, denn es war nirgends genug Platz zum Wenden.

Schließlich wurde aus dem holprigen Pfad ein ganz passabler Schotterweg. Und nachdem er um eine lange, stark überhöhte Kurve gefahren war, stand er plötzlich vor einem Haus. Auf der Wiese davor parkte ein Mini Metro der Polizei. Ein schmales Rinnsal floss am Eingang des Hauses vorbei. Es gab keinen richtigen Garten, bloß Wiese und dann Wald. Die Luft roch nach nassen Kiefern. In der Ferne hinter dem Haus stieg das Gelände stetig an. Rebus kletterte aus dem Auto und spürte, wie seine Nervenstränge schmerzhaft in ihre ursprüngliche Lage zurückkehrten. Die Tür des Metros hatte sich bereits geöffnet, und ein Landarbeiter in Polizeiuniform kam zum Vorschein.

Es schien wie eine Aufgabe aus dem *Guinness Buch der Rekorde:* Einen wie großen Mann kriegt man hinter das Steuer eines Mini Metro? Er war außerdem jung, Ende zwanzig bis Anfang dreißig, und hatte seine roten Lippen zu einem breiten Lächeln verzogen.

»Inspector Rebus? Ich bin Constable Moffat.« Die Hand, die Rebus schüttelte, war groß wie eine Kohlenschaufel, aber glatt und beinah zart. »Detective Sergeant Knox wollte eigentlich hier sein, aber es ist was dazwischen gekommen. Er bittet um Entschuldigung und hofft, dass Sie mit mir vorlieb nehmen, da dies sozusagen mein Revier ist.«

Rebus, der sich gerade den Nacken massierte, lächelte. Dann drückte er mit den Daumen von beiden Seiten gegen das Rückgrat, richtete sich auf und atmete geräuschvoll aus. Mehrere Rückenwirbel knirschten und knackten.

»Ist 'ne lange Fahrt, was?«, bemerkte Moffat. »Aber Sie haben einen guten Schnitt hingelegt. Ich bin auch erst seit fünf Minuten hier.«

»Haben Sie sich schon mal umgesehen?«

»Nein, noch nicht. Dachte, ich warte besser auf Sie.«

Rebus nickte. »Fangen wir außen an. Ganz schön groß, was? Ich meine, bei dieser Straße hier rauf hab ich was Bescheideneres erwartet.«

»Das Haus war zuerst hier, das ist der Gag. Hatte früher einen schönen Garten, eine gepflegte Auffahrt, und den Wald gab's praktisch noch nicht. War natürlich vor meiner Zeit. Ich glaube, das Haus wurde in den zwanziger Jahren gebaut. Teil des Kelman-Besitzes. Der Besitz wurde nach und nach verkauft. Früher gab es Angestellte, die alles in Ordnung hielten. Heutzutage nicht mehr, und dann passiert so was.«

»Das Haus scheint aber doch in gutem Zustand zu sein.«

»Ja, schon, aber Sie werden feststellen, dass hier und da einige Schieferplatten fehlen, und die Dachrinne müsste auch mal repariert werden.«

Moffat sprach mit der Inbrunst eines Heimwerkers. Sie gingen um das Haus herum. Es war ein zweistöckiges Gebäude aus solide wirkenden Steinen. In Rebus' Vorstellungen hätte es am Stadtrand von Edinburgh keineswegs deplatziert gewirkt; es war nur ein bisschen merkwürdig, ein solches Haus in einer Lichtung mitten in der Wildnis zu finden. Es gab eine Hintertür, und daneben stand eine einzelne Mülltonne.

»Werden hier draußen die Mülltonnen geleert?«

»Ja, wenn man sie unten an den Straßenrand stellt.«

Rebus hob den Deckel. Es stank wirklich fürchterlich.

Eine verfaulende Lachshälfte, so wie es aussah, und einige Hühner- oder Entenknochen.

»Wundert mich, dass da noch keine Tiere dran waren«, sagte Moffat. »Rehe und Hirsche oder Wildkatzen …«

»Sieht aus, als wär das schon ziemlich lange in der Tonne, finden Sie nicht?«

»Das sind wohl kaum Abfälle von der letzten Woche, Sir, falls Sie darauf hinauswollen.«

Rebus sah Moffat an. »Genau das meinte ich«, stimmte er zu. »Die gesamte letzte Woche und noch ein paar Tage vorher war Mrs Jack nicht zu Hause. Sie fuhr einen schwarzen BMW und war angeblich hier.«

»Falls sie hier war, hat niemand, mit dem ich gesprochen habe, sie gesehen.«

Rebus hielt einen Schlüssel hoch. »Dann wollen wir doch mal sehen, ob uns das Innere des Hauses eine andere Geschichte erzählt.« Doch zuvor ging er noch einmal zu seinem Auto und holte zwei Paar durchsichtige Plastikhandschuhe. Ein Paar gab er dem Constable. »Bin mir nicht sicher, ob die Ihnen passen«, sagte er. Doch sie passten. »Okay, versuchen Sie, nichts anzufassen, auch wenn Sie Handschuhe tragen. Könnte sonst sein, dass Sie einen Fingerabdruck verschmieren oder wegwischen. Denken Sie daran, hier geht es um Mord, nicht um eine Spritztour mit einem gestohlenen Auto oder um geklaute Kühe.«

»Ja, Sir.« Moffat schnupperte in die Luft. »Haben Ihnen die Fritten geschmeckt? Den Essig kann ich bis hierher riechen.«

Rebus knallte die Autotür zu. »Gehen wir.«

Im Haus roch es feucht, zumindest in dem schmalen Flur. Die Türen, die von diesem Flur abgingen, standen weit auf, und Rebus trat durch die erste in einen Raum, der sich von der Vorderseite des Hauses bis zur Rückseite erstreckte.

Der Raum war ganz auf Bequemlichkeit ausgerichtet. Es gab drei Sofas und zwei Sessel sowie Sitzsäcke und Kissen, die verstreut auf dem Boden lagen. Es gab einen Fernseher mit Videorecorder, und auf dem Fußboden stand eine Stereoanlage. Einer der Lautsprecher lag auf der Seite. Und es war unordentlich.

Jede Menge Becher, Tassen und Gläser. Rebus schnupperte an einem der Becher. Wein. Zumindest waren die essigartigen Überreste darin einmal Wein gewesen. Leere Flaschen Burgunder, Champagner und Armagnac. Und Flecken – auf dem Teppich, auf den Kissen und an einer Wand, gegen die offenkundig ein Glas geworfen worden und zersplittert war. Überquellende Aschenbecher und ein kleiner Handspiegel, der verborgen unter einem der Kissen auf dem Fußboden lag. Rebus beugte sich darüber. Am Rand waren Spuren von einem weißen Pulver. Kokain. Er ließ den Spiegel, wo er war, und ging zur Stereoanlage, um den musikalischen Geschmack zu begutachten. Hauptsächlich Kassetten. Fleetwood Mac, Eric Clapton, Simple Minds ... und Opern. *Don Giovanni* und *Figaros Hochzeit.*

»Eine Party, Sir?«

»Ja, aber wie lange her?« Rebus bekam immer mehr das Gefühl, dass dies nicht das Ergebnis von einem einzigen Abend war. Es sah aus, als wäre ein großer Teil der Flaschen einfach zur Seite geschoben worden, um freien Platz auf dem Fußboden zu schaffen, in dessen Mitte eine einzelne Flasche – immer noch aufrecht – sowie zwei Becher standen, einer mit Lippenstift am Rand.

»Und wie viele Leute schätzen Sie?«

»Ein halbes Dutzend, Sir.«

»Da könnten Sie recht haben. Eine Menge Suff für sechs Leute.«

»Vielleicht machen die sich nicht die Mühe, zwischen den einzelnen Partys aufzuräumen.«

Genau Rebus' Gedanke. »Sehen wir uns mal weiter um.«

Auf der anderen Seite des Flurs war ein Raum zur Vorderfront hin, der vermutlich ursprünglich ein Esszimmer oder ein Salon gewesen war, nun aber als behelfsmäßiges Schlafzimmer diente. Eine Matratze nahm die eine Hälfte des Fußbodens ein, auf der anderen lagen mehrere Schlafsäcke. Hier standen ebenfalls einige leere Flaschen herum, aber nichts, woraus man hätte trinken können. Ein paar Kunstdrucke waren mit Reißzwecken an die Wand geheftet. Auf der Matratze stand ein Paar Herrenschuhe Größe 43; in einem Schuh steckte ein blauer Socken.

Der einzige weitere Raum im Erdgeschoss war die Küche. Ein Mikrowellenherd nahm den Ehrenplatz ein. Daneben standen leere Konservendosen und Packungen mit etwas, das sich Mikrowellen-Popcorn nannte. In den Dosen waren Hummercremesuppe und Wildragout gewesen. Das Doppelspülbecken war voller Geschirr und schmutzigem, gesprenkeltem Wasser. Auf einem Klapptisch standen ungeöffnete Limonadenflaschen, Orangensaftpackungen und eine Flasche Cider. Außerdem gab es noch einen größeren Frühstückstisch aus Kiefernholz, dessen Platte voller Suppenspritzer war, aber frei von schmutzigem Geschirr und sonstigem Müll. Auf dem Boden um den Tisch lagen jedoch leere Chipspackungen, ein umgekippter Aschenbecher, Grissinistangen, Besteck, eine Plastikschürze und einige Servietten.

»Auch eine wirksame Methode, den Tisch abzuräumen«, sagte Moffat.

»Ja«, bestätigte Rebus. »Haben Sie den Film *Wenn der Postmann zweimal klingelt* gesehen? Die neuere Fassung mit Jack Nicholson?«

Moffat schüttelte den Kopf. »Ich hab ihn allerdings in *Shining* gesehen.«

»Das ist was völlig anderes, Constable. In dem Film, da gibt's eine Stelle ... Sie haben bestimmt schon mal davon gehört ... wo Jack Nicholson und die Frau des Bosses den Küchentisch frei machen, um darauf ein bisschen ... na ja, Sie wissen schon.«

Moffat betrachtete den Tisch misstrauisch. »Nein«, sagte er. Diese Vorstellung war ihm ganz offenkundig neu. »Wie hieß der Film noch mal?«

»War nur so eine Idee«, sagte Rebus.

Dann war da noch das Obergeschoss. Ein Badezimmer, der sauberste Raum im ganzen Haus. Neben der Toilette lag ein Stapel Zeitschriften, doch sie waren alt, zu alt, um irgendeinen Anhaltspunkt zu geben. Und zwei weitere Schlafzimmer, eines genauso behelfsmäßig wie das unten, das andere ganz konventionell eingerichtet mit einem neu aussehenden Himmelbett aus Holz, Kleiderschrank, Kommode und Frisiertisch. Über dem Bett hing völlig unpassend der Kopf einer Highland-Kuh. Rebus betrachtete die Gegenstände auf dem Frisiertisch: Puder, Lippenstifte, Parfümflakons und Make-up. Im Kleiderschrank hingen hauptsächlich Damensachen, aber auch einige Herrenjeans und Cordhosen. Gregor Jack hatte keine Beschreibung von den Sachen geben können, die seine Frau bei ihrer Abreise mitgenommen hatte. Er war sich nicht mal sicher, ob sie überhaupt etwas mitgenommen hatte, bis er feststellte, dass ihr kleiner grüner Koffer nicht da war.

Dieser grüne Koffer ragte unter dem Bett hervor. Rebus zog ihn heraus und öffnete ihn. Er war leer. Das galt auch für die meisten Schubladen.

»Wir haben ein paar Klamotten zum Wechseln dort«, hatte Jack den Detectives erklärt. »Nur für den Notfall, mehr nicht.«

Rebus starrte auf das Bett. Die Kissen waren aufgeschüttelt worden, und das Plumeau lag glatt und gerade darüber. Ein Anzeichen dafür, dass kürzlich jemand hier geschlafen hatte? Weiß der Himmel. Das war das letzte Zimmer im Haus. Was hatte er am Ende seiner über hundert Meilen langen Fahrt erfahren? Dass Mrs Jacks Koffer – der Koffer, von dem Mr Jack gesagt hatte, dass sie ihn mitgenommen hatte – hier war. Sonst noch was? Nichts. Er setzte sich auf das Bett. Unter ihm knisterte es. Er stand wieder auf und schlug das Plumeau zurück. Das ganze Bett war mit Zeitungen bedeckt, Sonntagszeitungen, alle bei der gleichen Geschichte aufgeschlagen.

Abgeordneter bei Razzia in Sexhöhle erwischt.

Also war sie hier gewesen und hatte es gewusst. Hatte von der Razzia gewusst, von *Operation Hush Puppies*. Es sei denn, jemand anders war hier gewesen und hatte die Zeitungen eingeschmuggelt ... Nein, halt dich an das Offensichtliche. Sein Blick fiel auf etwas anderes. Er schob eines der Kissen zur Seite. Um den Pfosten dahinter war eine schwarze Strumpfhose gebunden. Eine weitere Strumpfhose hing an dem Pfosten auf der anderen Seite. Moffat starrte fragend darauf, doch Rebus glaubte, dass der junge Mann für einen Tag genug gelernt hatte. Es war allerdings ein interessantes Szenario. Wenn sie hier an das Bett gebunden gewesen war, hätte Moffat durchaus das Haus von außen inspizieren und wieder gehen können, ohne zu merken, dass sie im Obergeschoss war. Aber das haute nicht hin. Wenn man jemanden *wirklich* fesseln wollte, würde man keine Strumpfhosen nehmen. Daraus konnte man sich zu leicht befreien. Strumpfhosen waren etwas für Sexspiele. Zum Fesseln würde man etwas Stärkeres benutzen, Kordel oder Handschellen ... So wie die Handschellen in Gregor Jacks Mülltonne?

Zumindest wusste Rebus jetzt, dass sie von der Sache gewusst hatte. Warum hatte sie sich dann nicht mit ihrem

Mann in Verbindung gesetzt? In der Lodge war kein Telefon.

»Wo ist das nächste öffentliche Telefon?«, fragte er Moffat, der sich immer noch für die Strumpfhosen zu interessieren schien.

»Etwa anderthalb Meilen von hier, an der Straße neben der Cragstone Farm.«

Rebus sah auf seine Uhr. Es war vier Uhr nachmittags. »Okay, das würde ich mir gern ansehen, und dann machen wir für heute Schluss. Aber ich möchte, dass dieses Haus nach Fingerabdrücken abgesucht wird. Davon sollte es, weiß Gott, genug geben. Dann müssen wir die Läden, Tankstellen, Pubs und Hotels hier in der Gegend überprüfen beziehungsweise noch einmal überprüfen. Sagen wir in einem Umkreis von zwanzig Meilen.«

Moffat wirkte skeptisch. »Das ist aber wahnsinnig viel.« Rebus ging nicht darauf ein. »Ein schwarzer BMW. Ich glaube, heute werden noch weitere Handzettel gedruckt. Mit einem Foto von Mrs Jack, einer Beschreibung des Wagens plus Kennzeichen. Wenn sie hier in der Gegend war – und das *war* sie ja offenkundig –, dann muss sie doch *irgendjemand* gesehen haben.«

»Nun ja … die Leute hier halten stark an sich.«

»Ja, aber die sind doch wohl nicht blind, oder? Und wenn wir ein bisschen Glück haben, dann leiden sie auch nicht unter Gedächtnisschwund. Kommen Sie, je eher wir uns diese Telefonzelle anschauen, umso schneller komme ich in meine Unterkunft.«

Ursprünglich hatte Rebus vorgehabt, im Auto zu schlafen und die Kosten für ein Bed & Breakfast abzurechnen und einzukassieren. Doch das Wetter sah so wenig einladend aus, dass der Gedanke, eine Nacht eingezwängt im Auto zu verbringen wie ein halb aufgeklapptes Messer … Also signalisierte er auf dem Weg zur Telefonzelle, dass er vor einem Cottage an der Straße anhalten wollte, wo Zimmer mit Übernachtung und Frühstück angeboten wurden, und klopfte an die Tür. Die ältere Frau schien zunächst misstrauisch, gab jedoch schließlich zu, dass sie ein Zimmer frei hätte. Rebus erklärte ihr, er wäre in einer Stunde zurück, sodass sie genug Zeit hätte, das Zimmer zu »lüften«. Dann ging er zu seinem Auto zurück und folgte Moffat, der überaus vorsichtig die Strecke zur Cragstone Farm fuhr.

Der Bauernhof machte nicht viel her. Ein kurzer Weg führte von der Hauptstraße zu einer Ansammlung von Gebäuden: Haus, Stall, ein paar Schuppen und eine Scheune. Die Telefonzelle lag an der Hauptstraße, etwa fünfzig Meter von dem Bauernhof entfernt auf der anderen Straßenseite, neben einer Parkbucht, die groß genug war, dass sie beide ihre Autos dort abstellen konnten. Es war eine von den altmodischen roten Telefonzellen.

»Die trauen sich nicht, hier was zu ändern«, sagte Moffat. »Mrs Corbie drüben vom Bauernhof würde einen Anfall kriegen.« Rebus verstand das erst nicht, doch als er die Tür der Telefonzelle öffnete, war ihm alles klar. Zum einen gab es hier einen Teppich, und sogar einen guten – ein hochfloriges Stück Teppichboden. Außerdem roch es nach Raumspray, und ein Sträußchen Feldblumen stand in einem kleinen Glaskrug auf der Ablage neben dem Telefon.

»Hier ist es ja ordentlicher als in meiner Wohnung«, sagte Rebus. »Wann kann ich einziehen?«

»Das macht Mrs Corbie«, erklärte Moffat grinsend. »Sie glaubt, eine schmutzige Telefonzelle würde ein schlechtes Licht auf sie werfen, da sie am nächsten dran wohnt. Sie hält die Zelle schon seit weiß Gott wie lange blitzsauber.«

Was allerdings schade war. Rebus hatte gehofft, irgendeine Spur oder einen Hinweis zu finden. Doch wenn hier etwas gewesen war, wäre es längst weggeputzt …

»Ich würde gern mit Mrs Corbie reden.«

»Heute ist Dienstag«, sagte Moffat. »Da ist sie immer bei ihrer Schwester.« Rebus deutete auf die Straße, wo genau in diesem Moment ein Auto heftig bremste und mit dem Blinker signalisierte, dass es in die Einfahrt des Bauernhofs abbiegen wollte. »Und wer ist das?«

Moffat drehte sich um, dann lächelte er kühl. »Ihr Sohn Alec. Ein ziemlicher Rabauke. Der wird uns nichts sagen.«

»Gerät wohl häufiger in Schwierigkeiten?«

»Meistens wegen zu schnellem Fahren. Er ist einer von den jugendlichen Rennfahrern hier. Ich kann's ihm noch nicht mal verdenken. Hier ist für junge Leute nicht viel los.«

»Sie sind doch selber kaum dem Teenageralter entwachsen, Constable. Und Sie haben sich nicht in Schwierigkeiten gebracht.«

»Ich hatte die Kirche, Sir. Glauben Sie mir, die Ehrfurcht vor Gott kann einen ganz schön auf Trab halten …«

Rebus' Wirtin, Mrs Wilkie, konnte einen ebenfalls ganz schön auf Trab halten. Das wurde Rebus sofort klar, als er sich in seinem Zimmer umziehen wollte. Es war ein hübsches Zimmer, ein bisschen überladen zwar mit allen möglichen Kinkerlitzchen, aber es hatte ein bequemes Bett und einen 30-cm-Schwarzweißfernseher. Mrs Wilkie hatte ihm die Küche gezeigt und gesagt, er sollte sich ruhig jederzeit Tee oder Kaffee kochen, wenn ihm danach wäre. Dann hatte sie ihm das Badezimmer gezeigt und gesagt, das Wasser wäre heiß, falls er ein Bad nehmen wollte. Dann hatte sie ihn wieder in die Küche geführt und gesagt, er könnte sich jederzeit Tee oder Kaffee kochen, wenn ihm danach wäre.

Rebus brachte es nicht übers Herz, ihr zu sagen, dass er das alles schon gehört hatte. Sie war sehr klein und hatte eine piepsige Stimme. Zwischen seinem ersten und seinem zweiten Besuch hatte sie ihre besten Pensionswirtinnenkleider angezogen und eine Perlenkette um den Hals gelegt. Er schätzte sie auf Ende Siebzig. Sie war Witwe. Ihr Mann Andrew war 1982 gestorben, und sie sagte, sie machte die Pension »sowohl wegen der Gesellschaft als auch wegen des Geldes«. Anscheinend bekam sie immer nette Gäste, interessante Leute wie den Marmeladeneinkäufer aus Deutschland, der letzten Herbst ein paar Nächte geblieben war ...

»Und das ist Ihr Zimmer. Ich hab es ein bisschen gelüftet und ...«

»Es ist sehr hübsch, danke.« Rebus stellte seine Tasche auf das Bett, doch als er Mrs Wilkies Unheil verkündenden Blick sah, nahm er die Tasche wieder vom Bett und stellte sie auf den Boden.

»Die Tagesdecke hab ich selbst gemacht«, sagte sie lächelnd. »Jemand hat mir mal vorgeschlagen, ich sollte das professionell machen, meine Decken verkaufen. Aber in meinem Alter ...« Sie lachte in sich hinein. »Das war dieser Herr aus Deutschland. Er war in Schottland, um Marmelade einzukaufen. Ist das denn zu glauben? Er ist mehrere Nächte geblieben ...«

Irgendwann erinnerte sie sich wieder an ihre Pflichten. Sie würde jetzt in die Küche gehen und ihnen beiden ein kleines Abendessen machen. Abendessen. Rebus sah auf seine Uhr. Falls sie nicht stehen geblieben war, war es noch nicht mal halb sechs. Aber was soll's, er hatte Übernachtung und Frühstück gebucht, und eine warme Mahlzeit an diesem Abend wäre ein zusätzlicher Service. Moffat hatte ihm beschrieben, wie er zum nächsten Pub käme – »Touristenkneipe, Touristenpreise« –, bevor er ihn den unbestrittenen Vergnügungen von Dufftown überließ. Die Ehrfurcht vor Gott ...

Er hatte gerade seine Hose ausgezogen, da ging die Tür auf und Mrs Wilkie stand im Zimmer.

»Bist du das, Andrew? Ich dachte, ich hätte ein Geräusch gehört.« Ihre Augen hatten einen glasigen, verträumten Blick. Rebus stand erstarrt da, dann schluckte er.

»Geh und mach uns was zu essen«, sagte er ganz ruhig.

»O ja«, sagte Mrs Wilkie. »Du musst hungrig sein. Du warst ja so lange fort …«

Dann lockte ihn die Idee, rasch ein Bad zu nehmen. Er warf erst einen Blick in die Küche und sah, dass Mrs Wilkie geschäftig am Herd stand und vor sich hin summte. Dann ging er ins Badezimmer. Die Tür hatte kein Schloss. Das heißt, es war schon eines da, aber der Bügel am Türrahmen hing lose herunter. Er schaute sich um, fand aber nichts, womit er die Tür verkeilen könnte. Also beschloss er, das Risiko einzugehen, und drehte beide Hähne auf. Das Wasser hatte einen wahnsinnig starken Druck, und die Wanne füllte sich schnell und dampfend. Rebus zog sich aus und ließ sich ins Wasser gleiten. Seine Schultern waren steif von der Fahrt, und er massierte sie, so gut er konnte. Dann zog er die Knie an, sodass Schultern, Hals und Kopf ins Wasser rutschten. Untergehen. Er dachte an Dr. Curt, an Ertrinken und Untergehen. Verschrumpelte Haut … ausgefallene Haare und Nägel … Schlickpartikel in den Bronchien …

Ein Geräusch ließ ihn auftauchen. Er rieb sich die Augen, blinzelte und sah Mrs Wilkie auf ihn hinunterstarren, ein Geschirrtuch in der Hand.

»Oh!«, rief sie. »Oje, tut mir leid.« Dann verschwand sie wieder hinter der Tür und rief von draußen: »Ich hab ganz vergessen, dass Sie hier sind! Ich wollte nur gerade … äh … egal, das kann warten.«

Rebus kniff die Augen zusammen und versank wieder in den Fluten …

Das Essen war überraschenderweise gut, wenn auch ein bisschen seltsam. Käsepastete, Salzkartoffeln und Möhren. Und ein im Wasserbad gekochter Pudding mit Vanillesauce aus der Tüte.

»So praktisch«, bemerkte Mrs Wilkie. Der Schock, einen nackten Mann in ihrer Badewanne zu sehen, hatte sie offenbar ins Hier und Jetzt zurückgeholt, und sie redeten über das Wetter, die Touristen und die Regierung, bis die Mahlzeit beendet war. Rebus fragte, ob er beim Spülen helfen könnte, woraufhin ihm erklärt wurde: Er könnte nicht – zu seiner großen Erleichterung. Stattdessen bat er Mrs Wilkie um einen Haustürschlüssel und machte sich mit vollem Bauch, sauber gewaschen und in frischer Unterwäsche auf den Weg zum Heather Hoose.

Heidehaus. Nicht gerade ein Name, den er für einen Pub gewählt hätte. Er betrat ihn durch die Salontür, doch da dort kein Mensch war, schob er eine weitere Tür auf und ging in die Bar. Zwei Männer und eine Frau standen an der Theke und amüsierten sich über irgendeinen Scherz, während der Barmann eifrig Gläser aus einer Whiskyflasche mit Messoptik füllte. Die Gruppe drehte sich um, als Rebus hereinkam und sich nicht allzu weit von ihnen entfernt an die Theke stellte.

»'n Abend.«

Sie nickten zurück, ohne ihn eigentlich wahrzunehmen. Der Barmann erwiderte den Gruß, während er drei doppelte Whisky auf die Theke stellte.

»Und einen für Sie«, sagte einer der Gäste und reichte eine Zehn-Pfund-Note über die Theke.

»Danke«, sagte der Barmann. »Den spar ich mir für später auf.«

Die Wand hinter den aufgereihten Flaschen und Gläsern war verspiegelt, sodass Rebus die Gruppe unauffällig beobachten konnte. Der Mann, der gesprochen hatte, hatte einen englischen Akzent. Auf dem Hof des Pubs hatten nur zwei Autos gestanden, ein verbeulter Renault-5 und ein Mercedes. Rebus konnte sich gut vorstellen, welcher Wagen wem gehörte …

»Ja, Sir?«, fragte der Barmann und Renault-5-Besitzer.

»Ein Pint Export, bitte.«

»Sofort.«

Es war schon erstaunlich, dass drei gut betuchte englische Touristen im Barraum tranken. Vielleicht hatten sie nicht bemerkt, dass das Heather Hoose über so etwas wie einen Salon verfügte. Alle drei sahen ein bisschen angeschlagen aus, hauptsächlich vom Trinken. Die Frau hatte ein markantes Gesicht, eingerahmt von platinblond gefärbten Haaren. Ihre Wangen waren zu rot und die Wimpern zu schwarz. Wenn sie an ihrer Zigarette zog, warf sie den Kopf in den Nacken, um den Rauch gegen die Decke zu blasen. Rebus versuchte, die Falten an ihrem Hals zu zählen. Vielleicht funktionierte das ja wie mit den Baumringen …

»Bitte sehr.« Das Pintglas wurde vor ihn auf einen Bierdeckel gestellt. Er reichte einen Fünfer über die Theke.

»Ruhig, heute Abend.«

»Mitten in der Woche und noch keine Saison«, leierte der Barmann herunter, der offenbar den anderen Gästen bereits das Gleiche erzählt hatte. »Später wird's sicher voller.« Dann zog er sich zur Kasse zurück.

»Noch eine Runde, wenn Sie Zeit haben«, sagte der Engländer, der als Einziger von den dreien seinen Whisky ausgetrunken hatte. Er war Ende dreißig, etwas jünger als die Frau. Er wirkte fit und wohlhabend, aber irgendwie ein bisschen gewöhnlich. Das hatte wohl mit seiner betont lässigen Haltung zu tun, wie er an der Theke stand und sich zugleich immer wieder leicht bedrohlich vorbeugte, als ob er entweder jeden Moment umfallen oder gleich zuschlagen würde. Sein Kopf schwankte ein wenig von einer Seite zur anderen, im Takt mit seinen müden Augenlidern.

Der Dritte aus der Gruppe war noch jünger, etwa Mitte dreißig. Er rauchte französische Zigaretten und starrte auf die Flaschen über der Bar. Entweder das, dachte Rebus, oder er sieht *mich* im Spiegel an, genauso wie ich *ihn* ansehe. Das war durchaus denkbar. Der Mann hatte eine affektierte Art, die Asche von seiner albernen Zigarette zu klopfen. Rebus fiel auf, dass er rauchte, ohne zu inhalieren. Er behielt den Rauch einen Augenblick im Mund und stieß ihn dann wieder aus. Während die beiden anderen standen, saß er auf einem hohen Barhocker.

Rebus musste sich eingestehen, dass er fasziniert war. Ein merkwürdiges kleines Dreiergespann. Und es sollte alles noch viel merkwürdiger werden …

Ein paar Leute waren in den Salon gekommen und sahen so aus, als ob sie dort auch bleiben wollten. Der Barmann huschte durch einen Durchgang zwischen den beiden Räumen, um die neuen Gäste zu bedienen. Das war offenbar der Auslöser für ein Gespräch zwischen den beiden Männern und der Frau.

»Der hat vielleicht Nerven. Lässt uns einfach stehen.«

»Na, komm schon, Jamie, wir sind ja nicht gerade am Verdursten.«

»Das mag auf dich vielleicht zutreffen. Ich hab jedenfalls den Ersten kaum runterrutschen gespürt. Wir hätten am besten gleich Vierfache bestellen sollen.«

»Trink meinen«, sagte die Frau, »wenn du dich so anstellst.«

»Ich stelle mich nicht an«, sagte der sich lässig an die Theke lehnende Schläger und stellte sich fürchterlich an.

»Dann kannst du mich mal.«

Rebus musste ein Grinsen unterdrücken. Die Frau hatte

das so gesagt, als ob es Teil einer höflichen Konversation wäre.

»Du mich auch, Louise.«

»Pscht«, warnte der Liebhaber französischer Zigaretten. »Wir sind nicht allein hier.«

Der andere Mann und die Frau sahen zu Rebus, der an der Bar saß und geradeaus starrte, das Glas an den Lippen.

»Doch, das sind wir«, sagte der Mann. »Wir sind ganz allein.«

Diese Äußerung schien das Ende des Gesprächs zu signalisieren. Der Barmann tauchte wieder auf.

»Noch mal das Gleiche, wenn Sie so freundlich wären ...«

Der Betrieb ging jetzt so richtig los. Drei Stammgäste kamen herein und begannen an einem Tisch in der Nähe Domino zu spielen. Rebus fragte sich, ob sie dafür bezahlt wurden, sich hierher zu setzen und zum Lokalkolorit beizutragen. Da hatte allerdings ein Freundschaftsspiel zwischen Meadowbank Thistle und den Raith Rovers mehr Farbe. Zwei weitere durstige Gäste kamen herein und zwängten sich zwischen Rebus und das Dreiergespann. Sie schienen es als Beleidigung aufzufassen, dass andere Gäste vor ihnen in der Bar waren und dass einige von diesen Gästen dann auch noch an *ihrem* Platz an der Theke standen. Also tranken sie mürrisch schweigend und tauschten lediglich Blicke, wann immer der Engländer oder seine beiden Freunde etwas sagten.

»Wie ist das«, sagte die Frau, »fahren wir heute Abend noch zurück? Wenn nicht, sollten wir uns besser um eine Unterkunft kümmern.«

»Wir könnten in der Lodge schlafen.«

Rebus stellte sein Glas hin.

»Sei doch nicht so geschmacklos«, entgegnete die Frau.

»Ich dachte, deshalb wären wir überhaupt hierher gekommen.«

»Da bekäme ich kein Auge zu.«

»Vielleicht heißt es deshalb auch Totenwache.«

Das Lachen des Engländers erfüllte die Stille der Bar und erstarb dann. Ein Dominostein fiel klappernd auf den Tisch. Ein anderer fuhr kratzend darüber. Rebus ließ sein Glas stehen und ging auf die Gruppe zu.

»Hab ich richtig gehört, dass Sie von einer Lodge sprachen?«

Der Engländer blinzelte. »Was geht Sie das denn an?«

»Ich bin Polizeibeamter.« Rebus zog seinen Ausweis hervor. Die beiden mürrischen Stammgäste tranken aus und verließen die Bar. Merkwürdig, was so ein Ausweis manchmal bewirkte …

»Detective Inspector Rebus. Welche Lodge haben Sie gemeint?«

Alle drei wirkten auf einen Schlag nüchtern. Das war zwar gespielt, aber gut gespielt, und zeugte von jahrelangem Training.

»Also, Officer«, sagte der Engländer, »was haben Sie denn für ein Interesse daran?«

»Kommt ganz darauf an, von welcher Lodge Sie geredet haben, Sir. In Dufftown gibt es eine hübsche kleine Polizeiwache, wenn Sie lieber dorthin möchten …«

»Deer Lodge«, sagte der Liebhaber französischer Zigaretten. »Gehört einer Freundin von uns.«

»Gehörte ihr«, korrigierte die Frau.

»Dann waren Sie also Freunde von Mrs Jack?«

Das waren sie. Sie stellten sich vor. Der Engländer war in Wirklichkeit Schotte, nämlich Jamie Kilpatrick, der Antiquitätenhändler. Die Frau war Louise Patterson-Scott, Gattin (getrennt lebend) des Einzelhandelstycoons. Der andere Mann war Julian Kaymer, der Maler.

»Ich habe bereits mit der Polizei gesprochen«, sagte Julian Kaymer. »Die haben mich gestern angerufen.«

Ja, sie waren *alle* befragt worden, ob sie wüssten, wo sich Mrs Jack in letzter Zeit aufgehalten hätte. Doch sie alle hatten sie seit Wochen nicht gesehen.

»Ich hab mit ihr telefoniert«, verkündete Mrs Patterson-Scott, »ein paar Tage, bevor sie in Urlaub gefahren ist. Sie hat nicht gesagt, wo sie hinwollte, bloß dass sie mal ein paar Tage ganz für sich sein wollte.«

»Und was machen Sie dann alle hier?«, fragte Rebus.

»Das ist eine Totenwache«, sagte Kilpatrick. »Unsere kleine Geste der Freundschaft, unsere Zeit der Trauer. Also, warum hauen Sie nicht ab und lassen uns in Ruhe weitermachen.«

»Achten Sie nicht auf ihn, Inspector«, sagte Julian Kaymer. »Er ist ein bisschen betrunken.«

»Das Einzige, was ich bin«, erklärte Kilpatrick, »ist ein bisschen *mitgenommen.*«

»Emotional betroffen«, schlug Rebus vor.

»Ganz genau, Inspector.«

Kaymer fuhr mit der Geschichte fort. »Es war meine Idee. Wir hatten miteinander telefoniert, und keiner von uns konnte es so richtig fassen. Völlig niedergeschmettert. Also hab ich gesagt, warum machen wir nicht einen Ausflug zur Lodge. Dort haben wir uns schließlich alle das letzte Mal gesehen.«

»Bei einer Party?«, fragte Rebus.

Kaymer nickte. »Vor einem Monat.«

»Ein riesiges Besäufnis war das«, bestätigte Kilpatrick.

»Der Plan sah also so aus«, sagte Kaymer, »dass wir hierher fahren, ein paar Drinks zum Gedenken an Lizzie zu uns nehmen und wieder zurückfahren. Nicht alle konnten mitkommen. Hatten bereits irgendwelche Termine und so. Aber wir drei sind hier.«

»Also gut«, sagte Rebus. »Ich *möchte* gerne, dass Sie einen Blick ins Haus werfen. Es hat allerdings keinen Sinn, im Dunkeln da rauszufahren. Was ich jedoch *nicht* möchte, ist, dass Sie drei auf eigene Faust dorthin fahren. Das Haus ist noch nicht auf Fingerabdrücke untersucht worden.«

Das löste allgemeine Verwirrung aus. »Sie haben es also noch nicht gehört?«, fragte Rebus, dem gerade einfiel, dass Dr. Curt erst heute Morgen seine Ergebnisse bekannt gegeben hatte. »Wir ermitteln jetzt wegen Mordes. Mrs Jack wurde ermordet.«

»O nein!«

»Mein Gott ...«

»Mir wird gleich ...«

Und Louise Patterson-Scott, Gattin des berühmtem Sowieso, erbrach sich auf dem mit Teppichboden ausgelegten Fußboden. Julian Kaymer fing an zu weinen, und Jamie Kilpatrick wich alles Blut aus dem Gesicht. Der Barmann starrte sie voller Entsetzen an, und die Dominospieler unterbrachen ihr Spiel. Einer von ihnen musste seinen Hund daran hindern, die Sache genauer zu untersuchen. Er kauerte unterm Tisch und leckte sich die Lefzen ...

Lokalkolorit, präsentiert von John Rebus.

Schließlich fand man ein Hotel, nicht weit von Dufftown entfernt. Dort sollten die drei die Nacht verbringen. Rebus hatte schon erwogen, Mrs Wilkie zu fragen, ob sie noch weitere Zimmer frei hätte, sich dann jedoch dagegen entschieden. Sie würden in dem Hotel übernachten und sich am Morgen mit Rebus vor der Lodge treffen. In aller Früh, denn manche Leute mussten am nächsten Tag arbeiten.

Als Rebus ins Cottage zurückkehrte, saß Mrs Wilkie strickend an ihrem Gasfeuer und sah sich einen Film im Fernsehen an. Er steckte den Kopf durch die Wohnzimmertür.

»Ich wünsche Ihnen eine gute Nacht, Mrs Wilkie.«

»Nacht, mein Junge, und vergiss nicht, deine Gebete zu sprechen. Ich komm gleich und deck dich schön warm zu …«

Rebus machte sich einen Tee, ging in sein Zimmer und verkeilte die Türklinke mit dem Stuhl. Dann öffnete er das Fenster, um ein bisschen frische Luft hereinzulassen, stellte seinen eigenen kleinen Fernseher an und ließ sich aufs Bett fallen. Irgendetwas stimmte mit dem Fernsehbild nicht, aber er konnte es nicht richtig einstellen. Es wollte einfach nicht stehen bleiben. Also schaltete er das Gerät wieder aus, wühlte in seiner Reisetasche und nahm den *Fisch auf dem Trockenen* heraus. Was anderes zu lesen hatte er ja nicht, und er war kein bisschen müde. Er schlug das Buch auf.

Am nächsten Morgen wachte Rebus mit einem unguten Gefühl auf. Fast erwartete er, Mrs Wilkie neben sich zu finden und ihn mit den Worten zu begrüßen: »Na los, Andrew, Zeit für die ehelichen Pflichten.« Er drehte sich um. Mrs Wilkie lag nicht neben ihm. Sie stand vor seiner Tür und versuchte hereinzukommen.

»Mr Rebus, Mr Rebus.« Eine leises Klopfen, dann ein lauteres. »Die Tür scheint zu klemmen, Mr Rebus! Sind Sie wach? Ich bringe Ihnen eine Tasse Tee.«

Mittlerweile war Rebus aus dem Bett und halb angezogen. »Ich komme, Mrs Wilkie.«

Doch die alte Dame war schon ganz panisch. »Sie sind eingesperrt, Mr Rebus. Die Tür geht nicht auf. Soll ich einen Schreiner holen? Ach, du meine Güte.«

»Warten Sie, Mrs Wilkie, ich glaube, ich hab's gleich.« Das Hemd noch nicht zugeknöpft, drückte Rebus sich mit seinem ganzen Gewicht gegen die Tür, damit sie geschlossen blieb. Gleichzeitig nahm er den Stuhl weg und streckte sich, um ihn möglichst nahe ans Bett zu stellen. Dann hämmerte er mit viel Getöse gegen die Ränder der Tür, bevor er sie aufriss.

»Alles in Ordnung, Mr Rebus? Du meine Güte, das ist ja noch nie passiert. Ich bin ja völlig …«

Rebus nahm ihr Unterteller und Tasse aus der Hand und schüttete den übergeschwappten Tee vom Teller zurück in die Tasse. »Danke, Mrs Wilkie.« Er schnupperte demonstrativ. »Kocht da irgendwas?«

»Ach, du meine Güte. Das Frühstück.« Und damit wackelte sie wieder die Treppe hinunter. Rebus hatte ein schlechtes Gewissen, weil er die Nummer mit der klemmenden Tür abgezogen hatte. Er würde ihr nach dem Frühstück zeigen, dass die Tür völlig in Ordnung war, damit sie nicht irgendeinen Schreiner anrief, um sie reparieren zu lassen. Aber erst mal musste er richtig wach werden. Es war jetzt halb acht. Der Tee war kalt, doch das Wetter schien für die Jahreszeit ungewöhnlich warm. Er setzte sich einen Moment auf das Bett, um seine Gedanken zu sammeln. Was war heute für ein Tag? Mittwoch. Was musste heute alles getan werden? Und in welcher Reihenfolge würde man es am besten tun? Als Erstes würde er sich mit diesen drei Komikern in der Lodge treffen. Dann musste er mit Mrs Corbie reden. Und noch etwas … etwas, das ihm letzte Nacht eingefallen war, während er langsam in den Schlaf dämmerte. Ja, warum nicht? Wo er sowieso in der Gegend war. Er würde nach dem Frühstück dort anrufen. So wie es roch, gab es reichlich Gebratenes, im Gegensatz zu Patience' üblicher Auswahl an Müsli und Vollkornflocken. Ach, da war ja noch was. Er hatte Patience gestern Abend anrufen wollen. Dann würde er es eben heute tun, nur um Hallo zu sagen. Er dachte einen Augenblick an sie, an Patience und ihre Menagerie von Haustieren. Dann zog er sich fertig an und ging die Treppe hinunter ins Erdgeschoss …

Er kam als Erster bei der Lodge an, schloss die Haustür auf und schlenderte ins Wohnzimmer. Sofort sah er, dass irgendetwas anders war. Das Zimmer war ordentlicher. Ordentlicher? Na ja, sagen wir mal, es stand weniger Müll rum als gestern. Etwa die Hälfte der Flaschen schien verschwunden zu sein. Er fragte sich, was sonst noch verschwunden sein mochte. Er hob die Kissen hoch und suchte vergeblich nach dem Handspiegel. Verdammt. Er flog regelrecht in die Küche. Die Scheibe von dem hinteren Fenster lag in Scherben im Spülbecken und auf dem Boden. Hier war das Chaos genauso schlimm wie vorher. Außer dass die Mikrowelle verschwunden war. Er ging die Treppe hinauf ... ganz langsam. Es schien niemand mehr im Haus zu sein, aber man konnte ja nie wissen. Im Badezimmer und im kleinen Schlafzimmer sah es genauso aus wie gestern. Ebenso im Hauptschlafzimmer. Nein, Moment mal. Die Strumpfhosen waren von den Bettpfosten entfernt worden und lagen nun unschuldig auf dem Fußboden. Rebus bückte sich, hob eine davon auf und ließ sie wieder fallen. Nachdenklich ging er die Treppe hinunter.

Ein Einbruch, ja. Da war jemand eingebrochen und hatte die Mikrowelle geklaut. So sollte es jedenfalls aussehen. Doch kein Dieb würde leere Flaschen und einen Handspiegel mitnehmen, kein Dieb hätte einen Grund, Strumpfhosen von Bettpfosten zu entfernen. Das spielte jedoch keine Rolle. Entscheidend war, dass Beweismaterial verschwunden war, für dessen Existenz es jetzt nur noch Rebus' Wort gab.

»Ja, Sir, ich bin sicher, dass im Wohnzimmer ein Spiegel war. Hat auf dem Fußboden gelegen, ein kleiner Spiegel mit Spuren von einem weißen Pulver ...«

»Und Sie sind ganz sicher, dass Sie sich das nicht *einbilden,* Inspector? Sie könnten sich doch vielleicht irren.«

Nein, nein, er irrte sich nicht. Doch jetzt war sowieso alles zu spät. Warum sollte jemand die Flaschen nehmen … und nur einen Teil davon, nicht alle? Höchstwahrscheinlich, weil auf manchen Flaschen bestimmte Fingerabdrücke waren. Warum den Spiegel? Vielleicht wieder wegen der Fingerabdrücke …

Da hättest du gestern dran denken sollen, John. Dumm, dumm, dumm.

»Dumm, dumm, dumm.«

Und er hatte sich das alles selbst zuzuschreiben. Hatte er diesen drei Komikern nicht ausdrücklich gesagt, sie sollten nicht zur Lodge fahren? Weil das Haus noch nicht auf Fingerabdrücke untersucht worden war. Und dann hatte er sie ihrer Wege ziehen lassen, und niemand hatte das Haus bewacht. Ein Constable hätte die ganze Nacht dort sein sollen.

»Dumm, dumm.«

Es musste einer von den dreien gewesen sein. Entweder die Frau oder einer der Männer. Aber warum? Warum hatten sie es getan? Damit nicht bewiesen werden könnte, dass sie überhaupt dort gewesen waren? Stellte sich wiederum die Frage, warum? Es ergab alles nicht viel Sinn. Ganz und gar keinen Sinn.

»Dumm.«

Er hörte, wie ein Auto näher kam und draußen anhielt, und ging hinaus, um die Leute in Empfang zu nehmen. Es war der Mercedes, Kilpatrick am Steuer, Patterson-Scott auf dem Beifahrersitz. Julian Kaymer stieg gerade hinten aus. Kilpatrick wirkte sehr viel forscher als gestern.

»Einen wunderschönen guten Morgen, Inspector.«

»Guten Morgen, Sir. Wie war das Hotel?«

»Akzeptabel, würde ich sagen. Ganz akzeptabel.«

»Besser als der Durchschnitt«, fügte Kaymer hinzu.

Kilpatrick wandte sich ihm zu. »Julian, wenn man so

wie ich an Exklusivität gewöhnt ist, gibt's für einen nicht mehr so was wie ›Durchschnitt‹ oder ›besser als‹.«

Kaymer streckte ihm die Zunge raus.

»Kinder, Kinder«, schalt Louise Patterson-Scott. Doch sie schienen alle ganz guter Dinge.

»Sie hören sich ziemlich munter an«, sagte Rebus.

»Lang genug geschlafen und ein ausgiebiges Frühstück«, sagte Kilpatrick und klopfte sich den Bauch.

»Sie sind also gestern Abend im Hotel geblieben?«

Sie schienen seine Frage nicht zu verstehen.

»Ich meine, Sie sind nicht noch mal rausgefahren oder so?«

»Nein«, sagte Kilpatrick mit misstrauischem Unterton.

»Das ist Ihr Wagen, Mr Kilpatrick?«

»Ja ...«

»Und Sie hatten die Schlüssel die ganze Nacht bei sich?«

»Hören, Sie, Inspector ...«

»Hatten Sie oder hatten Sie nicht?«

»Ich nehme an, ja. In meiner Jackentasche.«

»Und die Jacke hing in Ihrem Zimmer?«

»Richtig. Hören Sie, können wir nicht rein ...«

»Irgendwelche Besucher in Ihrem Zimmer?«

»Inspector«, mischte sich Louise Patterson-Scott ein, »wenn Sie uns vielleicht sagen könnten ...?«

»Jemand ist in der Nacht in die Lodge eingebrochen und hat mögliches Beweismaterial zerstört. Das ist ein schwerwiegendes Verbrechen, Madam.«

»Und Sie glauben, einer von uns ...?«

»Bisher glaube ich gar nichts, Madam. Aber wer auch immer es getan hat, muss mit dem Auto gekommen sein. Und Mr Kilpatrick hat ein Auto.«

»Julian und ich sind ebenfalls in der Lage zu fahren, Inspector.«

»Ja«, sagte Kaymer, »und außerdem sind wir alle noch

auf einen Absacker-Brandy bei Jamie im Zimmer gewesen …«

»Also hätte jeder von Ihnen das Auto nehmen können?«

Kilpatrick zuckte heftig die Schultern. »Ich verstehe immer noch nicht«, sagte er, »weshalb Sie glauben, wir könnten ein Interesse …«

»Wie ich bereits sagte, Mr Kilpatrick, ich glaube gar nichts. Ich weiß nur, dass wir mitten in einem Mordfall stecken, und Mrs Jacks letzter bekannter Aufenthaltsort ist und bleibt diese Lodge. Und nun hat jemand versucht, das Beweismaterial zu verfälschen.« Rebus hielt inne. »Mehr weiß ich nicht. Sie können jetzt hineingehen, aber fassen Sie bitte nichts an. Außerdem möchte ich Ihnen allen noch ein paar Fragen stellen.«

Was Rebus eigentlich wissen wollte, war: Ist das Haus in dem Zustand, wie sie es von der letzten Party in Erinnerung hatten? Aber da verlangte er zu viel. Ja, sie erinnerten sich, dass sie Champagner und Armagnac und jede Menge Wein getrunken hatten. Sie erinnerten sich, dass sie in der Mikrowelle Popcorn gemacht hatten. Einige Leute waren – leichtsinnigerweise, natürlich – noch in der Nacht zurückgefahren, während andere da, wo sie gerade lagen, geschlafen hatten oder in eines der diversen Schlafzimmer getorkelt waren. Nein, Gregor war nicht da gewesen. Er mochte keine Partys. Zumindest nicht die von seiner Frau.

»Ein ziemlicher Langweiler, der gute Gregor«, bemerkte Jamie Kilpatrick. »Das hab ich zumindest geglaubt, bis ich von dieser Bordellgeschichte gelesen habe. Das zeigt doch mal wieder …«

Aber es hatte doch noch eine weitere Party stattgefunden? Nach jener. Barney Byars hatte Rebus davon an jenem Abend im Pub erzählt. Eine Party mit Gregors Freunden, der »Meute«. Wer wusste sonst noch, dass Rebus hierher wollte? Wer wusste sonst noch, was er finden könnte? Wer könnte sonst noch ein Interesse daran haben, zu verhindern, dass er irgendwas fand? Nun ja, Gregor Jack wusste es. Und was er wusste, könnte die »Meute« vielleicht auch wissen. Vielleicht war es also keiner von den dreien gewesen; vielleicht war es jemand anders gewesen.

»Irgendwie komisch«, sagte Louise Patterson-Scott, »sich vorzustellen, dass wir hier keine Partys mehr feiern werden ... sich vorzustellen, dass Liz nie mehr hier sein wird ... dass sie fort ist ...« Sie fing laut und tränenreich an zu weinen. Jamie Kilpatrick legte einen Arm um sie, und sie begrub ihr Gesicht an seiner Brust. Dann streckte sie eine Hand zu Julian Kaymer aus und zog ihn zu sich, sodass sie ihn ebenfalls umarmen konnte.

Und ziemlich genauso standen sie da, als Constable Moffat aufkreuzte ...

Mit dem Gefühl, den Brunnen zu sichern, nachdem ein Kind hineingefallen war, ließ Rebus Moffat als Wache zurück – sehr gegen den Willen des jungen Mannes. Doch das Spurensicherungsteam würde im Lauf des Vormittags kommen, und Detective Sergeant Knox würde dabei sein.

»Im Bad liegen einige Zeitschriften, falls Sie was zu lesen brauchen«, erklärte Rebus Moffat. »Oder hier hab ich noch was Besseres ...« Er ging an sein Auto, öffnete die Reisetasche und nahm den *Fisch auf dem Trockenen* heraus. »Brauchen Sie mir nicht zurückzugeben. Betrachten Sie's als eine Art Geschenk.«

Der Mercedes war bereits losgefahren, und nun stieg Rebus in sein Auto, winkte Constable Moffat noch einmal zu und fuhr ebenfalls davon. Er hatte letzte Nacht *Fisch auf dem Trockenen* gelesen, jeden einzelnen überfrachteten Satz. Es war eine grauenvoll romantische Geschichte über die zum Scheitern verurteilte Liebe zwischen einem jungen italienischen Bildhauer und einer reichen, aber gelangweilten verheirateten Frau. Der Bildhauer war nach England gekommen, um einen Auftrag für den Ehemann der Frau auszuführen. Zunächst benutzt sie ihn als Spielzeug, dann verliebt sie sich tatsächlich in ihn. Doch da hat der Bildhauer, der zunächst von ihr hingerissen war, bereits seine Aufmerksamkeit ihrer Nichte zugewandt. Und so weiter.

Rebus nahm an, dass es lediglich der Titel gewesen war, der Ronald Steele veranlasst hatte, das Buch aus dem Regal zu reißen und mit einer derartigen Heftigkeit von sich zu schleudern. Ja, nur dieser Titel (der übrigens auch der Name der Skulptur des jungen Bildhauers war). Der Fisch auf dem Trockenen war Liz Jack. Doch Rebus fragte sich, ob sie tatsächlich auf dem Trockenen gelandet war oder nicht vielmehr den Boden unter den Füßen verloren hatte …

Er fuhr zur Cragstone Farm, parkte auf dem Hof hinterm Haus und scheuchte Hühner und Enten auf: Mrs Corbie war zu Hause und führte ihn in die Küche, wo es so wunderbar wie in einer Bäckerei roch. Der große Küchentisch war weiß von Mehl, aber es waren nur wenige Teigklümpchen kleben geblieben. Rebus musste schon wieder an diese Szene aus *Wenn der Postmann zweimal klingelt* denken …

»Setzen Sie sich«, sagte sie in befehlendem Ton. »Ich hab gerade eine Kanne …«

Rebus bekam Tee und einen Berg Früchtegebäck von gestern, mit frischer Butter und dick mit Erdbeermarmelade bestrichen. »Haben Sie schon mal daran gedacht, ein Bed & Breakfast aufzumachen, Mrs Corbie?«

»Ich? Dazu hätte ich nicht die Geduld.« Sie wischte sich die Hände an ihrer weißen Baumwollschürze ab. Sie schien sich ständig die Hände abzuwischen. »Ich meine, Platz hätte ich genug. Mein Mann ist im letzten Jahr verstorben, jetzt sind nur noch Alec und ich da.«

»Was? Sie bewirtschaften allein den ganzen Bauernhof?«

Sie zog eine Grimasse. »Man könnte eher von *ab*wirtschaften sprechen. Alec hat einfach kein Interesse. Es ist eine Sünde, aber was soll man machen? Wir haben zwar ein paar Arbeitskräfte, aber wenn *die* sehen, dass *ihn* das alles nicht interessiert, sehen sie nicht ein, weshalb sie das interessieren sollte. Wir könnten genauso gut alles verkaufen. Das hätte Alec am liebsten. Vielleicht ist das das Einzige, was mich daran hindert ...« Sie blickte auf ihre Hände. Dann schlug sie sich heftig auf die Oberschenkel. »Mein Gott, was rede ich Ihnen die Ohren voll! Also, Inspector, was wollen Sie wissen?«

Nach all den Jahren bei der Polizei glaubte Rebus, endlich mal jemanden vor sich zu haben, der ein absolut reines Gewissen hatte. Normalerweise ließen sich die Leute nicht so viel Zeit mit der Frage, was ein Polizist von ihnen wollte. Und *wenn* sich jemand Zeit ließ, dann wusste er entweder längst, was man von ihm wollte, oder hatte absolut nichts zu befürchten oder zu verbergen. Also stellte Rebus seine Frage.

»Wie ich sehe, halten Sie die Telefonzelle blitzsauber, Mrs Corbie. Ich würde gern wissen, ob Ihnen in letzter Zeit etwas Ungewöhnliches aufgefallen ist? Ich meine irgendwas in der Telefonzelle.«

»Tja, lassen Sie mich mal nachdenken.« Sie legte eine Hand flach auf ihre Wange. »Eigentlich nicht ... was genau meinen Sie, Inspector?«

Rebus konnte ihr nicht in die Augen sehen, weil er wusste, dass sie angefangen hatte, ihn zu belügen.

»Eine Frau, vielleicht, die einen Anruf macht. Etwas,

das in der Zelle vergessen wurde ... eine Notiz oder eine Telefonnummer ... irgendwas.«

»Nein, nein, in der Telefonzelle war nichts.«

Seine Stimme wurde ein wenig härter. »Dann vielleicht in der Nähe der Telefonzelle, Mrs Corbie. Ich denke insbesondere an Mittwoch oder vielleicht Dienstag vor einer Woche ...?«

Sie schüttelte den Kopf. »Nehmen Sie doch noch ein Törtchen, Inspector.«

Das tat er und kaute langsam und schweigend. Mrs Corbie sah aus, als würde sie nachdenken. Sie stand auf und schaute in den Backofen. Dann schenkte sie den letzten Rest Tee aus der Kanne ein und kehrte an ihren Platz zurück, betrachtete erneut ihre Hände und legte sie auf ihren Schoß zur weiteren Begutachtung.

Doch sie sagte nichts. Also sprach Rebus.

»Sie *waren* doch letzten Mittwoch hier?«

Sie nickte. »Aber nicht am Dienstag. Dienstags gehe ich immer zu meiner Schwester. Am Mittwoch war ich jedoch den ganzen Tag hier.«

»Und Ihr Sohn?«

Sie zuckte die Schultern. »Kann sein, dass er hier war. Aber vielleicht war er auch in Dufftown. Er treibt sich viel in der Gegend rum ...«

»Zurzeit ist er nicht hier?«

»Nein, er ist in die Stadt gefahren.«

»Welche Stadt?«

»Hat er nicht gesagt. Er hat bloß gesagt, er wär weg ...«

Rebus stand auf und ging zum Küchenfenster. Von dort konnte man auf den Hof sehen, wo die Hühner gerade an Rebus' Reifen herumhackten. Eines hockte auf der Motorhaube.

»Kann man die Telefonzelle vom Haus aus sehen, Mrs Corbie?«

»Äh … ja, vom Wohnzimmer. Aber da halten wir uns nicht viel auf. Das heißt, ich nicht. Ich bin lieber hier in der Küche.«

»Dürfte ich mal einen Blick reinwerfen?«

Es war unübersehbar, wer sich häufig im Wohnzimmer aufhielt. Sofa, Couchtisch und Fernseher bildeten eine gerade Linie. Der Couchtisch war voller Ringe von heißen Kaffee- oder Teebechern. Neben dem Sofa stand ein Aschenbecher auf dem Boden, daneben lag eine riesige angebrochene Tüte Chips. Unter dem Couchtisch lagen drei leere Bierdosen. Mrs Corbie schnalzte missbilligend mit der Zunge und begann sogleich, die Dosen aufzuheben. Rebus ging ans Fenster und sah hinaus.

In einiger Entfernung konnte er die Telefonzelle erkennen, aber nicht sehr gut. Es wäre möglich, dass Alec Corbie irgendetwas gesehen hätte. Möglich, aber zweifelhaft. Dafür lohnte es sich nicht zu warten. Er würde DS Knox hierher schicken, um Corbie die nötigen Fragen zu stellen.

»Na schön«, sagte er. »Danke für Ihre Hilfe, Mrs Corbie.«

»Oh.« Ihre Erleichterung war deutlich spürbar. »Gern geschehen, Inspector. Ich bringe Sie hinaus.«

Doch Rebus war sich sicher, dass er noch einen Versuch wagen sollte. Er stand mit Mrs Corbie auf dem Hof und schaute sich um.

»Als Kind hab ich Bauernhöfe geliebt. Ein Freund von mir wohnte auf einem«, log er mühelos. »Ich bin jeden Abend nach dem Essen dorthin gegangen. Es war wunderbar.« Er sah sie mit großen Augen und nostalgisch verklärtem Lächeln an. »Haben Sie was dagegen, wenn ich ein bisschen herumschlendere?«

»Oh.« Diesmal keine Erleichterung, sondern schiere Panik. Was Rebus jedoch nicht zurückhielt. Nein, es trieb ihn so richtig an. Und bevor Mrs Corbie wusste, wie ihr geschah, spazierte er zu den Verschlägen und Ställen, blickte hinein und ging weiter. An den Hühnern und aufgebrachten Enten vorbei bis in die Scheune. Stroh auf dem Boden und ein intensiver Geruch nach Kühen. Boxen aus Beton, aufgerollte Wasserschläuche und ein tropfender Hahn. Auf dem Boden waren zahlreiche Pfützen. Eine krank aussehende Kuh blinzelte ihn träge aus ihrer Box an. Doch der Viehbestand interessierte ihn nicht. Dafür die große Plane in der Ecke umso mehr.

»Was ist da drunter, Mrs Corbie?«

»Das gehört Alec!«, kreischte sie. »Rühren Sie es nicht an! Es hat nichts zu tun mit ...«

Doch er hatte bereits die Plane heruntergerissen. Was hatte er denn zu finden erwartet? Irgendwas ... gar nichts. Was er tatsächlich fand, war ein schwarzer BMW aus der Dreier-Serie mit dem Kennzeichen von Elizabeth Jack. Nun war es an Rebus, missbilligend mit der Zunge zu schnalzen, aber erst nachdem er heftig eingeatmet und einen Freudenjauchzer unterdrückt hatte.

»Ach, du meine Güte, Mrs Corbie«, sagte er. »Das ist genau das Auto, das ich gesucht habe.«

Mrs Corbie hörte gar nicht zu. »Er ist ein guter Junge, er meint es nicht böse. Ich weiß nicht, was ich ohne ihn machen würde.« Und so weiter. Währenddessen umkreiste Rebus das Auto, sah sich alles an, ohne etwas anzufassen. Wie gut, dass die Spurensicherung gerade auf dem Weg war. Die würden ganz schön was zu tun kriegen ...

Moment mal, was war denn das? Da auf dem Rücksitz. Ein klobiges Etwas. Er schaute durch die getönte Scheibe ins Innere.

»Erwarte immer das Unerwartete, John«, murmelte er vor sich hin.

Es war eine Mikrowelle.

7

Duthil

Rebus rief in Edinburgh an, um Bericht zu erstatten und einen zusätzlichen Tag oben im Norden zu beantragen. Lauderdale klang so beeindruckt darüber, dass das Auto gefunden worden war, dass Rebus vergaß, ihn über den Einbruch in der Lodge zu informieren. Als Alec Corbie schließlich nach Hause gekommen war (betrunken am Steuer eines Kraftfahrzeugs – aber da sah man drüber hinweg), war er verhaftet und nach Dufftown gebracht worden. Rebus schien die örtliche Polizei in einer Weise zu strapazieren, wie sie noch nie strapaziert worden war, sodass Detective Sergeant Knox von der Lodge abgezogen und zur Farm geholt werden musste. Er sah aus wie ein älterer Bruder von Constable Moffat oder vielleicht wie ein entfernter Cousin.

»Ich möchte, dass die Spurensicherung dieses Auto untersucht«, erklärte Rebus ihm. »Das hat Priorität, die Lodge kann warten.«

Knox kratzte sich am Kinn. »Dazu braucht man einen Abschleppwagen.«

»Ein Anhänger wäre besser.«

»Ich werde sehen, was ich tun kann. Wo wollen Sie den Wagen hinhaben?«

»Irgendwohin, wo's sicher und überdacht ist.«

»Die Polizeigarage?«

»Das ginge.«

»Wonach suchen wir denn genau?«

»Weiß der Himmel.«

Rebus ging zurück in die Küche, wo Mrs Corbie am Tisch saß und eine größere Ansammlung verbrannter Kuchen betrachtete. Er öffnete den Mund, um zu sprechen, schwieg dann jedoch. Natürlich hatte sie sich der Beihilfe schuldig gemacht. Sie hatte ihn angelogen, um ihren Sohn zu schützen. Doch jetzt hatten sie ja den Sohn, und das war es, was zählte. So leise er konnte, verließ Rebus den Bauernhof und startete sein Auto. Dabei fiel sein Blick durch die Windschutzscheibe auf die Motorhaube, wo eines der Hühner ihm ein kleines Geschenk hinterlassen hatte.

Für sein Gespräch mit Alec Corbie konnte er die Polizeiwache in Dufftown benutzen.

»Du sitzt bis zum Kinn in der Scheiße, Junge. Fang von vorn an zu erzählen und lass nichts aus.«

Rebus und Corbie saßen sich am Tisch gegenüber und rauchten. DS Knox, der sich hinter Rebus gegen die Wand lehnte, rauchte nicht. Corbie hatte eine extrem dünne Schicht machohafter Gleichgültigkeit aufgelegt, die Rebus jedoch schnell wegwischte.

»Das hier ist eine Ermittlung in einem Mordfall. Der Wagen des Opfers ist in eurer Scheune gefunden worden. Alle glatten Flächen werden eingestaubt, um die Fingerabdrücke sichtbar zu machen, und wenn wir welche von Ihnen finden, werde ich Sie wegen Mordes anklagen müssen. Wenn Sie etwas zu wissen glauben, das Sie entlasten könnte, sollten Sie besser reden.«

Und als er die Wirkung dieser Worte sah, hatte er hinzugefügt: »Du sitzt bis zum Kinn in der Scheiße, Junge. Fang von vorn an zu erzählen und lass nichts aus.«

Corbie sang wie sein Namensvetter, der Rabe aus der Fabel. Es war nicht gerade erbaulich anzuhören, aber es klang ehrlich. Als Erstes bat er jedoch um ein Paracetamol.

»Ich hab höllische Kopfschmerzen.«

»Das kommt davon, wenn man tagsüber trinkt«, sagte Rebus, der genau wusste, dass es nicht vom Trinken kam, sondern vom Alkoholentzug. Die Tabletten wurden gebracht und mit Wasser hinuntergespült. Corbie hustete ein wenig, dann zündete er sich eine weitere Zigarette an. Rebus hatte seine Zigarette ausgedrückt. Die Raucherei wurde ihm in letzter Zeit manchmal einfach zu viel.

»Das Auto stand in der Parkbucht«, begann Corbie. »Und zwar stundenlang, also bin ich hingegangen und hab einen Blick reingeworfen. Der Zündschlüssel steckte noch. Ich hab den Wagen angelassen und in die Scheune gefahren.«

»Warum?«

Er zuckte die Schultern. »Einen geschenkten Gaul lehnt man doch nicht ab.« Er grinste. »Oder ein paar geschenkte Pferdchen unter einer Motorhaube, äh?« Die beiden Detectives waren nicht beeindruckt. »Nee, es war irgendwie wie so 'ne Schatzsuche. Wer's findet, dem gehört's.«

»Sie glaubten also nicht, dass der Besitzer zurückkommen würde?«

Er zuckte erneut die Schultern. »Hab ich eigentlich gar nicht drüber nachgedacht. Ich wusste nur, dass einige Leute ganz schön neidisch wären, wenn ich mit 'nem BMW in der Stadt aufkreuzen würde.«

»Du hattest also vor, damit Wettrennen zu fahren?« Die Frage kam von DS Knox.

»Klar.«

Knox glaubte, Rebus eine Erklärung schuldig zu sein. »Die fahren mit den Autos auf den Nebenstraßen Wettrennen.«

Rebus erinnerte sich an einen Ausdruck, den Moffat benutzt hatte: jugendlicher Rennfahrer. »Sie haben den Besitzer also nicht gesehen?«, fragte er.

Corbie zuckte die Schultern.

»Was soll das heißen?«

»Das heißt: vielleicht. Da war noch ein Auto in der Parkbucht. Sah aus, als würde ein Paar drinsitzen und sich streiten. Ich hab sie vom Hof aus gehört.«

»Was genau haben Sie gesehen?«

»Bloß dass der BMW dort parkte, und das andere Auto stand davor.«

»Sie haben nicht gesehen, was das für ein Auto war?«

»Nein. Ich hab bloß das Geschrei gehört, klang wie ein Mann und eine Frau.«

»Worüber haben sie gestritten?«

»Keine Ahnung.«

»Nein?«

Corbie schüttelte energisch den Kopf.

»Okay«, sagte Rebus, »und das war am ...?«

»Mittwoch. Mittwochmorgen. Vielleicht auch gegen Mittag.«

Rebus nickte nachdenklich. Da müssten einige Alibis neu überprüft werden ... »Wo war Ihre Mutter die ganze Zeit?«

»In der Küche, wie immer.«

»Haben Sie ihr von dem Streit erzählt?«

Corbie schüttelte den Kopf. »Sinnlos.«

Rebus nickte wieder. Mittwochmorgen. An dem Tag war Elizabeth Jack ermordet worden. Ein Streit in einer Parkbucht ...

»Sie sind sicher, dass es ein Streit war?«

»Hab mich selbst schon oft genug gestritten, das war ein Streit. Die Frau kreischte richtig.«

»Sonst noch was, Alec?«

Corbie schien sich zu entspannen, als er seinen Vornamen hörte. Vielleicht bekam er ja doch keine Schwierigkeiten, sofern er ihnen erzählte ...

»Nun ja, das andere Auto verschwand, aber der BMW stand immer noch da. Ich konnte nicht erkennen, ob jemand drinsaß, weil die Scheiben getönt sind. Aber das Radio lief. Dann am Nachmittag …«

»Der Wagen hat also den ganzen Morgen dort gestanden?«

»Richtig. Dann am Nachmittag …«

»Um wie viel Uhr genau?«

»Keine Ahnung. Ich glaub, es war gerade Pferderennen oder so was im Fernsehen.«

»Fahren Sie fort.«

»Ich hab rausgeschaut, und da stand schon wieder ein anderer Wagen. Oder vielleicht war der eine ja auch zurückgekommen.«

»Sie konnten ihn immer noch nicht richtig sehen?«

»Beim zweiten Mal hab ich ihn besser gesehen. Weiß zwar nicht, welche Marke, aber er war blau, hellblau. Da bin ich mir ziemlich sicher.«

Autos würden überprüft werden müssen … der Mercedes von Jamie Kilpatrick war nicht blau. Gregor Jacks Saab war nicht blau. Rab Kinnouls Landrover war nicht blau.

»Jedenfalls«, sagte Corbie gerade, »gab's dann noch mehr Geschrei. Ich glaub, diesmal kam es aus dem BMW, weil irgendwann das Radio ganz laut gestellt wurde.«

Rebus registrierte die Beobachtung mit einem anerkennenden Nicken.

»Und dann?«

Corbie zuckte die Schultern. »Dann wurde es wieder ruhig. Als ich das nächste Mal hinsah, war das andere Auto weg, und der BMW stand immer noch da. Irgendwann bin ich über den Hof und durch das Feld gelatscht. Hab mir die Sache näher angesehen. Die Beifahrertür war ein kleines Stück offen. Sah nicht so aus, als wär jemand drin, also bin ich über die Straße gegangen. Der Schlüssel steckte im Zündschloss ...« Er zuckte ein letztes Mal die Schultern. Er hatte alles erzählt, was er wusste.

Mit ein paar interessanten Informationen. Zwei weitere Autos? Oder war das Auto vom Morgen am Nachmittag zurückgekommen? Wen hatte Liz Jack von der Telefonzelle aus angerufen? Worüber hatten sie sich gestritten? Warum war das Radio lauter gestellt worden ... Um einen Streit zu übertönen? Oder war jemand während eines Gerangels an den Knopf gekommen? Ihm begann schon wieder der Kopf zu schwirren. Er schlug vor, Kaffee kommen zu lassen. Drei Plastikbecher wurden gebracht, mit Zucker, dazu ein Teller mit vier Vollkornkeksen.

Corbie schien ganz entspannt auf seinem Stuhl zu sitzen, trotz der harten Lehne. Er hatte ein Bein über das andere geschlagen und rauchte eine weitere Zigarette. Knox hatte alle Plätzchen gegessen ...

»Also gut«, sagte Rebus, »kommen wir zu der Mikrowelle.«

Die Sache mit der Mikrowelle war einfach. Die Mikrowelle war ein weiterer Schatz, wieder am Straßenrand gefunden. »Du erwartest doch nicht, dass wir dir das glauben?«, bemerkte Knox höhnisch. Doch Rebus konnte es sich vorstellen.

»Es ist wahr«, sagte Corbie gelassen, »ob Sie's glauben oder nicht, Sergeant Knox. Ich war heute Morgen mit dem Auto unterwegs, und da hab ich das Ding im Straßengraben liegen sehen. Ich konnte es kaum glauben. Irgendwer hatte es einfach dorthin geschmissen. Sah ganz brauchbar aus, also dachte ich, ich nehm's mit nach Hause.«

»Und warum hast du es dann versteckt?«

Corbie rutschte auf seinem Stuhl hin und her. »Meine Ma hätte bestimmt geglaubt, ich hätt's geklaut. Jedenfalls hätte sie mir niemals geglaubt, dass ich's *gefunden* hab.

Also hab ich gedacht, ich versteck's vor ihr, bis mir irgend'ne Geschichte dazu einfällt …«

»Letzte Nacht hat es einen Einbruch gegeben«, sagte Rebus, »in der Deer Lodge. Kennen Sie das Haus?«

»Das gehört diesem Abgeordneten, dem aus dem Bordell.«

»Sie kennen es also. Ich glaube, dass die Mikrowelle bei dem Einbruch gestohlen wurde.«

»Aber nicht von mir.«

»Nun ja, das werden wir bald wissen. Im Haus wird ebenfalls alles eingestaubt und nach Fingerabdrücken abgesucht.«

»Ihr habt's aber mit dem Staub«, bemerkte Corbie. »Ihr seid ja schlimmer als meine Ma.«

»Kann schon sein«, sagte Rebus und stand auf. »Eine Sache noch, Alec. Haben Sie Ihrer Mutter von dem Wagen erzählt?«

»Nicht viel. Hab gesagt, ich würd ihn für 'nen Freund unterstellen.«

Nicht dass sie das geglaubt hätte. Doch wenn sie ihren Sohn verlor, verlor sie auch ihren Bauernhof.

»Na schön, Alec«, sagte Rebus, »wird Zeit, dass wir das alles schriftlich festhalten. Genau so, wie Sie es uns erzählt haben. Sergeant Knox wird Ihnen dabei helfen.« An der Tür hielt er inne. »Und wenn wir dann immer noch nicht davon überzeugt sind, dass Sie uns die Wahrheit gesagt haben und nichts als die Wahrheit, dann müssen wir uns vielleicht mal ein bisschen über Trunkenheit am Steuer unterhalten, alles klar?«

Es war eine lange Fahrt zurück zu Mrs Wilkie, und Rebus bedauerte, dass er sich nicht ein Quartier in Dufftown gesucht hatte. Aber immerhin gab ihm das Zeit zum Nachdenken. Er hatte von der Wache aus angerufen und einen ganz speziellen Termin auf morgen früh verschoben. Also hatte er den restlichen Tag zur freien Verfügung. Die Wolken hingen tief über den Bergen. So viel zum Thema schönes Wetter. Genauso hatte Rebus die Highlands in Erinnerung, finster und abweisend. Furchtbare Dinge waren hier in der Vergangenheit geschehen, Massaker und Vertreibungen, Blutfehden, so grausam man sie sich nur vorstellen konnte. Sogar an Fälle von Kannibalismus, glaubte er, sich zu erinnern. Furchtbare Dinge.

Doch wer hatte Liz Jack getötet? Und warum? Der Ehemann geriet immer als Erster in Verdacht. Nun ja, mochten andere ihn verdächtigen. Rebus jedenfalls glaubte nicht daran. Warum nicht?

Warum nicht?

Sehen wir uns doch mal sein Alibi an. Am fraglichen Mittwochmorgen war Jack bei einer Wahlkreisversammlung gewesen, dann hatte er Golf gespielt, und am Abend hatte er irgendeine Veranstaltung besucht … laut wessen Aussage? Laut Jack selbst und laut Helen Greig. Außerdem war sein Auto weiß. Es konnte nicht für blau gehalten werden. Außerdem war jemand darauf aus, Jack in fürchterliche Schwierigkeiten zu bringen. *Diese* Person musste Rebus finden … es sei denn, diese Person war Liz Jack selbst gewesen. An diese Möglichkeit hatte er auch schon gedacht. Aber dann waren da noch diese anonymen Anrufe … laut wem? Nur laut Barney Byars. Helen Greig hatte nicht bestätigen können (oder nicht bestätigen wollen), dass es sie gegeben hatte. Rebus wurde klar, dass er unbedingt noch einmal mit Gregor Jack reden musste. Hatte seine Frau einen Liebhaber? Nach dem, was Rebus mittlerweile über sie erfahren hatte, musste die Frage wohl eher lauten: Wie viele Liebhaber hatte sie gehabt? Einen? Zwei? Mehrere? Oder bildete er sich ein vorschnelles Urteil über etwas, wovon er keine Ahnung hatte. Denn schließlich wusste er so gut wie nichts über Elizabeth Jack. Er wusste, wie ihre Freunde und ihre Kritiker über sie dachten. Aber er wusste nichts *von ihr.* Außer dass sie, nach ihren Freunden und ihrem Geschmack bezüglich Möbel zu urteilen, nicht viel Geschmack gehabt hatte …

Donnerstagmorgen. Eine Woche war vergangen, seitdem die Leiche gefunden worden war.

Er wachte früh auf, hatte aber keine Eile aufzustehen, sondern ließ sich diesmal den Tee von Mrs Wilkie ans Bett bringen. Sie war am Abend ganz klar gewesen und hatte ihn nicht ein einziges Mal für ihren längst verstorbenen Mann oder ihren wiedergefundenen Sohn gehalten. Also hatte sie es nicht verdient, aus seinem Zimmer ausgesperrt zu werden. Heute Morgen gab es nicht nur Tee, sondern auch Ingwerplätzchen. Und der Tee war heiß. Dafür war das Wetter kühl, immer noch grau und regnerisch. Aber das machte nichts. Er würde in die Zivilisation zurückkehren, sobald er noch an einem Ort seine Aufwartung gemacht hatte.

Er beeilte sich mit dem Frühstück und bekam zum Abschied von Mrs Wilkie einen Kuss auf die Wange.

»Komm doch irgendwann mal wieder«, rief sie, während sie ihm von der Tür hinterher winkte. »Ich hoffe, die Marmelade verkauft sich gut …«

Der Regen wurde plötzlich heftiger, und genau in dem Moment setzten seine Scheibenwischer aus. Er hielt an, um einen Blick auf die Karte zu werfen, dann stürzte er nach draußen, um mal kurz an den Wischern zu rütteln. Das war schon häufiger passiert. Sie blieben einfach stecken, und mit ein bisschen Gewalt kriegte man sie wieder in Gang. Doch diesmal hatten sie offenbar völlig den Geist aufgegeben. Und keine Tankstelle in Sicht. Also fuhr er ganz langsam und stellte nach einer Weile fest, je heftiger der Regen wurde, desto klarer wurde seine Windschutzscheibe. Der langsame, feine Regen war das Problem, weil er nur verschwommene Formen und Umrisse erkennen ließ. Die dicken, schweren Regentropfen kamen und gingen so schnell, dass sie die Windschutzscheibe eher zu reinigen schienen und für klaren Durchblick sorgten.

Das war auch gut so, denn der Regen blieb auf der ganzen Strecke nach Duthil so heftig.

Das Duthil Special Hospital war als Vorzeigeobjekt für die Behandlung von geisteskranken Kriminellen konzipiert und gebaut worden. Wie auch die anderen »Spezialkliniken« überall auf den britischen Inseln war es nichts weiter als das, was der Name besagte – ein Krankenhaus. Es war kein Gefängnis, und die Patienten, die in seine Obhut gegeben wurden, wurden wie Patienten behandelt, nicht wie Gefangene. Behandeln, nicht bestrafen, war die Aufgabe, und die Klinik verfügte nicht nur über neue Gebäude, sondern setzte auch moderne Methoden und Kenntnisse ein.

All das erzählte der medizinische Direktor des Krankenhauses, Dr. Frank Forster, Rebus in seinem angenehmen, aber zweckmäßig eingerichteten Büro. Rebus hatte gestern Abend lange mit Patience telefoniert, und sie hatte ihm so ziemlich das Gleiche erzählt. Ist ja gut und schön, dachte Rebus, aber trotzdem war es ein Ort, wo Menschen in Gewahrsam genommen wurden. Die Leute, die hierher kamen, kamen auf unbefristete Zeit, hatten keine »Haftstrafe« abzusitzen. Das Haupttor wurde elektronisch betätigt und von Wächtern bewacht, und überall, wo Rebus bisher hingegangen war, waren die Türen hinter ihm wieder verschlossen worden. Doch nun sprach Dr. Forster über Möglichkeiten der Freizeitgestaltung, das zahlenmäßige Verhältnis zwischen Mitarbeitern und Patienten, die allwöchentliche Disco ... Er war offensichtlich stolz auf sein Haus. Und er übertrieb ganz offensichtlich. Rebus durchschaute ihn sofort. Er war sozusagen das Aushängeschild. Seine Aufgabe war es, die Vorzüge dieser Spezialklinik der Öffentlichkeit bekannt zu machen, die fürsorgliche Einstellung und den enormen Stellenwert der Therapie. Anstalten wie Broadmoor waren in den letzten Jahren stark in die Kritik geraten, und um Kritik zu vermeiden, brauchte man eine gute PR. Und Dr. Forster sah wie ein guter PR-Mann aus. Zunächst einmal war er jung, etliche Jahre jünger als Rebus. Außerdem hatte er ein gesundes und gepflegtes Aussehen und immer ein Lächeln auf den Lippen.

Er erinnerte Rebus an Gregor Jack. Der gleiche Enthusiasmus und die gleiche Energie. Das gleiche öffentliche Image. Früher hatte Rebus so etwas nur mit amerikanischen Präsidentschaftswahlkämpfen assoziiert; heutzutage fand man es überall. Sogar in den Irrenhäusern. Nicht die Irren hatten die Macht übernommen, sondern die Imagemacher.

»Wir haben hier etwa über dreihundert Patienten«, sagte Forster gerade, »und es ist unser Ziel, dass die Mitarbeiter so viele wie möglich davon kennen. Ich meine nicht bloß die Gesichter, ich meine die Namen. Das heißt die Vornamen. Das ist hier keine Irrenanstalt, Inspector Rebus. Diese Zeiten sind, Gott sei Dank, lange vorbei.«

»Aber das Gebäude ist doch gesichert.«

»Ja.«

»Sie haben mit geisteskranken Kriminellen zu tun.«

Forster lächelte wieder. »Da würden Sie bei den meisten unserer Patienten gar nicht drauf kommen. Wussten Sie, dass die Mehrheit von ihnen – über sechzig Prozent, glaube ich – einen überdurchschnittlichen IQ hat? Einige von denen sind vermutlich intelligenter als ich.« Diesmal ließ er sich zu einem Lachen hinreißen, dann kam wieder das ernste Gesicht, das fürsorgliche Gesicht. »Viele unserer Patienten sind verwirrt, leiden unter Wahnvorstellungen. Sie sind depressiv oder schizophren. Aber ich kann ihnen versichern, dass sie in keinster Weise so sind wie die Verrückten, die man in manchen Filmen sieht. Nehmen Sie beispielsweise Andrew Macmillan.« Die Akte hatte die ganze Zeit auf Forsters Schreibtisch gelegen. Nun schlug er sie auf. »Er ist seit Eröffnung der Klinik bei uns. Zuvor war er in weniger … angenehmen Einrichtungen. Er machte überhaupt keine Fortschritte, bevor er hierher kam. Mittlerweile ist er gesprächiger und scheint allmählich bereit, an einigen der angebotenen Aktivitäten teilzunehmen. Ich glaube, er spielt sehr gut Schach.«

»Aber er ist immer noch gefährlich?«

Forster zog es vor, nicht zu antworten. »Er leidet gelegentlich unter Panikanfällen … Atemnot, aber das ist nichts im Vergleich zu den Tobsuchtsanfällen am Anfang.« Er schloss die Akte. »Ich würde sagen, Inspector, dass Andrew Macmillan sich auf dem Weg zu einer völligen Genesung befindet. Und warum möchten Sie mit ihm reden?«

Also berichtete Rebus ihm von der »Meute«, von der Freundschaft zwischen »Mack« Macmillan und Gregor Jack, von dem Mord an Elizabeth Jack und der Tatsache, dass sie sich zuvor keine vierzig Meilen von Duthil entfernt aufgehalten hatte.

»Ich hab mich gefragt, ob sie ihn vielleicht besucht hat.«

»Das können wir für Sie nachsehen.« Forster blätterte erneut in der Akte herum. »Interessanterweise steht hier nichts davon, dass Mr Macmillan Mr Jack kennt oder dass er diesen Spitznamen hat. Mack haben Sie gesagt?« Er griff nach einem Bleistift. »Ich mach bloß eine Notiz …« Das tat er, dann blätterte er weiter in der Akte. »Anscheinend hat Mr Macmillan im Laufe der Jahre an mehrere Abgeordnete geschrieben … und an andere Persönlichkeiten des öffentlichen Lebens. Mr Jack wird erwähnt …« Er las schweigend noch ein wenig weiter, dann schloss er die Akte und griff zum Telefon. »Audrey, können Sie mir bitte die aktuellen Besucherunterlagen bringen ... sagen wir, vom letzten Monat? Danke.«

Duthil war nicht gerade eine Touristenattraktion, und nach dem Motto *aus den Augen, aus dem Sinn* gab es nur recht wenige Eintragungen in dem Buch. Also war es eine Sache von Minuten, bis Rebus fand, wonach er suchte. Der Besuch hatte am Samstag stattgefunden, am Tag nach der *Operation Hush Puppies*, noch bevor die Angelegenheit öffentlich bekannt wurde.

»Eliza Ferrie«, las er. »Besuchter Patient: Andrew Macmillan. Beziehung zum Patienten: Freundin. Um drei Uhr eingetragen und um halb fünf wieder ausgetragen.«

»Unsere regulären Besuchszeiten«, erklärte Forster. »Die Patienten können ihre Besucher im großen Freizeitraum empfangen. Wir haben es jedoch so arrangiert, dass Sie Andrew auf seiner Station sprechen können.«

»Seine Station?«

»Eigentlich nur ein großer Raum. Mit vier Betten. Aber wir nennen diese Räume Station, um zu betonen ... vielleicht wäre fördern ein besseres Wort ... um die Krankenhausatmosphäre zu fördern. Andrew ist auf der Kinnoul-Station.«

Rebus schreckte auf. »Wieso Kinnoul?«

»Wie bitte?«

»Warum heißt die Station Kinnoul?«

Forster lächelte. »Nach dem Schauspieler. Sie müssen doch schon mal von Rab Kinnoul gehört haben? Er und seine Frau gehören zu den Förderern der Klinik.«

Rebus beschloss, nichts davon zu sagen, dass Cath Kinnoul eine aus der »Meute« war, dass sie mit Macmillan zur Schule gegangen war ... Das ging ihn überhaupt nichts an. Doch die Kinnouls stiegen in seiner Wertschätzung, zumindest Cath. Anscheinend hatte sie ihren alten Freund nicht vergessen. *Niemand nennt mich mehr Gowk.* Und auch Liz Jack hatte ihn besucht, wenn auch unter ihrem Geburtsnamen und einem leicht veränderten Vornamen. Er konnte das verstehen, denn die Presse hätte ihre Freude daran gehabt. Besuche der Frau eines Abgeordneten bei verrücktem Mörder. All diese komplizierten Abhängigkeiten. Sie konnte nicht ahnen, dass die Zeitungen ihre große Geschichte haben würden …

»Hätten Sie vielleicht Interesse«, sagte Dr. Forster, »sich am Ende Ihres Besuchs einige unserer Einrichtungen anzusehen? Schwimmbecken, Turnhalle, Werkstätten …«

»Werkstätten?«

»Einfache mechanische Arbeiten. Kleinere Autoreparaturen und Ähnliches.«

»Soll das heißen, Sie geben den Patienten Schraubenschlüssel und Schraubenzieher?«

Forster lachte. »Und hinterher sammeln wir alles wieder ein und zählen es durch.«

Rebus kam ein Gedanke. »Sagten Sie was von *Auto*reparaturen? Es könnte nicht zufällig mal jemand nach meinen Scheibenwischern sehen?«

Forster fing wieder an zu lachen, doch Rebus schüttelte den Kopf.

»Das war ernst gemeint«, sagte er.

»Dann werd ich mal sehen, was wir tun können.« Forster stand auf. »Ich bin bereit, wenn Sie es sind, Inspector.«

»Ich bin auch bereit«, sagte Rebus, der sich dessen gar nicht so sicher war.

Es waren viele Flure zu durchqueren, und der Krankenpfleger, der Rebus zur Kinnoul-Station bringen sollte, musste unzählige Türen auf- und wieder zuschließen. Ein schwerer Schlüsselbund baumelte an seinem Gürtel. Rebus versuchte, ein Gespräch anzufangen, doch der Pfleger antwortete äußerst wortkarg. Es gab nur einen kleinen Zwischenfall. In einem der vielen Flure tauchte aus einer offenen Tür plötzlich eine Hand auf und klammerte sich an Rebus. Ein kleiner, älterer Mann versuchte, etwas zu sagen. Seine Augen leuchteten, sein Mund machte immer wieder kleine hilflose Bewegungen.

»Zurück in dein Zimmer, Homer«, sagte der Pfleger und löste die Finger von Rebus' Jackett. Der Mann trippelte in den Raum zurück. Rebus wartete einen Augenblick, bis sich sein Herzschlag beruhigt hatte, dann fragte er: »Warum nennen Sie ihn Homer?«

Der Pfleger sah ihn an. »Weil er so heißt.« Schweigend gingen sie weiter.

Forster hatte recht gehabt. Man hörte kaum Raunen und Stöhnen oder plötzliche Schreie, die einem das Blut in den Adern gefrieren ließen. Überhaupt gab es nur wenig Anzeichen für irgendwelche Aktivitäten, geschweige denn von Gewalt. Sie gingen durch einen großen Raum, wo Leute Fernsehen schauten. Forster hatte erklärt, dass das reguläre Fernsehprogramm nicht erlaubt wäre, weil es nicht vorherbestimmt werden könnte. Stattdessen gab es eine tägliche Dosis an speziell ausgewählten Videos. *The Sound of Music* schien zu den besonderen Favoriten zu gehören. Die Patienten sahen mit stiller Faszination zu.

»Bekommen sie Medikamente?«, wagte sich Rebus vor.

Der Krankenpfleger wurde plötzlich gesprächig. »So viele, wie wir ihre Kehle runterkriegen. Dann machen sie keine Dummheiten.«

So viel zum Thema Fürsorglichkeit ...

»Da ist nichts gegen einzuwenden«, sagte der Pfleger, »wenn man ihnen Medikamente gibt. Steht alles im MHA.«

»MHA?«

»Mental Health Act. Der erlaubt Beruhigungsmittel als Teil des therapeutischen Prozesses.«

Rebus hatte den Eindruck, dass der Pfleger eine kleine Verteidigungsrede hielt, die er für Besucher vorbereitet hatte, die unangenehme Fragen stellten. Er war ein kräftiger Typ, nicht groß, aber breitschultrig und mit reichlich Muskeln an den Armen.

»Machen Sie Krafttraining?«, fragte Rebus.

»Wer? Die da?«

Rebus lächelte. »Ich meinte Sie selbst.«

»Ach so.« Ein Grinsen. »Yeah, ich mach so 'n bisschen Gewichtheben. In den meisten Institutionen dieser Art sind alle Einrichtungen für die Patienten, und für das Personal gibt's nichts. Aber hier haben wir eine ziemlich gute Sporthalle, yeah, echt ziemlich gut. Hier entlang ...«

Eine weitere Tür wurde aufgeschlossen, dahinter lag ein weiterer Flur und von dem wies ein Schild auf eine weitere Tür – unverschlossen –, die zur Kinnoul-Station führte. »Hier herein«, befahl der Wächter. Seine Stimme war energisch geworden. »Okay, geh zur Wand.«

Einen Augenblick glaubte Rebus, der Pfleger spräche mit *ihm*, doch dann sah er, dass der Befehl einem großen, dünnen Mann galt, der von seinem Bett aufstand, zur Wand am anderen Ende des Raums ging und sich dann zu ihnen umdrehte.

»Hände an die Wand«, befahl der Pfleger. Andrew Macmillan legte beide Handflächen an die Wand hinter ihm.

»Hören Sie«, begann Rebus, »ist das denn wirklich ...?«

Macmillan lächelte ironisch. »Keine Angst«, erklärte der Pfleger Rebus. »Er beißt nicht. Nicht nach dem ganzen Zeug, das wir in ihn reingepumpt haben. Sie können sich dort hinsetzen.« Er zeigte auf einen Tisch, auf dem ein Schachspiel aufgebaut war. Es gab zwei Stühle. Rebus setzte sich so hin, dass er Andrew Macmillan ansehen konnte.

In dem Raum standen vier Betten, doch sie waren alle leer. Es war ein heller Raum mit zitronengelb gestrichenen Wänden. Es gab drei schmale, vergitterte Fenster, durch die die Sonne hereinschien. Es sah so aus, als wollte der Pfleger bleiben, denn er stellte sich hinter Rebus, was diesen an die Situation im Vernehmungsraum in Dufftown erinnerte: er zusammen mit Corbie und Knox.

»Guten Morgen«, sagte Macmillan leise. Er bekam eine Glatze, sah aber so aus, als hätte er schon seit Jahren schütteres Haar. Sein Gesicht war länglich, aber nicht ausgemergelt. Rebus hätte ein solches Gesicht als »freundlich« bezeichnet.

»Guten Morgen, Mr Macmillan. Ich bin Inspector Rebus.«

Diese Information schien Macmillan zu erregen. Er trat einen halben Schritt vor.

»An die Wand«, sagte der Pfleger. Macmillan zögerte, dann wich er zurück.

»Sind Sie ein Krankenhausinspektor?«, fragte er.

»Nein, Sir, ich bin Polizeiinspector.«

»Oh.« Sein Gesichtsausdruck stumpfte ein wenig ab. »Ich dachte, Sie wären vielleicht gekommen, um ... wissen Sie, man behandelt uns hier nicht gut.« Er hielt inne. »Aber weil ich Ihnen das gesagt habe, werde ich vermutlich diszipliniert, vielleicht sogar in Einzelhaft gesteckt. Alles, jede kleinste Kritik, wird gemeldet. Aber ich muss es immer wieder Leuten sagen, sonst ändert sich nie etwas. Ich habe einige einflussreiche Freunde, Inspector.« Rebus glaubte, dass das mehr für die Ohren des Pflegers bestimmt war als für seine. »Freunde in hohen Positionen ...«

Zumindest Dr. Forster wusste das inzwischen, dank Rebus.

»... Freunde, denen ich vertrauen kann. Die Leute müssen erfahren, was hier abläuft. Die zensieren unsere Post.

Sie bestimmen, was wir lesen dürfen. Sie lassen mich noch nicht mal *Das Kapital* lesen. Und sie geben uns Medikamente. Geisteskranke, damit meine ich die, die vom Gericht für geisteskrank *erklärt* worden sind, haben weniger Rechte als die hartgesottensten Massenmörder ... hartgesottene, aber *geistig gesunde* Massenmörder. Ist das fair? Ist das ... menschlich?«

Rebus wusste darauf keine Antwort. Außerdem wollte er sich nicht vom Thema ablenken lassen.

»Sie hatten Besuch von Elizabeth Jack.«

Macmillan schien zurückzudenken, dann nickte er. »Das stimmt. Aber wenn sie mich besucht, nennt sie sich Ferrie, nicht Jack. Das ist unser Geheimnis.«

»Worüber haben Sie mit ihr geredet?«

»Warum interessiert Sie das?«

Rebus kam zu dem Schluss, dass Macmillan nicht wusste, dass Liz Jack ermordet worden war. Woher sollte er es auch wissen? Er hatte hier keinen Zugang zu Nachrichten. Rebus' Finger spielten mit den Schachfiguren herum.

»Es hat mit einer Ermittlung zu tun ... im Zusammenhang mit Mr Jack.«

»Was hat er getan?«

Rebus zuckte die Schultern. »Das versuche ich ja gerade herauszufinden, Mr Macmillan.«

Macmillan hatte sein Gesicht zu dem einfallenden Sonnenlicht gedreht. »Ich vermisse die Welt«, sagte er mit flüsternder Stimme. »Ich hatte so viele Freunde.«

»Halten Sie denn den Kontakt zu ihnen aufrecht?«

»O ja«, sagte Macmillan. »Sie kommen und holen mich übers Wochenende zu sich nach Hause. Dann gehen wir abends ins Kino oder ins Theater und trinken was in der Kneipe. O ja, wir amüsieren uns wunderbar miteinander.« Er lächelte wehmütig und tippte an seinen Kopf. »Aber nur hier drinnen.«

»Hände an die Wand.«

»Warum?«, fauchte er. »Warum muss ich die Hände an die Wand halten? Warum kann ich mich nicht hinsetzen und ein normales Gespräch führen wie ... ein ... normaler ... Mensch?« Je wütender er wurde, desto leiser wurde seine Stimme. Er hatte Speichel in den Mundwinkeln, und über dem rechten Auge trat eine Ader hervor. Er atmete zweimal tief durch, dann senkte er den Kopf ein wenig. »Tut mir Leid, Inspector. Die geben mir hier Medikamente. Weiß der Himmel, was da drin ist. Sie haben diese ... Wirkung auf mich.«

»Schon in Ordnung, Mr Macmillan«, sagte Rebus, aber innerlich zitterte er. War das Wahnsinn oder Normalität? Was passierte mit einem gesunden Verstand, wenn man ihn an eine Wand kettete? Und das mit Ketten, die nicht sichtbar waren.

»Sie haben gefragt«, fuhr Macmillan jetzt atemlos fort, »Sie haben nach ... Eliza ... Ferrie gefragt. Sie haben recht, sie hat mich besucht. War eine ziemliche Überraschung. Ich weiß, dass sie ein Haus hier in der Nähe haben, trotzdem haben sie mich nie besucht. Das heißt Lizzie ... Eliza ... ist einmal gekommen, vor langer Zeit. Aber Gregor ... Nun ja, er ist ein viel beschäftigter Mann, nicht wahr? Und sie ist eine viel beschäftigte Frau. Ich hör von diesen Dingen ...«

Zweifellos von Cath Kinnoul, dachte Rebus.

»Ja, sie hat mich besucht. Und wir haben eine sehr angenehme Stunde miteinander verbracht. Wir haben über die Vergangenheit geredet, über ... Freunde. Freundschaft. Haben die beiden Eheprobleme?«

»Warum fragen Sie das?«

Ein weiteres verkniffenes Lächeln. »Sie ist allein gekommen, Inspector. Sie hat mir erzählt, sie würde allein Urlaub machen. Aber draußen hat ein Mann auf sie gewartet. Entweder war das Gregor, und er wollte mich nicht sehen, oder es war einer von ihren … Freunden.«

»Woher wissen Sie das?«

»Hat mir mein kleiner Pfleger hier erzählt. Wenn Sie diese Nacht nicht schlafen wollen, Inspector, lassen Sie sich von ihm die Strafabteilung zeigen. Ich möchte wetten, Dr. Forster hat nichts von einer Strafabteilung gesagt. Vielleicht stecken die mich wegen meines Geredes da rein.«

»Klappe halten, Macmillan.«

Rebus wandte sich an den Pfleger. »Ist das wahr?«, fragte er. »Hat jemand draußen auf Mrs Jack gewartet?«

»Yeah, da saß jemand im Auto. Irgendein Typ. Ich hab ihn nur aus einem der Fenster hier gesehen. Er ist aus dem Wagen gestiegen, um sich die Beine zu vertreten.«

»Wie sah er aus?«

»Er stieg gerade wieder ein, als ich ihn sah. Ich hab ihn nur von hinten gesehen.«

»Was für ein Wagen war das?«

»Ein schwarzer BMW aus der Dreier-Serie, ganz klar.«

»Er ist sehr aufmerksam, Inspector, besonders wenn es ihm passt.«

»Klappe halten, Macmillan.«

»Stellen Sie sich doch mal folgende Frage, Inspector. Wenn das hier ein *Krankenhaus* ist, warum sind dann die so genannten ›Pfleger‹ Mitglied im Verband der Gefängniswächter? Das hier ist kein Krankenhaus, es ist ein Lagerhaus, aber hier haben die's alle im Kopf und nicht in Kisten. Und der Hammer bei der Sache ist, die, die's im Kopf haben, haben das Sagen!«

Er hatte sich von der Wand gelöst und bewegte sich langsam und zeitlupenartig, doch seine Energie war unübersehbar. Jeder Nerv war bis zum Zerreißen gespannt.

»An die Wand …«

»Die haben's im Kopf! Ich hab ihr den Kopf abgesägt! Ich hab, weiß Gott ...«

»Macmillan!« Der Pfleger hatte sich ebenfalls in Bewegung gesetzt.

»Aber das ist lange her ... eine andere ...«

»Ich warne Sie ...«

»Und ich möchte so gerne ... so gerne ...«

»So, jetzt reicht's.« Der Krankenpfleger hatte ihn an den Armen gepackt.

»... die Erde berühren.«

Letztlich leistete Macmillan kaum Widerstand, als die Gurte um seine Arme und Beine geschlungen wurden. Der Wächter legte ihn auf den Boden. »Wenn ich ihn auf dem Bett liegen lasse«, erklärte er Rebus, »dann rollt er sich einfach runter und tut sich weh.«

»Und das möchten Sie auf keinen Fall«, sagte Macmillan, der sich nun, wo er gebändigt war, beinah friedlich anhörte. »Nein, mein kleiner Pfleger, das möchten Sie auf keinen Fall.«

Rebus öffnete die Tür und wollte gehen.

»Inspector!«

Er drehte sich um. »Ja, Mr Macmillan?«

Macmillan hatte den Kopf so verdreht, dass er zur Tür sehen konnte. »Berühren Sie die Erde für mich ... bitte.«

Rebus verließ das Krankenhaus auf wackligeren Beinen, als er es betreten hatte. Er wollte nicht das Schwimmbecken und die Turnhalle besichtigen. Stattdessen hatte er den Pfleger gebeten, ihm die Strafabteilung zu zeigen, doch der Pfleger hatte das abgelehnt.

»Hören Sie«, sagte er, »Ihnen mag zwar nicht gefallen, was hier vor sich geht, und mir gefällt einiges davon vielleicht auch nicht, aber Sie haben ja gesehen, wie das ist. Das sind angeblich Patienten, aber man kann ihnen nicht den Rücken kehren, man kann sie nicht allein lassen. Sie würden Glühbirnen schlucken, sie würden Kulis, Bleistifte und Buntstifte ausscheißen, sie würden versuchen, den Kopf durch den Fernsehschirm zu stecken. Ich meine, vielleicht würden sie's auch *nicht*, aber man kann nie sicher sein ... niemals. Versuchen Sie, die Dinge ganz unvoreingenommen zu sehen, Inspector. Ich weiß, das ist nicht einfach, aber versuchen Sie's.«

Und Rebus hatte, bevor er ging, dem jungen Mann viel Erfolg bei seinem Krafttraining gewünscht. Auf dem Hof blieb er vor einem Blumenbeet stehen und tauchte die Finger tief hinein. Dann rieb er die Erde zwischen Daumen und Zeigefinger. Es fühlte sich gut an. Es fühlte sich überhaupt gut an, draußen zu sein. Merkwürdig, wie man viele Dinge als selbstverständlich hinnimmt, zum Beispiel die Erde und frische Luft und die Möglichkeit, sich frei zu bewegen.

Er blickte zu den Fenstern des Krankenhauses hinauf, war sich aber nicht sicher, welches, wenn überhaupt eines von denen, zu Macmillans Station gehörte. Keine Gesichter starrten herunter, es waren überhaupt keinerlei Lebenszeichen zu erkennen. Er stand auf, ging zu seinem Auto, stieg ein und blickte durch die Windschutzscheibe. Das kurze Gastspiel der Sonne war vorbei. Erneut verdunkelte Nieselregen die Sicht. Rebus drückte auf den Kopf ... und der Scheibenwischer ging an und blieb an. Die Wischblätter strichen geschmeidig über die Scheibe. Er lächelte, die Hände auf das Lenkrad gestützt, und stellte sich eine Frage.

»Was passiert mit einem gesunden Verstand, wenn man ihn an eine Wand kettet?«

Auf dem Weg zurück nach Süden machte er einen Umweg und verließ die vierspurige Schnellstraße bei Kinross. Er fuhr am Loch Leven vorbei (wo Rebus als Kind zahlreiche

Picknicks mit seiner Familie gemacht hatte), bog an der nächsten Kreuzung nach rechts ab und steuerte auf die heruntergekommenen Bergarbeiterdörfer von Fife zu. Er kannte die Gegend gut. Er war dort geboren und aufgewachsen. Er kannte die grauen Wohnsiedlungen, die Läden an der Ecke und die einfachen Pubs. Die Menschen, die Fremden gegenüber misstrauisch waren und beinah genauso misstrauisch Freunden und Nachbarn gegenüber. Gespräche auf der Straße waren so, als ginge man mit bloßen Fäusten aufeinander los. Seine Eltern waren mit ihm und seinem Bruder am Wochenende rausgefahren, samstags zum Einkaufen nach Kirkcaldy und sonntags zu diesen ausgiebigen Picknicks am Loch Leven, wo man eingeengt hinten im Auto saß bei Sandwichs mit Lachspaste und Orangensaft sowie Thermosflaschen voll Tee, der nach Plastik schmeckte.

Und die Sommerferien hatten sie in einem Wohnwagen in St. Andrews oder in einem Bed & Breakfast in Blackpool verbracht, wo Michael immer irgendwas anstellte und von seinem älteren Bruder rausgeboxt werden musste.

»Und einen schönen Dank hab ich dafür bekommen.«

Rebus fuhr weiter.

Byars' Spedition lag in einem der Orte auf halber Höhe an einem steilen Hang. Auf der anderen Straßenseite befand sich eine Schule. Die Kinder waren gerade auf dem Heimweg, stießen sich gegenseitig mit den Ranzen an und fluchten deftig. Manche Dinge ändern sich nie. Auf dem Hof von Byars' Spedition stand eine ansehnliche Reihe von Sattelschleppern, zwei unscheinbare Autos und ein Porsche Carrera. Keines der Autos war blau. Als Büros dienten Container. Er ging zu dem mit dem Hinweis »Hauptbüro« (worunter jemand mit Buntstift »The Boss« geschrieben hatte) und klopfte.

Drinnen blickte eine Sekretärin von ihrem Computer

auf. Die Luft im Raum war stickig, neben dem Schreibtisch wummerte ein Butangasgerät. Hinter der Sekretärin befand sich noch eine weitere Tür, durch die Rebus Byars schnell, laut und polterig reden hörte. Da niemand ihm antwortete, nahm Rebus an, dass er telefonierte.

»Dann sag diesem Spatzenhirn, er soll seinen Arsch in Bewegung setzen und herkommen.« (Pause.) »Krank? *Krank?* Krank heißt, dass er seine Alte bumst. Kann ich ihm zwar nicht verdenken, aber ...«

»Ja?«, sagte die Sekretärin zu Rebus. »Kann ich Ihnen helfen?«

»Ist mir egal, was er sagt«, ertönte Byars' Stimme, »ich hab eine Fuhre, die gestern in Liverpool sein sollte.«

»Ich möchte zu Mr Byars«, sagte Rebus.

»Wenn Sie einen Augenblick Platz nehmen, sehe ich nach, ob Mr Byars Zeit hat. Wie ist Ihr Name, bitte?«

»Rebus, Detective Inspector Rebus.«

In dem Moment ging die Tür von Byars' Büro auf, und Byars trat heraus. In einer Hand hielt er ein schnurloses Telefon, in der anderen ein Blatt Papier. Er gab das Blatt seiner Sekretärin.

»Ganz recht, mein Junge, und am nächsten Tag kommt eine Fuhre von London rauf.« Byars' Stimme war noch lauter geworden. Rebus bemerkte, dass Byars verstohlen auf die Beine seiner Sekretärin starrte. Er fragte sich, ob die ganze Show für sie stattfand ...

Doch nun hatte Byars Rebus bemerkt. Er brauchte eine Sekunde, um ihn einzuordnen, dann nickte er Rebus grüßend zu. »Mach ihm die Hölle heiß, mein Junge«, sagte er in das Telefon. »Wenn er ein Attest hat, okay, wenn nicht, sag ihm, er kann sich die Papiere abholen, alles klar?« Er beendete das Gespräch und ließ seine Hand vorschnellen.

»Inspector Rebus, was, zum Teufel, führt Sie denn in dieses gottverdammte Kaff?«

»Nun ja«, sagte Rebus, »ich kam zufällig hier vorbei, und …«

»Zufällig vorbei, ich lach mich tot! Jede Menge Leute fahren hier vorbei, aber niemand hält an, es sei denn, er will etwas. Und selbst dann rate ich den Leuten, sie sollen weiterfahren. Aber Sie stammen ja hier aus der Gegend, oder? Also ab ins Büro, ich hab fünf Minuten Zeit für Sie.« Er wandte sich an seine Sekretärin und legte eine Hand auf ihre Schulter. »Sheena, Schätzchen, ruf diesen Stinker in Liverpool an und sag ihm, morgen früh definitiv.«

»Mach ich, Mr Byars. Soll ich Kaffee kochen?«

»Nein, nicht nötig, Sheena. Ich weiß, was die Polizei am liebsten trinkt.« Er zwinkerte Rebus zu. »Rein mit Ihnen, Inspector. Nichts wie rein.«

Byars' Büro erinnerte an das Hinterzimmer eines Pornobuchladens. Die Wände wurden offenbar von Kalendern mit Nacktaufnahmen und Aktfotos aus Zeitschriften zusammengehalten. Die Kalender waren anscheinend alles Werbegeschenke von Werkstätten und Lieferfirmen. Byars bemerkte Rebus' Blick.

»Gehört zum Image«, sagte er. »Wenn irgendein prolliger Lkw-Fahrer mit Tätowierungen bis zum Hals hier reinkommt, dann glaubt er, er weiß, mit was für einem Typ er es zu tun hat.«

»Und wenn eine Frau hereinkommt?«

Byars schnalzte mit der Zunge. »*Sie* glaubt ebenfalls, es zu wissen. Womit ich nicht sagen will, dass sie Unrecht hätte.« Byars bewahrte seinen Whisky nicht im Aktenschrank auf. Er hatte ihn in einem Gummistiefel. Aus dem zweiten Stiefel zog er zwei Gläser hervor und schnupperte daran. »Frisch wie der Morgentau«, sagte er und schenkte ein.

»Danke«, sagte Rebus. »Schönes Auto.«

»Äh? Ach, Sie meinen das da draußen? Ja, ist nicht schlecht. Bisher auch kaum 'ne Macke dran. Sie sollten allerdings mal die Versicherungskosten sehen. Von wegen hoch. Dagegen ist dieser Hügel da platt wie ein Billardtisch. Auf Ihr Wohl.« Er kippte den Drink in einem Schluck, dann atmete er geräuschvoll aus.

Rebus, der an seinem Drink nur genippt hatte, betrachtete das Glas, dann die Flasche. Byars lachte in sich hinein.

»Glauben Sie, ich geb den Knallköppen, die hier reinkommen, Glenlivet zu trinken? Ich bin Geschäftsmann, kein Samariter. Die sehen die Flasche, glauben, sie wissen, was sie kriegen, und sind beeindruckt. Hat wieder was mit Image zu tun wie diese Nacktfotos an der Wand. Dabei kipp ich nur irgendwelches billiges Zeug in die Flasche. Den meisten fällt's gar nicht auf.«

Rebus nahm an, dass das als Kompliment gemeint war. Image, darauf lief bei Byars alles hinaus, nichts als äußerer Schein. Unterschied er sich da so sehr von Abgeordneten und Schauspielern? Oder letztlich auch von Polizisten. Sie alle versuchten, ihre eigentlichen Absichten hinter ziemlich viel Getue zu verbergen.

»Weshalb wollten Sie mich eigentlich sprechen?«

Das ließ sich leicht erklären. Er wollte Byars noch ein paar Fragen zu der Party in der Deer Lodge stellen, anscheinend der letzten Party, die dort stattgefunden hatte.

»Waren nicht viele von uns da«, erklärte Byars. »Ein paar haben in letzter Minute abgesagt. Ich glaube, Tom Pond war nicht da, obwohl er erwartet wurde. Ja richtig, er war gerade auf dem Weg in die Staaten. Suey war aber da.«

»Ronald Steele?«

»Genau der. Und Liz und Gregor, natürlich. Und ich. Cathy Kinnoul war da, ihr Mann jedoch nicht. Mal sehen ... wer noch? Ach ja, so ein Paar, das für Gregor arbeitet. Urquhart ...«

»Ian Urquhart?«

»Ja, und ein junges Mädchen …«

»Helen Greig?«

Byars lachte. »Warum fragen Sie mich, wenn Sie schon alles wissen? Ich glaube, das war's auch so in etwa.«

»Sie sagten, ein Paar, das für Gregor arbeitet. Hatten Sie den Eindruck, dass die beiden ein Paar sind?«

»Um Gottes willen. Ich glaube, jeder außer Urquhart hat versucht, das Mädchen ins Bett zu kriegen.«

»Ist es jemandem gelungen?«

»Nicht dass ich wüsste, aber nach ein paar Flaschen Champagner krieg ich in der Regel nicht mehr allzu viel mit. Es war nicht wie eine von Liz' Partys. Sie wissen schon, nicht wild. Ich meine, alle haben reichlich gebechert, aber das war's auch schon.«

»Das war's?«

»Na ja, Sie wissen schon … Liz' Clique war *wild*.« Byars starrte scheinbar in Erinnerungen schwelgend auf einen der Kalender. »Ein echt wilder Haufen, ohne Zweifel …«

Rebus konnte sich gut vorstellen, wie Byars das alles genoss, wie er sich mit Patterson-Scott, Kilpatrick und den anderen verbrüderte. Und er konnte sich außerdem vorstellen, wie sie … Byars tolerierten, den etwas ungehobelten Neureichen. Zweifellos war Byars Herz und Seele der Partys, jede Minute ein Lacher. Bloß dass sie *über* ihn lachten und nicht mit ihm …

»Wie sah's in der Lodge aus, als Sie ankamen?«, fragte Rebus.

Byars rümpfte die Nase. »Widerlich. Seit der letzten Party vor vierzehn Tagen war nicht sauber gemacht worden. Eine Party von Liz, nicht von Gregor. Gregor war stinksauer. Liz oder sonst wer hätte sich darum kümmern sollen. Es sah aus wie in einer beschissenen Kommune in den Sechzigern oder so.« Er grinste. »Vermutlich sollte ich Ihnen als Polizist das gar nicht sagen, aber ich hatte keine Lust, dort zu übernachten. Bin gegen vier Uhr morgens zurückgefahren. Sternhagelvoll, aber es war niemand unterwegs, für den ich eine Gefahr hätte sein können. Jetzt muss ich Ihnen aber auch noch den Knaller erzählen. Als ich zu Hause ankam, hatte ich irgendwie kalte Füße. Bin ausgestiegen, um die Garage aufzumachen … und ich hatte keine Schuhe an! Bloß einen Strumpf und keine Scheißschuhe! Weiß der Himmel, wieso mir das nicht aufgefallen ist …«

8

Häme und Gehässigkeit

Wurde John Rebus wie ein Held empfangen? Wurde er nicht. Es gab sogar einige Leute, die glaubten, er hätte nur noch mehr Chaos in den Fall gebracht. Vielleicht hatte er das auch. Chief Superintendent Watson glaubte beispielsweise immer noch, William Glass wäre der Mann, den sie suchten. Er saß da und hörte sich Rebus' Bericht an, während Lauderdale auf einem anderen Stuhl vor und zurück schaukelte, manchmal grübelnd an die Decke starrte und manchmal eine der akkuraten Bügelfalten an seinen beiden Hosenbeinen betrachtete. Es war Freitagmorgen. Im Zimmer roch es nach Kaffee. Kaffee strömte auch durch Rebus' Nervensystem. Während er sprach, unterbrach Watson ihn von Zeit zu Zeit mit einer Stimme so dünn wie ein After Eight. Und am Ende stellte er dann die unvermeidliche Frage.

»Und was machen Sie aus alledem, John?«

Und Rebus gab die unvermeidliche, wenn auch nur zum Teil wahrheitsgemäße Antwort.

»Ich weiß es nicht, Sir.«

»Lassen Sie uns noch einmal rekapitulieren«, sagte Lauderdale und hob den Blick von einer Bügelfalte. »Sie ist an einer Telefonzelle. Sie trifft einen Mann in einem Auto. Sie streiten sich. Der Mann fährt weg. Sie bleibt noch eine Weile. Ein weiteres Auto kommt, vielleicht auch dasselbe. Ein weiterer Streit. Das Auto fährt weg, und ihr Wagen bleibt in der Parkbucht stehen. Das Nächste, was wir von ihr wissen, ist, dass sie tot in einem Fluss in der Nähe eines Hauses gefunden wird, das einem Freund ihres Mannes gehört.« Lauderdale hielt inne, als wollte er Rebus auffordern, ihm zu widersprechen. »Wir wissen immer noch nicht, wann oder wo sie gestorben ist, nur dass sie es irgendwie geschafft hat, in Queensferry zu landen. Nun sagen Sie, dass die Frau dieses Schauspielers eine alte Freundin von Gregor Jack ist?«

»Ja.«

»Irgendwelche Hinweise, dass sie *mehr* als nur Freunde waren?«

Rebus zuckte die Schultern. »Nicht dass ich wüsste.«

»Was ist mit diesem Schauspieler, Rab Kinnoul? Vielleicht er und Mrs Jack ...?«

»Vielleicht.«

»Sehr praktisch, nicht wahr?«, sagte der Chief Superintendent und stand auf, um sich eine weitere Tasse schwarzen Tod einzuschenken. »Ich meine, falls Mr Kinnoul tatsächlich mal eine Leiche beseitigen wollte, was könnte es da für einen besseren Ort geben als den schnell fließenden Fluss vor der eigenen Tür, der ins Meer mündet, sodass die Leiche erst Wochen später auftauchte oder vielleicht auch gar nicht. *Außerdem* hat er ständig Mörder in Film und Fernsehen gespielt. Vielleicht ist ihm das zu Kopf gestiegen ...«

»Bloß dass Kinnoul am fraglichen Mittwoch den ganzen Tag über in diversen Besprechungen war«, sagte Lauderdale.

»Und am Mittwochabend?«

»Zu Hause mit seiner Frau.«

Watson nickte. »Also kommen wir noch mal auf Mrs Kinnoul zurück. Könnte es sein, dass sie lügt?«

»Sie steht eindeutig unter seiner Knute«, sagte Rebus. »Und sie nimmt alle möglichen Antidepressiva. Es würde mich wundern, wenn sie einen Mittwochabend zu Hause in Queensferry von einem zwölften Juli in Londonderry unterscheiden könnte.«

Watson lächelte. »Nett gesagt, John, aber wir sollten *versuchen*, uns an die Fakten zu halten.«

»Und das sind herzlich wenige«, sagte Lauderdale. »Ich meine, wir *wissen* doch alle, wer der offenkundige Kandidat ist: Mrs Jacks Ehemann. Sie erfährt, dass er mit runtergelassener Hose in einem Bordell erwischt wurde, sie streiten sich, er will sie vielleicht nicht umbringen, aber er schlägt sie. Und dann ist sie tot.«

»Er wurde mit hochgezogener Hose erwischt«, erinnerte Rebus seinen Vorgesetzten.

»Außerdem«, fügte Watson hinzu, »hat Mr Jack ebenfalls Alibis.« Er las von einem Blatt Papier vor. »Vormittags eine Wahlkreisversammlung. Am Nachmittag eine Golfpartie – bestätigt von seinem Spielpartner und überprüft von Detective Constable Broome. Dann ein Dinner, bei dem er vor etwa achtzig ehrenwerten Leuten aus Central Edinburgh eine Rede gehalten hat.«

»Und er fährt einen weißen Saab«, stellte Rebus fest. »Wir müssen die Farben der Autos von allen überprüfen, die irgendwie mit dem Fall zu tun haben, alle Freunde von Mrs Jack und alle von Mr Jack.«

»Da hab ich bereits DS Holmes drangesetzt«, sagte Lauderdale. »Und das Labor sagt, sie hätten im Laufe des Vormittags einen Bericht über den BMW fertig. Ich hab allerdings noch eine andere Frage.« Er sah Rebus an. »Mrs Jack war doch anscheinend fast eine Woche lang oben im Norden. Hat sie die ganze Zeit in der Deer Lodge gewohnt?«

Eines musste Rebus Lauderdale lassen, der Kerl war heute voll auf dem Quivive. Watson nickte, als ob er genau das Gleiche hatte fragen wollen, was natürlich nicht der Fall war. Doch Rebus *hatte* über diese Frage nachgedacht.

»Ich glaube nicht«, sagte er. »Ich nehme zwar an, dass sie einen Teil der Zeit dort verbracht hat, wo sollten sonst die Sonntagszeitungen und der grüne Koffer herkommen? Aber eine ganze Woche …? Das möchte ich bezweifeln. Sieht nämlich nicht so aus, als sei in letzter Zeit dort gekocht worden. Das ganze Essen und die Verpackungen und so, was ich gefunden hab, stammen von der einen oder anderen Party. Irgendjemand hat zwar offenbar mal versucht, auf dem Fußboden im Wohnzimmer ein bisschen aufzuräumen, damit eine oder vielleicht zwei Personen dort sitzen und was trinken konnten. Aber vielleicht war das auch schon bei der letzten Party passiert. Doch das könnten wir wohl die Gäste fragen, wenn wir ihnen die Fingerabdrücke abnehmen …«

»Fingerabdrücke abnehmen?«, fragte Watson.

Lauderdale hörte sich wie ein gestresster Vater an, als er sagte: »Zu Vergleichszwecken, Sir. Um festzustellen, ob irgendwelche Abdrücke übrig bleiben, die nicht identifiziert werden können.«

»Was würde uns das sagen?«, fragte Watson.

»Die Sache ist die, Sir«, erklärte Lauderdale, »wenn Mrs Jack nicht in der Deer Lodge war, mit wem war sie dann zusammen und wo hat sie gewohnt? War sie überhaupt die ganze Zeit oben im Norden?«

»Ah …«, sagte Watson und nickte wieder, als würde er alles verstehen.

»Am Samstag hat sie Andrew Macmillan besucht«, fügte Rebus hinzu.

»Ja«, sagte Lauderdale, der immer mehr in Fahrt kam, »aber dann wird sie erst wieder am Mittwoch von diesem Rowdy in der Nähe des Bauernhofs gesehen. Wo war sie in der Zwischenzeit?«

»Am Sonntag war sie mit ihren Zeitungen in der Deer Lodge«, sagte Rebus. Dann wurde ihm klar, worauf Lauderdale hinauswollte. »Sie meinen«, fuhr er fort, »als sie die Geschichte gelesen hat, ist sie vielleicht wieder Richtung Süden gefahren?«

Lauderdale breitete die Hände aus und betrachtete seine Fingernägel. »Das ist lediglich eine Theorie«, sagte er.

»Wir haben aber verdammt viele Theorien«, sagte Watson und schlug mit einer seiner fleischigen Hände auf den Schreibtisch. »Wir brauchen was Konkretes. Und wir dürfen unseren Freund Glass nicht vergessen. Wir wollen immer noch mit ihm reden. Und wenn es nur über die Sache von der Dean Bridge ist. In der Zwischenzeit ...« Anscheinend sann er verzweifelt nach irgendeinem Weg, den sie einschlagen könnten, nach einer Anweisung oder Inspiration, die er ihnen geben könnte. Doch dann gab er auf und kippte stattdessen seinen Kaffee hinunter. »In der Zwischenzeit«, sagte er schließlich, während Rebus und Lauderdale darauf warteten, welche Weisheit er ihnen wohl vermitteln würde, »sollten wir da draußen schön vorsichtig sein.«

Nun merkt man ihm aber wirklich sein Alter an, dachte Rebus, während er darauf wartete, hinter Lauderdale das Büro verlassen zu können. Die Serie *Hill Street Blues* war schon sehr lange vorbei. Auf dem Flur, nachdem die Tür hinter ihnen zugegangen war, packte Lauderdale Rebus am Arm. Seine Stimme klang wie ein nervöses Zischen.

»Sieht so aus, als wäre der Chief Super auf dem absterbenden Ast, was? Kann nicht mehr lange dauern, bis die da oben merken, was hier los ist, und ihn vorzeitig pensionieren.« Er versuchte, sich seine Schadenfreude nicht allzu sehr anmerken zu lassen. Ja, dachte Rebus, ein oder zwei Patzer, die für Wirbel in der Öffentlichkeit sorgten, würden reichen. Und er fragte sich ... er fragte sich, ob Lauderdale skrupellos genug wäre, mit diesem Hintergedanken einen solchen Wirbel zu inszenieren. Irgendjemand hatte den Zeitungen einen Tipp wegen *Operation Hush Puppies* gegeben. Mein Gott, das schien schon so lange her zu sein. Hatte er nicht Chris Kemp gebeten, da ein bisschen nachzubuddeln? Er musste unbedingt dran denken, ihn zu fragen, was er rausgekriegt hatte. Und außerdem war noch so viel zu tun …

Er befreite gerade seinen Arm mit einer heftigen Bewegung aus Lauderdales Griff, da ging Watsons Tür wieder auf, und Watson stand da und starrte die beiden an. Rebus fragte sich, ob sie so schuldbewusst und verschwörerisch aussahen, wie er sich fühlte. Dann verharrte Watsons Blick auf ihm.

»John«, sagte er, »Mr Jack hat angerufen. Er sagt, er wäre sehr dankbar, wenn Sie bei ihm vorbeikommen könnten. Offenbar hat er etwas mit Ihnen zu besprechen …«

Rebus drückte auf die Klingel an dem verschlossenen Tor. Die Stimme, die aus der Sprechanlage kam, war die von Urquhart.

»Ja?«

»Inspector Rebus, ich möchte zu Mr Jack.«

»Ja, Inspector, ich komme sofort.«

Rebus schaute durch das Gitter. Der weiße Saab stand vor dem Haus. Er schüttelte bedächtig den Kopf. Manche Leute lernten es nie. Ein Reporter wurde von den am Straßenrand parkenden Autos losgeschickt, um zu fragen, wer Rebus wäre. Die anderen Reporter und Fotografen hatten Zuflucht in den Autos gesucht, wo sie Radio hörten und Zeitung lasen. Suppe oder Kaffee wurde aus Thermosflaschen in Becher geschenkt. Sie hatten sich dauerhaft hier niedergelassen. Und sie langweilten sich. Während Rebus wartete, pfiff ihm ein eisiger Wind um die Nase, drang durch einen Spalt zwischen Jacke und Hemdkragen und rann ihm über den Nacken wie Eiswasser. Er beobachtete, wie Urquhart aus dem Haus kam und offenbar versuchte, den Wirrwarr von Schlüsseln in seiner Hand zu ordnen. Der ausgesandte Reporter stand immer noch neben Rebus und hielt sich nervös zuckend bereit, Urquhart seine Fragen zu stellen.

»Die Mühe würde ich mir sparen, Junge«, riet ihm Rebus.

Urquhart war nun am Tor.

»Mr Urquhart«, blubberte der Reporter los, »haben Sie zu Ihrer früheren Aussage etwas zu ergänzen?«

»Nein«, sagte Urquhart kühl und öffnete das Tor. »Aber ich wiederhole es gerne für Sie, wenn Sie möchten: Verschwindet!«

Und damit knallte er das Tor zu, nachdem Rebus es passiert hatte, schloss es ab und rüttelte noch einmal kräftig an den Gitterstäben, um sich zu vergewissern, dass es auch wirklich zu war. Der Reporter ging säuerlich lächelnd zu einem der Autos zurück.

»Sie werden ja richtig belagert«, bemerkte Rebus.

Urquhart sah aus wie jemand, der ein oder zwei Nächte zu oft nicht geschlafen hatte. »Es ist teuflisch«, vertraute er ihm auf dem Weg zum Haus an. »Tag und Nacht sind die da draußen. Weiß der Himmel, was die zu bekommen hoffen.«

»Ein Geständnis?«, wagte sich Rebus vor. Er wurde mit einem matten Lächeln belohnt.

»Das, Inspector, werden sie niemals bekommen.« Das Lächeln wich aus seinem Gesicht. »Aber ich mache mir wirklich Sorgen um Gregor ... wie ihn das alles mitnimmt. Er ist ... nun ja, Sie werden's ja selber sehen.«

»Irgendeine Vorstellung, weshalb er mich sprechen will?«

»Das wollte er mir nicht sagen. Inspector ...« Urquhart war stehen geblieben. »Er ist ziemlich fertig. Ich meine, er könnte alles *Mögliche* sagen. Ich hoffe nur, dass Sie Wahrheit von Fantasie unterscheiden können.« Dann ging er weiter in Richtung Haus.

»Verdünnen Sie immer noch seinen Whisky?«, fragte Rebus.

Urquhart sah ihn prüfend an, dann nickte er. »Das ist aber letztlich keine Lösung, Inspector. Das ist es nicht, was er braucht. Er braucht Freunde.«

Auch Andrew Macmillan hatte sich über Freunde ausgelassen. Rebus wollte mit Jack über Andrew Macmillan reden. Aber er hatte keine Eile. Er blieb neben dem Saab stehen, was Urquhart veranlasste, ebenfalls stehen zu bleiben.

»Was ist los?«

»Wissen Sie«, sagte Rebus, »ich fand Saabs immer toll, aber ich hatte nie genug Geld, um mir einen zu kaufen. Meinen Sie, Mr Jack hätte was dagegen, wenn ich mich einen Augenblick auf den Fahrersitz setze?«

Urquhart schien nicht zu wissen, wie er reagieren sollte. Schließlich machte er eine Geste, die eine Mischung aus Schulterzucken und Kopfschütteln war. Rebus drückte den Knopf an der Fahrertür. Sie war nicht abgeschlossen. Er stieg ein, setzte sich und legte die Hände auf das Lenkrad. Die Tür ließ er offen, damit Urquhart ihn beobachten konnte.

»Sehr bequem«, sagte Rebus.

»Das glaub ich.«

»Sie sind den Wagen noch nie gefahren?«

»Nein.«

»Oh.« Rebus schaute durch die Windschutzscheibe, dann blickte er auf den Beifahrersitz und den Fußboden. »Ja, gut durchdacht, bequem. Reichlich Platz, was?« Und er drehte sich auf dem Sitz, verrenkte seinen Körper, um die Rückbank betrachten zu können ... den Fußboden hinten. »Jede Menge Platz«, bemerkte er. »Wunderbar.«

»Vielleicht lässt Gregor Sie mal eine Spritztour damit machen?«

Rebus schaute begeistert auf. »Meinen Sie wirklich? Natürlich erst, wenn über diese ganze Angelegenheit Gras gewachsen ist.« Er stieg aus dem Wagen aus. Urquhart schnaubte verächtlich.

»Gras darüber gewachsen ist? Über so was ›wächst kein Gras‹, nicht, wenn man Abgeordneter ist. Die Schlag ... diese Behauptungen in den Zeitungen, das war ja schon schlimm genug. Aber jetzt auch noch ein Mord? Nein.« Er schüttelte den Kopf. »Darüber wächst nicht so einfach Gras, Inspector. Das ist keine kleine Regenwolke, das ist ein Schlammbad, und Schlamm bleibt kleben.«

Rebus schloss die Tür. »Ein angenehm sattes Geräusch, wenn man sie zumacht, finden Sie nicht? Wie gut haben Sie Mrs Jack gekannt?«

»Ziemlich gut. Ich hab sie fast jeden Tag gesehen.«

»Aber ich dachte, Mr und Mrs Jack wären ihre eigenen Wege gegangen?«

»So weit würde ich nicht gehen. Sie waren schließlich verheiratet.«

»Und verliebt?«

Urquhart dachte kurz nach. »Ich würde sagen, ja.«

»Trotz allem?« Rebus ging jetzt um das Auto herum, als würde er entscheiden, ob er es kaufen wollte oder nicht.

»Ich glaub, ich verstehe nicht so ganz.«

»Ach, Sie wissen schon, unterschiedliche Freunde, unterschiedliche Lebensstile, getrennte Urlaubsreisen ...«

»Gregor ist Abgeordneter, Inspector. Er kann nicht immer so ohne weiteres weg.«

»Wohingegen«, sagte Rebus, »Mrs Jack eher ... wie würden Sie es nennen? Spontan war? Vielleicht sogar flatterhaft? Jemand, der sagen würde, komm, lass uns einfach abhauen?«

»Ja, das trifft es ganz gut.«

Rebus nickte und klopfte auf den Kofferraum. »Genug Platz für Gepäck?«

Urquhart trat tatsächlich vor und öffnete den Kofferraum.

»Du meine Güte«, sagte Rebus, »da ist ja reichlich Platz. Ziemlich tief, was?«

Außerdem war der Kofferraum makellos sauber. Kein Schlamm, keine abgewetzten Stellen, keine Krümel auf dem Boden. Er sah aus, als wäre er noch nie benutzt worden. Drinnen lagen ein kleiner Reservekanister, ein rotes Warndreieck und ein halber Satz Golfschläger.

»Er ist ein leidenschaftlicher Golfer, nicht wahr?«

»O ja.«

Rebus schlug den Kofferraum zu. »Ich hab nie verstanden, worin der Reiz liegt. Der Ball ist zu klein und der Platz zu groß. Wollen wir reingehen?«

Gregor Jack sah aus, als wäre er mit einem klapprigen Nahverkehrsbus zur Hölle und wieder zurück gefahren. Anscheinend hatte er sich gestern oder vorgestern zum letzten Mal die Haare gekämmt und sich wohl auch zum letzten Mal frische Sachen angezogen. Er hatte sich zwar rasiert, aber an einigen Stellen waren dunkle Stoppeln stehen geblieben, die der Rasierapparat nicht erwischt hatte. Er machte sich nicht die Mühe aufzustehen, als Rebus ins Zimmer kam. Er nickte lediglich zur Begrüßung und deutete mit seinem Glas auf einen freien Sessel, einen der berüchtigten Zuckerwattesessel. Rebus näherte sich vorsichtig.

Jack hatte Whisky in seinem Kristallglas, und eine zu Dreivierteln leere Flasche von dem Zeug stand neben ihm auf dem Teppich. Im Zimmer roch es, als wäre länger nicht gelüftet oder sauber gemacht worden. Jack trank einen großen Schluck, dann rieb er mit der Kante des Glases über seinen rot entzündeten Finger.

»Ich möchte mit Ihnen reden, Inspector Rebus.«

Rebus setzte sich und sank und sank ... »Ja, Sir?«

»Ich möchte ein paar Dinge über mich erzählen ... und vielleicht indirekt auch über Liz.«

Eine weitere vorbereitete Rede, eine weitere, gut durchdachte Eröffnung. Dabei waren nur sie beide im Raum; Urquhart hatte gesagt, er würde eine Kanne Kaffee machen. Rebus, der immer noch nervös von der Besprechung bei Watson war, hatte um Tee gebeten. Helen Greig war anscheinend zu Hause. Ihre Mutter war krank – »mal wieder«, wie Urquhart bemerkte, bevor er Richtung Küche abmarschierte. Treu ergebene Frauen: Helen Greig und Cath Kinnoul. Hündisch ergeben. Und Elizabeth Jack? Die trieb's wohl eher wie eine läufige Hündin ... Furchtbar, so etwas von jemandem zu denken! Besonders von Toten, besonders von einer Frau, der er nie begegnet war! Einer Frau, der es Spaß machte, sich an einen Bettpfosten fesseln zu lassen, um ein bisschen ...

»Es hat nichts zu tun mit ... ach, ich weiß nicht, vielleicht ja doch.« Jack dachte einen Augenblick nach. »Wissen Sie, Inspector, ich werde das Gefühl nicht los, dass Liz vielleicht diese Geschichten über mich gelesen hat, sich darüber aufgeregt hat, und dann irgendwas Unüberlegtes ... oder deshalb nicht zurückgekommen ist ... und vielleicht ...« Er sprang auf, ging zum Fenster und starrte mit leerem Blick hinaus. »Was ich eigentlich sagen will: Wenn es nun meine Schuld ist?«

»Schuld, Sir?«

»Schuld an Liz' ... Ermordung. Wenn wir zusammen gewesen wären, wenn wir *hier* zusammen gewesen wären, dann wäre das vielleicht nie passiert. Es *wäre* einfach nicht passiert. Verstehen Sie, was ich meine?«

»Es hat keinen Sinn, sich etwas vorzuwerfen, Sir …«

Jack fuhr zu ihm herum. »Aber genau das ist es, ich *werfe* es mir vor.«

»Setzen Sie sich doch wieder, Mr Jack …«

»Sagen Sie Gregor, bitte.«

»Okay … Gregor. Und jetzt setzen Sie sich bitte und versuchen Sie, sich zu beruhigen.«

Jack gehorchte. Der Verlust eines geliebten Menschen wirkte sich auf jeden Menschen anders aus. Schwache wurden stark und Starke schwach. Ronald Steele warf mit Büchern um sich, Gregor Jack wurde … erbärmlich. Er kratzte sich schon wieder am Finger. »Aber das alles ist doch pure Ironie«, fauchte er.

»Wie meinen Sie das?« Rebus hoffte, der Tee würde endlich gebracht werden. Vielleicht würde Jack sich in Urquharts Gegenwart zusammenreißen.

»Diese Sache mit dem Bordell«, sagte Jack und fixierte Rebus mit seinem Blick. »Damit fing doch alles an. Und der einzige Grund, weshalb ich dort war …«

Rebus beugte sich vor. »*Weshalb* waren Sie dort, Gregor?«

Gregor Jack zögerte, schluckte, holte tief Luft und schien zu überlegen, ob er antworten sollte oder nicht.

»Um meine Schwester zu sehen.«

Im Zimmer herrschte so tiefes Schweigen, dass Rebus seine Armbanduhr ticken hören konnte. Dann flog die Tür auf.

»Tee«, sagte Ian Urquhart und kam ins Zimmer.

Rebus, der eben noch so sehnsüchtig auf Urquharts Erscheinen gewartet hatte, konnte nun kaum erwarten, den Mann wieder loszuwerden. Er stand auf und ging zum Kaminsims. Die Karte von der »Meute« stand noch da, doch nun war sie von über einem Dutzend Beileidskarten umgeben – einige von anderen Abgeordneten, einige von Verwandten und Freunden, einige aus der Öffentlichkeit.

Urquhart schien die gespannte Atmosphäre im Raum zu spüren. Er stellte das Tablett auf einen Tisch und ging, ohne ein Wort zu sagen, wieder hinaus. Die Tür war kaum zugegangen, da sagte Rebus: »Was soll das heißen, Ihre Schwester?«

»Genau das. Meine Schwester arbeitete in diesem Bordell. Das heißt, ich vermutete es, jemand hatte es mir gesagt. Ich dachte, das ist vielleicht ein Scherz, ein schlechter Scherz. Vielleicht eine Falle, um mich in ein Bordell zu locken. Eine Falle und ein Trick. Ich habe lange und intensiv darüber nachgedacht, bevor ich dorthin gegangen bin, aber ich bin trotzdem gegangen. Er schien sich seiner Sache zu sicher.«

»Wer?«

»Der Anrufer. Ich bekam häufiger so merkwürdige Anrufe ...« Ach ja, danach hatte Rebus ihn auch fragen wollen. »Jedes Mal, wenn ich ans Telefon kam, hatte der Anrufer bereits aufgelegt. Doch eines Abends war ich direkt am Apparat, und da sagte er zu mir: ›Ihre Schwester arbeitet in einem Bordell in der New Town.‹ Er gab mir die Adresse und sagte, wenn ich gegen Mitternacht käme, würde sie gerade ihre ... Schicht beginnen.« Er kaute an den Worten wie an etwas Ungenießbarem. Aber er wagte es nicht, sie auszuspucken, sondern kaute immer weiter, angestrengt bemüht, nicht zu schlucken ... Er schluckte. »Also bin ich hingegangen, und sie war da. Der Anrufer hatte die Wahrheit gesagt. Ich versuchte gerade, mit ihr zu reden, als die Polizei hereinkam. Aber es war außerdem eine Falle. Die Presse war da ...«

Rebus erinnerte sich an die Frau im Bett, wie sie mit den Beinen gestrampelt hatte, wie sie für die Fotografen ihr T-Shirt hochgehoben hatte ...

»Warum haben Sie damals nichts davon gesagt, Gregor?«

Jack lachte schrill. »Das war ja schon alles schlimm genug. Hätte es die Sache vielleicht besser gemacht, wenn ich allen erzählt hätte, dass meine Schwester eine Nutte ist?«

»Und warum erzählen Sie es mir jetzt?«

Seine Stimme war ganz ruhig. »Es sieht so aus, Inspector, als hätte ich ein paar Probleme. Ich versuche lediglich abzuwerfen, was ich nicht brauche.«

»Sie müssen also gewusst haben, Sir ... Sie müssen die ganze Zeit gewusst haben, dass es irgendjemand darauf abgesehen hat, Sie ganz tief stürzen zu sehen.«

Jack lächelte. »O ja.«

»Und haben Sie eine Ahnung, wer? Ich meine, irgendwelche Feinde?«

Wieder dieses Lächeln. »Ich bin Abgeordneter, Inspector. Es ist ein Wunder, dass ich überhaupt *Freunde* habe.«

»Ach ja, die ›Meute‹. Könnte einer von denen ...?«

»Inspector, ich habe mir das Hirn zermartert und bin einer Lösung keinen einzigen Schritt näher gekommen.« Er sah Rebus an. »Ehrlich.«

»Sie haben die Stimme des Anrufers nicht erkannt?«

»Sie war sehr stark gedämpft. Schroff. Vermutlich ein Mann, aber es hätte ehrlich gesagt auch eine Frau gewesen sein können.«

»Na schön, dann kommen wir zu Ihrer Schwester. Erzählen Sie mir von ihr.«

Das war schnell erzählt. Sie war jung von zu Hause fortgegangen und hatte nie mehr von sich hören lassen. Vage Gerüchte über London und eine Heirat waren im Laufe der Jahre nach Norden gelangt, aber mehr nicht. Und dann der Telefonanruf ...

»Woher konnte der Anrufer davon wissen? Wie könnte er es herausgefunden haben?«

»Das ist in der Tat eine gute Frage, denn ich habe nie jemandem von Gail erzählt.«

»Aber Ihre Schulfreunde müssten sich doch an sie erinnern?«

»Vage, vielleicht. Aber ich bezweifle, dass sich jemand wirklich an sie erinnert. Sie war in der Schule zwei Klassen unter uns.«

»Halten Sie es für möglich, dass sie hierher zurückkam, um sich zu rächen?«

Jack breitete die Hände aus. »Rächen, wofür?«

»Nun gut, sagen wir Neid.«

»Warum hat sie sich dann nicht einfach gemeldet?«

Das war auch eine gute Frage. Rebus musste versuchen, sich mit ihr in Verbindung zu setzen, sofern sie noch in der Gegend war. »Sie haben seitdem nichts mehr von ihr gehört?«

»Vorher nicht und nachher auch nicht.«

»Warum *wollten* Sie sie denn überhaupt sehen, Gregor?«

»Erstens, weil es mich wirklich interessierte.« Er verstummte.

»Und zweitens?«

»Zweitens … ich weiß nicht, vielleicht um sie von dem abzubringen, was sie tat.«

»Im Interesse Ihrer Schwester oder in Ihrem eigenen?«

Jack lächelte. »Sie haben natürlich recht. Schlecht fürs Image, wenn man eine Schwester hat, die auf den Strich geht.«

»Es gibt schlimmere Formen der Prostitution als Hurerei.«

Jack nickte beeindruckt. »Sehr tiefsinnig, Inspector. Darf ich das in einer meiner Reden verwenden? Obwohl ich vermutlich nicht mehr viele halten werde. Egal, wie man's dreht, meine Karriere ist den Bach runter.«

»Man sollte niemals aufgeben, Sir. Denken Sie an Robert the Bruce, der auch nicht aufgegeben hat im Kampf gegen die Engländer.«

»Die Anekdote mit der Spinne meinen Sie? Ich hasse Spinnen. Liz hasst sie auch.« Er hielt inne. »*Hasste* sie.«

Rebus wollte das Gespräch beschleunigen. Jack hat zu viel Whisky getrunken. »Darf ich was zu dieser letzten Party in der Deer Lodge fragen?«

»Was denn?«

»Zunächst mal, wer war alles da?«

Die Anforderung an sein Gedächtnis schien Jack zu ernüchtern. Nicht dass er dem, was Barney Byars Rebus bereits erzählt hatte, viel hinzufügen konnte. Es war ein gemütlicher Plauderabend gewesen mit reichlich Alkohol, gefolgt am nächsten Morgen von einer Wanderung auf einen Berg in der Nähe, Mittagessen – im Heather Hoose – und dann zurück nach Hause. Das Einzige, was Jack bedauerte, war, dass er Helen Greig eingeladen hatte.

»Ich glaube nicht, dass sie den besten Eindruck von uns bekommen hat. Barney Byars machte den Elefanten, Sie wissen schon, man zieht die Hosentaschen raus und ...«

»Ja, das kenne ich.«

»Nun ja, Helen hat gute Miene zum bösen Spiel gemacht, aber trotzdem ...«

»Nettes Mädchen, nicht wahr?«

»So eine hätte meine Mutter gern als Schwiegertochter gehabt.«

Meine auch, dachte Rebus. Der Whisky lockerte nicht nur Jacks Zunge, er ließ auch seinen Akzent stärker hervortreten. Der feine Schliff verblasste rasch, und an seine Stelle trat die raue Aussprache der Menschen in Städten wie Kirkcaldy, Leven und Methil.

»Diese Party war vor zwei Wochen, oder?«

»Vor drei. Wir waren fünf Tage wieder hier, als Liz beschloss, sie brauchte Urlaub. Packte einen Koffer und war fort. Und ich hab sie nie wieder gesehen …« Er hob eine Faust und schlug auf das weiche Leder des Sofas. Das erzeugte fast kein Geräusch, und es blieb kein erkennbarer Abdruck zurück. »Warum tut man mir das an? Ich bin der beste Abgeordnete, den dieser Wahlkreis je hatte. Das ist nicht allein meine Meinung. Reden Sie ruhig mit den Leuten. Ob man in ein Bergarbeiterdorf geht, auf einen Bauernhof, in eine Fabrik oder zu einem dämlichen Teekränzchen. Überall sagen sie mir das Gleiche: Gut gemacht, Gregor, mach nur weiter so.« Er war jetzt wieder aufgestanden, stand fest mit beiden Füßen auf dem Boden, doch der übrige Körper war in Bewegung. »Mach nur weiter so, du leistest gute Arbeit. Harte Arbeit! Es ist verdammt harte Arbeit, kann ich Ihnen sagen.« Seine Stimme wurde immer lauter. »Ich hab mir den Arsch für sie aufgerissen! Und nun versucht irgendwer von ganz weit oben auf mein Leben herunterzupissen. Warum ich? Warum ausgerechnet ich? Liz und ich … Liz …«

Urquhart klopfte zwei Mal, bevor er den Kopf durch die Tür steckte. »Alles okay?«

Jacks Gesicht verzog sich zu einem grotesken Lächeln. »Alles prima, Ian. Hast wohl hinter der Tür gelauscht? Gut, wir wollen schließlich nicht, dass dir auch nur ein Wort entgeht, nicht wahr?«

Urquhart sah zu Rebus. Rebus nickte: Hier ist alles in Ordnung, wirklich. Urquhart zog sich zurück und machte die Tür zu. Gregor Jack brach auf dem Sofa zusammen. »Ich mach alles kaputt«, sagte er und rieb sich mit einer Hand das Gesicht. »Dabei ist Ian ein so guter Freund …«

Ach ja, Freunde.

»Soweit ich weiß«, sagte Rebus, »haben Sie nicht nur anonyme Anrufe bekommen.«

»Was?«

»Irgendwer sagte auch was von Briefen.«

»Oh ... o ja, Briefe. Briefe von Spinnern.«

»Haben Sie die noch?«

Jack schüttelte den Kopf. »Lohnte sich nicht, sie aufzuheben.«

»Haben Sie sie jemandem gezeigt?«

»Lohnte sich nicht, sie zu lesen.«

»Was genau stand drin, Mr Jack?«

»Gregor«, erinnerte Jack Rebus. »Nennen Sie mich bitte Gregor. Was drin stand? Unsinn. Unverständlicher Unsinn. Wirres Geschwafel ...«

»Das glaube ich nicht.«

»Was?«

»Jemand hat mir erzählt, Sie hätten verboten, dass jemand anders als Sie sie öffnet. Er glaubte, dass es vielleicht Liebesbriefe wären.«

Jack johlte. »Liebesbriefe!«

»Ich glaub das auch nicht. Aber was mich wundert, ist, woran konnte Ian Urquhart oder sonst wer *sehen*, welche Briefe sie Ihnen ungeöffnet geben sollten? An der Handschrift? Das könnte allerdings schwierig sein. Nein, eher am Poststempel. Es musste etwas sein, das auf dem Briefumschlag stand. Ich werde Ihnen sagen, wo diese Briefe herkamen, Mr Jack. Sie kamen aus Duthil. Sie kamen von Ihrem alten Freund Andrew Macmillan. Und das waren keine Schwafeleien, nicht wahr? Das war nicht unverständlich oder blödsinnig oder verrückt. In diesen Briefen bat er sie, etwas gegen die Zustände in den Spezialkliniken zu unternehmen. Hab ich recht?«

Jack saß da und betrachtete mit verstockter Miene sein Glas wie ein Kind, das man bei etwas Unerlaubtem erwischt hat.

»Hab ich recht?«

Jack antwortete mit einem knappen Nicken. Rebus

nickte ebenfalls. Peinlich genug, eine Schwester zu haben, die als Prostituierte arbeitete. Aber wie viel peinlicher musste es erst sein, einen alten Freund zu haben, der ein Mörder war? Und außerdem auch noch verrückt. Gregor Jack hatte hart daran gearbeitet, sein öffentliches Image aufzubauen, und noch härter, es zu erhalten. Wie er mit einem leeren, scheinbar aufrichtigen Grinsen durch die Gegend eilte und seinem Händedruck für jeden Anlass die richtige Stärke gab. Wie er hart in seinem Wahlkreis arbeitete, hart in der *Öffentlichkeit* arbeitete. Doch sein Privatleben ... da hätte Rebus nicht tauschen mögen. Das war völlig verkorkst. Und es war deshalb so verkorkst, weil Jack es zu verbergen versuchte. Er hatte nicht bloß ein paar Leichen im Keller, er hatte dort ein ganzes Krematorium.

»Er wollte, dass ich eine Kampagne starte«, murmelte Jack. »Das konnte ich doch nicht machen. Warum haben Sie diese Kampagne gestartet, Mr Jack? Um einem alten Freund zu helfen. Und wer ist dieser alte Freund, Mr Jack? Jemand, der seiner Frau den Kopf abgeschnitten hat. Wenn Sie mich jetzt entschuldigen würden. Ach ja, und vergessen Sie bitte nicht, beim nächsten Mal für mich zu stimmen ...« Er brach in ein lautes betrunkenes Lachen aus, halb wahnsinnig, halb weinend. Schließlich setzte sich das Weinen durch. Tränen liefen ihm die Wangen herunter und tropften in das Glas, das er immer noch in der Hand hielt.

»Gregor«, sagte Rebus leise. Er wiederholte den Namen immer wieder ganz ruhig. Jack schniefte, um weitere Tränen zu unterdrücken, und sah ihn verschwommen an. »Gregor«, sagte Rebus, »haben Sie Ihre Frau getötet?«

Jack wischte sich die Augen mit dem Hemdsärmel, schniefte, wischte wieder. Dann begann er, den Kopf zu schütteln.

»Nein«, sagte er. »Nein, ich habe sie nicht getötet.«

Nein, weil William Glass sie getötet hatte. Er hatte die Frau von der Dean Bridge getötet, und er hatte Elizabeth Jack getötet.

Rebus hatte die ganze Aufregung verpasst. Ahnungslos war er zurück in die Stadt gefahren. Ahnungslos war er die Treppe zur Great London Road Station hinaufgestiegen und fand eine hektische und erregte Betriebsamkeit vor. Mein Gott, was hatte das zu bedeuten? Blieb die Wache jetzt doch bestehen? Kein Umzug nach St. Leonard's? Das bedeutete, wenn er sich an sein Abkommen mit sich selbst erinnerte, dass er bei Patience Aitken einziehen würde. Aber nein, das hatte alles gar nichts damit zu tun, ob die Wache erhalten blieb oder abgerissen würde. Der Grund für die Aufregung war William Glass. Ein Streifenpolizist hatte ihn gefunden, und zwar schlafend zwischen den Mülltonnen hinter einem Supermarkt in Barnton. Er saß in Untersuchungshaft. Er redete. Sie flößten ihm Suppe ein und versorgten ihn immer weiter mit Tee und Zigaretten. Und er redete.

»Aber was sagt er denn?«

»Er sagt, er hat sie umgebracht – alle beide!«

»*Was* sagt er?«

Rebus fing an zu rechnen. Barnton ... das war gar nicht so weit von Queensferry entfernt, wenn man es genau bedachte. Sie hatten vermutet, dass er nach Norden oder Westen gehen würde, doch stattdessen hatte er sich langsam auf den Weg zurück in die Stadt gemacht ... unter der Voraussetzung, dass er überhaupt je bis Queensferry gekommen war.

»Er gibt beide Morde zu.«

»Wer ist bei ihm?«

»Chief Inspector Lauderdale und Inspector Dick.«

Lauderdale! Wie der das genießen würde. Das wäre seine Chance, damit würde die Kaffeemaschine des Chief Super bald ausgedient haben. Doch Rebus hatte andere Dinge im Kopf. Als Erstes wollte er Jacks Schwester finden. Gail Jack, aber so würde sie sich vermutlich nicht nennen. Er ging die Aufzeichnungen zur *Operation Hush Puppies* durch. Gail Crawley. Das war sie. Sie war natürlich freigelassen worden. Und hatte eine Adresse in London angegeben. Er sprach mit einem der Beamten, die sie vernommen hatten.

»Ja, sie sagte, sie wollte nach Süden. Wir konnten sie ja nicht festhalten, oder? Wollten wir auch gar nicht. Wir haben ihr nur einen Tritt in den Arsch gegeben und ihr gesagt, sie soll nicht wiederkommen. Ist das nicht unglaublich? Glass auf diese Weise zu schnappen!«

»Unglaublich, ja«, sagte Rebus. Er fotokopierte, was es an Informationen gab, zusammen mit einem Foto von Gail Crawley und setzte noch einige handschriftliche Bemerkungen auf die Kopie. Dann rief er einen alten Freund an, einen alten Freund in London.

»Inspector Flight am Apparat.«

»Hallo, George. Wann findet denn deine Abschiedsparty statt?«

Ein Lachen ertönte. »Das solltest du mir sagen, schließlich hast du mich überredet, noch zu bleiben.«

»Kann mir nicht erlauben, dich zu verlieren.«

»Du willst mich also um einen Gefallen bitten?«

»Ganz offiziell, George, aber von höchster …«

»Wie üblich. Okay, worum geht's?«

»Gib mir deine Faxnummer, dann schick ich dir die Details. Wenn sie unter der Adresse zu finden ist, möchte ich, dass du mit ihr redest. Ich hab dir zwei Telefonnummern aufgeschrieben. Du kannst mich jederzeit unter einer von beiden erreichen.«

»Zwei Nummern, so so. Da steckst du aber tief drin, was?«

Tief drin ... ich versuche lediglich abzuwerfen, was ich nicht brauche.

»Das könnte man so sagen, George.«

»Wie ist sie denn?« Damit meinte er Patience, nicht Gail.

»Sehr häuslich, George. Viele Haustiere und die Abende zu Hause bei Kerzenlicht am Kaminfeuer.«

»Hört sich perfekt an.« George Flight hielt inne. »Ich geb der Sache maximal drei Monate.«

»Schweinehund«, sagte Rebus grinsend.

»Dann vier Monate«, sagte er. »Aber das ist mein letztes Angebot.«

Nachdem das erledigt war, begab Rebus sich ins Nervenzentrum der Polizeiwache, an den einen Ort, wo er Stellung beziehen konnte – die Herrentoilette. Ein Teil der Decke war eingestürzt und durch ein Stück braune Pappe ersetzt worden, auf die irgendein Witzbold einen riesigen Augapfel gemalt hatte. Rebus wusch sich die Hände, trocknete sie ab, plauderte mit einem der anderen Detectives und rauchte mit ihm eine Zigarette. In einer öffentlichen Toilette wäre er wegen Herumlungerns verhaftet worden. Und er lungerte tatsächlich herum, lungerte vorsätzlich herum. Die Tür ging auf. Bingo. Es war Lauderdale, häufiger Besucher von Toiletten, wenn er gerade dabei war, jemanden zu vernehmen.

»Mit jedem Kommen und Gehen«, so hatte er Rebus erklärt, »schwitzt der Verdächtige noch ein bisschen mehr, fragt sich, was los ist, ob sich vielleicht irgendwas Neues ergeben hat.«

»Wie läuft's?«, fragte Rebus nun. Lauderdale lächelte und ging an ein Becken, um sich Wasser ins Gesicht zu spritzen, und klopfte sich auf Schläfen und Nacken. Er wirkte sehr zufrieden mit sich. Und was noch schlimmer war, er roch nicht.

»Sieht aus, als hätte unser Chief Super ausnahmsweise mal recht gehabt«, räumte Lauderdale ein. »Schließlich hat er ja gesagt, wir sollten uns auf Glass konzentrieren.«

»Er hat gestanden?«

»So gut wie. Sieht so aus, als wäre er bereits dabei, sich eine Verteidigung zurechtzuzimmern.«

»Und die wäre?«

»Die Medien«, sagte Lauderdale, während er sich abtrocknete. »Die Medien hätten ihn dazu getrieben. Ich meine, erneut zu töten. Er sagt, es wäre vom ihm *erwartet* worden.«

»Klingt für mich, als hätte er nicht alle Tassen im Schrank.«

»Ich lege ihm keine Worte in den Mund, falls Sie das meinen. Es ist alles auf Band.«

Rebus schüttelte den Kopf. »Nein, nein, ich meine, wenn er sagt, er hätte es getan, dann ist das ja okay. Nichts gegen einzuwenden. Und ich war übrigens der, der JFK erschossen hat.«

Lauderdale betrachtete sich in dem fleckigen Spiegel. Er wirkte immer noch triumphierend. Sein Hals ragte so weit aus dem Hemdkragen hervor, dass sein Kopf darauf saß wie ein Golfball auf dem Tee.

»Ein Geständnis, John«, sagte er gerade, »ist eine gewichtige Sache, so ein Geständnis.«

»Selbst wenn der Kerl nächtelang im Freien geschlafen hat? Irgendwelche Reinigungsmittel geschnüffelt hat und tagelang von Edinburghs Superpolizei gejagt wurde? Ein Geständnis mag zwar gut für die Seele sein, aber manchmal ist es nicht mehr wert als eine Schüssel Suppe und ein paar Tassen heißen Tee.«

Lauderdale strich über seine Haare, dann drehte er sich zu Rebus um. »Sie sind ein Pessimist, John.«

»Denken Sie nur an all die Fragen, die Glass *nicht* beantworten kann. Stellen Sie ihm doch mal ein paar davon. Wie ist Mrs Jack nach Queensferry gelangt? Wieso hat er sie ausgerechnet *dort* in den Fluss geworfen? Fragen Sie ihn das einfach mal. Ich würde gern das Protokoll lesen. Ich glaube, Sie werden das Gespräch sehr einseitig finden.«

Abgang Inspector Rebus, zurück bleibt Chief Inspector Lauderdale, der mit der Hand über seinen Anzug fährt wie eine Statue, die sich auf angeschlagene Stellen untersucht. Er scheint auch eine zu finden, denn er bleibt länger als beabsichtigt im Waschraum …

»Ich brauche ein bisschen mehr, John.«

Sie lagen zusammen im Bett, alle drei: Rebus, Patience und Lucky, der Kater. Rebus antwortete mit aufgesetzt amerikanischem Akzent.

»Ich hab dir alles gegeben, was ich hab, Baby.«

Patience lächelte, ließ sich aber nicht beschwichtigen. Sie schlug gegen ihr Kopfkissen, setzte sich auf und zog die Knie bis ans Kinn. »Ich meine«, sagte sie, »ich muss wissen, was du tun wirst … was *wir* tun werden. Ich blicke nicht durch, ob du gerade bei mir einziehst oder schon wieder ausziehst.«

»Rein und raus«, sagte er in einem letzten Bemühen, witzig zu sein und einer Diskussion auszuweichen. Sie boxte ihn gegen die Schulter. Und zwar fest. Er holte erschrocken Luft. »Ich bin sehr empfindlich«, sagte er.

»Ich auch!« Sie hatte beinahe Tränen in den Augen, doch diese Befriedigung wollte sie ihm nicht geben. »Gibt es jemand anders?«

Er sah sie überrascht an. »Nein, wie kommst du denn darauf?«

Der Kater kam über das Bett gekrochen, um sich bei Patience auf den Schoß zu legen. Seine Krallen zupften Fädchen aus der Bettdecke. Nachdem er sich hingelegt hatte, fing sie an, ihm den Kopf zu kraulen. »Es ist bloß, dass ich ständig das Gefühl habe, du willst mir etwas sagen. Du siehst aus, als würdest du deinen Mut zusammennehmen, es zu sagen, und dann kommt doch nichts. Ich würde es lieber *wissen,* egal, was es ist.«

Was gab es da zu wissen? Dass er sich immer noch nicht entschieden hatte, ob er bei ihr einziehen wollte oder nicht? Dass er immer noch ein wenig für Gill Templer entflammt war? Was gab es da schon zu wissen?

»Du weißt doch, wie das ist, Patience. Das Los eines Polizisten ist kein einfaches und so weiter.«

»Warum musst du dich in alles reinhängen?«

»Was?«

»In all diese verdammten Fälle, warum musst du dich da so stark reinhängen? Es ist ein Job wie jeder andere. Ich schaffe es doch auch, meine Patienten mehrere Stunden hintereinander zu vergessen. Warum kannst du das nicht?«

Darauf gab er ihr so ungefähr die einzige ehrliche Antwort an diesem Abend. »Ich weiß es nicht.«

Das Telefon klingelte. Patience hob den Apparat vom Boden und hielt ihn zwischen sie. »Für dich oder für mich?«, fragte sie.

»Für dich.«

Sie nahm den Hörer ab. »Hallo? Ja, hier ist Doctor Aitken. Ja, hallo, Mrs Laird. Sagt er das? Ach ja? Könnte es nicht vielleicht nur eine Grippe sein?«

Rebus sah auf seine Uhr. Halb zehn. Patience hatte an diesem Abend Bereitschaftsdienst für ihre Gruppenpraxis.

»A-ha«, sagte sie gerade, »a-ha«, während die Anruferin immer weiter redete. Sie hielt den Hörer eine Sekunde lang vom Ohr weg und sandte einen stillen Schrei zur Decke. »Okay, Mrs Laird. Nein, lassen Sie ihn ruhig liegen. Ich komme so schnell wie möglich. Wie war noch Ihre Adresse?«

Sie legte den Hörer auf, stapfte wütend aus dem Bett und begann, sich anzuziehen. »Mrs Lairds Mann meint, er ist am Abnippeln. Das ist das dritte Mal in drei Monaten, verdammter Mistkerl.«

»Soll ich dich hinfahren?«

»Nein, nicht nötig, das schaff ich schon.« Sie zögerte, dann kam sie herüber und gab ihm einen Kuss auf die Wange. »Aber danke für das Angebot.«

»Gern geschehen.« Um seine Ruhe gebracht, begann Lucky nun, Rebus' Teil der Bettdecke durchzukneten. Rebus streckte eine Hand aus, um ihm den Kopf zu streicheln, doch der Kater wich zurück.

»Bis später«, sagte Patience und gab ihm noch einen Kuss. »Dann reden wir aber, ja?«

»Wenn du willst.«

»Ich will.« Und damit war sie fort. Er konnte hören, wie sie im Wohnzimmer ihre Sachen zusammenpackte, dann die Wohnungstür öffnete und wieder schloss. Die Katze hatte Rebus verlassen und untersuchte nun den warmen Teil der Matratze, von dem Patience eben aufgestanden war. Rebus dachte daran, ebenfalls aufzustehen, doch dann entschied er sich dagegen. Das Telefon klingelte erneut. Noch ein Patient? Er würde jedenfalls nicht drangehen. Es klingelte immer weiter. Schließlich meldete er sich mit einem unverbindlichen »Hallo«.

»Das hat aber lange gedauert«, sagte George Flight. »Ich hab dich doch wohl bei nichts gestört?«

»Was hast du denn, George?«

»Wenn du's unbedingt wissen willst, ich hab Dünnpfiff. Wahrscheinlich von diesem Curry, den ich gestern Abend bei Gunga's gegessen hab. Außerdem hab ich die Information, um die Sie mich gebeten haben, Inspector.«

»Tatsächlich, Inspector? Dann spuck sie, verdammt noch mal, aus!«

Flight schnaubte. »Ist das der Dank, den ich bekomme, nachdem ich mich einen ganzen Tag abgerackert habe?«

»Wir wissen doch alle, wie bei der Metropolitan Police so gerackert wird, George.«

Flight schnalzte missbilligend mit der Zunge. »Leitungen haben Ohren, John. Wie dem auch sei, die Adresse, die du mir gegeben hast, war Fehlanzeige. Dort wohnt zwar eine Freundin von Miss Crawley, aber die hat sie schon wochenlang nicht mehr gesehen. Das Letzte, was sie gehört hat, ist, dass Crawley in Edinburgh wäre.« Er sprach es Head-in-burrow aus.

»Das ist alles?«

»Ich hab mich ein bisschen bei dem Gesocks umgehört, mit dem Croft zu tun hatte.«

»Wer ist denn Croft?«

Flight seufzte. »Die Frau, die das Bordell geführt hat.«

»Ach ja, richtig.«

»Wir hatten nämlich früher schon mal Ärger mit ihr. Vielleicht hat sie deshalb ihr Unternehmen nach Norden verlegt. Ich hab also mit einigen von ihren ›früheren Mitarbeiterinnen‹ gesprochen.«

»Und?«

»Nichts. Noch nicht mal 'nen Rabatt für Blasen mit Hinternversohlen.«

»Nun ja, trotzdem vielen Dank, George.«

»Tut mir Leid, John. Wann sehen wir dich denn mal hier unten?«

»Wann sehen wir dich denn mal hier oben?«

»Nichts für ungut, John, aber diese fettige Wurst und das sprudelnde Bier bekommen mir nicht.«

»Dann überlasse ich dich jetzt wieder deinem geräucherten Lachs und deinem Scotch. Gute Nacht, George.«

Er legte den Hörer auf und dachte einen Augenblick nach. Dann stieg er aus dem Bett und begann sich anzuziehen. Die Katze schien mit dieser Entwicklung der Dinge ganz zufrieden zu sein und streckte sich aus. Rebus suchte nach Papier und einem Stift und schrieb eine kurze Nachricht für Patience. »Einsam ohne dich. Drehe eine kleine Runde mit dem Auto. John.« Er überlegte, ob er ein paar Küsse hinzufügen sollte. Ja, ein paar Küsse waren eindeutig angebracht.

»XXX«

Nachdem er nachgesehen hatte, ob er Autoschlüssel, Wohnungsschlüssel und Geld hatte, ging er hinaus und schloss die Tür hinter sich zu.

Wenn man es nicht wusste, würde man es nicht sehen.

Es war eine ganz angenehme Nacht für eine Fahrt. Die dichte Wolkendecke sorgte für milde Luft, aber es gab keine Anzeichen von Regen und Wind. Ja, es war gar keine schlechte Nacht für eine Fahrt. Durch Inverleith und Granton, immer leicht abschüssig Richtung Küste. An William Glass' ehemaliger Bude vorbei ... dann die Granton Road ... dann Newhaven. Die Docks.

Wenn man es nicht wusste, würde man es nicht sehen.

Er war ein einsamer Mann, der nur ein bisschen herumfuhr, der ganz langsam herumfuhr. Sie traten aus düsteren Hauseingängen oder überquerten immer wieder an einer Ampel die Straße, wie eine Modenschau im Natriumdampflicht. Überquerten immer wieder die Straße. Während die Autofahrer langsam fuhren und langsamer und noch langsamer. Er sah nicht das, was er wollte, also fuhr er die ganze Salamander Street entlang und dann wieder zurück. Oh, er war wählerisch. Schüchtern, einsam, ruhig und wählerisch. Fuhr mit seinem alten verbeulten Auto durch die nächtlichen Straßen auf der Suche nach ... vielleicht auch nur zum Angucken, es sei denn, etwas würde ihn reizen ...

Er hielt an. Sie kam flott auf ihn zu. Nicht dass ihre Klamotten flott waren. Ihre Klamotten waren billig und trist, ein heller Regenmantel, eine Nummer zu groß, und darunter eine rote Bluse und ein Minirock. Der Minirock, fand Rebus, war ein großer Fehler, da ihre nackten Beine zu dünn und unattraktiv waren. Sie sah nicht nur aus, als wäre ihr kalt; sie sah erkältet aus. Doch sie versuchte, ihn mit einem Lächeln zu gewinnen.

»Steig ein«, sagte er.

»Mit der Hand fünfzehn, blasen fünfundzwanzig, fünfunddreißig das andere.«

Naiv. Er hätte sie auf der Stelle verhaften können. Man redete niemals, niemals über Geld, bis man sicher war, dass der Kunde in Ordnung war.

»Steig ein«, wiederholte er. Sie musste noch viel lernen. Sie stieg ein. Rebus holte seinen Ausweis hervor. »Detective Inspector Rebus. Ich möchte mit Ihnen reden, Gail.«

»Ihr gebt wohl nie auf, was?« Ihre Stimme hatte noch einen leichten Cockney-Touch, aber sie war schon wieder lange genug im Norden, dass der Akzent ihrer Heimat Fife allmählich die Oberhand gewann.

Sie lernte nur langsam. »Woher kennen Sie meinen Namen?«, fragte sie schließlich. »Waren Sie bei dieser Razzia dabei? Sind wohl auf 'ne kostenlose Nummer aus, was?«

Weit gefehlt. »Ich möchte mit Ihnen über Gregor sprechen.«

Alle Farbe wich aus ihrem Gesicht, bis nur noch Augen-Make-up und ein glänzender roter Lippenstift übrig waren. »Wer soll das denn sein?«

»Ihr Bruder. Wir können uns auf der Wache unterhalten, oder wir können uns in Ihrer Wohnung unterhalten, mir ist beides recht.« Sie unternahm einen halbherzigen Versuch, aus dem Auto zu steigen, doch eine kurze Berührung seiner Hand reichte, um sie zurückzuhalten.

»Dann in der Wohnung«, sagte sie mit ruhiger Stimme. »Aber halten Sie mich bloß nicht die ganze Nacht auf, ja?«

Es war ein kleines Zimmer in einer Wohnung, in der alle Zimmer einzeln vermietet waren. Rebus hatte den Eindruck, dass sie nie irgendwelche Männer hierher brachte. Es lagen zu viele persönliche Dinge herum; es war nicht anonym genug. Angefangen mit dem Foto von einem Baby auf dem Frisiertisch. Zeitungsausschnitte waren an die Wand gepinnt; alle handelten sie vom Niedergang des Gregor Jack. Er versuchte, nicht hinzusehen, und nahm stattdessen das Foto in die Hand.

»Legen Sie das wieder hin!«

Er gehorchte. »Wer ist das?«

»Wenn Sie's unbedingt wissen müssen, ich.« Sie saß auf dem Bett, die Arme nach hinten gestreckt, die fleckigen Beine übereinander geschlagen. Im Zimmer war es kalt, aber anscheinend gab es keine Möglichkeit, es zu heizen. Aus den offenen Schubladen einer Kommode hingen Kleidungsstücke heraus. »Legen Sie los«, sagte sie.

Es gab keine Sitzgelegenheit, also blieb er stehen, die Hände in den Jackentaschen vergraben. »Sie wissen, dass Ihr Bruder nur deshalb in dem Bordell war, weil er mit Ihnen reden wollte?«

»Ja?«

»Und dass, wenn Sie das irgendjemandem erzählt hätten …«

»Warum sollte ich?«, fauchte sie. »Warum, verdammte Scheiße, sollte ich? Ich bin ihm keinen Gefallen schuldig!«

»Warum nicht?«

»Warum nicht? Weil er ein schmieriger Idiot ist, deshalb nicht. War er schon immer. Er hat's zu was gebracht, stimmt's? Mum und Dad mochten ihn immer lieber als mich …« Ihre Stimme verlor sich.

»Sind Sie deshalb von zu Hause fortgegangen?«

»Geht Sie nichts an, warum ich von zu Hause fort bin.«

»Treffen Sie sich jemals mit alten Freunden?«

»Ich habe keine ›alten Freunde‹.«

»Sie sind zurück nach Norden gekommen. Da müssen Sie doch gewusst haben, dass Sie zufällig irgendwo Ihrem Bruder begegnen könnten.«

Sie schnaubte verächtlich. »Wir verkehren nicht gerade in denselben Kreisen.«

»Nein? Ich dachte, Prostituierte hielten Abgeordnete und Richter immer für ihre besten Kunden.«

»Für mich sind sie bloß irgendwelche Typen, mehr nicht.«

»Wie lange machen Sie das schon?«

Sie verschränkte ihre Arme ganz fest. »Hauen Sie doch ab!« Und da waren sie schon wieder, diese Beinahe-Tränen. Zwei Mal an diesem Abend war es ihm fast gelungen, eine Frau zum Weinen zu bringen. Er würde jetzt am liebsten nach Hause gehen und ein Bad nehmen. Aber wo war sein Zuhause?

»Nur noch eine Frage, Gail.«

»Für Sie, Ms Crawley.«

»Nur noch eine Frage, Ms Crawley.«

»Ja?«

»Irgendjemand wusste, dass Sie in diesem Bordell arbeiteten. Und der hat es Ihrem Bruder erzählt. Irgendeine Ahnung, wer das sein könnte?«

Sie dachte einen Augenblick nach. »Keinen Schimmer.«

Ganz offensichtlich log sie. Rebus deutete mit dem Kopf zu den Zeitungsausschnitten. »Aber Sie interessieren sich immer noch für ihn, nicht wahr? Sie wissen, dass er in jener Nacht zu Ihnen kam, weil Sie ihm was bedeuten …«

»Erzählen Sie mir doch keinen Scheiß!«

Rebus zuckte die Schultern. Es war tatsächlich Scheiß. Aber wenn es ihm nicht gelang, diese Frau auf Gregor

Jacks Seite zu ziehen, dann würde er vielleicht nie herausfinden, wer hinter dieser ganzen hässlichen Angelegenheit steckte.

»Wie Sie wollen, Gail. Aber falls Sie sich doch noch entschließen, mit mir zu reden, ich arbeite auf der Polizeiwache Great London Road.« Er zog eine Karte mit seinem Namen und seiner Telefonnummer hervor.

»Da können Sie aber lange warten.«

»Also …« Er ging zur Tür, was eine Sache von zweieinhalb Schritten war.

»Je mehr Probleme dieser Scheißkerl hat, desto besser geht's mir.« Aber ihre Worte hatten an Härte verloren. Es klang noch nicht direkt Unentschlossenheit heraus, aber es war vielleicht ein Anfang …

9

In Reichweite

Am Montagmorgen kamen die ersten Ergebnisse aus Dufftown herein, wo die Labortests an Elizabeth Jacks BMW durchgeführt wurden. Blutspritzer, die man auf dem Teppich auf der Fahrerseite gefunden hatte, entsprachen der Blutgruppe von Mrs Jack, und es gab Anzeichen dafür, dass ein Kampf stattgefunden hatte: Schrammen auf dem Armaturenbrett, Beschädigungen an der Verkleidung beider Vordertüren und eine Macke am Radiorecorder, als ob jemand mit dem Absatz dagegen getreten hätte.

Rebus las die Aufzeichnungen im Büro von Chief Inspector Lauderdale, dann reichte er sie ihm über den Schreibtisch zurück.

»Was halten Sie davon?«, fragte Lauderdale, ein Montagmorgengähnen unterdrückend.

»Sie kennen meine Meinung«, sagte Rebus. »Ich glaube, dass Mrs Jack in dieser Parkbucht ermordet wurde, entweder im Auto oder draußen. Vielleicht hat sie versucht fortzulaufen und wurde von hinten niedergeschlagen. Oder vielleicht hat ihr Angreifer sie erst bewusstlos geschlagen und dann noch mal von hinten zugeschlagen, damit es wie das Werk des Dean-Bridge-Mörders aussieht. Doch egal, wie es passiert ist, ich glaube nicht, dass William Glass es getan hat.«

Lauderdale zuckte die Schultern und rieb sich übers Kinn, als wollte er die Qualität seiner Rasur überprüfen. »Er behauptet immer noch, er hätte es getan. Sie können gern die Protokolle lesen. Er sagt, er wäre untergetaucht, weil er wusste, dass wir hinter ihm her waren. Er brauchte Geld, um was zu essen zu kaufen. Da wäre er Mrs Jack begegnet und hätte ihr eins über den Schädel geschlagen.«

»Womit?«

»Mit einem Stein.«

»Und was hat er mit ihren ganzen Sachen gemacht?«

»In den Fluss geworfen.«

»Also bitte, Sir ...«

»Sie hatte kein Geld dabei. Deshalb ist er so wütend geworden.«

»Das denkt er sich aus.«

»Für mich klingt es plausibel ...«

»Nein! Bei allem Respekt, Sir, das klingt nach einer schnellen Lösung, einer, die Sir Hugh Ferrie gefallen wird. Macht es Ihnen denn nichts aus, dass es nicht die Wahrheit ist?«

»Nun hören Sie mal ...« Lauderdales Gesicht wurde rot vor Zorn. »Sie müssen doch einsehen, Inspector, alles, was Sie mir bis jetzt gesagt haben ... wie soll man das nennen? Es ist eigentlich nichts. Nichts Konkretes oder Greifbares. Nichts, woran man ein Hemd aufhängen könnte, geschweige denn einen Fall vor Gericht. Nichts.«

»Wie ist sie nach Queensferry gekommen? Wer hat sie dorthin gefahren? In was für einer Verfassung war sie?«

»Verdammt noch mal, ich weiß, dass das nicht alles hieb- und stichfest ist. Es gibt immer noch Lücken ...«

»Lücken! Das sind schwarze Löcher.«

Lauderdale lächelte. »Jetzt fangen Sie schon wieder an zu übertreiben, John. Können Sie denn nicht einfach akzeptieren, dass da weniger dahinter steckt, als man auf den ersten Blick glaubt?«

»Hören Sie, Sir ... klagen Sie Glass ruhig wegen des Mords an der Dean Bridge an, hab ich überhaupt nichts dagegen. Aber sollten wir im Fall von Mrs Jack nicht vorläufig für alles offen bleiben? Zumindest, bis das Labor mit dem Auto fertig ist.«

Lauderdale dachte darüber nach.

»Bloß bis die mit dem Auto fertig sind«, drängte Rebus. Er wollte nicht aufgeben. Montagmorgen war für Lauderdale die Hölle, und er würde vermutlich fast allem zustimmen, damit Rebus aus seinem Büro verschwand.

»Also gut, John«, sagte Lauderdale, »machen Sie, was Sie wollen. Aber lassen Sie sich in nichts reinziehen. *Ich* bin nämlich nur so lange für alles offen, wie Sie das *auch* sind. Okay?«

»Okay.«

Lauderdale schien sich ein wenig zu entspannen. »Haben Sie den Chief Superintendent heute Morgen schon gesehen?« Hatte Rebus nicht. »Ich bin mir nicht mal sicher, ob er überhaupt schon da ist. Hatte vielleicht ein hartes Wochenende, was?«

»Das geht uns eigentlich nichts an, Sir.«

Lauderdale starrte ihn an. »Natürlich nicht. Aber wenn die *persönlichen* Probleme des Chief Super anfangen, mit seinen dienstlichen ...«

Das Telefon klingelte. Lauderdale nahm den Hörer ab. »Ja?« Er setzte sich plötzlich kerzengerade hin. »Ja, Sir. Sollte ich, Sir?« Er blätterte in seinem Tischkalender. »O ja, um zehn.« Er sah auf seine Uhr. »Ich bin sofort da. Ja, Sir, tut mir leid.« Zumindest hatte er den Anstand zu erröten, als er den Hörer auflegte.

»Der Chief Super?«, riet Rebus. Lauderdale nickte.

»Ich sollte vor fünf Minuten zu einer Besprechung bei ihm sein. Hab ich total vergessen.« Lauderdale stand auf. »Haben Sie genug zu tun, John?«

»Reichlich. Ich glaube, DS Holmes hat ein paar Autos, die ich mir ansehen soll.«

»Ach? Haben Sie vor, Ihre alte Rostlaube zu verschrotten? Wird aber auch langsam Zeit.«

Da dies seine Vorstellung von Humor war, lachte Lauderdale tatsächlich.

Brian Holmes hatte Autos für ihn, jede Menge Autos. Das heißt, die eigentliche Arbeit hatte wohl ein Detective Constable gemacht, Holmes lernte anscheinend bereits zu delegieren. Eine Liste von Autos, die Freunden der Jacks gehörten und von ihnen gefahren wurden. Marke, Kennzeichen und Farbe. Rebus überflog sie rasch. Na wunderbar, die einzige Besitzerin eines blauen Wagens war Alice Blake (die Sexton Blake aus der »Meute«), doch sie wohnte und arbeitete in London. Es gab weiße, rote, schwarze und ein grünes Auto. Ja, Ronald Steele fuhr einen grünen Citroën BX. Rebus hatte ihn an dem Abend, an dem Holmes die Mülltonnen inspiziert hatte, vor Gregor Jacks Haus stehen sehen ... Grün? Na ja, eigentlich schon grün. Er hatte ihn zwar eher als grünblau in Erinnerung, ein bläuliches Grün. *Bleib für alles offen.* Okay, er war grün. Aber man konnte grün eher mit blau verwechseln als beispielsweise rot mit blau oder weiß oder schwarz. Oder etwa nicht?

Und dann ging es um besagten Mittwoch. Jeder von ihnen war gefragt worden: Wo waren sie am Morgen, am Nachmittag? Manche Antworten waren vager als andere. Gregor Jacks Alibis waren wasserdichter als die meisten anderen. So war sich beispielsweise Steele nicht sicher, was er am Morgen gemacht hatte. Vanessa, seine Assistentin, war an dem Tag nicht zur Arbeit gekommen, und Steele konnte sich nicht erinnern, ob er in den Laden gegangen war oder nicht. In seinem Terminkalender stand auch nichts, was ihm hätte weiterhelfen können. Jamie Kilpatrick hatte den ganzen Tag einen Rausch ausgeschlafen –

keine Besucher, keine Anrufe –, während Julian Kaymer in seinem Atelier »kreativ tätig« gewesen war. Rab Kinnoul war sich ebenfalls unschlüssig: Er erinnerte sich an Besprechungen, aber nicht unbedingt an die Leute, mit denen er sich getroffen hatte. Er könnte nachsehen, aber das würde einige Zeit in Anspruch nehmen ...

Und Zeit war genau das, was Rebus nicht hatte. Auch er brauchte alle Freunde, die er kriegen konnte. Bisher hatte er zwar einige Verdächtige ausgeschlossen: Tom Pond, der im Ausland war, und Andrew Macmillan, der in Duthil saß. Pond war ein Ärgernis. Er war noch nicht aus den Staaten zurück, war aber natürlich telefonisch befragt worden und wusste über die Tragödie Bescheid. Man musste ihm allerdings noch die Fingerabdrücke abnehmen.

Jedem, der in der Deer Lodge gewesen sein könnte, waren die Fingerabdrücke abgenommen worden, wurden sie gerade abgenommen oder würden sie abgenommen werden. Einzig und allein, so versicherte man ihnen, zu Vergleichszwecken und für den Fall, dass man in der Lodge Fingerabdrücke fand, die nicht zugeordnet werden konnten. Es war eine mühsame Arbeit, dieses Sammeln und Vergleichen von winzigen Fakten und Daten. Aber so lief das eben bei Mordfällen. Natürlich war es einfacher, wenn man genau wusste, wo das Verbrechen stattgefunden hatte. Rebus hatte kaum Zweifel daran, dass Elizabeth Jack in der Parkbucht ermordet worden war, oder so gut wie. Hatte Alec Corbie irgendetwas gesehen, das er verschwieg? Könnte er etwas wissen, ohne sich darüber im Klaren zu sein, dass er es wusste? Vielleicht etwas, das er nicht für wichtig hielt. Und wenn nun Liz Jack irgendwas zu Andrew Macmillan gesagt hatte, etwas, das er nicht als Hinweis erkannt hatte? Verdammt, Macmillan wusste immer noch nicht, dass sie tot war. Wie würde er reagieren, wenn Rebus es ihm sagte? Vielleicht würde das sein Gedächtnis anstoßen. Andererseits könnte es auch genau die gegenteilige Wirkung haben. Und könnte man überhaupt dem, was er sagte, vertrauen? War es nicht denkbar, dass er irgendeinen Groll gegen Gregor Jack hegte, so wie Gail Crawley? Wie vielleicht auch noch andere ...

Wer war Gregor Jack wirklich? War er nur ein angeschlagener Heiliger, oder war er ein Schweinehund? Er hatte Macmillans Briefe ignoriert; er hatte zu verhindern versucht, dass seine Schwester ihm Schande machte; das Verhalten seiner Frau war ihm peinlich gewesen. Waren seine Freunde echte Freunde? Oder war das eine »Meute« im wahren Sinn des Wortes? Wölfe lebten im Rudel. Hunde lebten im Rudel. Das galt auch für die Spürhunde von der Presse. Rebus fiel ein, dass er immer noch Chris Kemp aufsuchen musste. Vielleicht klammerte er sich ja an Strohhalme, aber er hatte eher das Gefühl, dass die an *ihm* kleben blieben ...

Und apropos Dinge, mit denen man sich rumschlagen musste, die Kupplung war noch etwas, das auf die Mängelliste seines Autos gehörte. Ein beunruhigendes Surren und Knirschen ertönte, als er den Schaltknüppel vom Leerlauf in den ersten Gang schob. Dabei benahm sich das Auto gar nicht schlecht (abgesehen von den Scheibenwischern, die schon wieder begonnen hatten zu haken). Er hatte sein Auto ohne ein einziges Stottern in den Norden und wieder zurück gefahren, was Rebus nur noch mehr beunruhigte. Es war wie das letzte Aufbäumen eines todkranken Patienten, jener letzte Funke Leben, bevor Maschinen die Arbeit übernahmen.

Vielleicht würde er mit dem Bus fahren. Schließlich war die Wohnung von Chris Kemp nur eine Viertelstunde von Great London Road entfernt. Eine genervt klingende Frau aus der Nachrichtenredaktion hatte ihm die Adresse gegeben, als er danach gefragt hatte. Aber er hatte erst danach gefragt, nachdem man ihm gesagt hatte, dass Kemp heute seinen freien Tag hätte. Die Frau hatte ihm zunächst die Privatnummer des Reporters gegeben, und als Rebus an den ersten drei Ziffern erkannte, dass Kemp in der Nähe wohnen musste, hatte er um die Adresse gebeten.

»Die hätten Sie genauso gut im Telefonbuch nachschauen können«, sagte sie, bevor sie einhängte.

»Vielen Dank auch«, sagte er in den toten Hörer.

Die Wohnung lag im zweiten Stock. Er drückte auf den Knopf der Sprechanlage neben der Eingangstür des Mietshauses und wartete. Und wartete. Hättest lieber erst anrufen sollen, John. Doch dann ertönte ein Knistern und nach dem Knistern: »Ja?« Die Stimme klang völlig groggy. Rebus sah auf seine Uhr. Viertel vor zwei.

»Ich hab Sie doch nicht etwa geweckt, Chris?«

»Wer ist da?«

»John Rebus. Springen Sie in Ihre Hose, dann lad ich Sie zu einer Pastete und einem Pint ein.«

Ein Stöhnen. »Wie spät ist es?«

»Gleich zwei.«

»O Gott ... Vergessen Sie das mit dem Alkohol, ich brauch Kaffee. An der Ecke ist ein Laden. Könnten Sie vielleicht Milch holen? Ich setz den Kessel auf.«

»Bin in zwei Sekunden zurück.«

Die Sprechanlage verabschiedete sich knisternd. Rebus ging Milch holen, dann drückte er erneut auf den Klingelknopf. Hinter der Tür ertönte ein lautes Summen. Er drückte sie auf und betrat das düstere Treppenhaus. Als er im zweiten Stock ankam, keuchte er und wusste wieder ganz genau, was ihm an Patience' Souterrainwohnung so gut gefiel. Die Tür zu Kemps Wohnung stand einen Spalt offen. Ein zweiter Name war mit Tesafilm an der Tür befestigt worden, direkt unter dem von Kemp. V. Christie.

Die Freundin, nahm Rebus an. Ein einzelnes Rad eines Fahrrads, dem der Reifen fehlte, lehnte im Flur an der Wand. Außerdem stapelten sich dort Dutzende von Büchern zu hohen, wackeligen Türmen. Er ging auf Zehenspitzen daran vorbei.

»Der Milchmann!«, rief er.

»Hier drinnen.«

Das Wohnzimmer war am Ende des Flurs. Es war zwar groß, trotzdem war fast überhaupt kein Platz. Kemp, der das T-Shirt von letzter Woche und die Jeans von der Woche davor trug, fuhr sich mit den Fingern durch die Haare.

»Morgen, Inspector. Gut, dass Sie mich geweckt haben. Ich bin nämlich um drei mit jemandem verabredet.«

»Schon verstanden. Ich kam zufällig vorbei und ...«

Kemp warf ihm einen ungläubigen Blick zu, dann machte er sich am Spülbecken zu schaffen, wo er sich heftigst bemühte, die Flecken an den Rändern von zwei Kaffeebechern wegzuschrubben. Der Raum diente als Wohnzimmer und Küche zugleich. Vor dem Kamin stand ein schöner alter Kochherd, der allerdings nur noch als Stellfläche für Topfpflanzen und dekorative Schachteln benutzt wurde. Gekocht wurde auf einem fettverschmierten Elektroherd neben dem Spülbecken. Auf dem Esstisch stand ein Computer sowie Kartons voller Papier und Ordner, und neben dem Tisch war ein grüner Aktenschrank aus Metall, vier Schubladen hoch, deren unterste herausgezogen war und noch mehr Ordner enthielt. Fast überall auf dem Fußboden waren Bücher, Zeitschriften und Zeitungen gestapelt, aber zumindest war noch Platz für ein Sofa, einen Sessel, Fernsehen plus Videorecorder und eine Stereoanlage.

»Gemütlich«, sagte Rebus und glaubte, es auch ehrlich zu meinen. Doch Kemp drehte sich um und zog eine Grimasse.

»Eigentlich sollte ich heute hier aufräumen.«

»Viel Spaß.«

Kaffeepulver wurde in Becher gelöffelt und darauf Milch gekippt. Der Kessel fing an zu kochen und schaltete sich automatisch aus. Kemp goss das heiße Wasser in die Becher.

»Zucker?«

»Nein danke.« Rebus hatte sich auf die Sofalehne gesetzt, als wollte er sagen: Keine Angst, ich bleib nicht lange. Er nahm seinen Becher mit einem Nicken entgegen. Kemp ließ sich in den Sessel fallen und trank gierig an dem Kaffee, verzog jedoch sogleich das Gesicht, weil er sich Mund und Kehle verbrannt hatte.

»Mein Gott«, sagte er keuchend.

»Harte Nacht?«

»Harte Woche.«

Rebus schlenderte auf den Esstisch zu. »Alkohol ist was Furchtbares.«

»Kann schon sein, aber ich rede von Arbeit.«

»Oh. Tut mir leid.« Er wandte sich vom Esstisch ab und ging zum Spülbecken rüber ... zum Herd ... und schließlich zum Kühlschrank. Kemp hatte die Packung Milch auf dem Kühlschrank stehen lassen, neben dem Kessel. »Die stell ich besser weg«, sagte er und nahm die Packung. Dann öffnete er den Kühlschrank. »Na, so was«, sagte er und zeigte mit dem Finger. »Da *steht* ja Milch im Kühlschrank, sieht auch noch ziemlich frisch aus. Hätte ich ja gar nicht in den Laden zu gehen brauchen.«

Er stellte die neue Packung Milch neben die bereits vorhandene, knallte die Tür zu und ließ sich wieder auf der Sofalehne nieder. Kemp bemühte sich krampfhaft, zu grinsen.

»Sie sind ganz schön auf Draht für einen Montag.«

»Wenn es sein muss, krieg ich fast alles mit. Was haben

Sie vor dem guten alten Onkel Rebus versteckt, Chris? Oder brauchten Sie die Zeit nur, um nachzusehen, ob es etwas zu verstecken gab? Ein bisschen Koks? So was in der Art. Oder vielleicht was völlig anderes? Eine Geschichte, an der Sie arbeiten ... bis spät in die Nacht arbeiten. Etwas, worüber *ich* Bescheid wissen sollte. Na, wie sieht's aus?«

»Also bitte, Inspector. Ich bin doch derjenige, der *Ihnen* einen Gefallen tut, haben Sie das vergessen?«

»Helfen Sie meinem Gedächtnis nach.«

»Sie wollten, dass ich mich wegen dieser Bordellgeschichte umhöre. Ich sollte rauszukriegen versuchen, wieso die Sonntagszeitungen davon wussten.«

»Aber Sie haben sich nie mehr bei mir gemeldet, Chris.«

»Ich war ziemlich im Stress.«

»Das sind Sie immer noch. Denken Sie dran, dass Sie um drei eine Verabredung haben. Am besten sagen Sie mir gleich, was Sie wissen, dann sind Sie mich los.« Rebus rutschte von der Lehne auf das Sofa herunter. Er konnte die Sprungfedern spüren, die ihn durch den fadenscheinigen gemusterten Bezug stachen.

»Also«, sagte Kemp und beugte sich in seinem Sessel vor, »es sieht so aus, als wären da massenhaft heiße Tipps verteilt worden. Alle Zeitungen glaubten, sie bekämen einen Exklusivbericht. Doch als dann alle aufkreuzten, wussten sie, dass man sie drangekriegt hatte.«

»Wie meinen Sie das?«

»Nun ja, *wenn* es eine Geschichte gab, mussten sie sie nun auch bringen. Denn wenn sie es nicht taten, aber ihre Konkurrenten ...«

»Dann würden die Chefredakteure anfangen, Fragen zu stellen, wieso man ihnen zuvorgekommen sei?«

»Genau. Also, wer auch immer diese Geschichte eingefädelt hatte, konnte sicher sein, dass sie überall erscheinen würde.«

»Aber wer hat sie eingefädelt?«

Kemp schüttelte den Kopf. »Das weiß niemand. Es war ein anonymer Hinweis. Ein Anruf an alle Nachrichtenredaktionen, an dem Donnerstag. Die Polizei wird Freitagnacht eine Razzia in einem Bordell in Edinburgh machen ... hier ist die Adresse ... wenn ihr gegen Mitternacht dort seid, habt ihr mit Sicherheit einen Abgeordneten im Sack.«

»Das hat der Anrufer gesagt?«

»Seine genauen Worte waren angeblich: ›mindestens ein Abgeordneter wird drinnen sein‹.«

»Aber er hat keine Namen genannt?«

»Das brauchte er nicht. Angehörige des Königshauses, Abgeordnete, Schauspieler und Sänger – wenn man die Zeitungen auf so eine Fährte lockt, hat man sie gleich am Haken. Das Bild ist vermutlich ein bisschen schief, aber Sie verstehen, was ich meine.«

»O ja, Chris, ich verstehe, was Sie meinen. Und was schließen Sie daraus?«

»Sieht aus, als hätte jemand Jack fertig machen wollen. Aber denken Sie daran, dass sein Name von dem Anrufer nicht erwähnt wurde.«

»Trotzdem ...«

»Ja, trotzdem.«

Rebus' Gedanken rasten. Wenn er sich nicht auf das Sofa gelümmelt hätte, hätte er behaupten können, dass seine Gedanken mit ihm davonrasten. Im Grunde debattierte er mit sich selbst. Ob er Gregor Jack einen riesigen Gefallen tun sollte oder nicht. Dagegen sprach: Er war Jack keinen Gefallen schuldig; außerdem sollte er versuchen, objektiv zu bleiben – war das nicht das, was Lauderdale gewollt hatte? Dafür sprach eigentlich nur eines – er würde Jack nicht nur einen Gefallen tun, er würde vielleicht auch die Ratte aufstöbern, die Jack in die Falle gelockt hatte. Rebus kam zu einem Entschluss.

»Chris, ich möchte Ihnen etwas erzählen …«

Kemp witterte eine Geschichte. »Darf ich mich auf Sie berufen?«

Doch Rebus schüttelte den Kopf. »Leider nicht.«

»Aber es stimmt?«

»O ja, ich kann Ihnen garantieren, dass es stimmt.«

»Ich höre.«

Letzte Chance, einen Rückzieher zu machen. Nein, er würde keinen Rückzieher machen. »Ich kann Ihnen sagen, weshalb Gregor Jack in diesem Bordell war.«

»Ja?«

»Aber zuerst möchte ich noch eines wissen – verheimlichen Sie mir irgendetwas?«

Kemp zuckte die Schultern. »Nicht dass ich wüsste.«

Rebus glaubte ihm immer noch nicht. Schließlich hatte Kemp keinen Grund, Rebus alles zu erzählen. Rebus würde ihm ja auch nichts erzählen, was er seiner Meinung nach nicht wissen sollte. Ein halbe Minute lang saßen sie schweigend da, weder Freunde noch Feinde, eher wie Soldaten am Weihnachtstag im Schützengraben während der Ruhe vor dem Sturm. Jeden Augenblick könnten die Sirenen losgehen und Granatsplitter den Frieden zerstören. Rebus fiel ein, dass er *eines* auf jeden Fall wusste, was Kemp zu gern wissen wollte, nämlich wie Ronald Steele an seinen Spitznamen gekommen war …

»Also«, sagte Kemp, »warum war er dort?«

»Weil ihm jemand erzählt hatte, seine Schwester würde dort arbeiten.«

Kemp kräuselte die Lippen.

»Als Prostituierte arbeiten«, erklärte Rebus. »Jemand hat ihn – anonym – angerufen und es ihm gesagt. Deshalb ist er hingegangen.«

»Das war dumm.«

»Find ich auch.«

»Und *war* sie dort?«

»Ja. Sie nennt sich Gail Crawley.«

»Wie schreibt man das?«

»C-r-a-w-l-e-y.«

»Und Sie sind sich dessen sicher?«

»Ja, ganz sicher. Sie ist immer noch in Edinburgh, arbeitet immer noch als Prostituierte.«

Kemp sprach mit ruhiger Stimme, doch seine Augen leuchteten. »Ihnen ist doch klar, dass das eine Geschichte ist?«

Rebus zuckte die Schultern und schwieg.

»Sie wollen, dass ich sie bringe?«

Ein weiteres Schulterzucken.

»Warum?«

Rebus starrte auf den leeren Becher in seinen Händen. Warum? Sobald es allgemein bekannt war, hatte der Anrufer oder die Anruferin das angestrebte Ziel nicht erreicht. Und wenn dieser Versuch gescheitert war, würde der- oder diejenige sich vielleicht gezwungen fühlen, etwas anderes zu probieren. Und dann wäre Rebus bereit ...

Kemp nickte. »Okay, danke. Ich werde darüber nachdenken.«

Rebus nickte ebenfalls. Er bedauerte bereits, dass er sich entschieden hatte, es Kemp zu sagen. Der Mann war Reporter, und zwar einer, der sich einen Namen machen wollte. Es war nicht vorhersehbar, was er mit der Geschichte anstellen würde. Je nachdem, wie man sie drehte, könnte Jack wie ein Samariter oder wie ein Dreckskerl dastehen ...

»Und jetzt sollte ich schnell baden«, sagte Kemp und erhob sich aus seinem Sessel, »damit ich pünktlich zu dieser Verabredung komme ...«

»Okay.« Rebus stand ebenfalls auf und stellte seinen Becher ins Spülbecken. »Danke für den Kaffee.«

»Danke für die Milch.« Das Badezimmer lag auf dem

Weg zur Wohnungstür. Rebus sah demonstrativ auf seine Uhr. »Gehen Sie ruhig schon ins Bad«, sagte er. »Ich find allein raus.«

»Bis dann.«

»Bis bald, Chris.« Er ging zur Tür, achtete darauf, ob die Dielen unter seinem Gewicht knarrten, dann drehte er sich um und sah, dass Kemp im Badezimmer verschwunden war. Wasser fing an zu plätschern. Behutsam drehte Rebus den Schlüssel, damit sich der Riegel vorschob und die Tür nicht ins Schloss fallen konnte. Dann öffnete er die Tür und knallte sie laut hinter sich zu. Er drückte sich im Treppenhaus an die Wand und hielt die Tür an der Klinke fest, damit sie nicht wieder aufging. In der Tür war ein Spion, doch Rebus blieb an der Wand stehen. Falls Kemp zur Tür kam, würde er allerdings merken, dass der Riegel vorgeschoben war ... Eine Minute verstrich. Niemand kam zur Tür. Zum Glück kam auch niemand ins Treppenhaus. Er hätte nur ungern erklären mögen, wieso er da stand und sich an einer Türklinke festhielt ...

Nach zwei Minuten bückte er sich, öffnete den Briefschlitz und schaute in den Flur. Die Badezimmertür stand einen Spalt auf. Das Wasser lief immer noch, doch er konnte Kemp summen hören und dann, wie er unter lautem Hie und Ha in die Wanne stieg. Das Wasser lief weiter und gab ihm die Geräuschkulisse, die er brauchte. Leise öffnete er die Tür, schlüpfte wieder in die Wohnung, schloss die Tür und klemmte sie mit einem dicken Buch von einem der Stapel fest. Die übrigen Bücher gerieten ins Wanken, blieben aber stehen. Rebus atmete erleichtert aus und schlich sich an der Badezimmertür vorbei den Flur entlang. Das Wasser lief ... Kemp summte immer noch. Das war der einfachere Teil. Wieder hinauszukommen würde sehr viel schwieriger werden – *falls* er nichts vorzuweisen hatte, was sein Täuschungsmanöver rechtfertigte.

Er durchquerte das Wohnzimmer und untersuchte den Schreibtisch. Die Akten gaben nichts her. Keine Spur von der »großen Geschichte«, an der Kemp arbeitete. Die Computerdisketten waren mit Nummern gekennzeichnet – das half ihm auch nicht weiter. Nichts Interessantes in der offenen Schublade des Aktenschranks. Er wandte sich wieder dem Schreibtisch zu. Keine voll geschriebenen Blätter, die unter leere Seiten geschoben worden waren. Er sah den Stapel LPs neben der Stereoanlage durch, aber da waren auch keine Notizen versteckt. Unter dem Sofa ... nein. Schränke ... Schubladen ... nein. Zum Teufel damit. Er ging zu dem großen, eisernen Herd. Hinter drei oder vier Topfpflanzen versteckt stand ganz hinten eine hässliche Trophäe. Kemps Auszeichnung als Nachwuchsjournalist des Jahres. Vorn auf dem Herd stand eine Reihe Schmuckschachteln. Er öffnete eine davon. Sie enthielt einen Anti-Atomkraft-Button und ein paar ANC-Ohrringe. In einer anderen Schachtel war ein »Free-Nelson-Mandela«-Button und ein Ring, der aussah, als wäre er aus Elfenbein geschnitzt. Gehörte wohl alles der Freundin. Und in der dritten Schachtel ... ein kleines Zellophanpäckchen mit Dope. Er lächelte. Wohl kaum genug, um jemanden zu verhaften, höchstens vier Gramm. War es das, was Kemp unbedingt hatte verstecken wollen? Nun ja, eine Vorstrafe wäre vermutlich nicht so gut für das Image eines »engagierten Journalisten«. Schwierig, Persönlichkeiten des öffentlichen Lebens ihre kleinen Laster vorzuhalten, wenn man selbst wegen Drogenbesitz vorbestraft war.

Zum Teufel damit. Und nun musste er zu allem Überfluss auch noch dafür sorgen, dass er, ohne gehört oder gesehen zu werden, aus der Wohnung kam. Das Wasser lief nicht mehr. Kein Geräusch, das seinen Rückzug deckte ... Er hockte sich neben den Herd und dachte nach. Vielleicht wäre die rotzfreche Methode am besten. Einfach an der

Tür vorbeigehen und irgendwas murmeln von wegen, man hätte den Schlüssel vergessen. Klar doch, das würde Kemp ihm glatt abkaufen. Da könnte er genauso gut fünf Pfund auf Cowdenbeath auf den Gewinn von Meisterschaft und Pokal setzen.

Er merkte, wie er beim Nachdenken auf den kleinen Backofen des Herds starrte, vielmehr auf die geschlossene Tür des Backofens. Die Blätter einer Grünlilie hingen auf die Tür herab, zwei davon waren eingeklemmt. Die Armen, das konnte er doch wohl nicht zulassen, oder? Also öffnete er die Tür und befreite die Blätter. In dem Backofen lagen einige Bücher. Alte gebundene Bücher. Er nahm eines heraus und betrachtete den Buchrücken.

John Knox über die Vorsehung. Na, wenn das kein Zufall war.

Die Badezimmertür flog nach innen auf.

»Verdammt noch mal!« Chris Kemp, der nur mit dem Kopf aus dem Wasser schaute, schoss hoch. Rebus schlenderte zur Toilette, klappte den Deckel herunter und machte es sich bequem.

»Lassen Sie sich von mir nicht stören, Chris. Ich wollte nur fragen, ob ich mir ein paar von Ihren Büchern ausleihen kann.« Er schlug auf den Stapel, den er auf den Knien hielt, alle sieben Stück. »Ich weiß nämlich ein gutes Buch zu schätzen.«

Kemp wurde tatsächlich rot. »Wo ist Ihr Durchsuchungsbeschluss?«

Rebus machte ein erstauntes Gesicht. »Durchsuchungsbeschluss? Wozu brauche ich einen Durchsuchungsbeschluss? Ich möchte doch nur ein paar Bücher ausleihen, mehr nicht. Dachte, ich zeig sie meinem alten Freund Professor Costello. Sie kennen doch Professor Costello? Auf so was hier ist der ganz versessen. Es gibt doch wohl keinen Grund, weshalb ich die Bücher nicht ausleihen sollte ... oder? Aber wenn Sie wollen, besorge ich mir erst diesen Durchsuchungsbeschluss und ...«

»Verpiss dich.«

»Sprache, junger Mann«, sagte Rebus tadelnd. »Vergessen Sie nicht, dass Sie Journalist sind. Sie sind dafür da, unsere Sprache zu schützen. Entwerten Sie sie nicht. Damit entwerten Sie sich nur selbst.«

»Ich dachte, Sie wollten, dass ich Ihnen einen Gefallen tue?«

»Was? Sie meinen die Geschichte über Jack und seine Schwester?« Rebus zuckte die Schultern. »Ich dachte, *ich* tue *Ihnen* einen Gefallen. Ich weiß doch, wie junge Reporter sind. Die würden alles dafür geben ...«

»Was wollen Sie von mir?«

Rebus beugte sich vor. »Wo haben Sie die her, Chris?«

»Die Bücher?« Kemp fuhr sich mit den Händen durch die glatten Haare. »Die sind von meiner Freundin. Soweit ich weiß, hat sie die in der Bibliothek ausgeliehen ...«

Rebus nickte. »Das ist eine plausible Geschichte. Ich bezweifle zwar, dass sie Ihnen aus der Klemme helfen würde, aber es ist eine plausible Geschichte. Doch leider erklärt sie nicht, weshalb Sie die Bücher versteckt haben, als Sie wussten, dass ich zu Ihnen wollte.«

»Versteckt? Ich weiß gar nicht, wovon Sie reden.«

Rebus lachte in sich hinein. »Prima, Chris, wirklich prima. Da glaube ich, ich könnte Ihnen einen Gefallen tun. *Noch* einen Gefallen, sollte ich wohl sagen ...«

»Was für einen Gefallen?«

»Dafür sorgen, dass die zu ihrem rechtmäßigen Besitzer zurückkommen, ohne dass jemand erfahren muss, wo sie in der Zwischenzeit waren.«

Kemp dachte darüber nach. »Und was wollen Sie dafür?«

»Das, was Sie mir bisher verheimlicht haben, was auch immer es sein mag. Ich *weiß,* dass Sie etwas wissen oder zu wissen glauben. Ich möchte Ihnen nur helfen, Ihre Pflicht zu erfüllen.«

»Meine Pflicht?«

»Der Polizei zu helfen. Das ist Ihre Pflicht, Chris.«

»So wie es *Ihre* Pflicht ist, unerlaubt in anderer Leute Wohnungen herumzuschleichen.«

Rebus machte sich nicht die Mühe, zu antworten. Er brauchte auch gar nicht zu antworten; er musste nur abwarten. Nun, wo er die Bücher hatte, hatte er auch den Reporter in der Tasche. Sicher und bequem zum späteren Gebrauch ...

Kemp seufzte. »Das Wasser wird langsam kalt. Haben Sie was dagegen, wenn ich rauskomme?«

»Wann immer Sie möchten. Ich warte nebenan.«

Kemp kam mit einem blauen Bademantel bekleidet ins Wohnzimmer.

»Erzählen Sie mir von Ihrer Freundin«, sagte Rebus. Kemp füllte erneut den Kessel. Er hatte die Minute, die er allein war, zum Nachdenken benutzt und war nun bereit zu reden.

»Vanessa?«, sagte er. »Sie ist Studentin.«

»Theologiestudentin? Mit Zugang zu Professor Costellos Zimmer?«

»*Jeder* hat Zugang zu Professor Costellos Zimmer. Das hat er Ihnen doch selbst gesagt.«

»Aber nicht jeder erkennt ein wertvolles Buch, wenn er eins sieht ...«

»Vanessa arbeitet außerdem stundenweise bei Suey Books.«

»Ah.« Rebus nickte. Mit Bleistift Preise in Bücher schreiben. Ohrringe und ein Fahrrad ...

»Der alte Costello ist dort Kunde, deshalb kennt Vanessa ihn ganz gut«, fügte Kemp hinzu.

»Jedenfalls gut genug, um ihn zu bestehlen.«

Chris Kemp seufzte. »Fragen Sie mich nicht, weshalb sie es getan hat. Ob sie vorhatte, sie zu verkaufen? Ich weiß es nicht. Ob sie vorhatte, sie zu behalten? Ich weiß es nicht. Ich hab sie danach gefragt, das können Sie mir glauben. Vielleicht hatte sie bloß einen Anfall von ... Geistesstörung.«

»Ja, vielleicht.«

»Was auch immer. Sie hat damit gerechnet, dass Costello die Bücher nicht mal vermissen würde. Bücher sind für ihn Bücher. Vielleicht hat sie geglaubt, er wäre mit modernen Taschenbuchausgaben genauso zufrieden ...«

»Aber sie vermutlich nicht?«

»Bringen Sie sie doch einfach zurück, okay? Oder behalten Sie sie. Was immer Sie wollen.«

Der Kessel schaltete sich aus. Rebus lehnte eine weitere Tasse Kaffee ab. »Also«, sagte er, während Kemp sich einen Becher zurechtmachte, »was haben Sie mir zu sagen, Chris?«

»Bloß das, was Vanessa mir über ihren Chef erzählt hat.«

»Über Ronald Steele?«

»Ja.«

»Was ist mit ihm?«

»Er hat ein Verhältnis mit Mrs Rab Kinnoul.«

»Tatsächlich?«

»Ja. Geht Sie nichts an, Inspector. Hat nichts mit Law and Order zu tun.«

»Aber trotzdem eine pikante Geschichte, was?« Rebus hatte Mühe zu reden. Ihm schwirrte erneut der Kopf. Neue Möglichkeiten, neue Konstellationen. »Und wie ist sie zu dieser Schlussfolgerung gekommen?«

»Das ist schon eine Weile her. Unser Unterhaltungsredakteur bei der Zeitung sollte Mr Kinnoul interviewen. Aber irgendwie waren die Termine durcheinander geschmissen worden, und er kreuzte an einem Mittwochnachmittag auf, obwohl er eigentlich donnerstags hätte kommen sollen. Jedenfalls war Kinnoul nicht da, aber Mrs Kinnoul war zu Hause, und sie hatte einen Freund zu Besuch, einen Freund, den sie als Ronald Steele vorstellte.«

»Besuch von einem Freund ... ich verstehe nicht ganz ...«

»Aber dann hat Vanessa mir noch was anderes erzählt. Ein paar Wochen vorher, auch an einem Mittwoch, gab es einen Notfall im Laden. Nun ja, eigentlich kein *Notfall*. Irgendeine Omi wollte einige Bücher von ihrem verstorbenen Mann verkaufen. Sie kam mit einer Liste in den Laden. Vanessa sah gleich, dass da ein paar Schätze drunter waren, aber sie musste erst mit dem Chef reden. Er traut ihr nicht, wenn es um Einkäufe geht. Allerdings sind die Mittwochnachmittage sakrosankt ...«

»Die wöchentliche Golfpartie ...«

»Mit Gregor Jack. Ja, genau. Aber Vanessa dachte, der bringt mich um, wenn uns das durch die Lappen geht. Also hat sie im Golfclub angerufen, draußen in Braidwater.«

»Den kenn ich.«

»Und man hat ihr erklärt, die Herren Steele und Jack hätten abgesagt.«

»Ja?«

»Da hab ich zwei und zwei zusammengezählt. Angeblich spielt Steele jeden Mittwoch Golf, doch an einem Mittwoch trifft mein Kollege ihn im Haus der Kinnouls an, und an einem anderen Mittwoch ist er nicht auf dem Golfplatz aufgetaucht. Rab Kinnoul ist als jähzornig bekannt, Inspector. Und er hat den Ruf, sehr *besitzergreifend* zu sein. Glauben Sie, der weiß, dass Steele seine Frau besucht, wenn er nicht da ist?«

Rebus' Herz fing an zu rasen. »Da könnten Sie recht haben, Chris. Ja, da könnten Sie recht haben.«

»Aber wie ich bereits sagte, das geht die Polizei wohl kaum etwas an.«

Kaum! Es ging die Polizei *absolut* was an. Zwei Alibis in dasselbe Sandloch geschlagen. War Rebus dem Ende der Partie näher, als er angenommen hatte? Spielte er nur neun statt achtzehn Löcher? Er stand vom Sofa auf.

»Chris, ich muss los.« Wie die Speichen des Rads eines Fahrrads drehten sich die Namen in seinem Kopf: Liz Jack, Gregor Jack, Rab Kinnoul, Cath Kinnoul, Ronald Steele, Ian Urquhart, Helen Greig, Andrew Macmillan, Barney Byars, Louise Patterson-Scott, Julia Kaymer, Jamie Kilpatrick, William Glass. Wie die Speichen des Rads eines Fahrrads.

»Inspector Rebus?«

Er blieb an der Tür stehen. »Was ist?«

Kemp zeigte auf das Sofa. »Vergessen Sie Ihre Bücher nicht.«

Rebus starrte sie an, als sähe er sie zum ersten Mal. »Ach ja«, sagte er und ging zum Sofa zurück. »Und, übrigens«, sagte er, während er den Stapel hochhob, »ich *weiß*, warum Steele den Spitznamen Suey hat.« Dann zwinkerte er. »Erinnern Sie mich dran, dass ich Ihnen das irgendwann mal erzähle, wenn das hier alles vorbei ist …«

Er ging zur Wache zurück, um seinen Vorgesetzten einiges von seinen neuen Erkenntnissen mitzuteilen. Doch Brian Holmes hielt ihn vor der Tür des Chief Superintendent an.

»Das würd ich nicht machen.«

Rebus, der bereits die Hand zum Klopfen erhoben hatte, hielt inne. »Warum nicht?«, fragte er genauso leise, wie Holmes gesprochen hatte.

»Der Vater von Mrs Jack ist da drinnen.«

Sir Hugh Ferrie! Rebus ließ langsam die Hand sinken und entfernte sich vorsichtig von der Tür. Das war so ziemlich das Letzte, was er wollte – in eine Diskussion mit Ferrie verwickelt zu werden. Warum haben Sie noch nicht ... was unternehmen Sie wegen ... wann werden Sie ...? Nein, das Leben war zu kurz und die Stunden zu lang.

»Danke, Brian. Dafür bin ich Ihnen was schuldig. Wer ist sonst noch da drinnen?«

»Nur der Farmer und der Fart.«

»Dann überlassen wir das denen am besten, was?« Sie zogen sich in sichere Entfernung von der Tür zurück. »Die Liste von den Autos, die Sie zusammengestellt haben, war übrigens ziemlich gründlich. Gut gemacht.«

»Danke. Lauderdale hat mir gar nicht gesagt, um was es genau ...«

»Gibt's sonst was Neues?«

»Was? Nein, alles still wie ein Grab. Ach ja, Nell glaubt, sie ist vielleicht schwanger.«

»Was?«

Holmes lächelte amüsiert. »Wir sind uns noch nicht sicher ...«

»Habt ihr ... na, Sie wissen schon, damit *gerechnet*?«

Das Lächeln hielt an. »Erwarte immer das Unerwartete, wie man so schön sagt.«

Rebus stieß einen Pfiff aus. »Freut sie sich?«

»Ich glaube, sie hält noch alle Gefühle zurück, bis wir es genau wissen.«

»Und Sie?«

»Ich? Wenn's ein Junge ist, nennen wir ihn Stuart, und er wird später Arzt und schottischer Nationalspieler.«

Rebus lachte. »Und wenn's ein Mädchen ist?«

»Katherine, Schauspielerin.«

»Ich drück euch die Daumen.«

»Danke. Ach ja, noch eine Neuigkeit – Pond ist zurück.«

»Tom Pond?«

»Eben dieser. Von jenseits des großen Teiches. Wir haben ihn heute Morgen erreicht. Ich dachte, ich geh zu ihm und rede mit ihm, falls Sie das nicht möchten?«

Rebus schüttelte den Kopf. »Er gehört Ihnen, Brian, wozu auch immer er nützlich sein mag. Im Augenblick ist er so ziemlich der Einzige, von dem ich glaube, dass er unschuldig ist. Er, Macmillan und Mr Glass.«

»Haben Sie das Vernehmungsprotokoll gelesen?«

»Nein.«

»Ich weiß ja, dass Sie und Chief Inspector Lauderdale nicht so gut miteinander können, aber eines muss man ihm lassen, er hat einen scharfen Verstand.«

»Man könnte ihn vielleicht einen Glass-Schneider nennen?«

Holmes seufzte. »Könnte man, aber müssen Sie denn immer meine Gags vorwegnehmen?«

Edinburgh war umgeben von Golfplätzen für jeden Geschmack und von jedem möglichen Schwierigkeitsgrad. Es gab Plätze, auf denen der Wind die Bälle ständig in die falsche Richtung wehte. Und dann gab es hügelige Plätze, voller steiler Hänge und tiefer Rinnen, wo die Fahnen manchmal in kurz geschnittenen Grünflächen, den Grüns, steckten, die sich auf Plateaus von der Größe eines Taschentuchs befanden. Der Braidwater Course gehörte zu letzterer Kategorie. Bei den meisten Schlägen verließen die Spieler sich auf Instinkt oder Glück, da die Fahne häufig durch eine Anhöhe oder die Kuppe eines Hügels verdeckt war. Ein grausamer Golfplatzarchitekt hätte direkt hinter diesen Hindernissen Sandbunker angelegt, und genau das hatte ein grausamer Golfplatzarchitekt hier getan.

Leute, die den Platz nicht kannten, begannen ihre Runde häufig voller Hoffnung auf frische Luft und ein bisschen

Bewegung und endeten mit hohem Blutdruck und dem dringenden Bedürfnis nach ein, zwei Whiskys. Das Clubhaus bestand aus zwei unterschiedlichen Teilen. Da war zunächst das ursprüngliche Gebäude, alt, solide und grau, und diesem hatte man einen überdimensionalen Anbau aus Blocksteinen und Rauputz hinzugefügt. Das alte Gebäude beherbergte Räume des Vorstands, Büros und Ähnliches, doch die Bar befand sich in dem neuen Gebäude. Der Sekretär des Clubs führte Rebus in die Bar, wo er hoffte, irgendjemanden vom Vorstand anzutreffen.

Die Bar lag im ersten Stock. Eine Wand bestand nur aus Glas und bot Aussicht auf das achtzehnte Grün und den hügeligen Golfplatz dahinter. An einer anderen Wand hingen eingerahmte Fotos, Ehrentafeln, Schriftrollen aus nachgemachtem Pergament und über Kreuz zwei uralte Putter, die wie abgezehrte Knochen aussahen. Die Trophäen des Clubs – die kleinen Trophäen – standen auf einem Regalbrett über der Bar. Die größeren, älteren und wertvolleren Trophäen wurden im großen Vorstandsraum im alten Gebäude aufbewahrt. Rebus wusste das, weil ein paar davon vor drei Jahren gestohlen worden waren, und er hatte zu den ermittelnden Beamten gehört. Sie waren sogar wiedergefunden worden, wenn auch durch einen absoluten Zufall. Beamte, die wegen eines Falls von häuslicher Gewalt gerufen worden waren, fanden sie in einem Koffer, der offen herumlag.

Der Clubsekretär erinnerte sich jedoch an Rebus. »Mir fällt Ihr Name nicht mehr ein«, sagte er, »aber Ihr Gesicht kommt mir bekannt vor.« Er zeigte Rebus die neue Alarmanlage und die Vitrine aus Panzerglas, in der die Trophäen nun aufbewahrt wurden. Rebus brachte es nicht übers Herz, ihm zu sagen, dass selbst ein Amateureinbrecher immer noch in nur zwei Sekunden in dem Raum und wieder draußen wäre.

»Was möchten Sie trinken, Inspector?«

»Ich nehm einen kleinen Whisky, wenn's keine Mühe macht.«

»Überhaupt keine Mühe.«

In der Bar herrschte nicht gerade viel Betrieb. Die spätnachmittägliche Flaute, wie der Clubsekretär erklärt hatte. Diejenigen, die am Nachmittag spielten, fingen in der Regel vor drei Uhr an, während die, die zu einer abendlichen Runde kamen, erst gegen halb sechs aufkreuzten.

Zwei Männer in gleichen gelben Pullovern mit V-Ausschnitt saßen an einem Tisch am Fenster, starrten schweigend hinaus und nippten ab und zu an zwei Bloody Marys. Zwei weitere Männer saßen an der Bar, der eine hatte ein schal aussehendes Pint Bier vor sich stehen, der andere etwas, das verdächtig nach einem Glas Milch aussah. Sie waren alle Mitte vierzig oder ein wenig älter; alles meine Altersgenossen, dachte Rebus.

»Unser Bill hier könnte Ihnen einige Geschichten erzählen, Inspector«, sagte der Clubsekretär und nickte dem Barmann zu. Bill nickte halb grüßend, halb zustimmend zurück. Sein V-Ausschnitt-Pullover war kirschrot und trug nicht gerade dazu bei, seinen vorstehenden Bauch zu kaschieren. Er sah nicht aus wie ein professioneller Barmann, erfüllte seine Aufgabe aber gründlich und mit offenkundigem Stolz. Rebus hielt ihn für ein Clubmitglied, das hier aushalf.

Niemand war zusammengezuckt, als der Sekretär ihn mit »Inspector« ansprach. Das hier waren gesetzestreue Männer, und wenn schon das nicht, dann aber ganz gewiss *gesetzesgläubig*. Sie glaubten an das Gesetz und daran, dass Verbrecher bestraft werden sollten. Das Herummanipulieren an der Steuererklärung hielten sie nicht für eine kriminelle Handlung. Sie wirkten ... geborgen. Sie fühlten sich sicher und geborgen. Doch Rebus wusste, dass *er* die Schlüssel zu den Leichen in ihren Kellern besaß.

»Wasser, Inspector?« Der Sekretär schob einen Krug in seine Richtung.

»Danke.« Rebus verdünnte seinen Whisky. Der Sekretär blickte sich um, als ob er von zahlreichen Menschen umgeben wäre.

»Hector ist nicht da. Ich hatte angenommen, er wäre hier.«

Bill, der Barmann, mischte sich ein. »Er kommt gleich wieder.«

»Ist sprichwörtlich mal wohin gegangen«, sagte der Milchtrinker, und Rebus überlegte, was für ein Sprichwort er wohl meinte.

»Ah, da kommt er ja.«

Rebus hatte sich einen großen Hector vorgestellt, lockiges Haar, dicker Bauch, orangefarbener V-Ausschnitt-Pullover. Doch dieser Mann war klein und hatte schüttere, mit Frisiercreme eingeriebene, schwarze Haare. Er war ebenfalls Mitte vierzig und schaute durch dicke Brillengläser, die in einem schweren Gestell steckten, in die Welt. Seine Lippen waren trotzig vorgeschoben, was in merkwürdigem Gegensatz zu seinem Äußeren stand. Er musterte Rebus gründlich, während sie einander vorgestellt wurden.

»Sehr erfreut«, sagte er und schob eine kleine feuchte Hand in Rebus' Hand. Es war, als würde man einem gut erzogenen Kind die Hand schütteln. Sein V-Ausschnitt-Pullover war kamelhaarfarben und sah teuer aus. Kaschmir?

»Inspector Rebus«, sagte der Sekretär, »möchte wissen, ob eine bestimmte Partie am Mittwoch vor zwei Wochen gespielt wurde oder nicht.«

»Ja.«

»Ich hab ihm gesagt, du wärst der Kopf dieses Vereins, Hector.«

»Ja.«

Der Sekretär schien sichtlich mit sich zu ringen. »Wir dachten, du könntest vielleicht ...«

Doch Hector hatte bereits genügend Informationen und hatte sie auch schon verdaut. »Als Erstes«, sagte er, »müssen wir uns die Reservierungen ansehen. Sie erzählen uns vielleicht nicht die ganze Geschichte, aber sie sind ein guter Ausgangspunkt. Wer sollte denn spielen?«

Die Frage war an Rebus gerichtet. »Zwei Personen, Sir«, antwortete er. »Ein Mr Ronald Steele und ein Mr Gregor Jack.«

Hector schielte an Rebus vorbei zu der Stelle, an der die beiden Männer an der Bar saßen. Es war nicht unbedingt stiller im Raum geworden, doch die Atmosphäre war spürbar anders. Der Milchtrinker sprach als Erster.

»Ach, die beiden!«

Rebus drehte sich zu ihm um. »Ja, Sir, die beiden. Was wollen Sie damit sagen?«

Die Antwort kam jedoch von Hector. »Die Herren Jack und Steele haben eine Dauerreservierung. Mr Jack war Abgeordneter, müssen Sie wissen.«

»Soweit ich weiß, ist er das immer noch.«

»Nicht mehr lange«, murmelte der Gefährte des Milchtrinkers.

»Mir ist nicht bewusst, dass Mr Jack ein Verbrechen begangen hat.«

»Wohl kaum«, sagte Hector unwirsch.

»Er ist trotzdem ein absoluter Kotzbrocken«, bemerkte der Milchtrinker.

»Wie das, Sir?«

»Reserviert und kommt nie. Er und seine Freunde.« Rebus merkte, dass das ein seit langem schwelender Streitpunkt war und dass die Worte des Mannes mehr an den Clubsekretär und an Hector gerichtet waren als an ihn. »Und man lässt es ihm auch noch durchgehen. Bloß weil er Abgeordneter ist.«

»Mr Jack ist deshalb verwarnt worden«, sagte Hector.

»Getadelt worden«, korrigierte der Clubsekretär. Der Milchtrinker verzog das Gesicht.

»Du bist ihm in den Arsch gekrochen, und das weißt du auch.«

»Also bitte, Colin«, sagte Bill, der Barmann, »kein Grund, so ...«

»Wird endlich Zeit, dass *irgendjemand* das mal laut sagt!«

»Ganz genau«, stimmte der Biertrinker zu. »Colin hat recht.«

Dieser Streit half Rebus nicht viel weiter. »Habe ich das richtig verstanden«, sagte er, »dass Mr Jack und Mr Steele eine Dauerreservierung haben, dann aber nie kommen?«

»Das haben Sie absolut richtig verstanden«, sagte Colin.

»Lasst uns nichts übertreiben oder falsch darstellen«, sagte Hector mit ruhiger Stimme. »Wir sollten uns lieber an die Tatsachen halten.«

»Apropos Tatsachen, Sir«, sagte Rebus. »Es ist eine Tatsache, dass ein Kollege von mir, Detective Constable Broome, letzte Woche hier war, um zu überprüfen, ob die fragliche Partie Golf gespielt worden ist. Ich glaube, er hat mit *Ihnen* gesprochen, da der Clubsekretär an dem Tag krank war.«

»Erinnerst du dich, Hector«, unterbrach der Sekretär nervös, »einer von meinen Migräneanfällen.«

Hector nickte knapp. »Ich erinnere mich.«

»Sie waren nicht gerade ehrlich mit DC Broome, meinen Sie nicht, Sir?«, sagte Rebus. Colin leckte sich die Lippen. Offenkundig genoss er diese Auseinandersetzung.

»Im Gegenteil, Inspector«, sagte Hector. »Ich habe die Fragen des Detective Constable äußerst gewissenhaft beantwortet. Er hat eben nicht die richtigen Fragen gestellt. Er war sogar sehr nachlässig. Hat bloß einen Blick auf die Reservierungen geworfen und war anscheinend zufrieden. Ich erinnere mich, dass er es eilig hatte ... er war mit seiner Frau verabredet.«

Soso, dachte Rebus, dann musste Broome ordentlich eins draufkriegen. Trotzdem ...

»Trotzdem, Sir, wär es Ihre Pflicht ...«

»Ich habe seine Fragen beantwortet, Inspector. Ich hab nicht gelogen.«

»Dann wollen wir mal sagen, Sie waren etwas ›ökonomisch mit der Wahrheit‹.«

Colin schnaubte verächtlich. Hector warf ihm einen eisigen Blick zu, doch seine Worte waren an Rebus gerichtet. »Er war nicht gründlich genug, Inspector. So einfach ist das. Ich erwarte ja auch nicht, dass meine Patienten mir helfen, wenn ich nicht gründlich genug bei der Behandlung bin. Sie sollten nicht von mir erwarten, dass ich Ihre Arbeit tue.«

»Hier geht es um ein schweres Verbrechen, Sir.«

»Warum streiten wir dann rum? Stellen Sie Ihre Fragen.«

Der Barmann mischte sich ein. »Moment mal. Bevor ihr anfangt, hab *ich* noch eine Frage.« Er sah einen nach dem anderen an. »Was möchtet ihr trinken?«

Bill, der Barmann, schenkte die Getränke aus. Die Runde ging auf ihn. Er rechnete alles zusammen und schrieb den Betrag in ein kleines Notizbuch, das in der Kasse lag. Die Bloody Marys vom Fenster kamen herüber und gesellten sich zu ihnen. Der Biertrinker wurde Rebus als David Cassidy vorgestellt – »Keine Scherze, bitte. Meine Eltern konnten das schließlich nicht ahnen!« –, und der Mann namens Colin trank tatsächlich Milch – »Magengeschwür, Anweisung des Arztes.«

Hector nahm ein schmales zerbrechliches Glas entgegen, das bis zum Rand mit trockenem Sherry gefüllt war. Er sprach einen Toast auf »unser aller Gesundheit« aus.

»Aber nicht auf den National Health Service, was, Hector?«, fügte Colin hinzu und erklärte dann Rebus, dass Hector Zahnarzt war.

»Privatpraxis«, fügte Cassidy hinzu.

»Genau das, was dieser Club auch sein sollte«, erwiderte Hector. »Privat. Die Privatangelegenheiten der Mitglieder sollten niemanden hier etwas angehen.«

»Und deshalb«, vermutete Rebus, »haben Sie für Jack und Steele als Alibi fungiert?«

Hector seufzte. »›Alibi‹ ist ein ziemlich starkes Wort, Inspector. Als Mitglieder des Clubs haben sie das Recht, zu reservieren und kurzfristig wieder abzusagen.«

»Und das taten sie?«

»Manchmal, ja.«

»Aber nicht jedes Mal?«

»Gelegentlich haben Sie auch gespielt.«

»Wie gelegentlich?«

»Das müsste ich nachsehen.«

»Ungefähr einmal im Monat«, sagte Barmann Bill. Er hielt das Geschirrtuch fest, als wäre es ein Talisman.

»Sie haben also drei von vier Malen abgesagt?«, stellte Rebus fest. »Wie haben sie abgesagt?«

»Telefonisch«, sagte Hector. »Normalerweise hat Mr Jack angerufen. Hat sich immer vielmals entschuldigt. Wahlkreisangelegenheiten … oder Mr Steele war krank … oder, nun ja, es gab eine Reihe von Gründen.«

»Du meinst wohl Ausreden«, sagte Cassidy.

»Manchmal ist Gregor aber trotzdem gekommen, oder etwa nicht?«, erwiderte Bill.

Colin räumte ein, dass das stimmte. »An irgendeinem Mittwoch hab ich mal eine Runde mit ihm gespielt, als Steele nicht aufgetaucht ist.«

»Mr Jack kam also häufiger in den Club als Mr Steele?«, fragte Rebus.

Das wurde allseits nickend bestätigt. Manchmal sagte er ab, kreuzte aber trotzdem auf. Er spielte dann nicht, sondern setzte sich in die Bar. Aber es passierte nie andersherum: Steele kam nie ohne Jack. Und an dem fraglichen Mittwoch, dem Mittwoch, für den Rebus sich interessierte?

»Da hat es wie aus Eimern geschüttet«, sagte Colin. »An dem Tag ist kaum einer rausgegangen, und die beiden schon gar nicht.«

»Sie hatten also abgesagt?«

O ja, sie hatten abgesagt. Und nein, Mr Jack war auch nicht gekommen. Nicht an dem Tag und auch danach nicht mehr. Die Nachmittagsflaute war nun vorbei. Mitglieder kamen auf einen schnellen Drink vor dem Spiel oder auf einen schnellen Drink, bevor sie nach Hause fuhren. Sie gesellten sich zu der kleinen Gruppe, schüttelten Hände, erzählten sich die neuesten Geschichten. Dann fing die Gruppe an, sich aufzulösen, bis nur noch Rebus und Hector übrig waren. Der Zahnarzt legte Rebus eine Hand auf den Arm.

»Nur noch eines, Inspector«, sagte er.

»Ja?«

»Ich hoffe, Sie halten mich nicht für plump …«

»Ja?«

»Aber Sie sollten wirklich mal zum Zahnarzt gehen.«

»Ich weiß«, sagte Rebus. »Das hat mir schon mal jemand gesagt. Übrigens, und ich hoffe, Sie halten mich nicht für plump …«

»Ja, Inspector?«

Rebus beugte sich ganz dicht zu dem Mann hinüber, um

besser in sein Ohr fauchen zu können. »Ich werd mich dafür ins Zeug legen, dass Sie eine Anzeige wegen Behinderung der Polizei kriegen.« Damit stellte er sein leeres Glas auf die Theke.

»Bis dann«, sagte Barmann Bill. Er nahm das Glas und stülpte es über die elektrische Spülbürste, dann stellte er es auf die Abtropfmatte aus Plastik. Als er aufblickte, stand Hector immer noch so da, wie der Polizist ihn verlassen hatte, das Sherryglas immer noch in der Hand.

»Am Freitag haben Sie mir erzählt«, sagte Rebus, »Sie versuchten, das abzuwerfen, was Sie nicht brauchten.«

»Ja.«

»Dann gehe ich davon, dass Sie der Meinung waren, dass sie das Alibi mit dem Golfspiel *brauchten*?«

»Was?«

»Die wöchentliche Partie mit Ihrem Freund Ronald Steele.«

»Was ist damit?«

»Merkwürdig, was? *Ich* mache die Aussagen, und *Sie* stellen die Fragen. Sollte eigentlich umgekehrt sein.«

»Sollte es?«

Gregor Jack sah aus wie ein im Krieg Verwundeter, der immer noch das Kampfgeschehen hören und sehen konnte, egal, wie weit man ihn von der Front wegzerrte. Die Reporter lungerten immer noch vor seinem Tor herum, während Ian Urquhart und Helen Greig immer noch drinnen waren. Aus dem Büro im hinteren Teil des Hauses war das Geräusch eines Druckers zu hören. Dort hatte sich Urquhart mit Helen in Klausur begeben. Ein neuer Tag, eine neue Pressemitteilung.

»Brauche ich einen Anwalt?«, fragte Jack nun, der vor Schlaflosigkeit dunkle Ringe unter den Augen hatte.

»Das bleibt ganz Ihnen überlassen, Sir. Ich möchte lediglich wissen, weshalb Sie uns in Bezug auf diese Partie Golf angelogen haben.«

Jack schluckte. Auf dem Couchtisch vor ihm standen eine leere Whiskyflasche und drei leere Kaffeebecher. »Freundschaft, Inspector«, sagte er, »ist ... es ist ...«

»Eine Entschuldigung? Sie brauchen mehr als Entschuldigungen, Sir. Und was ich jetzt brauche, sind ein paar Tatsachen.« Er dachte an Hector, als er das Wort aussprach. »Tatsachen«, wiederholte er.

Doch Jack murmelte immer noch irgendetwas über Freundschaft. Rebus mühte sich ungeschickt aus dem unbequemen Zuckerwattesessel. Er baute sich vor dem Abgeordneten auf. Abgeordneter? Das war kein Abgeordneter. Das war nicht *der* Gregor Jack. Wo war das Selbstvertrauen, das Charisma? Wo das wählerwirksame Gesicht und jene klare, aufrichtige Stimme? Er war wie eine von diesen Saucen, deren Herstellung bei Kochsendungen im Fernsehen gezeigt wird – reduzieren, reduzieren, reduzieren ...

Rebus beugte sich hinunter und packte ihn an den Schultern. Er schüttelte ihn. Jack blickte überrascht auf. Rebus' Stimme war kalt und schneidend.

»Wo waren Sie an dem Mittwoch?«

»Ich war ... ich ... war ... nirgends. Eigentlich nirgends. Überall.«

»Überall, nur nicht da, wo Sie eigentlich sein sollten.«

»Ich bin ein bisschen durch die Gegend gefahren.«

»Wohin?«

»Die Küste entlang. Ich glaub, ich bin in Eyemouth gelandet, eines von diesen Fischerdörfern, irgend so was. Es hat geregnet. Ich bin am Meer spazieren gegangen. Ich bin sehr lange spazieren gegangen. Dann bin ich zurück ins Landesinnere gefahren. Überall und nirgends.« Er fing an zu singen.

»You're everywhere and nowhere, baby.«

Rebus schüttelte ihn erneut und hielt dann plötzlich inne.

»Hat Sie irgendjemand gesehen? Haben Sie mit jemandem gesprochen?«

»Ich war in einem Pub ... in zwei Pubs. Eines in Eyemouth, eines irgendwo anders.«

»Warum? Wo war ... Suey? Was hatte er vor?«

»Suey.« Jack lächelte, als er den Namen hörte. »Der gute alte Suey. Freunde, verstehen Sie, Inspector. Wo er war? Er war da, wo er immer ist – bei irgendeiner Frau. Ich bin sein Alibi. Falls jemand fragt, sind wir Golf spielen. Und manchmal tun wir das tatsächlich. Doch die übrige Zeit decke ich ihn. Nicht dass es mir etwas ausmacht. Ich find's eigentlich ganz schön, diese Zeit für mich zu haben. Ich mach mich allein auf den Weg ... geh spazieren ... denke nach ...«

»Wer ist die Frau?«

»Was? Ich weiß nicht. Bin mir noch nicht mal sicher, ob es nur eine ist ...«

»Ihnen fallen keine möglichen Kandidatinnen ein?«

»Wer?« Jack blinzelte. »Sie meinen Liz? Meine Liz? Nein, Inspector, nein.« Er lächelte kurz. »Nein.«

»Okay, was ist mit Mrs Kinnoul?«

»Gowk?« Nun lachte er. »Gowk und Suey? Vielleicht als sie fünfzehn waren, Inspector, aber nicht heute. Haben Sie Rab Kinnoul mal gesehen? Er ist der reinste Kleiderschrank. Das würde Suey sich nicht trauen.«

»Vielleicht ist Suey ja so freundlich und verrät es mir.«

»Sie entschuldigen mich bei ihm, ja? Sagen Sie ihm, ich *musste* es Ihnen sagen.«

»Ich wäre Ihnen dankbar«, fuhr Rebus ungerührt fort, »wenn Sie sich an diesen Nachmittag erinnern könnten. Versuchen Sie, sich zu erinnern, wo Sie angehalten haben, die Namen der Pubs, irgendjemand, der sich *vielleicht* an Sie erinnern könnte. Schreiben Sie alles auf.«

»Wie eine Aussage.«

»Nur als Erinnerungsstütze. Oft hilft es, wenn man Dinge aufschreibt.«

»Das stimmt.«

»Und im Übrigen muss ich mal intensiv darüber nachdenken, ob ich Sie nicht wegen Behinderung der Polizei anzeige.«

»Was?«

Die Tür ging auf. Es war Urquhart. Er kam herein und machte die Tür hinter sich zu. »Das wäre geschafft«, sagte er.

»Gut«, sagte Jack beiläufig. Und Urquhart sah jetzt aus, als stünde er nur so herum. Sein Blick war auf Rebus gerichtet, selbst als er mit seinem Arbeitgeber sprach.

»Ich hab Helen gesagt, sie soll hundert Kopien durchlaufen lassen.«

»So viele? Nun ja, was immer du für richtig hältst, Ian.«

Nun blickte Urquhart Gregor Jack an. Am liebsten würde er ihn auch schütteln, dachte Rebus. Aber das wird er nicht tun.

»Du musst stark sein, Gregor. Du musst zumindest so *aussehen,* als wärst du stark.«

»Du hast recht, Ian. Ja, stark aussehen.«

Wie ein nasses Papiertaschentuch, dachte Rebus. Wie ein vom Holzwurm zerfressenes Möbelstück. Wie die Knochen eines alten Menschen.

Ronald Steele war notorisch schwer zu erwischen. Rebus fuhr sogar zu seinem Haus, einem Bungalow am Rand von Morningside. Keinerlei Lebenszeichen. Rebus versuchte es am nächsten Tag telefonisch weiter. Beim vierten Klingeln schaltete sich Steeles Anrufbeantworter ein.

Um acht Uhr gab Rebus auf. Was er vermeiden wollte, war, dass Gregor Jack Steele warnte, dass ihre Geschichte an den schwachen Nähten auseinander geplatzt war. Am liebsten hätte er Steeles Anrufbeantworter die ganze Nacht beschäftigt gehalten. Doch stattdessen klingelte sein eigenes Telefon. Er war in der Wohnung in Marchmont und lag in seinem Sessel, ohne etwas Ess- oder Trinkbares, ohne etwas, das seine Gedanken von dem Fall ablenken könnte.

Er wusste, wer am Telefon sein würde! Patience. Sie würde wissen wollen, ob und wann er vorhatte, bei ihr aufzukreuzen. Sie hätte sich nur Sorgen gemacht, weiter nichts. Sie hatten ausnahmsweise das ganze Wochenende zusammen verbracht. Shopping am Samstagnachmittag, abends ins Kino. Ein Ausflug nach Crammond am Sonntag, und am Sonntagabend Wein und Backgammon. Große Ausnahme ... Er nahm den Hörer ab.

»Rebus.«

»Mein Gott, Sie sind aber schwer zu erwischen.« Es war eine männliche Stimme. Es war nicht Patience. Es war Holmes.

»Hallo, Brian.«

»Ich versuche seit Stunden, Sie zu erreichen. Entweder ist besetzt, oder es geht keiner ran. Sie sollten sich einen Anrufbeantworter anschaffen.«

»Ich *habe* einen Anrufbeantworter, ich vergesse nur manchmal, ihn anzuschalten. Was gibt's denn? Jetzt erzählen Sie mir bloß nicht, Sie verkaufen als Nebenerwerb Telefone. Wie geht's Nell?«

»So einigermaßen, da sie nun doch nicht schwanger ist.«

»Das Ergebnis war also negativ?«

»Da bin ich mir ganz sicher.«

»Vielleicht klappt's ja beim nächsten Mal.«

»Danke für das Interesse, aber deswegen rufe ich nicht

an. Ich dachte, Sie sollten vielleicht wissen, dass ich ein sehr interessantes Gespräch mit Mr Pond hatte.«

Alias Tampon, dachte Rebus. »Ach ja?«, sagte er.

»Sie werden es nicht glauben ...«, fuhr Brian Holmes fort. Ausnahmsweise hatte er recht.

10

Bordellbesucher

Architekten, so erklärte Tom Pond Rebus, waren entweder zum Scheitern oder zum Erfolg verurteilt. Dabei ließ er nicht den geringsten Zweifel aufkommen, dass er in die letztere Kategorie gehörte.

»Ich kenne Architekten in meinem Alter, Typen, mit denen ich im College war, die sind schon seit sechs Jahren arbeitslos. Oder sie geben es ganz auf und fangen was Vernünftiges an, zum Beispiel, auf einer Baustelle arbeiten oder in einem Kibbuz leben. Dann gibt es unter uns welche, die können für eine gewisse Zeit absolut nichts falsch machen. Irgendein Preis führt zu einem Auftrag, und dieser Auftrag erregt die Aufmerksamkeit eines amerikanischen Unternehmens, und wir fangen an, uns als ›international‹ zu bezeichnen. Beachten Sie, dass ich gesagt habe ›für eine gewisse Zeit‹. Es kann alles kippen. Du kannst zu sehr in eine bestimmte Routine verfallen, oder die wirtschaftliche Situation erlaubt es nicht, dass deine neuen Ideen verwirklicht werden. Ich sage Ihnen, die besten architektonischen Entwürfe liegen irgendwo in Schubladen. Niemand kann sich leisten, diese Gebäude zu bauen, jedenfalls nicht jetzt, vielleicht auch nie. Also genieße ich einfach meine Glückssträhne. Mehr tue ich nicht.«

Das war nicht wirklich alles, was Tom Pond tat. Er fuhr nämlich gerade mit mehr als hundert Meilen pro Stunde über die Forth Road Bridge. Rebus wagte gar nicht, auf den Tacho zu schauen.

»Schließlich«, hatte Pond erklärt, »hab ich nicht jeden Tag die Gelegenheit, gegen die Geschwindigkeitsbegrenzung zu verstoßen, mit einem Polizisten im Auto, der eine gute Erklärung dafür parat hat, falls wir angehalten werden.« Und er lachte. Rebus nicht. Er sagte überhaupt nicht mehr viel, nachdem sie die Hundertermarke erreicht hatten.

Tom Pond fuhr einen vierzigtausend Pfund teuren italienischen Rennschlitten, der aussah wie ein Auto aus einem Bastelsatz und sich anhörte wie ein Rasenmäher. Das letzte Mal, dass Rebus so dicht über dem Boden gesessen hatte, war, als er vor seiner Wohnung auf einer vereisten Pfütze ausgerutscht war.

»Ich habe drei Laster, Inspector: schnelle Autos, rassige Frauen und langsame Pferde.« Und er lachte wieder.

»Wenn Sie nicht sofort langsamer fahren«, brüllte Rebus, um das Heulen des Motors zu übertönen, »sperre ich Sie höchstpersönlich wegen zu schnellen Fahrens ein!«

Pond wirkte gekränkt, ging jedoch ein wenig vom Gaspedal. Schließlich tat er denen doch einen Gefallen, oder etwa nicht?

»Danke«, sagte Rebus gnädig.

Holmes hatte ihm gesagt, er würde es nicht glauben. Rebus konnte es immer noch nicht ganz fassen. Pond war gestern aus den Staaten zurückgekehrt und hatte eine Nachricht auf seinem Anrufbeantworter vorgefunden.

»Sie war von Mrs Heggarty.«

»Wer ist Mrs Heggarty?«

»Sie kümmert sich um mein Cottage. Ich habe ein Cottage in der Nähe von Kingussie. Mrs Heggarty geht ab und zu hin, um sauber zu machen und zu schauen, ob alles in Ordnung ist.«

»Und diesmal war *nicht* alles in Ordnung.«

»Genau. Zuerst hatte sie gesagt, es wäre jemand eingebrochen, doch als ich sie zurückrief, erzählte sie mir, die hätten meinen Ersatzschlüssel benutzt. Ich hab immer einen Schlüssel unter einem dicken Stein neben der Haustür liegen. Die hatten eigentlich keine Unordnung angerichtet oder so. Aber Mrs Heggarty hatte gemerkt, dass jemand da gewesen war, und ich konnte es ja nicht gewesen sein. Jedenfalls hab ich zufällig dem Detective Sergeant gegenüber erwähnt ...«

Dem Detective Sergeant gegenüber, dessen Geografiekenntnisse sehr gut waren. Kingussie war nämlich nicht allzu weit von der Deer Lodge entfernt. Und ganz gewiss nicht weit von Duthil. Holmes hatte die offenkundige Frage gestellt.

»Wusste Mrs Jack von dem Schlüssel?«

»Kann schon sein. Beggar wusste jedenfalls davon. Ich nehme an, dass praktisch *jeder* davon wusste.«

Das alles hatte Holmes Rebus berichtet. Rebus hatte Pond aufgesucht. Ihre Unterhaltung dauerte etwas länger als eine halbe Stunde, und am Ende hatte er den Wunsch geäußert, das Cottage zu sehen.

»Ich fahr Sie hin«, hatte Pond gesagt. Und so kam es, dass Rebus, eingesperrt in diese enge Metallkiste, so schnell durch die Gegend gefahren wurde, dass ihm die Augäpfel wehtaten. Es war bereits nach Mitternacht, doch Pond schien das weder zu bemerken, noch schien es ihn zu stören.

»Ich bin immer noch in New York«, sagte er. »Kopf und Körper arbeiten noch nicht wieder zusammen. Wissen Sie, das alles hört sich unglaublich an, dieses ganze Zeug über Gregor und Liz, und dass Gowk sie gefunden hat. Einfach unglaublich.«

Pond war einen Monat in den Vereinigten Staaten gewesen, und schon war er völlig fasziniert. Er probierte die Sprache aus, die Intonation, sogar einige der Manierismen.

Rebus betrachtete ihn. Dichtes, welliges blondes Haar (gefärbt? gesträhnt?) über einem fülligen Gesicht, dem Gesicht von jemandem, der in seiner Jugend sicher gut ausgesehen hatte. Er war nicht groß, wirkte aber größer, als er war. Zu einem gewissen Grad lag das an seiner Haltung, aber er besaß dieses Selbstvertrauen, diese Aura, die auch Gregor Jack einst besessen hatte. Er lief auf Hochtouren.

»Kann dieses Auto eine Kurve nehmen oder nicht? Man kann ja über die Italiener sagen, was man will, aber sie machen saugutes Eis und noch bessere Autos.«

Rebus versuchte, seine Gedärme zu beruhigen. Er war wild entschlossen, sich ernsthaft mit Pond zu unterhalten. Eine solche Chance durfte man sich nicht entgehen lassen, sie beide auf engstem Raum eingepfercht. Er versuchte zu reden, ohne dass seine Zähne wie wild aufeinander schlugen.

»Sie kennen also Mr Jack seit der Schulzeit?«

»Ich weiß, ich weiß, das ist kaum zu glauben. Ich sehe so viel jünger aus als er. Aber es stimmt. Wir wohnten nur drei Straßen voneinander entfernt. Ich glaube, Bilbo wohnte in derselben Straße wie Beggar. Sexton und Mack wohnten auch in derselben Straße. Ich meine, beide in derselben Straße, nicht in derselben wie Beggar und Bilbo. Suey und Gowk wohnten ein Stück weiter weg, auf der anderen Seite der Schule.«

»Was hat Sie alle zusammengebracht?«

»Ich weiß es nicht. Merkwürdig, darüber habe ich nie richtig nachgedacht. Ich meine, wir waren wohl alle nicht gerade auf den Kopf gefallen. Einen Gang runter für diese Kurve ... und ... *glatt wie Schifferscheiße*!«

Rebus hatte das Gefühl, als würde sein Sitz gleich mit ihm abheben.

»Mehr wie ein Motorrad als wie ein Auto. Was halten Sie davon, Inspector?«

»Haben Sie noch Kontakt mit Mack?«, fragte Rebus schließlich.

»Oh, Sie wissen über Mack Bescheid? Also ... nein, eigentlich nicht. Beggar war der Katalysator. Ich glaube, nur weil ich mit ihm in Kontakt geblieben bin, bin ich auch mit den anderen in Kontakt geblieben. Aber nachdem Mack ... nun ja, als er in die Klapsmühle kam ... nein, ich hab keinen Kontakt zu ihm. Ich glaube, Gowk besucht ihn ab und zu. Wissen Sie, sie war die Klügste von uns allen, und sehen Sie nur, was aus ihr geworden ist.«

»Was ist aus ihr geworden?«

»Sie hat diesen Knallkopf geheiratet und angefangen, Valium zu nehmen, weil sie's sonst nicht aushält.«

»Ihr Problem ist also allgemein bekannt?«

Er zuckte die Schultern. »Ich weiß das nur, weil ich es auch schon bei anderen Leuten erlebt habe ...«

»Haben Sie versucht, mit ihr zu reden?«

»Es ist ihr Leben, Inspector. Ich hab genug damit zu tun, selber alles auf die Reihe zu kriegen.«

Die »Meute«. Was tat eine Meute, wenn ein Tier lahm oder krank wurde? Man ließ es zurück, überließ es dem Tod, und die Stärksten trotteten an der Spitze weiter ...

Pond schien Rebus' Gedanken zu erraten. »Tut mir leid, wenn sich das herzlos anhört. Aber ich war nie der Typ, der andere mit Tee und Mitgefühl belästigt.«

»Wer tat das denn?«

»Sexton hatte immer ein offenes Ohr für alles. Aber dann ist sie nach Süden abgedampft. Mit Suey konnte man wohl auch über vieles reden. Er wusste zwar nie eine Antwort, aber er war ein guter Zuhörer.«

Rebus hoffte, er würde auch ein guter Redner sein. Es waren immer mehr Fragen zu beantworten. Er beschloss – wie würde ein Amerikaner das ausdrücken? – ja, einige Effetbälle auf Pond abzufeuern.

»Wenn Elizabeth Jack einen Liebhaber hatte, auf wen würden Sie tippen?«

Pond ging tatsächlich ein wenig vom Gas. Er dachte einen Moment nach. »Mich«, sagte er schließlich. »Sie wäre doch wohl blöd, sich jemand anders auszugucken, oder?« Er grinste wieder.

»Zweite Wahl?«

»Nun, es gab Gerüchte ... es gab immer Gerüchte.«

»Ja?«

»Mein Gott, wollen Sie, dass ich sie alle aufzähle? Okay, zunächst mal Barney Byars. Kennen Sie ihn?«

»Ich kenne ihn.«

»Nun ja, Barney ist wohl ganz okay. Hat einen Knall von wegen Klassendünkel, aber ansonsten ist er in Ordnung. Die beiden standen sich eine Weile mal ziemlich nahe ...«

»Wer sonst noch?«

»Jamie Kilpatrick ... Julian Kaymer ... Ich glaube, selbst dieser Fettsack Kinnoul hat sein Glück bei ihr versucht. Dann hat sie angeblich mal ein Techtelmechtel mit der Ex von diesem Lebensmittelhändler gehabt.«

»Sie meinen Louise Patterson-Scott?«

»Können Sie sich das vorstellen? Es wurde gemunkelt, dass man sie nach irgendeiner Party am Morgen zusammen im Bett gefunden hat. Na und?«

»Sonst noch wer?«

»Vermutlich Hunderte.«

»Sie selbst niemals ...?«

»Ich?« Pond zuckte die Schultern. »Wir haben ein paar Mal ein bisschen rumgeknutscht.« Er lächelte bei dem Gedanken. »Es hätte überall hinführen können ... tat es aber nicht. Das Bemerkenswerte an Liz war ... ihre Großzügigkeit.«

Pond nickte vor sich hin, zufrieden, dass er das richtige Wort gefunden hatte, die passende Grabinschrift:

Hier ruht Elizabeth Jack.
Ihr Leben war Geben.

»Darf ich mal Ihr Telefon benutzen?«

»Klar.«

Er rief Patience an. Im Lauf des Abends hatte er es bereits zwei Mal versucht, aber es hatte sich niemand gemeldet. Doch diesmal meldete sich jemand. Er hatte sie aus dem Bett geholt.

»Wo bist du?«, fragte sie.

»Auf dem Weg nach Norden.«

»Wann kommst du?« Ihre Stimme war ohne jedes Gefühl, ohne jedes Interesse. Rebus fragte sich, ob das nur an dem Telefon lag.

»Morgen. Ganz bestimmt morgen.«

»So kann es nicht weitergehen, John. Wirklich nicht.«

Er suchte nach Worten, die sie beschwichtigen würden, ohne dass er sich vor Pond lächerlich machte. Er suchte zu lange.

»Wiedersehen, John.« Die Verbindung wurde unterbrochen.

Sie erreichten Kingussie lange vor Morgengrauen, da wenig Verkehr herrschte und ihnen kein einziger Streifenwagen begegnet war. Sie hatten Taschenlampen mitgenommen, obwohl das gar nicht nötig gewesen wäre. Das Cottage lag am Rand eines Dorfes, ein Stück von der Hauptstraße entfernt, bekam aber genug von der spärlichen Straßenbeleuchtung mit. Rebus stellte überrascht fest, dass es sich bei dem »Cottage« um einen ziemlich modernen Bungalow handelte, der auf allen vier Seiten von einer hohen Hecke umgeben war, abgesehen natürlich von dem Tor, hinter dem eine kurze Schotterauffahrt zum Haus führte.

»Als Gregor und Liz sich ihr Haus gekauft hatten«, erklärte Pond, »dachte ich, warum nicht. Doch ich könnte es nicht ertragen, mich mit so was Primitivem herumzuschlagen wie sie. Ich wollte ein bisschen was Moderneres. Weniger Charme, dafür mehr Komfort.«

»Nette Nachbarn?«

Pond zuckte die Schultern. »Die seh ich kaum. Das Haus nebenan ist auch ein Ferienhaus. Ungefähr die Hälfte der Häuser im Dorf sind Ferienhäuser.« Er zuckte erneut die Schultern.

»Und Mrs Heggarty?«

»Die wohnt auf der anderen Seite der Hauptstraße.«

»Also, wer auch immer hier war ...?«

»Hätte kommen und gehen können, ohne dass es jemand bemerkt hätte, das ist ganz klar.«

Pond ließ die Scheinwerfer seines Wagens an, während er die Haustür öffnete. Plötzlich waren Flur und Veranda hell erleuchtet. Aus dem Käfig befreit, streckte Rebus sich erst einmal und versuchte, seine Beine daran zu hindern, ständig einzuknicken.

»Ist das der Stein?«

»Genau«, sagte Pond. Es war ein großer kieselförmiger Stein von rötlicher Farbe. Er hob ihn hoch, um zu zeigen, dass der kantige Schlüssel immer noch dort war. »Nett von denen, dass sie ihn dagelassen haben, als sie gegangen sind. Kommen Sie, ich führ Sie rum.«

»Einen Moment noch, Mr Pond. Könnten Sie versuchen, nichts anzufassen? Wir müssen das Haus vielleicht noch auf Fingerabdrücke untersuchen.«

Pond lächelte. »Klar, aber meine Fingerabdrücke werden sowieso überall sein.«

»Natürlich, aber trotzdem ...«

»Außerdem, wenn Mrs Heggarty hinter unseren ›Gästen‹ sauber gemacht hat, wird alles vom Boden bis zur Decke blank poliert sein.«

Rebus verließ die Zuversicht, als er Pond in das Cottage folgte. Der Geruch von Möbelpolitur, vermischt mit Raumspray, war unverkennbar. Im Wohnzimmer schien kein Kissen und kein »teures Spielzeug« am falschen Platz zu liegen.

»Sieht genauso aus wie zu der Zeit, als ich weggefahren bin«, sagte Pond.

»Sind Sie sicher?«

»Ziemlich sicher. Ich bin nicht wie Liz und ihre Clique, Inspector. Ich hab's nicht so mit Partys. Wenn's bei anderen Leuten stattfindet, find ich's ganz okay, aber das Letzte, wozu ich Lust habe, ist, Lachsmousse von der Decke zu kratzen oder den Leuten im Dorf zu erklären, dass die Frau, deren Arsch hinten aus dem Fenster eines Bentley heraushängt, eine Honourable ist.«

»Sie denken nicht zufällig an die Honourable Matilda Merriman?«

»Eben diese. Mein Gott, Sie kennen sie ja alle.«

»Die Honourable Matilda ist mir allerdings noch nicht leibhaftig begegnet.«

»Ich geb Ihnen einen Rat: Schieben Sie den Augenblick hinaus. Das Leben ist zu kurz.«

Und die Stunden zu lang, dachte Rebus. Am heutigen Tag waren die Stunden ganz gewiss zu lang gewesen. Die Küche war ebenfalls ordentlich aufgeräumt. Funkelnde Gläser standen auf dem Ablaufbrett.

»Glaube nicht, dass Sie davon viele Fingerabdrücke kriegen, Inspector.«

»Mrs Heggarty ist sehr gründlich, was?«

»Oben ist sie nicht immer ganz so gründlich. Kommen Sie, wir sehen mal nach.«

Irgendjemand war auf jeden Fall gründlich gewesen. Die Betten in beiden Schlafzimmern waren gemacht. Es standen keine Tassen oder Gläser herum; keine Zeitungen oder

Zeitschriften oder aufgeschlagene Bücher. Pond schnupperte demonstrativ.

»Nein«, sagte er, »es hat keinen Zweck. Ich kann noch nicht mal ihr Parfüm riechen.«

»Wessen?«

»Das von Liz. Sie hat immer die gleiche Marke benutzt. Ich hab vergessen, wie es heißt. Sie roch immer sehr gut. Einfach gut. Glauben Sie, dass sie hier war?«

»Irgendjemand war hier. Und wir glauben, dass sie in der Gegend war.«

»Aber Sie möchten wissen, mit wem sie zusammen war?«

Rebus nickte.

»Ich war's jedenfalls nicht, jammerschade. Ich musste mich mit Callgirls begnügen. Und stellen Sie sich das mal vor – die wollen erst ein Gesundheitszeugnis sehen, bevor sie anfangen.«

»Wegen AIDS?«

»Wegen AIDS. Okay, fertig hier oben? Sieht fast so aus, als wäre die Reise umsonst gewesen.«

»Vielleicht. Da ist aber noch das Badezimmer ...«

Pond schob die Badezimmertür auf und bat Rebus herein. »Ah-ha«, sagte er, »sieht so aus, als wäre Mrs Heggarty die Zeit knapp geworden.« Er deutete mit dem Kopf auf ein Handtuch, das zusammengeknüllt auf dem Boden lag. »Normalerweise würde so was direkt in die schmutzige Wäsche wandern.« Der Duschvorhang war zugezogen. Rebus zog ihn zurück. Die Wanne war geleert worden, doch ein oder zwei lange Haare klebten an dem Emaillerand. Die können wir untersuchen lassen, dachte Rebus. Ein Haar reicht aus für eine Identifizierung. Dann bemerkte er die beiden Gläser, die auf einer Ecke der Wanne standen. Er beugte sich hinüber und schnupperte. Weißwein. In einem Glas war noch ein winziger Rest.

Zwei Gläser! Für zwei Leute. Zwei Leute in der Badewanne, die zusammen was getrunken hatten. »Ihr Telefon ist unten, oder?«

»Ja.«

»Dann kommen Sie mit. Dieser Raum darf bis auf weiteres nicht betreten werden. Und ich werde jetzt zum Albtraum eines Labortechnikers.«

In der Tat klang derjenige, den Rebus schließlich am Telefon hatte, nicht gerade begeistert.

»Wir haben uns schon an dem Auto und diesem anderen Cottage dumm und dämlich geschuftet.«

»Ich weiß das zu schätzen, aber das hier könnte genauso wichtig sein. Es könnte sogar *noch* wichtiger sein.« Rebus stand in dem kleinen Esszimmer. Die Möbel schienen ihm irgendwie nicht zu Ponds Persönlichkeit zu passen. Doch dann sah er ein gerahmtes Foto von einem verliebten jungen Paar, irgendwann in den fünfziger Jahren aufgenommen, und verstand! Ponds Eltern. Die Möbel hatten einst ihnen gehört. Pond hatte sie vermutlich geerbt, aber beschlossen, dass sie nicht zu seinem Rassige-Frauen-langsame-Pferde-Lebensstil passten. Für sein Ferienhaus waren sie jedoch perfekt geeignet. Pond, der auf einem Stuhl am Esstisch Platz genommen hatte, stand plötzlich auf. Rebus legte eine Hand über den Hörer.

»Wo gehen Sie hin?«

»Nur mal pinkeln. Keine Panik, ich geh hinten raus.«

»Aber gehen Sie bitte nicht nach oben, okay?«

»Klar doch.«

Die Stimme am Telefon beklagte sich noch immer. Rebus zitterte. Ihm war kalt. Nein, er war müde. Seine Körpertemperatur sank ab. »Na schön«, sagte er, »hauen Sie sich wieder ins Bett, aber seien Sie morgen ganz früh hier. Ich geb Ihnen die Adresse. Und ich meine sehr früh. Okay?«

»Sie sind sehr großzügig, Inspector.«

»Das wird man mir auf den Grabstein schreiben: Sein Leben war Geben.«

Pond schlief, mit Rebus' neidvollem Segen, im großen Schlafzimmer, während Rebus vor der Badezimmertür Wache hielt. Gebranntes Kind … So etwas wie den »Einbruch« in der Deer Lodge wollte er kein zweites Mal erleben. Das Beweismaterial hier, wenn es denn Beweismaterial war, sollte intakt bleiben. Also saß er im ersten Stock im Flur, den Rücken gegen die Badezimmertür gelehnt, eine Decke um sich gewickelt, und döste. Schließlich rutschte er an der Tür entlang nach unten und lag dann wie ein Fötus zusammengerollt vor der Tür auf dem Teppich. Er träumte, er wäre betrunken und würde in einem Bentley herumgefahren. Der Chauffeur schaffte es, zu fahren und gleichzeitig den Hintern aus dem Fenster zu strecken. Hinten im Bentley fand eine Party statt. Holmes und Nell schliefen diskret miteinander, in der Hoffnung auf einen Jungen. Gill Templer war auch da und versuchte, den Reißverschluss an Rebus' Hose zu öffnen, doch er wollte nicht, dass Patience sie beide erwischte … Lauderdale schien ebenfalls da zu sein und tat nichts weiter als beobachten. Irgendjemand öffnete das Barfach, doch es war voller Bücher. Rebus nahm eines heraus und fing an zu lesen. Es war das beste Buch, das er je gelesen hatte. Er konnte es nicht aus der Hand legen. Es hatte einfach alles …

Als er am nächsten Morgen steif und frierend erwachte, konnte er sich an keine Zeile, nicht mal ein Wort aus dem Buch erinnern. Er stand auf und streckte sich, um sich wieder in eine menschliche Form zu biegen. Dann öffnete er die Badezimmertür, trat ein und blickte zu der Stelle, an der die Gläser stehen sollten.

Die Gläser standen noch da. Obwohl ihm alles wehtat, hätte Rebus fast gelächelt.

Er stand lange unter der Dusche und ließ das Wasser auf seinen Kopf, seine Brust und seine Schultern prasseln. Wo war er? Er war in der Wohnung in Oxford Terrace. Eigentlich sollte er jetzt schon bei der Arbeit sein, aber dafür gab es eine gute Entschuldigung. Er fühlte sich kaputt, aber nicht so kaputt, wie er befürchtet hatte. Erstaunlicherweise war es ihm auf der Rückfahrt gelungen zu schlafen, allerdings wurde die Rückfahrt auch in einem gemächlicheren Tempo zurückgelegt als die Hinfahrt.

»Probleme mit der Kupplung«, hatte Pond nur zwanzig Meilen hinter Kingussie gesagt. Er war an den Straßenrand gefahren und hatte einen Blick unter die Motorhaube geworfen. Es war reichlich Motor unter der Haube. »Ich wüsste überhaupt nicht, wonach ich schauen sollte«, hatte er zugegeben. Das Problem mit diesen schicken Autos war, dass es nur wenige Mechaniker gab, die Ahnung davon hatten. Er musste das Auto sogar für jede Inspektion nach London bringen. Also waren sie ganz gemächlich durch den frühen Morgen gefahren, nachdem sie das Cottage unter den Blicken eines verwunderten Detective Sergeant Knox und zweier überarbeiteter Labortechniker verlassen hatten.

Und Rebus hatte geschlafen. Zugegebenermaßen nicht genug, was auch der Grund war, weshalb er der Versuchung widerstanden hatte, sich ein Bad einzulassen, und sich stattdessen für eine Dusche entschieden hatte. Schwierig, in einer Dusche einzunicken, aber umso leichter in einem heißen Bad am Morgen. Und er hatte Patience' Wohnung den Vorzug vor seiner gegeben – eine einfache Entscheidung, da Oxford Terrace direkt auf dem Weg lag. Auf der Forth Bridge hatten sie mitten im Pendlerverkehr gesteckt, der sich im Kriechtempo Richtung Innenstadt bewegte. Eine überaus peinliche Situation. Vertretertypen in Astras warfen abschätzige Blicke auf das italienische Auto und trösteten sich mit dem Gedanken, dass die beiden Insassen wie Gauner aussahen, wie Zuhälter oder Kredithaie …

Er stellte die Dusche ab, rieb sich trocken, zog saubere Sachen an und begann den Prozess, wieder ein menschliches Wesen zu werden: rasieren, Zähne putzen, dann ein Becher frisch aufgebrühten Kaffee. Lucky mauzte draußen vor einem Fenster, und Rebus ließ die Katze herein. Er kippte sogar etwas Futter in einen Napf. Lucky blickte misstrauisch zu ihm hinauf. Das war überhaupt nicht der Rebus, den er kannte.

»Freu dich, solange es anhält.«

Was für ein Tag war heute? Dienstag. Mehr als vierzehn Tage waren seit der Razzia auf das Bordell vergangen, und fast zwei Wochen, seit Alec Corbie den Streit in der Parkbucht beobachtet und entweder zwei oder drei Autos gesehen hatte. Es hatte einige Fortschritte gegeben, die meisten dank Rebus selbst. Wenn er doch nur seine Vorgesetzten dazu kriegen könnte, sich William Glass aus dem Kopf zu schlagen …

Ein Zettel lehnte an der Uhr auf dem Kaminsims: »Vielleicht sollten wir mal versuchen, uns zu treffen? Heute Abend zum Essen oder sonst – Patience.« Keine Küsse, immer ein schlechtes Zeichen. Keine Kreuze bedeutete, dass sie sauer war. Dazu hatte sie auch guten Grund. Er musste sich wirklich darüber klar werden, was er wollte. Einziehen oder ausziehen. Aufhören, die Wohnung als eine öffentliche Einrichtung zu benutzen, als einen Ort, an dem man duschen, sich rasieren, scheißen und gelegentlich bumsen konnte. War er eigentlich besser als Liz Jack und ihr mysteriöser Begleiter, die einfach das Cottage von Tom Pond benutzt hatten? Verdammt, in mancherlei Hinsicht war er noch schlimmer. Heute Abend zum Essen oder sonst. Was bedeutete: oder sonst verliere ich Patience.

Er nahm den Kuli aus seiner Tasche und drehte die Notiz um.

»Wenn kein Abendessen, dann wenigstens Dessert«, schrieb er. Absolut zweideutig natürlich, aber es hörte sich ganz schön clever an. Er fügte seinen Namen und eine Reihe Küsse hinzu.

Chris Kemp hatte seinen Knüller. Und zwar einen Knüller auf der ersten Seite. Der junge Reporter hatte nach dem Besuch von John Rebus hart gearbeitet. Er hatte Gail Crawley aufgespürt und war mit einem Fotografen im Schlepptau angerückt. Sie war nicht gerade mitteilsam gewesen, doch es gab ein Foto von ihr, neben einem leicht verschwommenen Bild von einem Mädchen im Teenageralter: Gail Jack mit ungefähr vierzehn Jahren. Die Geschichte selbst war mit vagen Formulierungen gespickt, nur für den Fall, dass sie sich als falsch erweisen sollte. Den Lesern und Leserinnen blieb es mehr oder weniger überlassen, sich ihre eigene Meinung zu bilden. Besuch des Abgeordneten bei mysteriöser Prostituierten – In Wirklichkeit seine Schwester? Doch die Fotos waren der Knaller. Es handelte sich eindeutig um dieselbe Person: gleiche Nase, gleiche Augen, gleiches Kinn. Ganz eindeutig. Das Foto von Gail Jack in ihrer Jugend war ein Geniestreich, und Rebus hatte keinen Zweifel, dass das Genie, das dahinter steckte, Ian Urquhart war. Wie hätte Chris Kemp sonst an das Foto herankommen sollen, das er brauchte, und zwar so schnell? Ein Anruf bei Urquhart, in dem er ihm erklärte, dass die Geschichte seine Kooperation wert wäre. Urquhart hatte das Foto entweder selbst herausgesucht, oder er hatte Gregor Jack überredet, es zu tun.

Es stand in der Morgenausgabe. Am nächsten Tag würden die anderen Zeitungen ihre eigenen Versionen bringen. Sie konnten sich wohl kaum erlauben, es nicht zu tun. Rebus hatte sein Auto vor Ponds Wohnung abgeholt, und als er an einer Ampel anhalten musste, war sein Blick auf die Werbetafel eines Zeitungshändlers gefallen: Exklusivbericht über Bordell-Abgeordneten. Er hatte ein Stück hinter der Ampel am Straßenrand angehalten und war zu dem Zeitungskiosk zurückgelaufen. Dann war er wieder zum Auto gegangen und hatte die Geschichte, die er äußerst gelungen fand, zweimal gelesen. Schließlich hatte er das Auto wieder gestartet und war weiter zu seinem Ziel gefahren. Ich hätte zwei Exemplare von der Zeitung kaufen sollen, dachte er bei sich. Er hat sie bestimmt noch nicht gesehen …

Der grüne Citroën stand in der Einfahrt, die Garagentür dahinter war offen. Als Rebus seinen Wagen anhielt und damit die Einfahrt versperrte, wurde die Garagentür gerade geschlossen. »Hören Sie, könnten Sie bitte weiterfahren? Ich bin in …« Dann erkannte er Rebus. »Oh, da ist ja Inspector …?«

»Rebus.«

»Ja richtig, Rebus. Rasputins Freund.«

Rebus zeigte Steele sein Handgelenk. »Heilt sehr schön«, sagte er.

»Hören Sie, Inspector …« Steele sah auf seine Armbanduhr. »Geht's um was Wichtiges? Ich hab nämlich einen Termin mit einem Kunden und habe bereits verschlafen.«

»Nichts allzu Wichtiges, Sir«, sagte Rebus forsch. »Wir haben bloß festgestellt, dass Ihr Alibi für den Mittwoch, an dem Mrs Jack gestorben ist, eine Lüge war. Ich würde gern wissen, was Sie dazu zu sagen haben.«

Steeles Gesicht, das von Natur aus schon lang war, wurde noch länger. »Oh.« Er blickte auf die Spitzen seiner stark abgenutzten Schuhe. »Ich hab befürchtet, dass das herauskommen würde.« Er versuchte zu lächeln. »Bei einer Mordermittlung kann man wohl nicht viel verbergen, was?«

»Da *sollten* Sie nicht viel verbergen, Sir.«

»Wollen Sie, dass ich mit auf die Wache komme?«

»Vielleicht später, Sir, damit wir alles schriftlich festhalten können. Doch für den Augenblick würde Ihr Wohnzimmer reichen.«

»Na schön.« Steele ging langsam zurück zum Bungalow.

»Nette Gegend«, bemerkte Rebus.

»Was? O ja, das ist sie.«

»Wohnen Sie schon lange hier?« Steeles Antworten interessierten Rebus nicht. Er wollte den Mann lediglich am Reden halten. Je mehr er redete, desto weniger Zeit hatte er zum Nachdenken, und je weniger Zeit er zum Nachdenken hatte, desto besser war die Chance, dass er mit der Wahrheit herausrückte.

»Seit drei Jahren. Davor hatte ich eine Wohnung am Grassmarket.«

»Dort hat man früher Leute gehängt, wussten Sie das?«

»Tatsächlich? Kann man sich heutzutage kaum vorstellen.«

»Ach, ich weiß nicht ...«

Mittlerweile waren sie im Haus. Steele zeigte auf das Telefon im Flur. »Haben Sie was dagegen, wenn ich kurz bei dem Kunden anrufe, um mich zu entschuldigen?«

»Ganz wie Sie wünschen, Sir. Ich warte so lange im Wohnzimmer, wenn es Ihnen recht ist.«

»Hier entlang.«

»Danke.«

Rebus ging ins Wohnzimmer, ließ aber die Tür weit offen. Er hörte Steele wählen. Es war ein altes Bakelit-Telefon, eines von denen, die unten eine kleine Schublade mit einem Notizblock haben. Früher wollten die Leute diese Dinger loswerden; jetzt wollten sie sie wiederhaben und waren sogar bereit, einiges dafür zu zahlen. Das Gespräch war kurz und harmlos. Eine Entschuldigung und die Absprache eines neuen Termins. Rebus schlug die Morgenzeitung auf, hielt sie mit ausgestreckten Armen vor sich und tat so, als würde er den inneren Teil lesen. Der Hörer fiel klappernd zurück auf die Gabel.

»Das wäre erledigt«, sagte Steele, als er ins Zimmer trat. Rebus las noch einen Augenblick weiter, dann ließ er die Zeitung sinken und begann, sie zusammenzufalten.

»Fein«, sagte er. Wie er gehofft hatte, starrte Steele auf die Zeitung.

»Was ist das da über Gregor?«, fragte er.

»Hm? Ach, Sie haben das noch gar nicht gesehen?« Rebus reichte ihm die Zeitung. Steele, der immer noch stand, verschlang die Geschichte geradezu. »Was halten Sie davon, Sir?«

Er zuckte die Schultern. »Weiß der Himmel. Klingt ganz plausibel. Ich meine, keiner von uns konnte sich vorstellen, was Gregor an so einem Ort verloren hatte. Ich kann mir keinen besseren Grund vorstellen. Die Ähnlichkeit auf den Fotos ist unstreitig ... Ich kann mich an Grace praktisch nicht erinnern. Na ja, ich meine, sie war immer irgendwie da, aber ich habe sie nie beachtet. Sie hat nie was mit uns zusammen gemacht.« Er faltete die Zeitung. »Dann ist Gregor also aus dem Schneider?«

Rebus zuckte die Schultern. Steele machte Anstalten, ihm die Zeitung zurückzugeben. »Nein, nein, Sie können sie behalten, wenn Sie wollen. Und nun, Mr Steele, zu dieser Golfpartie, die nicht stattgefunden hat ...«

Steele setzte sich. Es war ein gemütlicher Raum voller Bücher. Er erinnerte Rebus stark an einen anderen Raum, an einen Raum, in dem er erst kürzlich gewesen war ...

»Für seine Freunde würde Gregor alles tun«, sagte Steele aufrichtig, »sogar ab und zu mal eine Lüge erzählen. Die Sache mit dem Golfspiel haben wir uns ausgedacht. Nein, das stimmt nicht so ganz. Zu Anfang haben wir tatsächlich jede Woche gespielt. Doch dann fing ich an, mich mit einer ... einer Frau zu treffen. Mittwochs. Ich hab es Gregor erklärt. Er sah keinen Grund, weshalb wir nicht weiter allen erzählen sollten, wir würden zusammen Golf spielen.« Er sah Rebus zum ersten Mal richtig an. »Es gibt da einen eifersüchtigen Ehemann, Inspector. Deshalb war ein Alibi immer willkommen.«

Rebus nickte. »Sie sind sehr ehrlich, Mr Steele.«

Steele zuckte die Schultern. »Ich möchte nicht, dass Gregor meinetwegen Schwierigkeiten kriegt.«

»Und Sie waren an dem fraglichen Mittwochnachmittag mit dieser Frau zusammen? An dem Tag, an dem Mrs Jack starb?«

Steele nickte mit ernstem Gesicht.

»Und wird sie Ihr Alibi bestätigen?«

Steele lächelte grimmig. »Absolut keine Chance.«

»Wieder wegen des Ehemanns?«

»Wegen des Ehemanns«, bestätigte Steele.

»Aber er wird es doch zwangsläufig früher oder später rausfinden«, sagte Rebus. »Bereits jetzt scheinen ziemlich viele Leute über Sie und Mrs Kinnoul Bescheid zu wissen.«

Steele zuckte zusammen, als hätte man ihm einen elektrischen Schlag zwischen die Schulterblätter versetzt. Er starrte auf den Boden, als hoffte er, dass sich eine Grube auftun würde, in die er hineinspringen könnte. Dann lehnte er sich zurück.

»Wie haben Sie ...?«

»Wild geraten, Mr Steele.«

»Verdammt genial geraten. Doch Sie sagten, andere Leute ...«

»Andere Leute haben die gleiche Vermutung. Sie haben Mrs Kinnoul überredet, sich für seltene Bücher zu interessieren. Das liefert schließlich eine gute Tarnung, oder? Ich meine, falls Sie jemals dort bei ihr erwischt werden. Mir ist übrigens aufgefallen, dass Mrs Kinnoul ihre Bibliothek ähnlich wie dieses Zimmer eingerichtet hat.«

»Es ist nicht so, wie Sie glauben, Inspector.«

»Ich glaube gar nichts, Sir.«

»Cathy braucht einfach jemanden, der ihr zuhört. Rab hat nie Zeit. Das Einzige, wofür er Zeit hat, ist für sich selbst. Gowk war die Klügste von uns allen.«

»Ja, das hat Mr Pond mir auch erzählt.«

»Tom? Dann ist er also aus den Staaten zurück?«

Rebus nickte. »Ich war erst heute Morgen bei ihm ... in seinem Cottage.«

Rebus wartete auf eine Reaktion, doch Steele war mit seinen Gedanken noch bei Cath Kinnoul. »Es bricht mir das Herz, wenn ich sehe ... wenn ich sehe, was aus ihr ...«

»Sie ist also eine Freundin«, konstatierte Rebus.

»Ja, das ist sie.«

»Na also, dann wird sie doch sicher Ihre Geschichte bestätigen; ein Freund in der Not und so weiter ...?«

Steele schüttelte den Kopf. »Sie verstehen das nicht, Inspector. Rab Kinnoul ist ... er *kann* ... sehr brutal sein. Psychisch und körperlich gewalttätig. Sie hat Angst vor ihm.«

Rebus seufzte. »Dann haben wir also nur Ihr Wort dafür, wo Sie gewesen sind?«

Steele zuckte die Schultern. Er sah aus, als würde er gleich anfangen zu weinen – allerdings eher aus Frust als wegen etwas anderem. Er atmete tief durch. »Sie glauben, ich hätte Liz getötet?«

»Haben Sie?«

Steele schüttelte den Kopf. »Nein.«

»Dann brauchen Sie sich doch keine Sorgen zu machen, Sir.«

Steele rang sich wieder dieses grimmige Lächeln ab. »Keine einzige Sorge auf der Welt.«

Rebus stand auf. »Genau, Mr Steele, immer schön optimistisch sein.« Doch Ronald Steele sah aus, als würde das bisschen Optimismus, das er noch besaß, auf einen Teelöffel passen. »Trotzdem machen Sie sich das Leben nicht gerade leicht ...«

»Haben Sie mit Gregor gesprochen?«, fragte Steele.

Rebus nickte.

»Weiß er das mit Cathy und mir?«

»Kann ich nicht so genau sagen.« Sie gingen jetzt beide auf die Haustür zu. »Würde es Ihnen etwas ausmachen, wenn er es wüsste?«

»Keine Ahnung. Nein, wahrscheinlich nicht.«

Es schien ein sonniger Tag zu werden. Rebus wartete, während Steele die Tür abschloss und zweimal verriegelte.

»Nur noch eine Kleinigkeit.«

»Ja, Inspector?«

»Dürfte ich einen Blick in Ihren Kofferraum werfen?«

»Was?« Steele starrte Rebus an, merkte jedoch, dass der Polizist keine Erklärung abgeben würde. Er seufzte. »Warum nicht?«, sagte er.

Steele schloss den Kofferraum auf, und Rebus blickte hinein, blickte auf ein Paar schlammverkrustete Gummistiefel. Der Boden des Kofferraums war ebenfalls schmutzig.

»Wissen Sie was, Sir«, sagte Rebus und schlug den Kofferraum zu. »Vielleicht wäre es doch gut, wenn Sie jetzt gleich mit auf die Wache kämen. Je eher wir alles geklärt haben, desto besser, oder?«

Steele richtete sich kerzengerade auf. Zwei Frauen spazierten plaudernd vorbei. »Bin ich verhaftet, Inspector?«

»Ich möchte bloß sichergehen, dass wir *Ihre* Sicht der Dinge festhalten, Mr Steele. Weiter nichts.«

Dabei fragte sich Rebus: Stehen denn überhaupt noch *irgendwelche* Labortechniker zur Verfügung? Oder hatte er sie alle längst beschäftigt? Wenn ja, dann würde Steeles

Auto eben warten müssen. Wenn nein, dann hatte er eine weitere Aufgabe für sie. Allmählich wurde das wirklich zu einer Sache für das *Guinness-Buch der Rekorde*. Wie viele Kriminaltechniker kann ein Detective mit einem einzigen Fall auf Trab halten?

»Was für ein Fall?«

»Das habe ich Ihnen doch gerade erklärt, Sir.«

Lauderdale wirkte unbeeindruckt. »Sie haben mir *gar nichts* über den Mord an Mrs Jack erklärt. Sie haben mir was von mysteriösen Liebhabern erzählt, von Alibis für Rendezvous, jede Menge über durchgeknallte Yuppies, aber nicht das Geringste über *Mord.*« Er zeigte auf den Fußboden. »Da unten hab ich jemanden, der schwört, dass er beide Morde begangen hat.«

»Ja, Sir«, sagte Rebus ganz ruhig, »und Sie haben außerdem einen Psychologen, der sagt, dass Glass genauso gut den Mord an Gandhi oder Rudolf Hess zugeben würde.«

»Woher wissen Sie das?«

»Was?«

»Das mit dem psychiatrischen Gutachten.«

»Nennen Sie es genial geraten, Sir.«

Lauderdale wirkte plötzlich ein wenig entmutigt. Er leckte sich nachdenklich die Lippen. »Na schön«, sagte er schließlich. »Dann erzählen Sie mir das Ganze noch einmal.«

Also erzählte Rebus das Ganze noch einmal. Mittlerweile war es für ihn wie eine riesige Collage: unterschiedliche Materialien, aber das gleiche Thema. Doch es war auch so, als würde ihn ein Künstler an der Nase herumführen: Je näher er auf das Bild zuging, umso weiter schien es sich zu entfernen. Er war fast fertig, Lauderdale wirkte immer noch skeptisch, da klingelte das Telefon. Lauderdale nahm den Hörer ab, hörte einen Augenblick zu und seufzte.

»Für Sie«, sagte er und hielt Rebus den Hörer hin.

»Ja?«, sagte Rebus.

»Eine Frau möchte Sie sprechen«, erklärte der Mann in der Telefonzentrale. »Sagt, es wär dringend.«

»Stellen Sie sie durch.« Er wartete, bis die Verbindung hergestellt war. »Rebus am Apparat«, sagte er.

Er hörte Lärm im Hintergrund. Irgendwelche Durchsagen. Ein Bahnhof. Dann: »Na endlich, verdammt noch mal. Ich bin am Waverley. Mein Zug fährt in fünfundvierzig Minuten. Wenn Sie herkommen, bevor er losfährt, erzähl ich Ihnen was.« Die Verbindung wurde unterbrochen. Kurz und bündig, aber trotzdem faszinierend. Rebus sah auf seine Uhr.

»Ich muss zur Waverley Station«, erklärte er Lauderdale. »Warum unterhalten Sie sich inzwischen nicht ein bisschen mit Steele, Sir? Mal sehen, was Sie von ihm halten.«

»Danke für den Tipp«, sagte Lauderdale. »Vielleicht werd ich ...«

Sie saß auf einer Bank in der Bahnhofshalle und fiel durch die Sonnenbrille auf, hinter der sie sich eigentlich verstecken wollte.

»Dieser Dreckskerl«, sagte sie, »mir einfach die Zeitungen auf den Hals zu hetzen.« Sie redete von ihrem Bruder Gregor Jack. Rebus erwiderte nichts. »Gestern eine«, sagte sie, »und heute Morgen dann ein halbes Dutzend von den Schweinen. Alle Titelseiten mit meinem Foto vollgeklatscht.«

»Vielleicht war das gar nicht Ihr Bruder«, sagte Rebus.

»Was? Wer soll das denn sonst gewesen sein?« Trotz der dunklen Brillengläser konnte Rebus Gail Crawleys müde Augen sehen. Sie war angezogen, als hätte sie es eilig gehabt – enge Jeans, Schuhe mit hohen Absätzen, ausgeleiertes T-Shirt. Ihr Gepäck schien aus einem großen Koffer und zwei Reisetaschen zu bestehen. In einer Hand hielt sie ihre Fahrkarte nach London, in der anderen eine Zigarette.

»Vielleicht«, suggerierte Rebus, »war es die Person, die wusste, wer Sie sind, die Person, die Gregor gesagt hat, wo er Sie finden kann.«

Sie zitterte. »Genau darüber wollte ich mit Ihnen reden. Weiß der Himmel, warum. Ich bin dem Dreckskerl keinen Gefallen schuldig ...«

Ich auch nicht, dachte Rebus, trotzdem scheine ich ihm immer wieder einen zu tun.

»Wie wär's mit 'nem Drink?«, schlug sie vor.

»Klar doch«, sagte Rebus. Er nahm ihren Koffer, während sie mit lautem Geklapper mit den beiden Reisetaschen durch die Halle schritt. Ihre Schuhe machten einen solchen Lärm, dass sie unwillkürlich die Blicke der herumsitzenden Männer auf sich zog. Rebus war froh, als sie endlich die Bar erreichten, wo er ein halbes Export für sich und für sie einen Barcardi mit Cola besorgte. Sie fanden einen Platz, der nicht zu nah an dem Spielautomaten und an dem ausgefransten Lautsprecher der Jukebox war.

»Cheers«, sagte sie und versuchte, fast gleichzeitig zu rauchen und zu trinken. Sie verschluckte sich und fluchte, dann drückte sie die Zigarette aus, um sich nur Sekunden später eine neue anzuzünden.

»Wohl bekomm's«, sagte Rebus und trank an seinem Bier. »Also, was wollten Sie sich von der Seele reden?«

Sie schnaubte verächtlich. »Von der Seele reden, das gefällt mir.« Diesmal dachte sie daran, zuerst einen Schluck Cola-Rum zu nehmen und dann an der Zigarette zu ziehen. »Was Sie da eben gesagt haben, von wegen dass jemand gewusst haben könnte, wer ich bin ...«

»Ja?«

»Mir ist da was eingefallen. Irgendeine Nacht, ist schon 'ne Weile her. Vielleicht zwei Monate. Oder sechs Wochen … so was um den Dreh. Ich war noch nicht lange hier. Jedenfalls kommt da das übliche Trio von besoffenen Mackern. Komisch, dass die meistens zu dritt kommen …« Sie hielt inne und schnaubte verächtlich. »Wenn Sie meine Ausdrucksweise entschuldigen.«

»Es kamen also drei Männer ins Bordell?«

»Hab ich doch gesagt. Einem von denen hab ich offenbar gefallen, also sind wir ab nach oben. Ich hab ihm gesagt, ich heiße Gail. Ich halte nichts von diesen albernen Namen, die die anderen benutzen – Candy und Mandy, Claudette, Tina und Suzy, Jasmine und Roberta. Ich würd bloß vergessen, wer ich gerade sein soll.«

Rebus sah auf seine Uhr. Noch etwas mehr als zehn Minuten Zeit … Sie schien den Hinweis zu verstehen.

»Jedenfalls hab ich ihn gefragt, ob er denn auch einen Namen hätte. Da hat er gelacht und gesagt: ›Wie, du kennst mein Gesicht nicht?‹ Ich hab den Kopf geschüttelt, und er hat gesagt: ›Ach ja, du kommst ja aus London.‹ Dann hat er mit starkem Akzent gesagt: ›Also, Mädchen, ich bin nämlich hier oben sehr bekannt.‹ Irgend so was Dämliches. Und dann: ›Ich bin Gregor Jack.‹ Ich hab einfach angefangen zu lachen, fragen Sie mich nicht, warum. Er hat mich allerdings gefragt, warum. Also hab ich gesagt: ›Das bist du nicht. Ich *kenne* Gregor Jack.‹ Das hat ihm offenbar die Sprache verschlagen. Schließlich ist er wieder zu seinen Freunden abgedampft. Mit dem üblichen Gezwinker und Klopfen auf den Rücken, und ich hab keinen Ton gesagt …«

»Wie sah er aus?«

»Riesig. Wie ein Highlander. Eines von den anderen Mädchen hat gesagt, sie meint, sie hätte ihn mal im Fernsehen gesehen …«

Rab Kinnoul. Rebus beschrieb ihn kurz.

»Klingt ziemlich richtig«, räumte sie ein.

»Und die Männer, die bei ihm waren?«

»Auf die hab ich kaum geachtet. Einer war so ein schüchterner Typ, lang und dünn wie eine Bohnenstange. Der andere war fett und hatte eine Lederjacke an.«

»Sie haben nicht zufällig ihre Namen mitbekommen?«

»Nein.«

Doch das spielte keine Rolle. Rebus würde darauf wetten, dass sie sie bei einer Gegenüberstellung erkannte. Ronald Steele und Barney Byars. Sie hatten in der Stadt einen draufgemacht. Byars, Steele und Rab Kinnoul. Eine merkwürdige kleine Gesellschaft und weiterer Zündstoff, mit dem er Steele Dampf machen könnte.

»Trinken Sie aus, Gail«, sagte er. »Dann sehen wir zu, dass Sie in den Zug kommen.«

Doch unterwegs entlockte er ihr noch eine Adresse, dieselbe, die sie vorher angegeben hatte und die er von George Flight hatte überprüfen lassen.

»Da werd ich wohnen«, sagte sie und schaute sich ein letztes Mal um. Der Zug stand bereits auf dem Bahnsteig und füllte sich langsam mit Menschen. Rebus hob ihren Koffer durch eine Tür. Sie stand immer noch da und starrte zum Glasdach des Bahnhofs hinauf. Dann sah sie Rebus an. »Ich hätte London niemals verlassen dürfen. Vielleicht wär das alles nicht passiert, wenn ich geblieben wäre, wo ich war.«

Rebus neigte den Kopf ein wenig zur Seite. »Es ist nicht Ihre Schuld, Gail.« Trotzdem wurde er das Gefühl nicht los, dass sie irgendwie recht hatte. *Wenn* sie sich von Edinburgh fern gehalten, *wenn* ihr dieses »Ich *kenne* Gregor Jack« nicht rausgerutscht wäre ... wer weiß? Sie stieg in den Zug, dann drehte sie sich noch einmal zu ihm um.

»Wenn Sie Gregor sehen ...«, begann sie. Doch dann kam nichts mehr. Sie zuckte die Schultern und verschwand mit ihrem Koffer und den beiden Taschen. Rebus, der noch nie was für rührselige Abschiedsszenen mit Prostituierten übrig gehabt hatte, drehte sich auf dem Absatz um und ging zu seinem Auto zurück.

»Sie haben was?«

»Ich habe ihn gehen lassen.«

»Sie haben Steele gehen lassen?« Rebus konnte es nicht fassen. Er ging auf dem wenigen freien Raum in Lauderdales Büro auf und ab. »Warum?«

Nun lächelte Lauderdale kühl. »Weswegen hätte ich ihn denn festhalten sollen, John? Seien Sie doch, um Himmels willen, mal realistisch.«

»Haben Sie mit ihm gesprochen?«

»Ja.«

»Und?«

»Was er sagte, klang sehr plausibel.«

»Mit anderen Worten, Sie glauben ihm?«

»Ich denke, ja.«

»Und was ist mit seinem Kofferraum?«

»Sie meinen den ganzen Matsch? Das hat er Ihnen doch selbst gesagt, John. Er geht mit Mrs Kinnoul spazieren. Diesen Hang da können Sie ja wohl kaum als asphaltiert bezeichnen. Da braucht man Gummistiefel, und Gummistiefel werden matschig. Dazu sind sie da.«

»Hat er zugegeben, dass er ein Verhältnis mit Cath Kinnoul hat?«

»Er hat nichts dergleichen zugegeben. Er hat bloß gesagt, es gäbe da eine ›Frau‹.«

»Das hat er gesagt, als ich ihn hierher gebracht habe. Aber bei sich zu Hause hat er es praktisch zugegeben.«

»Ich finde es ziemlich nobel von ihm, dass er versucht, sie zu schützen.«

»Könnte es nicht auch sein, dass er weiß, dass sie seine Geschichte nicht bestätigen könnte?«

»Sie meinen, das ist alles erlogen?«

Rebus seufzte. »Nein, letztlich glaube ich es auch.«

»Also dann.« Lauderdale hörte sich – für Lauderdale – aufrichtig freundlich an. »Setzen Sie sich, John. Sie haben harte vierundzwanzig Stunden hinter sich.«

Rebus setzte sich. »Ich habe harte vierundzwanzig Jahre hinter mir.«

Lauderdale lächelte. »Tee?«

»Ich glaube, eine Tasse vom Kaffee des Chief Superintendent wäre mir jetzt lieber.«

Lauderdale lachte. »Was uns nicht umbringt, macht uns stark. Jetzt hören Sie mal, Sie haben selbst gerade zugegeben, dass Sie Steeles Geschichte glauben ...«

»Bis zu einem gewissen Punkt.«

Lauderdale akzeptierte den Vorbehalt. »Trotzdem, der Mann wollte hier raus. Wie, zum Teufel, hätte ich ihn festhalten sollen?«

»Auf Verdacht hin. Es ist uns gestattet, Verdächtige ein wenig länger festzuhalten als neunzig Minuten.«

»Danke, Inspector, das ist mir bekannt.«

»Jetzt fährt er also nach Hause und macht seinen Kofferraum gründlich sauber.«

»Ein Paar matschige Gummistiefel reichen nicht, um jemanden zu überführen, John.«

»Sie wären überrascht, was Kriminaltechniker so alles können ...«

»Ach ja, das ist auch so eine Sache. Ich hab gehört, dass Sie den Leuten den letzten Nerv rauben.«

»Irgendjemand Bestimmtem?«

»Anscheinend *jedem,* der irgendwas mit Rechtsmedizin zu tun hat. Hören Sie auf, die Leute zu schikanieren, John.«

»Ja, Sir.«

»Machen Sie mal eine Pause. Sagen wir, wenigstens für

heute Nachmittag. Was ist übrigens mit den verschwundenen Büchern von dem Professor?«

»Die sind wieder bei ihrem Besitzer.«

»Oh?« Lauderdale wartete auf eine Erklärung.

»Das war eine echte Überraschung, Sir«, sagte Rebus stattdessen und stand auf. »Also, wenn weiter nichts ist ...«

Das Telefon klingelte. »Warten Sie«, befahl Lauderdale. »So wie die Dinge zurzeit hier laufen, ist das vermutlich für Sie.« Er nahm den Hörer auf. »Lauderdale.« Dann hörte er zu. »Ich bin sofort da«, sagte er schließlich, bevor er den Hörer wieder auflegte. »Ts, ts, ts. Nun raten Sie mal, wer da unten ist.«

»Die Dundonald-and-Dysart-Dudelsackkapelle.«

»Nah dran. Jeanette Oliphant.«

Rebus runzelte die Stirn. »Den Namen hab ich schon mal gehört ...«

»Sie ist die Anwältin von Sir Hugh Ferrie. Und anscheinend auch die von Mr Jack. Die beiden sind zusammen mit ihr unten.« Lauderdale war aufgestanden und zog sein Jackett gerade. »Dann wollen wir doch mal sehen, was die wollen.«

Gregor Jack wollte eine Aussage machen, eine Aussage über seine Aktivitäten an dem Tag, an dem seine Frau ermordet worden war. Doch die treibende Kraft hinter dem Ganzen war Sir Hugh Ferrie; so viel war von Anfang an klar.

»Ich hab heute Morgen diesen Artikel in der Zeitung gelesen«, erklärte er. »Dann hab ich Gregor angerufen und gefragt, ob das stimmt. Er sagt, ja. Nachdem ich das wusste, ging's mir ein bisschen besser, trotzdem hab ich ihm gesagt, er sei ein dämlicher Idiot, dass er das nicht gleich gesagt hat.« Er wandte sich zu Gregor Jack. »Ein dämlicher Idiot.«

Sie saßen um einen Tisch in einem der Konferenzräume – Lauderdales Idee. Offensichtlich war ein Vernehmungsraum nicht gut genug für Sir Hugh Ferrie. Gregor Jack hatte man für den Anlass auf Vordermann gebracht: ordentlicher Anzug, frisch geschnittene Haare, leuchtende Augen. Doch so wie er da zwischen Sir Hugh und Jeanette Oliphant saß, würde er bei diesem Rennen wohl nur dritter Sieger werden.

»Die Sache ist die«, sagte Jeanette Oliphant, »Mr Jack hat Sir Hugh über etwas informiert, was er bisher verschwiegen hat, nämlich dass seine Golfpartie am Mittwoch reine Fiktion war.«

»Dämlicher Idiot …«

»Daraufhin«, fuhr Oliphant mit etwas lauterer Stimme fort, »hat Sir Hugh sich mit mir in Verbindung gesetzt. Wir sind der Meinung, je eher Mr Jack eine Aussage über seine wirklichen Aktivitäten an dem fraglichen Tag macht, umso weniger Zweifel wird es geben.« Jeanette Oliphant war Mitte fünfzig, eine große, elegante Frau mit strengem Gesicht. Ihr Mund war ein dünner Strich Lippenstift, ihre Augen durchdringend – ihnen entging nichts. Die Ohren standen kaum merklich unter ihrem kurzen, dauergewellten Haar hervor, als wären sie bereit, die kleinste Nuance oder Zweideutigkeit, jedes falsche Wort und jedes zu lange Zögern zu registrieren.

Sir Hugh hingegen war stämmig und streitsüchtig, ein Mann, der eher gewöhnt war, zu reden als zuzuhören. Er presste seine Hände so stark auf die Tischplatte, als wollte er sie durchbrechen.

»Dann lassen Sie uns die Sache jetzt klarstellen«, sagte er.

»Entspricht das denn auch Mr Jacks Wünschen?«, fragte Lauderdale mit ruhiger Stimme.

»Das tut es«, antwortete Ferrie.

Die Tür ging auf. Es war Detective Sergeant Brian Holmes, der ein Tablett mit Tassen in der Hand hatte. Rebus blickte zu ihm auf, doch Holmes weigerte sich, ihn anzusehen. Normalerweise gehörte es nicht zu den Aufgaben eines DS, Kellner zu spielen, doch Rebus konnte sich gut vorstellen, wie Holmes denjenigen, der den Tee eigentlich bringen sollte, abgefangen hatte. Er wollte wissen, was hier vorging. Das wollte anscheinend auch Chief Superintendent Watson, der hinter ihm den Raum betrat. Ferrie erhob sich tatsächlich halb von seinem Platz.

»Ah, Chief Superintendent.« Sie schüttelten einander die Hände. Watson blickte von Lauderdale zu Rebus und wieder zurück, aber sie hatten ihm beide nichts zu sagen, noch nicht. Holmes, der das Tablett auf den Tisch gestellt hatte, blieb abwartend stehen.

»Danke, Sergeant«, sagte Lauderdale und gab ihm zu verstehen, dass er entlassen wäre. In dem allgemeinen Durcheinander bemerkte Rebus, dass Gregor Jack ihn ansah, ihn mit seinen leuchtenden Augen und seinem jungenhaften Lächeln ansah. Da wären wir also wieder, schien er zu sagen. Da wären wir wieder.

Watson beschloss zu bleiben, also würde eine weitere Tasse gebraucht. Rebus verzichtete jedoch auf den Tee, sodass doch eine Tasse für Watson da war. Seinem Gesicht war abzulesen, dass er lieber Kaffee gehabt hätte, seinen eigenen Kaffee. Doch er dankte Rebus mit einem Nicken, als der ihm die Tasse reichte. Dann sprach Gregor Jack.

»Nach dem letzten Besuch von Inspector Rebus habe ich eine Weile nachgedacht. Es ist mir gelungen, mich an die Namen einiger Orte zu erinnern, an denen ich an jenem Mittwoch war ...« Er griff in die Innentasche seines Jacketts und zog ein Blatt Papier heraus. »Ich hab in eine Bar in Eyemouth reingeschaut, aber sie war gerammelt voll. Dann bin ich gleich wieder gegangen. Ich *habe* dann einen

Tomatensaft in einem Hotel außerhalb der Stadt getrunken, aber in der Bar war es wieder sehr voll, deshalb weiß ich nicht, ob sich jemand an mich erinnern wird. Auf dem Rückweg hab ich dann noch an einem Zeitungskiosk in Dunbar Kaugummi gekauft. Abgesehen davon, fürchte ich, ist das alles ziemlich vage.« Er reichte dem Chief Superintendent die Liste. »Ein Spaziergang am Strand in Eyemouth ... eine kurze Pause in einer Parkbucht nördlich von Berwick ... da stand noch ein Auto in der Parkbucht, ein Vertreter oder so. Aber der schien sich mehr für seine Landkarten zu interessieren als für mich ... Und das war's dann auch schon.«

Watson las nickend die Liste durch, als ob sie Prüfungsfragen enthielte. Dann reichte er sie Lauderdale.

»Es ist immerhin ein Anfang«, sagte Watson.

»Die Sache ist die, Chief Superintendent«, sagte Sir Hugh, »der Junge weiß, dass er in Schwierigkeiten steckt, aber ich habe den Eindruck, dass er nur deshalb in Schwierigkeiten steckt, weil er versucht hat, anderen Leuten zu helfen.«

Watson nickte nachdenklich. Rebus stand auf. »Wenn Sie mich bitte einen Augenblick entschuldigen ...« Er ging zur Tür und machte sie mit dem beglückenden Gefühl, entkommen zu sein, hinter sich zu. Er hatte nicht die Absicht, zurückzukehren. Dafür würde er womöglich später von Lauderdale oder Watson eins auf die Finger kriegen – schlechte Manieren, John –, aber er konnte es keine Minute länger in diesem erdrückenden Raum mit diesen erdrückenden Menschen aushalten. Holmes lungerte am anderen Ende des Flurs herum.

»Was ist los?«, fragte er, als Rebus auf ihn zukam.

»Nichts sonderlich Aufregendes.«

»Oh.« Holmes wirkte enttäuscht. »Wir haben alle geglaubt ...«

»Ihr habt alle geglaubt, er wäre gekommen, um ein Geständnis abzulegen? Ganz im Gegenteil, Brian.«

»Dann wird Glass nun doch für beide Morde dran glauben müssen?«

Rebus zuckte die Schultern. »Mich würde hier gar nichts mehr wundern«, sagte er. Trotz der morgendlichen Dusche fühlte er sich schmutzig und nicht wohl in seiner Haut.

»Wäre ein schöner, sauberer Abschluss, was?«

»Wir sind die Polizei, Brian, und keine Putzfrauen.«

»Entschuldigung, dass ich was gesagt habe.«

Rebus seufzte. »Tut mir leid, Brian. Ich wollte Sie nicht runterputzen.« Sie starrten sich eine Sekunde lang an, dann lachten sie. Es war nicht viel, aber es war besser als nichts. »Okay, ich fahr jetzt nach Queensferry.«

»Auf Autogrammjagd?«

»So was in der Art.«

»Brauchen Sie einen Chauffeur?«

»Warum nicht? Dann mal los.«

Eine spontane Entscheidung, sollte Rebus später denken, die ihm vermutlich das Leben rettete.

11

Alte Schulbindungen

Sie schafften es, während der ganzen Fahrt nach Queensferry nicht über die Arbeit zu reden. Stattdessen redeten sie über Frauen.

»Wir wär's, wenn wir vier mal abends zusammen ausgingen?«, schlug Brian irgendwann vor.

»Ich weiß nicht, ob Patience und Nell miteinander klarkommen«, sinnierte Rebus.

»Wieso, zu unterschiedliche Persönlichkeiten, meinen Sie?«

»Nein, zu ähnliche Persönlichkeiten. Das ist das Problem.«

Rebus dachte an das Essen an diesem Abend mit Patience. Daran, dass er versuchen musste, Abstand zu dem Fall Jack zu kriegen. Sich nicht zum Affen zu machen. Die ganze Sache einfach hinzuschmeißen ...

»War nur so eine Idee«, sagte Holmes. »Weiter nichts, nur eine Idee.«

Als sie auf das Haus der Kinnouls zufuhren, fing es an zu regnen. Der Himmel war während der Fahrt immer dunkler geworden, und nun schien es, als wäre vorzeitig der Abend angebrochen. Rab Kinnouls Landrover parkte vor dem Haus. Merkwürdigerweise stand die Haustür offen. Der Regen prasselte auf die Motorhaube und wurde von Sekunde zu Sekunde heftiger.

»Da sollten wir wohl besser die Beine in die Hand nehmen«, sagte Rebus. Beide öffneten ihre Türen und liefen los. Rebus hatte jedoch den kürzeren Weg, da Holmes erst um das Auto herum musste. Deshalb war Rebus als Erster an der Treppe und als Erster durch die Tür und im Flur. Er schüttelte das Wasser aus seinen Haaren, dann öffnete er die Augen.

Und sah das Tranchiermesser auf sich zukommen.

Und hörte den Schrei.

»*Dreckskerl!*«

Im gleichen Moment stieß ihn jemand beiseite. Es war Holmes, der durch die Tür geflogen kam. Das Messer zischte ins Leere, Richtung Fußboden. Cath Kinnoul stürzte, durch den eigenen Schwung aus dem Gleichgewicht gebracht, hinterher. Holmes war sofort auf ihr, packte ihr Handgelenk und drehte den Arm auf den Rücken. Er hatte ein Knie fest auf ihren Rücken gepresst, direkt unterhalb der Schulterblätter.

»Allmächtiger Gott!«, keuchte Rebus. »O Gott.«

Holmes untersuchte die am Boden liegende Gestalt. »Sie ist mit dem Kopf auf den Boden aufgeschlagen«, sagte er. »Sie ist bewusstlos.« Er löste ihre Finger von dem Messer und ließ den Arm los. Er fiel schlaff auf den Teppich. Holmes stand auf. Er wirkte erstaunlich ruhig, doch sein Gesicht war unnatürlich blass. Rebus zitterte wie ein kranker Köter. Er lehnte sich gegen die Wand im Flur, schloss einen Moment die Augen und atmete tief durch. Von der Tür her ertönte ein Geräusch.

»Wer, zum Teufel …?« Rab Kinnoul sah sie, dann blickte er auf die reglose Gestalt seiner Frau. »Ach du Scheiße«, sagte er und kniete sich neben sie. Regenwasser tropfte von ihm herab auf ihren Rücken, auf ihren Kopf. Er war völlig durchnässt.

»Sie wird gleich wieder zu sich kommen, Mr Kinnoul«, erklärte Holmes. »Sie ist mit dem Kopf auf dem Boden aufgeschlagen, weiter nichts.«

Kinnoul bemerkte das Messer, das Holmes in der Hand hielt. »Hatte sie das?«, fragte er mit weit aufgerissenen Augen. »Um Gottes willen, Cathy.« Er legte eine zitternde Hand an ihren Kopf. »Cathy, Cathy.«

Rebus hatte sich mittlerweile ein bisschen erholt. Er schluckte. »Diese blauen Flecken hat sie sich allerdings nicht bei dem Sturz geholt.« Ja, da waren blaue Flecken auf ihren Armen, die ziemlich frisch aussahen. Kinnoul nickte.

»Wir haben uns gestritten«, sagte er. »Sie ist auf mich losgegangen, und ich ... ich hab versucht, sie wegzustoßen. Aber sie war völlig hysterisch. Da hab ich beschlossen, eine Weile spazieren zu gehen, bis sie sich beruhigt hat.«

Rebus hatte die ganze Zeit auf Kinnouls Schuhe gestarrt. Sie waren völlig verdreckt. Auch an seiner Hose waren Schlammspritzer. Spazieren gehen? Bei *diesem* Regen? Nein, er war abgehauen, schlicht und ergreifend. Er hatte einfach die Flucht ergriffen und war losgerannt ...

»Sieht nicht so aus, als hätte sie sich beruhigt«, sagte Rebus nüchtern. Ganz nüchtern betrachtet, hätte sie ihn beinahe umgebracht, entweder weil sie ihn für ihren Mann hielt oder weil sie mittlerweile so aufgebracht war, dass ihr jeder Mann – jedes Opfer – gerade recht kam. »Wissen Sie was, Mr Kinnoul, ich könnte gut einen Drink vertragen.«

»Ich seh mal nach, was da ist«, sagte Kinnoul und stand auf.

Holmes rief den Arzt an. Cath Kinnoul war immer noch bewusstlos. Sie hatten sie im Flur liegen lassen, um kein Risiko einzugehen. Zum einen sollte man Leute, die auf den Kopf gestürzt waren, am besten nicht bewegen, und außerdem konnten sie sie durch die offene Wohnzimmertür im Auge behalten.

»Sie braucht eine Therapie«, sagte Rebus. Er saß auf

dem Sofa, nippte an einem Whisky und versuchte, das zu beruhigen, was von seinen Nerven noch übrig war.

»Was sie braucht«, sagte Kinnoul, »ist etwas Abstand von mir. Unser Problem ist, wir können nicht miteinander, Inspector, aber wir können genauso wenig ohne einander.« Er stand am Fenster, die Hände auf der Fensterbank, den Kopf gegen die Scheibe gelehnt.

»Weshalb haben Sie sich gestritten?«

Kinnoul schüttelte den Kopf. »Das kommt mir jetzt völlig albern vor. So was fängt immer mit irgendeiner Kleinigkeit an und schaukelt sich dann weiter hoch ...«

»Und diesmal?«

Kinnoul wandte sich vom Fenster ab. »Es ging um die viele Zeit, die ich nicht da bin. Sie glaubt nicht, dass es sich da um irgendwelche ›Projekte‹ handelt. Sie meint, es sei alles nur ein Vorwand, damit ich aus dem Haus kann.«

»Und hat sie recht?«

»Teilweise schon. Sie ist ziemlich clever ... manchmal ein bisschen langsam, aber letztlich merkt sie alles.«

»Und was ist mit den Abenden?«

»Was soll damit sein?«

»*Die* verbringen Sie doch auch nicht immer zu Hause, oder? Manchmal machen Sie mit Freunden einen Abend drauf.«

»Tatsächlich?«

»Zum Beispiel mit Barney Byars ... und Ronald Steele.«

Kinnoul starrte Rebus scheinbar verständnislos an, dann schnipste er mit den Fingern. »Mein Gott, Sie meinen *diesen* Abend. Ach ja, der Abend ...« Er schüttelte den Kopf. »Wer hat Ihnen davon erzählt? Egal, muss ja einer von den beiden gewesen sein. Und was ist damit?«

»Ich fand bloß, dass Sie ein recht merkwürdiges Dreiergespann abgeben.«

Kinnoul lächelte. »Da haben Sie recht. Ich kenne Byars

nicht besonders gut, eigentlich fast gar nicht. An dem Tag war er in Edinburgh und hatte gerade ein Geschäft abgeschlossen ... ein *großes* Geschäft. Wir trafen uns zufällig im Eyrie. Ich saß an der Bar und ertränkte meine Sorgen, und er wollte ins Restaurant. Irgendwie bin ich dann in diese Gesellschaft hineingeraten, er und einige Leute von der Firma, mit der er den Deal gemacht hatte. Nach einer Weile ... na ja, es war ganz lustig.«

»Und Steele?«

»Nun ja ... Barney hatte vor, mit diesen Typen in ein Bordell zu gehen, von dem er gehört hatte. Aber sie hatten kein Interesse und zogen ab. Barney und ich sind dann noch auf einen Drink in den Strawman gegangen. Dort haben wir Ronnie getroffen. Er war auch schon ein bisschen betrunken. Hatte irgendwas mit der Frau seines Lebens zu tun ...« Kinnoul hielt einen Augenblick nachdenklich inne. »Wie dem auch sei, normalerweise ist er ein ziemlicher Langweiler, aber an dem Abend schien er gut drauf zu sein.«

Rebus fragte sich, ob Kinnoul von Steele und Cathy wusste. Es sah nicht so aus, aber schließlich war der Mann Schauspieler, ein Profi.

»Das Ganze endete dann damit«, fuhr Kinnoul fort, »dass wir drei zusammen in dieses übel beleumundete Haus gegangen sind.«

»Und hatten Sie Ihren Spaß?«

Kinnoul schien das für eine ungewöhnliche Frage zu halten. »Ich nehm's an«, sagte er. »Ich kann mich wirklich nicht mehr so genau erinnern.«

O doch, dachte Rebus, du kannst dich erinnern. Du kannst dich sogar ganz gut an alles erinnern. Doch nun blickte Kinnoul in den Flur zu Cathys regloser Gestalt.

»Sie müssen mich für ein ziemliches Arschloch halten«, sagte er mit ruhiger Stimme. »Und da haben Sie vermutlich recht. Aber, mein Gott …« Dem Schauspieler gingen die Worte aus. Er blickte sich im Zimmer um, schaute aus dem Fenster auf das, was – wenn das Wetter mitgespielt hätte – die tolle Aussicht gewesen wäre, dann sah er wieder zur Tür. Er atmete geräuschvoll aus, dann schüttelte er den Kopf.

»Haben Sie den anderen erzählt, was die Prostituierte zu Ihnen gesagt hat?«

Kinnoul machte ein erschrockenes Gesicht.

»Ich meine«, sagte Rebus, »haben Sie ihnen erzählt, was sie über Gregor Jack gesagt hat?«

»Woher, zum Teufel, wissen Sie das denn?« Kinnoul ließ sich in einen der Sessel fallen.

»Wild geraten. Haben Sie?«

»Ich nehm's an.« Er dachte darüber nach. »Doch, ganz bestimmt. Es war eine merkwürdige Sache, dass sie das gesagt hat.«

»Es war allerdings auch eine merkwürdige Äußerung von Ihnen, Mr Kinnoul.«

Kinnoul zuckte seine breiten Schultern. »Bloß ein Scherz, Inspector. Ich war ein bisschen betrunken und dachte, es wäre lustig, so zu tun, als wäre ich Gregor. Ehrlich gesagt, ich war ein bisschen pikiert, dass sie Rab Kinnoul nicht erkannt hat. Sehen Sie sich doch mal die Fotos an der Wand an. Ich hab sie alle gekannt.« Er war wieder aufgestanden und betrachtete nun die Bilder von sich selbst, als wäre er in einer Kunstgalerie und würde sie nicht bereits zum tausendsten, ja zehntausendsten Mal sehen.

»Bob Wagner … Larry Hagman … Ich hab sie alle kennen gelernt.« Die Litanei ging weiter. »Martin Scorsese … der Topregisseur, absolut Top … John Hurt … Robbie Coltrane und Eric Idle …«

Holmes gab Rebus ein Zeichen, in den Flur zu kommen. Cathy Kinnoul kam wieder zu sich. Rab Kinnoul stand immer noch vor seinen Fotos, seinen Erinnerungsstücken, und schwelgte in der Aufzählung von Namen.

»Ganz ruhig«, sagte Holmes zu Cathy Kinnoul. »Wie fühlen Sie sich?«

Sie sprach so undeutlich, dass sie nicht zu verstehen war.

»Wie viele haben Sie genommen, Cath?«, fragte Rebus. »Sagen Sie uns, wie viele.«

Sie versuchte, sich zu konzentrieren. »Ich hab in allen Zimmern nachgesehen«, sagte Holmes, »und keine leeren Röhrchen gefunden.«

»Irgendwas hat sie aber genommen.«

»Vielleicht weiß es der Arzt.«

»Ja, vielleicht.« Rebus beugte sich so tief zu Cathy Kinnoul herunter, dass sein Mund nur wenige Zentimeter von ihrem Ohr entfernt war. »Gowk«, sagte er leise, »erzählen Sie mir von Suey.«

Die Namen drangen zu ihr durch, aber die Frage anscheinend nicht.

»Sie und Suey«, fuhr Rebus fort. »Haben Sie sich mit Suey getroffen? Nur Sie beide, ja? Wie in alten Zeiten? Sind Sie und Suey häufiger zusammen?«

Sie öffnete den Mund, zögerte, schloss ihn wieder und begann langsam den Kopf hin und her zu bewegen. Dann murmelte sie etwas.

»Was haben Sie gesagt, Gowk?«

Diesmal war es deutlicher: »Rab dafnich wissn.«

»Er wird es nicht erfahren, Gowk. Vertrauen Sie mir, er wird nichts erfahren.«

Sie hatte sich aufgerichtet und hielt sich mit einer Hand den Kopf, während die andere auf dem Boden ruhte.

»Also«, fuhr Rebus beharrlich fort, »Sie und Suey haben sich häufiger getroffen, ja? Gowk und Suey?«

Sie lächelte betrunken. »Gow' un' Suey«, sagte sie, die Worte genießend. »Gow' un' Suey.«

»Erinnern Sie sich, Gowk, erinnern Sie sich an den Tag, bevor Sie die Leiche gefunden haben? Erinnern Sie sich an jenen Mittwoch, jenen Mittwochnachmittag? War Suey da bei Ihnen? War er bei Ihnen, Gowk? Hat er Sie an jenem Mittwoch besucht?«

»Miwoch? Miwoch?« Sie schüttelte den Kopf. »Arme Lizzie ... arme, arme ...« Nun hielt sie ihre Hand ausgestreckt nach oben. »Gimir ds Messer«, sagte sie. »Rab wird's nich merken. Gimir ds Messer.«

Rebus warf einen Blick zu Holmes. »Das können wir nicht zulassen, Gowk. Das wäre Mord.«

Sie nickte. »Dasis richtig, Mord.« Sie sprach das letzte Wort sehr deutlich aus, jeden einzelnen Buchstaben, dann wiederholte sie es. »Ich schneid ihm den Kopf ab«, sagte sie. »Dann tunse mich neben Mack.« Sie lächelte wieder, als ob ihr die Vorstellung gefiele. Und die ganze Zeit klang Rab Kinnouls Aufzählung der Namen aus dem anderen Zimmer herüber ...

»... der Beste, absolut ... würde gern wieder mit ihm arbeiten. Absolut professionell ... und auch der gute alte George Cole ... die alte Schule ... ja, die alte Schule ... die alte Schule.«

»Mack ...«, sagte Cath Kinnoul gerade. »Mack ... Suey ... Sexton ... Beggar ... armer Beggar ...«

»Die alte Schule.«

Manche Schulbindungen werden einfach zu lange aufrechterhalten. Noch lange, nachdem man sie längst hätte lösen sollen.

Rebus rief Barney Byars an. Die Sekretärin stellte ihn durch.

»Inspector«, ertönte Byars Stimme voller Energie und Geschäftstüchtigkeit, »ich werd Sie wohl nie mehr los, was?«

»Sie sind zu leicht zu erwischen«, sagte Rebus.

Byars lachte. »Das muss ich auch sein«, erwiderte er, »sonst würden meine Kunden mich ja auch nicht erwischen. Ich stehe immer gern zur Verfügung. Was haben Sie denn diesmal für Probleme?«

»Es geht um einen Abend, den Sie vor nicht allzu langer Zeit mit Rab Kinnoul und Ronald Steele verbracht haben …«

Byars war in der Lage, die Geschichte in den meisten, nur nicht in den entscheidenden Details zu bestätigen. Rebus schilderte, wie Kinnoul die Treppe heruntergekommen wäre und wiederholt hätte, was Gail zu ihm gesagt hatte.

»Daran kann ich mich nicht erinnern«, sagte Byars. »Da war ich allerdings auch schon ziemlich hinüber. So hinüber, dass ich anscheinend für uns alle drei bezahlt habe.« Er kicherte vor sich hin. »Suey hatte die übliche Ausrede, von wegen er wäre absolut pleite, und Rab hatte zu dem Zeitpunkt gerade noch zehn Pfund in der Tasche.« Ein weiteres Kichern. »Wissen Sie, rechnen kann ich immer, besonders, wenn's um Geld geht.«

»Aber Sie erinnern sich ganz sicher nicht daran, wie Mr Kinnoul Ihnen erzählt hat, was die Prostituierte zu ihm gesagt hat.«

»Ich behaupte ja nicht, dass er's *nicht* gesagt hat, aber ich kann mich beim besten Willen nicht daran erinnern.«

Damit stand Kinnouls Wort gegen Byars' Gedächtnis. Da blieb wohl nichts anderes übrig, als noch mal mit Steele zu reden. Rebus könnte auf dem Weg zu Patience bei ihm vorbeifahren. Das war zwar nicht gerade der kürzeste Weg, aber es würde auch nicht allzu lange dauern. Cathy Kinnoul war ein weiteres Problem. Es ging nicht, dass messerschwingende Tablettensüchtige frei herumliefen. Der Hausarzt, den Holmes hatte kommen lassen, hatte sich ihre Geschichte angehört und vorgeschlagen, dass man

Mrs Kinnoul in ein Krankenhaus am Stadtrand einliefern ließ. Würde Anklage gegen sie erhoben …?

»Natürlich«, sagt Holmes unwirsch. »Als Erstes eine Anklage wegen versuchten Mords.«

Doch Rebus geriet ins Grübeln. Er dachte darüber nach, wie schlecht man mit Cath Kinnoul umgesprungen war. Außerdem dachte er an all diese Anklagen wegen Behinderung der Polizei, die er möglicherweise einreichen würde – gegen Hector, Steele und Jack selbst. Und vor allem dachte er an Andrew Macmillan. Er hatte mit eigenen Augen gesehen, was »Spezialkliniken« mit geisteskranken Verbrechern machten. Cath Kinnoul würde sich in jedem Fall einer Therapie unterziehen müssen. Und solange das gewährleistet war, hatte es keinen Sinn, ihr eine Anklage wegen versuchten Mordes anzuhängen.

Also schüttelte er zu Brian Holmes' Erstaunen den Kopf. Nein, keine Anklage, jedenfalls nicht, wenn sie sofort in eine Klinik kam. Der Arzt vergewisserte sich, dass die Einweisung eine reine Formalität sein würde, und Kinnoul, der mittlerweile wieder halbwegs zu Verstand gekommen war, erklärte sich mit allem einverstanden.

»In dem Fall«, sagte der Arzt, »kann sie noch heute eingeliefert werden.«

Rebus führte ein weiteres Telefonat. Mit Chief Inspector Lauderdale.

»Wohin, zum Teufel, haben Sie sich denn verdrückt?«

»Das ist eine lange Geschichte, Sir.«

»Das ist es meistens.«

»Wie ist denn das Gespräch gelaufen?«

»Es ging so. Hören Sie, John, wir werden formell Anklage gegen William Glass erheben.«

»Was?«

»Das Opfer von der Dean Bridge hatte, kurz bevor sie starb, Geschlechtsverkehr. Und das Labor hat mir mitgeteilt, dass die DNS-Tests eine Übereinstimmung mit unserem Mr Glass ergeben haben.« Lauderdale hielt inne, doch Rebus sagte nichts. »Keine Sorge, John, wir fangen mit dem Mord an der Dean Bridge an. Aber ganz im Ernst, nur so unter uns ... glauben Sie, dass Sie irgendwie weiterkommen?«

»Ganz im Ernst, Sir, nur so unter uns ... ich weiß es nicht.«

»Dann sollten Sie mal sehen, dass Sie in die Gänge kommen, sonst werde ich nämlich Glass auch noch den Mord an Mrs Jack anhängen. Ferrie und diese Anwältin könnten nämlich jeden Augenblick anfangen, unangenehme Fragen zu stellen. Es steht auf Messers Schneide, John, verstehen Sie?«

»Ja, Sir, o ja. Mit Messerschneiden kenne ich mich gut aus, das können Sie mir glauben ...«

Rebus steuerte nicht direkt auf Steeles Haustür zu, sondern blieb zunächst vor der Garage stehen und schielte durch einen Spalt zwischen den beiden Türen. Steeles Citroën war da, was vermutlich bedeutete, dass der Besitzer ebenfalls zu Hause war. Dann ging er zur Tür und drückte auf die Klingel. Er hörte sie durch den Flur schallen. Flure – darüber könnte er mittlerweile ein Buch schreiben. Die Nacht, die ich in einem Flur geschlafen habe; der Tag, an dem ich fast in einem Flur erstochen wurde ... Er klingelte wieder. Es war eine laute und unangenehme Klingel, die Art, die man nicht so leicht überhören konnte.

Also klingelte er ein weiteres Mal. Dann versuchte er, die Tür zu öffnen. Sie war verschlossen. Er trat auf den schmalen Grasstreifen, der an der Vorderseite des Bungalows entlang lief, und drückte das Gesicht gegen das Wohnzimmerfenster. Der Raum war leer. Vielleicht war Steele nur kurz rausgegangen, um Milch zu holen ... Rebus rüttelte an dem

Tor neben der Garage, das in den Garten hinter dem Haus führte. Es war ebenfalls verschlossen. Er ging zum Eingangstor zurück, stellte sich daneben und blickte die ruhige Straße auf und ab. Dann sah er auf seine Uhr. Er könnte noch fünf Minuten warten, höchstens zehn. Zwar war das Letzte, wozu er jetzt Lust hatte, ein gemütliches Abendessen mit Patience, aber verlieren wollte er sie auch nicht ... Viertelstunde Fahrt zurück zur Oxford Terrace ... zwanzig Minuten, um ganz sicherzugehen. Ja, er könnte immer noch um halb acht dort sein. Zeit genug. *Also beeil dich gefälligst.* Warum machte er sich überhaupt die Mühe? Warum gönnte er Glass nicht einfach seinen Augenblick zweifelhaften Ruhms, sein zweites – sein *berühmtes* – Opfer?

Warum sich überhaupt mit irgendetwas Mühe geben? Nicht für ein lobendes Schulterklopfen; nicht um der Gerechtigkeit willen; also vielleicht aus purer Sturheit. Ja, das traf so ziemlich den Nagel auf den Kopf. Da kam jemand ... Sein Wagen stand zwar in der anderen Richtung, aber er konnte durch den Rückspiegel sehen. Kein Mann, sondern eine Frau. Hübsche Beine. Sie trug zwei Tragetaschen mit Einkäufen. Sie ging zügig, doch sie sah müde aus. Das konnte doch wohl nicht ...? Was, zum ...?

Er kurbelte sein Fenster herunter. »Hallo, Gill.«

Gill Templer blieb stehen, starrte, lächelte. »Irgendwie kam mir dieser Schrotthaufen doch bekannt vor.«

»Pscht! Autos haben auch Gefühle.« Er tätschelte das Lenkrad. Sie stellte ihre Taschen ab.

»Was machst du hier?«

Er deutete mit dem Kopf auf Steeles Haus. »Möchte mit jemandem reden, der wahrscheinlich nicht auftaucht.«

»Das sieht dir ähnlich.«

»Und du?«

»Ich? Ich *wohne* hier. Genauer gesagt in der nächsten Straße rechts. Du *wusstest* doch, dass ich umgezogen bin.«

Er zuckte die Schultern. »Mir war nicht klar, dass es hier in der Gegend war.«

Sie lächelte ihn wenig überzeugt an.

»Doch, ehrlich«, sagte er. »Aber wo ich schon einmal hier bin, kann ich dich ein Stück mitnehmen?«

Sie lachte. »Das sind nur hundert Meter.«

»Wie du möchtest.«

Sie blickte auf ihre Taschen hinunter. »Na schön.«

Er öffnete ihr die Tür, sie stellte die Taschen auf den Boden und zwängte ihre Füße daneben. Rebus startete den Wagen. Der Motor stotterte, röchelte, erstarb. Er versuchte es noch einmal mit herausgezogenem Choke. Das Auto keuchte und schnaufte, begriff aber irgendwann, was man von ihm wollte.

»Wie ich eben sagte, ein Schrotthaufen.«

»Nur *deshalb* benimmt es sich so«, erklärte Rebus. »Launenhaft wie ein Vollblutpferd.«

Doch Kinder beim Eierlaufen hätten die Strecke vermutlich schneller zurückgelegt als sie. Schließlich erreichten sie unversehrt das Haus. Rebus blickte aus dem Fenster.

»Hübsch«, sagte er. Es war ein Haus mit symmetrischer Vorderfront und Erkerfenstern zu beiden Seiten der Haustür. Es hatte drei Etagen und einen kleinen, steil ansteigenden Garten, der von Steinstufen geteilt wurde, die vom Eingangstor zur Haustür führten.

»Ich bewohne natürlich nicht das ganze Haus. Nur das Erdgeschoss.«

»Trotzdem schön.«

»Danke.« Sie stieß die Tür auf und bugsierte ihre Taschen auf den Bürgersteig. »Gemüsepfanne«, sagte sie und deutete auf die Taschen. »Interessiert?«

Er brauchte einen endlosen Moment, um sich zu entscheiden. »Danke, Gill, aber ich hab heute Abend schon was vor.«

Sie hatte den Anstand, ein enttäuschtes Gesicht zu machen. »Dann vielleicht ein andermal.«

»Ja«, sagte Rebus, während sie die Beifahrertür zuwarf, »vielleicht ein andermal.«

Das Auto kroch die kurze Strecke zurück. Wenn es jetzt den Geist aufgibt, dachte er, dann mache ich kehrt und nehme ihr Angebot doch noch an. Das wäre ein Zeichen. Aber als er Steeles Bungalow passierte, fing das Auto sogar an, sich gesünder anzuhören. In dem Haus war immer noch kein Anzeichen von Leben, also fuhr Rebus weiter. Er stellte sich eine Waage mit zwei Schalen vor. Auf der einen Seite saß Gill Templer, auf der anderen Dr. Patience Aitken. Die Waagschalen bewegten sich auf und ab, während Rebus scharf nachdachte. Meine Güte, es war ja wirklich nicht einfach. Er wünschte, er hätte noch etwas mehr Zeit, doch die Ampeln waren auf dem größten Teil der Strecke auf seiner Seite, und so war er um halb bei Patience.

»Ich kann es nicht glauben«, sagte sie, als er in die Küche spaziert kam. »Ich kann wirklich nicht glauben, dass du tatsächlich eine Verabredung eingehalten hast.« Sie stand neben der Mikrowelle, in der irgendwas brutzelte. Rebus zog sie an sich und gab ihr einen feuchten Kuss auf den Mund.

»Patience«, sagte er, »ich glaube, ich liebe dich.«

Sie trat einen Schritt von ihm zurück, um ihn besser ansehen zu können. »Und noch nicht mal ein Tropfen Alkohol in dem Mann. Das ist ja ein Abend voller Überraschungen. Ich sollte dir wohl gleich sagen, dass ich einen miesen Tag hatte und in mieser Stimmung bin ... und deshalb gibt's nur mickriges Hühnchen.« Sie lächelte und küsste ihn. »›Ich glaube, ich liebe dich‹«, ahmte sie ihn nach. »Du hättest dein Gesicht sehen sollen, als du das gesagt hast. Als wüsstest du nicht, wie dir geschieht. Na ja, bist wohl nicht gerade der letzte heißblütige Romantiker, was, John Rebus?«

»Dann gib mir Nachhilfeunterricht«, sagte Rebus und küsste sie wieder.

»Ich glaube«, sagte Patience, »ich glaube, wir essen dieses Hühnchen kalt.«

Am nächsten Morgen war er früh auf. Und was noch ungewöhnlicher war, er war sogar vor Patience auf, die mit einer zufriedenen, wollüstigen Miene schlafend im Bett lag, die Haare wild auf ihrem Kissen ausgebreitet. Er ließ Lucky herein und gab ihm mehr als seine übliche Portion zu fressen, dann machte er Tee und Toast für sich und Patience.

»Zwick mich, ich muss wohl träumen«, sagte sie, als er sie weckte. Sie trank gierig den Tee, dann nahm sie einen kleinen Bissen von einem gebutterten Toastdreieck. Rebus schenkte sich noch eine halbe Tasse nach, trank sie in einem Zug aus und stand vom Bett auf.

»Okay«, sagte er. »Ich bin weg.«

»Was?« Sie sah auf ihre Uhr. »Hast du diese Woche Nachtschicht?«

»Es ist Morgen, Patience. Und ich hab heute eine Menge zu tun.« Er beugte sich zu ihr, um sie auf die Stirn zu küssen, doch sie zog ihn an der Krawatte so weit nach unten, dass sie ihm einen salzigen, krümeligen Kuss auf den Mund geben konnte.

»Sehen wir uns später?«, fragte sie.

»Verlass dich drauf.«

»Wäre schön, wenn ich das könnte.« Doch er war bereits fort. Lucky kam ins Zimmer, sprang aufs Bett und leckte sich die Lippen.

»Ich auch, Lucky«, sagte Patience. »Ich auch.«

Er fuhr direkt zu Ronald Steeles Bungalow. Es herrschte starker Verkehr Richtung Innenstadt, doch Rebus fuhr aus der Stadt heraus. Es war noch nicht ganz acht Uhr. Er hielt Steele nicht gerade für einen Frühaufsteher. Heute war ein trauriges Jubiläum – es war auf den Tag zwei Wochen her, dass Liz Jack ermordet worden war. Zeit, die ganze Angelegenheit endlich zu klären.

Steeles Wagen stand immer noch in der Garage. Rebus ging zur Haustür und versuchte, die Klingel in einem munteren Rhythmus zu drücken – ein Freund oder der Briefträger ... auf jeden Fall jemand, dem man gern die Tür aufmacht.

»Komm schon, Suey, hopp, hopp.«

Doch niemand öffnete. Er linste durch den Briefschlitz. Nichts. Er blickte durch das Wohnzimmerfenster. Alles sah genauso aus wie gestern. Noch nicht mal die Gardinen waren zugezogen worden. Kein Lebenszeichen.

»Ich hoffe, du hast nicht die Mücke gemacht«, murmelte Rebus, obwohl es vielleicht sogar besser wäre, *wenn* er das getan hätte. Es wäre zumindest irgendetwas, ein Zeichen von Angst oder ein Hinweis darauf, dass er etwas zu verbergen hatte. Er könnte die Nachbarn fragen, ob sie irgendwas gesehen hatten, doch zwischen Steeles und ihrem Bungalow war eine Mauer. Er entschied sich dagegen. Es könnte Steele darauf aufmerksam machen, dass sich Rebus so sehr für ihn interessierte, dass er schon zur Frühstückszeit bei ihm aufkreuzte. Stattdessen stieg er wieder ins Auto und fuhr zu Suey Books. Es war eine Chance von eins zu hundert. Wie er befürchtet hatte, war der Laden verrammelt, der Eingang mit Drahtgittern und einem Vorhängeschloss gesichert. Rasputin lag schlafend im Fenster. Rebus ballte eine Hand zur Faust und hämmerte gegen die Scheibe. Der Kopf der Katze schoss hoch, und sie stieß ein lautes, erschrockenes Miauen aus.

»Erinnerst du dich an mich?«, fragte Rebus grinsend.

Der Verkehr war dichter geworden und bewegte sich zäh wie Sirup durch die Straßen. Er bog auf die Cowgate ab, um die schlimmsten Staus zu vermeiden. Wenn Steele nicht zu finden war, gab es nur noch eine Möglichkeit. Er musste Farmer Watson umstimmen. Und er musste es noch an diesem Morgen tun, solange der alte Knabe bis an die Kiemen voll Koffein war. Das war die Idee ... wann machte dieser Delikatessenladen am Leith Walk auf ...?

»Oh, vielen Dank, John.«

Rebus zuckte die Schultern. »Wir trinken so viel von Ihrem Kaffee, Sir. Da dachte ich, es wird Zeit, dass mal jemand anders welchen kauft.«

Watson öffnete die Tüte und schnupperte. »Hm, frisch gemahlen.« Er fing an, das dunkle Pulver in seinen Filter zu kippen. Die Maschine war bereits mit Wasser gefüllt. »Was sagten Sie doch gleich, wie heißt diese Sorte?«

»Frühstücksmischung, glaub ich, Sir. Robustica und Arabica ... irgend so was. Ich bin nicht gerade ein Experte ...«

Doch Watson tat die Entschuldigung mit einer Handbewegung ab. Er stellte die Kanne in die Maschine und legte den Schalter um. »Also, John.« Er verschränkte die Hände vorm Bauch. »Was kann ich für Sie tun?«

»Nun ja, Sir, es geht um Gregor Jack.«

»Ja?«

»Sie haben mir doch gesagt, dass wir Mr Jack so weit wie möglich helfen sollten? Dass Sie das Gefühl hätten, man hätte ihm vielleicht eine Falle gestellt?« Watson nickte nur. »Nun ja, Sir, ich bin nah dran, nicht nur zu beweisen, dass es so war, sondern auch, wer es getan hat.«

»Ach? Reden Sie weiter.«

Also erzählte Rebus ihm seine Geschichte, die Geschichte von einer zufälligen Begegnung in einem Zimmer mit roter Beleuchtung. Und von drei Männern. »Da hab ich mich Folgendes gefragt ... ich weiß, dass Sie gesagt haben, Sie könnten Ihre Quelle nicht preisgeben ... aber war es einer von denen?«

Watson schüttelte den Kopf. »Weit gefehlt, fürchte ich, John. Hm, riechen Sie das?« Der Raum füllte sich mit dem Kaffeearoma. Wie sollte Rebus das *nicht* riechen?

»Ja, Sir, sehr angenehm. Es war also nicht ...?«

»Es war niemand, der Gregor Jack *kennt*. Wenn Pro ...« Er verstummte stotternd. »Ich kann kaum erwarten, dass dieser Kaffee fertig ist«, sagte er ein wenig zu enthusiastisch.

»Sie sagten gerade ... Sir?« Aber was? Was? Provision? Prorektor? Prozentual? Problem?

Prorektor? Nein, nein. Nicht Prorektor. Protestant? Produzent? Ein Name oder Titel.

»Nichts, John, gar nichts. Ich frag mich, ob ich überhaupt saubere Tassen habe ...?«

Ein Name oder ein Titel. Professor. *Professor?*

»Sie wollten nicht zufällig gerade einen Professor erwähnen?«

Watsons Lippen waren versiegelt. Doch Rebus' Gedanken rasten jetzt.

»Zum Beispiel Professor Costello. Er ist doch ein Freund von Ihnen, Sir? Er kennt also Mr Jack nicht?«

Watson bekam rote Ohren. Jetzt hab ich dich, dachte Rebus. Erwischt, eiskalt erwischt. Dieser Kaffee war jeden Penny wert, den er gekostet hatte.

»Allerdings interessant«, sinnierte Rebus, »dass der Professor über ein Bordell Bescheid wissen sollte.«

Watson schlug auf den Schreibtisch. »Jetzt reicht's.« Seine lockere Morgenstimmung war verflogen. Jetzt war sein ganzes Gesicht rot bis auf einen kleinen weißen Fleck auf jeder Wange. »Na schön«, sagte er. »Dann sollen Sie es von mir aus wissen. Professor Costello *war* derjenige, der mir davon erzählt hat.«

»Und woher wusste der Professor das?«

»Er hat gesagt ... er hat *gesagt,* er hätte einen *Freund,* der dieses Etablissement eines Nachts aufgesucht hätte und dem das nun peinlich wäre. Natürlich« – Watson senkte die Stimme zu einem Zischeln – »gibt es keinen *Freund.* Der alte Knabe war selbst dort. Er bringt es nur nicht über sich, es zuzugeben. Wie dem auch sei« – seine Stimme wurde wieder lauter – »wir alle geraten irgendwann mal in Versuchung, nicht wahr?« Rebus dachte an die gestrige Begegnung mit Gill Templer. Versuchung, in der Tat. »Also hab ich dem Professor versprochen, ich würde dafür sorgen, dass das Etablissement geschlossen wird.«

Rebus war nachdenklich geworden. »Und haben Sie ihm auch gesagt, wann *Operation Hush Puppies* stattfinden sollte?«

Nun wurde Watson nachdenklich. Schließlich nickte er.

»Aber er ist doch ... er ist Professor ... für *Theologie.* Er hätte doch niemals den Zeitungen den Tipp gegeben. Und er *kennt* diesen verdammten Gregor Jack überhaupt nicht.«

»Aber Sie haben es ihm gesagt? Datum *und* Uhrzeit?«

»Mehr oder weniger.«

»Warum? Warum wollte er das wissen?«

»Sein ›Freund‹ ... Der ›Freund‹ wollte das wissen, damit er alle, die er kannte, davor warnen konnte, an dem Abend dorthin zu gehen.«

Rebus sprang auf. »Verdammt noch mal, Sir!« Er hielt inne. »Bei allem Respekt. Aber begreifen Sie das denn nicht? Es *gab* einen Freund. Es *gab* jemanden, der gewarnt werden musste. Aber nicht, damit er verhindern konnte, dass seine Freunde erwischt werden ... sondern damit er dafür sorgen konnte, dass Gregor Jack geradewegs in die Falle tappte. Sobald er wusste, wann wir zuschlagen würden, brauchte er nichts weiter zu tun, als Jack anzurufen und ihm zu sagen, dass seine Schwester zu diesem Zeitpunkt dort wäre. Derjenige wusste, dass Jack es nicht über sich bringen würde, *nicht* hinzugehen und nachzusehen.« Er riss die Zimmertür auf.

»Wo gehen Sie hin?«

»Professor Costello einen Besuch abstatten. Nicht dass das unbedingt notwendig wäre, aber ich möchte den Namen aus seinem Mund hören, und ich möchte es gerne selber hören. Lassen Sie sich Ihren Kaffee gut schmecken, Sir.«

Doch das tat Watson nicht. Der Kaffee schmeckte wie verbranntes Holz. Zu bitter, zu stark. Er hatte schon seit einiger Zeit mit sich gerungen, nun traf er eine Entscheidung. Er würde ganz aufhören, Kaffee zu trinken. Das würde seine Buße sein. So wie Inspector John Rebus sein Tröster war ...

»Guten Morgen, Inspector.«

»Morgen, Sir. Ich störe Sie doch hoffentlich nicht?«

Professor Costello wies mit einem Arm auf den leeren Raum. »In Edinburgh steht kein Student um diese – für sie – gottlose Uhrzeit auf. Jedenfalls kein Theologiestudent. Nein, Inspector, Sie stören mich nicht.«

»Sie haben Ihre Bücher also wohlbehalten zurückbekommen, Sir?«

Costello zeigte auf seinen Bücherschrank mit den Glastüren. »Völlig unversehrt. Der Beamte, der sie vorbeigebracht hat, hat gesagt, jemand hätte sie gefunden, sie hätten irgendwo herumgelegen ...?«

»So ähnlich, Sir.« Rebus drehte sich zur Zimmertür um. »Sie haben ja immer noch kein ordentliches Schloss anbringen lassen.«

»*Mea culpa,* Inspector. Aber keine Sorge, es ist bestellt.«

»Ich möchte nämlich nicht, dass Ihnen Ihre Bücher noch einmal abhanden kommen.«

»Schon verstanden, Inspector. Setzen Sie sich doch bitte. Kaffee?« Diesmal zeigte die Hand auf eine gemeingefährlich aussehende Kaffeekanne, die dampfend auf einer Kochplatte in einer Ecke des Raumes stand.

»Nein, danke, Sir. Ist noch ein bisschen früh für mich.«

Costello neigte leicht den Kopf. Dann nahm er auf dem bequemen Ledersessel hinter seinem soliden Eichenholzschreibtisch Platz. Rebus setzte sich auf einen der modernen Stühle mit spindeldürren Metallrahmen auf der anderen Seite des Schreibtischs. »Also, Inspector, nachdem wir die sozialen Artigkeiten hinter uns gebracht haben ... was kann ich für Sie tun?«

»Sie haben Chief Superintendent Watson eine gewisse Information gegeben, Sir.«

Costello kräuselte die Lippen. »Eine vertrauliche Information, Inspector.«

»Damals vielleicht, aber jetzt könnte sie uns bei den Ermittlungen in einem Mordfall weiterhelfen.«

»Ganz bestimmt nicht!«

Rebus nickte. »Also werden Sie verstehen, Sir, dass das die Situation ein wenig verändert. Wir müssen wissen, wer dieser ›Freund‹ von Ihnen war, der Ihnen von dem ... äh ...«

»Ich glaube, der Ausdruck dafür ist ›Hurenhaus‹. Fast schon poetisch, auf jeden Fall viel netter als ›Bordell‹.« Costello wand sich beinah auf seinem Sessel. »Mein Freund, Inspector, ich hab ihm versprochen ...«

»Es geht um Mord, Sir. Ich würde Ihnen davon abraten, irgendwelche Informationen zurückzuhalten.«

»Da haben Sie recht, aber das Gewissen ...«

»War es Ronald Steele?«

Costello bekam große Augen. »Dann wissen Sie es ja schon.«

»Nur wild geraten, Sir. Sie sind ein häufiger Kunde in seinem Laden, nicht wahr?«

»Nun ja, ich schmökere gerne herum …«

»Und Sie waren in seinem Laden, als er es Ihnen erzählte.«

»Das stimmt. Es war um die Mittagszeit. Vanessa, seine Mitarbeiterin, hatte gerade Pause. Sie ist übrigens eine unserer Studentinnen. Nettes Mädchen …«

Wenn du wüsstest, dachte Rebus.

»Jedenfalls hat Ronald mir sein kleines schmutziges Geheimnis erzählt. Irgendwelche Freunde hatten ihn eines Nachts mit in dieses Hurenhaus genommen. Und er schämte sich *entsetzlich* deswegen.«

»Tatsächlich?«

»O ja, ganz furchtbar. Er wusste, dass ich Superintendent Watson kenne, und fragte, ob ich ihm einen Hinweis auf dieses Etablissement geben könnte.«

»Damit wir es schließen lassen?«

»Ja.«

»Aber er wollte wissen, in welcher Nacht das passieren würde?«

»Das wollte er *unbedingt* wissen. Seine Freunde, verstehen Sie, die ihn mit dorthin genommen hatten. Er wollte sie warnen.«

»Wissen Sie, dass Mr Steele mit Gregor Jack befreundet ist?«

»Mit wem?«

»Dem Abgeordneten.«

»Tut mir leid, der Name sagt mir gar nichts … Gregor Jack?« Costello runzelte die Stirn und schüttelte den Kopf. »Nein.«

»Es stand in allen Zeitungen.«

»Tatsächlich?«

Rebus seufzte. Die wirkliche Welt hörte anscheinend vor der Tür zu Costellos Büro auf. Er bewegte sich eben in höheren Sphären. Rebus wäre beinah zusammengezuckt, als plötzlich das elektronische Gezwitscher eines Hightech-Telefons losging. Costello entschuldigte sich und nahm den Hörer ab.

»Ja? Am Apparat. Ja, ist er. Einen Augenblick, bitte.« Er hielt Rebus den Hörer hin. »Es ist für Sie, Inspector.« Irgendwie war Rebus nicht überrascht ...

»Hallo?«

»Der Chief Superintendent hat mir gesagt, dass ich Sie dort finden würde.« Es war Lauderdale.

»Ihnen auch einen wunderschönen guten Morgen, Sir.«

»Hören Sie mit dem Scheiß auf, John. Ich bin gerade erst gekommen, und schon ist ein Stück von der Decke runtergefallen und hätte mich fast am Kopf erwischt. Ich bin nicht in der Stimmung für so was, okay?«

»Verstanden, Sir.«

»Ich rufe an, weil ich dachte, das würde Sie interessieren.«

»Ja, Sir?«

»Das Labor hat nicht lange für diese beiden Gläser gebraucht, die Sie bei Mr Pond im Badezimmer gefunden haben.«

Natürlich nicht. Schließlich hatten sie ja auch alle Fingerabdrücke, die sie zum Vergleichen brauchten, nämlich die, die man in der Deer Lodge gefunden hatte.

»Raten Sie mal, von wem die Fingerabdrücke stammen?«, fragte Lauderdale.

»Ein Set von Mrs Jack, das andere von Ronald Steele.«

Schweigen vom anderen Ende der Leitung.

»War ich nah dran?«, fragte Rebus.

»Wie, zum Teufel, wussten Sie das?«

»Wenn ich Ihnen nun sage, dass ich einfach wild geraten habe?«

»Dann würde ich sagen, dass Sie ein Lügner sind. Kommen Sie sofort zurück. Wir müssen miteinander reden.«

»In Ordnung, Sir. Nur noch eine Sache ...?«

»Was denn?«

»Mr Glass ... ist er immer noch unser Kandidat für beide Morde?«

Die Leitung war plötzlich tot.

12

Leihwagen

So wie Rebus die Dinge sah ...

Nun ja, es erforderte nicht gerade viel Gehirnaktivität, nachdem der Name bestätigt worden war. So wie er die Dinge sah, hatten Ronald Steele und Elizabeth Jack ein Verhältnis miteinander gehabt, vermutlich schon seit einiger Zeit. (O Gott, Sir Hugh würde *begeistert* sein, wenn das rauskam.) Vielleicht wusste niemand davon. Vielleicht wussten es alle bis auf Gregor Jack. Wie dem auch sei, Liz Jack beschloss, in den Norden zu reisen, und Steele besuchte sie, wann immer er konnte. (Jeden Tag Deer Lodge und zurück? Eine übermenschliche Anstrengung. Kein Wunder, dass Steele aussah, als würde er jeden Moment umkippen ...) Die Deer Lodge war jedoch völlig verdreckt, die reinste Müllkippe. Also zogen sie in Ponds Cottage und benutzten die Deer Lodge nur, um sich was Sauberes zum Anziehen zu holen. Vielleicht hatte Liz Jack gerade saubere Sachen holen wollen, als sie an einem Kiosk anhielt und die Sonntagszeitungen kaufte ... und von der angeblichen sündigen Nacht ihres Mannes erfuhr.

Steele hatte jedoch Pläne, die über gelegentliche Schäferstündchen hinausgingen. Er wollte Liz. Er wollte sie ganz für sich. Es waren doch immer die Stillen, die diese Dinge viel zu ernst nahmen. Vielleicht war er der anonyme Anrufer und hatte die Briefe geschrieben. Alles nur, um die Ehe ins Wanken zu bringen, um Gregor zu verunsichern. Vielleicht war das der Grund, weshalb Liz in den Norden gefahren war, um alldem zu entfliehen. Steele witterte seine Chance. Zu dem Zeitpunkt war er bereits in dem Bordell gewesen und hatte herausgefunden, wer Gail Crawley war. (Dazu bedurfte es nur eines halbwegs guten Gedächtnisses und vielleicht der einen oder anderen Frage an jemanden wie Cath Kinnoul.) Ah, Cathy ... Ja, vielleicht hatte Steele mit ihr auch ein Verhältnis. Doch Rebus bezweifelte, dass die Beziehung mehr beinhaltete als Gespräche und Therapie. Das war offenbar eine andere Seite von Steeles Charakter.

Was ihn in keiner Weise daran hinderte zu versuchen, Gregor Jack das Fell über die Ohren zu ziehen, den Mann, mit dem er von Kindheit an befreundet war, den Partner in seiner Buchhandlung und in jeder Hinsicht guten Kumpel, bis auf die Haut auszuziehen. Der Plan mit dem Bordell war einfach und scharfsinnig. Herausfinden, um welche Zeit die Razzia geplant war ... ein Anruf bei Gregor ... und zuvor noch Anrufe bei diesen Schmierfinken in den Docklands.

Die Falle schnappte zu, und Gregor Jack verlor seine erste Hülle.

Versuchte Steele, das vor Liz geheim zu halten? Vielleicht, vielleicht auch nicht. Er glaubte, dies würde ihre Ehe endgültig zum Scheitern bringen. Das hätte es auch beinahe getan. Doch er konnte nicht die ganze Zeit bei ihr im Norden sein und ihr einreden, wie wunderbar sie beide es haben könnten, was für ein Arschloch Gregor wäre und so weiter und so fort. Und in der Zeit, in der sie allein war, geriet Liz Jack ins Grübeln, bis sie schließlich zu dem Entschluss kam, nicht Gregor zu verlassen, sondern Steele. So was in der Art. Schließlich war sie unberechenbar. Sie war Feuer. Dann hatten sie sich gestritten. Bei seiner Vernehmung hatte er sogar eine Andeutung wegen des Streits gemacht: *Sie hat mir immer vorgeworfen, mit mir könne man keinen richtigen Spaß haben ... und ich hatte auch nie genug Geld ...* Also stritten sie sich, er brauste wütend davon und ließ sie in der Parkbucht stehen. Alec Corbies blaues Auto war ein grünes Auto gewesen, der grüne Citroën BX. Steele war davongefahren, jedoch nach einiger Zeit zurückgekehrt, um den Streit fortzusetzen, einen Streit, der gewalttätig wurde und schließlich ein bisschen zu weit ging ...

Der nächste Schritt war, aus Rebus' Sicht, entweder der cleverste oder der zufälligste. Steele musste die Leiche loswerden. Zuallererst musste er sie aus den Highlands fortschaffen; dort gab es nämlich zu viele Hinweise darauf, dass sie zusammen gewesen waren. Also fuhr er mit ihr im Kofferraum zurück Richtung Edinburgh. Aber was sollte er mit ihr machen? Moment mal, da hatte es doch einen Mord gegeben, nicht wahr? Eine Leiche, die in einen Fluss geworfen worden war. Er könnte es genauso aussehen lassen. Oder noch besser, er könnte ihre Leiche ins Meer treiben lassen. Also fuhr er an einen Ort, den er kannte; auf den Hügel oberhalb vom Haus der Kinnouls. Dort war er so oft mit Cathy spazieren gegangen. Er kannte die kleine Straße, eine Straße, die nie benutzt wurde. Und er wusste, selbst *wenn* die Leiche gefunden würde, würde man als Erstes den Mörder von der Dean Bridge verdächtigen. Also versetzte er ihr irgendwann den Schlag auf den Kopf, so wie es auch der Dean-Bridge-Mörder mit seinem Opfer getan hatte.

Und das wunderbar Ironische dabei war: Das Alibi für den Nachmittag bekam er von Gregor Jack persönlich.

»Und so sehen Sie die Sache also?«

Die Besprechung fand in Watsons Büro statt: Watson, Lauderdale und Rebus. Auf dem Weg dorthin war Rebus Brian Holmes begegnet.

»Ich hab gehört, es gibt eine Besprechung beim Farmer.«

»Sie haben ein gutes Gehör.«

»Worum geht's?«

»Soll das heißen, Sie stehen nicht auf der Gästeliste, Brian?« Rebus zwinkerte. »Wie schade. Ich versuche, Ihnen ein Doggie-Bag mitzubringen.«

»Wie großmütig von Ihnen.«

Rebus drehte sich um. »Hören Sie, Brian, die Tinte auf Ihrer Beförderungsurkunde ist gerade erst getrocknet. Gehen Sie es gelassen an. Wenn Sie's ganz schnell zum Detective Inspector bringen wollen, dann stöbern Sie Lord Lucan auf. Und im Übrigen werde ich erwartet, okay?«

»Okay.«

Ganz schön keck, dachte Rebus. Aber apropos keck, er selbst verhielt sich ein wenig wie ein aufgeplusterter Gockel, wie er da in Watsons Büro saß und herumpalaverte, während Lauderdale besorgt seinen plötzlich koffeinfreien Vorgesetzten betrachtete.

»Und so sehen Sie die Sache also?« Die Frage kam von Watson. Rebus zuckte die Schultern.

»Es hört sich plausibel an«, sagte Lauderdale. Rebus zog eine Augenbraue leicht hoch: Unterstützung von Lauderdale zu bekommen, das war ein bisschen so, als würde man sich selbst mit einem ausgehungerten Schäferhund einsperren ...

»Was ist mit Mr Glass?«, fragte Watson.

»Nun ja, Sir«, sagte Lauderdale und rutschte ein wenig auf seinem Stuhl hin und her, »die psychiatrischen Gutachten zeigen, dass er nicht gerade das stabilste Individuum ist. Er lebt in einer Art Fantasiewelt, könnte man sagen.«

»Er hat die Geschichte also erfunden?«

»Höchstwahrscheinlich.«

»Was uns zu Mr Steele zurückführt. Ich glaube, wir sollten ihn auf ein kurzes Gespräch hierher holen. Sagten Sie nicht, Sie hätten ihn gestern hergebracht, John?«

»Das ist richtig, Sir. Ich dachte, wir könnten uns den

Kofferraum von seinem Wagen mal etwas genauer ansehen. Doch Mr Lauderdale schien von Steeles Geschichte überzeugt und hat ihn gehen lassen.«

Den Ausdruck auf Lauderdales Gesicht würde Rebus so schnell nicht vergessen: Mann beißt Schäferhund.

»Stimmt das?«, fragte Watson, der Lauderdales Unbehagen ebenfalls zu genießen schien.

»Wir hatten da noch keinen Grund, ihn festzuhalten, Sir. Erst aufgrund von Informationen, die wir heute Morgen erhalten haben, ist es uns möglich geworden ...«

»Okay, okay. Also haben wir ihn wieder abgeholt?«

»Er ist nicht zu Hause«, sagte Rebus. »Ich hab gestern Abend nachgesehen und heute Morgen wieder.«

Beide Männer sahen ihn an. Watsons Blick sagte: sehr tüchtig. Lauderdales Blick sagte: du Schweinehund.

»Nun ja«, sagte Watson, »dann sollten wir wohl besser einen Haftbefehl ausstellen. Ich denke, Mr Steele wird uns eine ganze Menge zu erklären haben.«

»Sein Auto steht noch in der Garage, Sir. Wir könnten die Spurensicherung bitten, einen Blick darauf zu werfen. Höchstwahrscheinlich hat er es zwar sauber gemacht, aber man kann nie wissen ...«

Die Spurensicherung? Die liebten Rebus. Er war ihr Schutzpatron.

»Da haben Sie recht, John«, sagte Watson. »Kümmern Sie sich darum?« Dann wandte er sich an Lauderdale. »Noch eine Tasse Kaffee? Ist noch reichlich da, und Sie sind anscheinend der Einzige, der ihn trinkt ...«

Pluster, pluster, pluster. Er war der *Little Red Rooster.* Er war der Hahn des Nordens. Natürlich hatte er es die ganze Zeit im Gefühl gehabt: Ronald Steele. Suey, der einst versucht hatte, sich umzubringen, als ihn ein Mädchen beim Masturbieren in seinem Hotelzimmer erwischte.

»Der muss ja ein bisschen meschugge sein.« Um das zu sehen, brauchte man kein Diplom in Psychologie. Was Rebus jetzt brauchte, war eine Mischung aus Einfühlungsvermögen und altmodischer Verbrecherjagd. Sein Instinkt sagte ihm, dass Steele sich Richtung Süden begeben und das Auto dagelassen hatte. (Was würde es ihm schon nützen? Die Polizei hatte längst eine Beschreibung davon und kannte das Kennzeichen, und er wusste, dass die ihm auf den Leib rückten. Oder vielmehr, dass *Rebus* ihm auf den Leib rückte.)

»Ain't nothing but a bloodhound«, sang er vor sich hin. Er hatte gerade in dem Krankenhaus angerufen, in dem Cathy Kinnoul sich jetzt befand. Es wäre noch zu früh, Genaueres zu sagen, hatte man ihm erklärt, aber sie hätte eine friedliche Nacht verbracht. Rab Kinnoul war jedoch bisher nicht bei ihr gewesen. War vielleicht verständlich. Könnte ja sein, dass sie mit einem zerbrochenen Wasserkrug auf ihn losgehen oder versuchen würde, ihn mit dem Gürtel ihres Schlafanzugs zu erdrosseln. Trotzdem. Rab Kinnoul war genauso ein Scheißkerl wie alle anderen. Genau wie Gregor Jack, der alles für seine politische Karriere aufs Spiel setzte, eine Karriere, die er anscheinend von Geburt an geplant hatte. Er hatte Liz Ferrie nicht wegen ihrer selbst, sondern wegen ihres Vaters geheiratet. Als sich dann herausstellte, dass er absolut nicht mit ihr fertig wurde, ließ er sie einfach in der Versenkung verschwinden und zauberte sie für Fototermine und gelegentliche öffentliche Auftritte wieder hervor. Ja, alles Scheißkerle. Nur eine Person ging für Rebus halbwegs würdevoll aus dieser ganzen Geschichte hervor, und derjenige war ein Einbrecher.

Das Labor hatte die Fingerabdrücke auf der Mikrowelle identifizieren können: Julian Kaymer. Er hatte Jamie Kilpatrick den Autoschlüssel geklaut, war mitten in der

Nacht zur Deer Lodge gefahren und hatte das Fenster eingeschlagen, um hineinzukommen.

Warum? Um alle Spuren zu beseitigen, die zu skandalös waren. Nämlich den Handspiegel mit den Kokainrückständen und die beiden Strumpfhosen, die an das Himmelbett geknotet waren. Warum? Ganz einfach: um den Ruf einer Freundin so weit wie möglich zu schützen ... den Ruf einer toten Freundin. Pathetisch, aber in gewisser Weise auch nobel. Dass er die Mikrowelle stahl, war wirklich haarsträubend. Der Dorfpolizist sollte wohl glauben, dass das Jugendliche waren, die auf gut Glück in ein leeres Haus eingedrungen waren ... und dann nicht die Stereoanlage (immer sehr beliebt) mitgehen ließen, sondern den Mikrowellenherd. Er war damit weggefahren und hatte das Gerät irgendwo unterwegs weggeworfen, wo es dann von der diebischen Elster persönlich, von Alec Corbie, aufgelesen wurde.

Ja, Steele würde mittlerweile in London sein. In seinem Gewerbe arbeitete man mit Bargeld. Bestimmt hatte er irgendwo welches versteckt, vielleicht sogar eine ganze Menge. Er könnte jetzt in Heathrow oder Gatwick in einem Flugzeug sitzen oder in einem Zug, der zur Küste fuhr, oder auf einer Fähre nach Frankreich.

»Trains and boats and planes ...«

»Da klingt aber einer sehr gut gelaunt.« Brian Holmes stand in der Tür von Rebus' Büro. Rebus saß an seinem Schreibtisch, die Füße auf dem Tisch, die Hände hinterm Kopf verschränkt. »Was dagegen, wenn ich reinkomme, oder muss man sich erst einen Platz reservieren lassen, um Ihren Rocksaum zu küssen?«

»Lassen Sie meinen Rocksaum aus dem Spiel. Setzen Sie sich.« Holmes hatte den Stuhl fast erreicht, da stolperte er über einen breiten Riss im Linoleum. Er streckte die Hände aus, um nicht hinzufallen, und landete auf Rebus'

Schreibtisch, mit dem Kopf nur wenige Zentimeter von einem der Schuhe entfernt.

»Ja«, sagte Rebus, »die dürfen Sie küssen.«

Holmes rang sich ein Mittelding zwischen Lächeln und Grimasse ab. »Dieses Gebäude sollte man wirklich zum Mond schießen.« Er ließ sich auf den Stuhl sinken.

»Vorsicht, das Stuhlbein wackelt«, warnte Rebus. »Irgendwas Neues über Steele?«

»Nicht viel.« Holmes hielt inne. »Eigentlich gar nichts. Warum ist er nicht mit dem Auto gefahren?«

»Das kennen wir zu gut, erinnern Sie sich nicht? Ich dachte, Sie wären derjenige, der diese Liste zusammengestellt hat. Marke, Farbe und Kennzeichen der Autos von Gott und der Welt. Aber natürlich, ich vergaß, Sie haben die Aufgabe an einen Detective Constable delegiert.«

»Wozu sollte die Liste überhaupt gut sein?« Rebus starrte ihn an. »Ganz im Ernst. Ich bin ja nur ein *Sergeant,* wie Sie wissen. Keiner erzählt mir was. Lauderdale war noch vager als sonst.«

»Der BMW von Mrs Jack stand in einer Parkbucht«, erklärte Rebus.

»Das weiß ich.«

»Und noch ein weiteres Auto. Ein Augenzeuge hat gesagt, dass es blau gewesen sein könnte. War es aber nicht, es war grün.«

»Da fällt mir etwas ein, was ich Sie schon die ganze Zeit fragen wollte«, sagte Holmes. »Worauf wartete sie eigentlich?«

»Wer?«

»Mrs Jack. In dieser Parkbucht, weshalb stand sie da rum?« Während Rebus darüber nachdachte, fiel Holmes eine weitere Frage ein. »Was ist eigentlich mit *Mr* Jacks Auto?«

Rebus seufzte. »Was soll damit sein?«

»In der Nacht, in der Sie mich dorthin gezerrt haben, konnte ich's mir nicht so genau ansehen ... ich meine, es stand in der Garage, und vor und hinterm Haus waren Lichter an, aber nicht an der Seite. Nun hatten Sie ja gesagt, ich sollte ein bisschen rumschnüffeln. Die Seitentür von der Garage war offen, also bin ich reinspaziert. Es war eigentlich zu dunkel, und ich konnte den Lichtschalter nicht finden ...«

»Herrgott, Brian, kommen Sie zur Sache!«

»Ich wollte bloß fragen, was mit dem Auto in Jacks Garage ist? Es war blau. Zumindest *glaube* ich, es war blau.«

Nun rieb Rebus sich die Schläfen. »Es ist weiß«, erklärte er mit getragener Stimme. »Es ist ein weißer Saab.«

Doch Holmes schüttelte den Kopf. »Blau«, sagte er. »Es kann nie und nimmer weiß gewesen sein, es war blau. Und es war ein Escort, *definitiv* ein Escort.«

Rebus hörte auf, sich die Schläfen zu reiben. »Was?«

»Und da lag was auf dem Beifahrersitz, ich hab durch das Seitenfenster reingeschaut. Dieser ganze Papierkram, den sie einem geben, wenn man einen Wagen mietet. Lauter so Zeug. Ja, je mehr ich darüber nachdenke, umso deutlicher sehe ich es vor mir. Ein blauer Ford Escort. Und was immer sonst noch in dieser Garage gewesen sein mag, da war ganz bestimmt kein Platz mehr für einen Saab ...«

Kein Little Red Rooster mehr, kein sich aufplusternder Hahn, kein Bluthund. Ziemlich geduckt und verlegen, den Schwanz eingeklemmt, ging Rebus mit Holmes und seiner Geschichte zu Watson, und dieser rief Lauderdale hinzu.

»Ich dachte«, sagte Lauderdale, »Sie hätten uns erzählt. Mr Jacks Auto wäre weiß?«

»Es *ist* weiß, Sir.«

»Und Sie sind sicher, dass es ein Mietwagen war?«, fragte Watson Holmes. Holmes dachte erneut nach, bevor er nickte. Jetzt wurde es ernst. Holmes war genau da, wo er sein wollte, mitten im Geschehen, aber ihm war außerdem klar, dass ein Fehler – der kleinste Irrtum – ihn ganz schnell auf ein Abstellgleis befördern könnte.

»Wir können das überprüfen«, sagte Rebus.

»Wie?«

»Bei Gregor Jack anrufen und fragen.«

»Und ihn dadurch warnen?«

»Wir brauchen ja nicht mit Jack selbst zu sprechen. Ian Urquhart oder Helen Greig müssten das auch wissen.«

»Die könnten ihm aber trotzdem einen Hinweis geben.«

»Vielleicht. Es besteht natürlich noch eine andere Möglichkeit. Das Auto, das Brian gesehen hat, könnte auch von Urquhart oder sogar von Miss Greig gewesen sein.«

»Miss Greig hat keinen Führerschein«, sagte Holmes. »Und Urquhart hat ein anderes Auto als das, was ich gesehen habe. Sie wissen doch, dass die alle überprüft wurden.«

»Wie auch immer«, sagte Watson, »auf jeden Fall sollten wir vorsichtig vorgehen. Hören Sie sich zuerst mal bei den Mietwagenfirmen um.«

»Was ist mit Steele?«, fragte Rebus.

»Bevor wir nicht genau wissen, was los ist, wollen wir immer noch mit ihm reden.«

»Einverstanden«, sagte Lauderdale. Anscheinend hatte er gemerkt, dass Watson die Fäden wieder in der Hand hatte, zumindest vorläufig.

»Also«, sagte Watson, »worauf warten Sie denn noch? Sausen Sie los!«

Sie sausten.

Es gab nicht viele Mietwagenfirmen in Edinburgh, und bereits der dritte Anruf war ein Treffer. Ja, Mr Jack hatte für ein paar Tage einen Wagen gemietet. Ja, einen blauen

Ford Escort. Hat er irgendeinen Grund genannt, weshalb er den Wagen brauchte? Ja, sein eigener Wagen musste zur Inspektion.

Außerdem, dachte Rebus, musste er den Wagen wechseln, um den wachsamen Augen der Presse zu entkommen. Oje, hatte Rebus ihn nicht sogar selbst auf diesen Gedanken gebracht? Ihr Wagen steht da draußen ... wird fotografiert ... dann weiß jeder, wie er aussieht. Also hatte Jack sich für ein paar Tage ein Auto gemietet, um inkognito herumfahren zu können.

Rebus starrte auf die Wand im Büro. So was verflucht Dämliches. Er hätte am liebsten den Kopf gegen die Wand geschlagen, wenn er hätte sicher sein können, dass sie nicht einstürzte ...

Es war eine tierische Arbeit gewesen, sagte der Mann von der Mietfirma. Der Kunde wollte das Autotelefon von seinem Wagen in den Mietwagen umgebaut haben.

Natürlich: Wie hätte Liz Jack ihn sonst erreichen können? Schließlich war er den ganzen Tag unterwegs gewesen.

War der Mietwagen nach der Rückgabe sauber gemacht worden? Natürlich, das gehörte zum Service. Was war mit dem Kofferraum? Dem Kofferraum? War der auch sauber gemacht worden? Vielleicht mal durchgewischt ... Wo war der Wagen jetzt? Neu vermietet, an einen Londoner Geschäftsmann. Nur für achtundvierzig Stunden, sollte gegen sechs Uhr zurück sein. Jetzt war es Viertel vor fünf. Zwei Kriminalbeamte würden warten und ihn dann von der Mietwagenfirma in die Polizeigarage fahren. Waren im Präsidium Fettes noch irgendwelche Labortechniker frei ...?

So was verflucht Dämliches. Nicht dasselbe Auto war in die Parkbucht zurückgekehrt, sondern ein anderes. Holmes hatte die entscheidende Frage gestellt: Worauf hatte Liz Jack gewartet? Sie hatte auf ihren Mann gewartet. Sie musste ihn von der Telefonzelle in der Parkbucht angerufen haben. Sie hatte sich gerade mit Steele gestritten. War vielleicht zu aufgewühlt, um selbst nach Hause zu fahren? Also hatte er ihr gesagt, sie sollte dort warten, er würde sie abholen. Er hatte sowieso einen freien Nachmittag. Er würde sie mit dem blauen Ford Escort abholen. Doch als er kam, gab es einen weiteren Streit. Worüber? Das hätte alles Mögliche sein können. Was könnte den Eisklotz Gregor Jack am ehesten zum Zerspringen bringen? Die ursprüngliche Zeitungsgeschichte? Dass die Polizei Hinweise auf den Lebenswandel seiner Frau entdeckt hatte? Schande und Peinlichkeiten? Der Gedanke an eine weitere öffentliche Untersuchung, die Angst, seinen geliebten Wahlkreis zu verlieren?

Es gab genügend Möglichkeiten.

»Okay«, sagte Lauderdale, »damit hätten wir das Auto. Nun wollen wir mal sehen, ob Jack zu Hause ist.« Er wandte sich zu Rebus. »Sie rufen an, John.«

Rebus rief an. Helen Greig antwortete.

»Hallo, Miss Greig. Hier ist Inspector Rebus.«

»Er ist nicht da«, plapperte sie drauflos. »Ich hab ihn den ganzen Tag noch nicht gesehen, und gestern auch nicht.«

»Aber er ist nicht in London?«

»Wir wissen nicht, wo er ist. Er war doch gestern Morgen bei Ihnen, oder?«

»Ja, er ist auf die Wache gekommen.«

»Ian geht die Wände hoch.«

»Was ist mit dem Saab?«

»Der ist auch nicht da. Moment mal ...« Sie legte die Hand auf die Sprechmuschel, allerdings nicht sehr fest. »Da ist dieser Inspector Rebus«, hörte er sie sagen. Dann ein hektisches Zischeln: »Erzähl ihm nichts!« Und wieder Helen: »Zu spät, Ian.« Gefolgt von einer Art Knurren. Sie nahm die Hand weg.

»Miss Greig«, sagte Rebus, »was hat Gregor für einen Eindruck gemacht?«

»Wie man es von einem Mann erwarten würde, dessen Frau ermordet wurde.«

»Und wie ist das?«

»Deprimiert. Er hat den ganzen Tag im Wohnzimmer rumgesessen, ins Leere gestarrt und kaum was gesagt. Als würde er nachdenken. Merkwürdig, das einzige Mal, dass ich so was wie ein Gespräch mit ihm geführt habe, war, als er mich nach meinem Urlaub im letzten Jahr gefragt hat.«

»Als Sie mit Ihrer Mutter weg waren?«

»Ja.«

»Wo waren Sie noch mal?«

»An der Küste«, sagte sie. »In der Nähe von Eyemouth.«

Ja, natürlich. Jack hatte den Namen des ersten Orts genannt, der ihm in den Sinn kam. Dann hatte er Helen nach Einzelheiten ausgequetscht, damit er seine wackelige Geschichte stützen konnte ...

Rebus legte den Hörer auf.

»Also?«, fragte Watson.

»Das Auto ist weg und Gregor Jack ebenfalls. Das ganze Zeug, das er uns über *Eyemouth* erzählt hat – wir sollten wohl eher *Augenwischerei* sagen –, hat er von seiner Sekretärin. Sie war letztes Jahr dort in Urlaub.«

Im Zimmer war es stickig, draußen braute sich ein frühabendliches Gewitter zusammen. Watson sprach als Erster.

»Was für ein Schlamassel.«

»Ja«, sagte Lauderdale.

Holmes nickte. Er war erleichtert, noch mehr, er jubelte innerlich. Die Vermutung mit dem Mietwagen hatte sich als Tatsache erwiesen. Er hatte sein Können unter Beweis gestellt.

»Was nun?«

»Ich denke gerade noch mal über diese Parkbucht nach«, sagte Rebus. »Liz Jack streitet sich mit Steele. Sie erklärt ihm, dass sie zu ihrem Mann zurückkehrt. Steele haut ab. Und was hört er als Nächstes von ihr?«

»Dass sie tot ist«, antwortete Holmes.

Rebus nickte. Wie er in seiner Trauer und seiner Wut die ganzen Bücher durch den Laden geschmissen hatte … »Nicht nur tot, sondern ermordet. Und als er sie das letzte Mal gesehen hatte, wartete sie auf Gregor.«

»Also muss er wissen, dass Jack es getan hat«, sagte Watson. »Wollen Sie das damit sagen?«

»Glauben Sie«, sagte Lauderdale, »dass Steele sich abgesetzt hat, um Gregor Jack zu *schützen*?«

»Ich glaube nichts dergleichen«, sagte Rebus. »Aber wenn Gregor Jack der Mörder ist, dann hat Ronald Steele das schon seit längerem gewusst. Warum hat er nichts unternommen? Denken Sie mal darüber nach: Wie hätte er zur Polizei gehen können? Er steckte selbst viel zu tief in der Sache drin. Er hätte alles erklären müssen, und nach diesen Erklärungen wäre er unter Umständen noch verdächtiger erschienen als Gregor Jack selbst.«

»Was könnte er also tun?«

Rebus zuckte die Achseln. »Er könnte versuchen, Jack zu überreden, dass er sich stellt.«

»Aber das würde bedeuten, dass er Jack gegenüber zugeben müsste …«

»Genau, dass *er* der Liebhaber von Elizabeth Jack war. Was würden Sie an Jacks Stelle tun?«

Holmes wagte die Antwort. »Ich würde ihn umbringen. Ich würde Ronald Steele umbringen.«

Rebus verbrachte den ganzen Abend in Patience' Wohnzimmer, einen Arm um sie gelegt, während sie sich zusammen ein Video ansahen. Eine Liebeskomödie, nur dass da nicht viel Liebe und herzlich wenig Komödie vorkam. Man wusste praktisch von Anfang an, dass die Sekretärin bei dem Studenten mit den vorstehenden Zähnen landen würde und nicht bei ihrem blutsaugerischen Chef. Aber man sah es sich trotzdem an. Nicht dass er viel davon mitbekam. Er dachte über Gregor Jack nach, darüber, wie er zu sein schien und wie er wirklich war. Man entfernte Schicht für Schicht, zog den Mann bis auf die Haut aus und noch weiter ... und fand nie die Wahrheit. *Strip Jack Naked*, das Kartenspiel, das auch unter dem Namen *Bettelmann* bekannt war. *Patience* war ebenfalls ein Kartenspiel. Er streichelte ihren Nacken, ihr Haar, ihre Stirn.

»Das ist schön.«

Patience war ein Spiel, das leicht zu gewinnen war.

Der Film lief an ihm vorbei. Eine weitere Figur war ins Geschehen getreten, ein großherziger Betrüger. Rebus hatte im wirklichen Leben noch nie einen Betrüger erlebt, der etwas anderes war als ein äußerst räuberischer Hai. Wie lautete der Spruch? Die klauen dir die falschen Zähne und trinken auch noch das Wasserglas aus. Die Sekretärin schien diesen Betrüger zu mögen, aber sie war auch loyal ihrem Chef gegenüber, und *der* erlaubte sich beinahe alles, hätte gerade noch gefehlt, dass er seinen Schwanz zückte und damit auf ihren Schreibtisch schlug ...

»Könnte ich doch deine Gedanken lesen.«

»Die lohnen sich nicht, Patience.« Sie würden Steele finden, sie würden Jack finden. Warum konnte er sich nicht entspannen? Er musste immer wieder an die am Strand zurückgelassenen Kleidungsstücke samt einem kurzen Brief denken. Der angeblich verschwundene Labour-Abgeordnete Stonehouse. Lucan war es schließlich tatsächlich gelungen, spurlos zu verschwinden. Es war nicht einfach, aber immerhin ...

Das Nächste, woran er sich erinnerte, war, dass Patience ihn an der Schulter rüttelte.

»Aufwachen, John. Zeit fürs Bett.«

Er hatte eine ganze Stunde geschlafen. »Der Betrüger oder der Student?«, fragte er.

»Keiner von beiden«, sagte sie. »Der Chef ist ein anderer Mensch geworden und hat sie zur Partnerin in seiner Firma gemacht. Nun komm schon, Partner ...« Sie streckte die Hände aus, um ihm auf die Beine zu helfen. »Morgen ist schließlich auch noch ein Tag ...«

Ein neuer Tag, eine neue Qual. Donnerstag. Zwei Wochen, seit man die Leiche von Elizabeth Jack gefunden hatte. Und nun konnten sie nichts tun, als abzuwarten ... und hoffen, dass keine weiteren Leichen auftauchten. Rebus nahm den Hörer seines Bürotelefons ab. Es war Lauderdale.

»Der Chief Super fügt sich in das Unvermeidliche«, erklärte er Rebus. »Wir halten eine Pressekonferenz ab und geben die Fahndung nach Steele und Jack bekannt.«

»Weiß Sir Hugh es schon?«

»Ich möchte nicht derjenige sein, der es ihm sagt. Er marschiert hier mit seinem Schwiegersohn herein und weiß nicht, dass der Kerl seine Tochter umgebracht hat. Nein, ich möchte es ihm ganz bestimmt nicht sagen.«

»Soll ich bei der Konferenz dabei sein?«

»Natürlich, und bringen Sie auch Holmes mit. Schließlich ist er derjenige, der das Auto entdeckt hat ...«

Die Verbindung wurde unterbrochen. Rebus starrte auf den Hörer. Schäferhund beißt also doch Mann ...

Das Auto entdeckt *und* Nell gestern Abend davon erzählt. Die Geschichte mehrfach wiederholt und vergessene Details hinzugefügt, kaum in der Lage, still sitzen zu bleiben. Bis sie ihn angebrüllt hatte, er sollte damit aufhören, sonst würde sie gleich wahnsinnig. Danach beruhigte er sich ein wenig, aber nicht sehr.

»Sieh doch, Nell, wenn sie es mir vorher gesagt hätten, wenn sie mich in diese ganze Geschichte mit den Autofarben eingeweiht hätten, mir gesagt hätten, warum sie die bräuchten, dann hätten wir ihn längst schnappen können, oder etwa nicht? Ich tue das zwar ungern, aber im Grunde geb ich John die Schuld dafür. Schließlich war er derjenige, der …«

»Hast du nicht erzählt, dass Lauderdale dir diesen Auftrag gegeben hat?«

»Ja, das stimmt, aber John hätte trotzdem …«

»Halt die Klappe! Verdammt noch mal, halt endlich die Klappe!«

»Du hast natürlich recht, Laud …«

»Halt die Klappe!«

Er hielt die Klappe.

Und nun saß er in der Pressekonferenz, und da war Inspector Gill Templer, die so gute Beziehungen zur Presse hatte. Sie verteilte Blätter – die offizielle Erklärung – und sorgte schon mal dafür, dass alle mehr oder weniger wussten, was los war. Und da war natürlich Rebus, der aussah wie immer. Was hieß, müde und misstrauisch. Watson und Lauderdale waren noch nicht in Erscheinung getreten, würden das aber sicher bald tun.

»Nun, Brian«, sagte Rebus leise, »glauben Sie, man wird Sie dafür zum Inspector befördern?«

»Nein.«

»Was denn dann? Sie sehen aus wie ein Schuljunge, der gleich als Klassenbester ausgezeichnet werden soll.«

»Hören Sie bitte damit auf. Wir wissen doch alle, dass Sie die meiste Arbeit getan haben.«

»Ja, aber *Sie* haben mich davon abgehalten, hinter dem falschen Mann herzujagen.«

»Also?«

»Also bin ich Ihnen einen Gefallen schuldig.« Rebus grinste. »Und ich *hasse* es, anderen einen Gefallen schuldig zu sein.«

»Ladies and Gentlemen«, war Gill Templers Stimme zu hören, »wenn Sie bitte alle Platz nehmen würden, dann könnten wir anfangen ...«

Einen Augenblick später betraten Watson und Lauderdale den Raum. Watson sprach als Erster.

»Ich nehme an, Sie wissen alle, weshalb wir diese Konferenz einberufen haben.« Er hielt inne. »Wir suchen nach zwei Männern, von denen wir glauben, dass sie uns bei einer bestimmten Ermittlung helfen können, bei der Ermittlung in einem Mordfall. Es handelt sich um Ronald Adam Steele und Gregor Gordon Jack ...«

Die lokale Abendzeitung hatte es bereits in der Mittagsausgabe. Die Rundfunkstationen gaben die Namen in ihren stündlichen Nachrichtensendungen durch. Die Frühnachrichten im Fernsehen brachten die Geschichte. Die üblichen Fragen wurden gestellt, die mit dem üblichen »kein Kommentar« beantwortet wurden. Doch der entscheidende Anruf kam erst um halb sieben. Ein Anruf von Dr. Frank Forster.

»Ich hätte mich schon früher gemeldet, Inspector, aber wir möchten nicht, dass die Patienten Nachrichten hören. Das bringt sie nur durcheinander. Also hab ich erst kurz vor dem Nachhausegehen in meinem Büro das Radio angeschaltet ...«

Rebus war müde. Rebus war unglaublich müde. »Um was geht's, Dr. Forster?«

»Um den Mann, den Sie suchen, um Gregor Jack. Er war heute Nachmittag hier. Er hat Andrew Macmillan besucht.«

13

Hitzkopf

Um neun Uhr an jenem Abend erreichte Rebus das Duthil Hospital. Andrew Macmillan saß in Forsters Büro, die Arme verschränkt, und wartete auf ihn.

»Hallo, so sieht man sich wieder«, sagte er.

»Hallo, Mr Macmillan.«

Es waren fünf Personen im Raum: zwei Pfleger, Dr. Forster, Macmillan und Rebus. Die Pfleger standen dicht hinter Macmillans Stuhl, keine fünf Zentimeter von ihm entfernt.

»Wir haben ihn sediert«, hatte Forster Rebus erklärt. »Mag sein, dass er nicht so gesprächig ist wie sonst, aber zumindest sollte er ruhig bleiben. Ich hab gehört, was letztes Mal passiert ist ...«

»Letztes Mal ist gar nichts passiert, Dr. Forster. Er wollte nur ein ganz normales Gespräch führen. Was ist daran falsch?«

Macmillan sah aus, als würde er jeden Moment einschlafen. Seine Augenlider waren schwer, sein Lächeln starr. Er löste die Arme voneinander und legte die Hände vorsichtig auf seine Knie. In dem Moment erinnerte er Rebus an Mrs Corbie ...

»Inspector Rebus möchte Ihnen ein paar Fragen über Mr Jack stellen«, erklärte Forster.

»Das ist richtig«, sagte Rebus, der gegen die Schreibtischkante gelehnt dastand. Es war zwar ein Stuhl für ihn vorhanden, doch er war ganz steif von der Fahrt. »Ich würde gern wissen, warum er Sie besucht hat. Das war immerhin ungewöhnlich, nicht wahr?«

»Es war das erste Mal«, korrigierte ihn Macmillan. »Die sollten hier eine Plakette aufhängen. Als ich ihn reinkommen sah, dachte ich, der ist bestimmt hier, um einen Anbau zu eröffnen oder so was. Aber nein, er kam schnurstracks auf mich zu ...« Seine Hände waren jetzt in Bewegung, durchschnitten die Luft, und seine Augen folgten gebannt ihren Bewegungen. »Kam schnurstracks auf mich zu und sagte ... er sagte: ›Hallo, Mack.‹ Einfach so. Als hätten wir uns erst gestern gesehen, als würden wir uns *jeden* Tag sehen.«

»Worüber haben Sie miteinander geredet?«

»Über alte Freunde. Ja, alte Freunde ... alte *Freundschaften.* Wir würden immer Freunde bleiben, hat er zu mir gesagt. Es wäre gar nicht möglich, dass wir *keine* Freunde wären. Schließlich kennen wir uns schon *ewig.* Ja, ewig ... Wir alle. Suey und Gowk, Beggar und ich, Bilbo, Tampon, Sexton Blake ... Freunde sind wichtig, das hat er gesagt. Ich hab ihm von Gowk erzählt, dass sie mich manchmal besucht ... von dem Geld, das sie der Klinik gibt ... Er wusste von alldem nichts. Es interessierte ihn. Er arbeitet allerdings zu viel, das sieht man ihm an. Er sieht nicht mehr gesund aus. Nicht genug Tageslicht. Haben Sie sich mal das House of Commons angesehen? Da gibt's kaum Fenster. Die arbeiten da drinnen wie die Maulwürfe ...«

»Hat er sonst noch was gesagt?«

»Ich hab ihn gefragt, warum er meine Briefe nie beantwortet hat? Wissen Sie, was er darauf gesagt hat? Er hat gesagt, *er hätte nie welche bekommen*! Er hat gesagt, er würde sich bei der Post beschweren, aber ich weiß, an wem das liegt.« Er sah Forster an. »An Ihnen, Dr. Forster. Sie lassen meine Post nicht rausgehen. Sie lösen die Briefmarken über Wasserdampf ab und benutzen sie selbst! Seien

Sie gewarnt, der Abgeordnete Gregor Jack weiß jetzt über all das Bescheid. Jetzt wird irgendwas passieren.« Plötzlich erinnerte er sich an etwas und wandte sich rasch zu Rebus. »Haben Sie für mich die Erde berührt?«

Rebus nickte. »Ich habe für Sie die Erde berührt.«

Macmillan nickte ebenfalls zufrieden. »Wie hat sie sich angefühlt, Inspector?«

»Gut hat sie sich angefühlt. Merkwürdig, das ist etwas, das ich immer als selbstverständlich hingenommen habe …«

»Man sollte nie etwas als selbstverständlich hinnehmen, Inspector«, sagte Macmillan. Er beruhigte sich ein wenig. Trotzdem konnte man ihm ansehen, wie er gegen die Schlafmittel in seinem Blutkreislauf ankämpfte, für das Recht kämpfte, wütend zu sein, das Recht … wahnsinnig zu werden. »Ich hab ihn nach Liz gefragt«, sagte er. »Er meinte, es ginge ihr wie immer. Aber das glaube ich ihm nicht. Ich bin sicher, dass ihre Ehe in einer Krise steckt. Inkom-pa-tibel. Bei meiner Frau und mir war das genauso …« Seine Stimme verlor sich. Er schluckte, legte die Hände wieder flach auf die Knie und betrachtete sie. »Liz war nie eine von der ›Meute‹. Er hätte Gowk heiraten sollen, aber Kinnoul ist ihm zuvorgekommen.« Er blickte auf. »Ja, hier haben wir einen, der unbedingt eine Therapie braucht. Wenn Gowk gewusst hätte, auf was sie sich da einließ, hätte sie ihn zum Psychiater geschickt. All diese Rollen, die er gespielt hat … das muss sich ja irgendwie auswirken, oder? Ich werde es Gowk sagen, wenn ich sie das nächste Mal sehe. Ich hab sie schon eine ganze Weile nicht gesehen …«

Rebus verlagerte sein Gewicht ein wenig. »Hat Beggar sonst noch was gesagt, Mack? Irgendwas darüber, was gerade so in seinem Kopf vorging oder weshalb er eigentlich hier war?«

Macmillan schüttelte den Kopf. Dann fing er an zu kichern. »Was in seinem Kopf vorging, haben Sie gesagt? Kopf?« Er lachte noch einige Sekunden in sich hinein, dann hörte er genauso abrupt auf, wie er begonnen hatte. »Er wollte mich nur wissen lassen, dass wir Freunde sind.« Er lachte leise. »Als ob ich daran erinnert werden müsste. Und noch was. Raten Sie mal, was er von mir wissen wollte? Raten Sie mal, was er mich gefragt hat? Nach all den Jahren ...«

»Was?«

»Er wollte wissen, was ich mit ihrem Kopf gemacht habe.«

Rebus schluckte. Forster leckte sich die Lippen. »Und was haben Sie ihm gesagt, Mack?«

»Ich hab ihm die Wahrheit gesagt. Ich hab ihm gesagt, ich könnte mich nicht daran erinnern.« Er faltete die Hände wie zum Gebet und berührte die Fingerspitzen mit den Lippen. Dann schloss er die Augen. Sie waren immer noch geschlossen, als er weiterredete. »Stimmt das mit Suey?«

»Was soll mit ihm sein, Mack?«

»Dass er ausgewandert ist, dass er vielleicht nie mehr zurückkommt?«

»Hat Beggar Ihnen das erzählt?«

Macmillan nickte, dann öffnete er die Augen und sah Rebus an. »Er hat gesagt, Suey würde vielleicht nie mehr zurückkommen ...«

Die Pfleger hatten Macmillan zurück auf seine Station gebracht, und Forster zog gerade seinen Mantel an und machte sich bereit, alles abzuschließen und Rebus zum Parkplatz zu begleiten, da klingelte das Telefon.

»Um diese späte Uhrzeit?«

»Das könnte für mich sein«, sagte Rebus und griff nach dem Hörer. »Hallo?«

Es war DS Knox aus Dufftown. »Inspector Rebus? Ich hab Ihrer Anweisung gemäß die Deer Lodge überwachen lassen.«

»Und?«

»Ein weißer Saab ist vor nicht ganz zehn Minuten durch das Tor gefahren.«

Zwei Autos parkten am Straßenrand. Eines davon blockierte die lange Zufahrt zur Deer Lodge. Rebus stieg aus seinem Wagen. DS Knox stellte ihm Detective Constable Wright und Constable Moffat vor.

»Wir sind uns schon mal begegnet«, sagte Rebus, als er Moffat die Hand schüttelte.

»O ja«, sagte Knox. »Wie könnte ich das vergessen, wo Sie uns so auf Trab gehalten haben. Also, was meinen Sie, Sir?«

Rebus meinte, dass es kalt wäre. Kalt und nass. Im Augenblick regnete es zwar gerade mal nicht, aber es könnte jede Minute wieder anfangen. »Sie haben Verstärkung angefordert?«

Knox nickte. »So viel wir kriegen können.«

»Dann sollten wir vielleicht warten, bis die kommen.«

»Ja?«

Rebus musterte Knox kritisch. Er sah nicht aus wie jemand, der gern wartete. »Oder«, sagte er, »drei von uns könnten reingehen, und einer bleibt am Tor und hält Wache. Schließlich hat er entweder eine Leiche oder eine Geisel da drinnen. Wenn Steele noch am Leben ist, ist seine Chance umso größer, je eher wir reingehen.«

»Worauf warten wir dann noch?«

Rebus blickte zu DC Wright und Constable Moffat, die beide zustimmend nickten.

»Es ist allerdings ziemlich weit bis zum Haus«, sagte Knox.

»Aber wenn wir mit dem Auto fahren, wird er uns bestimmt hören.«

»Wir könnten ein Stück mit dem Auto fahren und den Rest laufen«, schlug Moffat vor. »Damit wäre der Weg hinaus praktisch blockiert. Ich hab keine Lust, diese verdammte Straße im Dunkeln entlangzulaufen, und dann kommt er plötzlich mit seinem Auto auf mich zugerast.«

»Okay, einverstanden, wir fahren mit dem Auto.« Rebus wandte sich an DC Wright. »Sie bleiben am Tor, mein Junge. Moffat weiß im Haus Bescheid.« Wright wirkte pikiert, doch Moffat wurde schlagartig munter. »Okay«, sagte Rebus, »gehen wir.«

Sie nahmen Knox' Auto und ließen Moffats quer vor der Einfahrt geparkt stehen. Knox hatte nur einen Blick auf Rebus' Schrotthaufen geworfen und den Kopf geschüttelt.

»Am besten nehmen wir meines, was?«

Er fuhr sehr langsam. Rebus saß vorn neben ihm, Moffat hinten. Das Auto hatte einen wunderbar leisen Motor, aber trotzdem ... überall um sie herum herrschte Stille. Jedes Geräusch würde weit zu hören sein. Rebus betete regelrecht, dass ein plötzlicher Sturm aufkommen würde, mit Donner und Regen, irgendwas, das ihren eigenen Lärm übertönte.

»Dieses Buch hat mir übrigens gut gefallen«, sagte Moffat, der dicht an Rebus herangerückt war.

»Was für ein Buch?«

»Fisch auf dem Trocknen.«

»Ach je, das hatte ich ganz vergessen.«

»Tolle Geschichte«, sagte Moffat.

»Wie weit noch?«, fragte Knox. »Ich kann mich nicht genau erinnern.«

»Gleich kommt eine Kurve nach links und dann eine nach rechts«, sagte Moffat. »Hinter der halten wir am besten an. Dann sind's nur noch etwa zweihundert Meter.«

Sie parkten, öffneten die Türen und ließen sie offen. Knox nahm zwei große gummierte Taschenlampen aus dem Handschuhfach. »Ich war als Junge Pfadfinder«, erklärte er. »Allzeit bereit und so.« Eine Lampe gab er Rebus, die andere behielt er selbst. »Der gute Moffat isst immer brav seine Möhren, der braucht keine. Okay, wie gehen wir jetzt vor?«

»Checken wir erst mal die Situation beim Haus, und dann sehen wir weiter.«

»Na schön.«

Sie gingen hintereinander los. Nach etwa fünfzig Metern schaltete Rebus seine Lampe aus. Er benötigte sie nicht mehr. Sämtliche Lichter in der Lodge und davor schienen zu leuchten. Kurz vor der Lichtung blieben sie stehen und spähten vorsichtig aus ihrer dürftigen Deckung. Der Saab parkte vor der Haustür. Sein Kofferraum war geöffnet. Rebus wandte sich an Moffat.

»Erinnern Sie sich, da gibt's eine Hintertür? Gehen Sie um das Haus herum und sichern Sie die Tür.«

»In Ordnung.« Der Constable verließ den Weg und ging in den Wald, wo er schon bald nicht mehr zu sehen war.

»Wir sehen uns jetzt erst mal den Wagen an, und dann werfen wir einen Blick durch die Fenster.«

Knox nickte. Sie verließen ihre Deckung und schlichen Richtung Haus. Der Kofferraum war leer. Auch auf dem Rücksitz des Wagens lag nichts. Im Wohnzimmer und im vorderen Schlafzimmer brannte Licht, aber es war niemand zu sehen. Knox zeigte mit seiner Lampe auf die Tür. Er drehte den Knauf. Die Tür öffnete sich einen Spalt. Er schob sie ein Stück weiter auf. Der Flur war leer. Sie blieben einen Augenblick stehen und lauschten. Plötzlich brach ein wahnsinniger Lärm los, Schlagzeug und Gitarrenakkorde. Knox sprang zurück. Rebus legte ihm beruhigend eine Hand auf die Schulter, dann ging er wieder hinaus, um noch einmal durch das Wohnzimmerfenster zu schauen. Die Stereoanlage. Er konnte die Leuchtdioden pulsieren sehen. Der Kassettenrecorder lief, vermutlich auf automatische Wiederholung gestellt. Offenbar war das Band gerade zurückgespult worden, als sie sich dem Haus näherten. Nun lief es wieder.

Frühe Stones. »*Paint It Black.*« Rebus nickte. »Er ist da drinnen«, murmelte er vor sich hin. *Mein heimliches Laster, Inspector.* Eines von vielen. Jedenfalls bedeutete das, dass er vielleicht das Auto nicht hatte kommen hören, und nun, wo die Musik wieder an war, hörte er sie vielleicht noch nicht mal das Haus betreten.

Also traten sie ein. Da Moffat die Küche sicherte, lief Rebus sofort die Treppe hinauf. Knox folgte ihm. Das hölzerne Geländer war mit einem feinen weißen Pulver bedeckt, ein Souvenir der Spurensicherung von ihrer Suche nach Fingerabdrücken. Die Treppe hinauf ... und auf den Treppenabsatz. Was war das für ein Geruch? *Was war das für ein Geruch?*

»Benzin«, flüsterte Knox.

Ja, Benzin. Die Schlafzimmertür war geschlossen. Hier oben schien die Musik lauter als unten. Das Dröhnen von Bass und Schlagzeug. Das Aufeinanderprallen von Gitarre und Sitar. Und diese unter die Haut gehende Stimme.

Benzin.

Rebus holte aus und trat die Tür ein. Sie flog auf und blieb auch auf. Rebus versuchte, die Situation zu erfassen. Gregor Jack stand im Raum, und an einer Wand lehnte eine gefesselte und geknebelte Gestalt, das Gesicht verquollen, die Stirn blutig. Ronald Steele. Geknebelt? Nein, eigentlich kein Knebel. Sein Mund schien mit Papierfetzen vollgestopft zu sein, Fetzen, die aus den Sonntagszeitungen auf dem Bett gerissen worden waren, mit all den Geschichten, die dank seiner Intrige begonnen hatten. Jack hatte ihn sozusagen seine eigenen Worte fressen lassen.

Benzin.

Der Kanister lag leer auf der Seite. Im Zimmer stank es. Steele schien durch und durch nass von dem Zeug zu sein, oder war es nur Schweiß? Und Gregor Jack stand da, das Gesicht vor Schadenfreude verzogen, doch im nächsten Moment veränderte es sich, nahm einen milderen und dann einen verschämten Ausdruck an. Scham und Schuldgefühle. Schuldig, weil er sich hatte erwischen lassen.

All das erfasste Rebus in Sekundenschnelle. Doch Jack brauchte noch weniger Zeit, um das Streichholz anzuzünden und es fallen zu lassen.

Der Teppich fing sofort Feuer, dann schoss Jack nach vorn, warf Rebus fast um und rannte an Knox vorbei auf die Treppe zu. Die Flammen bewegten sich zu schnell. Zu schnell, um irgendwas dagegen tun zu können. Rebus packte Steele an den Füßen und begann, ihn Richtung Tür zu zerren, ihn notwendigerweise *durch* das Feuer zu zerren. Wenn Steele tatsächlich mit Benzin übergossen worden war ... Keine Zeit, darüber nachzudenken. Doch es war Schweiß, weiter nichts. Das Feuer züngelte an ihm, verschlang ihn aber nicht.

Draußen im Flur donnerte Knox bereits hinter Jack her die Treppe hinunter. Das Schlafzimmer war mittlerweile ein einziges Inferno, das Bett wie eine Art Scheiterhaufen in der Mitte. Rebus ging zurück und warf einen letzten Blick hinein. Der Kuhkopf an der Wand über dem Bett hatte Feuer gefangen und brannte knisternd. Rebus packte den Türgriff, zog die Tür zu und dankte dabei Gott, dass er sie vorhin nicht aus den Angeln getreten hatte ...

Mit einiger Mühe gelang es ihm, Steele auf die Beine zu stellen. Scin Gesicht war voller Blut, ein Auge zugeschwollen. Das andere Auge tränte. Papier fiel ihm aus dem Mund, als er versuchte zu sprechen. Rebus bemühte sich, die Knoten zu lösen, gab aber rasch auf. Es war eine Spezialschnur für Heuballen, und die Knoten waren extrem fest. Gott, tat ihm der Kopf weh. Er wusste gar nicht, warum. Er hob den größeren Mann auf seine Schulter und begann, die Treppe hinunterzugehen.

In diesem Moment gelang es Steele, das restliche Papier auszuspucken. Seine ersten Worte waren: »Ihre Haare brennen!«

Und das taten sie auch, und zwar im Nacken. Rebus klopfte sich mit der freien Hand auf den Kopf. Sein Hinterkopf fühlte sich an wie knusprige Cornflakes. Und noch etwas: Es brannte wie Feuer.

Sie waren jetzt am Fuß der Treppe angekommen. Rebus lud Steele auf dem Fußboden ab und richtete sich auf. In seinen Ohren rauschte eine ganze Meeresbrandung, und ihm wurde einen Moment schwarz vor Augen. Sein Herz hämmerte im Rhythmus der Rockmusik. »Ich hol ein Messer aus der Küche«, sagte er. Als er in die Küche kam, sah er, dass die Hintertür weit offen stand. Von draußen kamen Geräusche, Rufe, aber undeutlich. Dann kam eine Gestalt herangestolpert. Es war Moffat. Er hielt sich mit beiden Händen die Nase, hatte sie wie eine Schutzmaske darüber gelegt. Blut floss ihm an den Handgelenken und am Kinn herunter. Er hob die Hände, um zu sprechen.

»Der Dreckskerl hat mir den Kopf gegen die Nase geknallt.« Kleine Blutstropfen spritzten von seinen Lippen und aus den Nasenlöchern. »Mir den Kopf gegen die Nase geknallt!« Es war unüberhörbar, dass er das nicht für fair hielt.

»Sie werden's überleben«, sagte Rebus.

»Der Sergeant ist hinter ihm her.«

Rebus zeigte hinter sich in den Flur. »Steele ist da drinnen. Suchen Sie ein Messer und schneiden Sie ihn los, und dann nichts wie raus hier.« Er lief an Moffat vorbei durch die Hintertür nach draußen. Das Licht aus der Küche fiel nur auf die unmittelbare Umgebung, dahinter war alles dunkel. Er hatte die Taschenlampe im Schlafzimmer fallen lassen und verfluchte sich nun dafür. Doch als seine Augen sich an die Dunkelheit gewöhnt hatten, überquerte er die kleine Lichtung und lief in den Wald.

Jetzt nur ruhig Blut. Er bewegte sich vorsichtig zwischen Baumstämmen, Büschen und Schößlingen hindurch. Gestrüpp hakte sich an ihm fest, doch das war lediglich lästig. Seine Hauptsorge war, dass er keine Ahnung hatte, wohin er lief. Das Gelände stieg leicht an, so viel konnte er feststellen. Solange er der Steigung folgte, würde er zumindest nicht im Kreis herumirren. Sein Fuß blieb irgendwo hängen, und er stieß gegen einen Baum. Sein Hemd war klatschnass. Seine Augen brannten immer noch von dem Rauch und nun auch noch von dem Schweiß, der ihm aus allen Poren quoll. Er blieb stehen und lauschte.

»Jack! Seien Sie nicht töricht! Jack!«

Das war Knox. Weiter oben. Ein gutes Stück von ihm entfernt, aber nicht unmöglich zu erreichen. Rebus holte tief Luft und eilte weiter. Wundersamerweise hörte der Wald plötzlich auf, und er gelangte auf eine größere Lichtung. Das Gelände schien jetzt stärker anzusteigen, und auf dem Boden wucherten Farne, Stechginster und anderes stachliges Buschwerk. Dann sah er ein Licht aufblitzen. Knox' Taschenlampe. Ein ganzes Stück rechts von ihm und etwas höher. Rebus fing an zu laufen. Er hob die Beine hoch, um dem schlimmsten Gestrüpp zu entgehen. Trotzdem zerrte ständig irgendwas an seinen Hosenbeinen, strich über seine Knöchel, stach und kratzte ihn. Dann gab es mit kurzem Gras bewachsene Stellen, auf denen er schneller vorwärts kam – oder schneller vorwärts gekommen wäre, wäre er jünger und fitter gewesen. Vor ihm bewegte sich die Taschenlampe im Kreis: Es war klar, was das bedeutete: Knox hatte sein Opfer verloren. Statt nun weiter auf den Lichtstrahl zuzugehen, bewegte Rebus sich von ihm weg. Wenn es mit nur zwei Männern möglich war auszuschwärmen, dann würde Rebus dafür sorgen, dass sie das auch taten, um den Suchradius zu erweitern.

Als er oben auf der Anhöhe ankam, wurde das Gelände wieder flacher. Er hatte den Eindruck, dass sich ihm hier bei Tageslicht ein trostloses Bild bieten würde. Hier war nichts als verkümmerte Wildnis, selbst für die genügsamsten Schafe zu wenig. Irgendwo vor ihm erhob sich etwas Dunkles in den Himmel, irgendeine Hügelkette. Der Wind, der zwar sein Hemd getrocknet, dessen Kälte ihm aber bis ins Mark gekrochen war, legte sich. Gott, tat ihm der Kopf weh. Wie Sonnenbrand, nur hundertmal schlimmer. Er starrte in den Himmel hinauf. Die Umrisse von Wolken waren zu erkennen. Das Wetter klarte auf. An Stelle des pfeifenden Winds drang nun ein anderes Geräusch an sein Ohr.

Das Geräusch von fließendem Wasser.

Je weiter er ging, desto lauter wurde es.

Mittlerweile hatte er Knox' Lichtstrahl aus den Augen verloren, und er war sich bewusst, dass er ganz allein war. Ihm war auch klar, dass er sich nicht zu weit hinauswagen sollte, weil er sonst möglicherweise nicht mehr zurückfände. Wenn er eine falsche Richtung einschlüge, könnte er in einer Einöde landen, wo es nichts als Hügel und Wald gäbe. Er blickte zurück. Die Silhouette der Bäume war immer noch einigermaßen zu erkennen, von den Lichtern des Hauses dahinter war jedoch nichts mehr zu sehen.

»Jack! Jack!« Knox' Stimme schien Meilen entfernt. Rebus beschloss, in die Richtung zu gehen, aus der die Stimme kam. Wenn Gregor Jack irgendwo da draußen war, dann sollte er doch ruhig erfrieren. Der Rettungsdienst würde ihn morgen schon finden ...

Der Fluss schien jetzt viel näher. Der Boden unter seinen Füßen wurde steiniger, die Vegetation karg. Das Wasser war irgendwo unter ihm. Er blieb wieder stehen. Die Umrisse und Schatten vor ihm ... sie ergaben keinen Sinn. Es war, als hörte das Gelände vor ihm einfach auf. Genau in diesem Augenblick kam der Mond hinter einer riesigen Wolke hervor, ein großer, beinahe voller Mond. Es wurde heller, und Rebus sah, dass er nur etwa einen Meter von einem steilen Abgrund von fünf bis sechs Metern Tiefe entfernt stand, eine Schlucht, durch die sich ein düsterer Fluss wand. Rechts von ihm war ein Geräusch zu hören. Er drehte den Kopf in die Richtung. Eine Gestalt näherte sich schwankend. Sie war vor Erschöpfung tief vornüber gebeugt, die Arme schwangen locker an den Seiten und berührten beinah den Boden. Ein Affe, war sein erster Gedanke. Er sieht aus wie ein großer Affe.

Gregor Jack keuchte schwer, stöhnte beinahe vor Anstrengung. Er achtete nicht darauf, wohin er ging; er wusste nur, dass er in Bewegung bleiben musste.

»Gregor.«

Die Gestalt atmete pfeifend, und der Kopf fuhr hoch. Dann blieb Gregor Jack stehen und richtete sich zu seiner vollen Größe auf und bog den Kopf weit zurück in den Nacken. Er hob die müden Arme und stützte die Hände in die Taille, beinah wie ein Läufer am Ende eines Rennens. Instinktiv fuhr er mit einer Hand in sein Haar und schob es ordentlich zurück. Dann beugte er sich nach vorn, legte die Hände auf die Knie, und die Haare fielen ihm wieder ins Gesicht. Doch sein Atem wurde allmählich gleichmäßiger. Schließlich richtete er sich wieder auf. Rebus sah, dass er lächelte, seine perfekten Zähne zeigte. Er begann, leise lachend den Kopf zu schütteln. Rebus hatte ein solches Lachen schon von Leuten gehört, die irgendetwas verloren hatten, ihre Freiheit oder eine große Wette oder auch nur ein unbedeutendes Fußballspiel. Sie lachten über ihre eigene Situation.

Gregors Lachen wurde zu einem Husten. Er schlug sich auf die Brust, dann sah er Rebus an und lächelte wieder.

Dann stürzte er los.

Rebus wich instinktiv zur Seite, doch Jack lief in eine ganz andere Richtung. Und beide wussten genau, wohin er wollte. Nachdem sein Fuß das letzte Stückchen Erde berührt hatte, segelte er durch die Luft und ließ sich nach unten fallen. Zwei Sekunden später hörte man, wie sein Körper auf dem Wasser auftraf. Rebus ging vorsichtig an den Rand des Felsen und schaute hinunter, doch genau in diesem Augenblick schob sich die Wolke wieder vor den Mond. Das Mondlicht verschwand. Es war nichts zu sehen.

Auf dem Rückweg zur Deer Lodge benötigten sie Knox' Taschenlampe nicht. Die Flammen erhellten die Landschaft um sie herum. Glühende Asche regnete auf die Bäume, während die Männer durch den Wald gingen. Rebus fuhr sich mit den Fingern über den Hinterkopf. Die Haut brannte. Doch er hatte das Gefühl, dass der Schock allmählich einsetzte, der Schmerz war nämlich nicht mehr ganz so schlimm wie vorher. Seine Knöchel brannten auch, vermutlich von den Disteln. Er war, wie er zu spät bemerkt hatte, durch ein Distelfeld gelaufen. In der Nähe des Hauses war niemand. Moffat und Steele warteten neben Knox' Auto.

»Ist er ein guter Schwimmer?«, fragte Rebus Steele.

»Beggar?« Steele massierte seine Handgelenke. »Der kann überhaupt nicht schwimmen. Wir haben das in der

Schule gelernt, aber seine Mutter hat ihm immer eine Entschuldigung geschrieben.«

»Warum?«

Steele zuckte die Achseln. »Sie hatte Angst, dass er Fußpilz kriegen würde. Wie geht's Ihrem Kopf, Inspector?«

»Ich werd wohl eine Weile keinen neuen Haarschnitt brauchen.«

»Was ist mit Jack?«, fragte Moffat.

»Der braucht auch keinen mehr.«

Am nächsten Morgen suchten sie nach Gregor Jacks Leiche. Allerdings ohne Rebus. Der war im Krankenhaus und fühlte sich schmutzig und unrasiert – außer am Kopf.

»Wenn Sie Probleme wegen der kahlen Stellen haben«, erklärte ihm einer der Oberärzte, »können Sie ja, bis die Haare nachgewachsen sind, ein Toupet tragen. Oder einen Hut. Ihre Kopfhaut wird sowieso empfindlich sein, also meiden Sie die Sonne.«

»Sonne? Welche Sonne?«

Doch in der Zeit, in der er krankgeschrieben war, gab es tatsächlich Sonne, und zwar reichlich. Er blieb drinnen, hielt sich im Souterrain auf, las ein Buch nach dem anderen und wagte sich immer nur kurz hinaus, um im Royal Infirmary seine Verbände wechseln zu lassen.

»Das könnte ich doch für dich machen«, hatte Patience ihm erklärt.

»Man sollte nie Arbeit und Vergnügen mischen«, lautete Rebus' rätselhafte Antwort. Im Krankenhaus gab es nämlich eine Schwester, die Gefallen an ihm gefunden hatte, und er an ihr ... Ach, daraus würde eh nichts; es war nur ein kleiner Flirt. Er würde Patience auf gar keinen Fall wehtun.

Holmes kam ihn besuchen und brachte immer viele Dosen mit kohlensäurehaltigen Getränken mit. »Hiya, Glatzkopf«, wurde zur gewohnten Begrüßung, selbst als aus dem Skinhead ein Stoppelkopf geworden war und auch dieser sich allmählich auswuchs.

»Was gibt's Neues?«

Abgesehen davon, dass man Gregor Jacks Leiche immer noch nicht gefunden hatte, war die große Neuigkeit, dass der Farmer vom Alkohol losgekommen war, seit bei irgendeiner Veranstaltung mit einem baptistischen Erweckungsprediger »der Herr über ihn gekommen war«.

»Von jetzt an nur noch Messwein«, sagte Holmes. »Übrigens« – er deutete auf Rebus' Kopf – »eine Zeit lang hab ich gedacht, Sie würden vielleicht zum Buddhismus übertreten.«

»Kann alles noch kommen«, sagte Rebus, »kann alles noch kommen.«

Die Medien bissen sich an der Jack-Geschichte fest, klammerten sich an die Idee, dass er noch am Leben sein könnte. Darüber dachte auch Rebus manchmal nach. Außerdem fragte er sich immer noch, warum Jack Elizabeth umgebracht hatte. Ronald Steele konnte ihm in diesem Punkt nicht weiterhelfen. Anscheinend hatte Jack die ganze Zeit, die er ihn gefangen hielt, kaum mit ihm gesprochen ... So lautete jedenfalls Steeles Version der Dinge. Was auch immer gesagt worden sein mochte, es würde niemand erfahren.

Damit blieb Rebus nichts außer diversen Szenarien und Spekulationen. Er spielte die Szene immer wieder im Kopf durch – Jack kommt in der Parkbucht an und streitet sich mit Elizabeth. Vielleicht hat sie ihm gesagt, sie wolle sich scheiden lassen. Vielleicht ging es bei dem Streit aber auch um die Bordellgeschichte. Oder vielleicht um was ganz anderes. Von Steele war nur zu erfahren, dass sie, als er wegfuhr, auf ihren Mann wartete.

»Ich hatte überlegt, ob ich warten und mich ihm stellen sollte ...«

»Aber?«

Steele zuckte die Achseln. »Zu feige. Das Problem ist nicht, etwas ›Falsches‹ zu tun, Inspector, das Problem ist, auch dazu zu stehen. Sind Sie nicht auch der Meinung?«

»Aber *wenn* Sie geblieben wären ...?«

Steele nickte. »Ich weiß. Vielleicht hätte Liz dann zu Jack gesagt, er solle sich zum Teufel scheren, und wäre bei mir geblieben. Vielleicht wären sie beide noch am Leben.«

Wenn Steele nicht aus der Parkbucht abgehauen wäre ... *wenn* Gail Jack gar nicht erst in den Norden gekommen wäre ... Was dann? Rebus hatte keinen Zweifel: Die Dinge hätten einen anderen Verlauf genommen, aber nicht unbedingt einen weniger schmerzlichen. Feuer und Eis und Leichen im Keller. Er wünschte, er hätte die Möglichkeit gehabt, Elizabeth Jack kennen zu lernen, sie wenigstens einmal zu erleben, obwohl er das Gefühl hatte, sie wären nicht miteinander ausgekommen ...

Es gab noch eine weitere interessante Neuigkeit. Sie begann als vages Gerücht, dann stellte sich heraus, dass es wohl tatsächlich eine undichte Stelle gab, und dann wurde das, was da durchgesickert war, offiziell verkündet: Great London Road würde gründlich saniert und neu ausgestattet werden.

Das bedeutet, dachte Rebus, dass ich bei Patience einziehe. Was er eigentlich längst getan hatte.

»Du brauchst deine Wohnung nicht zu verkaufen«, erklärte sie ihm. »Du könntest sie ja vermieten.«

»Vermieten?«

»An Studenten. Bei dir in der Straße wohnen doch schon viele Studenten.« Das stimmte. Man sah sie morgens in Scharen mit Rucksäcken, Ringbüchern und Plastiktüten aus dem Supermarkt Richtung The Meadows ziehen. Am späten Nachmittag (oder spät in der Nacht) kamen sie dann mit Büchern und Ideen beladen zurück. Der Vorschlag gefiel ihm. Wenn er seine Wohnung vermietete, könnte er Patience etwas für den gemeinsamen Lebensunterhalt dazugeben.

»So machen wir's«, sagte er.

Er arbeitete den ersten Tag wieder, da brach in der Great London Road Police Station ein Feuer aus. Das Gebäude brannte bis auf die Grundmauern nieder.